考試分數大躍進
累積實力
百萬考生見證
應考秘訣

**1 2 5 3 4**

根據日本國際交流基金考試相關概要

# 新制日檢 絕對合格

# N1 N2 N3 N4 N5

## 單字分類 圖像 大全

吉松由美、西村惠子、田中陽子、千田晴夫
林勝田、山田社日檢題庫小組◎合著

U0080071

STS

線上下載學習更方便
QR Code 「一掃從零到頂」

回應廣大讀者和學校的熱切呼聲，

## 《新制日檢 絕對合格 N1,N2,N3,N4,N5 單字分類圖像大全

從零基礎到考上 N1 日語自學就靠這一本》

榮譽呈獻「QR Code 線上音檔版」。

☑ **隨時隨地，您的手機就是日語大師，日檢全級一掃通，達到卓越新境界！**

日檢頂尖高手背後秘籍，

情境記憶法和逗趣插圖，

輕鬆烙印腦海。

### 日語自學，從零基礎到考上 N1，小菜一碟！
### 「情境分類」完整大全，N1 至 N5，每個單字，一覽無遺！

單字量，就是您的力量！每學一個單字，就像在健身房添增一塊肌肉，讓您的日語更加強壯！

「背了又忘，考場白卷？」、「見到日本人腦袋變空白？」、「單字背起來無趣到炸裂？」我們知道，學日語單字有時就像過山車，一會兒高昂，一會兒又掉入谷底。我們聽到您的心聲啦！

歷史上最全面的日檢單字集大成！依據日本國際交流基金舊制標準和全新「新日本語能力試驗」概要，我們精心編纂。

自 2010 年起的新日檢，每個角落我們都深度剖析。新增了大量常用單字，並精確調整單字程度，成為史上最全面、最紮實的日檢單字寶典。每一頁，都是日檢準備的加油站！這本書，不僅是學習工具，更是您日檢之路上的最佳夥伴！

再加上本書根據新日本語能力試驗（日檢）的核心理念「活用於交流」而設計。我們精心挑選了日檢考試中必考的 N1~N5 單字，並巧妙地將它們融入日常生活的各種情境中。

每一個場景都是您日語能力成長的舞台。這些場景內容豐富多樣，我們將告訴您這個場合，都是怎麼說，從「單字→單字成句→情境串連」式學習，打好「聽說讀寫」綜合實踐能力。利用想像在搖滾音樂節用流利日語點歌，或在漫畫店裡與同好激烈討論，每個單字都活躍在您的日常生活中，幫助您快速提升單字肌肉量，勁爆提升您的日語力！

讓單字記憶變得輕鬆有趣！我們的秘密？金牌教師打造超實用例句，為您的日語學習帶來新氣象。想要一鳴驚人地通過日檢？這本書是您的神祕武器！用歡笑攻克日語，一躍成為職場高手、搶百萬千萬年薪！

**6 大訣竅，單字輕鬆玩就上手：**

◇「生活情境秘技」：把記憶變分類遊戲，頂尖高手的速成祕笈，記憶就像開啟魔法抽屜一樣有趣！

◇「高頻詞彙網羅」：一網打盡高考點，清楚易懂的解釋，考試完美命中！

◇「獨創精要短句」：情境＋詞語，一次學會，立馬用，學習變賣點，巧妙又實用！

◇「趣味圖解」：一圖勝千言，玩樂心態下的學習，讓抽象變具象，易懂又有趣！

◇「手機在手，聽力在線」：手機一掃，日檢聽力滿分不是夢，隨時隨地，聽力變強！

◇「50 音順索引」：快速翻頁、即刻查找，不只是教材，更是您的日語超能工具書！

　　無論是打造堅實的應考基礎，或是考前的快速複習，這些技巧讓您在考場上大放異彩，金腦全開！我們精心編制的內容，將單字轉化為您的得分神器，不再是死穴，而是高分的秘密武器！

這 6 大神技，是每個人都想學會的秘訣，迅速讓您變成考場上的黑馬明星：

**1. 情境聯想—情境搭起單字與應用的橋樑，用生活情境激活單字記憶**

　　本書秘密地運用了日檢高分頂尖高手，都在偷學的「情境式學習法」，從基礎到進階，單字被巧妙分類：時間、住房、衣服⋯動植物、氣象、機關單位⋯通訊、體育運動、藝術⋯經濟、政治、法律⋯心理、感情、思考等生活各面向。每個情境都搭配金牌教師精編的短句，幫您在腦海中建立強烈單字印象。讓您在考場上應用自如，迅速搶分。

　　通過「單字→單字成句→情境串連」的學習法，讓您輕鬆串連記憶，頭腦清晰不再混淆。不僅考試合格，日常生活中也能派上用場，學習效率翻倍，一目十行，絕對合格！

**2. 單字全攻略—高頻單字 × 易懂說明，一擊必中考點**

　　根據新制規格，來自日本的金牌教師團隊精心選出高頻出題單字。每個單字都附上詞性、含義、使用方法的全面解析。我們精簡了中文解釋，剔除了冷門的意義，依照實用順序整理，確保您在最短時間內完全掌握每個單字的各個層面。

　　跟著這本書，您將迅速學會這些關鍵單字，並能靈活運用。在日檢考試中，您將如虎添翼，直奔得分高峰！

### 3. 「短句超速記」：獨創短句法，學習單字的超級快車道！

想要快速掌握「聽說讀寫」4 種總和能力？我們的秘密武器是獨創的活用短句！書中每個單字下面都有一個例句，不僅與情境緊密相連，還精心選擇該單字常接續詞彙、常使用的場合和表達方式。這些例句覆蓋了時事、職場、生活、旅遊等多樣日檢相關主題，完美契合各級程度要求。

通過例句學習單字，不僅加深了對單字的理解，更有助於選擇恰當詞彙，強化聽說讀寫能力。無論是考場應用還是日常交流，都能游刃有餘、暢行無阻！

### 4. 圖像學習秀─生動具體的最佳解說，加了趣味更好學

誰說單字書只能枯燥？加入有趣插圖，讓單字學習變成快樂的事！插圖不僅讓學習變得生動，還幫助您鐫刻單字於腦海，從抽象到具體，只需一眼就記住，考場如魚得水。

### 5. 耳朵開啟模式─耳感記憶雙管齊下，聽力變身高分超級武器！

新日檢重視聽力，把聽力的分數提高了，我們的線上音檔正是您需要的神器！手機隨手一掃，讓日語發音與您的耳朵成為最佳拍檔。在日常碎片時間中，無縫提升您的聽力實力。

### 6. 查找變簡單─把單字書變身為萬能字典，答題解惑好幫手

想要單字查找變得輕而易舉嗎？我們書末附上的 50 音順索引，讓您輕鬆找到任何單字。這本書不僅是學習工具，更是解答所有日檢單字疑惑的神器！

在提升日語的路上，一點小改變就能帶來大進步。持之以恆，成果自會顯著！本書適合所有日語學習者：從初學者到大學生，從研究生到 N1 至 N5 考生，甚至是赴日遊學、工作或研究的朋友，以及日語教師和翻譯！

搭配本書附贈的線上音檔，充分利用通勤、喝咖啡等零碎時間，讓您走到哪，學到哪！隨時隨地享受最全面、最方便的日語一掃從零到頂峰之旅！

# CONTENTS
# 目錄

# 詞性說明

| 詞性 | 定義 | 例（日文／中譯） |
|---|---|---|
| 名詞 | 表示人事物、地點等名稱的詞。有活用。 | 門／大門 |
| 形容詞 | 詞尾是い。説明客觀事物的性質、狀態或主觀感情、感覺的詞。有活用。 | 細い／細小的 |
| 形容動詞 | 詞尾是だ。具有形容詞和動詞的雙重性質。有活用。 | 静かだ／安静的 |
| 動詞 | 表示人或事物的存在、動作、行為和作用的詞。 | 言う／說 |
| 自動詞 | 表示的動作不直接涉及其他事物。只説明主語本身的動作、作用或狀態。 | 花が咲く／花開。 |
| 他動詞 | 表示的動作直接涉及其他事物。從動作的主體出發。 | 母が窓を開ける／母親打開窗戶。 |
| 五段活用 | 詞尾在ウ段或詞尾由「ア段＋る」組成的動詞。活用詞尾在「ア、イ、ウ、エ、オ」這五段上變化。 | 持つ／拿 |
| 上一段活用 | 「イ段＋る」或詞尾由「イ段＋る」組成的動詞。活用詞尾在イ段上變化。 | 見る／看<br>起きる／起床 |
| 下一段活用 | 「エ段＋る」或詞尾由「エ段＋る」組成的動詞。活用詞尾在エ段上變化。 | 寝る／睡覺<br>見せる／讓…看 |
| 下二段活用 | 詞尾在ウ段・エ段或詞尾由「ウ段・エ段＋る」組成的動詞。活用詞尾在ウ段到エ段這二段上變化。 | 得（う）る／得到<br>寝（ね）る／睡覺 |
| 變格活用 | 動詞的不規則變化。一般指カ行「来る」、サ行「する」兩種。 | 来る／到來<br>する／做 |
| カ行變格活用 | 只有「来る」。活用時只在カ行上變化。 | 来る／到來 |
| サ行變格活用 | 只有「する」。活用時只在サ行上變化。 | する／做 |
| 連體詞 | 限定或修飾體言的詞。沒活用，無法當主詞。 | どの／哪個 |
| 副詞 | 修飾用言的狀態和程度的詞。沒活用，無法當主詞。 | 余り／不太… |

| 副助詞 | 接在體言或部分副詞、用言等之後，增添各種意義的助詞。 | ～も ／也… |
|---|---|---|
| 終助詞 | 接在句尾，表示説話者的感嘆、疑問、希望、主張等語氣。 | か ／嗎 |
| 接續助詞 | 連接兩項陳述內容，表示前後兩項存在某種句法關係的詞。 | ながら ／邊…邊… |
| 接續詞 | 在段落、句子或詞彙之間，起承先啟後的作用。沒活用，無法當主詞。 | しかし ／然而 |
| 接頭詞 | 詞的構成要素，不能單獨使用，只能接在其他詞的前面。 | 御<sup>お</sup>～ ／貴（表尊敬及美化） |
| 接尾詞 | 詞的構成要素，不能單獨使用，只能接在其他詞的後面。 | ～枚<sup>まい</sup> ／…張（平面物品數量） |
| 造語成份（新創詞語） | 構成復合詞的詞彙。 | 一昨年<sup>いっさくねん</sup> ／前年 |
| 漢語造語成份（和製漢語） | 日本自創的詞彙，或跟中文意義有別的漢語詞彙。 | 風呂<sup>ふ ろ</sup> ／澡盆 |
| 連語 | 由兩個以上的詞彙連在一起所構成，意思可以直接從字面上看出來。 | 赤<sup>あか</sup>い傘<sup>かさ</sup> ／紅色雨傘<br>足<sup>あし</sup>を洗<sup>あら</sup>う ／洗腳 |
| 慣用語 | 由兩個以上的詞彙因習慣用法而構成，意思無法直接從字面上看出來。常用來比喻。 | 足<sup>あし</sup>を洗<sup>あら</sup>う ／脫離黑社會 |
| 感嘆詞 | 用於表達各種感情的詞。沒活用，無法當主詞。 | ああ ／啊（表驚訝等） |
| 寒暄語 | 一般生活上常用的應對短句、問候語。 | お願<sup>ねが</sup>いします ／麻煩… |

必 勝

# N5

情境分類單字

# 基本単語

- 基本單字 -

## 1-1 挨拶ことば /
寒暄語

### 01 | どうもありがとうございました

寒暄 謝謝，太感謝了

例 寂(さび)しいけど、今(いま)までどうもありがとうございました。

譯 太令人捨不得了，到目前為止真的很謝謝。

### 02 | いただきます【頂きます】

寒暄 （吃飯前的客套話）我就不客氣了

例 「いただきます」と言(い)ってご飯(はん)を食(た)べる。

譯 説聲「我開動了」就吃起飯了。

### 03 | いらっしゃい（ませ）

寒暄 歡迎光臨

例 いらっしゃいませ。どうぞ、こちらへ。

譯 歡迎光臨。請往這邊走。

### 04 | ではおげんきで【ではお元気で】

寒暄 請多保重身體

例 では、お元気(げんき)で。さようなら。

譯 那麼，請多保重身體。再見了。

### 05 | おねがいします【お願いします】

寒暄 麻煩，請；請多多指教

例 またお願(ねが)いします。

譯 再麻煩你了。

### 06 | おはようございます

寒暄 （早晨見面時）早安，您早

例 先生、おはようございます。

譯 老師，早安！

### 07 | おやすみなさい【お休みなさい】

寒暄 晚安

例 「おやすみなさい」と両親(りょうしん)に言(い)った。

譯 跟父母説了聲「晚安」。

### 08 | ごちそうさまでした【御馳走様でした】

寒暄 多謝您的款待，我已經吃飽了

例 ごちそうさまでした。美味(おい)しかったです。

譯 感謝招待，美味極了。

### 09 | こちらこそ

寒暄 哪兒的話，不敢當

例 こちらこそ、ありがとうございました。

譯 我才應該感謝你的。

### 10 | ごめんください【御免ください】

寒暄 有人在嗎

例 ごめんください、誰かいますか。

譯 請問有人在家嗎？

**11｜ごめんなさい【御免なさい】**

連語 對不起

例 本当にごめんなさい。

譯 真的很對不起。

**12｜こんにちは【今日は】**

寒暄 你好，日安

例 こんにちは、今日は暑いですね。

譯 你好，今天真熱啊！

**13｜こんばんは【今晩は】**

寒暄 晚安你好，晚上好

例 こんばんは、今お帰りですか。

譯 晚上好，剛回來嗎？

**14｜さよなら・さようなら**

感 再見，再會；告別

例 お元気で、さようなら。

譯 珍重，再見啦！

**15｜しつれいしました【失礼しました】**

寒暄 請原諒，失禮了

例 返事が遅れて失礼しました。

譯 回信遲了，真是抱歉！

**16｜しつれいします【失礼します】**

寒暄 告辭，再見，對不起；不好意思，打擾了

例 では、お先に失礼します。

譯 那麼，我就先告辭了！

**17｜すみません**

寒暄 （道歉用語）對不起，抱歉；謝謝

例 すみません、わかりません。

譯 很抱歉，我不明白。

**18｜では、また**

寒暄 那麼，再見

例 では、また明日。

譯 那麼，明天見了。

**19｜どういたしまして**

寒暄 沒關係，不用客氣，算不了什麼

例「ありがとうございました」「いえいえ、どういたしまして」

譯「謝謝你。」「那裡那裡，你太客氣了。」

**20｜はじめまして【初めまして】**

寒暄 初次見面，你好

例 初めまして、山田です。

譯 你好，我叫山田。

**21｜(どうぞ)よろしく**

寒暄 指教，關照

例 こちらこそ、どうぞよろしくお願いします。

譯 彼此彼此，請多多關照。

N5 ● 1-2 (1)

**1-2 數字 (1)／**
數字 (1)

**01｜ゼロ【zero】**

名 （數）零；沒有

例 ゼロから始める。

譯 從零開始。

## 02 ｜れい【零】

名 (數)零；沒有
例 気温は零度だ。
譯 氣溫零度。

## 03 ｜いち【一】

名 (數)一；第一，最初；最好
例 月に一度だけ会う。
譯 一個月只見一次面。

## 04 ｜に【二】

名 (數)二，兩個
例 二年前に留学した。
譯 兩年前留過學。

## 05 ｜さん【三】

名 (數)三；三個；第三；三次
例 茶碗に三杯ごはんを食べる。
譯 吃三碗飯。

## 06 ｜し・よん【四】

名 (數)四；四個；四次 (後接「時(じ)、時間(じかん)」時，則唸「四」(よ))
例 四を押す。
譯 按四。

## 07 ｜ご【五】

名 (數)五
例 指が五本ある。
譯 手指有五根。

## 08 ｜ろく【六】

名 (數)六；六個

例 六時間をかける。
譯 花六個小時。

## 09 ｜しち・なな【七】

名 (數)七；七個
例 七五三に着る。
譯 在 "七五三"（日本習俗，祈求兒童能健康成長。）穿上。

## 10 ｜はち【八】

名 (數)八；八個
例 八キロもある。
譯 有八公斤。

## 11 ｜きゅう・く【九】

名 (數)九；九個
例 九から三を引く。
譯 用九減去三。

## 12 ｜じゅう【十】

名 (數)十；第十
例 十まで言う。
譯 說到十。

## 13 ｜ひゃく【百】

名 (數)一百；一百歲
例 百点を取る。
譯 考一百分。

## 14 ｜せん【千】

名 (數)千，一千；形容數量之多
例 高さは千メートルある。
譯 高度有一千公尺。

### 15 ｜まん【万】

名 (數)萬

例 １千万で買った。

譯 以一千萬日圓買下。

## 1-2 數字 (2) /
數字 (2)

### 16 ｜ひとつ【一つ】

名 (數)一；一個；一歲

例 一つを選ぶ。

譯 選一個。

### 17 ｜ふたつ【二つ】

名 (數)二；兩個；兩歲

例 二つに割る。

譯 破裂成兩個。

### 18 ｜みっつ【三つ】

名 (數)三；三個；三歲

例 三つに分かれる。

譯 分成三個。

### 19 ｜よっつ【四つ】

名 (數)四個；四歲

例 りんごを四つ買う。

譯 買四個蘋果。

### 20 ｜いつつ【五つ】

名 (數)五個；五歲；第五(個)

例 五つになる。

譯 長到五歲。

### 21 ｜むっつ【六つ】

名 (數)六；六個；六歲

例 六つ上の兄がいる。

譯 我有一個比我大六歲的哥哥。

### 22 ｜ななつ【七つ】

名 (數)七個；七歲

例 七つにわける。

譯 分成七個。

### 23 ｜やっつ【八つ】

名 (數)八；八個；八歲

例 八つの子がいる。

譯 有八歲的小孩。

### 24 ｜ここのつ【九つ】

名 (數)九個；九歲

例 九つになる。

譯 長到九歲。

### 25 ｜とお【十】

名 (數)十；十個；十歲

例 お皿が十ある。

譯 有十個盤子。

### 26 ｜いくつ【幾つ】

名 (不確定的個數，年齡)幾個，多少；幾歲

例 いくつもない。

譯 沒有幾個。

### 27 ｜はたち【二十歲】

名 二十歲

例 二十歲を迎える。

譯 迎接二十歲的到來。

## 28 ｜ばんごう【番号】

㊡ 號碼，號數
例 番号を調べる。
譯 查號碼。

## 1-3 曜日 /
星期

## 01 ｜にちようび【日曜日】

㊡ 星期日
例 日曜日も休めない。
譯 星期天也沒辦法休息。

## 02 ｜げつようび【月曜日】

㊡ 星期一
例 月曜日の朝は大変だ。
譯 星期一的早晨忙壞了。

## 03 ｜かようび【火曜日】

㊡ 星期二
例 火曜日に帰る。
譯 星期二回去。

## 04 ｜すいようび【水曜日】

㊡ 星期三
例 水曜日が休みだ。
譯 星期三休息。

## 05 ｜もくようび【木曜日】

㊡ 星期四
例 木曜日までに返す。
譯 星期四前歸還。

## 06 ｜きんようび【金曜日】

㊡ 星期五

---

例 金曜日から始まる。
譯 星期五開始。

## 07 ｜どようび【土曜日】

㊡ 星期六
例 土曜日は暇だ。
譯 星期六有空。

## 08 ｜せんしゅう【先週】

㊡ 上個星期，上週
例 先週習った。
譯 上週學習過了。

## 09 ｜こんしゅう【今週】

㊡ 這個星期，本週
例 今週も忙しい。
譯 這禮拜也忙。

## 10 ｜らいしゅう【来週】

㊡ 下星期
例 来週はテストをする。
譯 下週考試。

## 11 ｜まいしゅう【毎週】

㊡ 每個星期，每週，每個禮拜
例 毎週映画館へ行く。
譯 每週去電影院看電影。

## 12 ｜しゅうかん【週間】

㊡・接尾 …週，…星期
例 １週間は七日だ。
譯 一週有七天。

## 13 ｜たんじょうび【誕生日】

㊡ 生日

例 誕生日に何がほしい。
譯 想要什麼生日禮物？

## 1-4 日にち／
日期

### 01 | ついたち【一日】
② (毎月)一號，初一
例 毎月一日に、お祖父さんと会う。
譯 每個月一號都會跟爺爺見面。

### 02 | ふつか【二日】
② (毎月)二號，二日；兩天；第二天
例 五日働いて、二日休む。
譯 五天工作，兩天休息。

### 03 | みっか【三日】
② (毎月)三號；三天
例 三日に1度会う。
譯 三天見一次面。

### 04 | よっか【四日】
② (毎月)四號，四日；四天
例 もう四日も雨が降っている。
譯 已經足足下了四天的雨了。

### 05 | いつか【五日】
② (毎月)五號，五日；五
例 五日間旅行する。
譯 旅行五天。

### 06 | むいか【六日】
② (毎月)六號，六日；六天

例 六日にまた会いましょう。
譯 我們六日再會吧！

### 07 | なのか【七日】
② (毎月)七號；七日，七天
例 休みは七日間ある。
譯 有七天的休假

### 08 | ようか【八日】
② (毎月)八號，八日；八天
例 八日かかる。
譯 需花八天時間。

### 09 | ここのか【九日】
② (毎月)九號，九日；九天
例 五月九日にまた会いましょう。
譯 五月九號再碰面吧！

### 10 | とおか【十日】
② (毎月)十號，十日；十天
例 十日間かかる。
譯 花十天時間。

### 11 | はつか【二十日】
② (毎月)二十日；二十天
例 二十日に出る。
譯 二十號出發。

### 12 | いちにち【一日】
② 一天，終日；一整天；一號（ついたち）
例 一日寝る。
譯 睡了一整天。

### 13 ｜カレンダー【calendar】

㈦ 日暦；全年記事表
例 今年のカレンダーをもらった。
譯 拿到今年的日暦。

## 1-5 色 ／
顔色

### 01 ｜あおい【青い】

㈦ 藍的，綠的，青的；不成熟
例 海は青い。
譯 湛藍的海。

### 02 ｜あかい【赤い】

㈦ 紅的
例 赤い花を買う。
譯 買紅色的花。

### 03 ｜きいろい【黄色い】

㈦ 黃色，黃色的
例 黄色い花が咲く。
譯 綻放黃色的花朵。

### 04 ｜くろい【黒い】

㈦ 黑色的；褐色；骯髒；黑暗
例 黒い船を見ました。
譯 看到黑色的船隻。

### 05 ｜しろい【白い】

㈦ 白色的；空白；乾淨，潔白
例 白い雲が黒くなった。
譯 白雲轉變為烏雲。

### 06 ｜ちゃいろ【茶色】

㈦ 茶色
例 茶色が好きだ。
譯 喜歡茶色。

### 07 ｜みどり【緑】

㈦ 綠色
例 みどりが多い。
譯 綠油油的。

### 08 ｜いろ【色】

㈦ 顔色，彩色
例 黄色くなる。
譯 轉黃。

## 1-6 数詞 ／
量詞

### 01 ｜かい【階】

㈥ （樓房的）…樓，層
例 ２階まで歩く。
譯 走到二樓。

### 02 ｜かい【回】

㈦·㈥ …回，次數
例 何回も言う。
譯 說了好幾次。

### 03 ｜こ【個】

㈦·㈥ …個
例 ６個ください。
譯 給我六個。

## 04 | さい【歳】

（名・接尾）…歳

例 ２５歳で結婚する。
にじゅうごさい　けっこん

譯 25歳結婚。

## 05 | さつ【冊】

（接尾）…本，…冊

例 本を５冊買う。
ほん　ごさつか

譯 買五本書。

## 06 | だい【台】

（接尾）…台，…輛，…架

例 エアコンが２台ある。
にだい

譯 有兩台冷氣。

## 07 | にん【人】

（接尾）…人

例 子供が６人もいる。
こども　ろくにん

譯 小孩多達六人。

## 08 | はい・ばい・ぱい【杯】

（接尾）…杯

例 １杯どう。
いっぱい

譯 喝杯如何？

## 09 | ばん【番】

（名・接尾）（表示順序）第…，…號；輪班；看守

例 １番になった。
いちばん

譯 得到第一名。

## 10 | ひき【匹】

（接尾）（鳥，蟲，魚，獸）…匹，…頭，…條，…隻

例 ２匹の犬と散歩する。
にひき　いぬ　さんぽ

譯 跟２隻狗散步。

## 11 | ページ【page】

（名・接尾）…頁

例 ページを開く。
ひら

譯 翻開內頁。

## 12 | ほん・ぼん・ぽん【本】

（接尾）（計算細長的物品）…支，…棵，…瓶，…條

例 ビールを２本買う。
にほんか

譯 購買兩瓶啤酒。

## 13 | まい【枚】

（接尾）（計算平薄的東西）…張，…片，…幅，…扇

例 ハンカチを２枚持っている。
にまいも

譯 有兩條手帕。

# 動植物、大自然

- 動植物、大自然 -

## 2-1 体 /
身體

### 01 ｜あたま【頭】
名 頭；頭髮；（物體的上部）頂端
例 頭がいい。
譯 聰明。

### 02 ｜かお【顔】
名 臉，面孔；面子，顏面
例 水で顔を洗う。
譯 用自來水洗臉。

### 03 ｜みみ【耳】
名 耳朵
例 耳が冷たくなった。
譯 耳朵感到冰冷。

### 04 ｜め【目】
名 眼睛；眼珠，眼球
例 目がいい。
譯 視力好。

### 05 ｜はな【鼻】
名 鼻子
例 鼻が高い。
譯 得意洋洋。

### 06 ｜くち【口】
名 口，嘴巴
例 口を開く。
譯 把嘴張開。

### 07 ｜は【歯】
名 牙齒
例 歯を磨く。
譯 刷牙。

### 08 ｜て【手】
名 手，手掌；胳膊
例 手をあげる。
譯 舉手。

### 09 ｜おなか【お腹】
名 肚子；腸胃
例 お腹が痛い。
譯 肚子痛。

### 10 ｜あし【足】
名 腳；（器物的）腿
例 足が綺麗だ。
譯 腳很美。

### 11 ｜からだ【体】
名 身體；體格，身材
例 タバコは体に悪い。
譯 香菸對身體不好。

## 12 ｜せ・せい【背】

ⓝ 身高，身材

例 背が高い。

譯 身材高大。

TALL　　SHORT

## 13 ｜こえ【声】

ⓝ（人或動物的）聲音，語音

例 やさしい声で話す。

譯 用溫柔的聲音說話。

N5 ● 2-2(1)

## 2-2 家族(1)／
家族(1)

## 01 ｜おじいさん【お祖父さん・お爺さん】

ⓝ 祖父；外公；（對一般老年男子的稱呼）爺爺

例 お祖父さんから聞く。

譯 從祖父那裡聽來的。

## 02 ｜おばあさん【お祖母さん・お婆さん】

ⓝ 祖母；外祖母；（對一般老年婦女的稱呼）老婆婆

例 お祖母さんは元気だ。

譯 祖母身體很好。

## 03 ｜おとうさん【お父さん】

ⓝ（「父」的鄭重說法）爸爸，父親

例 お父さんはお元気ですか。

譯 您父親一切可好。

## 04 ｜ちち【父】

ⓝ 家父，爸爸，父親

例 父は今出かけている。

譯 爸爸目前外出。

## 05 ｜おかあさん【お母さん】

ⓝ（「母」的鄭重說法）媽媽，母親

例 お母さんが大好きだ。

譯 我最喜歡母親。

## 06 ｜はは【母】

ⓝ 家母，媽媽，母親

例 母に電話する。

譯 打電話給母親。

## 07 ｜おにいさん【お兄さん】

ⓝ 哥哥（「兄さん」的鄭重說法）

例 お兄さんはギターが上手だ。

譯 哥哥很會彈吉他。

## 08 ｜あに【兄】

ⓝ 哥哥，家兄；姐夫

例 兄と喧嘩する。

譯 跟哥哥吵架。

## 09 ｜おねえさん【お姉さん】

ⓝ 姊姊（「姉さん」的鄭重說法）

例 お姉さんはやさしい。

譯 姊姊很溫柔。

## 10 ｜あね【姉】

ⓝ 姊姊，家姊；嫂子

例 姉は忙しい。

譯 姊姊很忙。

### 11 │ おとうと【弟】

⒜ 弟弟(鄭重説法是「弟さん」)

例 男の子が私の弟だ。

譯 男孩是我弟弟。

### 12 │ いもうと【妹】

⒜ 妹妹(鄭重説法是「妹さん」)

例 かわいい妹がほしい。

譯 我想要有個可愛的妹妹。

### 13 │ おじさん【伯父さん・叔父さん】

⒜ 伯伯,叔叔,舅舅,姨丈,姑丈

例 伯父さんは厳しい人だ。

譯 伯伯人很嚴格。

### 14 │ おばさん【伯母さん・叔母さん】

⒜ 姨媽,嬸嬸,姑媽,伯母,舅媽

例 伯母さんが嫌いだ。

譯 我討厭姨媽。

## 2-2 家族 (2) /
家族 (2)

### 15 │ りょうしん【両親】

⒜ 父母,雙親

例 両親に会う。

譯 見父母。

### 16 │ きょうだい【兄弟】

⒜ 兄弟;兄弟姊妹;親如兄弟的人

例 兄弟はいますか。

譯 你有兄弟姊妹嗎?

### 17 │ かぞく【家族】

⒜ 家人,家庭,親屬

例 家族が多い。

譯 家人眾多。

### 18 │ ごしゅじん【ご主人】

⒜ (稱呼對方的)您的先生,您的丈夫

例 ご主人のお仕事は。

譯 您先生從事什麼行業?

### 19 │ おくさん【奥さん】

⒜ 太太;尊夫人

例 奥さんによろしく。

譯 代我向您夫人問好。

### 20 │ じぶん【自分】

⒜ 自己,本人,自身;我

例 自分でやる。

譯 自己做。

### 21 │ ひとり【一人】

⒜ 一人;一個人;單獨一個人

例 一人で来た。

譯 單獨一人前來。

### 22 │ ふたり【二人】

⒜ 兩個人,兩人

例 二人でお酒を飲む。

譯 兩人一起喝酒。

### 23 │ みなさん【皆さん】

⒜ 大家,各位

例 皆さん、お静かに。

譯 請大家肅靜。

### 24 │ いっしょ【一緒】

⒜・⒥ 一塊,一起;一樣;(時間)一齊,同時

例 一緒に行く。
譯 一起去。

## 25 | おおぜい【大勢】

名 很多人，眾多人；人數很多
例 大勢の人が並んでいる。
譯 有許多人排列著。

## 2-3 人の呼び方 /
人物的稱呼

## 01 | あなた【貴方・貴女】

代 （對長輩或平輩尊稱）你，您；（妻子稱呼先生）老公
例 貴方に会う。
譯 跟你見面。

## 02 | わたし【私】

名 我（謙遜的說法"わたくし"）
例 私が行く。
譯 我去。

## 03 | おとこ【男】

名 男性，男子，男人
例 男は傘を持っている。
譯 男性拿著傘。

## 04 | おんな【女】

名 女人，女性，婦女
例 女はやさしい。
譯 女性很溫柔。

## 05 | おとこのこ【男の子】

名 男孩子；年輕小伙子
例 男の子が生まれた。
譯 生了男孩。

## 06 | おんなのこ【女の子】

名 女孩子；少女
例 女の子がほしい。
譯 想生女孩子。

## 07 | おとな【大人】

名 大人，成人
例 大人になる。
譯 變成大人。

## 08 | こども【子供】

名 自己的兒女；小孩，孩子，兒童
例 子どもがほしい。
譯 想要有孩子。

## 09 | がいこくじん【外国人】

名 外國人
例 外国人がたくさんいる。
譯 有許多外國人。

## 10 | ともだち【友達】

名 朋友，友人
例 友達になる。
譯 交朋友。

## 11 | ひと【人】

名 人，人類
例 あの人は学生です。
譯 那個人是學生。

## 12 | かた【方】

名 位，人（「人」的敬稱）
例 あの方が山田さんです。
譯 那位是山田小姐。

## 13 | がた【方】

接尾 （前接人稱代名詞，表對複數的敬稱）們，各位

例 先生方はアメリカ人ですか。

譯 老師們都是美國人嗎？

---

## 14 | さん

接尾 （接在人名、職稱後表敬意或親切）…先生，…小姐

例 田中さん、お元気ですか。

譯 田中小姐，你好嗎？

# 2-4 大自然 /
大自然

## 01 | そら【空】

名 天空，空中；天氣

例 空を飛ぶ。

譯 在天空飛翔。

---

## 02 | やま【山】

名 山；一大堆，成堆如山

例 山に登る。

譯 爬山。

---

## 03 | かわ【川・河】

名 河川，河流

例 川で魚をとる。

譯 在河邊釣魚。

---

## 04 | うみ【海】

名 海，海洋

例 海を渡る。

譯 渡海。

## 05 | いわ【岩】

名 岩石

例 岩の上に座る。

譯 坐在岩石上。

---

## 06 | き【木】

名 樹，樹木；木材

例 木の下に犬がいる。

譯 樹下有小狗。

---

## 07 | とり【鳥】

名 鳥，禽類的總稱；雞

例 鳥が飛ぶ。

譯 鳥飛翔。

---

## 08 | いぬ【犬】

名 狗

例 犬も猫も大好きだ。

譯 喜歡狗跟貓。

---

## 09 | ねこ【猫】

名 貓

例 猫は窓から入ってきた。

譯 貓從窗戶進來。

---

## 10 | はな【花】

名 花

例 花が咲く。

譯 花開。

---

## 11 | さかな【魚】

名 魚

例 魚を買う。

譯 買魚。

### 12 | どうぶつ【動物】

[名] (生物兩大類之一的)動物;(人類以外，特別指哺乳類)動物

[例] 動物(どうぶつ)が好(す)きだ。

[譯] 喜歡動物。

N5 ● 2-5

## 2-5 季節、気象 /
季節、氣象

### 01 | はる【春】

[名] 春天，春季

[例] 春(はる)になる。

[譯] 到了春天。

### 02 | なつ【夏】

[名] 夏天，夏季

[例] 夏(なつ)が来(く)る。

[譯] 夏天來臨。

### 03 | あき【秋】

[名] 秋天，秋季

[例] もう秋(あき)だ。

[譯] 已經是秋天了。

### 04 | ふゆ【冬】

[名] 冬天，冬季

[例] 冬(ふゆ)を過(す)ごす。

[譯] 過冬。

### 05 | かぜ【風】

[名] 風

[例] 風(かぜ)が吹(ふ)く。

[譯] 風吹。

### 06 | あめ【雨】

[名] 雨，下雨，雨天

[例] 雨(あめ)が降(ふ)る。

[譯] 下雨。

### 07 | ゆき【雪】

[名] 雪

[例] 雪(ゆき)が降(ふ)る。

[譯] 下雪。

### 08 | てんき【天気】

[名] 天氣；晴天，好天氣

[例] 天気(てんき)がいい。

[譯] 天氣好。

### 09 | あつい【暑い】

[形] (天氣)熱，炎熱

[例] 部屋(へや)が暑(あつ)い。

[譯] 房間很熱。

### 10 | さむい【寒い】

[形] (天氣)寒冷

[例] 冬(ふゆ)は寒(さむ)い。

[譯] 冬天寒冷。

### 11 | すずしい【涼しい】

[形] 涼爽，涼爽

[例] 風(かぜ)が涼(すず)しい。

[譯] 風很涼爽。

### 12 | はれる【晴れる】

[自下一] (天氣)晴，(雨，雪)停止，放晴

[例] 空(そら)が晴(は)れる。

[譯] 天氣放晴。

## 3-1 身の回り品 /
身邊的物品

### 01 ｜ かばん【鞄】

（名）皮包，提包，公事包，書包

（例）かばんを開ける。

（譯）打開皮包。

### 02 ｜ にもつ【荷物】

（名）行李，貨物

（例）荷物を運ぶ。

（譯）搬行李。

### 03 ｜ ぼうし【帽子】

（名）帽子

（例）帽子をかぶる。

（譯）戴帽子。

### 04 ｜ ネクタイ【necktie】

（名）領帶

（例）ネクタイを締める。

（譯）繫領帶。

### 05 ｜ ハンカチ【handkerchief】

（名）手帕

（例）ハンカチを洗う。

（譯）洗手帕。

### 06 ｜ めがね【眼鏡】

（名）眼鏡

（例）眼鏡をかける。

（譯）戴眼鏡。

### 07 ｜ さいふ【財布】

（名）錢包

（例）財布に入れる。

（譯）放入錢包。

### 08 ｜ おかね【お金】

（名）錢，貨幣

（例）お金はほしくありません。

（譯）我不想要錢。

### 09 ｜ たばこ【煙草】

（名）香煙；煙草

（例）煙草を吸う。

（譯）抽煙。

### 10 ｜ はいざら【灰皿】

（名）菸灰缸

（例）灰皿を取る。

（譯）拿煙灰缸。

### 11 ｜ マッチ【match】

（名）火柴；火材盒

例 マッチをつける。
譯 點火柴。

例 ワイシャツを着る。
譯 穿白襯衫。

---

**12 | スリッパ【slipper】**

名 室內拖鞋

例 スリッパを履く。

譯 穿拖鞋。

**03 | ポケット【pocket】**

名 口袋，衣袋

例 ポケットに入れる。

譯 放入口袋。

---

**13 | くつ【靴】**

名 鞋子

例 靴を脱ぐ。

譯 脱鞋子。

**04 | ふく【服】**

名 衣服

例 服を買う。

譯 買衣服。

---

**14 | くつした【靴下】**

名 襪子

例 靴下を洗う。

譯 洗襪子。

**05 | うわぎ【上着】**

名 上衣；外衣

例 上着を脱ぐ。

譯 脱外套。

---

**15 | はこ【箱】**

名 盒子，箱子，匣子

例 箱に入れる。

譯 放入箱子。

**06 | シャツ【shirt】**

名 襯衫

例 シャツにネクタイをする。

譯 在襯衫上繫上領帶。

---

N5 ● 3-2

**3-2 衣服 /**
衣服

**07 | コート【coat】**

名 外套，大衣；（西裝的）上衣

例 コートがほしい。

譯 想要有件大衣。

---

**01 | せびろ【背広】**

名 （男子穿的）西裝（的上衣）

例 背広を作る。

譯 訂做西裝。

**08 | ようふく【洋服】**

名 西服，西裝

例 洋服を作る。

譯 做西裝。

---

**02 | ワイシャツ【white shirt】**

名 襯衫

**09 | ズボン【(法) jupon】**

[名] 西裝褲；褲子

[例] ズボンを脱(ぬ)ぐ。

[譯] 脫褲子。

**10 | ボタン【(葡) botão button】**

[名] 釦子，鈕釦；按鍵

[例] ボタンをかける。

[譯] 扣上扣子。

**11 | セーター【sweater】**

[名] 毛衣

[例] セーターを着(き)る。

[譯] 穿毛衣。

**12 | スカート【skirt】**

[名] 裙子

[例] スカートを穿(は)く。

[譯] 穿裙子。

**13 | もの【物】**

[名] (有形)物品，東西；(無形的)事物

[例] 物(もの)を売(う)る。

[譯] 賣東西。

N5 ◉ 3-3(1)

## 3-3 食べ物 (1) / 食物 (1)

**01 | ごはん【ご飯】**

[名] 米飯；飯食，餐

[例] ご飯(はん)を食(た)べる。

[譯] 吃飯。

**02 | あさごはん【朝ご飯】**

[名] 早餐，早飯

[例] 朝(あさ)ご飯(はん)を食(た)べる。

[譯] 吃早餐。

**03 | ひるごはん【昼ご飯】**

[名] 午餐

[例] 昼(ひる)ご飯(はん)を買(か)う。

[譯] 買午餐。

**04 | ばんごはん【晩ご飯】**

[名] 晚餐

[例] 晩(ばん)ご飯(はん)を作(つく)る。

[譯] 做晚餐。

**05 | ゆうはん【夕飯】**

[名] 晚飯

[例] 夕飯(ゆうはん)を作(つく)る。

[譯] 做晚飯。

**06 | たべもの【食べ物】**

[名] 食物，吃的東西

[例] 食(た)べ物(もの)を売(う)る。

[譯] 販賣食物。

**07 | のみもの【飲み物】**

[名] 飲料

[例] 飲(の)み物(もの)をください。

[譯] 請給我飲料。

**08 | おかし【お菓子】**

[名] 點心，糕點

例 お菓子を作る。

譯 做點心。

---

**09 ｜りょうり【料理】**

名・自他サ 菜餚，飯菜；做菜，烹調

例 料理をする。

譯 做菜。

---

**10 ｜しょくどう【食堂】**

名 食堂，餐廳，飯館

例 食堂に行く。

譯 去食堂。

---

**11 ｜かいもの【買い物】**

名 購物，買東西；要買的東西

例 買い物をする。

譯 買東西。

---

**12 ｜パーティー【party】**

名 （社交性的）集會，晚會，宴會，舞會

例 パーティーを開く。

譯 舉辦派對。

N5 ● 3-3(2)

## 3-3 食べ物 (2)／
食物 (2)

---

**13 ｜コーヒー【(荷) koffie】**

名 咖啡

例 コーヒーをいれる。

譯 沖泡咖啡。

---

**14 ｜ぎゅうにゅう【牛乳】**

名 牛奶

---

例 牛乳を飲む。

譯 喝牛奶。

---

**15 ｜おさけ【お酒】**

名 酒（「酒」的鄭重説法）；清酒

例 お酒が嫌いです。

譯 我不喜歡喝酒。

---

**16 ｜にく【肉】**

名 肉

例 肉料理はおいしい。

譯 肉類菜餚非常可口。

---

**17 ｜とりにく【鶏肉・鳥肉】**

名 雞肉；鳥肉

例 鳥肉のスープがある。

譯 有雞湯。

---

**18 ｜みず【水】**

名 水；冷水

例 水を飲む。

譯 喝水。

---

**19 ｜ぎゅうにく【牛肉】**

名 牛肉

例 牛肉でスープを作る。

譯 用牛肉煮湯。

---

**20 ｜ぶたにく【豚肉】**

名 豬肉

例 豚肉を食べる。

譯 吃豬肉。

**21 │おちゃ【お茶】**

名 茶，茶葉（「茶」的鄭重説法）；茶道

例 お茶を飲む。

譯 喝茶。

---

**22 │パン【(葡)pão】**

名 麵包

例 パンを食べる。

譯 吃麵包。

---

**23 │やさい【野菜】**

名 蔬菜，青菜

例 野菜を食べましょう。

譯 吃蔬菜吧！

---

**24 │たまご【卵】**

名 蛋，卵；鴨蛋，雞蛋

例 卵を買う。

譯 買雞蛋。

---

**25 │くだもの【果物】**

名 水果，鮮果

例 果物を取る。

譯 採摘水果。

## 3-4 食器、調味料 /
器皿、調味料

**01 │バター【butter】**

名 奶油

例 バターをつける。

譯 塗奶油。

**02 │しょうゆ【醤油】**

名 醤油

例 醤油を入れる。

譯 加醬油。

---

**03 │しお【塩】**

名 鹽，食鹽

例 塩をかける。

譯 灑鹽。

---

**04 │さとう【砂糖】**

名 砂糖

例 砂糖をつける。

譯 沾砂糖。

---

**05 │スプーン【spoon】**

名 湯匙

例 スプーンで食べる。

譯 用湯匙吃。

---

**06 │フォーク【fork】**

名 叉子，餐叉

例 フォークを使う。

譯 使用叉子。

---

**07 │ナイフ【knife】**

名 刀子，小刀，餐刀

例 ナイフで切る。

譯 用刀切開。

---

**08 │おさら【お皿】**

名 盤子（「皿」的鄭重説法）

例 お皿を洗う。
譯 洗盤子。

## 09 ｜ちゃわん【茶碗】

名 碗，茶杯，飯碗
例 茶碗に入れる。
譯 盛到碗裡。

## 10 ｜グラス【glass】

名 玻璃杯；玻璃
例 グラスに入れる。
譯 倒進玻璃杯裡。

## 11 ｜はし【箸】

名 筷子，箸
例 箸で食べる。
譯 用筷子吃。

## 12 ｜コップ【(荷) kop】

名 杯子，玻璃杯
例 コップで飲む。
譯 用杯子喝。

## 13 ｜カップ【cup】

名 杯子；(有把)茶杯
例 コーヒーカップをあげた。
譯 贈送咖啡杯。

N5 3-5

### 3-5 家 / 住家

## 01 ｜いえ【家】

名 房子，房屋；(自己的)家；家庭

例 家は海の側にある。
譯 家在海邊。

## 02 ｜うち【家】

名 自己的家裡(庭)；房屋
例 家へ帰る。
譯 回家。

## 03 ｜にわ【庭】

名 庭院，院子，院落
例 庭で遊ぶ。
譯 在院子裡玩。

## 04 ｜かぎ【鍵】

名 鑰匙；鎖頭；關鍵
例 鍵をかける。
譯 上鎖。

## 05 ｜プール【pool】

名 游泳池
例 プールで泳ぐ。
譯 在泳池內游泳。

## 06 ｜アパート【apartment house 之略】

名 公寓
例 アパートに住む。
譯 住公寓。

## 07 ｜いけ【池】

名 池塘；(庭院中的)水池
例 池の周りを散歩する。
譯 在池塘附近散步。

### 08 | ドア【door】

[名]（大多指西式前後推開的）門；（任何出入口的）門

[例] ドアを開(あ)ける。

[譯] 開門。

### 09 | もん【門】

[名] 門，大門

[例] 南側(みなみがわ)の門(もん)から入(はい)る。

[譯] 從南側的門進入。

### 10 | と【戸】

[名]（大多指左右拉開的）門；大門

[例] 戸(と)を閉(し)める。

[譯] 關門。

### 11 | いりぐち【入り口】

[名] 入口，門口

[例] 入(い)り口(ぐち)から入(はい)る。

[譯] 從入口進入。

### 12 | でぐち【出口】

[名] 出口

[例] 出口(でぐち)を出(で)る。

[譯] 走出出口。

### 13 | ところ【所】

[名]（所在的）地方，地點

[例] 便利(べんり)な所(ところ)がいい。

[譯] 我要比較方便的地方。

## 3-6 部屋、設備 / 房間、設備

### 01 | つくえ【机】

[名] 桌子，書桌

[例] 机(つくえ)の上(うえ)にカメラがある。

[譯] 桌上有照相機。

### 02 | いす【椅子】

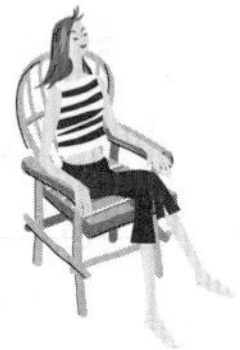

[名] 椅子

[例] 椅子(いす)にかける。

[譯] 坐在椅子上。

### 03 | へや【部屋】

[名] 房間；屋子

[例] 部屋(へや)を掃除(そうじ)する。

[譯] 打掃房間。

### 04 | まど【窓】

[名] 窗戶

[例] 窓(まど)を開(あ)ける。

[譯] 開窗戶。

### 05 | ベッド【bed】

[名] 床，床鋪

[例] ベッドに寝(ね)る。

[譯] 睡在床上。

### 06 | シャワー【shower】

[名] 淋浴

[例] シャワーを浴(あ)びる。

[譯] 淋浴。

## 07 ｜トイレ【toilet】

② 廁所，洗手間，盥洗室

例 トイレに行く。

譯 上洗手間。

---

## 08 ｜だいどころ【台所】

② 廚房

例 台所で料理する。

譯 在廚房煮菜。

---

## 09 ｜げんかん【玄関】

② （建築物的）正門，前門，玄關

例 玄関につく。

譯 到了玄關。

---

## 10 ｜かいだん【階段】

② 樓梯，階梯，台階

例 階段で上がる。

譯 走樓梯上去。

---

## 11 ｜おてあらい【お手洗い】

② 廁所，洗手間，盥洗室

例 お手洗いに行く。

譯 去洗手間。

---

## 12 ｜ふろ【風呂】

② 浴缸，澡盆；洗澡；洗澡熱水

例 風呂に入る。

譯 洗澡。

## 3-7 家具、家電 /
家具、家電

## 01 ｜でんき【電気】

② 電力；電燈；電器

例 電気をつける。

譯 開燈。

---

## 02 ｜とけい【時計】

② 鐘錶，手錶

例 時計が止まる。

譯 手錶停止不動。

---

## 03 ｜でんわ【電話】

② ・自サ 電話；打電話

例 電話がかかってきた。

譯 電話鈴響。

---

## 04 ｜ほんだな【本棚】

② 書架，書櫃，書櫥

例 本棚に並べる。

譯 擺在書架上。

---

## 05 ｜ラジカセ【(和) radio + cassette 之略】

② 收錄兩用收音機，錄放音機

例 ラジカセを聴く。

譯 聽收音機。

---

## 06 ｜れいぞうこ【冷蔵庫】

② 冰箱，冷藏室，冷藏庫

例 冷蔵庫に入れる。

譯 放入冰箱。

## 07 ｜かびん【花瓶】

名 花瓶

例 花瓶に花を入れる。

譯 把花插入花瓶。

## 08 ｜テーブル【table】

名 桌子；餐桌，飯桌

例 テーブルにつく。

譯 入座。

## 09 ｜テープレコーダー【tape recorder】

名 磁帶錄音機

例 テープレコーダーで聞く。

譯 用錄音機收聽。

## 10 ｜テレビ【television 之略】

名 電視

例 テレビを見る。

譯 看電視。

## 11 ｜ラジオ【radio】

名 收音機；無線電

例 ラジオで勉強をする。

譯 聽收音機學習。

## 12 ｜せっけん【石鹸】

名 香皂，肥皂

例 石鹸を塗る。

譯 抹香皂。

## 13 ｜ストーブ【stove】

名 火爐，暖爐

例 ストーブをつける。

譯 開暖爐。

## 3-8 交通／
### 交通

## 01 ｜はし【橋】

名 橋，橋樑

例 橋を渡る。

譯 過橋。

## 02 ｜ちかてつ【地下鉄】

名 地下鐵

例 地下鉄に乗る。

譯 搭地鐵。

## 03 ｜ひこうき【飛行機】

名 飛機

例 飛行機に乗る。

譯 搭飛機。

## 04 ｜こうさてん【交差点】

名 交差路口

例 交差点を渡る。

譯 過十字路口。

## 05 ｜タクシー【taxi】

名 計程車

例 タクシーに乗る。

譯 搭乘計程車。

## 06 ｜でんしゃ【電車】

名 電車

例 電車で行く。
譯 搭電車去。

## 07 ｜えき【駅】

名 （鐵路的）車站
例 駅でお弁当を買う。
譯 在車站買便當。

## 08 ｜くるま【車】

名 車子的總稱，汽車
例 車を運転する。
譯 開車。

## 09 ｜じどうしゃ【自動車】

名 車，汽車
例 自動車の工場で働く。
譯 在汽車廠工作。

## 10 ｜じてんしゃ【自転車】

名 腳踏車，自行車
例 自転車に乗る。
譯 騎腳踏車。

## 11 ｜バス【bus】

名 巴士，公車
例 バスを待つ。
譯 等公車。

## 12 ｜エレベーター【elevator】

名 電梯，升降機
例 エレベーターに乗る。
譯 搭電梯。

## 13 ｜まち【町】

名 城鎮；町
例 町を歩く。
譯 走在街上。

## 14 ｜みち【道】

名 路，道路
例 道に迷う。
譯 迷路。

## 3-9 建物／
建築物

## 01 ｜みせ【店】

名 店，商店，店鋪，攤子
例 店を開ける。
譯 商店開門。

## 02 ｜えいがかん【映画館】

名 電影院
例 映画館で見る。
譯 在電影院看。

## 03 ｜びょういん【病院】

名 醫院
例 病院に行く。
譯 去醫院看病。

## 04 ｜たいしかん【大使館】

名 大使館
例 大使館のパーティーに行く。
譯 去參加大使館的宴會。

## 05 ｜きっさてん【喫茶店】

(名) 咖啡店

(例) 喫茶店を開く。

(譯) 開咖啡店。

## 06 ｜レストラン【(法) restaurant】

(名) 西餐廳

(例) レストランで食事する。

(譯) 在餐廳用餐。

## 07 ｜たてもの【建物】

(名) 建築物，房屋

(例) 建物の４階にある。

(譯) 在建築物的四樓。

## 08 ｜デパート【department store】

(名) 百貨公司

(例) デパートに行く。

(譯) 去百貨公司。

## 09 ｜やおや【八百屋】

(名) 蔬果店，菜舖

(例) 八百屋に行く。

(譯) 去蔬果店。

## 10 ｜こうえん【公園】

(名) 公園

(例) 公園で遊ぶ。

(譯) 在公園玩。

## 11 ｜ぎんこう【銀行】

(名) 銀行

(例) 銀行は駅の横にある。

(譯) 銀行在車站的旁邊。

## 12 ｜ゆうびんきょく【郵便局】

(名) 郵局

(例) 郵便局で働く。

(譯) 在郵局工作。

## 13 ｜ホテル【hotel】

(名) （西式）飯店，旅館

(例) ホテルに泊まる。

(譯) 住飯店。

# 3-10 娯楽、嗜好 /
娯樂、嗜好

## 01 ｜えいが【映画】

(名) 電影

(例) 映画が始まる。

(譯) 電影開始播放。

## 02 ｜おんがく【音楽】

(名) 音樂

(例) 音楽を習う。

(譯) 學音樂。

## 03 ｜レコード【record】

(名) 唱片，黑膠唱片（圓盤形）

(例) レコードを聴く。

(譯) 聽唱片。

## 04 ｜テープ【tape】

(名) 膠布；錄音帶，卡帶

例 テープを貼<ruby>貼<rt>は</rt></ruby>る。
譯 黏膠帶。

**05 ｜ギター【guitar】**
名 吉他
例 ギターを<ruby>弾<rt>ひ</rt></ruby>く。
譯 彈吉他。

**06 ｜うた【歌】**
名 歌，歌曲
例 <ruby>歌<rt>うた</rt></ruby>が<ruby>上手<rt>じょうず</rt></ruby>だ。
譯 擅長唱歌。

**07 ｜え【絵】**
名 畫，圖畫，繪畫
例 <ruby>絵<rt>え</rt></ruby>を<ruby>描<rt>か</rt></ruby>く。
譯 畫圖。

**08 ｜カメラ【camera】**
名 照相機；攝影機
例 カメラを<ruby>買<rt>か</rt></ruby>う。
譯 買相機。

**09 ｜しゃしん【写真】**
名 照片，相片，攝影
例 <ruby>写真<rt>しゃしん</rt></ruby>を<ruby>撮<rt>と</rt></ruby>る。
譯 照相。

**10 ｜フィルム【film】**
名 底片，膠片；影片；電影
例 フィルムを<ruby>入<rt>い</rt></ruby>れる。
譯 放入軟片。

**11 ｜がいこく【外国】**
名 外國，外洋
例 <ruby>外国<rt>がいこく</rt></ruby>に<ruby>住<rt>す</rt></ruby>む。
譯 住在國外。

**12 ｜くに【国】**
名 國家；國土；故鄉
例 <ruby>国<rt>くに</rt></ruby>へ<ruby>帰<rt>かえ</rt></ruby>る。
譯 回國。

N5 ● 3-11

**3-11 学校 /**
學校

**01 ｜がっこう【学校】**
名 學校；(有時指)上課
例 <ruby>学校<rt>がっこう</rt></ruby>に<ruby>行<rt>い</rt></ruby>く。
譯 去學校。

**02 ｜だいがく【大学】**
名 大學
例 <ruby>大学<rt>だいがく</rt></ruby>に<ruby>入<rt>はい</rt></ruby>る。
譯 進大學。

**03 ｜きょうしつ【教室】**
名 教室；研究室
例 <ruby>教室<rt>きょうしつ</rt></ruby>で<ruby>授業<rt>じゅぎょう</rt></ruby>する。
譯 在教室上課。

**04 ｜クラス【class】**
名 (學校的)班級；階級，等級
例 クラスで<ruby>一番<rt>いちばん</rt></ruby><ruby>足<rt>あし</rt></ruby>が<ruby>速<rt>はや</rt></ruby>い。
譯 班上跑最快的。

## 05 ｜せいと【生徒】

名 (中學，高中)學生

例 生徒か先生か知らない。

譯 我不知道是學生還是老師？

## 06 ｜がくせい【学生】

名 學生(主要指大專院校的學生)

例 学生を教える。

譯 教學生。

## 07 ｜りゅうがくせい【留学生】

名 留學生

例 留学生と交流する。

譯 和留學生交流。

## 08 ｜じゅぎょう【授業】

名・自サ 上課，教課，授課

例 授業に出る。

譯 上課。

## 09 ｜やすみ【休み】

名 休息；假日，休假；停止營業；缺勤；睡覺

例 休みは明日までだ。

譯 休假到明天為止。

## 10 ｜なつやすみ【夏休み】

名 暑假

例 夏休みが始まる。

譯 放暑假。

## 11 ｜としょかん【図書館】

名 圖書館

例 図書館で勉強する。

譯 在圖書館唸書。

## 12 ｜ニュース【news】

名 新聞，消息

例 ニュースを見る。

譯 看新聞。

## 13 ｜びょうき【病気】

名 生病，疾病

例 病気で学校を休む。

譯 因為生病跟學校請假。

## 14 ｜かぜ【風邪】

名 感冒，傷風

例 テストの前に風邪を引いた。

譯 考試前得了感冒。

## 15 ｜くすり【薬】

名 藥，藥品

例 薬を飲んだので、授業中眠くなる。

譯 吃了藥，上課昏昏欲睡。

## 3-12 学習 /
學習

## 01 ｜ことば【言葉】

名 語言，詞語

例 言葉を覚える。

譯 記住言詞。

## 02 ｜はなし【話】

名 話，說話，講話

例 話を始める。
<sub>はなし　はじ</sub>
譯 開始説話。

---

**03 ｜えいご【英語】**

名 英語，英文

例 英語の歌を習う。
<sub>えいご　うた　なら</sub>

譯 學英文歌。

---

**04 ｜もんだい【問題】**

名 問題；（需要研究，處理，討論的）事項

例 問題に答える。
<sub>もんだい　こた</sub>

譯 回答問題。

---

**05 ｜しゅくだい【宿題】**

名 作業，家庭作業

例 宿題をする。
<sub>しゅくだい</sub>

譯 寫作業。

---

**06 ｜テスト【test】**

名 考試，試驗，檢查

例 テストを受ける。
<sub>う</sub>

譯 應考。

---

**07 ｜いみ【意味】**

名 （詞句等）意思，含意，意義

例 意味が違う。
<sub>いみ　ちが</sub>

譯 意思不相同。

---

**08 ｜なまえ【名前】**

名 （事物與人的）名字，名稱

例 名前を書く。
<sub>なまえ　か</sub>

譯 寫名字。

---

**09 ｜かたかな【片仮名】**

名 片假名

例 片仮名で書く。
<sub>かたかな　か</sub>

譯 用片假名寫。

---

**10 ｜ひらがな【平仮名】**

名 平假名

例 平仮名で書く。
<sub>ひらがな　か</sub>

譯 用平假名寫。

---

**11 ｜かんじ【漢字】**

名 漢字

例 漢字を学ぶ。
<sub>かんじ　まな</sub>

譯 學漢字。

---

**12 ｜さくぶん【作文】**

名 作文

例 作文を書く。
<sub>さくぶん　か</sub>

譯 寫作文。

N5 ● 3-13

**3-13 文房具、出版品 /**
文具用品、出版物

---

**01 ｜ボールペン【ball-point pen】**

名 原子筆，鋼珠筆

例 ボールペンで書く。
<sub>か</sub>

譯 用原子筆寫。

---

**02 ｜まんねんひつ【万年筆】**

名 鋼筆

例 万年筆を使う。
<sub>まんねんひつ　つか</sub>

譯 使用鋼筆。

## 03 │コピー【copy】

(名・他サ) 拷貝，複製，副本

**例** コピーをする。

**譯** 影印。

---

## 04 │じびき【字引】

(名) 字典，辭典

**例** 字引を引く。

**譯** 查字典。

---

## 05 │ペン【pen】

(名) 筆，原子筆，鋼筆

**例** ペンで書く。

**譯** 用鋼筆寫。

---

## 06 │しんぶん【新聞】

(名) 報紙

**例** 新聞を読む。

**譯** 看報紙。

---

## 07 │ほん【本】

(名) 書，書籍

**例** 本を読む。

**譯** 看書。

---

## 08 │ノート【notebook 之略】

(名) 筆記本；備忘錄

**例** ノートを取る。

**譯** 寫筆記。

---

## 09 │えんぴつ【鉛筆】

(名) 鉛筆

**例** 鉛筆で書く。

**譯** 用鉛筆寫。

---

## 10 │じしょ【辞書】

(名) 字典，辭典

**例** 辞書で調べる。

**譯** 查字典。

---

## 11 │ざっし【雑誌】

(名) 雜誌，期刊

**例** 雑誌を読む。

**譯** 閱讀雜誌。

---

## 12 │かみ【紙】

(名) 紙

**例** 紙に書く。

**譯** 寫在紙上。

## 3-14 仕事、郵便 /
工作、郵局

---

## 01 │せんせい【先生】

(名) 老師，師傅；醫生，大夫

**例** 先生になる。

**譯** 當老師。

---

## 02 │いしゃ【医者】

(名) 醫生，大夫

**例** 父は医者だ。

**譯** 家父是醫生。

---

## 03 │おまわりさん【お巡りさん】

(名) (俗稱)警察，巡警

例 お巡りさんに聞く。

譯 問警察先生。

---

**04 ｜かいしゃ【会社】**

名 公司；商社

例 会社に行く。

譯 去公司。

---

**05 ｜しごと【仕事】**

名 工作；職業

例 仕事を休む。

譯 工作請假。

---

**06 ｜けいかん【警官】**

名 警官，警察

例 警官を呼ぶ。

譯 叫警察。

---

**07 ｜はがき【葉書】**

名 明信片

例 葉書を出す。

譯 寄明信片。

---

**08 ｜きって【切手】**

名 郵票

例 切手を貼る。

譯 貼郵票。

---

**09 ｜てがみ【手紙】**

名 信，書信，函

例 手紙を書く。

譯 寫信。

---

**10 ｜ふうとう【封筒】**

名 信封，封套

例 封筒を開ける。

譯 拆信。

---

**11 ｜きっぷ【切符】**

名 票，車票

例 切符を買う。

譯 買票。

---

**12 ｜ポスト【post】**

名 郵筒，信箱

例 ポストに入れる。

譯 投入郵筒。

---

N5 ● 3-15

## 3-15 方向、位置 /
方向、位置

---

**01 ｜ひがし【東】**

名 東，東方，東邊

例 東から西へ歩く。

譯 從東向西走。

---

**02 ｜にし【西】**

名 西，西邊，西方

例 西に曲がる。

譯 轉向西方。

---

**03 ｜みなみ【南】**

名 南，南方，南邊

例 南へ行く。

譯 往南走。

## 04 ｜きた【北】

② 北，北方，北邊
<ruby>北<rt>きた</rt></ruby>の<ruby>門<rt>もん</rt></ruby>から<ruby>入<rt>はい</rt></ruby>る。
譯 從北門進入。

---

## 05 ｜うえ【上】

② （位置）上面，上部
<ruby>机<rt>つくえ</rt></ruby>の<ruby>上<rt>うえ</rt></ruby>に<ruby>封筒<rt>ふうとう</rt></ruby>がある。
譯 桌上有信封。

---

## 06 ｜した【下】

② （位置的）下，下面，底下；年紀小
いすの<ruby>下<rt>した</rt></ruby>にある。
譯 在椅子下面。

---

## 07 ｜ひだり【左】

② 左，左邊；左手
<ruby>左<rt>ひだり</rt></ruby>へ<ruby>曲<rt>ま</rt></ruby>がる。
譯 向左轉。

---

## 08 ｜みぎ【右】

② 右，右側，右邊，右方
<ruby>右<rt>みぎ</rt></ruby>へ<ruby>行<rt>い</rt></ruby>く。
譯 往右走。

---

## 09 ｜そと【外】

② 外面，外邊；戶外
<ruby>外<rt>そと</rt></ruby>で<ruby>遊<rt>あそ</rt></ruby>ぶ。
譯 在外面玩。

---

## 10 ｜なか【中】

② 裡面，內部；其中

<ruby>中<rt>なか</rt></ruby>に<ruby>入<rt>はい</rt></ruby>る。
譯 進去裡面。

---

## 11 ｜まえ【前】

② （空間的）前，前面
ドアの<ruby>前<rt>まえ</rt></ruby>に<ruby>立<rt>た</rt></ruby>つ。
譯 站在門前。

---

## 12 ｜うしろ【後ろ】

② 後面；背面，背地裡
<ruby>後<rt>うし</rt></ruby>ろを<ruby>見<rt>み</rt></ruby>る。
譯 看後面。

---

## 13 ｜むこう【向こう】

② 前面，正對面；另一側；那邊
<ruby>向<rt>む</rt></ruby>こうに<ruby>着<rt>つ</rt></ruby>く。
譯 到那邊。

## 3-16 位置、距離、重量等 ／
位置、距離、重量等

## 01 ｜となり【隣】

② 鄰居，鄰家；隔壁，旁邊；鄰近，附近
<ruby>隣<rt>となり</rt></ruby>に<ruby>住<rt>す</rt></ruby>む。
譯 住在隔壁。

---

## 02 ｜そば【側・傍】

② 旁邊，側邊；附近
<ruby>学校<rt>がっこう</rt></ruby>のそばを<ruby>走<rt>はし</rt></ruby>る。
譯 在學校附近跑步。

---

## 03 ｜よこ【横】

② 橫；寬；側面；旁邊

例 花屋の横にある。

譯 在花店的旁邊。

## 04 | かど【角】

名 角；（道路的）拐角，角落

例 角を曲がる。

譯 轉彎。

## 05 | ちかく【近く】

名·副 附近，近旁；（時間上）近期，即將

例 近くにある。

譯 在附近。

## 06 | へん【辺】

名 附近，一帶；程度，大致

例 この辺に交番はありますか。

譯 這一帶有派出所嗎？

## 07 | さき【先】

名 先，早；頂端，尖端；前頭，最前端

例 先に着く。

譯 先到。

## 08 | キロ【（法）kilogramme 之略】

名 千克，公斤

例 10 キロもある。

譯 足足有 10公斤。

## 09 | グラム【（法）gramme】

名 公克

例 牛肉を 500 グラム買う。

譯 買 500公克的牛肉。

## 10 | キロ【（法）kilo mêtre 之略】

名 一千公尺，一公里

例 10 キロを歩く。

譯 走 10 公里。

## 11 | メートル【mètre】

名 公尺，米

例 長さ 100 メートルです。

譯 長 100 公尺。

## 12 | はんぶん【半分】

名 半，一半，二分之一

例 半分に切る。

譯 切成兩半。

## 13 | つぎ【次】

名 下次，下回，接下來；第二，其次

例 次の駅で降りる。

譯 下一站下車。

## 14 | いくら【幾ら】

名 多少（錢，價格，數量等）

例 いくらですか。

譯 多少錢？

# 状態を表す形容詞
- 表示狀態的形容詞 -

## 4-1 相対的なことば／
意思相對的詞

### 01 ｜あつい【熱い】
㊫（温度）熱的，燙的
例 熱いお茶を飲む。
譯 喝熱茶。

### 02 ｜つめたい【冷たい】
㊫ 冷，涼；冷淡，不熱情
例 風が冷たい。
譯 寒風冷冽。

### 03 ｜あたらしい【新しい】
㊫ 新的；新鮮的；時髦的
例 新しい家に住む。
譯 入住新家。

### 04 ｜ふるい【古い】
㊫ 以往；老舊，年久，老式
例 古い服で作った。
譯 用舊衣服做的。

### 05 ｜あつい【厚い】
㊫ 厚；（感情，友情）深厚，優厚
例 厚いコートを着る。
譯 穿厚的外套。

### 06 ｜うすい【薄い】
㊫ 薄；淡，淺；待人冷淡；稀少
例 薄い紙がいい。
譯 我要薄的紙。

### 07 ｜あまい【甘い】
㊫ 甜的；甜蜜的
例 甘い菓子が食べたい。
譯 想吃甜點。

### 08 ｜からい【辛い・鹹い】
㊫ 辣，辛辣；鹹的；嚴格
例 辛い料理が食べたい。
譯 我想吃辣的菜。

### 09 ｜いい・よい【良い】
㊫ 好，佳，良好；可以
例 良い人が多い。
譯 好人很多。

### 10 ｜わるい【悪い】
㊫ 不好，壞的；不對，錯誤
例 頭が悪い。
譯 頭腦差。

### 11 ｜いそがしい【忙しい】
㊫ 忙，忙碌

例 仕事が忙しい。
<small>しごと いそが</small>

譯 工作繁忙。

## 12 | ひま【暇】

(名・形動) 時間，功夫；空閒時間，暇餘

例 暇がある。
<small>ひま</small>

譯 有空。

## 13 | きらい【嫌い】

(形動) 嫌惡，厭惡，不喜歡

例 勉強が嫌い。
<small>べんきょう きら</small>

譯 討厭唸書。

## 14 | すき【好き】

(名・形動) 喜好，愛好；愛，產生感情

例 運動が好きだ。
<small>うんどう す</small>

譯 喜歡運動。

## 15 | おいしい【美味しい】

(形) 美味的，可口的，好吃的

例 美味しい料理を食べた。
<small>お い りょうり た</small>

譯 吃了美味的佳餚。

## 16 | まずい【不味い】

(形) 不好吃，難吃

例 食事がまずい。
<small>しょくじ</small>

譯 菜很難吃。

## 17 | おおい【多い】

(形) 多，多的

例 宿題が多い。
<small>しゅくだい おお</small>

譯 功課很多。

## 18 | すくない【少ない】

(形) 少，不多

例 友達が少ない。
<small>ともだち すく</small>

譯 朋友很少。

## 19 | おおきい【大きい】

(形) (數量，體積，身高等)大，巨大；(程度，範圍等)大，廣大

例 大きい家がほしい。
<small>おお いえ</small>

譯 我想要有間大房子。

## 20 | ちいさい【小さい】

(形) 小的；微少，輕微；幼小的

例 小さい子供がいる。
<small>ちい こども</small>

譯 有年幼的小孩。

## 21 | おもい【重い】

(形) (份量)重，沉重

例 荷物はとても重い。
<small>に もつ おも</small>

譯 行李很重。

## 22 | かるい【軽い】

(形) 輕的，輕快的；(程度)輕微的；輕鬆的

例 軽いほうがいい。
<small>かる</small>

譯 我要輕的。

## 23 | おもしろい【面白い】

(形) 好玩；有趣，新奇 ；可笑的

例 漫画が面白い。
<small>まん が おもしろ</small>

譯 漫畫很有趣。

## 24 | つまらない

形 無趣，沒意思；無意義

例 テレビがつまらない。

譯 電視很無趣。

---

## 25 | きたない【汚い】

形 骯髒；(看上去)雜亂無章，亂七八糟

例 手が汚い。

譯 手很髒。

---

## 26 | きれい【綺麗】

形動 漂亮，好看；整潔，乾淨

例 花がきれいだね。

譯 這花真美啊！

---

## 27 | しずか【静か】

形動 靜止；平靜，沈穩；慢慢，輕輕

例 静かになる。

譯 變安靜。

---

## 28 | にぎやか【賑やか】

形動 熱鬧，繁華；有説有笑，鬧哄哄

例 にぎやかな町がある。

譯 有熱鬧的大街。

---

## 29 | じょうず【上手】

名·形動 (某種技術等)擅長，高明，厲害

例 料理が上手だ。

譯 很會作菜。

---

## 30 | へた【下手】

名·形動 (技術等)不高明，不擅長，笨拙

例 字が下手だ。

譯 寫字不好看。

---

## 31 | せまい【狭い】

形 狹窄，狹小，狹隘

例 部屋が狭い。

譯 房間很窄小。

---

## 32 | ひろい【広い】

形 (面積，空間)廣大，寬廣；(幅度)寬闊；(範圍)廣泛

例 庭が広い。

譯 庭院很大。

---

## 33 | たかい【高い】

形 (價錢)貴；(程度，數量，身材等)高，高的

例 山が高い。

譯 山很高。

---

## 34 | ひくい【低い】

形 低，矮；卑微，低賤

例 背が低い。

譯 個子矮小。

---

## 35 | ちかい【近い】

形 (距離，時間)近，接近，靠近

例 駅に近い。

譯 離車站近。

---

## 36 | とおい【遠い】

形 (距離)遠；(關係)遠，疏遠；(時間間隔)久遠

例 学校に遠い。

譯 離學校遠。

---

**37 ｜つよい【強い】**

形 強悍，有力；強壯，結實；擅長的

例 強く押してください。

譯 請用力往下按壓。

---

**38 ｜よわい【弱い】**

形 弱的；不擅長

例 体が弱い。

譯 身體虛弱。

---

**39 ｜ながい【長い】**

形 （時間、距離）長，長久，長遠

例 スカートを長くする。

譯 把裙子放長。

---

**40 ｜みじかい【短い】**

形 （時間）短少；（距離，長度等）短，近

例 髪が短い。

譯 頭髮短。

---

**41 ｜ふとい【太い】**

形 粗，肥胖

例 線が太い。

譯 線條粗。

---

**42 ｜ほそい【細い】**

形 細，細小；狹窄

例 体が細い。

譯 身材纖細。

---

**43 ｜むずかしい【難しい】**

形 難，困難，難辦；麻煩，複雜

例 問題が難しい。

譯 問題很難。

---

**44 ｜やさしい【易しい】**

形 簡單，容易，易懂

例 やさしい本が出ている。

譯 簡單易懂的書出版了。

---

**45 ｜あかるい【明るい】**

形 明亮；光明，明朗 ；鮮豔

例 部屋が明るい。

譯 明亮的房間。

---

**46 ｜くらい【暗い】**

形 （光線）暗，黑暗；（顏色）發暗，發黑

例 部屋が暗い。

譯 房間陰暗。

---

**47 ｜はやい【速い】**

形 （速度等）快速

例 速く走る。

譯 快跑。

---

**48 ｜おそい【遅い】**

形 （速度上）慢，緩慢；（時間上）遲的，晚到的；趕不上

例 足が遅い。

譯 走路慢。

## 4-2 その他の形容詞 /
其他形容詞

### 01 ｜あたたかい【暖かい】

形 溫暖的；溫和的

例 暖かい天気が好きだ。

譯 我喜歡暖和的天氣。

### 02 ｜あぶない【危ない】

形 危險，不安全；令人擔心；（形勢，病情等）危急

例 子供が危ない。

譯 孩子有危險。

### 03 ｜いたい【痛い】

形 疼痛；（因為遭受打擊而）痛苦，難過

例 お腹が痛い。

譯 肚子痛。

### 04 ｜かわいい【可愛い】

形 可愛，討人喜愛；小巧玲瓏

例 人形がかわいい。

譯 娃娃很可愛。

### 05 ｜たのしい【楽しい】

形 快樂，愉快，高興

例 楽しい時間をありがとう。

譯 謝謝和你度過歡樂的時光。

### 06 ｜ない【無い】

形 沒，沒有；無，不在

例 お金がない。

譯 沒錢。

NO MONEY…

### 07 ｜はやい【早い】

形 （時間等）快，早；（動作等）迅速

例 電車のほうが早い。

譯 電車比較快。

### 08 ｜まるい【丸い・円い】

形 圓形，球形

例 月が丸い。

譯 月圓。

### 09 ｜やすい【安い】

形 便宜，（價錢）低廉

例 値段が安い。

譯 價錢便宜。

### 10 ｜わかい【若い】

形 年輕；年紀小；有朝氣

例 若くて綺麗だ。

譯 年輕又漂亮。

## 4-3 その他の形容動詞 /
其他形容動詞

### 01 ｜いや【嫌】

形動 討厭，不喜歡，不願意；厭煩

例 いやな奴が来た。

譯 討人厭的傢伙來了。

### 02 ｜いろいろ【色々】

名・形動・副 各種各樣，各式各樣，形形色色

例 いろいろな物があるね。

譯 有各式各樣的物品呢！

## 03 ｜おなじ【同じ】

名・連體・副 相同的，一樣的，同等的；同一個

例 同じ服を着ている。

譯 穿著同樣的衣服。

## 04 ｜けっこう【結構】

形動・副 很好，出色；可以，足夠；（表示否定）不要；相當

例 結構な物をありがとう。

譯 謝謝你送我這麼好的禮物。

## 05 ｜げんき【元気】

名・形動 精神，朝氣；健康

例 元気を出しなさい。

譯 拿出精神來。

## 06 ｜じょうぶ【丈夫】

形動 （身體）健壯，健康；堅固，結實

例 体が丈夫になる。

譯 身體變強壯。

## 07 ｜だいじょうぶ【大丈夫】

形動 牢固，可靠；放心，沒問題，沒關係

例 食べても大丈夫だ。

譯 可以放心食用。

## 08 ｜だいすき【大好き】

形動 非常喜歡，最喜好

例 甘いものが大好きだ。

譯 最喜歡甜食。

## 09 ｜たいせつ【大切】

形動 重要，要緊；心愛，珍惜

例 大切にする。

譯 珍惜。

## 10 ｜たいへん【大変】

副・形動 很，非常，太；不得了

例 大変な雨だった。

譯 一場好大的雨。

## 11 ｜べんり【便利】

形動 方便，便利

例 車は電車より便利だ。

譯 汽車比電車方便。

## 12 ｜ほんとう【本当】

名・形動 真正

例 その話は本当だ。

譯 這話是真的。

## 13 ｜ゆうめい【有名】

形動 有名，聞名，著名

例 ここは有名なレストランです。

譯 這是一家著名的餐廳。

## 14 ｜りっぱ【立派】

形動 了不起，出色，優秀；漂亮，美觀

例 立派な建物に住む。

譯 我住在一棟氣派的建築物裡。

# 動作を表す動詞

- 表示動作的動詞 -

## 5-1 相対的なことば /
意思相對的詞

### 01 | とぶ【飛ぶ】
(自五) 飛，飛行，飛翔
例 飛行機が飛ぶ。
譯 飛機飛行。

### 02 | あるく【歩く】
(自五) 走路，步行
例 駅まで歩く。
譯 走到車站。

### 03 | いれる【入れる】
(他下一) 放入，裝進；送進，收容；計算進去
例 箱に入れる。
譯 放入箱內。

### 04 | だす【出す】
(他五) 拿出，取出；提出；寄出
例 お金を出す。
譯 出錢。

### 05 | いく・ゆく【行く】
(自五) 去，往；離去；經過，走過
例 会社へ行く。
譯 去公司。

### 06 | くる【来る】
(自力) （空間，時間上的)來；到來
例 電車が来る。
譯 電車抵達。

### 07 | うる【売る】
(他五) 賣，販賣；出賣
例 車を売る。
譯 銷售汽車。

### 08 | かう【買う】
(他五) 購買
例 本を買う。
譯 買書。

### 09 | おす【押す】
(他五) 推，擠；壓，按；蓋章
例 ボタンを押す。
譯 按按鈕。

### 10 | ひく【引く】
(他五) 拉，拖；翻查；感染(傷風感冒)
例 線を引く。
譯 拉線。

### 11 | おりる【下りる・降りる】
(自上一)【下りる】(從高處)下來，降落；(霜雪等)落下；【降りる】(從車，船等)下來

例 バスから降りる。

譯 從公車上下來。

## 12 ｜のる【乗る】

自五 騎乘，坐；登上

例 車に乗る。

譯 坐車。

## 13 ｜かす【貸す】

他五 借出，借給；出租；提供幫助（智慧與力量）

例 お金を貸す。

譯 借錢給別人。

## 14 ｜かりる【借りる】

他上一 借進（錢、東西等）；借助

例 本を借りる。

譯 借書。

## 15 ｜すわる【座る】

自五 坐，跪坐

例 床に座る。

譯 坐在地板上。

## 16 ｜たつ【立つ】

自五 站立；冒，升；出發

例 席を立つ。

譯 離開座位。

## 17 ｜たべる【食べる】

他下一 吃

例 ご飯を食べる。

譯 吃飯。

## 18 ｜のむ【飲む】

他五 喝，吞，嚥，吃（藥）

例 薬を飲む。

譯 吃藥。

## 19 ｜でかける【出掛ける】

自下一 出去，出門，到…去；要出去

例 姉と出かける。

譯 跟妹妹出門。

## 20 ｜かえる【帰る】

自五 回來，回家；歸去；歸還

例 家に帰る。

譯 回家。

## 21 ｜でる【出る】

自下一 出來，出去；離開

例 電話に出る。

譯 接電話。

## 22 ｜はいる【入る】

自五 進，進入；裝入，放入

例 耳に入る。

譯 聽到。

## 23 ｜おきる【起きる】

自上一 （倒著的東西）起來，立起來，坐起來；起床

例 6時に起きる。

譯 六點起床。

## 24 | ねる【寝る】

〔自下一〕 睡覺，就寢；躺下，臥

**例** よく寝る。

**譯** 睡得好。

## 25 | ぬぐ【脱ぐ】

〔他五〕 脱去，脱掉，摘掉

**例** 靴を脱ぐ。

**譯** 脱鞋子。

## 26 | きる【着る】

〔他上一〕 （穿）衣服

**例** 上着を着る。

**譯** 穿外套。

## 27 | やすむ【休む】

〔他五・自五〕 休息，歇息；停歇；睡，就寢；請假，缺勤

**例** 部屋で休もうか。

**譯** 進房休息一下吧。

## 28 | はたらく【働く】

〔自五〕 工作，勞動，做工

**例** 会社で働く。

**譯** 在公司上班。

## 29 | うまれる【生まれる】

〔自下一〕 出生；出現

**例** 子供が生まれる。

**譯** 孩子出生。

## 30 | しぬ【死ぬ】

〔自五〕 死亡

**例** 病院で死ぬ。

**譯** 在醫院過世。

## 31 | おぼえる【覚える】

〔他下一〕 記住，記得；學會，掌握

**例** 単語を覚える。

**譯** 背單字。

## 32 | わすれる【忘れる】

〔他下一〕 忘記，忘掉；忘懷，忘卻；遺忘

**例** 宿題を忘れる。

**譯** 忘記寫功課。

## 33 | おしえる【教える】

〔他下一〕 教授；指導；教訓；告訴

**例** 日本語を教える。

**譯** 教日語。

## 34 | ならう【習う】

〔他五〕 學習；練習

**例** 先生に習う。

**譯** 向老師學習。

## 35 | よむ【読む】

〔他五〕 閱讀，看；唸，朗讀

**例** 小説を読む。

**譯** 看小説。

## 36 | かく【書く】

〔他五〕 寫，書寫；作（畫）；寫作（文章等）

**例** 手紙を書く。

**譯** 寫信。

**37 ｜わかる【分かる】**

自五 知道，明白；懂得，理解

例 意味がわかる。

譯 明白意思。

---

**38 ｜こまる【困る】**

自五 感到傷腦筋，困擾；難受，苦惱；沒有辦法

例 お金がなくて困る。

譯 沒有錢，傷透腦筋。

---

**39 ｜きく【聞く】**

他五 聽，聽到；聽從，答應；詢問

例 話を聞く。

譯 聽對方講話。

---

**40 ｜はなす【話す】**

他五 說，講；談話；告訴（別人）

例 英語で話す。

譯 用英語說。

---

**41 ｜かく【描く】**

他五 畫，繪製；描寫，描繪

例 絵を描く。

譯 畫圖。

N5 ● 5-2

## 5-2 自動詞、他動詞 /
自動詞、他動詞

**01 ｜あく【開く】**

自五 開，打開；開始，開業

例 窓が開く。

譯 窗戶打開了。

**02 ｜あける【開ける】**

他下一 打開，開（著）；開業

例 箱を開ける。

譯 打開箱子。

---

**03 ｜かかる【掛かる】**

自五 懸掛，掛上；覆蓋；花費

例 壁に掛かる。

譯 掛在牆上。

---

**04 ｜かける【掛ける】**

他下一 掛在（牆壁）；戴上（眼鏡）；捆上，打（電話）

例 壁に絵を掛ける。

譯 把畫掛在牆上。

---

**05 ｜きえる【消える】**

自下一 （燈，火等）熄滅；(雪等)融化；消失，看不見

例 火が消える。

譯 火熄滅。

---

**06 ｜けす【消す】**

他五 熄掉，撲滅；關掉，弄滅；消失，抹去

例 電気を消す。

譯 關電燈。

---

**07 ｜しまる【閉まる】**

自五 關閉；關門，停止營業

例 ドアが閉まる。

譯 門關了起來。

### 08 ｜しめる【閉める】

(他下一) 關閉，合上；繫緊，束緊

例 窓を閉める。

譯 關窗戶。

### 09 ｜ならぶ【並ぶ】

(自五) 並排，並列，列隊

例 1時間も並ぶ。

譯 足足排了一個小時。

### 10 ｜ならべる【並べる】

(他下一) 排列；並排；陳列；擺，擺放

例 靴を並べる。

譯 擺放靴子。

### 11 ｜はじまる【始まる】

(自五) 開始，開頭；發生

例 授業が始まる。

譯 開始上課。

### 12 ｜はじめる【始める】

(他下一) 開始，創始

例 仕事を始める。

譯 開始工作。

## 5-3 する動詞 /
する動詞

### 01 ｜する

(自・他サ) 做，進行

例 料理をする。

譯 做料理。

### 02 ｜せんたく【洗濯】

(名・他サ) 洗衣服，清洗，洗滌

例 洗濯をする。

譯 洗衣服。

### 03 ｜そうじ【掃除】

(名・他サ) 打掃，清掃，掃除

例 庭を掃除する。

譯 清掃庭院。

### 04 ｜りょこう【旅行】

(名・自サ) 旅行，旅遊，遊歷

例 世界を旅行する。

譯 環遊世界。

### 05 ｜さんぽ【散歩】

(名・自サ) 散步，隨便走走

例 公園を散歩する。

譯 在公園散步。

### 06 ｜べんきょう【勉強】

(名・自他サ) 努力學習，唸書

例 勉強ができる。

譯 會讀書。

### 07 ｜れんしゅう【練習】

(名・他サ) 練習，反覆學習

例 カラオケの練習
をする。

譯 練習卡拉 OK。

### 08 ｜けっこん【結婚】

(名・自サ) 結婚

例 私と結婚してください。
わたし　けっこん
譯 請跟我結婚。

## 09 ｜しつもん【質問】
名・自サ 提問，詢問
例 質問に答える。
しつもん　こた
譯 回答問題。

## 5-4 その他の動詞 /
其他動詞

## 01 ｜あう【会う】
自五 見面，會面；偶遇，碰見
例 両親に会う。
りょうしん　あ
譯 跟父母親見面。

## 02 ｜あげる【上げる】
他下一 舉起；抬起
例 手を上げる。
て　あ
譯 舉手。

## 03 ｜あそぶ【遊ぶ】
自五 遊玩；閒著；旅行；沒工作
例 京都で遊ぶ。
きょうと　あそ
譯 遊京都。

## 04 ｜あびる【浴びる】
他上一 淋，浴，澆，照，曬
例 シャワーを浴びる。
あ
譯 淋浴。

## 05 ｜あらう【洗う】
他五 沖洗，清洗；洗滌

## 例 顔を洗う。
かお　あら
譯 洗臉。

## 06 ｜ある【在る】
自五 在，存在
例 台所にある。
だいどころ
譯 在廚房。

## 07 ｜ある【有る】
自五 有，持有，具有
例 お金がある。
かね
譯 有錢。

## 08 ｜いう【言う】
自・他五 說，講，說話，講話
例 お礼を言う。
れい　い
譯 道謝。

## 09 ｜いる【居る】
自上一 （人或動物的存在）有，在；居住在
例 子供がいる。
こども
譯 有小孩。

## 10 ｜いる【要る】
自五 要，需要，必要
例 時間がいる。
じ かん
譯 需要花時間。

## 11 ｜うたう【歌う】
他五 唱歌；歌頌
例 歌を歌う。
うた　うた
譯 唱歌。

## 12 ｜おく【置く】

他五 放，放置；放下，留下，丟下

例 テーブルにおく。

譯 放在桌上。

## 13 ｜およぐ【泳ぐ】

自五 （人，魚等在水中）游泳；穿過，擠過

例 海で泳ぐ。

譯 在海中游泳。

## 14 ｜おわる【終わる】

自五 完畢，結束，終了

例 1日が終わる。

譯 一天結束了。

## 15 ｜かえす【返す】

他五 還，歸還，退還；送回（原處）

例 本を返す。

譯 歸還書籍。

## 16 ｜かぶる【被る】

他五 戴(帽子等)；(從頭上)蒙，蓋(被子)；(從頭上)套，穿

例 帽子をかぶる。

譯 戴帽子。

## 17 ｜きる【切る】

他五 切，剪，裁剪；切傷

例 髪を切る。

譯 剪頭髮。

## 18 ｜ください【下さい】

補助 （表請求對方作）請給(我)；請…

例 手紙をください。

譯 請寫信給我。

## 19 ｜こたえる【答える】

自下一 回答，答覆；解答

例 問題に答える。

譯 回答問題。

## 20 ｜さく【咲く】

自五 開(花)

例 花が咲く。

譯 開花。

## 21 ｜さす【差す】

他五 撐(傘等)；插

例 傘をさす。

譯 撐傘。

## 22 ｜しめる【締める】

他下一 勒緊；繫著；關閉

例 ネクタイを締める。

譯 打領帶。

## 23 ｜しる【知る】

他五 知道，得知；理解；認識；學會

例 何も知りません。

譯 什麼都不知道。

## 24 ｜すう【吸う】

他五 吸，抽；啜；吸收

例 煙草<ruby>煙草<rt>たばこ</rt></ruby>を<ruby>吸<rt>す</rt></ruby>う。
譯 抽煙。

---

### 25 ｜すむ【住む】

自五 住，居住；(動物)棲息，生存
例 アパートに<ruby>住<rt>す</rt></ruby>む。
譯 住公寓。

---

### 26 ｜たのむ【頼む】

他五 請求，要求；委託，託付；依靠
例 <ruby>仕事<rt>しごと</rt></ruby>を<ruby>頼<rt>たの</rt></ruby>む。
譯 委託工作。

---

### 27 ｜ちがう【違う】

自五 不同，差異；錯誤；違反，不符
例 <ruby>意味<rt>いみ</rt></ruby>が<ruby>違<rt>ちが</rt></ruby>う。
譯 意思不同。

---

### 28 ｜つかう【使う】

他五 使用；雇傭；花費
例 <ruby>頭<rt>あたま</rt></ruby>を<ruby>使<rt>つか</rt></ruby>う。
譯 動腦。

---

### 29 ｜つかれる【疲れる】

自下一 疲倦，疲勞
例 <ruby>体<rt>からだ</rt></ruby>が<ruby>疲<rt>つか</rt></ruby>れる。
譯 身體疲累。

---

### 30 ｜つく【着く】

自五 到，到達，抵達；寄到
例 <ruby>空港<rt>くうこう</rt></ruby>に<ruby>着<rt>つ</rt></ruby>く。
譯 抵達機場。

---

### 31 ｜つくる【作る】

他五 做，造；創造；寫，創作
例 <ruby>紙<rt>かみ</rt></ruby>で<ruby>箱<rt>はこ</rt></ruby>を<ruby>作<rt>つく</rt></ruby>る。
譯 用紙張做箱子。

---

### 32 ｜つける【点ける】

他下一 點(火)，點燃；扭開(開關)，打開

例 <ruby>火<rt>ひ</rt></ruby>をつける。
譯 點火。

---

### 33 ｜つとめる【勤める】

他下一 工作，任職；擔任(某職務)
例 <ruby>会社<rt>かいしゃ</rt></ruby>に<ruby>勤<rt>つと</rt></ruby>める。
譯 在公司上班。

---

### 34 ｜できる【出来る】

自上一 能，可以，辦得到；做好，做完
例 <ruby>英語<rt>えいご</rt></ruby>ができる。
譯 我會英語。

---

### 35 ｜とまる【止まる】

自五 停，停止，停靠；停頓；中斷
例 <ruby>時計<rt>とけい</rt></ruby>が<ruby>止<rt>と</rt></ruby>まる。
譯 時鐘停了。

---

### 36 ｜とる【取る】

他五 拿取，執，握；採取，摘；(用手)操控
例 <ruby>辞書<rt>じしょ</rt></ruby>を<ruby>取<rt>と</rt></ruby>ってください。
譯 請拿辭典。

## 37 ｜とる【撮る】

他五 拍照，拍攝

例 写真を撮る。

譯 照相。

---

## 38 ｜なく【鳴く】

自五 （鳥，獸，虫等）叫，鳴

例 鳥が鳴く。

譯 鳥叫。

---

## 39 ｜なくす【無くす】

他五 丟失；消除

例 財布をなくす。

譯 弄丟錢包。

---

## 40 ｜なる【為る】

自五 成為，變成；當（上）

例 金持ちになる。

譯 變成有錢人。

---

## 41 ｜のぼる【登る】

自五 登，上；攀登（山）

例 山に登る。

譯 爬山。

---

## 42 ｜はく【履く・穿く】

他五 穿（鞋，襪；褲子等）

例 靴を履く。

譯 穿鞋子。

---

## 43 ｜はしる【走る】

自五 （人，動物）跑步，奔跑；（車，船等）
行駛

例 一生懸命に走る。

譯 拼命地跑。

---

## 44 ｜はる【貼る・張る】

他五 貼上，糊上，黏上

例 切手を貼る。

譯 貼郵票。

---

## 45 ｜ひく【弾く】

他五 彈，彈奏，彈撥

例 ピアノを弾く。

譯 彈鋼琴。

---

## 46 ｜ふく【吹く】

自五 （風）刮，吹；（緊縮嘴唇）吹氣

例 風が吹く。

譯 颳風。

---

## 47 ｜ふる【降る】

自五 落，下，降（雨，雪，霜等）

例 雨が降る。

譯 下雨。

---

## 48 ｜まがる【曲がる】

自五 彎曲；拐彎

例 左に曲がる。

譯 左轉。

---

## 49 ｜まつ【待つ】

他五 等候，等待；期待，指望

例 バスを待つ。

譯 等公車。

## 50 ｜みがく【磨く】

(他五) 刷洗，擦亮；研磨，琢磨
**例** 歯を磨く。
**譯** 刷牙。

---

## 51 ｜みせる【見せる】

(他下一) 讓…看，給…看
**例** 定期券を見せる。
**譯** 出示月票。

---

## 52 ｜みる【見る】

(他上一) 看，觀看，察看；照料；參觀
**例** テレビを見る。
**譯** 看電視。

---

## 53 ｜もうす【申す】

(他五) 叫做，稱；說，告訴
**例** 山田と申します。
**譯** （我）叫做山田。

---

## 54 ｜もつ【持つ】

(他五) 拿，帶，持，攜帶
**例** 荷物を持つ。
**譯** 拿行李。

---

## 55 ｜やる

(他五) 做，進行；派遣；給予
**例** 宿題をやる。
**譯** 做作業。

---

## 56 ｜よぶ【呼ぶ】

(他五) 呼叫，招呼；邀請；叫來；叫做，稱為

**例** タクシーを呼ぶ。
**譯** 叫計程車。

---

## 57 ｜わたる【渡る】

(自五) 渡，過（河）；（從海外）渡來
**例** 道を渡る。
**譯** 過馬路。

---

## 58 ｜わたす【渡す】

(他五) 交給，交付
**例** 本を渡す。
**譯** 交付書籍。

# パート 6 第六章

# その他の単語と品詞

- 其他單字與品詞 -

N5 ◉ 6-1

## 6-1 時間、時 /

時間、時候

### 01 | おととい【一昨日】

[名] 前天

おととい　あさ　たまご　た
[例] 一昨日の朝に卵を食べた。

[譯] 前天早上吃了雞蛋。

### 02 | きのう【昨日】

[名] 昨天；近來，最近；過去

きのう　あめ
[例] 昨日は雨だ。

[譯] 昨天下雨。

### 03 | きょう【今日】

[名] 今天

きょう　は
[例] 今日は晴れだ。

[譯] 今天天晴。

### 04 | いま【今】

[名] 現在，此刻

[副] (表最近的將來)馬上；剛才

いま　つか
[例] 今は使わない。

[譯] 現在不使用。

### 05 | あした【明日】

[名] 明天

あした　あさ　はや
[例] 明日は朝が早い。

[譯] 明天早上要早起。

### 06 | あさって【明後日】

[名] 後天

あさって　かえ
[例] 明後日帰る。

[譯] 後天回去。

### 07 | まいにち【毎日】

[名] 每天，每日，天天

まいにち　およ
[例] 毎日プールで泳ぐ。

[譯] 每天都在游泳池游泳。

### 08 | あさ【朝】

[名] 早上，早晨；早上，午前

あさ
[例] 朝になる。

[譯] 天亮。

### 09 | けさ【今朝】

[名] 今天早上

けさ　とど
[例] 今朝届く。

[譯] 今天早上送達。

### 10 | まいあさ【毎朝】

[名] 每天早上

まいあさ　さんぽ
[例] 毎朝散歩する。

[譯] 每天早上散步。

### 11 | ひる【昼】

[名] 中午；白天，白晝；午飯

ひるやす　ぎんこう　い
[例] 昼休みに銀行へ行く。

[譯] 午休去銀行。

## 12 | ごぜん【午前】

㈎ 上午，午前

例 午前中だけ働く。

譯 只有上午上班。

## 13 | ごご【午後】

㈎ 下午，午後，後半天

例 午後につく。

譯 下午到達。

## 14 | ゆうがた【夕方】

㈎ 傍晚

例 夕方になる。

譯 到了傍晚。

## 15 | ばん【晚】

㈎ 晚，晚上

例 朝から晚まで働く。

譯 從早工作到晚。

## 16 | よる【夜】

㈎ 晚上，夜裡

例 夜になる。

譯 晚上了。

## 17 | ゆうべ【夕べ】

㈎ 昨天晚上，昨夜；傍晚

例 夕べから熱がある。

譯 從昨晚就開始發燒。

## 18 | こんばん【今晚】

㈎ 今天晚上，今夜

例 今晚は泊まる。

譯 今天晚上住下。

## 19 | まいばん【毎晚】

㈎ 每天晚上

例 毎晚帰りが遅い。

譯 每晚都晚歸。

## 20 | あと【後】

㈎ (地點)後面；(時間)以後；(順序)之後；(將來的事)以後

例 後から行く。

譯 隨後就去。

## 21 | はじめ【初め】

㈎ 開始，起頭；起因

例 初めて食べた。

譯 第一次嘗到。

## 22 | じかん【時間】

㈎ 時間，功夫；時刻，鐘點

例 時間に遅れる。

譯 遲到。

## 23 | じかん【時間】

㈎接尾 …小時，…點鐘

例 ２４時間かかる。

譯 需花費二十四小時。

## 24 | いつ【何時】

㈎代 何時，幾時，什麼時候；平時

例 いつ来る。

譯 什麼時候來？

## 6-2 年、月 /
年、月份

### 01 | せんげつ【先月】
名 上個月
例 <ruby>先月<rt>せんげつ</rt></ruby><ruby>十<rt>とお</rt></ruby><ruby>日<rt>か</rt></ruby>に<ruby>会<rt>あ</rt></ruby>った。
譯 上個月十號碰過面。

### 02 | こんげつ【今月】
名 這個月
例 <ruby>今月<rt>こんげつ</rt></ruby>は<ruby>休<rt>やす</rt></ruby>みが<ruby>少<rt>すく</rt></ruby>ない。
譯 這個月休假較少。

### 03 | らいげつ【来月】

名 下個月
例 <ruby>来月<rt>らいげつ</rt></ruby>から<ruby>始<rt>はじ</rt></ruby>まる。
譯 下個月開始。

### 04 | まいげつ・まいつき【毎月】
名 每個月
例 <ruby>毎月<rt>まいつき</rt></ruby><ruby>服<rt>ふく</rt></ruby>の<ruby>雑誌<rt>ざっし</rt></ruby>を<ruby>買<rt>か</rt></ruby>う。
譯 每月都購買服飾雜誌。

### 05 | ひとつき【一月】
名 一個月
例 <ruby>一月<rt>ひとつき</rt></ruby><ruby>休<rt>やす</rt></ruby>む。
譯 休息一個月。

### 06 | おととし【一昨年】
名 前年
例 <ruby>一昨年<rt>おととし</rt></ruby><ruby>日本<rt>にほん</rt></ruby>に<ruby>旅行<rt>りょこう</rt></ruby>に<ruby>行<rt>い</rt></ruby>った。
譯 前年去日本旅行。

### 07 | きょねん【去年】
名 去年
例 <ruby>去年<rt>きょねん</rt></ruby><ruby>来<rt>き</rt></ruby>た。
譯 去年來的。

### 08 | ことし【今年】
名 今年
例 <ruby>今年<rt>ことし</rt></ruby>は<ruby>結婚<rt>けっこん</rt></ruby>する。
譯 今年要結婚。

### 09 | らいねん【来年】
名 明年
例 <ruby>来年<rt>らいねん</rt></ruby>のカレンダーをもらう。
譯 拿到明年月曆。

### 10 | さらいねん【再来年】
名 後年
例 <ruby>再来年<rt>さらいねん</rt></ruby>まで<ruby>勉強<rt>べんきょう</rt></ruby>します。
譯 讀到後年。

### 11 | まいとし・まいねん【毎年】
名 每年
例 <ruby>毎年<rt>まいとし</rt></ruby><ruby>咲<rt>さ</rt></ruby>く。
譯 每年都綻放。

### 12 | とし【年】

名 年；年紀
例 <ruby>年<rt>とし</rt></ruby>をとる。
譯 上年紀。

### 13 | とき【時】
名 （某個）時候
例 <ruby>本<rt>ほん</rt></ruby>を<ruby>読<rt>よ</rt></ruby>むとき、<ruby>音楽<rt>おんがく</rt></ruby>を<ruby>聴<rt>き</rt></ruby>く。
譯 看書的時候，聽音樂。

## 6-3 代名詞／
代名詞

**01 ｜これ**
㈹ 這個，此；這人；現在，此時
例 これは自転車だ。
譯 這是自行車。

**02 ｜それ**
㈹ 那，那個；那時，那裡；那樣
例 それを見せてください。
譯 給我看那個。

**03 ｜あれ**
㈹ 那，那個；那時；那裡
例 あれがほしい。
譯 想要那個。

**04 ｜どれ**
㈹ 哪個
例 どれがいい。
譯 哪一個比較好？

**05 ｜ここ**
㈹ 這裡；（表時間）最近，目前
例 ここに置く。
譯 放這裡。

**06 ｜そこ**
㈹ 那兒，那邊
例 そこで待つ。
譯 在那邊等。

**07 ｜あそこ**

㈹ 那邊，那裡
例 あそこにある。
譯 在那裡。

**08 ｜どこ**
㈹ 何處，哪兒，哪裡
例 どこへ行く。
譯 要去哪裡？

**09 ｜こちら**
㈹ 這邊，這裡，這方面；這位；我，我們（口語為「こっち」）
例 こちらが山田さんです。
譯 這位是山田小姐。

**10 ｜そちら**
㈹ 那兒，那裡；那位，那個；府上，貴處（口語為「そっち」）
例 そちらはどんな天気ですか。
譯 你那邊天氣如何呢？

**11 ｜あちら**
㈹ 那兒，那裡；那個；那位
例 あちらへ行く。
譯 去那裡。

**12 ｜どちら**
㈹ （方向，地點，事物，人等）哪裡，哪個，哪位（口語為「どっち」）
例 どちらでも良い。
譯 哪一個都好。

## 13 ｜この
(連體) 這…，這個…

例 このボタンを押す。

譯 按下這個按鈕。

## 14 ｜その
(連體) 那…，那個…

例 その時出かけた。

譯 那個時候外出了。

## 15 ｜あの
(連體)（表第三人稱，離説話雙方都距離遠的）那，那裡，那個

例 あの店で働く。

譯 在那家店工作。

## 16 ｜どの
(連體) 哪個，哪…

例 どの席がいい。

譯 哪個位子好呢？

## 17 ｜こんな
(連體) 這樣的，這種的

例 こんな時にすみません。

譯 在這種情況之下真是抱歉。

## 18 ｜どんな
(連體) 什麼樣的

例 どんな時も楽しくやる。

譯 無論何時都要玩得開心。

## 19 ｜だれ【誰】
(代) 誰，哪位

例 誰もいない。

譯 沒有人。

## 20 ｜だれか【誰か】
(代) 某人；有人

例 誰か来た。

譯 有誰來了。

## 21 ｜どなた
(代) 哪位，誰

例 どなた様ですか。

譯 請問是哪位？

## 22 ｜なに・なん【何】
(代) 什麼；任何

例 これは何ですか。

譯 這是什麼？

# 6-4 感嘆詞、接続詞 /
感嘆詞、接續詞

## 01 ｜ああ
(感)（表驚訝等）啊，唉呀；（表肯定）哦；嗯

例 ああ、そうですか。

譯 啊！是嗎！

## 02 ｜あのう
(感) 那個，請問，喂；啊，嗯(招呼人時，説話躊躇或不能馬上説出下文時)

例 あのう、すみません。

譯 不好意思，請問一下。

## 03 ｜いいえ
(感)（用於否定）不是，不對，沒有

例 いいえ、まだです。
譯 不，還沒有。

---

**04｜ええ**

感 （用降調表示肯定）是的，嗯；（用升調表示驚訝）哎呀，啊

例 ええ、そうです。
譯 嗯，是的。

---

**05｜さあ**

感 （表示勸誘，催促）來；表躊躇，遲疑的聲音

例 さあ、行こう。
譯 來，走吧。

---

**06｜じゃ・じゃあ**

感 那麼（就）

例 じゃ、さようなら。
譯 那麼，再見。

---

**07｜そう**

感 （回答）是，沒錯

例 そうです。私が佐藤です。
譯 是的，我是佐藤。

---

**08｜では**

接續 那麼，那麼説，要是那樣

例 では、失礼します。
譯 那麼，先告辭了。

---

**09｜はい**

感 （回答）有，到；（表示同意）是的

例 はい、そうです。
譯 是，沒錯。

---

**10｜もしもし**

感 （打電話）喂；喂（叫住對方）

例 もしもし、田中です。
譯 喂，我是田中。

---

**11｜しかし**

接續 然而，但是，可是

例 このラーメンはおいしい。しかし、あのラーメンはまずい。
譯 這碗拉麵很好吃，但是那碗很難吃。

---

**12｜そうして・そして**

接續 然後；而且；於是；又

例 このパンはおいしい。そして、あのパンもおいしい。
譯 這麵包好吃，還有，那麵包也好吃。

---

**13｜それから**

接續 還有；其次，然後；（催促對方談話時）後來怎樣

例 風呂に入って、それから寝ました。
譯 先洗了澡，然後就睡了。

---

**14｜それでは**

接續 那麼，那就；如果那樣的話

例 それでは、さようなら。
譯 那麼，再見。

## 15 ｜でも

接續 可是，但是，不過；話雖如此

例 昨日はとても楽しかった。でも、疲れた。

譯 昨天實在玩得很開心，不過，也累壞了。

## 6-5 副詞、副助詞 /
副詞、副助詞

## 01 ｜あまり【余り】

副 （後接否定）不太…，不怎麼…；過分，非常

例 あまり高くない。

譯 不太貴。

## 02 ｜いちいち【一々】

副 一一，一個一個；全部；詳細

例 いちいち聞く。

譯 一一詢問。

## 03 ｜いちばん【一番】

名·副 最初，第一；最好，最優秀

例 一番安いものを買う。

譯 買最便宜的。

## 04 ｜いつも【何時も】

副 經常，隨時，無論何時

例 いつも家にいない。

譯 經常不在家。

## 05 ｜すぐ

副 馬上，立刻；（距離）很近

例 すぐ行く。

譯 馬上去。

## 06 ｜すこし【少し】

副 一下子；少量，稍微，一點

例 もう少しやさしい本がいい。

譯 再容易一點的書籍比較好。

## 07 ｜ぜんぶ【全部】

名 全部，總共

例 全部答える。

譯 全部回答。

## 08 ｜たいてい【大抵】

副 大部分，差不多；（下接推量）多半；（接否定）一般

例 大抵分かる。

譯 大概都知道。

## 09 ｜たいへん【大変】

副·形動 很，非常，太；不得了

例 大変な雨だった。

譯 一場好大的雨。

## 10 ｜たくさん【沢山】

名·形動·副 很多，大量；足夠，不再需要

例 たくさんある。

譯 有很多。

## 11 ｜たぶん【多分】

副 大概，或許；恐怕

例 たぶん大丈夫だろう。

譯 應該沒問題吧。

## 12 │ だんだん【段々】

副 漸漸地
例 だんだん暖かくなる。
譯 漸漸地變暖和。

## 13 │ ちょうど【丁度】

副 剛好，正好；正，整
例 今日でちょうど一月になる。
譯 到今天剛好滿一個月。

## 14 │ ちょっと【一寸】

副・感 一下子；（下接否定）不太…，不太容易…；一點點
例 ちょっと待って。
譯 等一下。

## 15 │ どう

副 怎麼，如何
例 温かいお茶はどう。
譯 喝杯溫茶如何？

## 16 │ どうして

副 為什麼，何故
例 どうして休んだの。
譯 為什麼沒來呢？

## 17 │ どうぞ

副 （表勸誘，請求，委託）請；（表承認，同意）可以，請
例 どうぞこちらへ。
譯 請往這邊走。

## 18 │ どうも

副 怎麼也；總覺得；實在是，真是；謝謝
例 どうもすみません。
譯 實在對不起。

## 19 │ ときどき【時々】

副 有時，偶爾
例 曇りで時々雨が降る。
譯 多雲偶陣雨。

## 20 │ とても

副 很，非常；（下接否定）無論如何也…
例 とても面白い。
譯 非常有趣。

## 21 │ なぜ【何故】

副 為何，為什麼
例 なぜ来ないのか。
譯 為什麼沒來？

## 22 │ はじめて【初めて】

副 最初，初次，第一次
例 初めて飛行機に乗る。
譯 初次搭乘飛機。

## 23 │ ほんとうに【本当に】

副 真正，真實
例 本当にありがとう。
譯 真的很謝謝您。

## 24 │また【又】

副 還，又，再；也，亦；同時

例 また会おう。

譯 再見。

## 25 │まだ【未だ】

副 還，尚；仍然；才，不過

例 まだ来ない。

譯 還沒來。

## 26 │まっすぐ【真っ直ぐ】

副・形動 筆直，不彎曲；一直，直接

例 まっすぐな道を走る。

譯 走筆直的道路。

## 27 │もう

副 另外，再

例 もう少し食べる。

譯 再吃一點。

## 28 │もう

副 已經；馬上就要

例 もう着きました。

譯 已經到了。

## 29 │もっと

副 更，再，進一步

例 もっとください。

譯 請再給我多一些。

## 30 │ゆっくり

副 慢，不著急

例 ゆっくり食べる。

譯 慢慢吃。

## 31 │よく

副 經常，常常

例 よく考える。

譯 充分考慮。

## 32 │いかが【如何】

副・形動 如何，怎麼樣

例 お一ついかがですか。

譯 來一個如何？

## 33 │くらい・ぐらい【位】

副助 (數量或程度上的推測)大概，左右，上下

例 1時間ぐらい遅くなる。

譯 遲到約一個小時左右。

## 34 │ずつ

副助 (表示均攤)每…，各…；表示反覆多次

例 1日に3回ずつ。

譯 每天各三次。

## 35 │だけ

副助 只有…

例 生徒が一人だけだ。

譯 只有一學生。

## 36 │ながら

接助 邊…邊…，一面…一面…

例 歩きながら考える。

譯 邊走邊想。

## 6-6 接頭詞、接尾詞、其他 /
### 接頭詞、接尾詞、其他

### 01 ｜お・おん【御】
接頭 您(的)…，貴…；放在字首，表示尊敬語及美化語
例 お友達の家へ行く。
譯 去朋友家。

### 02 ｜じ【時】
名 …時
例 6時に閉まる。
譯 六點關門。

### 03 ｜はん【半】
名・接尾 …半；一半
例 3時半から始まる。
譯 從三點半開始。

### 04 ｜ふん・ぷん【分】
接尾 (時間)…分；(角度)分
例 1時15分に着く。
譯 1點15分抵達。

### 05 ｜にち【日】
名 號，日，天(計算日數)
例 今月の19日が誕生日です。
譯 這個月的十九號是我的生日。

### 06 ｜じゅう【中】
名・接尾 整個，全；(表示整個期間或區域)期間
例 世界中の人が知っている。
譯 全世界的人都知道。

### 07 ｜ちゅう【中】
名・接尾 中央，中間；…期間，正在…當中；在…之中
例 午前中に届く。
譯 上午送達。

### 08 ｜がつ【月】
接尾 …月
例 9月に生まれる。
譯 九月出生。

### 09 ｜かげつ【ヶ月】
接尾 …個月
例 あと3ヶ月でお母さんになる。
譯 再過三個月我就要為人母了。

### 10 ｜ねん【年】
名 年(也用於計算年數)
例 来年日本へ行く。
譯 明年要去日本。

### 11 ｜ころ・ごろ【頃】
名・接尾 (表示時間)左右，時候，時期；正好的時候
例 昼頃駅で会う。
譯 中午時在車站碰面。

### 12 ｜すぎ【過ぎ】
接尾 超過…，過了…，過度
例 1時過ぎに会う。
譯 我們一點多碰面。

## 13 │ そば【側・傍】

(名) 旁邊，側邊；附近

例 そばに置く。

譯 放在身邊。

---

## 14 │ たち【達】

(接尾) （表示人的複數）…們，…等

例 私たちも行く。

譯 我們也前往。

---

## 15 │ や【屋】

(名・接尾) 房屋；…店，商店或工作人員

例 八百屋でトマトを買う。

譯 在蔬果店買番茄。

---

## 16 │ ご【語】

(名・接尾) 語言；…語

例 日本語の手紙を書く。

譯 用日語寫信。

---

## 17 │ がる

(接尾) 想，覺得；故做

例 妹が私の服を欲しがる。

譯 妹妹想要我的衣服。

---

## 18 │ じん【人】

(接尾) …人

例 外国人の先生がいる。

譯 有外國老師。

---

## 19 │ など【等】

(副助) （表示概括，列舉）…等

---

例 赤や黄色などがある。

譯 有紅色跟黃色等等。

---

## 20 │ ど【度】

(名・接尾) …次；…度（溫度，角度等單位）

例 ３８度ある。

譯 有38度。

---

## 21 │ まえ【前】

(名) （空間的）前，前面

例 ドアの前に立つ。

譯 站在門前。

---

## 22 │ えん【円】

(名・接尾) 日圓（日本的貨幣單位）；圓（形）

例 ２時間で１万円だ。

譯 兩小時一萬元日圓。

---

## 23 │ みんな

(代) 大家，全部，全體

例 みんな足が長い。

譯 大家腳都很長。

---

## 24 │ ほう【方】

(名) 方向；方面；（用於並列或比較屬於哪一）部類，類型

例 大きい方がいい。

譯 大的比較好。

---

## 25 │ ほか【外】

(名・副助) 其他，另外；旁邊，外部；（下接否定）只好，只有

例 ほかの物を買う。

譯 買別的東西。

---

必　　勝

# N4

情境分類單字

# 地理、場所

- 地理、場所 -

## 1-1 場所、空間、範囲 /
場所、空間、範囲

### 01 ｜うら【裏】

㊔ 裡面，背後；內部；內幕，幕後；內情

例 裏を見る。

譯 看背面。

### 02 ｜おもて【表】

㊔ 表面；正面；外觀；外面

例 表を飾る。

譯 裝飾外表。

### 03 ｜いがい【以外】

㊔ 除外，以外

例 日本以外行きたくない。

譯 除了日本以外我哪裡都不去。

### 04 ｜うち【内】

㊔ …之內；…之中

例 内からかぎをかける。

譯 從裡面上鎖。

### 05 ｜まんなか【真ん中】

㊔ 正中間

例 テーブルの真ん中に置く。

譯 擺在餐桌的正中央。

### 06 ｜まわり【周り】

㊔ 周圍，周邊

例 学校の周りを走る。

譯 在學校附近跑步。

### 07 ｜あいだ【間】

㊔ 期間；間隔，距離；中間；關係；空隙

例 家と家の間に細い道がある。

譯 房子之間有小路。

### 08 ｜すみ【隅】

㊔ 角落

例 隅から隅まで探す。

譯 找遍了各個角落。

### 09 ｜てまえ【手前】

㊔·㊓ 眼前；靠近自己這一邊；(當著…的)面前；我(自謙)；你(同輩或以下)

例 手前にある箸を取る。

譯 拿起自己面前的筷子。

### 10 ｜てもと【手元】

㊔ 身邊，手頭；膝下；生活，生計

例 手元にない。

譯 手邊沒有。

## 11 ｜こっち【此方】

㊤ 這裡，這邊

例 こっちの方がいい。

譯 這邊比較好。

## 12 ｜どっち【何方】

㊅ 哪一個

例 どっちへ行こうかな。

譯 去哪一邊好呢？

## 13 ｜とおく【遠く】

㊤ 遠處；很遠

例 遠くから人が来る。

譯 有人從遠處來。

## 14 ｜ほう【方】

㊤ …方，邊；方面；方向

例 庭が広いほうを買う。

譯 買院子比較大的。

## 15 ｜あく【空く】

㉠ 空著；( 職位 ) 空缺；空隙；閒著；有空

例 席が空く。

譯 空出位子。

N4 1-2

## 1-2 地域 /
地域

## 01 ｜ちり【地理】

㊤ 地理

例 地理を研究する。

譯 研究地理。

## 02 ｜しゃかい【社会】

㊤ 社會，世間

例 社会に出る。

譯 出社會。

## 03 ｜せいよう【西洋】

㊤ 西洋

例 西洋文明を学ぶ。

譯 學習西方文明。

## 04 ｜せかい【世界】

㊤ 世界；天地

例 世界に知られている。

譯 聞名世界。

## 05 ｜こくない【国内】

㊤ 該國內部，國內

例 国内旅行をする。

譯 國內旅遊。

## 06 ｜むら【村】

㊤ 村莊，村落；郷

例 小さな村に住む。

譯 住小村莊。

## 07 ｜いなか【田舎】

㊤ 郷下，農村；故郷，老家

例 田舎に帰る。

譯 回家郷。

## 08 ｜こうがい【郊外】

名 郊外

例 郊外に住む。

譯 住在城外。

## 09 ｜しま【島】

名 島嶼

例 島へ渡る。

譯 遠渡島上。

## 10 ｜かいがん【海岸】

名 海岸

例 海岸で釣りをする。

譯 海邊釣魚。

## 11 ｜みずうみ【湖】

名 湖，湖泊

例 大きい湖がたくさんある。

譯 有許多廣大的湖。

## 12 ｜あさい【浅い】

形 淺的；(事物程度) 微少；淡的；薄的

例 浅い川で泳ぐ。

譯 在淺水河流游泳。

## 13 ｜アジア【Asia】

名 亞洲

例 アジアに住む。

譯 住在亞洲。

## 14 ｜アフリカ【Africa】

名 非洲

例 アフリカに遊びに行く。

譯 去非洲玩。

## 15 ｜アメリカ【America】

名 美國

例 アメリカへ行く。

譯 去美國。

## 16 ｜けん【県】

名 縣

例 神奈川県へ行く。

譯 去神奈川縣。

## 17 ｜し【市】

名 …市

例 台北市を訪ねる。

譯 拜訪台北市。

## 18 ｜ちょう【町】

名・漢造 鎮

例 石川町に住んでいた。

譯 住過石川町。

## 19 ｜さか【坂】

名 斜坡

例 坂を下りる。

譯 下坡。

## 2-1 過去、現在、未来 /
過去、現在、未来

### 01 ｜さっき
（名·副）剛剛，剛才
例 さっきから待っている。
譯 從剛才就在等著你。

### 02 ｜ゆうべ【夕べ】
（名）昨晚；傍晚
例 夕べはありがとうございました。
譯 昨晚謝謝您。

### 03 ｜このあいだ【この間】
（副）最近；前幾天
例 この間借りたお金を返す。
譯 歸還上次借的錢。

### 04 ｜さいきん【最近】
（名·副）最近
例 彼は最近結婚した。
譯 他最近結婚了。

### 05 ｜さいご【最後】
（名）最後
例 最後に帰る。
譯 最後離開。

### 06 ｜さいしょ【最初】
（名）最初，首先
例 最初に校長の挨拶がある。
譯 首先校長將致詞。

### 07 ｜むかし【昔】
（名）以前
例 昔の友達と会う。
譯 跟以前的朋友碰面。

### 08 ｜ただいま【唯今·只今】
（副）現在；馬上，剛才；我回來了
例 ただいまお調べします。
譯 現在立刻為您查詢。

### 09 ｜こんや【今夜】
（名）今晚
例 今夜はホテルに泊まる。
譯 今晚住飯店。

### 10 ｜あす【明日】
（名）明天
例 明日の朝出発する。
譯 明天早上出發。

## 11 | こんど【今度】

(名) 這次；下次；以後

例 今度お宅に遊びに行ってもいいですか。

譯 下次可以到府上玩嗎？

---

## 12 | さらいしゅう【再来週】

(名) 下下星期

例 再来週まで待つ。

譯 等到下下週為止。

---

## 13 | さらいげつ【再来月】

(名) 下下個月

例 再来月また会う。

譯 下下個月再見。

---

## 14 | しょうらい【将来】

(名) 將來

例 将来は外国で働くつもりです。

譯 我將來打算到國外工作。

## 2-2 時間、時、時刻 ／
時間、時候、時刻

---

## 01 | とき【時】

(名) …時，時候

例 あの時はごめんなさい。

譯 當時真的很抱歉。

---

## 02 | ひ【日】

(名) 天，日子

---

例 日が経つのが早い。

譯 時間過得真快。

---

## 03 | とし【年】

(名) 年齡；一年

例 私も年をとりました。

譯 我也老了。

---

## 04 | はじめる【始める】

(他下一) 開始；開創；發（老毛病）

例 昨日から日本語の勉強を始めました。

譯 從昨天開始學日文。

---

## 05 | おわり【終わり】

(名) 結束，最後

例 番組は今月で終わる。

譯 節目將在這個月結束。

---

## 06 | いそぐ【急ぐ】

(自五) 快，急忙，趕緊

例 急いで逃げる。

譯 趕緊逃跑。

---

## 07 | すぐに【直ぐに】

(副) 馬上

例 すぐに帰る。

譯 馬上回來。

---

## 08 | まにあう【間に合う】

(自五) 來得及，趕得上；夠用

例 飛行機に間に合う。
譯 趕上飛機。

---

**09 ｜あさねぼう【朝寝坊】**

(名・自サ) 賴床；愛賴床的人

例 朝寝坊して遅刻してしまった。

譯 早上睡過頭，遲到了。

---

**10 ｜おこす【起こす】**

(他五) 扶起；叫醒；發生；引起；翻起

例 明日 7 時に起こしてください。

譯 請明天七點叫我起來。

---

**11 ｜ひるま【昼間】**

(名) 白天

例 昼間働いている。

譯 白天都在工作。

---

**12 ｜くれる【暮れる】**

(自下一) 日暮，天黑；到了尾聲，年終

例 秋が暮れる。

譯 秋暮。

---

**13 ｜このごろ【此の頃】**

(副) 最近

例 このごろ元気がないね。

譯 最近看起來怎麼沒什麼精神呢。

---

**14 ｜じだい【時代】**

(名) 時代；潮流；歷史

例 時代が違う。

譯 時代不同。

---

# Memo

# 日常の挨拶、人物

- 日常招呼、人物 -

## 3-1 挨拶言葉 /
寒暄用語

### 01 | いってまいります【行って参ります】
(寒暄) 我走了
例 では、行って参ります。
譯 那我走了。

### 02 | いってらっしゃい
(寒暄) 路上小心，慢走，好走
例 気をつけていってらっしゃい。
譯 小心慢走。

### 03 | おかえりなさい【お帰りなさい】
(寒暄) （你）回來了
例 お帰りなさいと大きな声で言った。
譯 大聲説回來啦！

### 04 | よくいらっしゃいました
(寒暄) 歡迎光臨
例 暑いのに、よくいらっしゃいましたね。
譯 這麼熱，感謝您能蒞臨。

### 05 | おかげ【お陰】
(寒暄) 託福；承蒙關照
例 あなたのおかげです。
譯 託你的福。

### 06 | おかげさまで【お陰様で】
(寒暄) 託福，多虧
例 おかげさまで元気です。
譯 托你的福，我很好。

### 07 | おだいじに【お大事に】
(寒暄) 珍重，請多保重
例 風邪が早く治るといいですね。お大事に。
譯 希望你感冒能快好起來。多保重啊！

### 08 | かしこまりました【畏まりました】
(寒暄) 知道，了解（「わかる」謙讓語）
例 はい、かしこまりました。
譯 好，知道了。

### 09 | おまたせしました【お待たせしました】
(寒暄) 讓您久等了
例 お待たせしました。お入りください。
譯 讓您久等了。請進。

### 10 | おめでとうございます【お目出度うございます】
(寒暄) 恭喜
例 ご結婚おめでとうございます。
譯 結婚恭喜恭喜！

## 11 ｜それはいけませんね

（寒暄）那可不行

例 それはいけませんね。お大事にしてね。

譯 （生病啦）那可不得了了。多保重啊！

## 12 ｜ようこそ

（寒暄）歡迎

例 ようこそ、おいで下さいました。

譯 衷心歡迎您的到來。

## 3-2 いろいろな人を表す言葉／
各種人物的稱呼

## 01 ｜おこさん【お子さん】

（名）您孩子，令郎，令嬡

例 お子さんはおいくつですか。

譯 您的孩子幾歲了呢？

## 02 ｜むすこさん【息子さん】

（名）（尊稱他人的）令郎

例 ご立派な息子さんですね。

譯 您兒子真是出色啊！

## 03 ｜むすめさん【娘さん】

（名）您女兒，令嬡

例 娘さんはあなたに似ている。

譯 令千金長得像您。

## 04 ｜おじょうさん【お嬢さん】

（名）您女兒，令嬡；小姐；千金小姐

例 お嬢さんはとても美しい。

譯 令千金長得真美。

## 05 ｜こうこうせい【高校生】

（名）高中生

例 高校生を対象にする。

譯 以高中生為對象。

## 06 ｜だいがくせい【大学生】

（名）大學生

例 大学生になる。

譯 成為大學生。

## 07 ｜せんぱい【先輩】

（名）學姐，學長；老前輩

例 先輩におごってもらった。

譯 讓學長破費了。

## 08 ｜きゃく【客】

（名）客人；顧客

例 客を迎える。

譯 迎接客人。

## 09 ｜てんいん【店員】

（名）店員

例 店員を呼ぶ。

譯 叫喚店員。

## 10 ｜しゃちょう【社長】

（名）社長

例 社長になる。

譯 當上社長。

## 11 ｜おかねもち【お金持ち】

（名）有錢人

例 お金持ちになる。

譯 變成有錢人。

## 12 | しみん【市民】

图 市民，公民

例 市民の生活を守る。

譯 捍衛市民的生活。

## 13 | きみ【君】

图 你（男性對同輩以下的親密稱呼）

例 君にあげる。

譯 給你。

## 14 | いん【員】

图 人員；人數；成員；…員

例 公務員になりたい。

譯 想當公務員。

## 15 | かた【方】

图 （敬）人

例 あちらの方はどなたですか。

譯 那是那位呢？

## 3-3 男女 /
男女

## 01 | だんせい【男性】

图 男性

例 男性の服は本館の4階だ。

譯 紳士服專櫃位於本館四樓。

## 02 | じょせい【女性】

图 女性

例 美しい女性を連れている。

譯 帶著漂亮的女生。

## 03 | かのじょ【彼女】

图 她；女朋友

例 彼女ができる。

譯 交到女友。

## 04 | かれ【彼】

图·代 他；男朋友

例 それは彼の物だ。

譯 那是他的東西。

## 05 | かれし【彼氏】

图·代 男朋友；他

例 彼氏がいる。

譯 我有男朋友。

## 06 | かれら【彼等】

图·代 他們

例 彼らは兄弟だ。

譯 他們是兄弟。

## 07 | じんこう【人口】

图 人口

例 人口が多い。

譯 人口很多。

## 08 | みな【皆】

图 大家；所有的

例 皆が集まる。

譯 大家齊聚一堂。

## 09 | あつまる【集まる】

自五 聚集，集合

例 女性が集まってくる。

譯 女性聚集過來。

## 10 | あつめる【集める】

他下一 集合；收集；集中

例 男性の視線を集める。

譯 聚集男性的視線。

## 11 ｜つれる【連れる】

他下一 帶領，帶著

例 友達を連れて来る。

譯 帶朋友來。

## 12 ｜かける【欠ける】

自下一 缺損；缺少

例 女が１名欠ける。

譯 缺一位女性。

N4 ● 3-4

### 3-4 老人、子供、家族 /
老人、小孩、家人

## 01 ｜そふ【祖父】

名 祖父，外祖父

例 祖父に会う。

譯 和祖父見面。

## 02 ｜そぼ【祖母】

名 祖母，外祖母，奶奶，外婆

例 祖母が亡くなる。

譯 祖母過世。

## 03 ｜おや【親】

名 父母；祖先；主根；始祖

例 親の仕送りを受ける。

譯 讓父母寄送生活費。

## 04 ｜おっと【夫】

名 丈夫

例 夫の帰りを待つ。

譯 等待丈夫回家。

## 05 ｜しゅじん【主人】

名 老公，(我)丈夫，先生；主人

例 主人を支える。

譯 支持丈夫。

## 06 ｜つま【妻】

名 (對外稱自己的)妻子，太太

例 妻と喧嘩する。

譯 跟妻子吵架。

## 07 ｜かない【家内】

名 妻子

例 家内に相談する。

譯 和妻子討論。

## 08 ｜こ【子】

名 孩子

例 子を生む。

譯 生小孩。

## 09 ｜あかちゃん【赤ちゃん】

名 嬰兒

例 赤ちゃんはよく泣く。

譯 小寶寶很愛哭。

## 10 ｜あかんぼう【赤ん坊】

名 嬰兒；不暗世故的人

例 赤ん坊みたいだ。

譯 像嬰兒似的。

## 11 ｜そだてる【育てる】

他下一 撫育，培植；培養

例 子供を育てる。

譯 培育子女。

## 12 | こそだて【子育て】

名・自サ 養育小孩，育兒

例 子育てが終わる。

譯 完成了養育小孩的任務。

## 13 | にる【似る】

自上一 相像，類似

例 性格が似ている。

譯 個性相似。

## 14 | ぼく【僕】

名 我（男性用）

例 僕には僕の夢がある。

譯 我有我的理想。

### 3-5 態度、性格 /
態度、性格

## 01 | しんせつ【親切】

名・形動 親切，客氣

例 親切になる。

譯 變得親切。

## 02 | ていねい【丁寧】

名・形動 客氣；仔細；尊敬

例 丁寧に読む。

譯 仔細閱讀。

## 03 | ねっしん【熱心】

名・形動 專注，熱衷；熱心；熱衷；熱情

例 仕事に熱心だ。

譯 熱衷於工作。

## 04 | まじめ【真面目】

名・形動 認真；誠實

例 真面目な人が多い。

譯 有很多認真的人。

## 05 | いっしょうけんめい【一生懸命】

副・形動 拼命地，努力地；一心

例 一生懸命に働く。

譯 拼命地工作。

## 06 | やさしい【優しい】

形 溫柔的，體貼的；柔和的；親切的

例 人にやさしくする。

譯 殷切待人。

## 07 | てきとう【適当】

名・自サ・形動 適當；適度；隨便

例 適当な機会に行く。

譯 在適當的機會舉辦。

## 08 | おかしい【可笑しい】

形 奇怪的，可笑的；可疑的，不正常的

例 頭がおかしい。

譯 腦子不正常。

## 09 | こまかい【細かい】

形 細小；仔細；無微不至

例 考えが細かい。

譯 想得無微不至。

## 10 | さわぐ【騒ぐ】

自五 吵鬧，喧囂；慌亂，慌張；激動

例 胸が騒ぐ。

譯 心慌意亂。

## 11 | ひどい【酷い】

形 殘酷；過分；非常；嚴重，猛烈

例 彼は酷い人だ。

譯 他是個殘酷的人。

## 3-6 人間関係 /
人際關係

### 01 ｜かんけい【関係】

(名) 關係；影響

例 関係がある。

譯 有關係；有影響；發生關係。

### 02 ｜しょうかい【紹介】

(名・他サ) 介紹

例 両親に紹介する。

譯 介紹給父母。

### 03 ｜せわ【世話】

(名・他サ) 幫忙；照顧，照料

例 世話になる。

譯 受到照顧。

### 04 ｜わかれる【別れる】

(自下一) 分別，分開

例 恋人と別れた。

譯 和情人分手了。

### 05 ｜あいさつ【挨拶】

(名・自サ) 寒暄，打招呼，拜訪；致詞

例 帽子をとって挨拶する。

譯 脱帽致意。

### 06 ｜けんか【喧嘩】

(名・自サ) 吵架；打架

### 07 ｜えんりょ【遠慮】

(名・自他サ) 客氣；謝絕

例 遠慮がない。

譯 不客氣，不拘束。

### 08 ｜しつれい【失礼】

(名・形動・自サ) 失禮，沒禮貌；失陪

例 失礼なことを言う。

譯 説失禮的話。

### 09 ｜ほめる【褒める】

(他下一) 誇獎

例 先生に褒められた。

譯 被老師稱讚。

### 10 ｜じゆう【自由】

(名・形動) 自由，隨便

例 自由がない。

譯 沒有自由。

### 11 ｜しゅうかん【習慣】

(名) 習慣

例 習慣が変わる。

譯 習慣改變；習俗特別。

### 12 ｜ちから【力】

(名) 力氣；能力

例 力になる。

譯 幫助；有依靠。

# パート **4**

第四章

# 体、病気、スポーツ

- 人體、疾病、運動 -

## 4-1 身体 /
人體

### 01 ｜かっこう【格好・恰好】
(名) 外表，裝扮
例 綺麗な格好で出かける。
譯 打扮得美美的出門了。

### 02 ｜かみ【髪】
(名) 頭髪
例 髪型が変わる。
譯 髮型變了。

### 03 ｜け【毛】
(名) 頭髪，汗毛
例 髪の毛は細くてやわらかい。
譯 頭髮又細又軟。

### 04 ｜ひげ
(名) 鬍鬚
例 私の父はひげが濃い。
譯 我爸爸的鬍鬚很濃密

### 05 ｜くび【首】
(名) 頸部，脖子；頭部，腦袋
例 首にマフラーを巻く。
譯 在脖子裏上圍巾。

### 06 ｜のど【喉】
(名) 喉嚨
例 のどが渇く。
譯 口渴。

### 07 ｜せなか【背中】
(名) 背部
例 背中を丸くする。
譯 弓起背來。

### 08 ｜うで【腕】
(名) 胳臂；本領；托架，扶手
例 腕を組む。
譯 挽著胳臂。

### 09 ｜ゆび【指】
(名) 手指
例 ゆびで指す。
譯 用手指。

### 10 ｜つめ【爪】
(名) 指甲
例 爪を切る。
譯 剪指甲。

## 11 ｜ち【血】

(名) 血；血緣

(例) 血が出ている。

(譯) 流血了。

## 12 ｜おなら

(名) 屁

(例) おならをする。

(譯) 放屁。

### 4-2 生死、体質 / 生死、體質

## 01 ｜いきる【生きる】

(自上一) 活，生存；生活；致力於…；生動

(例) 生きて帰る。

(譯) 生還。

## 02 ｜なくなる【亡くなる】

(他五) 去世，死亡

(例) 先生が亡くなる。

(譯) 老師過世。

## 03 ｜うごく【動く】

(自五) 變動，移動；擺動；改變；行動，運動；感動，動搖

(例) 動くのが好きだ。

(譯) 我喜歡動。

## 04 ｜さわる【触る】

(自五) 碰觸，觸摸；接觸；觸怒，觸犯

(例) 触ると痒くなる。

(譯) 一觸摸就發癢。

## 05 ｜ねむい【眠い】

(形) 睏

(例) いつも眠い。

(譯) 我總是想睡覺。

## 06 ｜ねむる【眠る】

(自五) 睡覺

(例) 暑いと眠れない。

(譯) 一熱就睡不著。

## 07 ｜かわく【乾く】

(自五) 乾；口渴

(例) 肌が乾く。

(譯) 皮膚乾燥。

## 08 ｜ふとる【太る】

(自五) 胖，肥胖；增加

(例) 運動してないので太った。

(譯) 因為沒有運動而肥胖。

## 09 ｜やせる【痩せる】

(自下一) 瘦；貧瘠

(例) 病気で痩せる。

(譯) 因生病而消瘦。

## 10 ｜ダイエット【diet】

(名・自サ) （為治療或調節體重）規定飲食；減重療法；減重，減肥

(例) ダイエットを始めた。

(譯) 開始減肥。

## 11 ｜よわい【弱い】

形 虚弱；不擅長，不高明

例 体が弱い。

譯 身體虚弱。

## 4-3 病気、治療／
疾病、治療

## 01 ｜おる【折る】

他五 摺疊；折斷

例 骨を折る。

譯 骨折。

## 02 ｜ねつ【熱】

名 高溫；熱；發燒

例 熱がある。

譯 發燒。

## 03 ｜インフルエンザ【influenza】

名 流行性感冒

例 インフルエンザにかかる。

譯 得了流感。

## 04 ｜けが【怪我】

名・自サ 受傷；損失，過失

例 怪我がない。

譯 沒有受傷。

## 05 ｜かふんしょう【花粉症】

名 花粉症，因花粉而引起的過敏鼻炎，結膜炎

例 花粉症になる。

譯 得花粉症。

## 06 ｜たおれる【倒れる】

自下一 倒下；垮台；死亡

例 叔父が病気で倒れた。

譯 叔叔病倒了。

## 07 ｜にゅういん【入院】

名・自サ 住院

例 入院費を払う。

譯 支付住院費。

## 08 ｜ちゅうしゃ【注射】

名・他サ 打針

例 注射を受ける。

譯 打預防針。

## 09 ｜ぬる【塗る】

他五 塗抹，塗上

例 薬を塗る。

譯 上藥。

## 10 ｜おみまい【お見舞い】

名 探望，探病

例 明日お見舞いに行く。

譯 明天去探病。

## 11 ｜ぐあい【具合】

名 （健康等）狀況；方便，合適；方法

例 具合がよくなる。

譯 情況好轉。

## 12 | なおる【治る】

(自五) 治癒，痊癒

例 病気が治る。

譯 病痊癒了。

## 13 | たいいん【退院】

(名・自サ) 出院

例 退院をさせてもらう。

譯 讓我出院。

## 14 | やめる【止める】

(他下一) 停止

例 たばこをやめる。

譯 戒煙。

## 15 | ヘルパー【helper】

(名) 幫傭；看護

例 ホームヘルパーを頼む。

譯 請家庭看護。

## 16 | おいしゃさん【お医者さん】

(名) 醫生

例 彼はお医者さんです。

譯 他是醫生。

## 17 | てしまう

(補動) 強調某一狀態或動作完了；懊悔

例 怪我で動かなくなってしまった。

譯 因受傷而無法動彈。

## 4-4 体育、試合 /
體育、競賽

## 01 | うんどう【運動】

(名・自サ) 運動；活動

例 毎日運動する。

譯 每天運動。

## 02 | テニス【tennis】

(名) 網球

例 テニスをやる。

譯 打網球。

## 03 | テニスコート【tennis court】

(名) 網球場

例 テニスコートでテニスをやる。

譯 在網球場打網球。

## 04 | じゅうどう【柔道】

(名) 柔道

例 柔道を習う。

譯 學柔道。

## 05 | すいえい【水泳】

(名・自サ) 游泳

例 水泳が上手だ。

譯 擅長游泳。

## 06 | かける【駆ける・駈ける】

(自下一) 奔跑，快跑

例 学校まで駆ける。

譯 快跑到學校。

## 07 ｜うつ【打つ】

(他五) 打擊，打；標記

例 ホームランを打つ。

譯 打全壘打。

## 08 ｜すべる【滑る】

(自下一) 滑(倒)；滑動；(手)滑；不及格，落榜；下跌

例 道が滑る。

譯 路滑。

## 09 ｜なげる【投げる】

(自下一) 丟，抛；摔；提供；投射；放棄

例 ボールを投げる。

譯 丟球。

## 10 ｜しあい【試合】

(名・自サ) 比賽

例 試合が終わる。

譯 比賽結束。

## 11 ｜きょうそう【競争】

(名・自他サ) 競爭，競賽

例 競争に負ける。

譯 競爭失敗。

## 12 ｜かつ【勝つ】

(自五) 贏，勝利；克服

例 試合に勝つ。

譯 比賽獲勝。

## 13 ｜しっぱい【失敗】

(名・自サ) 失敗

例 失敗ばかりで気分が悪い。

譯 一直出錯心情很糟。

## 14 ｜まける【負ける】

(自下一) 輸；屈服

例 試合に負ける。

譯 比賽輸了。

# パート 5 第五章

# 大自然
- 大自然 -

## 5-1 自然、気象 /
自然、氣象

### 01 ｜えだ【枝】
名 樹枝；分枝
例 木の枝を折る。
譯 折下樹枝。

### 02 ｜くさ【草】
名 草
例 草を取る。
譯 清除雜草。

### 03 ｜は【葉】
名 葉子，樹葉
例 葉が美しい。
譯 葉子很美。

### 04 ｜ひらく【開く】
自・他五 綻放；打開；拉開；開拓；開設；開導
例 夏の頃花を開く。
譯 夏天開花。

### 05 ｜みどり【緑】
名 綠色，翠綠；樹的嫩芽
例 山の緑がきれいだ。
譯 翠綠的山巒景色優美。

### 06 ｜ふかい【深い】
形 深的；濃的；晚的 ；(情感)深的；(關係)密切的
例 日本一深い湖を訪れる。
譯 探訪日本最深的湖泊。

### 07 ｜うえる【植える】
他下一 種植；培養
例 木を植える。
譯 種樹。

### 08 ｜おれる【折れる】
自下一 折彎；折斷；拐彎；屈服
例 風で枝が折れる。
譯 樹枝被風吹斷。

### 09 ｜くも【雲】
名 雲
例 雲の間から月が出てきた。
譯 月亮從雲隙間出現了。

### 10 ｜つき【月】
名 月亮
例 月がのぼった。
譯 月亮升起來了。

## 11 ｜ほし【星】

名 星星
例 星がある。
譯 有星星。

## 12 ｜じしん【地震】

名 地震
例 地震が起きる。
譯 發生地震。

## 13 ｜たいふう【台風】

名 颱風
例 台風に遭う。
譯 遭遇颱風。

## 14 ｜きせつ【季節】

名 季節
例 季節を楽しむ。
譯 享受季節變化的樂趣。

## 15 ｜ひえる【冷える】

自下一 變冷；變冷淡
例 体が冷える。
譯 身體感到寒冷。

## 16 ｜やむ【止む】

自五 停止
例 風が止む。
譯 風停了。

## 17 ｜さがる【下がる】

自五 下降；下垂；降低（價格、程度、溫度等）；衰退

例 気温が下がる。
譯 氣溫下降。

## 18 ｜はやし【林】

名 樹林；林立；（轉）事物集中貌
例 林の中で虫を取る。
譯 在林間抓蟲子。

## 19 ｜もり【森】

名 樹林
例 森に入る。
譯 走進森林。

## 20 ｜ひかり【光】

名 光亮，光線；（喻）光明，希望；威力，光榮
例 月の光が美しい。
譯 月光美極了。

## 21 ｜ひかる【光る】

自五 發光，發亮；出眾
例 星が光る。
譯 星光閃耀。

## 22 ｜うつる【映る】

自五 反射，映照；相襯
例 水に映る。
譯 倒映水面。

## 23 ｜どんどん

副 連續不斷，接二連三；（炮鼓等連續不斷的聲音）咚咚；（進展）順利；（氣勢）旺盛

例 水がどんどん上がってくる。

譯 水嘩啦嘩啦不斷地往上流。

## 5-2 いろいろな物質 /
各種物質

例 ガラスを割る。

譯 打破玻璃。

---

### 01 ｜くうき【空気】

名 空氣；氣氛

例 空気が悪い。

譯 空氣不好。

---

### 02 ｜ひ【火】

名 火

例 火が消える。

譯 火熄滅。

---

### 03 ｜いし【石】

名 石頭，岩石；(猜拳)石頭，結石；鑽石；堅硬

例 石で作る。

譯 用石頭做的。

---

### 04 ｜すな【砂】

名 沙

例 砂が目に入る。

譯 沙子掉進眼睛裡。

---

### 05 ｜ガソリン【gasoline】

名 汽油

例 ガソリンを入れる。

譯 加入汽油。

---

### 06 ｜ガラス【(荷) glas】

名 玻璃

---

### 07 ｜きぬ【絹】

名 絲

例 絹のハンカチを送る。

譯 送絲綢手帕。

---

### 08 ｜ナイロン【nylon】

名 尼龍

例 ナイロンのストッキングはすぐ破れる。

譯 尼龍絲襪很快就抽絲了。

---

### 09 ｜もめん【木綿】

名 棉

例 木綿のシャツを探している。

譯 正在找棉質襯衫。

---

### 10 ｜ごみ

名 垃圾

例 あとでごみを捨てる。

譯 等一下丟垃圾。

---

### 11 ｜すてる【捨てる】

他下一 丟掉，拋棄；放棄

例 古いラジオを捨てる。

譯 扔了舊的收音機。

---

### 12 ｜かたい【固い・硬い・堅い】

形 堅硬；結實；堅定；可靠；嚴厲；固執

例 石のように硬い。

譯 如石頭般堅硬。

パート
**6**
第六章

# 飲食
- 飲食 -

## 6-1 料理、味 /
烹調、味道

### 01 ｜つける【漬ける】
(他下一) 浸泡；醃
例 梅を漬ける。
譯 醃梅子。

### 02 ｜つつむ【包む】
(他五) 包住，包起來；隱藏，隱瞞
例 肉を餃子の皮で包む。
譯 用餃子皮包肉。

### 03 ｜やく【焼く】
(他五) 焚燒；烤；曬；嫉妒
例 魚を焼く。
譯 烤魚。

### 04 ｜やける【焼ける】
(自下一) 烤熟；（被）烤熟；曬黑；燥熱；發紅；添麻煩；感到嫉妒
例 肉が焼ける。
譯 肉烤熟。

### 05 ｜わかす【沸かす】
(他五) 煮沸；使沸騰
例 お湯を沸かす。
譯 把水煮沸。

### 06 ｜わく【沸く】
(自五) 煮沸，煮開；興奮
例 お湯が沸く。
譯 熱水沸騰。

### 07 ｜あじ【味】
(名) 味道，趣味；滋味
例 味がいい。
譯 好吃，美味；富有情趣。

### 08 ｜あじみ【味見】
(名・自サ) 試吃，嚐味道
例 スープの味見をする。
譯 嚐嚐湯的味道。

### 09 ｜におい【匂い】
(名) 味道；風貌
例 匂いがする。
譯 發出味道。

### 10 ｜にがい【苦い】
(形) 苦；痛苦
例 苦くて食べられない。
譯 苦得難以下嚥。

### 11 ｜やわらかい【柔らかい】
(形) 柔軟的

例 柔らかい肉を選ぶ。
譯 選擇柔軟的肉。

---

12｜おおさじ【大匙】
（名）大匙，湯匙
例 大匙2杯の塩を入れる。
譯 放入兩大匙的鹽。

---

13｜こさじ【小匙】
（名）小匙，茶匙
例 小匙1杯の砂糖を入れる。
譯 放入一茶匙的砂糖。

---

14｜コーヒーカップ【coffee cup】
（名）咖啡杯
例 可愛いコーヒーカップを買った。
譯 買了可愛的咖啡杯。

---

15｜ラップ【wrap】
（名・他サ）保鮮膜；包裝，包裹
例 野菜をラップする。
譯 用保鮮膜將蔬菜包起來。

N4 ● 6-2

## 6-2 食事、食べ物／
用餐、食物

---

01｜ゆうはん【夕飯】
（名）晚飯
例 友達と夕飯を食べる。
譯 跟朋友吃晚飯。

---

02｜したく【支度】
（名・自他サ）準備；打扮；準備用餐

例 支度ができる。
譯 準備好。

---

03｜じゅんび【準備】
（名・他サ）準備
例 準備が足りない。
譯 準備不夠。

---

04｜ようい【用意】
（名・他サ）準備；注意
例 夕食の用意をしていた。
譯 在準備晚餐。

---

05｜しょくじ【食事】
（名・自サ）用餐，吃飯；餐點
例 食事が終わる。
譯 吃完飯。

---

06｜かむ【噛む】
（他五）咬
例 ご飯をよく噛んで食べなさい。
譯 吃飯要細嚼慢嚥。

---

07｜のこる【残る】
（自五）剩餘，剩下；遺留
例 食べ物が残る。
譯 食物剩下來。

---

08｜しょくりょうひん【食料品】
（名）食品
例 母から食料品が送られてきた。
譯 媽媽寄來了食物。

## 09 │こめ【米】

名 米

例 米の輸出が増える。

譯 稻米的外銷量增加了。

## 10 │みそ【味噌】

名 味噌

例 みそ汁を作る。

譯 做味噌湯。

## 11 │ジャム【jam】

名 果醬

例 パンにジャムをつける。

譯 在麵包上塗果醬。

## 12 │ゆ【湯】

名 開水，熱水；浴池；溫泉；洗澡水

例 お湯を沸かす。

譯 燒開水。

## 13 │ぶどう【葡萄】

名 葡萄

例 葡萄酒を楽しむ。

譯 享受喝葡萄酒的樂趣。

## 6-3 外食 /
### 餐廳用餐

## 01 │がいしょく【外食】

名・自サ 外食，在外用餐

例 外食をする。

譯 吃外食。

## 02 │ごちそう【御馳走】

名・他サ 請客；豐盛佳餚

例 ご馳走になる。

譯 被請吃飯。

## 03 │きつえんせき【喫煙席】

名 吸煙席，吸煙區

例 喫煙席を頼む。

譯 要求吸菸區。

## 04 │きんえんせき【禁煙席】

名 禁煙席，禁煙區

例 禁煙席に座る。

譯 坐在禁煙區。

## 05 │あく【空く】

自五 空著；(職位)空缺；空隙；閒著；有空

例 席が空く。

譯 空出位子。

## 06 │えんかい【宴会】

名 宴會，酒宴

例 宴会を開く。

譯 擺桌請客。

## 07 │ごうコン【合コン】

名 聯誼

例 合コンで恋人ができた。

譯 在聯誼活動中交到了男(女)朋友。

## 08 │かんげいかい【歓迎会】

名 歡迎會，迎新會

例 歓迎会を開く。
譯 開歡迎會。

**09｜そうべつかい【送別会】**
名 送別會
例 送別会を開く。
譯 舉辦送別會。

**10｜たべほうだい【食べ放題】**
名 吃到飽，盡量吃，隨意吃
例 食べ放題に行こう。
譯 我們去吃吃到飽吧。

**11｜のみほうだい【飲み放題】**
名 喝到飽，無限暢飲
例 ビールが飲み放題だ。
譯 啤酒無限暢飲。

**12｜おつまみ**
名 下酒菜，小菜
例 おつまみを食べない。
譯 不吃下酒菜。

**13｜サンドイッチ【sandwich】**
名 三明治
例 ハムサンドイッチを頼む。
譯 點火腿三明治。

**14｜ケーキ【cake】**
名 蛋糕
例 食後にケーキを頂く。
譯 飯後吃蛋糕。

**15｜サラダ【salad】**
名 沙拉
例 サラダを先に食べる。
譯 先吃沙拉。

**16｜ステーキ【steak】**
名 牛排
例 ステーキを切る。
譯 切牛排。

**17｜てんぷら【天ぷら】**
名 天婦羅
例 天ぷらを揚げる
譯 油炸天婦羅。

**18｜だいきらい【大嫌い】**
形動 極不喜歡，最討厭
例 外食は大嫌いだ。
譯 最討厭外食。

**19｜かわりに【代わりに】**
接續 代替，替代；交換
例 酒の代わりに水を飲む。
譯 不是喝酒，而是喝水。

**20｜レジ【register 之略】**
名 收銀台
例 レジの仕事をする。
譯 做結帳收銀的工作。

# 服装、装身具、素材

- 服裝、配件、素材 -

## 01 ｜きもの【着物】

(名) 衣服；和服
例 着物を脱ぐ。
譯 脱衣服。

## 02 ｜したぎ【下着】

(名) 內衣，貼身衣物
例 下着を取り替える。
譯 換貼身衣物。

## 03 ｜てぶくろ【手袋】

(名) 手套
例 手袋を取る。
譯 拿下手套。

## 04 ｜イヤリング【earring】

(名) 耳環
例 イヤリングをつける。
譯 戴耳環。

## 05 ｜さいふ【財布】

(名) 錢包
例 古い財布を捨てる。
譯 丟掉舊錢包。

## 06 ｜ぬれる【濡れる】

(自下一) 淋濕

例 雨に服が濡れる。
譯 衣服被雨淋濕。

## 07 ｜よごれる【汚れる】

(自下一) 髒污；齷齪
例 シャツが汚れた。
譯 襯衫髒了。

## 08 ｜サンダル【sandal】

(名) 涼鞋
例 サンダルを履く。
譯 穿涼鞋。

## 09 ｜はく【履く】

(他五) 穿(鞋、襪)
例 厚い靴下を履く。
譯 穿厚襪子。

## 10 ｜ゆびわ【指輪】

(名) 戒指
例 指輪をつける。
譯 戴戒指。

## 11 ｜いと【糸】

(名) 線；(三弦琴的)弦；魚線；線狀
例 針に糸を通す。
譯 把針穿上線。

## 12 ｜け【毛】

名 羊毛，毛線，毛織物

例 毛 100 % の服を洗う。

譯 洗滌百分之百羊毛的衣物。

## 13 ｜アクセサリー【accessary】

名 飾品，裝飾品；零件

例 アクセサリーをつける。

譯 戴上飾品。

## 14 ｜スーツ【suit】

名 套裝

例 スーツを着る。

譯 穿套裝。

## 15 ｜ソフト【soft】

名・形動 柔軟；溫柔；軟體

例 ソフトな感じがする。

譯 柔和的感覺。

## 16 ｜ハンドバッグ【handbag】

名 手提包

例 ハンドバッグを買う。

譯 買手提包。

## 17 ｜つける【付ける】

他下一 裝上，附上；塗上

例 耳にイヤリングをつける。

譯 把耳環穿入耳朵。

# パート 8 第八章 住居
- 住家 -

## 8-1 部屋、設備 /
房間、設備

### 01 | おくじょう【屋上】

名 屋頂(上)

例 屋上に上がる。

譯 爬上屋頂。

### 02 | かべ【壁】

名 牆壁；障礙

例 壁に時計をかける。

譯 將時鐘掛到牆上。

### 03 | すいどう【水道】

名 自來水管

例 水道を引く。

譯 安裝自來水。

### 04 | おうせつま【応接間】

名 客廳；會客室

例 応接間に案内する。

譯 領到客廳。

### 05 | たたみ【畳】

名 榻榻米

例 畳の上で寝る。

譯 睡在榻榻米上。

### 06 | おしいれ【押し入れ・押入れ】

名 (日式的)壁櫥

例 押入れにしまう。

譯 收入壁櫥。

### 07 | ひきだし【引き出し】

名 抽屜

例 引き出しを開ける。

譯 拉開抽屜。

### 08 | ふとん【布団】

名 被子，床墊

例 布団を掛ける。

譯 蓋被子。

### 09 | カーテン【curtain】

名 窗簾；布幕

例 カーテンを開ける。

譯 打開窗簾。

### 10 | かける【掛ける】

他下一 懸掛；坐；蓋上；放在…之上；提交；澆；開動；花費；寄託；鎖上；(數學)乘；使…負擔(如給人添麻煩)

例 家具にお金をかける。

譯 花大筆錢在家具上。

## 11 ｜かざる【飾る】

(他五) 擺飾，裝飾；粉飾，潤色

例 部屋を飾る。

譯 裝飾房間。

## 12 ｜むかう【向かう】

(自五) 面向

例 鏡に向かう。

譯 對著鏡子。

N4 ● 8-2

### 8-2 住む /
居住

## 01 ｜たてる【建てる】

(他下一) 建造

例 家を建てる。

譯 蓋房子。

## 02 ｜ビル【building 之略】

(名) 高樓，大廈

例 駅前の高いビルに住む。

譯 住在車站前的大樓。

## 03 ｜エスカレーター【escalator】

(名) 自動手扶梯

例 エスカレーターに乗る。

譯 搭乘手扶梯。

## 04 ｜おたく【お宅】

(名) 您府上，貴府；宅男（女），對於某事物過度熱忠者

例 お宅はどちらですか。

譯 請問您家在哪？

## 05 ｜じゅうしょ【住所】

(名) 地址

例 住所はカタカナで書く。

譯 以片假名填寫住址。

## 06 ｜きんじょ【近所】

(名) 附近；鄰居

例 近所に住んでいる。

譯 住在這附近。

## 07 ｜るす【留守】

(名) 不在家；看家

例 家を留守にする。

譯 看家。

## 08 ｜うつる【移る】

(自五) 移動；變心；傳染；時光流逝；轉移

例 新しい町へ移る。

譯 搬到新的市鎮去。

## 09 ｜ひっこす【引っ越す】

(自五) 搬家

例 京都へ引っ越す。

譯 搬去京都。

## 10 ｜げしゅく【下宿】

(名・自サ) 寄宿，借宿

例 下宿を探す。

譯 尋找公寓。

## 11 | せいかつ【生活】

名・自サ 生活

例 生活に困る。

譯 無法維持生活。

## 12 | なまごみ【生ごみ】

名 廚餘，有機垃圾

例 生ゴミを片付ける。

譯 收拾廚餘。

## 13 | もえるごみ【燃えるごみ】

名 可燃垃圾

例 明日は燃えるごみの日だ。

譯 明天是丟棄可燃垃圾的日子。

## 14 | いっぱん【一般】

名・形動 一般，普通

電池を一般ゴミに混ぜないで。

譯 電池不要丟進一般垃圾裡。

## 15 | ふべん【不便】

形動 不方便

例 この辺は交通が不便だ。

譯 這附近交通不方便。

## 16 | にかいだて【二階建て】

名 二層建築

例 二階建ての家に住みたい。

譯 想住兩層樓的房子。

# 8-3 家具、電気機器 /
家具、電器

## 01 | かがみ【鏡】

名 鏡子

例 鏡を見る。

譯 照鏡子。

## 02 | たな【棚】

名 架子，棚架

例 棚に上げる。

譯 擺到架上；佯裝不知。

## 03 | スーツケース【suitcase】

名 手提旅行箱

例 スーツケースを買う。

譯 買行李箱。

## 04 | れいぼう【冷房】

名・他サ 冷氣

例 冷房を点ける。

譯 開冷氣。

## 05 | だんぼう【暖房】

名 暖氣

例 暖房を点ける。

譯 開暖氣。

## 06 | でんとう【電灯】

名 電燈

例 電灯をつけた。

譯 把燈打開。

N4

**07 ｜ガスコンロ【(荷)gas+ 焜炉】**

⊛ 瓦斯爐，煤氣爐

例 ガスコンロで料理をする。

譯 用瓦斯爐做菜

**08 ｜かんそうき【乾燥機】**

⊛ 乾燥機，烘乾機

例 服を乾燥機に入れる。

譯 把衣服放進烘乾機。

**09 ｜コインランドリー【coin-operated laundry】**

⊛ 自助洗衣店

例 コインランドリーで洗濯する。

譯 在自助洗衣店洗衣服。

**10 ｜ステレオ【stereo】**

⊛ 音響

例 ステレオで音楽を聴く。

譯 開音響聽音樂。

**11 ｜けいたいでんわ【携帯電話】**

⊛ 手機，行動電話

例 携帯電話を使う。

譯 使用手機。

**12 ｜ベル【bell】**

⊛ 鈴聲

例 ベルを押す。

譯 按鈴。

**13 ｜なる【鳴る】**

⊜ 響，叫

例 時計が鳴る。

譯 鬧鐘響了。

**14 ｜タイプ【type】**

⊛ 款式；類型；打字

例 薄いタイプのパソコンがほしい。

譯 想要一台薄型電腦。

N4 ◉ 8-4

**8-4 道具 /**
道具

**01 ｜どうぐ【道具】**

⊛ 工具；手段

例 道具を使う。

譯 使用道具。

**02 ｜きかい【機械】**

⊛ 機械

例 機械を使う。

譯 操作機器。

**03 ｜つける【点ける】**

(他下一) 打開(家電類)；點燃

例 電気を点ける。

譯 開燈。

**04 ｜つく【点く】**

⊜ 點上，(火)點著

例 電灯が点いた。

譯 電燈亮了。

## 05 ｜まわる【回る】

(自五) 轉動；走動；旋轉；繞道；轉移

**例** 時計が回る。

**譯** 時鐘轉動。

---

## 06 ｜はこぶ【運ぶ】

(自・他五) 運送，搬運；進行

**例** 大きなものを運ぶ。

**譯** 載運大宗物品。

---

## 07 ｜こしょう【故障】

(名・自サ) 故障

**例** 機械が故障した。

**譯** 機器故障。

---

## 08 ｜こわれる【壊れる】

(自下一) 壞掉，損壞；故障

**例** 電話が壊れている。

**譯** 電話壞了。

---

## 09 ｜われる【割れる】

(自下一) 破掉，破裂；分裂；暴露；整除

**例** 窓は割れやすい。

**譯** 窗戶容易碎裂。

---

## 10 ｜なくなる【無くなる】

(自五) 不見，遺失；用光了

**例** ガスが無くなった。

**譯** 瓦斯沒有了。

## 11 ｜とりかえる【取り替える】

(他下一) 交換；更換

**例** 電球を取り替える。

**譯** 更換電燈泡。

---

## 12 ｜なおす【直す】

(他五) 修理；改正；整理；更改

**例** 自転車を直す。

**譯** 修理腳踏車。

---

## 13 ｜なおる【直る】

(自五) 改正；修理；回復；變更

**例** 壊れていた PC が直る。

**譯** 把壞了的電腦修好了。

# パート 9 第九章

# 施設、機関、交通
- 設施、機構、交通 -

## 9-1 いろいろな機関、施設 / 各種機構、設施

### 01 | とこや【床屋】
⊗ 理髪店；理髪室
例 床屋へ行く。
譯 去理髮廳。

### 02 | こうどう【講堂】
⊗ 禮堂
例 講堂に集まる。
譯 齊聚在講堂裡。

### 03 | かいじょう【会場】
⊗ 會場
例 会場に入る。
譯 進入會場。

### 04 | じむしょ【事務所】
⊗ 辦公室
例 事務所を開く。
譯 設有辦事處。

### 05 | きょうかい【教会】
⊗ 教會
例 教会で祈る。
譯 在教堂祈禱。

### 06 | じんじゃ【神社】
⊗ 神社
例 神社に参る。
譯 參拜神社。

### 07 | てら【寺】
⊗ 寺廟
例 寺に参る。
譯 拜佛。

### 08 | どうぶつえん【動物園】
⊗ 動物園
例 動物園に行く。
譯 去動物園。

### 09 | びじゅつかん【美術館】
⊗ 美術館
例 美術館に行く。
譯 去美術館。

### 10 | ちゅうしゃじょう【駐車場】
⊗ 停車場
例 駐車場を探す。
譯 找停車場。

## 11 ｜くうこう【空港】

名 機場

例 空港に到着する。

譯 抵達機場。

## 12 ｜ひこうじょう【飛行場】

名 機場

例 飛行場へ迎えに行く。

譯 去接機。

## 13 ｜こくさい【国際】

名 國際

例 国際空港に着く。

譯 抵達國際機場。

## 14 ｜みなと【港】

名 港口，碼頭

例 港に寄る。

譯 停靠碼頭。

## 15 ｜こうじょう【工場】

名 工廠

例 新しい工場を建てる。

譯 建造新工廠。

## 16 ｜スーパー【supermarket 之略】

名 超級市場

例 スーパーで肉を買う。

譯 在超市買肉。

## 9-2 いろいろな乗り物、交通／
### 各種交通工具、交通

## 01 ｜のりもの【乗り物】

名 交通工具

例 乗り物に乗る。

譯 乘車。

## 02 ｜オートバイ【auto bicycle】

名 摩托車

例 オートバイに乗れる。

譯 會騎機車。

## 03 ｜きしゃ【汽車】

名 火車

例 汽車が駅に着く。

譯 火車到達車站。

## 04 ｜ふつう【普通】

名・形動 普通，平凡；普通車

例 私は普通電車で通勤している。

譯 我搭普通車通勤。

## 05 ｜きゅうこう【急行】

名・自サ 急行；快車

例 急行電車に間に合う。

譯 趕上快速電車。

## 06 ｜とっきゅう【特急】

名 特急列車；火速

例 特急で東京へたつ。

譯 坐特快車到東京。

**07** ｜ふね【船・舟】

名 船；舟，小型船

例 船が揺れる。

譯 船隻搖晃。

**08** ｜ガソリンスタンド【(和製英語) gasoline+stand】

名 加油站

例 ガソリンスタンドでバイトする。

譯 在加油站打工。

**09** ｜こうつう【交通】

名 交通

例 交通が便利になった。

譯 交通變得很方便。

**10** ｜とおり【通り】

名 道路，街道

例 広い通りに出る。

譯 走到大馬路。

**11** ｜じこ【事故】

名 意外，事故

例 事故が起こる。

譯 發生事故。

**12** ｜こうじちゅう【工事中】

名 施工中；(網頁)建製中

例 工事中となる。

譯 施工中。

**13** ｜わすれもの【忘れ物】

名 遺忘物品，遺失物

例 忘れ物をする。

譯 遺失東西。

**14** ｜かえり【帰り】

名 回來；回家途中

例 帰りを急ぐ。

譯 急著回去。

**15** ｜ばんせん【番線】

名 軌道線編號，月台編號

例 5番線の列車が来た。

譯 五號月台的列車進站了。

## 9-3 交通関係 /
交通相關

**01** ｜いっぽうつうこう【一方通行】

名 單行道；單向傳達

例 一方通行で通れない。

譯 單行道不能進入。

**02** ｜うちがわ【内側】

名 內部，內側，裡面

例 内側へ開く。

譯 往裡開。

**03** ｜そとがわ【外側】

名 外部，外面，外側

例 道の外側を走る。

譯 沿著道路外側跑。

## 04 ｜ちかみち【近道】

名 捷徑，近路
例 近道をする。
譯 抄近路。

## 05 ｜おうだんほどう【横断歩道】

名 斑馬線
例 横断歩道を渡る。
譯 跨越斑馬線。

## 06 ｜せき【席】

名 座位；職位
例 席がない。
譯 沒有空位。

## 07 ｜うんてんせき【運転席】

名 駕駛座
例 運転席で運転する。
譯 在駕駛座開車。

## 08 ｜していせき【指定席】

名 劃位座，對號入座
例 指定席を予約する。
譯 預約對號座位。

## 09 ｜じゆうせき【自由席】

名 自由座
例 自由席に乗る。
譯 坐自由座。

## 10 ｜つうこうどめ【通行止め】

名 禁止通行，無路可走

例 通行止めになる。
譯 規定禁止通行。

## 11 ｜きゅうブレーキ【急 brake】

名 緊急煞車
例 急ブレーキで止まる。
譯 因緊急煞車而停下。

## 12 ｜しゅうでん【終電】

名 最後一班電車，末班車
例 終電に乗り遅れる。
譯 沒趕上末班車。

## 13 ｜しんごうむし【信号無視】

名 違反交通號誌，闖紅(黃)燈
例 信号無視をする。
譯 違反交通號誌。

## 14 ｜ちゅうしゃいはん【駐車違反】

名 違規停車
例 駐車違反で罰金を取られた。
譯 違規停車被罰款。

# 9-4 乗り物に関する言葉／
交通相關的詞

## 01 ｜うんてん【運転】

名・自他サ 開車，駕駛；運轉；周轉
例 運転を習う。
譯 學開車。

## 02 ｜とおる【通る】

自五 經過；通過；穿透；合格；知名；
了解；進來

例 バスが通る。
譯 巴士經過。

## 03 | のりかえる【乗り換える】

(他下一・自下一) 轉乘，換車；改變
例 別のバスに乗り換える。
譯 改搭別的公車。

## 04 | しゃないアナウンス【車内 announce】

(名) 車廂內廣播
例 車内アナウンスが聞こえる。
譯 聽到車廂內廣播。

## 05 | ふむ【踏む】

(他五) 踩住，踩到；踏上；實踐
例 ブレーキを踏む。
譯 踩煞車。

## 06 | とまる【止まる】

(自五) 停止；止住；堵塞
例 赤信号で止まる。
譯 停紅燈。

## 07 | ひろう【拾う】

(他五) 撿拾；挑出；接；叫車
例 タクシーを拾う。
譯 叫計程車。

## 08 | おりる【下りる・降りる】

(自上一) 下來；下車；退位
例 車を下りる。
譯 下車。

## 09 | ちゅうい【注意】

(名・自サ) 注意，小心
例 足元に注意しましょう。
譯 小心腳滑。

## 10 | かよう【通う】

(自五) 來往，往來(兩地間)；通連，相通
例 学校に通う。
譯 上學。

## 11 | もどる【戻る】

(自五) 回到；折回
例 家に戻る。
譯 回到家。

## 12 | よる【寄る】

(自五) 順道去…；接近；增多
例 近くに寄って見る。
譯 靠近看。

## 13 | ゆれる【揺れる】

(自下一) 搖動；動搖
例 車が揺れる。
譯 車子晃動。

# パート 10 第十章 趣味、芸術、年中行事

- 興趣、藝術、節日 -

N4 10-1

## 10-1 レジャー、旅行 / 休閒、旅遊

### 01 | あそび【遊び】

[名] 遊玩，玩耍；不做事；間隙；閒遊；餘裕

[例] 家(うち)に遊(あそ)びに来(き)てください。

[譯] 來我家玩。

### 02 | おもちゃ【玩具】

[名] 玩具

[例] 玩具(おもちゃ)を買(か)う。

[譯] 買玩具。

### 03 | ことり【小鳥】

[名] 小鳥

[例] 小鳥(ことり)を飼(か)う。

[譯] 養小鳥。

### 04 | めずらしい【珍しい】

[形] 少見，稀奇

[例] 珍(めずら)しい絵(え)がある。

[譯] 有珍貴的畫作。

### 05 | つる【釣る】

[他五] 釣魚；引誘

[例] 魚(さかな)を釣(つ)る。

[譯] 釣魚。

### 06 | よやく【予約】

[名・他サ] 預約

[例] 予約(よやく)を取(と)る。

[譯] 預約。

### 07 | しゅっぱつ【出発】

[名・自サ] 出發；起步，開始

[例] 出発(しゅっぱつ)が遅(おく)れる。

[譯] 出發延遲。

### 08 | あんない【案内】

[名・他サ] 引導；陪同遊覽，帶路；傳達

[例] 案内(あんない)を頼(たの)む。

[譯] 請人帶路。

### 09 | けんぶつ【見物】

[名・他サ] 觀光，參觀

[例] 見物(けんぶつ)に出(で)かける。

[譯] 外出遊覽。

### 10 | たのしむ【楽しむ】

[他五] 享受，欣賞，快樂；以…為消遣；期待，盼望

[例] 音楽(おんがく)を楽(たの)しむ。

[譯] 欣賞音樂。

### 11 | けしき【景色】

[名] 景色，風景

[例] 景色(けしき)がよい。

[譯] 景色宜人。

**12 | みえる【見える】**

自下一 看見；看得見；看起來

例 星が見える。

譯 看得見星星。

**13 | りょかん【旅館】**

名 旅館

例 旅館の予約をとる。

譯 訂旅館。

**14 | とまる【泊まる】**

自五 住宿，過夜；(船)停泊

例 ホテルに泊まる。

譯 住飯店。

**15 | おみやげ【お土産】**

名 當地名產；禮物

例 お土産を買う。

譯 買當地名產。

N4 ● 10-2

## 10-2 文芸 /
藝文活動

**01 | しゅみ【趣味】**

名 嗜好；趣味

例 趣味が多い。

譯 興趣廣泛。

**02 | ばんぐみ【番組】**

名 節目

例 番組が始まる。

譯 節目開始播放(開始的時間)。

**03 | てんらんかい【展覧会】**

名 展覽會

例 美術展覧会を開く。

譯 舉辦美術展覽。

**04 | はなみ【花見】**

名 賞花(常指賞櫻)

例 花見に出かける。

譯 外出賞花。

**05 | にんぎょう【人形】**

名 娃娃，人偶

例 ひな祭りの人形を飾る。

譯 擺放女兒節的人偶。

**06 | ピアノ【piano】**

名 鋼琴

例 ピアノを弾く。

譯 彈鋼琴。

**07 | コンサート【concert】**

名 音樂會

例 コンサートを開く。

譯 開演唱會。

**08 | ラップ【rap】**

名 饒舌樂，饒舌歌

例 ラップを聞く。

譯 聽饒舌音樂。

**09 | おと【音】**

名 (物體發出的)聲音；音訊

例 音がいい。

譯 音質好。

**10 | きこえる【聞こえる】**

自下一 聽得見，能聽到；聽起來像是…；聞名

例 音楽が聞こえてくる。

譯 聽得見音樂。

藝文活動 | 107

## 11 | おどり【踊り】

名 舞蹈

例 踊(おど)りがうまい。

譯 舞跳得好。

## 12 | おどる【踊る】

自五 跳舞，舞蹈

例 お酒(さけ)を飲(の)んで踊(おど)る。

譯 喝酒邊跳舞。

## 13 | うまい

形 高明，拿手；好吃；巧妙；有好處

例 ピアノがうまい。

譯 鋼琴彈奏的好。

## 10-3 年中行事 /
節日

## 01 | しょうがつ【正月】

名 正月，新年

例 正月(しょうがつ)を迎(むか)える。

譯 迎新年。

## 02 | おまつり【お祭り】

名 慶典，祭典，廟會

例 お祭(まつ)り気分(きぶん)になる。

譯 充滿節日氣氛。

## 03 | おこなう【行う・行なう】

他五 舉行，舉辦；修行

例 お祭(まつ)りを行(おこな)う。

譯 舉辦慶典。

## 04 | おいわい【お祝い】

名 慶祝，祝福；祝賀禮品

例 お祝(いわ)いに花(はな)をもらった。

譯 收到花作為賀禮。

## 05 | いのる【祈る】

他五 祈禱；祝福

例 安全(あんぜん)を祈(いの)る。

譯 祈求安全。

## 06 | プレゼント【present】

名 禮物

例 プレゼントをもらう。

譯 收到禮物。

## 07 | おくりもの【贈り物】

名 贈品，禮物

例 贈(おく)り物(もの)を贈(おく)る。

譯 贈送禮物。

## 08 | うつくしい【美しい】

形 美好的；美麗的，好看的

例 月(つき)が美(うつく)しい。

譯 美麗的月亮。

## 09 | あげる【上げる】

他下一 給；送；交出；獻出

例 子供(こども)にお菓子(かし)をあげる。

譯 給小孩零食。

## 10 | しょうたい【招待】

名・他サ 邀請

例 招待(しょうたい)を受(う)ける。

譯 接受邀請。

## 11 | おれい【お礼】

名 謝辭，謝禮

例 お礼(れい)を言(い)う。

譯 道謝。

## パート 11 第十一章 教育
-教育-

### 11-1 学校、科目 /
學校、科目

#### 01 ｜ きょういく【教育】
名・他サ 教育
例 教育を受ける。
譯 接受教育。

#### 02 ｜ しょうがっこう【小学校】
名 小學
例 小学校に上がる。
譯 上小學。

#### 03 ｜ ちゅうがっこう【中学校】
名 中學
例 中学校に入る。
譯 上中學。

#### 04 ｜ こうこう・こうとうがっこう【高校・高等学校】
名 高中
例 高校一年生になる。
譯 成為高中一年級生。

#### 05 ｜ がくぶ【学部】
名 …科系；…院系
例 理学部に入る。
譯 進入理學院。

#### 06 ｜ せんもん【専門】
名 專門，專業

例 歴史学を専門にする。
譯 專攻歷史學。

#### 07 ｜ げんごがく【言語学】
名 語言學
例 言語学の研究を続ける。
譯 持續研究語言學。

#### 08 ｜ けいざいがく【経済学】
名 經濟學
例 経済学の勉強を始める。
譯 開始研讀經濟學。

#### 09 ｜ いがく【医学】
名 醫學
例 医学部に入る。
譯 考上醫學系。

#### 10 ｜ けんきゅうしつ【研究室】
名 研究室
例 研究室で仕事をする。
譯 在研究室工作。

#### 11 ｜ かがく【科学】
名 科學
例 科学者になりたい。
譯 想當科學家。

#### 12 ｜ すうがく【数学】
名 數學
例 英語は一番だが、数学はだめだ。
譯 我英文是第一，但是數學不行。

## 13 ｜れきし【歴史】

名 歴史

例 ワインの歴史に詳しい。

訳 精通紅葡萄酒歷史。

## 14 ｜けんきゅう【研究】

名・他サ 研究

例 文学を研究する。

訳 研究文學。

## 11-2 学生生活 (1) /
學生生活 (1)

## 01 ｜にゅうがく【入学】

名・自サ 入學

例 大学に入学する。

訳 上大學。

## 02 ｜よしゅう【予習】

名・他サ 預習

例 明日の数学を予習する。

訳 預習明天的數學。

## 03 ｜ふくしゅう【復習】

名・他サ 複習

例 復習が足りない。

訳 複習做得不夠。

## 04 ｜けしゴム【消し＋(荷)gom】

名 橡皮擦

例 消しゴムで消す。

訳 用橡皮擦擦掉。

## 05 ｜こうぎ【講義】

名・他サ 講義，上課，大學課程

例 講義に出る。

訳 上課。

## 06 ｜じてん【辞典】

名 字典

例 辞典を引く。

訳 查字典。

## 07 ｜ひるやすみ【昼休み】

名 午休

例 昼休みを取る。

訳 午休。

## 08 ｜しけん【試験】

名・他サ 試験；考試

例 試験がうまくいく。

訳 考試順利，考得好。

## 09 ｜レポート【report】

名・他サ 報告

例 レポートを書く。

訳 寫報告。

## 10 ｜ぜんき【前期】

名 初期，前期，上半期

例 前期の授業が終わった。

訳 上學期的課程結束了。

## 11 ｜こうき【後期】

名 後期，下半期，後半期

例 後期に入る。

訳 進入後期。

## 12 ｜そつぎょう【卒業】

名・自サ 畢業

例 大学を卒業する。

訳 大學畢業。

## 13 ｜そつぎょうしき【卒業式】

名 畢業典禮

例 卒業式に出る。
譯 參加畢業典禮。

## 11-2 学生生活 (2) /
學生生活(2)

### 14 ｜えいかいわ【英会話】
名 英語會話
例 英会話を身につける。
譯 學會英語會話。

### 15 ｜しょしんしゃ【初心者】
名 初學者
例 テニスの初心者に向ける。
譯 以網球初學者為對象。

### 16 ｜にゅうもんこうざ【入門講座】
名 入門課程，初級課程
例 入門講座を終える。
譯 結束入門課程。

### 17 ｜かんたん【簡単】
形動 簡單；輕易；簡便
例 簡単になる。
譯 變得簡單。

### 18 ｜こたえ【答え】
名 回答；答覆；答案
例 答えが合う。
譯 答案正確。

### 19 ｜まちがえる【間違える】
他下一 錯；弄錯
例 同じところを間違える。
譯 錯同樣的地方。

### 20 ｜うつす【写す】
他五 抄；照相；描寫，描繪
例 ノートを写す。
譯 抄筆記。

### 21 ｜せん【線】
名 線；線路；界限
例 線を引く。
譯 畫條線。

### 22 ｜てん【点】
名 點；方面；(得)分
例 点を取る。
譯 得分。

### 23 ｜おちる【落ちる】
自上一 落下；掉落；降低，下降；落選
例 ２階の教室から落ちる。
譯 從二樓的教室摔下來。

### 24 ｜りよう【利用】
名・他サ 利用
例 機会を利用する。
譯 利用機會。

### 25 ｜いじめる【苛める】
他下一 欺負，虐待；捉弄；折磨
例 新入生を苛める。
譯 欺負新生。

### 26 ｜ねむたい【眠たい】
形 昏昏欲睡，睏倦
例 眠たくてお布団に入りたい。
譯 覺得睏好想鑽到被子裡。

パート
12
第十二章

# 職業、仕事

- 職業、工作 -

N4 ● 12-1

## 12-1 職業、事業 /
職業、事業

### 01 | うけつけ【受付】

[名] 詢問處；受理；接待員

[例] 受付(うけつけ)で名前(なまえ)などを書(か)く。

[譯] 在櫃臺填寫姓名等資料。

### 02 | うんてんしゅ【運転手】

[名] 司機

[例] 電車(でんしゃ)の運転手(うんてんしゅ)になる。

[譯] 成為電車的駕駛員。

### 03 | かんごし【看護師】

[名] 護理師，護士

[例] 看護師(かんごし)になる。

[譯] 成為護士。

### 04 | けいかん【警官】

[名] 警察；巡警

[例] 兄(あに)は警官(けいかん)になった。

[譯] 哥哥當上警察了。

### 05 | けいさつ【警察】

[名] 警察；警察局

[例] 警察(けいさつ)を呼(よ)ぶ。

[譯] 叫警察。

### 06 | こうちょう【校長】

[名] 校長

[例] 校長先生(こうちょうせんせい)が話(はな)されます。

[譯] 校長要致詞了。

### 07 | こうむいん【公務員】

[名] 公務員

[例] 公務員試験(こうむいんしけん)を受(う)ける。

[譯] 報考公務員考試。

### 08 | はいしゃ【歯医者】

[名] 牙醫

[例] 歯医者(はいしゃ)に行(い)く。

[譯] 看牙醫。

### 09 | アルバイト【(德)arbeit 之略】

[名] 打工，副業

[例] 書店(しょてん)でアルバイトをする。

[譯] 在書店打工。

### 10 | しんぶんしゃ【新聞社】

[名] 報社

[例] 新聞社(しんぶんしゃ)に勤(つと)める。

[譯] 在報社上班。

### 11 | こうぎょう【工業】

[名] 工業

[例] 工業(こうぎょう)を盛(さか)んにする。

[譯] 振興工業。

## 12 | じきゅう【時給】

名 時薪

例 時給 900 円の仕事を選ぶ。

譯 選擇時薪 900 圓的工作。

## 13 | みつける【見付ける】

他下一 找到，發現；目睹

例 仕事を見つける。

譯 找工作。

## 14 | さがす【探す・捜す】

他五 尋找，找尋

例 アルバイトを探す。

譯 尋找課餘打工的工作。

## 12-2 仕事 /
職場工作

## 01 | けいかく【計画】

名・他サ 計劃

例 計画を立てる。

譯 制定計畫。

## 02 | よてい【予定】

名・他サ 預定

例 予定が変わる。

譯 改變預定計劃。

## 03 | とちゅう【途中】

名 半路上，中途；半途

例 途中で止める。

譯 中途停下來。

## 04 | かたづける【片付ける】

他下一 收拾，打掃；解決

例 ファイルを片付ける。

譯 整理檔案。

## 05 | たずねる【訪ねる】

他下一 拜訪，訪問

例 お客さんを訪ねる。

譯 拜訪顧客。

## 06 | よう【用】

名 事情；用途

例 用がすむ。

譯 工作結束。

## 07 | ようじ【用事】

名 事情；工作

例 用事がある。

譯 有事。

## 08 | りょうほう【両方】

名 兩方，兩種

例 両方の意見を聞く。

譯 聽取雙方意見。

## 09 | つごう【都合】

名 情況，方便度

例 都合が悪い。

譯 不方便。

## 10 | てつだう【手伝う】

自他五 幫忙

例 イベントを手伝う。

譯 幫忙做活動。

## 11 ｜かいぎ【会議】

名 會議
例 会議が始まる。
譯 會議開始。

## 12 ｜ぎじゅつ【技術】

名 技術
例 技術が進む。
譯 技術更進一步。

## 13 ｜うりば【売り場】

名 賣場，出售處；出售好時機
例 売り場へ行く。
譯 去賣場。

## 14 ｜オフ【off】

名 （開關）關；休假；休賽；折扣
例 ２５パーセントオフにする。
譯 打七五折。

## 12-3 職場での生活 ／
職場生活

## 01 ｜おくれる【遅れる】

自下一 遲到；緩慢
例 会社に遅れる。
譯 上班遲到。

## 02 ｜がんばる【頑張る】

自五 努力，加油；堅持
例 最後まで頑張るぞ。
譯 要堅持到底啊。

## 03 ｜きびしい【厳しい】

形 嚴格；嚴重；嚴酷
例 仕事が厳しい。
譯 工作艱苦。

## 04 ｜なれる【慣れる】

自下一 習慣；熟悉
例 新しい仕事に慣れる。
譯 習慣新的工作。

## 05 ｜できる【出来る】

自上一 完成；能夠；做出；發生；出色
例 計画ができた。
譯 計畫完成了。

## 06 ｜しかる【叱る】

他五 責備，責罵
例 部長に叱られた。
譯 被部長罵了。

## 07 ｜あやまる【謝る】

自五 道歉，謝罪；認錯；謝絕
例 君に謝る。
譯 向你道歉。

## 08 ｜さげる【下げる】

他下一 降低，向下；掛；躲開；整理，收拾
例 頭を下げる。
譯 低下頭。

## 09 ｜やめる【辞める】

他下一 停止；取消；離職

例 仕事を辞める。

譯 辭去工作。

---

## 10 ｜きかい【機会】

名 機會

例 機会を得る。

譯 得到機會。

---

## 11 ｜いちど【一度】

名·副 一次，一回；一旦

例 もう一度説明してください。

譯 請再說明一次。

---

## 12 ｜つづく【続く】

自五 繼續；接連；跟著

例 彼は続いてそれを説明した。

譯 他接下來就那件事進行說明。

---

## 13 ｜つづける【続ける】

他下一 持續，繼續；接著

例 話を続ける。

譯 繼續講。

---

## 14 ｜ゆめ【夢】

名 夢

例 夢を見る。

譯 做夢。

---

## 15 ｜パート【part】

名 打工；部分，篇，章；職責，(扮演的)角色；分得的一份

例 パートで働く。

譯 打零工。

---

## 16 ｜てつだい【手伝い】

名 幫助；幫手；幫傭

例 手伝いを頼む。

譯 請求幫忙。

---

## 17 ｜かいぎしつ【会議室】

名 會議室

例 会議室に入る。

譯 進入會議室。

---

## 18 ｜ぶちょう【部長】

名 部長

例 部長は厳しい人だ。

譯 部長是個很嚴格的人。

---

## 19 ｜かちょう【課長】

名 課長，科長

例 課長になる。

譯 成為課長。

---

## 20 ｜すすむ【進む】

自五 進展，前進；上升(級別等)；進步；(鐘)快；引起食慾；(程度)提高

例 仕事が進む。

譯 工作進展下去。

---

## 21 ｜チェック【check】

名·他サ 檢查

例 チェックが厳しい。

譯 檢驗嚴格。

## 22 ｜べつ【別】

(名・形動) 別外，別的；區別

例 別の機会に会おう。

譯 找別的機會碰面吧。

## 23 ｜むかえる【迎える】

(他下一) 迎接；邀請；娶，招；迎合

例 客を迎える。

譯 迎接客人。

## 24 ｜すむ【済む】

(自五) （事情）完結，結束；過得去，沒問題；
（問題）解決，（事情）了結

例 用事が済んだ。

譯 辦完事了。

## 25 ｜ねぼう【寝坊】

(名・形動・自サ) 睡懶覺，貪睡晚起的人

例 寝坊して会社に遅れた。

譯 睡過頭，上班遲到。

## 12-4 パソコン関係 (1) ／
電腦相關 (1)

## 01 ｜ノートパソコン【notebook personal computer 之略】

(名) 筆記型電腦

例 ノートパソコ
ンを買う。

譯 買筆電。

## 02 ｜デスクトップパソコン 【desktop personal computer】

(名) 桌上型電腦

例 デスクトップパソコンを買う。

譯 購買桌上型電腦。

## 03 ｜キーボード【keyboard】

(名) 鍵盤；電腦鍵盤；電子琴

例 キーボードが壊れる。

譯 鍵盤壞掉了。

## 04 ｜マウス【mouse】

(名) 滑鼠；老鼠

例 マウスを動かす。

譯 移動滑鼠。

## 05 ｜スタートボタン【start button】

(名) （微軟作業系統的）開機鈕

例 スタートボタンを押す。

譯 按開機鈕。

## 06 ｜クリック【click】

(名・他サ) 喀嚓聲；按下（按鍵）

例 ボタンをクリックする。

譯 按按鍵。

## 07 ｜にゅうりょく【入力】

(名・他サ) 輸入；輸入數據

例 名字を平仮名で入力する。

譯 姓名以平假名鍵入。

## 08 ｜(インター)ネット【internet】

(名) 網際網路

例 インターネットの普及。

譯 網際網路的普及。

**09 | ホームページ【homepage】**

[名] 網站首頁；網頁（總稱）

[例] ホームページを作(つく)る。

[譯] 製作網頁。

**10 | ブログ【blog】**

[名] 部落格

[例] ブログに写真(しゃしん)を載(の)せる。

[譯] 在部落格裡貼照片。

**11 | インストール【install】**

[他サ] 安裝（電腦軟體）

[例] ソフトをインストールする。

[譯] 安裝軟體。

**12 | じゅしん【受信】**

[名・他サ] （郵件、電報等）接收；收聽

[例] ここでは受信(じゅしん)できない。

[譯] 這裡接收不到。

**13 | しんきさくせい【新規作成】**

[名・他サ] 新作，從頭做起；（電腦檔案）開新檔案

[例] ファイルを新規作成(しんきさくせい)する。

[譯] 開新檔案。

**14 | とうろく【登録】**

[名・他サ] 登記；（法）登記，註冊；記錄

[例] パソコンで登録(とうろく)する。

[譯] 用電腦註冊。

## 12-4 パソコン関係 (2) /
電腦相關 (2)

**15 | メール【mail】**

[名] 電子郵件；信息；郵件

[例] メールを送(おく)る。

[譯] 送信。

**16 | メールアドレス【mail address】**

[名] 電子信箱地址，電子郵件地址

[例] メールアドレスを教(おし)える。

[譯] 把電子郵件地址留給你。

**17 | アドレス【address】**

[名] 住址，地址；（電子信箱）地址；（高爾夫）擊球前姿勢

[例] アドレス帳(ちょう)を開(ひら)く。

[譯] 打開通訊簿。

**18 | あてさき【宛先】**

[名] 收件人姓名地址，送件地址

[例] あて先(さき)を間違(まちが)えた。

[譯] 寫錯收信人的地址。

**19 | けんめい【件名】**

[名] （電腦）郵件主旨；項目名稱；類別

[例] 件名(けんめい)をつける。

[譯] 寫上主旨。

**20 | そうにゅう【挿入】**

[名・他サ] 插入，裝入

[例] 図(ず)を挿入(そうにゅう)する。

[譯] 插入圖片。

## 21 ｜ さしだしにん【差出人】

名 發信人，寄件人

例 差出人の住所を書く。

譯 填上寄件人地址。

## 22 ｜ てんぷ【添付】

名・他サ 添上，附上；（電子郵件）附加檔案

例 ファイルを添付する。

譯 附上文件。

## 23 ｜ そうしん【送信】

名・自サ 發送（電子郵件）；（電）發報，播送，發射

例 メールを送信する。

譯 寄電子郵件。

## 24 ｜ てんそう【転送】

名・他サ 轉送，轉寄，轉遞

例 お客様に転送する。

譯 轉寄給客戶。

## 25 ｜ キャンセル【cancel】

名・他サ 取消，作廢；廢除

例 予約をキャンセルする。

譯 取消預約

## 26 ｜ ファイル【file】

名 文件夾；合訂本，卷宗；（電腦）檔案

例 ファイルをコピーする。

譯 影印文件；備份檔案。

## 27 ｜ ほぞん【保存】

名・他サ 保存；儲存（電腦檔案）

例 PC に資料を保存する。

譯 把資料存在 PC 裡。

## 28 ｜ へんしん【返信】

名・自サ 回信，回電

例 返信を待つ。

譯 等待回信。

## 29 ｜ コンピューター【computer】

名 電腦

例 コンピューターを使う。

譯 使用電腦。

## 30 ｜ スクリーン【screen】

名 螢幕

例 スクリーンの前に立つ。

譯 出現在螢幕上。

## 31 ｜ パソコン【personal computer 之略】

名 個人電腦

例 パソコンが動かなくなってしまった。

譯 電腦當機了。

## 32 ｜ ワープロ【word processor 之略】

名 文字處理機

例 ワープロを打つ。

譯 打文字處理機。

パート
13
第十三章

# 経済、政治、法律

- 經濟、政治、法律 -

N4 13-1

## 13-1 経済、取引 / 經濟、交易

### 01 | けいざい【経済】

[名] 經濟

[例] 経済(けいざい)をよくする。

[譯] 讓經濟好起來。

### 02 | ぼうえき【貿易】

[名] 國際貿易

[例] 貿易(ぼうえき)を行(おこな)う。

[譯] 進行貿易。

### 03 | さかん【盛ん】

[形動] 繁盛，興盛

[例] 有機農業(ゆうきのうぎょう)が盛(さか)んに行(おこな)われている。

[譯] 有機農業非常盛行。

### 04 | ゆしゅつ【輸出】

[名・他サ] 出口

[例] 米(こめ)の輸出(ゆしゅつ)が増(ふ)えた。

[譯] 稻米的外銷量增加了。

### 05 | しなもの【品物】

[名] 物品，東西；貨品

[例] 品物(しなもの)を紹介(しょうかい)する。

[譯] 介紹商品。

### 06 | とくばいひん【特売品】

[名] 特賣商品，特價商品

[例] 特売品(とくばいひん)を買(か)う。

[譯] 買特價商品。

### 07 | バーゲン【bargain sale 之略】

[名] 特價，出清；特賣

[例] バーゲンセールで買(か)った。

[譯] 在特賣會購買的。

### 08 | ねだん【値段】

[名] 價錢

[例] 値段(ねだん)を上(あ)げる。

[譯] 提高價格。

### 09 | あがる【上がる】

[自五] 登上；升高，上升；發出(聲音)；(從水中)出來；(事情)完成

[例] 値段(ねだん)が上(あ)がる。

[譯] 漲價。

### 10 | くれる【呉れる】

[他下一] 給我

[例] 考(かんが)える機会(きかい)をくれる。

[譯] 給我思考的機會。

## 11 | もらう【貰う】

(他五) 收到，拿到

例 いいアイディアを貰う。

譯 得到好點子。

---

## 12 | やる【遣る】

(他五) 派；給，給予；做

例 会議をやる。

譯 開會。

---

## 13 | ちゅうし【中止】

(名・他サ) 中止

例 交渉が中止された。

譯 交渉被停止了。

## 13-2 金融 /
金融

## 01 | つうちょうきにゅう【通帳記入】

(名) 補登錄存摺

例 通帳記入をする。

譯 補登錄存摺。

---

## 02 | あんしょうばんごう【暗証番号】

(名) 密碼

例 暗証番号を忘れた。

譯 忘記密碼。

---

## 03 | キャッシュカード【cash card】

(名) 金融卡，提款卡

例 キャッシュカードを拾う。

譯 撿到金融卡。

---

## 04 | クレジットカード【credit card】

(名) 信用卡

例 クレジットカードで支払う。

譯 用信用卡支付。

---

## 05 | こうきょうりょうきん【公共料金】

(名) 公共費用

例 公共料金を支払う。

譯 支付公共費用。

---

## 06 | しおくり【仕送り】

(名・自他サ) 匯寄生活費或學費

例 家に仕送りする。

譯 給家裡寄生活費。

---

## 07 | せいきゅうしょ【請求書】

(名) 帳單，繳費單

例 請求書が届く。

譯 收到繳費通知單。

---

## 08 | おく【億】

(名) 億；數量眾多

例 1億を超えた。

譯 已經超過一億了。

---

## 09 | はらう【払う】

(他五) 付錢；除去；處裡；驅趕；揮去

例 お金を払う。

譯 付錢。

---

## 10 | おつり【お釣り】

(名) 找零

例 お釣りを下さい。
譯 請找我錢。

## 11 ｜ せいさん【生産】

名・他サ 生産
例 生産が間に合わない。
譯 來不及生產。

## 12 ｜ さんぎょう【産業】

名 產業
例 外食産業が盛んだ。
譯 外食產業蓬勃發展。

## 13 ｜ わりあい【割合】

名 比，比例
例 割合を調べる。
譯 調查比例。

N4 ● 13-3

## 13-3 政治、法律／
政治、法律

## 01 ｜ せいじ【政治】

名 政治
例 政治に関係する。
譯 參與政治。

## 02 ｜ えらぶ【選ぶ】

他五 選擇
例 正しいものを選びなさい。
譯 請挑選正確的事物。

## 03 ｜ しゅっせき【出席】

名・自サ 出席
例 出席を求める。
譯 請求出席。

## 04 ｜ せんそう【戦争】

名・自サ 戰爭；打仗
例 戦争になる。
譯 開戰。

## 05 ｜ きそく【規則】

名 規則，規定
例 規則を作る。
譯 訂立規則。

## 06 ｜ ほうりつ【法律】

名 法律
例 法律を守る。
譯 守法。

## 07 ｜ やくそく【約束】

名・他サ 約定，規定
例 約束を守る。
譯 守約。

## 08 ｜ きめる【決める】

他下一 決定；規定；認定
例 値段を決めた。
譯 決定價錢。

## 09 ｜たてる【立てる】

(他下一) 立起，訂立；揚起；維持

例 １年の計画を立てる。

譯 規劃一年的計畫。

## 10 ｜もうひとつ【もう一つ】

(連語) 再一個；還差一點

例 もう一つ考えられる。

譯 還有一點可以思考。

## 13-4 犯罪、トラブル／
犯罪、遇難

## 01 ｜ちかん【痴漢】

(名) 色狼

例 電車で痴漢にあった。

譯 在電車上遇到色狼了。

## 02 ｜ストーカー【stalker】

(名) 跟蹤狂

例 ストーカーにあう。

譯 遇到跟蹤事件。

## 03 ｜すり

(名) 扒手

例 すりに財布をやられた。

譯 錢包被扒手扒走了。

## 04 ｜どろぼう【泥棒】

(名) 偷竊；小偷，竊賊

例 泥棒を捕まえた。

譯 捉住了小偷。

## 05 ｜ぬすむ【盗む】

(他五) 偷盜，盜竊

例 お金を盗む。

譯 偷錢。

## 06 ｜こわす【壊す】

(他五) 弄碎；破壞

例 鍵を壊す。

譯 破壞鑰匙。

## 07 ｜にげる【逃げる】

(自下一) 逃走，逃跑；逃避；領先（運動競賽）

例 警察から逃げる。

譯 從警局逃出。

## 08 ｜つかまえる【捕まえる】

(他下一) 逮捕，抓；握住

例 犯人を捕まえる。

譯 抓犯人。

## 09 ｜みつかる【見付かる】

(自五) 發現了；找到

例 落とし物が見つかる。

譯 找到遺失物品。

## 10 ｜なくす【無くす】

(他五) 弄丟，搞丟

例 鍵をなくす。

譯 弄丟鑰匙。

## 11 | おとす【落とす】

(他五) 掉下；弄掉

例 財布を落とす。

譯 錢包掉了。

## 12 | かじ【火事】

(名) 火災

例 火事にあう。

譯 遇到火災。

## 13 | きけん【危険】

(名・形動) 危険

例 この先危険。入るな。

譯 前方危險，禁止進入！

## 14 | あんぜん【安全】

(名・形動) 安全；平安

例 安全な場所に逃げよう。

譯 逃往安全的場所吧。

經濟、政治、法律

# Memo

_____    _____

_____    _____

_____    _____

_____    _____

_____    _____

_____    _____

_____    _____

## 01 ｜いか【以下】 N4 ● 14

（名）以下，不到…；在…以下；以後

例 重さは 10 キロ以下にする。

譯 重量調整在10公斤以下。

## 02 ｜いない【以内】

（名）不超過…；以內

例 1 時間以内で行ける。

譯 一小時內可以到。

## 03 ｜いじょう【以上】

（名）以上，不止，超過，以外；上述

例 20 分以上遅れた。

譯 遲到超過 20分鐘。

## 04 ｜たす【足す】

（他五）補足，增加

例 すこし塩を足してください。

譯 請再加一點鹽巴。

## 05 ｜たりる【足りる】

（自上一）足夠；可湊合

例 お金は十分足りる。

譯 錢很充裕。

## 06 ｜おおい【多い】

（形）多的

## 07 ｜すくない【少ない】

（形）少

例 休みが少ない。

譯 休假不多。

## 08 ｜ふえる【増える】

（自下一）增加

例 お金が増える。

譯 錢增加了。

## 09 ｜かたち【形】

（名）形狀；形，樣子；形式上的；形式

例 形が変わる。

譯 變形。

## 10 ｜おおきな【大きな】

（連體）大，大的

例 学校に大きな木がある。

譯 學校有一棵大樹。

## 11 ｜ちいさな【小さな】

（連體）小，小的；年齡幼小

例 小さな子供がいる。

譯 有小孩。

例 宿題が多い。

譯 功課很多。

# パート 15 第十五章

# 心理、思考、言語
- 心理、思考、語言 -

## 15-1 心理、感情 /
心理、感情

### 01 ｜こころ【心】
名 內心；心情
例 心が痛む。
譯 感到痛心難過。

### 02 ｜き【気】
名 氣，氣息；心思；意識；性質
例 気に入る。
譯 喜歡、中意。

### 03 ｜きぶん【気分】
名 情緒；氣氛；身體狀況
例 気分がいい。
譯 好心情。

### 04 ｜きもち【気持ち】
名 心情；感覺；身體狀況
例 気持ちが悪い。
譯 感到噁心。

### 05 ｜きょうみ【興味】
名 興趣
例 興味がない。
譯 沒興趣。

### 06 ｜あんしん【安心】
名・自サ 放心，安心
例 彼と一緒だと
安心する。
譯 和他一起，便感
到安心。

### 07 ｜すごい【凄い】
形 厲害，很棒；非常
例 すごい人気だった。
譯 超人氣。

### 08 ｜すばらしい【素晴らしい】
形 出色，很好
例 素晴らしい景色。
譯 景色優美。

### 09 ｜こわい【怖い】
形 可怕，害怕
例 怖い夢を見た。
譯 做了一個非常可怕的夢。

### 10 ｜じゃま【邪魔】
名・形動・他サ 妨礙，阻擾；拜訪
例 ビルが邪魔で花火が見えない。
譯 大樓擋到了，看不道煙火。

## 11 | しんぱい【心配】

(名・自他サ) 擔心，操心

例 ご心配をお掛けしました。

譯 讓各位擔心了。

## 12 | はずかしい【恥ずかしい】

(形) 丟臉，害羞；難為情

例 恥ずかしくなる。

譯 感到害羞。

## 13 | ふくざつ【複雑】

(名・形動) 複雜

例 複雑になる。

譯 變得複雜。

## 14 | もてる【持てる】

(自下一) 能拿，能保持；受歡迎，吃香

例 学生にもてる。

譯 受學生歡迎。

## 15 | ラブラブ【lovelove】

(形動)（情侶，愛人等）甜蜜，
如膠似漆

例 彼氏とラブラブです。

譯 與男朋友甜甜密密。

## 15-2 喜怒哀楽 /
喜怒哀樂

## 01 | うれしい【嬉しい】

(形) 高興，喜悅

例 孫たちが訪ねてきて嬉しい。

譯 孫兒來探望很開心！

## 02 | たのしみ【楽しみ】

(名・形動) 期待，快樂

例 釣りを楽しみとする。

譯 以釣魚為樂。

## 03 | よろこぶ【喜ぶ】

(自五) 高興

例 卒業を喜ぶ。

譯 為畢業而喜悅。

## 04 | わらう【笑う】

(自五) 笑；譏笑

例 テレビを見て笑っている。

譯 一邊看電視一邊笑。

## 05 | ユーモア【humor】

(名) 幽默，滑稽，詼諧

例 ユーモアのある人が好きだ。

譯 我喜歡具有幽默感的人。

## 06 | うるさい【煩い】

(形) 吵鬧；煩人的；囉唆；厭惡

例 電車の音がうるさい。

譯 電車聲很吵。

## 07 | おこる【怒る】

(自五) 生氣；斥責

例 母に怒られる。

譯 挨了媽媽的責罵。

## 08 | おどろく【驚く】

(自五) 驚嚇，吃驚，驚奇

例 肩<sub>かた</sub>をたたかれて驚<sub>おどろ</sub>いた。
譯 有人拍我肩膀，嚇了我一跳。

## 09 ｜ かなしい【悲しい】

形 悲傷，悲哀
例 悲<sub>かな</sub>しい思<sub>おも</sub>いをする。
譯 感到悲傷。

## 10 ｜ さびしい【寂しい】

形 孤單；寂寞；荒涼，冷清；空虛
例 一人<sub>ひとり</sub>で寂<sub>さび</sub>しい。
譯 一個人很寂寞。

## 11 ｜ ざんねん【残念】

名・形動 遺憾，可惜，懊悔
例 残念<sub>ざんねん</sub>に思<sub>おも</sub>う。
譯 感到遺憾。

## 12 ｜ なく【泣く】

自五 哭泣
例 大<sub>おお</sub>きな声<sub>こえ</sub>で泣<sub>な</sub>く。
譯 大聲哭泣。

## 13 ｜ びっくり

副・自サ 驚嚇，吃驚
例 びっくりして起<sub>お</sub>きた。
譯 嚇醒過來。

N4 ● 15-3

## 15-3 伝達、通知、報道 /
傳達、通知、報導

## 01 ｜ でんぽう【電報】

名 電報

例 電報<sub>でんぽう</sub>が来<sub>く</sub>る。
譯 打來電報。

## 02 ｜ とどける【届ける】

他下一 送達；送交；申報，報告
例 荷物<sub>にもつ</sub>を届<sub>とど</sub>ける。
譯 把行李送到。

## 03 ｜ おくる【送る】

他五 寄送；派；送行；度過；標上（假名）
例 お礼<sub>れい</sub>の手紙<sub>てがみ</sub>を送<sub>おく</sub>る。
譯 寄了信道謝。

## 04 ｜ しらせる【知らせる】

他下一 通知，讓對方知道
例 警察<sub>けいさつ</sub>に知<sub>し</sub>らせる。
譯 報警。

## 05 ｜ つたえる【伝える】

他下一 傳達，轉告；傳導
例 孫<sub>まご</sub>の代<sub>だい</sub>まで伝<sub>つた</sub>える。
譯 傳承到子孫這一代。

## 06 ｜ れんらく【連絡】

名・自他サ 聯繫，聯絡；通知
例 連絡<sub>れんらく</sub>を取<sub>と</sub>る。
譯 取得連繫。

## 07 ｜ たずねる【尋ねる】

他下一 問，打聽；詢問
例 道<sub>みち</sub>を尋<sub>たず</sub>ねる。
譯 問路。

## 08 ｜へんじ【返事】

（名・自サ）回答，回覆

例 返事をしなさい。

譯 回答我啊。

---

## 09 ｜てんきよほう【天気予報】

（名）天氣預報

例 ラジオの天気予報を聞く。

譯 聽收音機的氣象預報。

---

## 10 ｜ほうそう【放送】

（名・他サ）播映，播放

例 有料放送を見る。

譯 收看收費節目。

### 15-4 思考、判断 /
思考、判斷

## 01 ｜おもいだす【思い出す】

（他五）想起來，回想

例 幼い頃を思い出す。

譯 回想起小時候。

---

## 02 ｜おもう【思う】

（他五）想，思考；覺得，認為；相信；猜想；感覺；希望；掛念，懷念

例 仕事を探そうと思う。

譯 我想去找工作。

---

## 03 ｜かんがえる【考える】

（他下一）想，思考；考慮；認為

例 深く考える。

譯 深思，思索。

---

## 04 ｜はず

（形式名詞）應該；會；確實

例 明日きっと来るはずだ。

譯 明天一定會來。

---

## 05 ｜いけん【意見】

（名・自他サ）意見；勸告；提意見

例 意見が合う。

譯 意見一致。

---

## 06 ｜しかた【仕方】

（名）方法，做法

例 料理の仕方がわからない。

譯 不知道如何做菜。

---

## 07 ｜しらべる【調べる】

（他下一）查閱，調查；檢查；搜查

例 辞書で調べる。

譯 查字典。

---

## 08 ｜まま

（名）如實，照舊，…就…；隨意

例 思ったままを書く。

譯 照心中所想寫出。

---

## 09 ｜くらべる【比べる】

（他下一）比較

例 値段を比べる。

譯 比較價格。

---

## 10 ｜ばあい【場合】

（名）時候；狀況，情形

例 遅れた場合はどうなりますか。

譯 遲到的時候怎麼辦呢？

---

**11 ｜へん【変】**

名・形動 奇怪，怪異；變化；事變

例 変な味がする。

譯 味道怪怪的。

---

**12 ｜とくべつ【特別】**

名・形動 特別，特殊

例 今日だけ特別に寝坊を許す。

譯 今天破例允許睡晚一點。

---

**13 ｜だいじ【大事】**

名・形動 大事；保重，重要（「大事さ」為形容動詞的名詞形）

例 大事なことはメモしておく。

譯 重要的事會寫下來。

---

**14 ｜そうだん【相談】**

名・自他サ 商量

例 相談して決める。

譯 通過商討決定。

---

**15 ｜によると【に拠ると】**

連語 根據，依據

例 天気予報によると、雨らしい。

譯 根據氣象預報，可能會下雨。

---

**16 ｜あんな**

連體 那樣地

例 あんな家に住みたい。

譯 想住那種房子。

---

**17 ｜そんな**

連體 那樣的

例 そんなことはない。

譯 不會，哪裡。

---

## 15-5 理由、決定 ／
理由、決定

**01 ｜ため**

名 (表目的)為了；(表原因)因為

例 病気のために休む。

譯 因為有病而休息。

---

**02 ｜なぜ【何故】**

副 為什麼

例 何故わからないのですか。

譯 為什麼不懂？

---

**03 ｜げんいん【原因】**

名 原因

例 原因はまだわからない。

譯 原因目前尚未查明。

---

**04 ｜りゆう【理由】**

名 理由，原因

例 理由がある。

譯 有理由。

---

**05 ｜わけ【訳】**

名 原因，理由；意思

例 訳が分かる。

譯 知道意思；知道原因；明白事理。

## 06 | ただしい【正しい】

形 正確；端正

例 正しい答えを選ぶ。

譯 選擇正確的答案。

---

## 07 | あう【合う】

自五 合；一致，合適；相配；符合；正確

例 話しが合う。

譯 談話很投機。

---

## 08 | ひつよう【必要】

名・形動 需要

例 必要がある。

譯 有必要。

---

## 09 | よろしい【宜しい】

形 好，可以

例 どちらでもよろしい。

譯 哪一個都好，怎樣都行。

---

## 10 | むり【無理】

形動 勉強；不講理；逞強；強求；無法辦到

例 無理を言うな。

譯 別無理取鬧。

---

## 11 | だめ【駄目】

名 不行；沒用；無用

例 英語はだめだ。

譯 英語很差。

---

## 12 | つもり

名 打算；當作

---

例 彼に会うつもりはありません。

譯 不打算跟他見面。

---

## 13 | きまる【決まる】

自五 決定；規定；決定勝負

例 会議は十日に決まった。

譯 會議訂在十號。

---

## 14 | はんたい【反対】

名・自サ 相反；反對

例 彼の意見に反対する。

譯 反對他的看法。

## 15-6 理解 /
理解

## 01 | けいけん【経験】

名・他サ 經驗，經歷

例 経験から学ぶ。

譯 從經驗中學習。

---

## 02 | やくにたつ【役に立つ】

慣 有幫助，有用

例 日本語が役に立つ。

譯 會日語很有幫助。

---

## 03 | こと【事】

名 事情

例 一番大事な事は何ですか。

譯 最重要的是什麼事呢？

---

## 04 | せつめい【説明】

名・他サ 説明

例 <ruby>説明<rt>せつめい</rt></ruby>がたりない。

譯 解釋不夠充分。

---

## 05 | しょうち【承知】

(名・他サ) 知道，了解，同意；接受

例 キャンセルを<ruby>承知<rt>しょうち</rt></ruby>しました。

譯 您要取消，我知道了。

---

## 06 | うける【受ける】

(自他下一) 接受，承接；受到；得到；遭受；接受；應考

例 <ruby>検査<rt>けんさ</rt></ruby>を<ruby>受<rt>う</rt></ruby>ける。

譯 接受檢查。

---

## 07 | かまう【構う】

(自他五) 在意，理會；逗弄

例 どうぞおかまいなく。

譯 請別那麼張羅。

---

## 08 | うそ【嘘】

(名) 謊話；不正確

例 <ruby>嘘<rt>うそ</rt></ruby>をつく。

譯 説謊。

---

## 09 | なるほど

(感・副) 的確，果然；原來如此

例 なるほど、<ruby>面白<rt>おもしろ</rt></ruby>い<ruby>本<rt>ほん</rt></ruby>だ。

譯 果然是本有趣的書。

---

## 10 | かえる【変える】

(他下一) 改變；變更

例 <ruby>主張<rt>しゅちょう</rt></ruby>を<ruby>変<rt>か</rt></ruby>える。

譯 改變主張。

---

## 11 | かわる【変わる】

(自五) 變化，改變；奇怪；與眾不同

例 いつも<ruby>変<rt>か</rt></ruby>わらない。

譯 永不改變。

---

## 12 | あっ

(感) 啊（突然想起、吃驚的樣子）哎呀

例 あっ、わかった。

譯 啊！我懂了。

---

## 13 | おや

(感) 哎呀

例 おや、こういうことか。

譯 哎呀！原來是這個意思！

---

## 14 | うん

(感) 嗯；對，是；喔

例 うんと<ruby>返事<rt>へんじ</rt></ruby>する。

譯 嗯了一聲作為回答。

---

## 15 | そう

(感・副) 那樣，這樣；是

例 <ruby>本当<rt>ほんとう</rt></ruby>にそうでしょうか。

譯 真的是那樣嗎？

---

## 16 | について

(連語) 關於

例 <ruby>日本<rt>にほん</rt></ruby>の<ruby>風俗<rt>ふうぞく</rt></ruby>についての<ruby>本<rt>ほん</rt></ruby>を<ruby>書<rt>か</rt></ruby>く。

譯 撰寫有關日本的風俗。

## 15-7 言語、出版物 /
語言、出版品

### 01 ｜かいわ【会話】
(名・自サ) 會話，對話
例 会話が下手だ。
譯 不擅長與人對話。

### 02 ｜はつおん【発音】
(名) 發音
例 発音がはっきりしている。
譯 發音清楚。

### 03 ｜じ【字】
(名) 字，文字
例 字が見にくい。
譯 字看不清楚；字寫得難看

### 04 ｜ぶんぽう【文法】
(名) 文法
例 文法に合う。
譯 合乎語法。

### 05 ｜にっき【日記】
(名) 日記
例 日記に書く。
譯 寫入日記。

### 06 ｜ぶんか【文化】
(名) 文化；文明
例 日本の文化を紹介する。
譯 介紹日本文化。

### 07 ｜ぶんがく【文学】
(名) 文學
例 文学を味わう。
譯 鑑賞文學。

### 08 ｜しょうせつ【小説】
(名) 小説
例 小説を書く。
譯 寫小説。

### 09 ｜テキスト【text】
(名) 教科書
例 英語のテキストを探す。
譯 找英文教科書。

### 10 ｜まんが【漫画】
(名) 漫畫
例 全 28 巻の漫画を読む。
譯 看全套共二十八集的漫畫。

### 11 ｜ほんやく【翻訳】
(名・他サ) 翻譯
例 作品を翻訳する。
譯 翻譯作品。

# パート 16 第十六章

# 副詞、その他の品詞

- 副詞與其他品詞 -

## 16-1 時間副詞 / 時間副詞

### 01 | きゅうに【急に】

(副) 突然

例 温度が急に下がった。

譯 溫度突然下降。

### 02 | これから

(連語) 接下來，現在起

例 これからどうしようか。

譯 接下來該怎麼辦呢？

### 03 | しばらく【暫く】

(副) 暫時，一會兒；好久

例 暫くお待ちください。

譯 請稍候。

### 04 | ずっと

(副) 更；一直

例 ずっと家にいる。

譯 一直待在家。

### 05 | そろそろ

(副) 快要；逐漸；緩慢

例 そろそろ帰ろう。

譯 差不多回家了吧。

### 06 | たまに【偶に】

(副) 偶爾

例 偶にゴルフをする。

譯 偶爾打高爾夫球。

### 07 | とうとう【到頭】

(副) 終於

例 とうとう読み終わった。

譯 終於讀完了。

### 08 | ひさしぶり【久しぶり】

(名・形動) 許久，隔了好久

例 久しぶりに食べた。

譯 過了許久才吃到了。

### 09 | まず【先ず】

(副) 首先，總之；大約；姑且

例 痛くなったら、まず薬を飲んでください。

譯 感覺疼痛的話，請先服藥。

### 10 | もうすぐ【もう直ぐ】

(副) 不久，馬上

例 もうすぐ春が来る。

譯 春天馬上就要到來。

## 11 ｜やっと

(副) 終於，好不容易

例 やっと問題が分かる。

譯 終於知道問題所在了。

---

## 12 ｜きゅう【急】

(名・形動) 急迫；突然；陡

例 急な用事で休む。

譯 因急事請假。

## 16-2 程度副詞 /
程度副詞

## 01 ｜いくら…ても【幾ら…ても】

(名・副) 無論…也不…

例 いくら説明してもわからない。

譯 無論怎麼說也不明白。

---

## 02 ｜いっぱい【一杯】

(名・副) 一碗，一杯；充滿，很多

例 お腹いっぱい食べた。

譯 吃得肚子飽飽的。

---

## 03 ｜ずいぶん【随分】

(副・形動) 相當地，超越一般程度；不像話

例 随分よくなった。

譯 好很多。

---

## 04 ｜すっかり

(副) 完全，全部

例 すっかり変わる。

譯 徹底改變。

## 05 ｜ぜんぜん【全然】

(副) （接否定）完全不…，一點也不…；非常

例 全然気にしていない。

譯 一點也不在乎。

---

## 06 ｜そんなに

(副) 那麼，那樣

例 そんなに騒ぐな。

譯 別鬧成那樣。

---

## 07 ｜それほど【それ程】

(副) 那麼地

例 それ程寒くない。

譯 沒有那麼冷。

---

## 08 ｜だいたい【大体】

(副) 大部分；大致，大概

例 大体分かる。

譯 大致理解。

---

## 09 ｜だいぶ【大分】

(副) 相當地

例 大分暖かくなった。

譯 相當暖和了。

---

## 10 ｜ちっとも

(副) 一點也不…

例 ちっとも疲れていない。

譯 一點也不累。

---

## 11 ｜できるだけ【出来るだけ】

(副) 盡可能地

例 できるだけ自分のことは自分でする。
譯 盡量自己的事情自己做。

## 12 | なかなか【中々】

(副・形動) 超出想像；頗，非常；(不)容易；
(後接否定)總是無法
例 なかなか面白い。
譯 很有趣。

## 13 | なるべく

(副) 盡量，盡可能
例 なるべく邪魔をしない。
譯 盡量不打擾別人。

## 14 | ばかり

(副助) 大約；光，淨；僅只；幾乎要
例 テレビばかり見ている。
譯 老愛看電視。

## 15 | ひじょうに【非常に】

(副) 非常，很
例 非常に疲れている。
譯 累極了。

## 16 | べつに【別に】

(副) 分開；額外；除外；(後接否定)(不)
特別，(不)特殊
例 別に予定はない。
譯 沒甚麼特別的行程。

## 17 | ほど【程】

(名・副助) …的程度；限度；越…越…
例 3日ほど高い熱が続く。
譯 連續高燒約三天。

## 18 | ほとんど【殆ど】

(名・副) 大部份；幾乎
例 殆ど意味がない。
譯 幾乎沒有意義。

## 19 | わりあいに【割合に】

(副) 比較地
例 値段の割合にもの
が良い。
譯 照價錢來看東西相對
是不錯的。

## 20 | じゅうぶん【十分】

(副・形動) 充分，足夠
例 十分に休む。
譯 充分休息。

## 21 | もちろん

(副) 當然
例 もちろんあなたは正しい。
譯 當然你是對的。

## 22 | やはり

(副) 依然，仍然
例 子供はやはり子供だ。
譯 小孩終究是小孩。

N4 ● 16-3

# 16-3 思考、状態副詞 /
思考、狀態副詞

## 01 | ああ

(副) 那樣
例 ああ言えばこう言う。
譯 強詞奪理。

## 02 ｜たしか【確か】

形動・副 確實，可靠；大概

例 確かな数を言う。

譯 説出確切的數字。

## 03 ｜かならず【必ず】

副 一定，務必，必須

例 かならず来る。

譯 一定會來。

## 04 ｜かわり【代わり】

名 代替，替代；補償，報答；續（碗、杯等）

例 代わりの物を使う。

譯 使用替代物品。

## 05 ｜きっと

副 一定，務必

例 きっと来てください。

譯 請務必前來。

## 06 ｜けっして【決して】

副 （後接否定）絕對（不）

例 彼は決して悪い人ではない。

譯 他絕不是個壞人。

## 07 ｜こう

副 如此；這樣，這麼

例 こうなるとは思わなかった。

譯 沒想到會變成這樣。

## 08 ｜しっかり【確り】

副・自サ 紮實；堅固；可靠；穩固

例 しっかり覚える。

譯 牢牢地記住。

## 09 ｜ぜひ【是非】

副 務必；好與壞

例 ぜひおいでください。

譯 請一定要來。

## 10 ｜たとえば【例えば】

副 例如

例 これは例えばの話だ。

譯 這只是個比喻而已。

## 11 ｜とくに【特に】

副 特地，特別

例 特に用事はない。

譯 沒有特別的事。

## 12 ｜はっきり

副 清楚；明確；爽快；直接

例 はっきり（と）見える。

譯 清晰可見。

## 13 ｜もし【若し】

副 如果，假如

例 もし雨が降ったら中止する。

譯 如果下雨的話就中止。

## 16-4 接続詞、接続助詞、接尾詞、接頭詞 /

接續詞、接助詞、接尾詞、接頭詞

**01 | すると**

接續 於是；這樣一來

例 すると急にまっ暗になった。

譯 突然整個變暗。

**02 | それで**

接續 後來，那麼

例 それでどうした。

譯 然後呢？

**03 | それに**

接續 而且，再者

例 晴れだし、それに風もない。

譯 晴朗而且無風。

**04 | だから**

接續 所以，因此

例 だから友達がたくさんいる。

譯 正因為那樣才有許多朋友。

**05 | または【又は】**

接續 或者

例 鉛筆またはボールペンを使う。

譯 使用鉛筆或原子筆。

**06 | けれど・けれども**

接助 但是

例 読めるけれども書けません。

譯 可以讀但是不會寫。

**07 | おき【置き】**

接尾 每隔…

例 1ヶ月おきに来る。

譯 每隔一個月會來。

**08 | がつ【月】**

接尾 …月

例 7月に日本へ行く。

譯 七月要去日本。

**09 | かい【会】**

名 …會，會議

例 音楽会へ行く。

譯 去聽音樂會。

**10 | ばい【倍】**

名・接尾 倍，加倍

例 3倍になる。

譯 成為三倍。

**11 | けん・げん【軒】**

接尾 …間，…家

例 右から3軒目がホテルです。

譯 從右數來第三間是飯店。

**12 | ちゃん**

接尾 （表親暱稱謂）小…

例 健ちゃん、ここに来て。

譯 小健，過來這邊。

## 13 ｜くん【君】

接尾 君

例 山田君が来る。

譯 山田君來了。

---

## 14 ｜さま【様】

接尾 先生，小姐

例 こちらが木村様です。

譯 這位是木村先生。

---

## 15 ｜め【目】

接尾 第…

例 2行目を見てください。

譯 請看第二行。

---

## 16 ｜か【家】

名・接尾 …家；家族，家庭；從事…的人

例 立派な音楽家になった。

譯 成了一位出色的音樂家。

---

## 17 ｜しき【式】

名・接尾 儀式，典禮；…典禮 ；方式；樣式；算式，公式

例 卒業式へ行く。

譯 去參加畢業典禮。

---

## 18 ｜せい【製】

名・接尾 …製

例 台湾製の靴を買う。

譯 買台灣製的鞋子。

---

## 19 ｜だい【代】

名・接尾 世代；（年齡範圍）…多歲；費用

例 10代の若者が多い。

譯 有許多十幾歲的年輕人。

---

## 20 ｜だす【出す】

接尾 開始…

例 彼女が泣き出す。

譯 她哭了起來。

---

## 21 ｜にくい【難い】

接尾 難以，不容易

例 薬は苦くて飲みにくい。

譯 藥很苦很難吞嚥。

---

## 22 ｜やすい

接尾 容易…

例 わかりやすく話す。

譯 説得簡單易懂。

---

## 23 ｜すぎる【過ぎる】

自上一 超過；過於；經過 接尾 過於…

例 50歳を過ぎる。

譯 過了50歲。

---

## 24 ｜ご【御】

接頭 貴（接在跟對方有關的事物、動作的漢字詞前）表示尊敬語、謙讓語

例 ご主人によろしく。

譯 請代我向您先生問好。

---

## 25 ｜ながら

接助 一邊…，同時…

例 ご飯を食べながらテレビを見る。

譯 邊吃飯邊看電視。

## 26 | かた【方】

接尾 …方法
例 作り方を学ぶ。
譯 學習做法。

## 16-5 尊敬語、謙譲語 /
尊敬語、謙譲語

## 01 | いらっしゃる

自五 來，去，在（尊敬語）
例 先生がいらっしゃった。
譯 老師來了。

## 02 | おいでになる

他五 來，去，在，光臨，駕臨（尊敬語）
例 よくおいでになりました。
譯 難得您來，歡迎歡迎。

## 03 | ごぞんじ【ご存知】

名 您知道（尊敬語）
例 いくらかかるかご存知ですか。
譯 您知道要花費多少錢嗎？

## 04 | ごらんになる【ご覧になる】

他五 看，閱讀（尊敬語）
例 展覧会をごらんになりましたか。
譯 您看過展覽會了嗎？

## 05 | なさる

他五 做（「する」的尊敬語）
例 高橋様ご結婚なさるのですか。
譯 高橋小姐要結婚了嗎？

## 06 | めしあがる【召し上がる】

他五 吃，喝（「食べる」、「飲む」的尊敬語）
例 コーヒーを召し上がってください。
譯 請喝咖啡。

## 07 | いたす【致す】

自他五・補動 （「する」的謙恭說法）做，辦，致；有…，感覺…
例 私がいたします。
譯 由我來做。

## 08 | いただく【頂く・戴く】

他五 領受；領取；吃，喝；頂
例 遠慮なくいただきます。
譯 那我就不客氣拜領了。

## 09 | うかがう【伺う】

他五 拜訪；請教，打聽（謙讓語）
例 明日お宅に伺います。
譯 明天到府上拜訪您。

## 10 | おっしゃる

他五 說，講，叫
例 先生がおっしゃいました。
譯 老師說了。

## 11 | くださる【下さる】

他五 給，給予（「くれる」的尊敬語）
例 先生が来てくださった。
譯 老師特地前來。

## 12 ｜さしあげる【差し上げる】

(他下一) 給（「あげる」的謙讓語）

例 これをあなたに差し上げます。

譯 這個奉送給您。

## 13 ｜はいけん【拝見】

(名・他サ) 看，拜讀

例 お手紙拝見しました。

譯 已拜讀貴函。

## 14 ｜まいる【参る】

(自五) 來，去（「行く」、「来る」的謙讓語）；認輸；參拜

例 ただいま参ります。

譯 我馬上就去。

## 15 ｜もうしあげる【申し上げる】

(他下一) 説（「言う」的謙讓語）

例 お礼を申し上げます。

譯 向您致謝。

## 16 ｜もうす【申す】

(他五) 説，叫（「言う」的謙讓語）

例 私は山田と申します。

譯 我叫山田。

## 17 ｜ございます

(特殊形) 是，在（「ある」、「あります」的鄭重説法表示尊敬）

例 おめでとうございます。

譯 恭喜恭喜。

## 18 ｜でございます

(自・特殊形) 是（「だ」、「です」、「である」的鄭重説法）

例 山田産業の加藤でございます。

譯 我是山田産業的加藤。

## 19 ｜おる【居る】

(自五) 在，存在；有（「いる」的謙讓語）

例 社長は今おりません。

譯 社長現在不在。

## 20 ｜ぞんじあげる【存じ上げる】

(他下一) 知道（自謙語）

例 お名前は存じ上げております。

譯 久仰大名。

必 勝

# N3

情境分類單字

# パート 1 第一章

# 時間
- 時間 -

## 1-1 時、時間、時刻 /
### 時候、時間、時刻

### 01 ｜あける【明ける】
(自下一)（天）明，亮；過年；（期間）結束，期滿
例 夜が明ける。
譯 天亮。

### 02 ｜あっというま（に）【あっという間（に）】
(感) 一眨眼的功夫
例 休日はあっという間に終わった。
譯 假日一眨眼就結束了。

### 03 ｜いそぎ【急ぎ】
(名・副) 急忙，匆忙，緊急
例 急ぎの旅になる。
譯 成為一趟匆忙的旅程。

### 04 ｜うつる【移る】
(自五) 移動；推移；沾到
例 時が移る。
譯 時間推移；時代變遷。

### 05 ｜おくれ【遅れ】
(名) 落後，晚；畏縮，怯懦

例 郵便に二日の遅れが出ている。
譯 郵件延遲兩天送達。

### 06 ｜ぎりぎり
(名・副・他サ)（容量等）最大限度，極限；（摩擦的）嘎吱聲
例 期限ぎりぎりまで待つ。
譯 等到最後的期限。

### 07 ｜こうはん【後半】
(名) 後半，後一半
例 後半はミスが多くて負けた。
譯 後半因失誤過多而輸掉了。

### 08 ｜しばらく
(副) 好久；暫時
例 しばらく会社を休む。
譯 暫時向公司請假。

### 09 ｜しょうご【正午】
(名) 正午
例 正午になった。
譯 到了中午。

### 10 ｜しんや【深夜】
(名) 深夜

例 試合が深夜まで続く。

譯 比賽打到深夜。

## 11 | ずっと

副 更；一直

例 ずっと待っている。

譯 一直等待著。

## 12 | せいき【世紀】

名 世紀，百代；時代，年代；百年一現，絕世

例 世紀の大発見になる。

譯 成為世紀的大發現。

## 13 | ぜんはん【前半】

名 前半，前半部

例 前半の戦いが終わった。

譯 上半場比賽結束。

## 14 | そうちょう【早朝】

名 早晨，清晨

例 早朝に勉強する。

譯 在早晨讀書。

## 15 | たつ【経つ】

自五 經，過；(炭火等)燒盡

例 時間が経つのが早い。

譯 時間過得真快。

## 16 | ちこく【遅刻】

名・自サ 遲到，晚到

例 待ち合わせに遅刻する。

譯 約會遲到。

## 17 | てつや【徹夜】

名・自サ 通宵，熬夜

例 徹夜で仕事する。

譯 徹夜工作。

## 18 | どうじに【同時に】

副 同時，一次；馬上，立刻

例 発売と同時に大ヒットした。

譯 一出售立即暢銷熱賣。

## 19 | とつぜん【突然】

副 突然

例 突然怒り出す。

譯 突然生氣。

## 20 | はじまり【始まり】

名 開始，開端；起源

例 近代医学の始まりである。

譯 為近代醫學的起源。

## 21 | はじめ【始め】

名・接尾 開始，開頭；起因，起源；以…為首

例 始めから終わりまで全部読む。

譯 從頭到尾全部閱讀。

## 22 ｜ふける【更ける】

自下一 （秋）深；（夜）闌

例 夜が更ける。

譯 三更半夜。

---

## 23 ｜ぶり【振り】

造語 相隔

例 5年振りに会った。

譯 相隔五年之後又見面。

---

## 24 ｜へる【経る】

自下一 （時間、空間、事物）經過，通過

例 3年を経た。

譯 經過了三年。

---

## 25 ｜まい【毎】

接頭 每

例 毎朝、牛乳を飲む。

譯 每天早上，喝牛奶。

---

## 26 ｜まえもって【前もって】

副 預先，事先

例 前もって知らせる。

譯 事先知會。

---

## 27 ｜まよなか【真夜中】

名 三更半夜，深夜

例 真夜中に目が覚めた。

譯 深夜醒來。

---

## 28 ｜やかん【夜間】

名 夜間，夜晚

例 夜間の勤務はきついなぁ。

譯 夜勤太累啦！

# 1-2 季節、年、月、週、日 /
季節、年、月、週、日

## 01 ｜いっさくじつ【一昨日】

名 前一天，前天

例 一昨日アメリカから帰ってきた。

譯 前天從美國回來了。

---

## 02 ｜いっさくねん【一昨年】

造語 前年

例 一昨年は雪が多かった。

譯 前年下了很多雪。

---

## 03 ｜か【日】

漢造 表示日期或天數

例 事故は三月二十日に起こった。

譯 事故發在三月二十日。

---

## 04 ｜きゅうじつ【休日】

名 假日，休息日

例 休日が続く。

譯 連續休假。

---

## 05 ｜げじゅん【下旬】

名 下旬

例 5月の下旬になる。

譯 在五月下旬。

## 06 | げつまつ【月末】

(名) 月末、月底
例 料金は月末に払う。
譯 費用於月底支付。

## 07 | さく【昨】

(漢造) 昨天；前一年，前一季；以前，過去
例 昨晩日本から帰ってきた。
譯 昨晩從日本回來了。

## 08 | さくじつ【昨日】

(名)（「きのう」的鄭重説法）昨日，昨天
例 昨日母から手紙が届いた。
譯 昨天收到了母親寫來的信。

## 09 | さくねん【昨年】

(名・副) 去年
例 昨年と比べる。
譯 跟去年相比。

## 10 | じつ【日】

(漢造) 太陽；日，一天，白天；每天
例 翌日にお届けします。
譯 隔日幫您送達。

## 11 | しゅう【週】

(名・漢造) 星期；一圈
例 週に1回運動する。
譯 每周運動一次。

## 12 | しゅうまつ【週末】

(名) 週末
例 週末に運動する。
譯 每逢週末就會去運動。

## 13 | じょうじゅん【上旬】

(名) 上旬
例 来月上旬に旅行する。
譯 下個月的上旬要去旅行。

## 14 | せんじつ【先日】

(名) 前天；前些日子
例 先日、田中さんに会った。
譯 前些日子，遇到了田中小姐。

## 15 | ぜんじつ【前日】

(名) 前一天
例 入学式の前日は緊張した。
譯 參加入學典禮的前一天非常緊張。

## 16 | ちゅうじゅん【中旬】

(名)（一個月中的）中旬
例 6月の中旬に戻る。
譯 在6月中旬回來。

## 17 | ねんし【年始】

(名) 年初；賀年，拜年
例 年始のご挨拶に伺う。
譯 歲暮年初時節前往拜訪。

**18 | ねんまつねんし【年末年始】**

[名] 年底與新年

[例] 年末年始（ねんまつねんし）はハワイに行（い）く。

[譯] 去夏威夷跨年。

**19 | へいじつ【平日】**

[名]（星期日、節假日以外）平日；平常，平素

[例] 平日（へいじつ）ダイヤで運行（うんこう）する。

[譯] 以平日的火車時刻表行駛。

**20 | ほんじつ【本日】**

[名] 本日，今日

[例] 本日（ほんじつ）のお薦（すす）めメニューはこちらです。

[譯] 這是今日的推薦菜單。

**21 | ほんねん【本年】**

[名] 本年，今年

[例] 本年（ほんねん）もよろしく。

[譯] 今年還望您繼續關照。

**22 | みょう【明】**

[接頭]（相對於「今」而言的）明

[例] 明日（みょうにち）のご予定（よてい）は。

[譯] 你明天的行程是？

**23 | みょうごにち【明後日】**

[名] 後天

[例] 明後日（みょうごにち）に延期（えんき）する。

[譯] 延到後天。

**24 | ようび【曜日】**

[名] 星期

[例] 曜日（ようび）によって色（いろ）を変（か）える。

[譯] 根據禮拜幾的不同而改變顏色。

**25 | よく【翌】**

[漢造] 次，翌，第二

[例] 翌日（よくじつ）は休日（きゅうじつ）だ。

[譯] 隔天是假日。

**26 | よくじつ【翌日】**

[名] 隔天，第二天

[例] 翌日（よくじつ）の準備（じゅんび）ができている。

[譯] 隔天的準備已完成。

N3 ● 1-3

## 1-3 過去、現在、未来 / 過去、現在、未來

**01 | いご【以後】**

[名] 今後，以後，將來；（接尾語用法）（在某時期）以後

[例] 以後（いご）気（き）をつけます。

[譯] 以後會多加小心一點。

**02 | いぜん【以前】**

[名] 以前；更低階段（程度）的；（某時期）以前

[例] 以前（いぜん）の通（とお）りだ。

[譯] 和以前一樣。

**03 | げんだい【現代】**

[名] 現代，當代；（歷史）現代（日本史上指二次世界大戰後）

例 現代の社会が求める。

譯 現代社會所要求的。

例 犯人は事件直後に逮捕された。

譯 犯人在事件發生後不久便遭逮捕。

## 04 ｜こんご【今後】

名 今後，以後，將來

例 今後のことを考える。

譯 為今後作打算。

## 10 ｜ちょくぜん【直前】

名 即將…之前，眼看就要…的時候；(時間，距離)之前，跟前，眼前

例 テストの直前に頑張って勉強する。

譯 在考前用功讀書。

## 05 ｜じご【事後】

名 事後

例 事後の計画を立てる。

譯 制訂事後計畫。

## 11 ｜のち【後】

名 後，之後；今後，未來；死後，身後

例 晴れのち曇りが続く。

譯 天氣持續晴後陰。

## 06 ｜じぜん【事前】

名 事前

例 事前に話し合う。

譯 事前討論。

## 12 ｜ふる【古】

名・漢造 舊東西；舊，舊的

例 読んだ本を古本屋に売った。

譯 把看過的書賣給二手書店。

## 07 ｜すぎる【過ぎる】

自上一 超過；過於；經過

例 5時を過ぎた。

譯 已經五點多了。

## 13 ｜みらい【未来】

名 將來，未來；(佛)來世

例 未来を予測する。

譯 預測未來。

## 08 ｜ぜん【前】

漢造 前方，前面；(時間)早；預先；從前

例 前首相が韓国を訪問する。

譯 前首相訪韓。

## 14 ｜らい【来】

接尾 以來

例 彼とは10年来の付き合いだ。

譯 我和他已經認識十年了。

## 09 ｜ちょくご【直後】

名・副 (時間，距離)緊接著，剛…之後，…之後不久

## 1-4 期間、期限 /
### 期間、期限

### 01 │ かん【間】

(名・接尾) 間，機會，間隙

**例** 五日間の京都旅行も終わった。

**譯** 五天的京都之旅已經結束。

### 02 │ き【期】

(漢造) 時期；時機；季節；(預定的)時日

**例** 入学の時期が近い。

**譯** 開學時期將近。

### 03 │ きかん【期間】

(名) 期間，期限內

**例** 期間が過ぎる。

**譯** 過期。

### 04 │ きげん【期限】

(名) 期限

**例** 期限になる。

**譯** 到期。

### 05 │ シーズン【season】

(名) (盛行的)季節，時期

**例** 受験シーズンが始まった。

**譯** 考季開始了。

### 06 │ しめきり【締め切り】

(名) (時間、期限等)截止，屆滿；封死，封閉；截斷，斷流

**例** 締め切りが近づく。

**譯** 臨近截稿日期。

### 07 │ ていき【定期】

(名) 定期，一定的期限

**例** エレベーターは定期的に調べる。

**譯** 定期維修電梯。

### 08 │ まにあわせる【間に合わせる】

(連語) 臨時湊合，就將；使來得及，趕出來

**例** 締切に間に合わせる。

**譯** 在截止期限之前繳交。

## 2-1 家、住む／
住家、居住

### 01 ｜うつす【移す】

(他五) 移，搬；使傳染；度過時間

例 住まいを移す。

譯 遷移住所。

### 02 ｜きたく【帰宅】

(名・自サ) 回家

例 会社から帰宅する。

譯 從公司回家。

### 03 ｜くらす【暮らす】

(自他五) 生活，度日

例 楽しく暮らす。

譯 過著快樂的生活。

### 04 ｜けん・げん【軒】

(漢造) 軒昂，高昂；屋簷；表房屋數量，書齋，商店等雅號

例 薬屋が3軒ある。

譯 有三家藥局。

### 05 ｜じょう【畳】

(接尾・漢造) (計算草蓆、席墊)塊，畳；重疊

例 6畳のアパートに住んでいる。

譯 住在一間六鋪席大的公寓裡。

### 06 ｜すごす【過ごす】

(他五・接尾) 度(日子、時間)，過生活；過渡過量；放過，不管

例 休日は家で過ごす。

譯 假日在家過。

### 07 ｜せいけつ【清潔】

(名・形動) 乾淨的，清潔的；廉潔；純潔

例 清潔に保つ。

譯 保持乾淨。

### 08 ｜ひっこし【引っ越し】

(名) 搬家，遷居

例 引っ越しをする。

譯 搬家。

### 09 ｜マンション【mansion】

(名) 公寓大廈；(高級)公寓

例 高級マンションに住む。

譯 住高級大廈。

### 10 ｜るすばん【留守番】

(名) 看家，看家人

例 留守番をする。

譯 看家。

### 11 ｜わ【和】

(名) 日本

例 和室と洋室、どちらがいい。

譯 和室跟洋室哪個好呢？

**12 | わが【我が】**

(連體) 我的，自己的，我們的

例 我が家へ、ようこそ。

譯 歡迎來到我家。

## 2-2 家の外側 /
住家的外側

**01 | とじる【閉じる】**

(自上一) 閉，關閉；結束

例 戸が閉じた。

譯 門關上了。

---

**02 | ノック【knock】**

(名・他サ) 敲打；（來訪者）敲門；打球

例 ノックの音が聞こえる。

譯 聽見敲門聲。

---

**03 | ベランダ【veranda】**

(名) 陽台；走廊

例 ベランダの花が次々に咲く。

譯 陽台上的花接二連三的綻放。

---

**04 | やね【屋根】**

(名) 屋頂

例 屋根から落ちる。

譯 從屋頂掉下來。

---

**05 | やぶる【破る】**

(他五) 弄破；破壞；違反；打敗；打破（記錄）

例 ドアを破って入った。

譯 破門而入。

---

**06 | ロック【lock】**

(名・他サ) 鎖，鎖上，閉鎖

例 ロックが壊れた。

譯 門鎖壞掉了。

## 2-3 部屋、設備 /
房間、設備

**01 | あたたまる【暖まる】**

(自五) 暖，暖和；感到溫暖；手頭寬裕

例 部屋が暖まる。

譯 房間暖和起來。

---

**02 | いま【居間】**

(名) 起居室

例 居間を掃除する。

譯 清掃客廳。

---

**03 | かざり【飾り】**

(名) 裝飾（品）

例 飾りをつける。

譯 加上裝飾。

---

**04 | きく【効く】**

(自五) 有效，奏效；好用，能幹；可以，能夠；起作用；（交通工具等）通，有

例 停電で冷房が効かない。

譯 停電了冷氣無法運轉。

---

**05 | キッチン【kitchen】**

(名) 廚房

例 ダイニングキッチンが人気だ。

譯 廚房兼飯廳裝潢很受歡迎。

**06 | しんしつ【寝室】**

[名] 寝室

[例] 寝室(しんしつ)で休(やす)んだ。

[譯] 在臥房休息。

**07 | せんめんじょ【洗面所】**

[名] 化妝室，廁所

[例] 洗面所(せんめんじょ)で顔(かお)を洗(あら)った。

[譯] 在化妝室洗臉。

**08 | ダイニング【dining】**

[名] 餐廳(「ダイニングルーム」之略稱)；吃飯，用餐；西式餐館

[例] ダイニングルームで食事(しょくじ)をする。

[譯] 在西式餐廳用餐。

**09 | たな【棚】**

[名] (放置東西的)隔板，架子，棚

[例] お菓子(かし)を棚(たな)に置(お)く。

[譯] 把糕點放在架子上。

**10 | つまる【詰まる】**

[自五] 擠滿，塞滿；堵塞，不通；窘困，窘迫；縮短，緊小；停頓，擱淺

[例] トイレが詰(つ)まった。

[譯] 廁所排水管塞住了。

**11 | てんじょう【天井】**

[名] 天花板

[例] 天井(てんじょう)の高(たか)い家(いえ)がいい。

[譯] 我要天花板高的房子。

**12 | はしら【柱】**

[名·接尾] (建)柱子；支柱；(轉)靠山

[例] 柱(はしら)が倒(たお)れた。

[譯] 柱子倒下。

**13 | ブラインド【blind】**

[名] 百葉窗，窗簾，遮光物

[例] ブラインドを下(お)ろす。

[譯] 拉下百葉窗。

**14 | ふろ(ば)【風呂(場)】**

[名] 浴室，洗澡間，浴池

[例] 風呂(ふろ)に入(はい)る。

[譯] 泡澡。

**15 | まどり【間取り】**

[名] (房子的)房間佈局，採間，平面佈局

[例] 間取(まど)りがいい。

[譯] 隔間還不錯。

**16 | もうふ【毛布】**

[名] 毛毯，毯子

[例] 毛布(もうふ)をかける。

[譯] 蓋上毛毯。

**17 | ゆか【床】**

[名] 地板

[例] 床(ゆか)を拭(ふ)く。

[譯] 擦地板。

**18 | よわめる【弱める】**

[他下一] 減弱，削弱

[例] 冷房(れいぼう)を少(すこ)し弱(よわ)められますか。

[譯] 冷氣可以稍微轉弱嗎？

**19 | リビング【living】**

[名] 起居間，生活間

[例] リビングには家具(かぐ)が並(なら)んでいる。

[譯] 客廳擺放著家具。

パート
# 3
第三章

# 食事
- 用餐 -

N3 ⊙ 3-1

## 3-1 食事、味 / 用餐、味道

### 01 | あぶら【脂】
[名] 脂肪，油脂；(喻)活動力，幹勁

[例] 脂(あぶら)があるからおいしい。

[譯] 富含油質所以好吃。

### 02 | うまい
[形] 味道好，好吃；想法或做法巧妙，擅於；非常適宜，順利

[例] 空気(くうき)がうまい。

[譯] 空氣新鮮。

### 03 | さげる【下げる】
[他下一] 向下；掛；收走

[例] コップを下(さ)げる。

[譯] 收走杯子。

### 04 | さめる【冷める】
[自下一] (熱的東西)變冷，涼；(熱情、興趣等)降低，減退

[例] スープが冷(さ)めてしまった。

[譯] 湯冷掉了。

### 05 | しょくご【食後】
[名] 飯後，食後

[例] 食後(しょくご)に薬(くすり)を飲(の)む。

[譯] 藥必須在飯後服用。

### 06 | しょくぜん【食前】
[名] 飯前

[例] 食前(しょくぜん)にちゃんと手(て)を洗(あら)う。

[譯] 飯前把手洗乾淨。

### 07 | すっぱい【酸っぱい】
[形] 酸，酸的

[例] 梅干(うめぼ)しはすっぱいに決(き)まっている。

[譯] 梅乾當然是酸的。

### 08 | マナー【manner】
[名] 禮貌，規矩；態度舉止，風格

[例] 食事(しょくじ)のマナーが悪(わる)い。

[譯] 用餐禮儀不好。

### 09 | メニュー【menu】
[名] 菜單

[例] ディナーのメニューをご覧(らん)ください。

[譯] 這是餐點的菜單，您請過目。

### 10 | ランチ【lunch】
[名] 午餐

[例] ランチタイムにラーメンを食(た)べる。

[譯] 午餐時間吃拉麵。

## 3-2 食べ物 /
食物

### 01 ｜アイスクリーム【ice cream】
名 冰淇淋
例 アイスクリームを食べる。
譯 吃冰淇淋。

### 02 ｜あぶら【油】
名 脂肪，油脂
例 魚を油で揚げる。
譯 用油炸魚。

### 03 ｜インスタント【instant】
名・形動 即席，稍加工即可的，速成
例 インスタントコーヒーを飲む。
譯 喝即溶咖啡。

### 04 ｜うどん【饂飩】
名 烏龍麵條，烏龍麵
例 うどんをゆでて食べる。
譯 煮烏龍麵吃。

### 05 ｜オレンジ【orange】
名 柳橙，柳丁；橙色
例 オレンジは全部食べた。
譯 橘子全都吃光了。

### 06 ｜ガム【(英) gum】
名 口香糖；樹膠
例 ガムを噛む。
譯 嚼口香糖。

### 07 ｜かゆ【粥】
名 粥，稀飯
例 粥を炊く。
譯 煮粥。

### 08 ｜かわ【皮】
名 皮，表皮；皮革
例 皮をむく。
譯 剝皮。

### 09 ｜くさる【腐る】
自五 腐臭，腐爛；金屬鏽，爛；墮落，腐敗；消沉，氣餒
例 味噌が腐る。
譯 味噌發臭。

### 10 ｜ケチャップ【ketchup】
名 蕃茄醬
例 ケチャップをつける。
譯 沾番茄醬。

### 11 ｜こしょう【胡椒】
名 胡椒
例 胡椒を入れる。
譯 灑上胡椒粉。

### 12 ｜さけ【酒】
名 酒（的總稱），日本酒，清酒
例 酒を杯に入れる。
譯 將酒倒入杯子裡。

## 13 | しゅ【酒】

漢造 酒
例 葡萄酒を飲む。
譯 喝葡萄酒。

---

## 14 | ジュース【juice】

名 果汁，汁液，糖汁，肉汁
例 ジュースを飲む。
譯 喝果汁。

---

## 15 | しょくりょう【食料】

名 食品，食物
例 食料を保存する。
譯 保存食物。

---

## 16 | しょくりょう【食糧】

名 食糧，糧食
例 食糧を輸入する。
譯 輸入糧食。

---

## 17 | しんせん【新鮮】

名・形動 （食物)新鮮；清新乾淨；新穎，全新
例 新鮮な果物を食べる。
譯 吃新鮮的水果。

---

## 18 | す【酢】

名 醋
例 酢を入れる。
譯 加入醋。

---

## 19 | スープ【soup】

名 湯（多指西餐的湯）

例 スープを飲む。
譯 喝湯。

---

## 20 | ソース【sauce】

名 （西餐用)調味醬
例 ソースを作る。
譯 調製醬料。

---

## 21 | チーズ【cheese】

名 起司，乳酪
例 チーズを買う。 譯 買起司。

---

## 22 | チップ【chip】

名 （削木所留下的)片削；洋芋片

例 ポテトチップスを食べる。

譯 吃洋芋片。

---

## 23 | ちゃ【茶】

名・漢造 茶；茶樹；茶葉；茶水
例 茶を入れる。
譯 泡茶。

---

## 24 | デザート【dessert】

名 餐後點心，甜點(大多泛指較西式的甜點)
例 デザートを食べる。
譯 吃甜點。

---

## 25 | ドレッシング【dressing】

名 調味料，醬汁；服裝，裝飾
例 サラダにドレッシングをかける。
譯 把醬汁淋到沙拉上。

**26 | どんぶり【丼】**

[名] 大碗公；大碗蓋飯

[例] 500円(えん)で鰻丼(うなぎどんぶり)が食(た)べられる。

[譯] 500圓就可以吃到鰻魚蓋飯。

**27 | なま【生】**

[名·形動]（食物沒有煮過、烤過）生的；直接的，不加修飾的；不熟練，不到火候

[例] 生(なま)で食(た)べる。

[譯] 生吃。

**28 | ビール【（荷）bier】**

[名] 啤酒

[例] ビールを飲(の)む。

[譯] 喝啤酒。

**29 | ファストフード【fast food】**

[名] 速食

[例] ファストフードを食(た)べすぎた。

[譯] 吃太多速食。

**30 | べんとう【弁当】**

[名] 便當，飯盒

[例] 弁当(べんとう)を作(つく)る。

[譯] 做便當。

**31 | まぜる【混ぜる】**

[他下一] 混入；加上，加進；攪，攪拌

[例] ビールとジュースを混(ま)ぜる。

[譯] 將啤酒和果汁加在一起。

**32 | マヨネーズ【mayonnaise】**

[名] 美乃滋，蛋黃醬

[例] パンにマヨネーズを塗(ぬ)る。

[譯] 在土司上塗抹美奶滋。

**33 | みそしる【味噌汁】**

[名] 味噌湯

[例] 私(わたし)の母(はは)は毎朝(まいあさ)味噌汁(みそしる)を作(つく)る。

[譯] 我母親每天早上煮味噌湯。

**34 | ミルク【milk】**

[名] 牛奶；煉乳

[例] 紅茶(こうちゃ)にはミルクを入(い)れる。

[譯] 在紅茶裡加上牛奶。

**35 | ワイン【wine】**

[名] 葡萄酒；水果酒；洋酒

[例] 白(しろ)ワインが合(あ)います。

[譯] 白酒很搭。

N3 ⦿ 3-3

## 3-3 調理、料理、クッキング / 調理、菜餚、烹調

**01 | あげる【揚げる】**

[他下一] 炸，油炸；舉，抬；提高；進步

[例] 天(てん)ぷらを揚(あ)げる。

[譯] 炸天婦羅。

**02 | あたためる【温める】**

[他下一] 溫，熱；擱置不發表

[例] ご飯(はん)を温(あたた)める。

[譯] 熱飯菜。

## 03 | こぼす【溢す】

(他五) 灑，漏，溢（液體），落（粉末）；發牢騷，抱怨

例 コーヒーを溢す。

譯 咖啡溢出來了。

## 04 | たく【炊く】

(他五) 點火，燒著；燃燒；煮飯，燒菜

例 ご飯を炊く。

譯 煮飯。

## 05 | たける【炊ける】

(自下一) 燒成飯，做成飯

例 ご飯が炊けた。

譯 飯已經煮熟了。

## 06 | つよめる【強める】

(他下一) 加強，增強

例 火を強める。

譯 把火力調大。

## 07 | てい【低】

(名・漢造) （位置）低；（價格等）低；變低

例 低温でゆっくり焼く。

譯 用低溫慢烤。

## 08 | にえる【煮える】

(自下一) 煮熟，煮爛；水燒開；固體融化（成泥狀）；發怒，非常氣憤

例 芋は煮えました。

譯 芋頭已經煮熟了。

## 09 | にる【煮る】

(他上一) 煮，燉，熬

例 豆を煮る。

譯 煮豆子。

## 10 | ひやす【冷やす】

(他五) 使變涼，冰鎮；（喻）使冷靜

例 冷蔵庫で冷やす。

譯 放在冰箱冷藏。

## 11 | むく【剥く】

(他五) 剝，削

例 りんごを剥く。

譯 削蘋果皮。

## 12 | むす【蒸す】

(他五・自五) 蒸，熱（涼的食品）；（天氣）悶熱

例 肉まんを蒸す。

譯 蒸肉包。

## 13 | ゆでる【茹でる】

(他下一) （用開水）煮，燙

例 よく茹でる。

譯 煮熟。

## 14 | わく【沸く】

(自五) 煮沸，煮開；興奮

例 お湯が沸く。

譯 開水滾開。

## 15 | わる【割る】

(他五) 打，劈開；用除法計算

例 卵を割る。

譯 打破蛋。

# パート 4 第四章

# 衣服

- 衣服 -

## 4-1 衣服、洋服、和服／
衣服、西服、和服

### 01 ｜えり【襟】
名（衣服的）領子；脖頸，後頸；（西裝的）硬領
例 襟を立てる。
譯 立起領子。

### 02 ｜オーバー(コート)【overcoat】
名 大衣，外套，外衣
例 オーバーを着る。
譯 穿大衣。

### 03 ｜ジーンズ【jeans】
名 牛仔褲
例 ジーンズをはく。
譯 穿牛仔褲。

### 04 ｜ジャケット【jacket】
名 外套，短上衣；唱片封面
例 ジャケットを着る。
譯 穿外套。

### 05 ｜すそ【裾】
名 下擺，下襟；山腳；（靠近頸部的）頭髮
例 ジーンズの裾が汚れた。
譯 牛仔褲的褲腳髒了。

### 06 ｜せいふく【制服】
名 制服
例 制服を着る。
譯 穿制服。

### 07 ｜そで【袖】
名 衣袖；（桌子）兩側抽屜，（大門）兩側的廳房，舞台的兩側，飛機（兩翼）
例 半袖を着る。
譯 穿短袖。

### 08 ｜タイプ【type】
名・他サ 型，形式，類型；典型，榜樣，樣本，標本；(印)鉛字，活字，打字(機)
例 このタイプの服にする。
譯 決定穿這種樣式的服裝。

### 09 ｜ティーシャツ【T-shirt】
名 圓領衫，Ｔ恤
例 ティーシャツを着る。
譯 穿Ｔ恤。

### 10 ｜パンツ【pants】
名 內褲；短褲；運動短褲
例 パンツをはく。
譯 穿褲子。

## 11 ｜パンプス【pumps】
名 女用的高跟皮鞋，淑女包鞋

例 パンプスをはく。

譯 穿淑女包鞋。

## 12 ｜ぴったり
副・自サ 緊緊地，嚴實地；恰好，正適合；說中，猜中

例 体にぴったりした背広をつくる。

譯 製作合身的西裝。

## 13 ｜ブラウス【blouse】
名 （多半為女性穿的）罩衫，襯衫

例 ブラウスを洗濯する。

譯 洗襯衫。

## 14 ｜ぼろぼろ
名・副・形動 （衣服等）破爛不堪；（粒狀物）散落貌

例 今でもぼろぼろの洋服を着ている。

譯 破破爛爛的衣服現在還在穿。

## 4-2 着る、装身具 ／
穿戴、服飾用品

## 01 ｜きがえ【着替え】
名・自サ 換衣服；換洗衣物

例 急いで着替えを済ませる。

譯 急急忙忙地換好衣服。

## 02 ｜きがえる・きかえる【着替える】
他下一 換衣服

例 着物を着替える。

譯 換衣服。

## 03 ｜スカーフ【scarf】
名 圍巾，披肩；領結

例 スカーフを巻く。

譯 圍上圍巾。

## 04 ｜ストッキング【stocking】
名 褲襪；長筒襪

例 ナイロンのストッキングを履く。

譯 穿尼龍絲襪。

## 05 ｜スニーカー【sneakers】
名 球鞋，運動鞋

例 スニーカーで通勤する。

譯 穿球鞋上下班。

## 06 ｜ぞうり【草履】
名 草履，草鞋

例 草履を履く。

譯 穿草鞋。

## 07 ｜ソックス【socks】
名 短襪

例 ソックスを履く。

譯 穿襪子。

## 08 ｜とおす【通す】
他五・接尾 穿通，貫穿；滲透，透過；連續，貫徹；（把客人）讓到裡邊；一直，連續，…到底

例 そでに手を通す。

譯 把手伸進袖筒。

### 09 ｜ネックレス【necklace】

图 項鍊

例 ネックレスをつける。
譯 戴上項鍊。

### 10 ｜ハイヒール【high heel】

图 高跟鞋

例 ハイヒールをはく。
譯 穿高跟鞋。

### 11 ｜バッグ【bag】

图 手提包

例 バッグに財布を入れる。
譯 把錢包放入包包裡。

### 12 ｜ベルト【belt】

图 皮帶；(機)傳送帶；(地)地帶

例 ベルトの締め方を動画で解説する。
譯 以動畫解說繫皮帶的方式。

### 13 ｜ヘルメット【helmet】

图 安全帽；頭盔，鋼盔

例 ヘルメットをかぶる。
譯 戴安全帽。

### 14 ｜マフラー【muffler】

图 圍巾；(汽車等的)滅音器

例 暖かいマフラーをくれた。
譯 人家送了我暖和的圍巾。

## Memo

# パート 5 人体

**第五章**

- 人體 -

## 5-1 身体、体／
胴體、身體

### 01 ｜あたたまる【温まる】

(自五) 暖，暖和；感到心情溫暖

例 体が温まる。

譯 身體暖和。

### 02 ｜あたためる【暖める】

(他下一) 使溫暖；重溫，恢復

例 手を暖める。

譯 烚手取暖。

### 03 ｜うごかす【動かす】

(他五) 移動，挪動，活動；搖動，搖撼；給予影響，使其變化，感動

例 体を動かす。

譯 活動身體。

### 04 ｜かける【掛ける】

(他下一・接尾) 坐；懸掛；蓋上，放上；放在…之上；提交；澆；開動；花費；寄託；鎖上；(數學)乘

例 椅子に掛ける。

譯 坐下。

### 05 ｜かた【肩】

(名) 肩，肩膀；(衣服的)肩

例 肩を揉む。

譯 按摩肩膀。

### 06 ｜こし【腰】

(名・接尾) 腰；(衣服、裙子等的)腰身

例 腰が痛い。

譯 腰痛。

### 07 ｜しり【尻】

(名) 屁股，臀部；(移動物體的)後方，後面；末尾，最後；(長物的)末端

例 しりが痛くなった。

譯 屁股痛了起來。

### 08 ｜バランス【balance】

(名) 平衡，均衡，均等

例 バランスを取る。

譯 保持平衡。

### 09 ｜ひふ【皮膚】

(名) 皮膚

例 冬は皮膚が弱くなる。

譯 皮膚在冬天比較脆弱。

### 10 ｜へそ【臍】

(名) 肚臍；物體中心突起部分

例 へそを曲げる。

譯 不聽話。

## 11 | ほね【骨】

名 骨頭；費力氣的事

例 骨が折れる。

譯 費力氣。

## 12 | むける【剥ける】

自下一 剝落，脫落

例 鼻の皮がむけた。

譯 鼻子的皮脫落了。

## 13 | むね【胸】

名 胸部；內心

例 胸が痛む。

譯 胸痛；痛心。

## 14 | もむ【揉む】

他五 搓，揉；捏，按摩；(很多人)互相推擠；爭辯；(被動式型態)錘鍊，受磨練

例 肩をもんであげる。

譯 我幫你按摩肩膀。

N3 ● 5-2

## 5-2 顔 /
臉

## 01 | あご【顎】

名 (上、下)顎；下巴

例 二重あごになる。

譯 長出雙下巴。

## 02 | うつる【映る】

自五 映，照；顯得，映入；相配，相稱；照相，映現

例 目に映る。

譯 映入眼簾。

## 03 | おでこ

名 凸額，額頭突出(的人)；額頭，額骨

例 おでこを出す。

譯 露出額頭。

## 04 | かぐ【嗅ぐ】

他五 (用鼻子)聞，嗅

例 花の香りをかぐ。

譯 聞花香。

## 05 | かみのけ【髪の毛】

名 頭髮

例 髪の毛を切る。

譯 剪髮。

## 06 | くちびる【唇】

名 嘴唇

例 唇が青い。

譯 嘴唇發青。

## 07 | くび【首】

名 頸部

例 首が痛い。

譯 脖子痛。

## 08 | した【舌】

名 舌頭；說話；舌狀物

例 舌が長い。

譯 愛說話。

## 09 ｜だまる【黙る】

自五 沉默，不説話；不理，不聞不問

例 黙って命令に従う。

譯 默默地服從命令。

## 10 ｜はなす【離す】

他五 使…離開，使…分開；隔開，拉開
距離

例 目を離す。

譯 轉移視線。

## 11 ｜ひたい【額】

名 前額，額頭；物體突出部分

例 額に汗して働く。

譯 汗流滿面地工作。

## 12 ｜ひょうじょう【表情】

名 表情

例 表情が暗い。

譯 神情陰鬱。

## 13 ｜ほお【頰】

名 頰，臉蛋

例 ほおが赤い。

譯 臉蛋紅通通的。

## 14 ｜まつげ【まつ毛】

名 睫毛

例 まつ毛が抜ける。

譯 掉睫毛。

## 15 ｜まぶた【瞼】

名 眼瞼，眼皮

## 例 瞼を閉じる。

譯 闔上眼瞼。

## 16 ｜まゆげ【眉毛】

名 眉毛

例 まゆげが長い。

譯 眉毛很長。

## 17 ｜みかける【見掛ける】

他下一 看到，看出，看見；開始看

例 彼女をよく駅で見かけます。

譯 經常在車站看到她。

## 5-3 手足 (1) /
手腳 (1)

## 01 ｜あくしゅ【握手】

名・自サ 握手；和解，言和；合作，妥協；
會師，會合

例 握手をする。

譯 握手合作。

## 02 ｜あしくび【足首】

名 腳踝

例 足首を温める。

譯 暖和腳踝。

## 03 ｜うめる【埋める】

他下一 埋，掩埋；填補，彌補；佔滿

例 金を埋める。

譯 把錢埋起來。

## 04 ｜おさえる【押さえる】

（他下一）按，壓；扣住，勒住；控制，阻止；捉住；扣留；超群出眾

例 耳を押さえる。
譯 搗住耳朵。

## 05 ｜おやゆび【親指】

（名）（手腳的）的拇指
例 手の親指が痛い。
譯 手的大拇指會痛。

## 06 ｜かかと【踵】

（名）腳後跟
例 踵の高い靴を履く。
譯 穿高跟鞋。

## 07 ｜かく【掻く】

（他五）（用手或爪）搔，撥；拔，推；攪拌，攪和
例 頭を掻く。
譯 搔起頭來。

## 08 ｜くすりゆび【薬指】

（名）無名指
例 薬指に指輪をしている。
譯 在無名指上戴戒指。

## 09 ｜こゆび【小指】

（名）小指頭
例 小指に指輪をつける。
譯 小指戴上戒指。

## 10 ｜だく【抱く】

（他五）抱；孵卵；心懷，懷抱

例 赤ちゃんを抱く。
譯 抱小嬰兒。

## 11 ｜たたく【叩く】

（他五）敲，叩；打；詢問，徵求；拍，鼓掌；攻擊，駁斥；花完，用光

例 ドアをたたく。
譯 敲打門。

## 12 ｜つかむ【掴む】

（他五）抓，抓住，揪住，握住；掌握到，瞭解到

例 手首を掴んだ。
譯 抓住了手腕。

## 13 ｜つつむ【包む】

（他五）包裹，打包，包上；蒙蔽，遮蔽，籠罩；藏在心中，隱瞞；包圍

例 プレゼントを包む。
譯 包裝禮物。

## 14 ｜つなぐ【繋ぐ】

（他五）拴結，繫；連起，接上；延續，維繫（生命等）

例 手を繋ぐ。
譯 手牽手。

## 15 ｜つまさき【爪先】

（名）腳指甲尖端
例 爪先で立つ。
譯 用腳尖站立。

**16 | つめ【爪】**

[名] (人的)指甲，腳指甲；(動物的)爪；指尖；(用具的)鉤子

[例] 爪(つめ)を伸(の)ばす。

[譯] 指甲長長。

**17 | てくび【手首】**

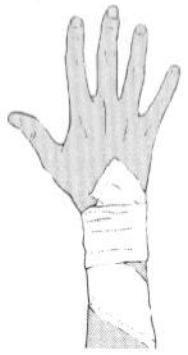

[名] 手腕

[例] 手首(てくび)を怪我(けが)した。

[譯] 手腕受傷了。

**18 | てのこう【手の甲】**

[名] 手背

[例] 手(て)の甲(こう)にキスする。

[譯] 在手背上親吻。

**19 | てのひら【手の平・掌】**

[名] 手掌

[例] 掌(てのひら)に載(の)せて持(も)つ。

[譯] 放在手掌上托著。

**20 | なおす【直す】**

[他五] 修理；改正；治療

[例] 自転車(じてんしゃ)を直(なお)す。

[譯] 修理腳踏車。

N3 ● 5-3(2)

## 5-3 手足 (2) / 手腳 (2)

**21 | なかゆび【中指】**

[名] 中指

[例] 中指(なかゆび)でさすな。

[譯] 別用中指指人。

**22 | なぐる【殴る】**

[他五] 毆打，揍；草草了事

[例] 人(ひと)を殴(なぐ)る。

[譯] 打人。

**23 | ならす【鳴らす】**

[他五] 鳴，啼，叫；(使)出名；嘮叨；放響屁

[例] 鐘(かね)を鳴(な)らす。

[譯] 敲鐘。

**24 | にぎる【握る】**

[他五] 握，抓；握飯團或壽司；掌握，抓住；(圍棋中決定誰先下)抓棋子

[例] 手(て)を握(にぎ)る。

[譯] 握拳。

**25 | ぬく【抜く】**

[自他五・接尾] 抽出，拔去；選出，摘引；消除，排除；省去，減少；超越

[例] 空気(くうき)を抜(ぬ)いた。

[譯] 放了氣。

**26 | ぬらす【濡らす】**

[他五] 浸濕，淋濕，沾濕

[例] 濡(ぬ)らすと壊(こわ)れる。

[譯] 碰到水，就會故障。

**27 | のばす【伸ばす】**

[他五] 伸展，擴展，放長；延緩(日期)，推遲；發展，發揮；擴大，增加；稀釋；打倒

[例] 手(て)を伸(の)ばす。

[譯] 伸手。

## 28 ｜はくしゅ【拍手】

（名・自サ）拍手，鼓掌

例 拍手を送った。

譯 一起報以掌聲。

## 29 ｜はずす【外す】

（他五）摘下，解開，取下；錯過，錯開；落後，失掉，避開，躲過

例 眼鏡を外す。

譯 摘下眼鏡。

## 30 ｜はら【腹】

（名）肚子；心思，內心活動；心情，情緒；心胸，度量；胎內，母體內

例 腹がいっぱい。

譯 肚子很飽。

## 31 ｜ばらばら（な）

（副）分散貌；凌亂，支離破碎的

例 時計をばらばらにする。

譯 把錶拆開。

## 32 ｜ひざ【膝】

（名）膝，膝蓋

例 膝を曲げる。

譯 曲膝。

## 33 ｜ひじ【肘】

（名）肘，手肘

例 肘つきのいす。

譯 帶扶手的椅子。

## 34 ｜ひとさしゆび【人差し指】

（名）食指

例 人差し指を立てる。

譯 豎起食指。

## 35 ｜ふる【振る】

（他五）揮，搖；撒，丟；（俗）放棄，犧牲（地位等）；謝絕，拒絕；派分；在漢字上註假名；（使方向）偏於

例 手を振る。

譯 揮手。

## 36 ｜ほ・ぽ【歩】

（名・漢造）步，步行；（距離單位）步

例 前へ、一歩進む。

譯 往前一步。

## 37 ｜まげる【曲げる】

（他下一）彎，曲；歪，傾斜；扭曲，歪曲；改變，放棄；（當舖裡的）典當；偷，竊

例 腰を曲げる。

譯 彎腰。

## 38 ｜もも【股・腿】

（名）股，大腿

例 腿の裏側が痛い。

譯 腿部內側會痛。

## 6-1 誕生、生命 /
誕生、生命

### 01 │ いっしょう【一生】
名 一生，終生，一輩子
例 <ruby>私<rt>わたし</rt></ruby>は<ruby>一生<rt>いっしょう</rt></ruby><ruby>結婚<rt>けっこん</rt></ruby>しません。
譯 終生不結婚。

### 02 │ いのち【命】
名 生命，命；壽命
例 <ruby>命<rt>いのち</rt></ruby>が<ruby>危<rt>あぶ</rt></ruby>ない。
譯 性命垂危。

### 03 │ うむ【産む】
他五 生，產
例 <ruby>女<rt>おんな</rt></ruby>の<ruby>子<rt>こ</rt></ruby>を<ruby>産<rt>う</rt></ruby>む。
譯 生女兒。

### 04 │ せい【性】
名・漢造 性別；性慾；本性
例 <ruby>性<rt>せい</rt></ruby>に<ruby>目覚<rt>めざ</rt></ruby>める。
譯 情竇初開。

### 05 │ せいねんがっぴ【生年月日】
名 出生年月日，生日
例 <ruby>生年月日<rt>せいねんがっぴ</rt></ruby>を<ruby>書<rt>か</rt></ruby>く。
譯 填上出生年月日。

### 06 │ たんじょう【誕生】
名・自サ 誕生，出生；成立，創立，創辦

例 <ruby>誕生日<rt>たんじょうび</rt></ruby>のお<ruby>祝<rt>いわ</rt></ruby>いをする。
譯 慶祝生日。

## 6-2 老い、死 /
老年、死亡

### 01 │ おい【老い】
名 老；老人
例 <ruby>体<rt>からだ</rt></ruby>の<ruby>老<rt>お</rt></ruby>いを<ruby>感<rt>かん</rt></ruby>じる。
譯 感到身體衰老。

### 02 │ こうれい【高齢】
名 高齢
例 <ruby>彼<rt>かれ</rt></ruby>は<ruby>百歳<rt>ひゃくさい</rt></ruby>の<ruby>高齢<rt>こうれい</rt></ruby>まで<ruby>生<rt>い</rt></ruby>きた。
譯 他活到百歲的高齡。

### 03 │ しご【死後】
名 死後；後事
例 <ruby>死後<rt>しご</rt></ruby>の<ruby>世界<rt>せかい</rt></ruby>を<ruby>見<rt>み</rt></ruby>た。
譯 看到冥界。

### 04 │ しぼう【死亡】
名・他サ 死亡
例 <ruby>事故<rt>じこ</rt></ruby>で<ruby>死亡<rt>しぼう</rt></ruby>する。
譯 死於意外事故。

### 05 │ せいぜん【生前】
名 生前
例 <ruby>父<rt>ちち</rt></ruby>が<ruby>生前<rt>せいぜん</rt></ruby><ruby>可愛<rt>かわい</rt></ruby>がっていた<ruby>猫<rt>ねこ</rt></ruby>がいる。
譯 有一隻貓是父親生前最喜歡的。

## 06 ｜なくなる【亡くなる】

自五 去世，死亡

例 おじいさんが亡くなった。

譯 爺爺過世了。

### 6-3 発育、健康 /
發育、健康

## 01 ｜えいよう【栄養】

名 營養

例 栄養が足りない。

譯 營養不足。

## 02 ｜おきる【起きる】

自上一 （倒著的東西）起來，立起來；起床；
不睡；發生

例 ずっと起きている。

譯 一直都是醒著。

## 03 ｜おこす【起こす】

他五 扶起；叫醒；引起

例 子どもを起こす。

譯 把小孩叫醒。

## 04 ｜けんこう【健康】

形動 健康的，健全的

例 健康に役立つ。

譯 有益健康。

## 05 ｜しんちょう【身長】

名 身高

例 身長が伸びる。

譯 長高。

## 06 ｜せいちょう【成長】

名・自サ （經濟、生產）成長，增長，發展；
（人、動物）生長，發育

例 子供が成長した。

譯 孩子長大成人了。

## 07 ｜せわ【世話】

名・他サ 援助，幫助；介紹，推薦；照顧，
照料；俗語，常言

例 子どもの世話をする。

譯 照顧小孩。

## 08 ｜そだつ【育つ】

自五 成長，長大，發育

例 元気に育っている。

譯 健康地成長著。

## 09 ｜たいじゅう【体重】

名 體重

例 体重が落ちる。

譯 體重減輕。

## 10 ｜のびる【伸びる】

自上一 （長度等）變長，伸長；（皺摺等）
伸展；擴展，到達；（勢力、才能等）擴
大，增加，發展

例 背が伸びる。

譯 長高了。

## 11 ｜はみがき【歯磨き】

名 刷牙；牙膏，牙膏粉；牙刷

例 食後に歯みがきをする。

譯 每餐飯後刷牙。

## 12 | はやす【生やす】

(他五) 使生長；留(鬍子)

**例** 髭を生やす。

**譯** 留鬍鬚。

## 6-4 体調、体質 /
身體狀況、體質

## 01 | おかしい【可笑しい】

(形) 奇怪，可笑；不正常

**例** 胃の調子がおかしい。

**譯** 胃不太舒服。

## 02 | かゆい【痒い】

(形) 癢的

**例** 頭が痒い。

**譯** 頭部發癢。

## 03 | かわく【渇く】

(自五) 渴，乾渴；渴望，內心的要求

**例** のどが渇く。

**譯** 口渴。

## 04 | ぐっすり

(副) 熟睡，酣睡

**例** ぐっすり寝る。

**譯** 睡得很熟。

## 05 | けんさ【検査】

(名・他サ) 檢查，檢驗

**例** 検査に通る。

**譯** 通過檢查。

## 06 | さます【覚ます】

(他五) (從睡夢中)弄醒，喚醒；(從迷惑、錯誤中)清醒，醒酒；使清醒，使覺醒

**例** 目を覚ました。

**譯** 醒了。

## 07 | さめる【覚める】

(自下一) (從睡夢中)醒，醒過來；(從迷惑、錯誤、沉醉中)醒悟，清醒

**例** 目が覚めた。

**譯** 醒過來了。

## 08 | しゃっくり

(名・自サ) 打嗝

**例** しゃっくりが出る。

**譯** 打嗝。

## 09 | たいりょく【体力】

(名) 體力

**例** 体力がない。

**譯** 沒有體力。

## 10 | ちょうし【調子】

(名) (音樂)調子，音調；語調，聲調，口氣；格調，風格；情況，狀況

**例** 体の調子が悪い。

**譯** 身體情況不好。

## 11 | つかれ【疲れ】

(名) 疲勞，疲乏，疲倦

**例** 疲れが出る。

**譯** 感到疲勞。

## 12 | どきどき

(副・自サ) (心臟)撲通撲通地跳，七上八下

**例** 心臓がどきどきする。

**譯** 心臟撲通撲通地跳。

## 13 | ぬける【抜ける】

(自下一) 脱落，掉落，遺漏；脱；離，離開，消失，散掉，溜走，逃脱

例 髪<sup>かみ</sup>がよく抜<sup>ぬ</sup>ける。

譯 髮絲經常掉落。

## 14 | ねむる【眠る】

(自五) 睡覺；埋藏

例 薬<sup>くすり</sup>で眠<sup>ねむ</sup>らせた。

譯 用藥讓他入睡。

## 15 | はったつ【発達】

(名・自サ) （身心）成熟，發達；擴展，進步；（機能）發達，發展

例 全身<sup>ぜんしん</sup>の筋肉<sup>きんにく</sup>が発達<sup>はったつ</sup>している。

譯 全身肌肉發達。

## 16 | へんか【変化】

(名・自サ) 變化，改變；（語法）變形，活用

例 変化<sup>へんか</sup>に強<sup>つよ</sup>い。

譯 很善於應變。

## 17 | よわまる【弱まる】

(自五) 變弱，衰弱

例 体<sup>からだ</sup>が弱<sup>よわ</sup>まっている。

譯 身體變弱。

N3 ● 6-5

## 6-5 病気、治療 /
疾病、治療

## 01 | いためる【傷める・痛める】

(他下一) 使（身體）疼痛，損傷；使（心裡）痛苦

例 足<sup>あし</sup>を痛<sup>いた</sup>める。

譯 把腳弄痛。

## 02 | ウイルス【virus】

(名) 病毒，濾過性病毒

例 ウイルスにかかる。

譯 被病毒感染。

## 03 | かかる

(自五) 生病；遭受災難

例 病気<sup>びょうき</sup>にかかる。

譯 生病。

## 04 | さます【冷ます】

(他五) 冷卻，弄涼；（使熱情、興趣）降低，減低

例 熱<sup>ねつ</sup>を冷<sup>さ</sup>ます。

譯 退燒。

## 05 | しゅじゅつ【手術】

(名・他サ) 手術

例 手術<sup>しゅじゅつ</sup>して治<sup>なお</sup>す。

譯 進行手術治療。

## 06 | しょうじょう【症状】

(名) 症狀

例 どんな症状<sup>しょうじょう</sup>か医者<sup>いしゃ</sup>に説明<sup>せつめい</sup>する。

譯 告訴醫師有哪些症狀。

## 07 | じょうたい【状態】

(名) 狀態，情況

例 手術後<sup>しゅじゅつご</sup>の状態<sup>じょうたい</sup>はとてもいいです。

譯 手術後狀況良好。

## 08 | ダウン【down】

(名・自他サ) 下，倒下，向下，落下；下降，減退；（棒）出局；（拳擊）擊倒

例 風邪<sup>かぜ</sup>でダウンする。

譯 因感冒而倒下。

## 09 ｜ちりょう【治療】

名・他サ 治療，醫療，醫治

例 治療計画が決まった。

譯 決定治療計畫。

## 10 ｜なおす【治す】

他五 醫治，治療

例 虫歯を治す。

譯 治療蛀牙。

## 11 ｜ぼう【防】

漢造 防備，防止；堤防

例 予防は治療に勝つ。

譯 預防勝於治療。

## 12 ｜ほうたい【包帯】

名・他サ （醫）繃帶

例 包帯を換える。

譯 更換包紮帶。

## 13 ｜まく【巻く】

自五・他五 形成漩渦；喘不上氣來；捲；纏繞；上發條；捲起；包圍；（登山）迂迴繞過險處；（連歌，俳諧）連吟

例 足に包帯を巻く。

譯 腳用繃帶包紮。

## 14 ｜みる【診る】

他上一 診察

例 患者を診る。

譯 看診。

## 15 ｜よぼう【予防】

名・他サ 預防

例 病気は予防が大切だ。

譯 預防疾病非常重要。

# 6-6 体の器官の働き /
身體器官功能

## 01 ｜くさい【臭い】

形 臭

例 臭い匂いがする。

譯 有臭味。

## 02 ｜けつえき【血液】

名 血，血液

例 血液を採る。

譯 抽血。

## 03 ｜こぼれる【零れる】

自下一 灑落，流出；溢出，漾出；（花）掉落

例 涙が零れる。

譯 灑淚。

## 04 ｜さそう【誘う】

他五 約，邀請；勸誘，會同；誘惑，勾引；引誘，引起

例 涙を誘う。

譯 引人落淚。

## 05 ｜なみだ【涙】

名 涙，眼淚；哭泣；同情

例 涙があふれる。

譯 涙如泉湧。

## 06 ｜ふくむ【含む】

他五・自四 含（在嘴裡）；帶有，包含；瞭解，知道；含蓄；懷（恨）；鼓起；（花）含苞

例 目に涙を含む。

譯 眼裡含淚。

## パート 7 第七章 人物
- 人物 -

### 7-1 人物、老若男女 /
人物、男女老少

**01 | あらわす【現す】**

(他五) 現，顯現，顯露

例 彼が姿を現す。

譯 他露了臉。

**02 | しょうじょ【少女】**

(名) 少女，小姑娘

例 少女のころは漫画家を目指していた。

譯 少女時代曾以當漫畫家為目標。

**03 | しょうねん【少年】**

(名) 少年

例 少年の頃に戻る。

譯 回到年少時期。

**04 | せいじん【成人】**

(名・自サ) 成年人；成長，(長大)成人

例 成人して働きに出る。

譯 長大後外出工作。

**05 | せいねん【青年】**

(名) 青年，年輕人

例 息子は立派な青年になった。

譯 兒子成為一個優秀的好青年了。

**06 | ちゅうこうねん【中高年】**

(名) 中年和老年，中老年

例 中高年に人気だ。

譯 受到中高年齡層觀眾的喜愛。

**07 | ちゅうねん【中年】**

(名) 中年

例 中年になった。

譯 已經是中年人了。

**08 | としうえ【年上】**

(名) 年長，年歲大(的人)

例 年上の人に敬語を使う。

譯 對長輩要使用敬語。

**09 | としより【年寄り】**

(名) 老人；(史)重臣，家老；(史)村長；(史)女管家；(相撲)退休的力士，顧問

例 お年寄りに席を譲った。

譯 讓了座給長輩。

**10 | ミス【Miss】**

(名) 小姐，姑娘

例 ミス日本に輝いた。

譯 榮獲為日本小姐。

## 11 | めうえ【目上】

名 上司；長輩

例 目上の人を立てる。

譯 尊敬長輩。

## 12 | ろうじん【老人】

名 老人，老年人

例 老人になる。

譯 老了。

## 13 | わかもの【若者】

名 年輕人，青年

例 若者たちの間で有名になった。

譯 在年輕人間頗負盛名。

## 7-2 いろいろな人を表すことば /
各種人物的稱呼

## 01 | アマチュア【amateur】

名 業餘愛好者；外行

例 アマチュア選手もレベルが高い。

譯 業餘選手的水準也很高。

## 02 | いもうとさん【妹さん】

名 妹妹，令妹（「妹」的鄭重説法）

例 妹さんはおいくつですか。

譯 你妹妹多大年紀？

## 03 | おまごさん【お孫さん】

名 孫子，孫女，令孫（「孫」的鄭重説法）

例 お孫さんは何人いますか。

譯 您孫子(女)有幾位？

## 04 | か【家】

漢造 家庭；家族；專家

例 芸術家になって食べていく。

譯 當藝術家餬口過日。

## 05 | グループ【group】

名（共同行動的)集團，夥伴；組，幫，群

例 グループを作る。

譯 分組。

## 06 | こいびと【恋人】

名 情人，意中人

例 恋人ができた。

譯 有了情人。

## 07 | こうはい【後輩】

名 後來的同事，（同一學校)後班生；晚輩，後生

例 後輩を叱る。

譯 責罵後生晚輩。

## 08 | こうれいしゃ【高齢者】

名 高齡者，年高者

例 高齢者の人数が増える。

譯 高齡人口不斷增加。

## 09 | こじん【個人】

名 個人

例 個人的な問題になる。

譯 成為私人的問題。

## 10 | しじん【詩人】

名 詩人

例 詩人になる。
譯 成為詩人。

---

## 11 | しゃ【者】

漢造 者，人；（特定的）事物，場所
例 けが人はいるが、死亡者はいない。
譯 雖然有人受傷，但沒有人死亡。

---

## 12 | しゅ【手】

漢造 手；親手；專家；有技藝或資格的人
例 助手を呼んでくる。
譯 請助手過來。

---

## 13 | しゅじん【主人】

名 家長，一家之主；丈夫，外子；主人；東家，老闆，店主
例 お隣のご主人はよく手伝ってくれる。
譯 鄰居的男主人經常幫我忙。

---

## 14 | じょ【女】

名・漢造 （文）女兒；女人，婦女
例 かわいい少女を見た。
譯 看見一位可愛的少女。

---

## 15 | しょくにん【職人】

名 工匠
例 職人になる。
譯 成為工匠。

---

## 16 | しりあい【知り合い】

名 熟人，朋友
例 知り合いになる。
譯 相識。

---

## 17 | スター【star】

名 （影劇）明星，主角；星狀物，星
例 スーパースターになる。
譯 成為超級巨星。

---

## 18 | だん【団】

漢造 團，圓團；團體
例 団体で旅行へ行く。
譯 跟團旅行。

---

## 19 | だんたい【団体】

名 團體，集體
例 団体で動く。
譯 團體行動。

---

## 20 | ちょう【長】

名・漢造 長，首領；長輩；長處
例 一家の長として頑張る。
譯 以身為一家之主而努力。

---

## 21 | どくしん【独身】

名 單身
例 独身の生活を楽しむ。
譯 享受單身生活。

---

## 22 | どの【殿】

接尾 （前接姓名等）表示尊重（書信用，多用於公文）
例 PTA会長殿がお見えになりました。
譯 家長教師會會長蒞臨了。

**23｜ベテラン【veteran】**

名 老手，内行

例 ベテラン<ruby>選手<rt>せんしゅ</rt></ruby>がやめる。

譯 老將辭去了。

---

**24｜ボランティア【volunteer】**

名 志願者，志工

例 ボランティアで<ruby>道路<rt>どうろ</rt></ruby>のごみ<ruby>拾<rt>ひろ</rt></ruby>い
　をしている。

譯 義務撿拾馬路上的垃圾。

---

**25｜ほんにん【本人】**

名 本人

例 <ruby>本人<rt>ほんにん</rt></ruby>が<ruby>現<rt>あらわ</rt></ruby>れた。

譯 當事人現身了。

---

**26｜むすこさん【息子さん】**

名 （尊稱他人的）令郎

例 <ruby>息子<rt>むすこ</rt></ruby>さんのお<ruby>名前<rt>なまえ</rt></ruby>は。

譯 請教令郎的大名是？

---

**27｜やぬし【家主】**

名 房東，房主；戶主

例 <ruby>家主<rt>やぬし</rt></ruby>に<ruby>家賃<rt>やちん</rt></ruby>を<ruby>払<rt>はら</rt></ruby>う。

譯 付房東房租。

---

**28｜ゆうじん【友人】**

名 友人，朋友

例 <ruby>友人<rt>ゆうじん</rt></ruby>と<ruby>付<rt>つ</rt></ruby>き<ruby>合<rt>あ</rt></ruby>う。

譯 和友人交往。

---

**29｜ようじ【幼児】**

名 學齡前兒童，幼兒

例 <ruby>幼児教育<rt>ようじきょういく</rt></ruby>を<ruby>研究<rt>けんきゅう</rt></ruby>する。

譯 研究幼兒教育。

---

**30｜ら【等】**

接尾 （表示複數）們；（同類型的人或物）等

例 <ruby>君<rt>きみ</rt></ruby>らは<ruby>何年生<rt>なんねんせい</rt></ruby>。

譯 你們是幾年級？

---

**31｜リーダー【leader】**

名 領袖，指導者，隊長

例 <ruby>登山隊<rt>とざんたい</rt></ruby>のリーダーになる。

譯 成為登山隊的領隊。

**7-3 容姿 /**
　　姿容

---

**01｜イメージ【image】**

名 影像，形象，印象

例 イメージが<ruby>変<rt>か</rt></ruby>わった。

譯 變得跟印象中不同了。

---

**02｜おしゃれ【お洒落】**

名・形動 打扮漂亮，愛漂亮的人

例 お<ruby>洒落<rt>しゃれ</rt></ruby>をする。

譯 打扮。

---

**03｜かっこういい【格好いい】**

連語・形 （俗）真棒，真帥，酷（口語用「かっ
こいい」）

例 かっこういい<ruby>人<rt>ひと</rt></ruby>が
　<ruby>苦手<rt>にがて</rt></ruby>だ。

譯 在帥哥面前我往往會
　不知所措。

## 04 ｜けしょう【化粧】

(名・自サ) 化妝，打扮；修飾，裝飾，裝潢

例 化粧を直す。

譯 補妝。

## 05 ｜そっくり

(形動・副) 一模一樣，極其相似；全部，完全，原封不動

例 私と母はそっくりだ。

譯 我和媽媽長得幾乎一模一樣。

## 06 ｜にあう【似合う】

(自五) 合適，相稱，調和

例 君によく似合う。

譯 很適合你。

## 07 ｜はで【派手】

(名・形動) (服裝等)鮮艷的，華麗的；(為引人注目而動作)誇張，做作

例 派手な服を着る。

譯 穿華麗的衣服。

## 08 ｜びじん【美人】

(名) 美人，美女

例 やっぱり美人は得だね。

譯 果然美女就是佔便宜。

N3 ● 7-4

## 7-4 態度、性格／
態度、性格

## 01 ｜あわてる【慌てる】

(自下一) 驚慌，急急忙忙，匆忙，不穩定

例 慌てて逃げる。

譯 驚慌逃走。

## 02 ｜いじわる【意地悪】

(名・形動) 使壞，刁難，作弄

例 意地悪な人に苦しめられている。

譯 被壞心眼的人所苦。

## 03 ｜いたずら【悪戯】

(名・形動) 淘氣，惡作劇；玩笑，消遣

例 いたずらがすぎる。

譯 惡作劇過度。

## 04 ｜いらいら【苛々】

(名・副・他サ) 情緒急躁、不安；焦急，急躁

例 連絡がとれずいらいらする。

譯 聯絡不到對方焦躁不安。

## 05 ｜うっかり

(副・自サ) 不注意，不留神；發呆，茫然

例 うっかりと秘密をしゃべる。

譯 不小心把秘密說出來。

## 06 ｜おじぎ【お辞儀】

(名・自サ) 行禮，鞠躬，敬禮；客氣

例 お辞儀をする。

譯 行禮。

## 07 ｜おとなしい【大人しい】

(形) 老實，溫順；(顏色等)樸素，雅致

例 おとなしい娘がいい。

譯 我喜歡溫順的女孩。

## 08 | かたい【固い・硬い・堅い】

形 硬的，堅固的；堅決的；生硬的；嚴謹的，頑固的；一定，包准；可靠的

例 頭が固い。

譯 死腦筋。

## 09 | きちんと

副 整齊，乾乾淨淨；恰好，治當；如期，準時；好好地，牢牢地

例 沢山の本をきちんと片付けた。

譯 把一堆書收拾得整整齊齊的。

## 10 | けいい【敬意】

名 尊敬對方的心情，敬意

例 敬意を表する。

譯 表達敬意。

## 11 | けち

名・形動 吝嗇、小氣(的人)；卑賤，簡陋，心胸狹窄，不值錢

例 けちな性格になる。

譯 變成小氣的人。

## 12 | しょうきょくてき【消極的】

形動 消極的

例 消極的な態度をとる。

譯 採取消極的態度。

## 13 | しょうじき【正直】

名・形動・副 正直，老實

例 正直な人が得をする。

譯 正直的人好處多多。

## 14 | せいかく【性格】

名 (人的)性格，性情；(事物的)性質，特性

例 性格が悪い。

譯 性格惡劣。

## 15 | せいしつ【性質】

名 性格，性情；(事物)性質，特性

例 性質がよい。

譯 性質很好。

## 16 | せっきょくてき【積極的】

形動 積極的

例 積極的に仕事を探す。

譯 積極地找工作。

## 17 | そっと

副 悄悄地，安靜的；輕輕的；偷偷地，照原樣不動的

例 そっと教えてくれた。

譯 偷偷地告訴了我。

## 18 | たいど【態度】

名 態度，表現；舉止，神情，作風

例 態度が悪い。

譯 態度惡劣。

## 19 | つう【通】

名・形動・接尾・漢造 精通，內行，專家；通曉人情世故，通情達理；暢通；(助數詞)封，件，紙；穿過，往返；告知；貫徹始終

例 彼は日本通だ。

譯 他是個日本通。

## 20 | どりょく【努力】

(名・自サ) 努力

**例** 努力が結果につながる。

**譯** 因努力而取得成果。

## 21 | なやむ【悩む】

(自五) 煩惱，苦惱，憂愁；感到痛苦

**例** 進路のことで悩んでいる。

**譯** 煩惱不知道以後做什麼好。

## 22 | にがて【苦手】

(名・形動) 棘手的人或事；不擅長的事物

**例** 勉強が苦手だ。

**譯** 不喜歡讀書。

## 23 | のうりょく【能力】

(名) 能力；(法)行為能力

**例** 能力を伸ばす。

**譯** 施展才能。

## 24 | ばか【馬鹿】

(名・接頭) 愚蠢，糊塗

**例** ばかなまねはするな。

**譯** 別做傻事。

## 25 | はっきり

(副・自サ) 清楚；直接了當

**例** はっきり言いすぎた。

**譯** 說得太露骨了。

## 26 | ぶり【振り】

(造語) 樣子，狀態

**例** 勉強振りを評価する。

**譯** 對學習狀況給予評價。

## 27 | やるき【やる気】

(名) 幹勁，想做的念頭

**例** やる気はある。

**譯** 幹勁十足。

## 28 | ゆうしゅう【優秀】

(名・形動) 優秀

**例** 優秀な人材を得る。

**譯** 獲得優秀的人才。

## 29 | よう【様】

(造語・漢造) 樣子，方式；風格；形狀

**例** 彼の様子がおかしい。

**譯** 他的樣子有些怪異。

## 30 | らんぼう【乱暴】

(名・形動・自サ) 粗暴，粗魯，蠻橫，不講理；胡來，胡亂，亂打人

**例** 言い方が乱暴だ。

**譯** 說話方式很粗魯。

## 31 | わがまま

(名・形動) 任性，放肆，肆意

**例** わがままを言う。

**譯** 說任性的話。

## 7-5 人間関係 /
人際關係

### 01 | あいて【相手】
⊛ 夥伴，共事者；對方，敵手；對象
例 テニスの相手をする。
譯 做打網球的對手。

### 02 | あわせる【合わせる】
(他下一) 合併；核對，對照；加在一起，混合；配合，調合
例 力を合わせる。
譯 聯手，合力。

### 03 | おたがい【お互い】
⊛ 彼此，互相
例 お互いに頑張ろう。
譯 彼此加油吧！

### 04 | カップル【couple】
⊛ 一對，一對男女，一對情人，一對夫婦
例 お似合いなカップルですね。
譯 真是相配的一對啊！

### 05 | きょうつう【共通】
(名・形動・自サ) 共同，通用
例 共通の趣味がある。
譯 有同樣的嗜好。

### 06 | きょうりょく【協力】
(名・自サ) 協力，合作，共同努力，配合
例 みんなで協力する。
譯 大家通力合作。

### 07 | コミュニケーション【communication】
⊛ (語言、思想、精神上的)交流，溝通；通訊，報導，信息
例 コミュニケーションを大切にする。
譯 注重溝通。

### 08 | したしい【親しい】
⊛ (血緣)近；親近，親密；不稀奇
例 親しい友達になる。
譯 成為密友。

### 09 | すれちがう【擦れ違う】
(自五) 交錯，錯過去；不一致，不吻合，互相分歧；錯車
例 彼女と擦れ違った。
譯 與她擦身而過。

### 10 | たがい【互い】
(名・形動) 互相，彼此；雙方；彼此相同
例 互いに協力する。
譯 互相協助。

### 11 | たすける【助ける】
(他下一) 幫助，援助；救，救助；輔佐；救濟，資助
例 命を助ける。
譯 救人一命。

### 12 | ちかづける【近付ける】
(他五) 使…接近，使…靠近
例 人との関係を近づける。
譯 與人的關係更緊密。

## 13 | ちょくせつ【直接】

(名・副・自サ) 直接

例 会って直接話す。

譯 見面直接談。

## 14 | つきあう【付き合う】

(自五) 交際，往來；陪伴，奉陪，應酬

例 彼女と付き合う。

譯 與她交往。

## 15 | デート【date】

(名・自サ) 日期，年月日；約會，幽會

例 私とデートする。

譯 跟我約會。

## 16 | であう【出会う】

(自五) 遇見，碰見，偶遇；約會，幽會；（顏色等）協調，相稱

例 彼女に出会った。

譯 與她相遇了。

## 17 | なか【仲】

(名) 交情；（人和人之間的）聯繫

例 あの二人は仲がいい。

譯 那兩位交情很好。

## 18 | パートナー【partner】

(名) 伙伴，合作者，合夥人；舞伴

例 いいパートナーになる。

譯 成為很好的工作伙伴。

## 19 | はなしあう【話し合う】

(自五) 對話，談話；商量，協商，談判

例 楽しく話し合う。

譯 相談甚歡。

## 20 | みおくり【見送り】

(名) 送行；靜觀，觀望；（棒球）放著好球不打

例 盛大な見送りを受けた。

譯 獲得盛大的送行。

## 21 | みおくる【見送る】

(他五) 目送；送行，送別；送終；觀望，等待（機會）

例 姉を見送る。

譯 目送姐姐。

## 22 | みかた【味方】

(名・自サ) 我方，自己的這一方；夥伴

例 いつも君の味方だ。

譯 我永遠站在你這邊。

## 01 ｜いったい【一体】　N3 ● 8

名·副 一體，同心合力；一種體裁；根本，本來；大致上；到底，究竟

例 夫婦一体となって働く。

譯 夫妻同心協力工作。

## 02 ｜いとこ【従兄弟・従姉妹】

名 堂表兄弟姊妹

例 従兄弟同士仲がいい。

譯 堂表兄弟姊妹感情良好。

## 03 ｜け【家】

接尾 家，家族

例 将軍家の生活を紹介する。

譯 介紹將軍一家（普通指德川一家）的生活狀況。

## 04 ｜だい【代】

名·漢造 代，輩；一生，一世；代價

例 代がかわる。

譯 世代交替。

## 05 ｜ちょうじょ【長女】

名 長女，大女兒

例 長女が生まれる。

譯 長女出生。

## 06 ｜ちょうなん【長男】

名 長子，大兒子

例 長男が生まれる。

譯 長男出生。

## 07 ｜ふうふ【夫婦】

名 夫婦，夫妻

例 夫婦になる。

譯 成為夫妻。

## 08 ｜まご【孫】

名·造語 孫子；隔代，間接

例 孫ができた。

譯 抱孫子了。

## 09 ｜みょうじ【名字・苗字】

名 姓，姓氏

例 結婚して名字が変わる。

譯 結婚後更改姓氏。

## 10 ｜めい【姪】

名 姪女，外甥女

例 今日は姪の誕生日だ。

譯 今天是姪子的生日。

## 11 ｜もち【持ち】

接尾 負擔，持有，持久性

例 彼は妻子持ちだ。
譯 他有家室。

---

## 12 ｜ゆらす【揺らす】

他五 搖擺，搖動
例 揺りかごを揺らす。
譯 推晃搖籃。

## 13 ｜りこん【離婚】

名·自サ （法）離婚
例 二人は離婚した。
譯 兩個人離婚了。

## Memo

# 動物
- 動物 -

## 01 ｜うし【牛】

(名) 牛
例 牛を飼う。
譯 養牛。

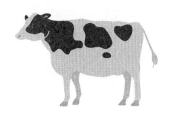

## 02 ｜うま【馬】

(名) 馬
例 馬に乗る。
譯 騎馬。

## 03 ｜かう【飼う】

(他五) 飼養（動物等）
例 豚を飼う。
譯 養豬。

## 04 ｜せいぶつ【生物】

(名) 生物
例 生物がいる。
譯 有生物生存。

## 05 ｜とう【頭】

(接尾) （牛、馬等）頭
例 動物園には牛が1頭いる。
譯 動物園有一隻牛。

## 06 ｜わ【羽】

(接尾) （數鳥或兔子）隻
例 鶏が1羽いる。
譯 有一隻雞。

# パート
# 10
### 第十章

# 植物
- 植物 -

## 01 │ さくら【桜】　　　N3 ● 10

名 (植)櫻花，櫻花樹；淡紅色

例 桜が咲く。

譯 櫻花開了。

## 02 │ そば【蕎麦】

名 蕎麥；蕎麥麵

例 蕎麦を植える。

譯 種植蕎麥。

## 03 │ はえる【生える】

自下一 (草，木)等生長

例 雑草が生えてきた。

譯 雑草長出來了。

## 04 │ ひょうほん【標本】

名 標本；(統計)樣本；典型

例 植物の標本を作る。

譯 製作植物的標本。

## 05 │ ひらく【開く】

自五・他五 綻放；開，拉開

例 花が開く。

譯 花兒綻放開來。

## 06 │ フルーツ【fruits】

名 水果

例 フルーツジュースをよく飲んで
　 いる。

譯 我常喝果汁。

## 11-1 物、物質 /
物、物質

### 01 | かがくはんのう【化学反応】
名 化學反應
例 化学反応が起こる。
譯 起化學反應。

### 02 | こおり【氷】
名 冰
例 氷が溶ける。
譯 冰融化。

### 03 | ダイヤモンド【diamond】
名 鑽石
例 ダイヤモンドを買う。
譯 買鑽石。

### 04 | とかす【溶かす】
他五 溶解，化開，溶入
例 完全に溶かす。
譯 完全溶解。

### 05 | はい【灰】
名 灰
例 タバコの灰が飛んできた。
譯 煙灰飄過來了。

### 06 | リサイクル【recycle】
名·サ変 回收，（廢物）再利用
例 牛乳パックをリサイクルする。
譯 回收牛奶盒。

## 11-2 エネルギー、燃料 /
能源、燃料

### 01 | エネルギー【(徳) energie】
名 能量，能源，精力，氣力
例 エネルギーが不足する。
譯 能源不足。

### 02 | かわる【替わる】
自五 更換，交替
例 石油に替わる燃料を作る。
譯 製作替代石油的燃料。

### 03 | けむり【煙】
名 煙
例 工場から煙が出ている。
譯 煙正從工廠冒出來。

### 04 | しげん【資源】
名 資源
例 資源が少ない。
譯 資源不足。

## 05 | もやす【燃やす】

他五 燃燒；（把某種情感）燃燒起來，激起

例 落ち葉を燃やす。

譯 燒落葉。

N3 ● 11-3

### 11-3 原料、材料 /
原料、材料

## 01 | あさ【麻】

名（植物）麻，大麻；麻紗，麻布，麻纖維

例 麻の布で拭く。

譯 用麻布擦拭。

## 02 | ウール【wool】

名 羊毛，毛線，毛織品

例 ウールのセーターを出す。

譯 取出毛料的毛衣。

## 03 | きれる【切れる】

自下一 斷；用盡

例 糸が切れる。

譯 線斷掉。

## 04 | コットン【cotton】

名 棉，棉花；木棉，棉織品

例 下着はコットンしか着られない。

譯 內衣只能穿純棉製品。

## 05 | しつ【質】

名 質量；品質，素質；質地，實質；抵押品；真誠，樸實

例 質がいい。

譯 品質良好。

## 06 | シルク【silk】

名 絲，絲綢；生絲

例 シルクのドレスを買った。

譯 買了一件絲綢的洋裝。

## 07 | てっこう【鉄鋼】

名 鋼鐵

例 鉄鋼業が盛んだ。

譯 鋼鐵業興盛。

## 08 | ビニール【vinyl】

名（化）乙烯基；乙烯基樹脂；塑膠

例 野菜をビニール袋に入れた。

譯 把蔬菜放進了塑膠袋裡。

## 09 | プラスチック【plastic・plastics】

名（化）塑膠，塑料

例 プラスチック製の車を発表する。

譯 發表塑膠製的車子。

## 10 | ポリエステル【polyethylene】

名（化學）聚乙稀，人工纖維

例 ポリエステルの服を洗濯機に入れる。

譯 把人造纖維的衣服放入洗衣機。

## 11 | めん【綿】

名・漢造 棉，棉線；棉織品；綿長；詳盡；棉，棉花

例 綿のシャツを着る。

譯 穿棉襯衫。

# パート 12
## 第十二章

# 天体、気象
- 天體、氣象 -

## 12-1 天体、気象、気候 /
天體、氣象、氣候

### 01 | あたる【当たる】

(自五・他五) 碰撞；擊中；合適；太陽照射；
取暖， 吹(風)；接觸；(大致)位於；
當…時候；(粗暴)對待

例 日が当たる。

譯 陽光照射。

### 02 | いじょうきしょう【異常気象】

(名) 氣候異常

例 異常気象が続いている。

譯 氣候異常正持續著。

### 03 | いんりょく【引力】

(名) 物體互相吸引的力量

例 引力が働く。

譯 引力產生作用。

### 04 | おんど【温度】

(名) (空氣等)溫度，熱度

例 温度が下がる。

譯 溫度下降。

### 05 | くれ【暮れ】

(名) 日暮，傍晚；季末，年末

例 日の暮れが早くなる。

譯 日落得早。

### 06 | しっけ【湿気】

(名) 濕氣

例 部屋の湿気が酷い。

譯 房間濕氣非常嚴重。

### 07 | しつど【湿度】

(名) 濕度

例 湿度が高い。

譯 濕度很高。

### 08 | たいよう【太陽】

(名) 太陽

例 太陽の光を浴びる。

譯 沐浴在陽光下。

### 09 | ちきゅう【地球】

(名) 地球

例 地球は 46 億年前に誕生した。

譯 地球誕生於四十六億年前。

### 10 | つゆ【梅雨】

(名) 梅雨；梅雨季

例 梅雨が明ける。

譯 梅雨期結束。

### 11 | のぼる【昇る】

(自五) 上升

例 太陽が昇る。

譯 太陽升起。

## 12 | ふかまる【深まる】

(自五) 加深，變深

例 <ruby>秋<rt>あき</rt></ruby>が<ruby>深<rt>ふか</rt></ruby>まる。

譯 秋深。

## 13 | まっくら【真っ暗】

(名・形動) 漆黑；(前途)黯淡

例 <ruby>真<rt>ま</rt></ruby>っ<ruby>暗<rt>くら</rt></ruby>になる。

譯 變得漆黑。

## 14 | まぶしい【眩しい】

(形) 耀眼，刺眼的；華麗奪目的，鮮豔的，刺目

例 <ruby>太陽<rt>たいよう</rt></ruby>が<ruby>眩<rt>まぶ</rt></ruby>しかった。

譯 太陽很刺眼。

## 15 | むしあつい【蒸し暑い】

(形) 悶熱的

例 <ruby>昼間<rt>ひるま</rt></ruby>は<ruby>蒸<rt>む</rt></ruby>し<ruby>暑<rt>あつ</rt></ruby>い。

譯 白天很悶熱。

## 16 | よ【夜】

(名) 夜、夜晚

例 <ruby>夏<rt>なつ</rt></ruby>の<ruby>夜<rt>よ</rt></ruby>は<ruby>短<rt>みじか</rt></ruby>い。

譯 夏夜很短。

## 12-2 さまざまな自然現象 / 各種自然現象

## 01 | うまる【埋まる】

(自五) 被埋上；填滿，堵住；彌補，補齊

例 <ruby>雪<rt>ゆき</rt></ruby>に<ruby>埋<rt>う</rt></ruby>まる。

譯 被雪覆蓋住。

## 02 | かび

(名) 霉

例 かびが<ruby>生<rt>は</rt></ruby>える。

譯 發霉。

## 03 | かわく【乾く】

(自五) 乾，乾燥

例 <ruby>土<rt>つち</rt></ruby>が<ruby>乾<rt>かわ</rt></ruby>く。

譯 地面乾。

## 04 | すいてき【水滴】

(名) 水滴；(注水研墨用的)硯水壺

例 <ruby>水滴<rt>すいてき</rt></ruby>が<ruby>落<rt>お</rt></ruby>ちた。

譯 水滴落下來。

## 05 | たえず【絶えず】

(副) 不斷地，經常地，不停地，連續

例 <ruby>絶<rt>た</rt></ruby>えず<ruby>水<rt>みず</rt></ruby>が<ruby>流<rt>なが</rt></ruby>れる。

譯 水源源不絕流出。

## 06 | ちらす【散らす】

(他五・接尾) 把…分散開，驅散；吹散，灑散；散佈，傳播；消腫

例 <ruby>火花<rt>ひばな</rt></ruby>を<ruby>散<rt>ち</rt></ruby>らす。

譯 吹散煙火。

## 07 | ちる【散る】

(自五) 凋謝，散漫，落；離散，分散，遍佈；消腫；渙散

例 <ruby>桜<rt>さくら</rt></ruby>が<ruby>散<rt>ち</rt></ruby>った。

譯 櫻花飄落了。

## 08 | つもる【積もる】

(自五・他五) 積，堆積；累積；估計；計算；推測

例 <ruby>雪<rt>ゆき</rt></ruby>が<ruby>積<rt>つ</rt></ruby>もる。

譯 積雪。

## 09 ｜つよまる【強まる】

（自五）強起來，加強，增強

例 風が強まった。

譯 風勢逐漸增強。

## 10 ｜とく【溶く】

（他五）溶解，化開，溶入

例 お湯に溶く。

譯 用熱開水沖泡。

## 11 ｜とける【溶ける】

（自下一）溶解，融化

例 水に溶けません。

譯 不溶於水。

## 12 ｜ながす【流す】

（他五）使流動，沖走；使漂走；流（出）；放逐；使流產；傳播；洗掉（汙垢）；不放在心上

例 水を流す。

譯 沖水。

## 13 ｜ながれる【流れる】

（自下一）流動；漂流；飄動；傳布；流逝；流浪；（壞的）傾向；流產；作罷；偏離目標；瀰漫；降落

例 汗が流れる。

譯 流汗。

## 14 ｜なる【鳴る】

（自五）響，叫；聞名

例 ベルが鳴る。

譯 鈴聲響起。

## 15 ｜はずれる【外れる】

（自下一）脫落，掉下；（希望）落空，不合（道理）；離開（某一範圍）

例 ボタンが外れる。

譯 鈕釦脫落。

## 16 ｜はる【張る】

（自五・他五）延伸，伸展；覆蓋；膨脹，負擔過重；展平，擴張；設置，布置

例 池に氷が張る。

譯 池塘都結了一層薄冰。

## 17 ｜ひがい【被害】

（名）受害，損失

例 被害がひどい。

譯 受災嚴重。

## 18 ｜まわり【回り】

（名・接尾）轉動；走訪，巡迴；周圍；周，圈

例 火の回りが速い。

譯 火蔓延得快。

## 19 ｜もえる【燃える】

（自下一）燃燒，起火；（轉）熱情洋溢，滿懷希望；（轉）顏色鮮明

例 怒りに燃える。

譯 怒火中燒。

## 20 ｜やぶれる【破れる】

（自下一）破損，損傷；破壞，破裂，被打破；失敗

例 紙が破れる。

譯 紙破了。

## 21 ｜ゆれる【揺れる】

（自下一）搖晃，搖動；躊躇

例 船が揺れる。

譯 船在搖晃。

## 13-1 地理 /
地理

### 01 ｜あな【穴】

名 孔，洞，窟窿；坑；穴，窩；礦井；藏匿處；缺點；虧空

例 穴に入る。

譯 鑽進洞裡。

### 02 ｜きゅうりょう【丘陵】

名 丘陵

例 丘陵を歩く。

譯 走在山岡上。

### 03 ｜こ【湖】

接尾 湖

例 琵琶湖に張っていた氷が溶けた。

譯 在琵琶湖面上凍結的冰層融解了。

### 04 ｜こう【港】

漢造 港口

例 神戸港まで 30 分で着く。

譯 三十分鐘就可以抵達神戸港。

### 05 ｜こきょう【故郷】

名 故鄉，家鄉，出生地

例 故郷を離れる。

譯 離開故鄉。

### 06 ｜さか【坂】

名 斜面，坡道；(比喻人生或工作的關鍵時刻)大關，陡坡

例 坂を上る。

譯 爬上坡。

### 07 ｜さん【山】

接尾 山；寺院，寺院的山號

例 富士山に登る。

譯 爬富士山。

### 08 ｜しぜん【自然】

名・形動・副 自然，天然；大自然，自然界；自然地

例 自然が豊かだ。

譯 擁有豐富的自然資源。

### 09 ｜じばん【地盤】

名 地基，地面；地盤，勢力範圍

例 地盤が強い。

譯 地基強固。

### 10 ｜わん【湾】

名 灣，海灣

例 東京湾にもたくさんの魚がいる。

譯 東京灣也有很多魚。

## 13-2 場所、空間 /
地方、空間

### 01 │あける【空ける】

他下一 倒出，空出；騰出（時間）

例 会議室を空ける。

譯 空出會議室。

### 02 │くう【空】

名・形動・漢造 空中，空間；空虛

例 空に消える。

譯 消失在空中。

### 03 │そこ【底】

名 底，底子；最低處，限度；底層，深處；邊際，極限

例 海の底に沈んだ。

譯 沉入海底。

### 04 │ちほう【地方】

名 地方，地區；（相對首都與大城市而言的）地方，外地

例 地方から全国へ広がる。

譯 從地方蔓延到全國。

### 05 │どこか

連語 哪裡是，豈止，非但

例 どこか暖かい国へ行きたい。

譯 想去暖活的國家。

### 06 │はたけ【畑】

名 田地，旱田；專業的領域

例 畑の野菜を採る。

譯 採收田裡的蔬菜。

## 13-3 地域、範囲 /
地域、範圍

### 01 │あたり【辺り】

名・造語 附近，一帶；之類，左右

例 あたりを見回す。

譯 環視周圍。

### 02 │かこむ【囲む】

他五 圍上，包圍；圍攻

例 自然に囲まれる。

譯 沐浴在大自然之中。

### 03 │かんきょう【環境】

名 環境

例 環境が変わる。

譯 環境改變。

### 04 │きこく【帰国】

名・自サ 回國，歸國；回到家鄉

例 夏に帰国する。

譯 夏天回國。

### 05 │きんじょ【近所】

名 附近，左近，近郊

例 近所で工事が行われる。

譯 這附近將會施工。

### 06 │コース【course】

名 路線，（前進的）路徑；跑道；課程，學程；程序；套餐

例 コースを変える。

譯 改變路線。

## 07 ｜しゅう【州】

③ 大陸，州
例 州によって法律が違う。
譯 每一州的法律各自不同。

## 08 ｜しゅっしん【出身】

③ 出生（地），籍貫；出身；畢業於…
例 彼女は東京の出身だ。
譯 她出生於東京。

## 09 ｜しょ【所】

漢造 處所，地點；特定地
例 次の場所へ行く。
譯 前往到下一個地方。

## 10 ｜しょ【諸】

漢造 諸
例 欧米諸国を旅行する。
譯 旅行歐美各國。

## 11 ｜せけん【世間】

③ 世上，社會上；世人；社會輿論；（交際活動的）範圍
例 世間を広げる。
譯 交遊廣闊。

## 12 ｜ちか【地下】

③ 地下；陰間；（政府或組織）地下，秘密（組織）
例 地下に眠る。
譯 沉睡在地底下。

## 13 ｜ちく【地区】

③ 地區

例 この地区は古い家が残っている。
譯 此地區留存著許多老房子。

## 14 ｜ちゅうしん【中心】

③ 中心，當中；中心，重點，焦點；中心地，中心人物
例 Ａを中心とする。
譯 以Ａ為中心。

## 15 ｜とうよう【東洋】

③ （地）亞洲；東洋，東方（亞洲東部和東南部的總稱）
例 東洋文化を研究する。
譯 研究東洋文化。

## 16 ｜ところどころ【所々】

③ 處處，各處，到處都是
例 所々に間違いがある。
譯 有些地方錯了。

## 17 ｜とし【都市】

③ 都市，城市
例 東京は日本で一番大きい都市だ。
譯 東京是日本最大的都市。

## 18 ｜ない【内】

漢造 內，裡頭；家裡；內部
例 校内で走るな。
譯 校內嚴禁奔跑。

## 19 | はなれる【離れる】

(自下一) 離開，分開；離去；距離，相隔；脱離（關係），背離

例 故郷を離れる。

譯 離開家鄉。

---

## 20 | はんい【範囲】

(名) 範圍，界線

例 広い範囲に渡る。

譯 範圍遍佈極廣。

---

## 21 | ひろまる【広まる】

(自五)（範圍）擴大；傳播，遍及

例 話が広まる。

譯 事情漸漸傳開。

---

## 22 | ひろめる【広める】

(他下一) 擴大，增廣；普及，推廣；披漏，宣揚

例 知識を広める。

譯 普及知識。

---

## 23 | ぶ【部】

(名・漢造) 部分；部門；冊

例 一部の人だけが悩んでいる。

譯 只有部分的人在煩惱。

---

## 24 | ふうぞく【風俗】

(名) 風俗；服裝，打扮；社會道德

例 地方の風俗を紹介する。

譯 介紹地方的風俗。

---

## 25 | ふもと【麓】

(名) 山腳

例 富士山の麓に広がる。

譯 蔓延到富士山下。

---

## 26 | まわり【周り】

(名) 周圍，周邊

例 周りの人が驚いた。

譯 周圍的人嚇了一跳。

---

## 27 | よのなか【世の中】

(名) 人世間，社會；時代，時期；男女之情

例 世の中の動きを知る。

譯 知曉社會的變化。

---

## 28 | りょう【領】

(名・接尾・漢造) 領土；脖領；首領

例 日本領を犯す。

譯 侵犯日本領土。

## 13-4 方向、位置 /
方向、位置

---

## 01 | か【下】

(漢造) 下面；屬下；低下；下，降

例 上学年と下学年に分ける。

譯 分為上半學跟下半學年。

---

## 02 | かしょ【箇所】

(名・接尾)（特定的）地方；（助數詞）處

例 1箇所間違える。

譯 一個地方錯了。

## 03 | くだり【下り】

(名) 下降的；東京往各地的列車

例 下りの列車に乗る。

譯 搭乘南下的列車。

---

## 04 | くだる【下る】

(自五) 下降，下去；下野，脫離公職；由中央到地方；下達；往河的下游去

例 川を下る。

譯 順流而下。

---

## 05 | しょうめん【正面】

(名) 正面；對面；直接，面對面

例 建物の正面から入る。

譯 從建築物的正面進入。

---

## 06 | しるし【印】

(名) 記號，符號；象徵(物)，標記；徽章；(心意的)表示；紀念(品)；商標

例 大事な所に印をつける。

譯 重要處蓋上印章。

---

## 07 | すすむ【進む】

(自五·接尾) 進，前進；進步，先進；進展；升級，進級；升入，進入，到達；繼續下去

例 ゆっくりと進んだ。

譯 緩慢地前進。

---

## 08 | すすめる【進める】

(他下一) 使向前推進，使前進；推進，發展，開展；進行，舉行；提升，晉級；增進，使旺盛

例 計画を進める。

譯 進行計畫。

---

## 09 | ちかづく【近づく】

(自五) 臨近，靠近；接近，交往；幾乎，近似

例 目的地に近付く。

譯 接近目的地。

---

## 10 | つきあたり【突き当たり】

(名) (道路的)盡頭

例 廊下の突き当たりまで歩く。

譯 走到走廊的盡頭。

---

## 11 | てん【点】

(名) 點；方面；(得)分

例 その点について説明する。

譯 關於那一點容我進行說明。

---

## 12 | とじょう【途上】

(名) (文)路上；中途

例 通学の途上、祖母に会った。

譯 去學校的途中遇到奶奶。

---

## 13 | ななめ【斜め】

(名·形動) 斜，傾斜；不一般，不同往常

例 斜めになっていた。

譯 歪了。

---

## 14 | のぼる【上る】

(自五) 進京；晉級，高昇；(數量)達到，高達

例 階段を上る。

譯 爬樓梯。

### 15 | はし【端】
[名] 開端，開始；邊緣；零頭，片段；開始，盡頭

[例] 道(みち)の端(はし)を歩(ある)く。

[譯] 走在路的兩旁。

### 16 | ふたて【二手】
[名] 兩路

[例] 二手(ふたて)に分(わ)かれる。

[譯] 兵分兩路。

### 17 | むかい【向かい】
[名] 正對面

[例] 駅(えき)の向(む)かいにある。

[譯] 在車站的對面。

### 18 | むき【向き】
[名] 方向；適合，合乎；認真，慎重其事；傾向，趨向；(該方面的)人，人們

[例] 向(む)きが変(か)わる。

[譯] 轉變方向。

### 19 | むく【向く】
[自五・他五] 朝，向，面；傾向，趨向；適合；面向，著

[例] 気(き)の向(む)くままにやる。

[譯] 隨心所欲地做。

### 20 | むける【向ける】
[自他下一] 向，朝，對；差遣，派遣；撥用，用在

[例] 銃(じゅう)を男(おとこ)に向(む)けた。

[譯] 槍指向男人。

### 21 | もくてきち【目的地】
[名] 目的地

[例] 目的地(もくてきち)に着(つ)く。

[譯] 抵達目的地。

### 22 | よる【寄る】
[自五] 順道去…；接近

[例] 喫茶店(きっさてん)に寄(よ)る。

[譯] 順道去咖啡店。

### 23 | りょう【両】
[漢造] 雙，兩

[例] 川(かわ)の両岸(りょうぎし)に桜(さくら)が咲(さ)く。

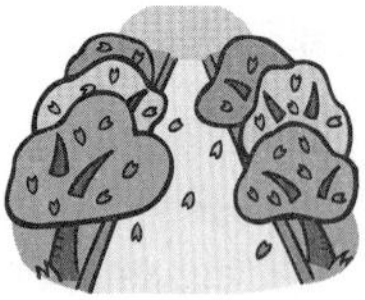

[譯] 河川的兩岸櫻花綻放著。

### 24 | りょうがわ【両側】
[名] 兩邊，兩側，兩方面

[例] 道(みち)の両側(りょうがわ)に寄(よ)せる。

[譯] 使靠道路兩旁。

# パート 14 第十四章 施設、機関
- 設施、機關單位 -

## 14-1 施設、機関 /
設施、機關單位

### 01 ｜かん【館】

漢造 旅館；大建築物或商店
例 博物館を見学する。
譯 參觀博物館。

### 02 ｜くやくしょ【区役所】

名 （東京都特別区與政令指定都市所屬的）區公所
例 区役所で働く。
譯 在區公所工作。

### 03 ｜けいさつしょ【警察署】

名 警察署
例 警察署に連れて行かれる。
譯 被帶去警局。

### 04 ｜こうみんかん【公民館】

名 （市町村等的）文化館，活動中心
例 公民館で茶道の教室がある。
譯 公民活動中心裡設有茶道的課程。

### 05 ｜しやくしょ【市役所】

名 市政府，市政廳
例 市役所に勤めている。
譯 在市公所工作。

### 06 ｜じょう【場】

名・漢造 場，場所；場面
例 会場を片付ける。
譯 整理會場。

### 07 ｜しょうぼうしょ【消防署】

名 消防局，消防署
例 消防署に連絡する。
譯 聯絡消防局。

### 08 ｜にゅうこくかんりきょく【入国管理局】

名 入國管理局
例 入国管理局にビザを申請する。
譯 在入國管理局申請了簽證。

### 09 ｜ほけんじょ【保健所】

名 保健所，衛生所
例 保健所で健康診断を受ける。
譯 在衛生所做健康檢查。

## 14-2 いろいろな施設 /
各種設施

### 01 ｜えん【園】

接尾 園

例 弟は幼稚園に通っている。
譯 弟弟上幼稚園。

## 02 │げきじょう【劇場】

名 劇院，劇場，電影院

例 劇場（げきじょう）へ行（い）く。

譯 去劇場。

## 03 │じ【寺】

漢造 寺

例 金閣寺（きんかくじ）には金閣（きんかく）、銀閣寺（ぎんかくじ）には銀閣（ぎんかく）がある。

譯 金閣寺有金閣，銀閣寺有銀閣。

## 04 │はくぶつかん【博物館】

名 博物館，博物院

例 博物館（はくぶつかん）を楽（たの）しむ。

譯 到博物館欣賞。

## 05 │ふろや【風呂屋】

名 浴池，澡堂

例 風呂屋（ふろや）に行（い）く。

譯 去澡堂。

## 06 │ホール【hall】

名 大廳；舞廳；（有舞台與觀眾席的）會場

例 新（あたら）しいホールをオープンする。

譯 新的禮堂開幕了。

## 07 │ほいくえん【保育園】

名 幼稚園，保育園

例 ２歳（さい）から保育園（ほいくえん）に行（い）く。

譯 從兩歲起就讀育幼園。

---

# 14-3 店／
商店

## 01 │あつまり【集まり】

名 集會，會合；收集（的情況）

例 客（きゃく）の集（あつ）まりが悪（わる）い。

譯 上門顧客不多。

## 02 │オープン【open】

名・自他サ・形動 開放，公開；無蓋，敞篷；露天，野外

例 ３月（がつ）にオープンする。

譯 於三月開幕。

## 03 │コンビニ（エンスストア）【convenience store】

名 便利商店

例 コンビニで買（か）う。

譯 在便利商店買。

## 04 │（じどう）けんばいき【（自動）券売機】

名 （門票、車票等）自動售票機

例 自動券売機（じどうけんばいき）で買（か）う。

譯 於自動販賣機購買。

## 05 │しょうばい【商売】

名・自サ 經商，買賣，生意；職業，行業

例 商売（しょうばい）がうまくいく。

譯 生意順利。

## 06 | チケット【ticket】

名 票，券；車票；入場券；機票

例 コンサートのチケットを買う。

譯 買票。

## 07 | ちゅうもん【注文】

名・他サ 點餐，訂貨，訂購；希望，要求，願望

例 パスタを注文した。

譯 點了義大利麵。

## 08 | バーゲンセール【bargain sale】

名 廉價出售，大拍賣

例 バーゲンセールが始まった。

譯 開始大拍賣囉。

## 09 | ばいてん【売店】

名 （車站等）小賣店

例 駅の売店で新聞を買う。

譯 在車站的小賣店買報紙。

## 10 | ばん【番】

名・接尾・漢造 輪班；看守，守衛；（表順序與號碼）第…號；（交替）順序，次序

例 店の番をする。

譯 照看店鋪。

N3 ● 14-4

## 14-4 団体、会社 /
團體、公司行號

## 01 | かい【会】

名 會，會議，集會

例 会に入る。

譯 入會。

## 02 | しゃ【社】

名・漢造 公司，報社（的簡稱）；社會團體；組織；寺院

例 新聞社に就職する。

譯 在報社上班。

## 03 | つぶす【潰す】

他五 毀壞，弄碎；熔毀，熔化；消磨，消耗；宰殺，堵死，填滿

例 会社を潰す。

譯 讓公司倒閉。

## 04 | とうさん【倒産】

名・自サ 破產，倒閉

例 激しい競争に負けて倒産した。

譯 在激烈競爭裡落敗而倒閉了。

## 05 | ほうもん【訪問】

名・他サ 訪問，拜訪

例 会社を訪問する。

譯 訪問公司。

## パート 15 第十五章 交通
-交通-

### 15-1 交通、運輸 /
交通、運輸

#### 01 ｜いき・ゆき【行き】
㉝ 去，往
例 東京行きの列車が来た。
譯 開往東京的列車進站了。

#### 02 ｜おろす【下ろす・降ろす】
㉜五 （從高處）取下，拿下，降下，弄下；開始使用（新東西）；砍下
例 車から荷物を降ろす。
譯 從卡車上卸下貨。

#### 03 ｜かたみち【片道】
㉝ 單程，單方面
例 片道の電車賃をもらう。
譯 取得單程的電車費。

#### 04 ｜けいゆ【経由】
㉝·㉝ 經過，經由
例 新宿経由で東京へ行く。
譯 經新宿到東京。

#### 05 ｜しゃ【車】
㉝·接尾·漢造 車；（助數詞）車，輛，車廂
例 電車に乗る。
譯 搭電車。

#### 06 ｜じゅうたい【渋滞】
㉝·㉝ 停滯不前，遲滯，阻塞
例 道が渋滞している。
譯 路上塞車。

#### 07 ｜しょうとつ【衝突】
㉝·㉝ 撞，衝撞，碰上；矛盾，不一致；衝突
例 車が壁に衝突した。
譯 車子撞上了牆壁。

#### 08 ｜しんごう【信号】
㉝·㉝ 信號，燈號；（鐵路、道路等的）號誌；暗號
例 信号が変わる。
譯 燈號改變。

#### 09 ｜スピード【speed】
㉝ 快速，迅速；速度
例 スピードを上げる。
譯 加速，加快。

#### 10 ｜そくど【速度】
㉝ 速度
例 速度を上げる。
譯 加快速度。

## 11 | ダイヤ【diamond・diagram 之略】

名 鑽石（「ダイヤモンド」之略稱）；列車時刻表；圖表，圖解（「ダイヤグラム」之略稱）

例 大雪でダイヤが乱れる。

譯 交通因大雪而陷入混亂。

## 12 | たかめる【高める】

他下一 提高，抬高，加高

例 安全性を高める。

譯 加強安全性。

## 13 | たつ【発つ】

自五 立，站；冒；升；離開；出發；奮起；飛，飛走

例 9時の列車で発つ。

譯 坐九點的火車離開。

## 14 | ちかみち【近道】

名 捷徑，近路

例 学問に近道はない。

譯 學問沒有捷徑。

## 15 | ていきけん【定期券】

名 定期車票；月票

例 定期券を申し込む。

譯 申請定期車票。

## 16 | ていりゅうじょ【停留所】

名 公車站；電車站

例 バスの停留所で待つ。

譯 在公車站等車。

## 17 | とおりこす【通り越す】

自五 通過，越過

例 バス停を通り越す。

譯 錯過了下車的公車站牌。

## 18 | とおる【通る】

自五 經過；穿過；合格

例 左側を通る。

譯 往左側走路。

## 19 | とっきゅう【特急】

名 火速；特急列車（「特別急行」之略稱）

例 特急で東京へたつ。

譯 坐特快車前往東京。

## 20 | とばす【飛ばす】

他五・接尾 使…飛，使飛起；（風等）吹起，吹跑；飛濺，濺起

例 バイクを飛ばす。

譯 飆摩托車。

## 21 | ドライブ【drive】

名・自サ 開車遊玩；兜風

例 ドライブに出かける。

譯 開車出去兜風。

## 22 | のせる【乗せる】

他下一 放在高處，放到…；裝載；使搭乘；使參加；騙人，誘拐，記載，刊登；合著音樂的拍子或節奏

例 子供を車に乗せる。

譯 讓小孩上車。

**23 ｜ブレーキ【brake】**

(名) 煞車；制止,控制,潑冷水

例 ブレーキをかける。

譯 踩煞車。

---

**24 ｜めんきょ【免許】**

(名・他サ)(政府機關)批准,許可;許可證,執照;傳授秘訣

例 車の免許を取る。

譯 考到汽車駕照。

---

**25 ｜ラッシュ【rush】**

(名)(眾人往同一處)湧現;蜂擁,熱潮

例 帰省ラッシュで込んでいる。

譯 因返鄉人潮而擁擠。

---

**26 ｜ラッシュアワー【rushhour】**

(名) 尖峰時刻,擁擠時段

例 ラッシュアワーに遇う。

譯 遇上交通尖峰。

---

**27 ｜ロケット【rocket】**

(名) 火箭發動機；(軍)火箭彈;狼煙火箭

例 ロケットで飛ぶ。

譯 乘火箭飛行。

## 15-2 鉄道、船、飛行機 /
鐵路、船隻、飛機

**01 ｜かいさつぐち【改札口】**

(名)(火車站等)剪票口

例 改札口を出る。

譯 出剪票口。

---

**02 ｜かいそく【快速】**

(名・形動) 快速,高速度

例 快速電車に乗る。

譯 搭乘快速電車。

---

**03 ｜かくえきていしゃ【各駅停車】**

(名) 指電車各站都停車,普通車

例 各駅停車の電車に乗る。

譯 搭乘各站停車的列車。

---

**04 ｜きゅうこう【急行】**

(名・自サ) 急忙前往,急趕;急行列車

例 急行に乗る。

譯 搭急行電車。

---

**05 ｜こむ【込む・混む】**

(自五・接尾) 擁擠,混雜;費事,精緻,複雜;表進入的意思;表深入或持續到極限

例 電車が込む。

譯 電車擁擠。

---

**06 ｜こんざつ【混雑】**

(名・自サ) 混亂,混雜,混染

例 混雑を避ける。

譯 避免混亂。

---

**07 ｜ジェットき【jet 機】**

(名) 噴氣式飛機,噴射機

例 ジェット機に乗る。

譯 乘坐噴射機。

### 08 | しんかんせん【新幹線】

[名] 日本鐵道新幹線

[例] 新幹線(しんかんせん)に乗(の)る。

[譯] 搭新幹線。

### 09 | つなげる【繋げる】

[他五] 連接，維繫

[例] 船(ふね)を港(みなと)に繋(つな)げる。

[譯] 把船綁在港口。

### 10 | とくべつきゅうこう【特別急行】

[名] 特別快車，特快車

[例] 特別急行(とくべつきゅうこう)が遅(おく)れた。

[譯] 特快車誤點了。

### 11 | のぼり【上り】

[名]（「のぼる」的名詞形）登上，攀登；上坡（路）；上行列車（從地方往首都方向的列車）；進京

[例] 上(のぼ)り電車(でんしゃ)が到着(とうちゃく)した。

[譯] 上行的電車已抵達。

### 12 | のりかえ【乗り換え】

[名] 換乘，改乘，改搭

[例] 次(つぎ)の駅(えき)で乗(の)り換(か)える。

[譯] 在下一站轉乘。

### 13 | のりこし【乗り越し】

[名·自サ]（車）坐過站

[例] 乗(の)り越(こ)した分(ぶん)を払(はら)う。

[譯] 支付坐過站的份。

### 14 | ふみきり【踏切】

[名]（鐵路的）平交道，道口；（轉）決心

[例] 踏切(ふみきり)を渡(わた)る。

[譯] 過平交道。

### 15 | プラットホーム【platform】

[名] 月台

[例] プラットホームを出(で)る。

[譯] 走出月台。

### 16 | ホーム【platform 之略】

[名] 月台

[例] ホームから手(て)を振(ふ)る。

[譯] 在月台招手。

### 17 | まにあう【間に合う】

[自五] 來得及，趕得上；夠用

[例] 終電(しゅうでん)に間(ま)に合(あ)う。

[譯] 趕上末班車。

### 18 | むかえ【迎え】

[名] 迎接；去迎接的人；接，請

[例] 空港(くうこう)まで迎(むか)えに行(い)く。

[譯] 迎接機。

### 19 | れっしゃ【列車】

[名] 列車，火車

[例] 列車(れっしゃ)が着(つ)く。

[譯] 列車到站。

## 15-3 自動車、道路 /
汽車、道路

### 01 ｜かわる【代わる】

(自五) 代替，代理，代理

例 運転を代わる。

譯 交替駕駛。

### 02 ｜つむ【積む】

(自五・他五) 累積，堆積；裝載；積蓄，積累

例 トラックに積んだ。

譯 裝到卡車上。

### 03 ｜どうろ【道路】

(名) 道路

例 道路が混雑する。

譯 道路擁擠。

### 04 ｜とおり【通り】

(名) 大街，馬路；通行，流通

例 広い通りに出る。

譯 走到大馬路。

### 05 ｜バイク【bike】

(名) 腳踏車；摩托車（「モーターバイク」之略稱）

例 バイクで旅行したい。

譯 想騎機車旅行。

### 06 ｜バン【van】

(名) 大篷貨車

例 新型のバンがほしい。

譯 想要有一台新型貨車。

### 07 ｜ぶつける

(他下一) 扔，投；碰，撞，(偶然)碰上，遇上；正當，恰逢；衝突，矛盾

例 車をぶつける。

譯 撞上了車。

### 08 ｜レンタル【rental】

(名・サ変) 出租，出賃；租金

例 車をレンタルする。

譯 租車。

# パート 16 通信、報道
## 第十六章
- 通訊、報導 -

## 16-1 通信、電話、郵便 /
通訊、電話、郵件

### 01 ｜あてな【宛名】
名 收信(件)人的姓名住址
例 手紙の宛名を書く。
譯 寫收件人姓名。

### 02 ｜インターネット【internet】
名 網路
例 インターネットに繋がる。
譯 連接網路。

### 03 ｜かきとめ【書留】
名 掛號郵件
例 書留で郵送する。
譯 用掛號信郵寄。

### 04 ｜こうくうびん【航空便】
名 航空郵件；空運
例 航空便で送る。
譯 用空運運送。

### 05 ｜こづつみ【小包】
名 小包裹；包裹
例 小包を出す。
譯 寄包裹。

### 06 ｜そくたつ【速達】
名・自他サ 快速信件
例 速達で送る。
譯 寄快遞。

### 07 ｜たくはいびん【宅配便】
名 宅急便
例 宅配便が届く。
譯 收到宅配包裹。

### 08 ｜つうじる・つうずる【通じる・通ずる】
自上一・他上一 通；通到，通往；通曉，精通；明白，理解；使…通；在整個期間內
例 電話が通じる。
譯 通電話。

### 09 ｜つながる【繋がる】
自五 相連，連接，聯繫；（人）排隊，排列；有（血緣、親屬）關係，牽連
例 電話が繋がった。
譯 電話接通了。

### 10 ｜とどく【届く】
自五 及，達到；（送東西）到達；周到；達到（希望）
例 手紙が届いた。
譯 收到信。

## 11 ｜ふなびん【船便】

㊋ 船運

例 船便で送る。

譯 用船運過去。

## 12 ｜やりとり【やり取り】

名・他サ 交換，互換，授受

例 手紙のやり取りをする。

譯 書信來往。

## 13 ｜ゆうそう【郵送】

名・他サ 郵寄

例 原稿を郵送する。

譯 郵寄稿件。

## 14 ｜ゆうびん【郵便】

㊋ 郵政；郵件

例 郵便が来る。

譯 寄來郵件。

## 16-2 伝達、通知、情報／
傳達、告知、信息

## 01 ｜アンケート【(法) enquête】

㊋ (以同樣內容對多數人的)問卷調查，民意測驗

例 アンケートをとる。

譯 問卷調查。

## 02 ｜こうこく【広告】

名・他サ 廣告；作廣告，廣告宣傳

例 広告を出す。

譯 拍廣告。

## 03 ｜しらせ【知らせ】

㊋ 通知；預兆，前兆

例 知らせが来た。

譯 通知送來了。

## 04 ｜せんでん【宣伝】

名・自他サ 宣傳，廣告；吹噓，鼓吹，誇大其詞

例 製品を宣伝する。

譯 宣傳產品。

## 05 ｜のせる【載せる】

他下一 放在…上，放在高處；裝載，裝運；納入，使參加；欺騙；刊登，刊載

例 新聞に公告を載せる。

譯 在報上刊登廣告。

## 06 ｜はやる【流行る】

自五 流行，時興；興旺，時運佳

例 ヨガダイエットが流行っている。

譯 流行瑜珈減肥。

## 07 ｜ふきゅう【普及】

名・自サ 普及

例 テレビが普及している。

譯 電視普及。

## 08 ｜ブログ【blog】

㊋ 部落格

例 ブログを作る。

譯 架設部落格。

## 09 | ホームページ【homepage】

名 網站，網站首頁

例 ホームページを作る。

譯 架設網站。

## 10 | よせる【寄せる】

自下一・他下一 靠近，移近；聚集，匯集，集中；加；投靠，寄身

例 意見をお寄せください。

譯 集中大家的意見。

### 16-3 報道、放送 /
報導、廣播

## 01 | アナウンス【announce】

名・他サ 廣播；報告；通知

例 選手の名前をアナウンスする。

譯 廣播選手的名字。

## 02 | インタビュー【interview】

名・自サ 會面，接見；訪問，採訪

例 インタビューを始める。

譯 開始採訪。

## 03 | きじ【記事】

名 報導，記事

例 新聞記事に載る。

譯 報導刊登在報上。

## 04 | じょうほう【情報】

名 情報，信息

例 情報を得る。

譯 獲得情報。

## 05 | スポーツちゅうけい【スポーツ中継】

名 體育（競賽）直播，轉播

例 スポーツ中継を見た。

譯 看了現場直播的運動比賽。

## 06 | ちょうかん【朝刊】

名 早報

例 毎朝朝刊を読む。

譯 每天早上讀早報。

## 07 | テレビばんぐみ【television 番組】

名 電視節目

例 テレビ番組を録画する。

譯 錄下電視節目。

## 08 | ドキュメンタリー【documentary】

名 紀錄，紀實；紀錄片

例 ドキュメンタリー映画が作られていた。

譯 拍攝成紀錄片。

## 09 | マスコミ【mass communication 之略】

名 （透過報紙、廣告、電視或電影等向群眾進行的）大規模宣傳；媒體（「マスコミュニケーション」之略稱）

例 マスコミに追われている。

譯 蜂擁而上的採訪媒體。

## 10 | ゆうかん【夕刊】

名 晚報

例 夕刊を取る。

譯 訂閱晚報。

# スポーツ
- 體育運動 -

## 17-1 スポーツ /
體育運動

### 01 ｜オリンピック【Olympics】
名 奧林匹克

例 オリンピックに出る。

譯 參加奧運。

### 02 ｜きろく【記録】
名·他サ 記錄，記載，（體育比賽的）紀錄

例 記録をとる。

譯 做記錄。

### 03 ｜しょうひ【消費】
名·他サ 消費，耗費

例 カロリーを消費する。

譯 消耗卡路里。

### 04 ｜スキー【ski】
名 滑雪；滑雪橇，滑雪板

例 スキーに行く。

譯 去滑雪。

### 05 ｜チーム【team】
名 組，團隊；（體育）隊

例 チームを作る。

譯 組織團隊。

### 06 ｜とぶ【跳ぶ】
自五 跳，跳起；跳過（順序、號碼等）

例 跳び箱を跳ぶ。

譯 跳過跳箱。

### 07 ｜トレーニング【training】
名·他サ 訓練，練習

例 週二日トレーニングをしている。

譯 每週鍛鍊身體兩次。

### 08 ｜バレエ【ballet】
名 芭蕾舞

例 バレエを習う。

譯 學習芭蕾舞。

## 17-2 試合 /
比賽

### 01 ｜あらそう【争う】
他五 爭奪；爭辯；奮鬥，對抗，競爭

例 相手チームと1位を争う。

譯 與競爭隊伍
爭奪冠軍。

### 02 ｜おうえん【応援】
名·他サ 援助，支援；聲援，助威

例 試合を応援する。

譯 為比賽加油。

## 03 | かち【勝ち】

(名) 勝利

例 勝ちを得る。

譯 獲勝。

## 04 | かつやく【活躍】

(名・自サ) 活躍

例 試合で活躍する。

譯 在比賽中很活躍。

## 05 | かんぜん【完全】

(名・形動) 完全，完整；完美，圓滿

例 完全な勝利を信じる。

譯 相信將能得到完美的獲勝。

## 06 | きん【金】

(名・漢造) 黃金，金子；金錢

例 金メダルを取る。

譯 獲得金牌。

## 07 | しょう【勝】

(漢造) 勝利；名勝

例 勝利を得た。

譯 獲勝。

## 08 | たい【対】

(名・漢造) 對比，對方；同等，對等；相對，相向；(比賽)比；面對

例 3対1で、白組の勝ちだ。

譯 以三比一的結果由白隊獲勝。

## 09 | はげしい【激しい】

(形) 激烈，劇烈；(程度上)很高，厲害；熱烈

例 競争が激しい。

譯 競爭激烈。

## 17-3 球技、陸上競技 / 球類、田徑賽

## 01 | ける【蹴る】

(他五) 踢；沖破(浪等)；拒絕，駁回

例 ボールを蹴る。

譯 踢球。

## 02 | たま【球】

(名) 球

例 球を打つ。

譯 打球。

## 03 | トラック【track】

(名) (操場、運動場、賽馬場的)跑道

例 トラックを1周する。

譯 繞跑道跑一圈。

## 04 | ボール【ball】

(名) 球；(棒球)壞球

例 サッカーボールを追いかける。

譯 追足球。

## 05 | ラケット【racket】

(名) (網球、乒乓球等的)球拍

例 ラケットを張りかえた。

譯 重換網球拍。

# 趣味、娯楽

- 愛好、嗜好、娯樂 -

**01 ｜アニメ【animation】** N3 ● 18
② 卡通，動畫片
例 アニメが放送される。
譯 播映卡通。

**02 ｜かるた【carta・歌留多】**
② 紙牌；寫有日本和歌的紙牌
例 歌留多で遊ぶ。
譯 玩日本紙牌。

**03 ｜かんこう【観光】**
名・他サ 観光，遊覽，旅遊
例 観光の名所を紹介する。
譯 介紹觀光勝地。

**04 ｜クイズ【quiz】**
② 回答比賽，猜謎；考試
例 クイズ番組に参加する。
譯 參加益智節目。

**05 ｜くじ【籤】**
② 籤；抽籤
例 籤で決める。
譯 用抽籤方式決定。

**06 ｜ゲーム【game】**
② 遊戲，娛樂；比賽
例 ゲームで負ける。
譯 遊戲比賽比輸。

**07 ｜ドラマ【drama】**
② 劇；連戲劇；戲劇；劇本；戲劇文學；（轉）戲劇性的事件
例 大河ドラマを放送する。
譯 播放大河劇。

**08 ｜トランプ【trump】**
② 撲克牌
例 トランプを切る。
譯 洗牌。

**09 ｜ハイキング【hiking】**
② 健行，遠足
例 鎌倉へハイキングに行く。
譯 到鎌倉去健行。

**10 ｜はく・ぱく【泊】**
接尾 宿，過夜；停泊
例 京都に１泊する。
譯 在京都住一晚。

**11 ｜バラエティー【variety】**
② 多樣化，豐富多變；綜藝節目（「バラエティーショー」之略稱）
例 バラエティーに富んだ。
譯 豐富多樣。

**12 ｜ピクニック【picnic】**
② 郊遊，野餐
例 ピクニックに行く。
譯 去野餐。

# パート 19 芸術
第十九章 - 藝術 -

## 19-1 芸術、絵画、彫刻 ／
藝術、繪畫、雕刻

### 01 ｜えがく【描く】
(他五) 畫，描繪；以…為形式，描寫；想像

例 人物を描く。
譯 畫人物。

### 02 ｜かい【会】
(接尾) …會
例 展覧会が終わる。
譯 展覽會結束。

### 03 ｜げいじゅつ【芸術】
(名) 藝術
例 芸術がわからない。
譯 不懂藝術。

### 04 ｜さくひん【作品】
(名) 製成品；(藝術)作品，(特指文藝方面)創作
例 作品に題をつける。
譯 取作品的名稱。

### 05 ｜し【詩】
(名・漢造) 詩，詩歌
例 詩を作る。
譯 作詩。

### 06 ｜しゅつじょう【出場】
(名・自サ) (參加比賽)上場，入場；出站，走出場
例 コンクールに出場する。
譯 參加比賽。

### 07 ｜デザイン【design】
(名・自他サ) 設計(圖)；(製作)圖案
例 制服をデザインする。
譯 設計制服。

### 08 ｜びじゅつ【美術】
(名) 美術
例 美術の研究を深める。
譯 深入研究美術。

## 19-2 音楽 ／
音樂

### 01 ｜えんか【演歌】
(名) 演歌(現多指日本民間特有曲調哀愁的民謠)
例 演歌歌手になる。
譯 成為演歌歌手。

### 02 ｜えんそう【演奏】
(名・他サ) 演奏
例 音楽を演奏する。
譯 演奏音樂。

### 03 ｜か【歌】

漢造 唱歌；歌詞

例 演歌を歌う。

譯 唱傳統歌謠。

---

### 04 ｜きょく【曲】

名・漢造 曲調；歌曲；彎曲

例 歌詞に曲をつける。

譯 為歌詞譜曲。

---

### 05 ｜クラシック【classic】

名 經典作品，古典作品，古典音樂；古典的

例 クラシックのレコードを聴く。

譯 聽古典音樂唱片。

---

### 06 ｜ジャズ【jazz】

名・自サ （樂）爵士音樂

例 ジャズのレコードを集める。

譯 收集爵士唱片。

---

### 07 ｜バイオリン【violin】

名 （樂）小提琴

例 バイオリンを弾く。

譯 拉小提琴。

---

### 08 ｜ポップス【pops】

名 流行歌，通俗歌曲（「ポピュラーミュージック」之略稱）

例 80年代のポップスが懐かしい。

譯 八〇年代的流行歌很叫人懷念。

---

## 19-3 演劇、舞踊、映画 ／
戲劇、舞蹈、電影

### 01 ｜アクション【action】

名 行動，動作；（劇）格鬥等演技

例 アクションドラマが人気だ。

譯 動作片很紅。

---

### 02 ｜エスエフ (SF)【science fiction】

名 科學幻想

例 SF映画を見る。

譯 看科幻電影。

---

### 03 ｜えんげき【演劇】

名 演劇，戲劇

例 演劇の練習をする。

譯 排演戲劇。

---

### 04 ｜オペラ【opera】

名 歌劇

例 妻とオペラを観る。

譯 與妻子觀看歌劇。

---

### 05 ｜か【化】

漢造 化學的簡稱；變化

例 小説を映画化する。

譯 把小説改成電影。

make a video

## 06 ｜ かげき【歌劇】

名 歌劇

例 歌劇に夢中になる。

譯 沈迷於歌劇。

## 07 ｜ コメディー【comedy】

名 喜劇

例 コメディー映画が好きだ。

譯 喜歡看喜劇電影。

## 08 ｜ ストーリー【story】

名 故事，小説；(小説、劇本等的)劇情，結構

例 このドラマは俳優に加えてストーリーもいい。

譯 這部影集不但演員好，故事情節也精彩。

## 09 ｜ ばめん【場面】

名 場面，場所；情景，(戲劇、電影等)場景，鏡頭；市場的情況，行情

例 場面が変わる。

譯 轉換場景。

## 10 ｜ ぶたい【舞台】

名 舞台；大顯身手的地方

例 舞台に立つ。

譯 站上舞台。

## 11 ｜ ホラー【horror】

名 恐怖，戰慄

例 ホラー映画のせいで眠れなかった。

譯 因為恐怖電影而睡不著。

## 12 ｜ ミュージカル【musical】

名 音樂劇；音樂的，配樂的

例 ミュージカルが好きだ。

譯 喜歡看歌舞劇。

# Memo

_____     _____

_____     _____

_____     _____

_____     _____

## パート 20 第二十章 数量、図形、色彩
-數量、圖形、色彩-

### 20-1 数 / 數目

#### 01 ｜ かく【各】

接頭 各，每人，每個，各個

例 各クラスから一人出してください。

譯 請每個班級選出一名。

#### 02 ｜ かず【数】

名 數，數目；多數，種種

例 数が多い。

譯 數目多。

#### 03 ｜ きすう【奇数】

名 (數)奇數

例 奇数を使う。

譯 使用奇數。

#### 04 ｜ けた【桁】

名 (房屋、橋樑的)橫樑，桁架；算盤的主柱；數字的位數

例 桁を間違える。

譯 弄錯位數。

$$\underset{百}{8}\ \underset{十}{9}\ \underset{個}{0}$$

#### 05 ｜ すうじ【数字】

名 數字；各個數字

例 数字で示す。

譯 用數字表示。

#### 06 ｜ せいすう【整数】

名 (數)整數

例 答えは整数だ。

譯 答案為整數。

#### 07 ｜ ちょう【兆】

名・漢造 徵兆；(數)兆

例 国の借金は 1000 兆円だ。

譯 國家的債務有1000兆圓。

#### 08 ｜ ど【度】

名・漢造 尺度；程度；溫度；次數，回數；規則，規定；氣量，氣度

例 昨日より 5 度ぐらい高い。

譯 溫度比昨天高五度。

#### 09 ｜ ナンバー【number】

名 數字，號碼；(汽車等的)牌照

例 自動車のナンバーを変更したい。

譯 想換汽車號碼牌。

#### 10 ｜ パーセント【percent】

名 百分率

例 手数料が 3 パーセントかかる。

譯 手續費要三個百分比。

#### 11 ｜ びょう【秒】

名・漢造 (時間單位)秒

例 タイムを秒まで計る。
譯 以秒計算。

## 12 | プラス【plus】

(名・他サ)(數)加號，正號；正數；有好處，利益；加(法)；陽性

例 プラスになる。
譯 有好處。

## 13 | マイナス【minus】

(名・他サ)(數)減，減法；減號；負數；負極；(溫度)零下

例 マイナスになる。
譯 變得不好。

N3 ● 20-2

## 20-2 計算 /
計算

## 01 | あう【合う】

(自五)正確，適合；一致，符合；對，準；合得來；合算
例 計算が合う。
譯 計算符合。

## 02 | イコール【equal】

(名)相等；(數學)等號

例 A イコール B だ。
譯 A等於B。

## 03 | かけざん【掛け算】

(名)乘法
例 まだ 5 歳だが掛け算もできる。
譯 雖然才五歲連乘法也會。

## 04 | かぞえる【数える】

(他下一)數，計算；列舉，枚舉
例 羊の数を 1,000 匹まで数えた。
譯 數羊數到了一千隻。

## 05 | けい【計】

(名)總計，合計；計畫，計
例 1 年の計は春にあり。
譯 一年之計在於春。

## 06 | けいさん【計算】

(名・他サ)計算，演算；估計，算計，考慮
例 計算が早い。
譯 計算得快。

## 07 | ししゃごにゅう【四捨五入】

(名・他サ)四捨五入
例 小数点第 3 位を四捨五入する。
譯 四捨五入取到小數點後第三位。

## 08 | しょうすう【小数】

(名)(數)小數
例 小数点以下は、四捨五入する。
譯 小數點以下，要四捨五入。

## 09 | しょうすうてん【小数点】

(名)小數點
例 小数点以下は、書かなくてもいい。
譯 小數點以下的數字可以不必寫出來。

## 10 ｜たしざん【足し算】

名 加法，加算

例 足し算の教材を 10 冊やる。

譯 做了十本加法的教材。

## 11 ｜でんたく【電卓】

名 電子計算機（「電子式卓上計算機（でんししきたくじょうけいさんき）」之略稱）

例 電卓で計算する。

譯 用計算機計算。

## 12 ｜ひきざん【引き算】

名 減法

例 引き算を習う。

譯 學習減法。

## 13 ｜ぶんすう【分数】

名 （數學的）分數

例 分数を習う。

譯 學分數。

## 14 ｜わり【割り・割】

造語 分配；（助數詞用）十分之一，一成；比例；得失

例 4割引きにする。

譯 給你打了四折。

## 15 ｜わりあい【割合】

名 比例；比較起來

例 空気の成分の割合を求める。

譯 算出空氣中的成分的比例。

## 16 ｜わりざん【割り算】

名 （算）除法

例 割り算は難しい。

譯 除法很難。

## 01 ｜あさい【浅い】

形 （水等）淺的；（顏色）淡的；（程度）膚淺的，少的，輕的；（時間）短的

例 考えが浅い。

譯 思慮不周到。

## 02 ｜アップ【up】

名・他サ 增高，提高；上傳（檔案至網路）

例 給料アップを望む。

譯 希望提高薪水。

## 03 ｜いちどに【一度に】

副 同時地，一塊地，一下子

例 卵と牛乳を一度に入れる。

譯 蛋跟牛奶一齊下鍋。

## 04 ｜おおく【多く】

名・副 多數，許多；多半，大多

例 人がどんどん多くなる。

譯 愈來愈多人。

## 05 ｜おく【奥】

名 裡頭，深處；裡院；盡頭

例 のどの奥に魚の骨が引っかかった。

譯 喉嚨深處鯁到魚刺了。

## 06 ｜かさねる【重ねる】

（他下一）重疊堆放；再加上，蓋上；反覆，重複，屢次

例 本を 3 冊重ねる。

譯 把三本書疊起來。

## 07 ｜きょり【距離】

（名）距離，間隔，差距

例 距離が遠い。

譯 距離遙遠。

## 08 ｜きらす【切らす】

（他五）用盡，用光

例 名刺を切らす。

譯 名片用完。

## 09 ｜こ【小】

（接頭）小，少；稍微

例 小雨が降る。

譯 下小雨。

## 10 ｜こい【濃い】

（形）色或味濃深；濃稠，密

例 化粧が濃い。

譯 化著濃妝。

## 11 ｜こう【高】

（名・漢造）高；高處，高度；（地位等）高

例 高層ビルを建築する。

譯 蓋摩天大樓。

## 12 ｜こえる【越える・超える】

（自下一）越過；度過；超出，超過

例 山を越える。

譯 翻過山頭。

## 13 ｜ごと

（接尾）（表示包含在內）一共，連同

例 リンゴを皮ごと食べる。

譯 蘋果帶皮一起吃。

## 14 ｜ごと【毎】

（接尾）每

例 月ごとの支払いになる。

譯 規定每月支付。

## 15 ｜さい【最】

（漢造・接頭）最

例 学年で最優秀の成績を取った。

譯 得到了全學年第一名的成績。

## 16 ｜さまざま【様々】

（名・形動）種種，各式各樣的，形形色色的

例 様々な原因を考えた。

譯 想到了各種原因。

## 17 ｜しゅるい【種類】

（名）種類

例 種類が多い。

譯 種類繁多。

## 18 ｜しょ【初】

（漢造）初，始；首次，最初

例 初級から上級までレベルが揃っている。

譯 從初級到高級等各種程度都有。

## 19 | しょうすう【少数】

名 少數

例 少数の意見を大事にする。

譯 尊重少數的意見。

## 20 | すくなくとも【少なくとも】

副 至少，對低，最低限度

例 少なくとも３時間はかかる。

譯 至少要花三個小時。

## 21 | すこしも【少しも】

副 （下接否定）一點也不，絲毫也不

例 お金には、少しも興味がない。

譯 金錢這東西，我一點都不感興趣。

## 22 | ぜん【全】

漢造 全部，完全；整個；完整無缺

例 全科目の成績が上がる。

譯 全科成績都進步。

## 23 | センチ【centimeter】

名 厘米，公分

例 １センチ右に動かす。

譯 往右移動了一公分。

## 24 | そう【総】

漢造 總括；總覽；總，全體；全部

例 総員50名だ。

譯 總共有五十人。

## 25 | そく【足】

接尾・漢造 （助數詞）雙；足；足夠；添

例 靴下を２足買った。

譯 買了兩雙襪子。

## 26 | そろう【揃う】

自五 （成套的東西）備齊；成套；一致，（全部）一樣，整齊；（人）到齊，齊聚

例 色々な商品が揃った。

譯 各種商品一應備齊。

## 27 | そろえる【揃える】

他下一 使…備齊；使…一致；湊齊，弄齊，使成對

例 必要なものを揃える。

譯 準備好必需品。

## 28 | たてなが【縦長】

名 矩形，長形

例 縦長の封筒が多く使われている。

譯 有許多人使用長方形的信封。

## 29 | たん【短】

名・漢造 短；不足，缺點

例 LINE と Facebook、それぞれの短所は何ですか。

譯 LINE和臉書的缺點各是什麼？

## 30 | ちぢめる【縮める】

他下一 縮小，縮短，縮減；縮回，捲縮，起皺紋

例 亀が驚いて首を縮めた。

譯 烏龜受了驚嚇把頭縮了起來。

## 20-3 量、長さ、広さ、重さなど(2) /
量、容量、長度、面積、重量等(2)

### 31 | つき【付き】

接尾 (前接某些名詞)樣子；附屬

例 デザート付きの定食を注文する。

譯 點附甜點的套餐。

### 32 | つく【付く】

自五 附著，沾上；長，添增；跟隨；隨從，聽隨；偏坦；設有；連接著

例 ご飯粒が付く。

譯 沾到飯粒。

### 33 | つづき【続き】

名 接續，繼續；接續部分，下文；接連不斷

例 続きがある。

譯 有後續。

### 34 | つづく【続く】

自五 繼續，延續，連續；接連發生，接連不斷；隨後發生，接著；連著，通到，與…接連；接得上，夠用；後繼，跟上；次於，居次位

例 暖かい日が続いた。

譯 一連好幾天都很暖和。

### 35 | とう【等】

接尾 等等；(助數詞用法，計算階級或順位的單位)等(級)

例 フランス、ドイツ等の EU 諸国が対象になる。

譯 以法、德等歐盟各國為對象。

### 36 | トン【ton】

名 (重量單位)噸，公噸，一千公斤

例 1 万トンの船が入ってきた。

譯 一萬噸的船隻開進來了。

### 37 | なかみ【中身】

名 裝在容器裡的內容物，內容；刀身

例 中身がない。

譯 沒有內容。

### 38 | のうど【濃度】

名 濃度

例 放射能濃度が高い。

譯 輻射線濃度高。

### 39 | ばい【倍】

名・漢造・接尾 倍，加倍；(數助詞的用法)倍

例 賞金を倍にする。

譯 獎金加倍。

### 40 | はば【幅】

名 寬度，幅面；幅度，範圍；勢力；伸縮空間

例 幅を広げる。

譯 拓寬。

### 41 | ひょうめん【表面】

名 表面

例 表面だけ飾る。

譯 只裝飾表面。

### 42 ｜ひろがる【広がる】

(自五) 開放，展開；(面積、規模、範圍)擴大，蔓延，傳播

**例** 事業が広がる。

**譯** 擴大事業。

### 43 ｜ひろげる【広げる】

(他下一) 打開，展開；(面積、規模、範圍)擴張，發展

**例** 趣味の範囲を広げる。

**譯** 擴大嗜好的範圍。

### 44 ｜ひろさ【広さ】

(名) 寬度，幅度，廣度

**例** 広さは３万坪ある。

**譯** 有三萬坪的寬度。

### 45 ｜ぶ【無】

(接頭・漢造) 無，沒有，缺乏

**例** 店員が無愛想で不親切だ。

**譯** 店員不和氣又不親切。

### 46 ｜ふくめる【含める】

(他下一) 包含，含括；囑咐，告知，指導

**例** 子供を含めて 300 人だ。

**譯** 包括小孩在內共三百人。

### 47 ｜ふそく【不足】

(名・形動・自サ) 不足，不夠，短缺；缺乏，不充分；不滿意，不平

**例** 不足を補う。

**譯** 彌補不足。

### 48 ｜ふやす【増やす】

(他五) 繁殖；增加，添加

**例** 人手を増やす。

**譯** 增加人手。

### 49 ｜ぶん【分】

(名・漢造) 部分；份；本分；地位

**例** 減った分を補う。

**譯** 補充減少部分。

### 50 ｜へいきん【平均】

(名・自サ・他サ) 平均；(數)平均值；平衡，均衡

**例** １月の平均気温は氷点下だ。

**譯** 一月的平均氣溫在冰點以下。

### 51 ｜へらす【減らす】

(他五) 減，減少；削減，縮減；空(腹)

**例** 体重を減らす。

**譯** 減輕體重。

### 52 ｜へる【減る】

(自五) 減，減少；磨損；(肚子)餓

**例** 収入が減る。

**譯** 收入減少。

### 53 ｜ほんの

(連體) 不過，僅僅，一點點

**例** ほんの少し残っている。

**譯** 只有留下一點點。

### 54 ｜ますます【益々】

(副) 越發，益發，更加

例 ますます強くなる。
譯 更加強大了。

**55 ｜ミリ【(法) millimetre 之略】**

(造語・名) 毫，千分之一；毫米，公厘
例 1時間100ミリの豪雨を記録する。
譯 一小時達到下100毫米雨的記録。

**56 ｜むすう【無数】**

(名・形動) 無數
例 無数の星が空に輝いていた。
譯 有無數的星星在天空閃爍。

**57 ｜めい【名】**

(接尾) (計算人數)名，人
例 3名一組になる。
譯 三個人一組。

**58 ｜やや**

(副) 稍微，略；片刻，一會兒
例 やや短すぎる。
譯 有點太短。

**59 ｜わずか【僅か】**

(副・形動) (數量、程度、價值、時間等)很少，僅僅；一點也(後加否定)
例 わずかに覚えている。
譯 略微記得。

## 20-4 回数、順番 /
次數、順序

**01 ｜い【位】**

(接尾) 位；身分，地位
例 学年で1位になる。
譯 年度中取得第一。

**02 ｜いちれつ【一列】**

(名) 一列，一排
例 一列に並ぶ。
譯 排成一列。

**03 ｜おいこす【追い越す】**

(他五) 超過，趕過去
例 前の人を追い越す。
譯 趕過前面的人。

**04 ｜くりかえす【繰り返す】**

(他五) 反覆，重覆
例 失敗を繰り返す。
譯 重蹈覆轍。

**05 ｜じゅんばん【順番】**

(名) 輪班(的次序)，輪流，依次交替
例 順番を待つ。
譯 依序等待。

**06 ｜だい【第】**

(漢造・接頭) 順序；考試及格，錄取
例 相手のことを第一に考える。
譯 以對方為第一優先考慮。

## 07 ｜ちゃく【着】

名・接尾・漢造 到達，抵達；（計算衣服的單位）套；（記數順序或到達順序）著，名；穿衣；黏貼；沉著；著手

例 3着以内に入った。

譯 進入前三名。

## 08 ｜つぎつぎ・つぎつぎに・つぎつぎと【次々・次々に・次々と】

副 一個接一個，接二連三地，絡繹不絕的，紛紛；按著順序，依次

例 次々と事件が起こる。

譯 案件接二連三發生。

## 09 ｜トップ【top】

名 尖端；（接力賽）第一棒；領頭，率先；第一位，首位，首席

例 成績がトップまで伸びる。

譯 成績前進到第一名。

## 10 ｜ふたたび【再び】

副 再一次，又，重新

例 再びやってきた。

譯 捲土重來。

## 11 ｜れつ【列】

名・漢造 列，隊列，隊；排列；行，列，級，排

例 列に並ぶ。

譯 排成一排。

## 12 ｜れんぞく【連続】

名・他サ・自サ 連續，接連

例 3年連続黒字になる。

譯 連續了三年的盈餘。

# 20-5 図形、模様、色彩 ／
圖形、花紋、色彩

## 01 ｜かた【型】

名 模子，形，模式；樣式

例 型をとる。

譯 模壓成型。

## 02 ｜カラー【color】

名 色，彩色；（繪畫用）顏料；特色

例 カラーは白と黒がある。

譯 顏色有白的跟黑的。

## 03 ｜くろ【黒】

名 黑，黑色；犯罪，罪犯

例 黒に染める。

譯 染成黑色。

## 04 ｜さんかく【三角】

名 三角形

例 三角にする。

譯 畫成三角。

## 05 ｜しかく【四角】

名 四角形，四方形，方形

例 四角の所の数字を求める。

譯 請算出方形處的數字。

## 06 ｜しま【縞】

名 條紋，格紋，條紋布

例 縞模様を描く。
譯 織出條紋。

## 07 | しまがら【縞柄】
名 條紋花樣
例 この縞柄が気に入った。
譯 喜歡這種條紋花樣。

## 08 | しまもよう【縞模様】
名 條紋花樣

例 縞模様のシャツを持つ。
譯 有條紋襯衫。

## 09 | じみ【地味】
形動 素氣，樸素，不華美；保守
例 色は地味だがデザインがいい。
譯 顏色雖樸素但設計很凸出。

## 10 | しょく【色】
漢造 顏色；臉色，容貌；色情；景象
例 顔色を失う。
譯 花容失色。

## 11 | しろ【白】
名 白，皎白，白色；清白
例 雪で辺りは一面真っ白になった。
譯 雪把這裡變成了一片純白的天地。

## 12 | ストライプ【strip】
名 條紋；條紋布
例 制服は白と青のストライプです。
譯 制服上面印有白和藍條紋圖案。

## 13 | ずひょう【図表】
名 圖表
例 実験の結果を図表にする。
譯 將實驗結果以圖表呈現。

## 14 | ちゃいろい【茶色い】
形 茶色
例 茶色い紙で折る。
譯 用茶色的紙張摺紙。

## 15 | はいいろ【灰色】
名 灰色
例 空が灰色だ。
譯 天空是灰色的。

## 16 | はながら【花柄】
名 花的圖樣
例 花柄のワンピースに合う。
譯 跟有花紋圖樣的連身洋裝很搭配。

## 17 | はなもよう【花模様】
名 花的圖樣
例 花模様のハンカチを取り出した。
譯 取出綴有花樣的手帕。

## 18 | ピンク【pink】
名 桃紅色，粉紅色；桃色
例 ピンク色のセーターを貸す。
譯 借出粉紅色的毛衣。

## 19 ｜まじる【混じる・交じる】

(自五) 夾雜，混雜；加入，交往，交際

例 色々な色が混じっている。

譯 加入各種顏色。

## 20 ｜まっくろ【真っ黒】

(名・形動) 漆黑，烏黑

例 日差しで真っ黒になった。

譯 被太陽晒得黑黑的。

## 21 ｜まっさお【真っ青】

(名・形動) 蔚藍，深藍；（臉色）蒼白

例 真っ青な顔をしている。

譯 變成鐵青的臉。

## 22 ｜まっしろ【真っ白】

(名・形動) 雪白，淨白，皓白

例 頭の中が真っ白になる。

譯 腦中一片空白。

## 23 ｜まっしろい【真っ白い】

(形) 雪白的，淨白的，皓白的

例 真っ白い雪が降ってきた。

譯 下起雪白的雪來了。

## 24 ｜まる【丸】

(名・造語・接頭・接尾) 圓形，球狀；句點；完全

例 丸を書く。

譯 畫圈圈。

## 25 ｜みずたまもよう【水玉模様】

(名) 小圓點圖案

例 水玉模様の洋服がかわいらしい。

譯 圓點圖案的衣服可愛極了。

## 26 ｜むじ【無地】

(名) 素色

例 ワイシャツは無地がいい。

譯 襯衫以素色的為佳。

## 27 ｜むらさき【紫】

(名) 紫，紫色；醬油；紫丁香

例 好みの色は紫です。

譯 喜歡紫色。

# パート 21 教育

第二十一章 - 教育 -

## 21-1 教育、学習 / 教育、學習

### 01 ｜おしえ【教え】

名 教導，指教，教誨；教義

例 先生の教えを守る。

譯 謹守老師的教誨。

### 02 ｜おそわる【教わる】

他五 受教，跟…學習

例 パソコンの使い方を教わる。

譯 學習電腦的操作方式。

### 03 ｜か【科】

名·漢造 （大專院校）科系；（區分種類）科

例 英文科だから英語を勉強する。

譯 因為是英文系所以讀英語。

### 04 ｜かがく【化学】

名 化學

例 化学を知る。

譯 認識化學。

### 05 ｜かていか【家庭科】

名 （學校學科之一）家事，家政

例 家庭科を学ぶ。

譯 學家政課。

### 06 ｜きほん【基本】

名 基本，基礎，根本

例 基本をゼロから学ぶ。

譯 學習基礎東西。

### 07 ｜きほんてき（な）【基本的（な）】

形動 基本的

例 基本的な単語から教える。

譯 教授基本單字。

### 08 ｜きょう【教】

漢造 教，教導；宗教

例 仏教が伝わる。

譯 佛教流傳。

### 09 ｜きょうかしょ【教科書】

名 教科書，教材

例 歴史の教科書を使う。

譯 使用歷史教科書。

### 10 ｜こうか【効果】

名 效果，成效，成績；（劇）效果

例 効果が上がる。

譯 效果提升。

## 11 ｜こうみん【公民】

名 公民

例 公民の授業で政治を学んだ。

譯 在公民課上學了政治。

## 12 ｜さんすう【算数】

名 算數，初等數學；計算數量

例 算数が苦手だ。

譯 不擅長算數。

## 13 ｜しかく【資格】

名 資格，身分；水準

例 資格を持つ。

譯 擁有資格。

## 14 ｜どくしょ【読書】

名・自サ 讀書

例 読書だけで人は変わる。

譯 光是讀書就能改變人生。

## 15 ｜ぶつり【物理】

名 （文）事物的道理；物理（學）

例 物理に強い。

譯 物理學科很強。

## 16 ｜ほけんたいいく【保健体育】

名 （國高中學科之一）保健體育

例 保健体育の授業を見学する。

譯 參觀健康體育課。

## 17 ｜マスター【master】

名・他サ 老闆；精通

例 日本語をマスターしたい。

譯 我想精通日語。

## 18 ｜りか【理科】

名 理科（自然科學的學科總稱）

例 理科系に進むつもりだ。

譯 準備考理科。

## 19 ｜りゅうがく【留学】

名・自サ 留學

例 アメリカに留学する。

譯 去美國留學。

# 21-2 学校 /
學校

## 01 ｜がくれき【学歴】

名 學歷

例 学歴が高い。

譯 學歷高。

## 02 ｜こう【校】

漢造 學校；校對；（軍銜）校；學校

例 校則を守る。

譯 遵守校規。

## 03 ｜ごうかく【合格】

名・自サ 及格；合格

例 試験に合格する。

譯 考試及格。

## 04 ｜しょうがくせい【小学生】

名 小學生

例 小学生になる。
譯 上小學。

---

## 05 | しん【新】

名・漢造 新；剛收穫的；新曆
例 新学期が始まった。
譯 新學期開始了。

---

## 06 | しんがく【進学】

名・自サ 升學；進修學問
例 大学に進学する。
譯 念大學。

---

## 07 | しんがくりつ【進学率】

名 升學率
例 あの高校は進学率が高い。
譯 那所高中升學率很高。

---

## 08 | せんもんがっこう【専門学校】

名 專科學校
例 専門学校に行く。
譯 進入專科學校就讀。

---

## 09 | たいがく【退学】

名・自サ 退學
例 退学して仕事を探す。
譯 退學後去找工作。

---

## 10 | だいがくいん【大学院】

名 （大學的）研究所
例 大学院に進む。
譯 進研究所唸書。

---

## 11 | たんきだいがく【短期大学】

名 （兩年或三年制的）短期大學
例 短期大学で勉強する。
譯 在短期大學裡就讀。

---

## 12 | ちゅうがく【中学】

名 中學，初中
例 中学生になった。
譯 上了國中。

---

N3 ● 21-3

## 21-3 学生生活 /
學生生活

## 01 | うつす【写す】

他五 抄襲，抄寫；照相；摹寫
例 ノートを写す。
譯 抄寫筆記。

---

## 02 | か【課】

名・漢造 （教材的）課；課業；（公司等）課，科
例 第3課を練習する。
譯 練習第三課。

---

## 03 | かきとり【書き取り】

名・自サ 抄寫，記錄；聽寫，默寫
例 書き取りのテストを
行う。
譯 進行聽寫測驗。

---

## 04 | かだい【課題】

名 提出的題目；課題，任務
例 課題を解決する。
譯 解決課題。

## 05 ｜かわる【換わる】

自五 更換，更替

例 教室が換わる。

譯 換教室。

## 06 ｜クラスメート【classmate】

名 同班同學

例 クラスメートに会う。

譯 與同班同學見面。

## 07 ｜けっせき【欠席】

名・自サ 缺席

例 授業を欠席する。

譯 上課缺席。

## 08 ｜さい【祭】

漢造 祭祀，祭禮；節日，節日的狂歡

例 文化祭が行われる。

譯 舉辦文化祭。

## 09 ｜ざいがく【在学】

名・自サ 在校學習，上學

例 在学中のことを思い出す。

譯 想起求學時的種種。

## 10 ｜じかんめ【時間目】

接尾 第…小時

例 2時間目の授業を受ける。

譯 上第二節課。

## 11 ｜チャイム【chime】

名 組鐘；門鈴

例 チャイムが鳴った。

譯 鈴聲響了。

## 12 ｜てんすう【点数】

名 （評分的）分數

例 読解の点数はまあまあだった。

譯 閱讀理解項目的分數還算可以。

## 13 ｜とどける【届ける】

他下一 送達；送交；報告

例 忘れ物を届ける。

譯 把遺失物送回來。

## 14 ｜ねんせい【年生】

接尾 …年級生

例 3年生に上がる。

譯 升為三年級。

## 15 ｜もん【問】

接尾 （計算問題數量）題

例 5問のうち4問は正解だ。

譯 五題中對四題。

## 16 ｜らくだい【落第】

名・自サ 不及格，落榜，沒考中；留級

例 彼は落第した。

譯 他落榜了。

## パート 22 第二十二章

# 行事、一生の出来事

- 儀式活動、一輩子會遇到的事情 -

### 01 │ いわう【祝う】 N3 ● 22

他五 祝賀，慶祝；祝福；送賀禮；致賀詞

例 成人を祝う。

譯 慶祝長大成人。

### 02 │ きせい【帰省】

名・自サ 歸省，回家（省親），探親

例 お正月に帰省する。

譯 元月新年回家探親。

### 03 │ クリスマス【christmas】

名 聖誕節

例 メリークリスマス。

譯 聖誕節快樂！

### 04 │ まつり【祭り】

名 祭祀；祭日，廟會祭典

例 お祭りを楽しむ。

譯 觀賞節日活動。

### 05 │ まねく【招く】

他五 （搖手、點頭）招呼，招待，宴請；招聘，聘請；招惹，招致

例 パーティーに招かれた。

譯 受邀參加派對。

# パート 23
## 第二十三章
# 道具
- 工具 -

## 23-1 道具 (1) /
工具(1)

### 01 | おたまじゃくし【お玉杓子】
名 圓杓，湯杓；蝌蚪
例 お玉じゃくしを持つ。
譯 拿湯杓。

### 02 | かん【缶】
名 罐子
例 缶詰にする。
譯 做成罐頭。

### 03 | かんづめ【缶詰】
名 罐頭；關起來，隔離起來；擁擠的狀態
例 缶詰を開ける。
譯 打開罐頭。

### 04 | くし【櫛】
名 梳子
例 櫛を髪に挿す。
譯 頭髮插上梳子。

### 05 | こくばん【黒板】
名 黑板
例 黒板を拭く。
譯 擦黑板。

### 06 | ゴム【(荷) gom】
名 樹膠，橡皮，橡膠
例 輪ゴムで結んでください。
譯 請用橡皮筋綁起來。

### 07 | ささる【刺さる】
自五 刺在…在，扎進，刺入
例 布団に針が刺さっている。
譯 被子有針插著。

### 08 | しゃもじ【杓文字】
名 杓子，飯杓
例 しゃもじにご飯がついている。
譯 飯匙上沾著飯。

### 09 | しゅうり【修理】
名・他サ 修理，修繕
例 車を修理する。
譯 修繕車子。

### 10 | せいのう【性能】
名 性能，機能，效能
例 性能が悪い。
譯 性能不好。

### 11 | せいひん【製品】
名 製品，產品

例 製品のデザインを決める。
譯 決定把新產品的設計定案。

## 12 ｜せんざい【洗剤】

名 洗滌劑，洗衣粉（精）
例 洗剤で洗う。
譯 用洗滌劑清洗。

## 13 ｜タオル【towel】

名 毛巾；毛巾布
例 タオルを洗う。
譯 洗毛巾。

## 14 ｜ちゅうかなべ【中華なべ】

名 中華鍋（炒菜用的中式淺底鍋）
例 中華なべで野菜を炒める。
譯 用中式淺底鍋炒菜。

## 15 ｜でんち【電池】

名 （理）電池
例 電池がいる。
譯 需要電池。

## 16 ｜テント【tent】

名 帳篷
例 テントを張る。
譯 搭帳篷。

## 17 ｜なべ【鍋】

名 鍋子；火鍋
例 鍋で野菜を炒める。
譯 用鍋炒菜。

## 18 ｜のこぎり【鋸】

名 鋸子
例 のこぎりで板を引く。
譯 用鋸子鋸木板。

## 19 ｜はぐるま【歯車】

名 齒輪
例 機械の歯車に油を差した。
譯 往機器的齒輪裡注了油。

## 20 ｜はた【旗】

名 旗，旗幟；（佛）幡
例 旗をかかげる。
譯 掛上旗子。

N3 ● 23-1(2)

# 23-1 道具(2) ／
工具(2)

## 21 ｜ひも【紐】

名 （布、皮革等的）細繩，帶
例 靴ひもを結ぶ。
譯 繫鞋帶。

## 22 ｜ファスナー【fastener】

名 （提包、皮包與衣服上的）拉鍊
例 ファスナーがついている。
譯 有附拉鍊。

## 23 ｜ふくろ・〜ぶくろ【袋】

名 袋子；口袋；囊
例 袋に入れる。
譯 裝入袋子。

**24｜ふた【蓋】**

名 (瓶、箱、鍋等)的蓋子；(貝類的)蓋

例 蓋<ruby>蓋<rt>ふた</rt></ruby>をする。

譯 蓋上。

---

**25｜ぶつ【物】**

名・漢造 大人物；物，東西

例 <ruby>危険物<rt>きけんぶつ</rt></ruby>の<ruby>持<rt>も</rt></ruby>ち<ruby>込<rt>こ</rt></ruby>みはやめましょう。

譯 請勿帶入危險物品。

---

**26｜フライがえし【fry 返し】**

名 (把平底鍋裡面煎的東西翻面的用具)鍋鏟

例 <ruby>使<rt>つか</rt></ruby>いやすいフライ<ruby>返<rt>がえ</rt></ruby>しを<ruby>選<rt>えら</rt></ruby>ぶ。

譯 選擇好用的炒菜鏟。

---

**27｜フライパン【frypan】**

名 平底鍋

例 フライパンで<ruby>焼<rt>や</rt></ruby>く。

譯 用平底鍋烤。

---

**28｜ペンキ【(荷)pek】**

名 油漆

例 ペンキが<ruby>乾<rt>かわ</rt></ruby>いた。

譯 油漆乾了。

---

**29｜ベンチ【bench】**

名 長凳，長椅；(棒球)教練、選手席

例 ベンチに<ruby>腰掛<rt>こしか</rt></ruby>ける。

譯 坐到長椅上。

---

**30｜ほうちょう【包丁】**

名 菜刀；廚師；烹調手藝

例 <ruby>包丁<rt>ほうちょう</rt></ruby>で<ruby>切<rt>き</rt></ruby>る。

譯 用菜刀切。

---

**31｜マイク【mike】**

名 麥克風

例 マイクを<ruby>通<rt>つう</rt></ruby>じて<ruby>話<rt>はな</rt></ruby>す。

譯 透過麥克風説話。

---

**32｜まないた【まな板】**

名 切菜板

例 まな<ruby>板<rt>いた</rt></ruby>の<ruby>上<rt>うえ</rt></ruby>で<ruby>野菜<rt>やさい</rt></ruby>を<ruby>切<rt>き</rt></ruby>る。

譯 在砧板切菜。

---

**33｜ゆのみ【湯飲み】**

名 茶杯，茶碗

例 <ruby>湯飲<rt>ゆの</rt></ruby>み<ruby>茶碗<rt>ちゃわん</rt></ruby>を<ruby>手<rt>て</rt></ruby>に<ruby>入<rt>い</rt></ruby>れる。

譯 得到茶杯。

---

**34｜ライター【lighter】**

名 打火機

例 ライターで<ruby>火<rt>ひ</rt></ruby>をつける。

譯 用打火機點火。

---

**35｜ラベル【label】**

名 標籤，籤條

例 <ruby>金額<rt>きんがく</rt></ruby>のラベルを<ruby>張<rt>は</rt></ruby>る。

譯 貼上金額標籤。

---

**36｜リボン【ribbon】**

名 緞帶，絲帶；髮帶；蝴蝶結

例 リボンを<ruby>付<rt>つ</rt></ruby>ける。

譯 繫上緞帶。

## 37 ｜ レインコート【raincoat】

名 雨衣

例 レインコートを忘れた。

譯 忘了帶雨衣。

## 38 ｜ ロボット【robot】

名 機器人；自動裝置；傀儡

例 家事をしてくれるロボットが人気だ。

譯 會幫忙做家事的機器人很受歡迎。

## 39 ｜ わん【椀・碗】

名 碗，木碗；(計算數量)碗

例 一碗のお茶を頂く。

譯 喝一碗茶。

N3 23-2

### 23-2 家具、工具、文房具 ／
傢俱、工作器具、文具

## 01 ｜ アイロン【iron】

名 熨斗、烙鐵

例 アイロンをかける。

譯 用熨斗燙。

## 02 ｜ アルバム【album】

名 相簿，記念冊

例 スマホの写真でアルバムを作る。

譯 把手機裡的照片編作相簿。

## 03 ｜ インキ【ink】

名 墨水

例 万年筆のインキがなくなる。

譯 鋼筆的墨水用完。

## 04 ｜ インク【ink】

名 墨水，油墨(也寫作「インキ」)

例 インクをつける。

譯 醮墨水。

## 05 ｜ エアコン【air conditioning】

名 空調；溫度調節器

例 エアコンつきの部屋を探す。

譯 找附有冷氣的房子。

## 06 ｜ カード【card】

名 卡片；撲克牌

例 カードを切る。

譯 洗牌。

## 07 ｜ カーペット【carpet】

名 地毯

例 カーペットにコーヒーをこぼした。

譯 把咖啡灑到地毯上了。

## 08 ｜ かぐ【家具】

名 家具

例 家具を置く。

譯 放家具。

## 09 ｜ かでんせいひん【家電製品】

名 家用電器

例 家電製品を安全に使う。

譯 安全使用家電用品。

## 10 ｜かなづち【金槌】

名 釘錘，榔頭；旱鴨子

例 金槌で釘を打つ。

譯 用榔頭敲打釘子。

---

## 11 ｜き【機】

名・接尾・漢造 機器；時機；飛機；（助數詞用法）架

例 洗濯機が壊れた。

譯 洗衣機壞了。

---

## 12 ｜クーラー【cooler】

名 冷氣設備

例 クーラーをつける。

譯 開冷氣。

---

## 13 ｜さす【指す】

他五 指・指示；使，叫，令，命令做…

例 時計が２時を指している。

譯 時鐘指著兩點。

---

## 14 ｜じゅうたん【絨毯】

名 地毯

例 絨毯を織ってみた。

譯 試著編地毯。

---

## 15 ｜じょうぎ【定規】

名 （木工使用）尺，規尺；標準

例 定規で線を引く。

譯 用尺畫線。

---

## 16 ｜しょっきだな【食器棚】

名 餐具櫃，碗廚

例 食器棚に皿を置く。

譯 把盤子放入餐具櫃裡。

---

## 17 ｜すいはんき【炊飯器】

名 電子鍋

例 炊飯器でご飯を炊く。

譯 用電鍋煮飯。

---

## 18 ｜せき【席】

名・漢造 席，坐墊；席位，坐位

例 席を譲る。

譯 讓座。

---

## 19 ｜せともの【瀬戸物】

名 陶瓷品

例 瀬戸物の茶碗を大事にしている。

譯 非常珍惜陶瓷碗。

---

## 20 ｜せんたくき【洗濯機】

名 洗衣機

例 洗濯機で洗う。

譯 用洗衣機洗。

---

## 21 ｜せんぷうき【扇風機】

名 風扇，電扇

例 扇風機を止める。

譯 關上電扇。

---

## 22 ｜そうじき【掃除機】

名 除塵機，吸塵器

例 掃除機をかける。

譯 用吸塵器清掃。

## 23 ｜ソファー【sofa】
名 沙發（亦可唸作「ソファ」）
例 ソファーに座る。
譯 坐在沙發上。

## 24 ｜たんす
名 衣櫥，衣櫃，五斗櫃

例 たんすにしまった。
譯 收入衣櫃裡。

## 25 ｜チョーク【chalk】
名 粉筆
例 チョークで黒板に書く。
譯 用粉筆在黑板上寫字。

## 26 ｜てちょう【手帳】
名 筆記本，雜記本
例 手帳で予定を確認する。
譯 翻看隨身記事本確認行程。

## 27 ｜でんしレンジ【電子 range】
名 電子微波爐
例 電子レンジで温める。
譯 用微波爐加熱。

## 28 ｜トースター【toaster】
名 烤麵包機
例 トースターで焼く。
譯 以烤箱加熱。

## 29 ｜ドライヤー【dryer・drier】
名 乾燥機，吹風機

例 ドライヤーをかける。
譯 用吹風機吹。

## 30 ｜はさみ【鋏】
名 剪刀；剪票鉗
例 はさみで切る。
譯 用剪刀剪。

## 31 ｜ヒーター【heater】
名 電熱器，電爐；暖氣裝置
例 ヒーターをつける。
譯 裝暖氣。

## 32 ｜びんせん【便箋】
名 信紙，便箋
例 かわいい便箋をダウンロードする。
譯 下載可愛的信紙。

## 33 ｜ぶんぼうぐ【文房具】
名 文具，文房四寶
例 文房具屋さんでペンを買って来た。
譯 去文具店買了筆回來。

## 34 ｜まくら【枕】
名 枕頭

例 枕につく。
譯 就寢，睡覺。

## 35 ｜ミシン【sewingmachine 之略】
名 縫紉機
例 ミシンで着物を縫い上げる。
譯 用縫紉機縫好一件和服。

## 23-3 容器類 /
容器類

### 01 ｜ さら【皿】

④ 盤子；盤形物；（助數詞）一碟等

例 料理を皿に盛る。

譯 把菜放到盤子裡。

### 02 ｜ すいとう【水筒】

④ （旅行用）水筒，水壺

例 水筒に熱いコーヒを入れる。

譯 把熱咖啡倒入水壺。

### 03 ｜ びん【瓶】

④ 瓶，瓶子

例 瓶を壊す。

譯 打破瓶子。

### 04 ｜ メモリー・メモリ【memory】

④ 記憶，記憶力；懷念；紀念品；（電腦）記憶體

例 メモリーが不足している。

譯 記憶體空間不足。

### 05 ｜ ロッカー【locker】

④ （公司、機關用可上鎖的）文件櫃；（公共場所用可上鎖的）置物櫃，置物箱，櫃子

例 ロッカーに入れる。

譯 放進置物櫃裡。

## 23-4 照明、光学機器、音響、情報機器 /
燈光照明、光學儀器、音響、信息器具

### 01 ｜ CD ドライブ【CD drive】

④ 光碟機

例 CD ドライブが開かない。

譯 光碟機沒辦法打開。

### 02 ｜ DVD デッキ【DVD tape deck】

④ DVD 播放機

例 DVDデッキが壊れた。

譯 DVD播映機壞了。

### 03 ｜ DVD ドライブ【DVD drive】

④ （電腦用的）DVD 機

例 DVDドライブをパソコンにつなぐ。

譯 把DVD磁碟機接上電腦。

### 04 ｜ うつる【写る】

⑤ 照相，映顯；顯像；（穿透某物）看到

例 私の隣に写っているのは兄です。

譯 照片中站在我隔壁的是哥哥。

### 05 ｜ かいちゅうでんとう【懐中電灯】

④ 手電筒

例 懐中電灯が必要だ。

譯 需要手電筒。

### 06 ｜ カセット【cassette】

④ 小暗盒：（盒式）錄音磁帶，錄音帶

例 カセットに入れる。

譯 錄進錄音帶。

## 07 | がめん【画面】

② (繪畫的)畫面；照片，相片；(電影等)畫面，鏡頭

例 画面を見る。

譯 看畫面。

## 08 | キーボード【keyboard】

② (鋼琴、打字機等)鍵盤

例 キーボードを弾く。

譯 彈鍵盤(樂器)。

## 09 | けいこうとう【蛍光灯】

② 螢光燈，日光燈

例 蛍光灯の調子が悪い。

譯 日光燈的壞了。

## 10 | けいたい【携帯】

(名・他サ) 攜帶；手機(「携帯電話(けいたいでんわ)」的簡稱)

例 携帯電話を持つ。

譯 攜帶手機。

## 11 | コピー【copy】

② 抄本，謄本，副本；(廣告等的)文稿

例 書類をコピーする。

譯 影印文件。

## 12 | つける【点ける】

(他下一) 點燃；打開(家電類)

例 クーラーをつける。

譯 開冷氣。

## 13 | テープ【tape】

② 窄帶，線帶，布帶；卷尺；錄音帶

例 テープに録音する。

譯 在錄音帶上錄音。

## 14 | ディスプレイ【display】

② 陳列，展覽，顯示；(電腦的)顯示器

例 ディスプレイをリサイクルに出す。

譯 把顯示器送去回收。

## 15 | ていでん【停電】

(名・自サ) 停電，停止供電

例 台風で停電した。

譯 因為颱風所以停電了。

## 16 | デジカメ【digital camera 之略】

② 數位相機(「デジタルカメラ」之略稱)

例 デジカメで撮った。

譯 用數位相機拍攝。

## 17 | デジタル【digital】

② 數位的，數字的，計量的

例 デジタル製品を使う。

譯 使用數位電子產品。

## 18 | でんきスタンド【電気 stand】

② 檯燈

例 電気スタンドを点ける。

譯 打開檯燈。

## 19 ｜でんきゅう【電球】

(名) 電燈泡

例 電球が切れた。

譯 電燈泡壞了。

---

## 20 ｜ハードディスク【hard disk】

(名)（電腦）硬碟

例 ハードディスクが壊れた。

譯 硬碟壞了。

---

## 21 ｜ビデオ【video】

(名) 影像，錄影；錄影機；錄影帶

例 ビデオを再生する。

譯 播放錄影帶。

---

## 22 ｜ファックス【fax】

(名・サ変) 傳真

例 地図をファックスする。

譯 傳真地圖。

---

## 23 ｜プリンター【printer】

(名) 印表機；印相片機

例 プリンターのインクが切れた。

譯 印表機的油墨沒了。

---

## 24 ｜マウス【mouse】

(名) 滑鼠；老鼠

例 マウスを移動する。

譯 移動滑鼠。

---

## 25 ｜ライト【light】

(名) 燈，光

例 ライトを点ける。

譯 點燈。

---

## 26 ｜ろくおん【録音】

(名・他サ) 錄音

例 彼は録音のエンジニアだ。

譯 他是錄音工程師。

---

## 27 ｜ろくが【録画】

(名・他サ) 錄影

例 大河ドラマを録画した。

譯 錄下大河劇了。

# パート 24
## 職業、仕事
- 職業、工作 -

第二十四章

### 24-1 仕事、職場 /
工作、職場

### 01 ｜オフィス【office】
(名) 辦公室，辦事處；公司；政府機關
例 課長はオフィスにいる。
譯 課長在辦公室。

### 02 ｜おめにかかる【お目に掛かる】
(慣)（謙讓語）見面，拜會
例 社長にお目に掛かりたい。
譯 想拜會社長。

### 03 ｜かたづく【片付く】
(自五) 收拾，整理好；得到解決，處理好；出嫁
例 仕事が片付く。
譯 做完工作。

### 04 ｜きゅうけい【休憩】
(名・自サ) 休息
例 休憩する暇もない。
譯 連休息的時間也沒有。

### 05 ｜こうかん【交換】
(名・他サ) 交換；交易
例 名刺を交換する。
譯 交換名片。

### 06 ｜ざんぎょう【残業】
(名・自サ) 加班
例 残業して仕事を片付ける。
譯 加班把工作做完。

### 07 ｜じしん【自信】
(名) 自信，自信心
例 自信を持つ。
譯 有自信。

### 08 ｜しつぎょう【失業】
(名・自サ) 失業
例 会社が倒産して失業した。
譯 公司倒閉而失業了。

### 09 ｜じつりょく【実力】
(名) 實力，實際能力
例 実力がつく。
譯 具有實力。

### 10 ｜じゅう【重】
(名・漢造)（文）重大；穩重；重要
例 重要な仕事を任せられている。
譯 接下相當重要的工作。

### 11 ｜しゅうしょく【就職】
(名・自サ) 就職，就業，找到工作
例 日本語ができれば就職に有利だ。
譯 會日文對於求職將非常有利。

## 12 ｜じゅうよう【重要】

（名・形動）重要，要緊

例 重要な仕事をする。

譯 從事重要的工作。

## 13 ｜じょうし【上司】

（名）上司，上級

例 上司に確認する。

譯 跟上司確認。

## 14 ｜すます【済ます】

（他五・接尾）弄完，辦完；償還，還清；對付，將就，湊合；（接在其他動詞連用形下面）表示完全成為……

例 用事を済ました。

譯 辦完事情。

## 15 ｜すませる【済ませる】

（他五・接尾）弄完，辦完；償還，還清；將就，湊合

例 手続きを済ませた。

譯 辦完手續。

## 16 ｜せいこう【成功】

（名・自サ）成功，成就，勝利；功成名就，成功立業

例 仕事が成功した。

譯 工作大告成功。

## 17 ｜せきにん【責任】

（名）責任，職責

例 責任を持つ。

譯 負責任。

## 18 ｜たいしょく【退職】

（名・自サ）退職

例 退職してゆっくり生活したい。

譯 退休後想休閒地過生活。

## 19 ｜だいひょう【代表】

（名・他サ）代表

例 代表となる。

譯 作為代表。

## 20 ｜つうきん【通勤】

（名・自サ）通勤，上下班

例 マイカーで通勤する。

譯 開自己的車上班。

## 21 ｜はたらき【働き】

（名）勞動，工作；作用，功效；功勞，功績；功能，機能

例 妻が働きに出る。

譯 妻子外出工作。

## 22 ｜ふく【副】

（名・漢造）副本，抄件；副；附帶

例 副社長が挨拶する。

譯 副社長致詞。

## 23 ｜へんこう【変更】

（名・他サ）變更，更改，改變

例 計画を変更する。

譯 變更計畫。

## 24 ｜めいし【名刺】

（名）名片

例 名刺を交換する。
譯 交換名片。

## 25 ｜めいれい【命令】

名·他サ 命令，規定；（電腦）指令
例 命令を受ける。
譯 接受命令。

## 26 ｜めんせつ【面接】

名·自サ （為考察人品、能力而舉行的）面
試，接見，會面
例 面接を受ける。
譯 接受面試。

## 27 ｜もどり【戻り】

名 恢復原狀；回家；歸途
例 部長、お戻りは何時
ですか。
譯 部長，幾點回來呢？

## 28 ｜やくだつ【役立つ】

自五 有用，有益
例 実際に会社で役立つ。
譯 實際上對公司有益。

## 29 ｜やくだてる【役立てる】

他下一 （供）使用，使…有用
例 何とか役立てたい。
譯 我很想幫上忙。

## 30 ｜やくにたてる【役に立てる】

慣 （供）使用，使…有用
例 社会の役に立てる。
譯 對社會有貢獻。

## 31 ｜やめる【辞める】

他下一 辭職；休學
例 仕事を辞める。
譯 辭掉工作。

## 32 ｜ゆうり【有利】

形動 有利
例 免許があると仕事に有利です。
譯 持有證照對工作較有益處。

## 33 ｜れい【例】

名·漢造 慣例；先例；例子
例 前例がないなら、作ればいい。
譯 如果從來沒有人做過，就由我們來當
開路先鋒。

## 34 ｜れいがい【例外】

名 例外
例 例外として扱う。
譯 特別待遇。

## 35 ｜レベル【level】

名 水平，水準；水平線；水平儀
例 社員のレベルが向上する。
譯 員工的水準提高。

## 36 ｜わりあて【割り当て】

名 分配，分擔
例 仕事の割り当てをする。
譯 分派工作。

# 24-2 職業、事業 (1) /
職業、事業 (1)

## 01 ｜アナウンサー【announcer】

图 廣播員，播報員

例 アナウンサーになる。

譯 成為播報員。

## 02 ｜いし【医師】

图 醫師，大夫

例 心の温かい医師になりたい。

譯 我想成為一個有人情味的醫生。

## 03 ｜ウェーター・ウェイター【waiter】

图 （餐廳等的)侍者，男服務員

例 ウェーターを呼ぶ。

譯 叫服務生。

## 04 ｜ウェートレス・ウェイトレス【waitress】

图 （餐廳等的)女侍者，女服務生

例 ウェートレスを募集する。

譯 招募女服務生。

## 05 ｜うんてんし【運転士】

图 司機；駕駛員，船員

例 運転士をしている。

譯 當司機。

## 06 ｜うんてんしゅ【運転手】

图 司機

例 タクシーの運転手が道に詳しい。

譯 計程車司機對道路很熟悉。

## 07 ｜えきいん【駅員】

图 車站工作人員，站務員

例 駅員に聞く。

譯 詢問站務員。

## 08 ｜エンジニア【engineer】

图 工程師，技師

例 エンジニアとして働きたい。

譯 想以工程師的身份工作。

## 09 ｜おんがくか【音楽家】

图 音樂家

例 音楽家になる。

譯 成為音樂家。

## 10 ｜かいごし【介護士】

图 專門照顧身心障礙者日常生活的專門技術人員

例 介護士の資格を取る。

譯 取得看護的資格。

## 11 ｜かいしゃいん【会社員】

图 公司職員

例 会社員になる。

譯 當公司職員。

## 12 ｜がか【画家】

图 畫家

例 画家になる。

譯 成為畫家。

## 13 ｜かしゅ【歌手】

图 歌手，歌唱家

例 歌手になりたい。
譯 我想當歌手。

## 14 | カメラマン【cameraman】
名 攝影師；（報社、雜誌等）攝影記者
例 アマチュアカメラマンが増える。
譯 增加許多業餘攝影師。

## 15 | かんごし【看護師】
名 護士，看護
例 看護師さんが優しい。
譯 護士人很和善貼心。

## 16 | きしゃ【記者】
名 執筆者，筆者；（新聞）記者，編輯
例 記者が質問する。
譯 記者發問。

## 17 | きゃくしつじょうむいん【客室乗務員】
名 （車、飛機、輪船上）服務員
例 客室乗務員になる。
譯 成為空服人員。

## 18 | ぎょう【業】
名·漢造 業，職業；事業；學業
例 金融業で働く。
譯 在金融業工作。

## 19 | きょういん【教員】
名 教師，教員
例 教員になる。
譯 當上教職員。

## 20 | きょうし【教師】
名 教師，老師
例 両親とも高校の教師だ。
譯 我父母都是高中老師。

## 21 | ぎんこういん【銀行員】
名 銀行行員
例 銀行員になる。
譯 成為銀行行員。

## 22 | けいえい【経営】
名·他サ 經營，管理
例 会社を経営する。
譯 經營公司。

## 23 | けいさつかん【警察官】
名 警察官，警官
例 警察官を騙す。
譯 欺騙警官。

## 24 | けんちくか【建築家】
名 建築師
例 有名な建築家が建てた。
譯 由名建築師建造。

## 25 | こういん【行員】
名 銀行職員
例 銃を銀行の行員に向けた。
譯 拿槍對準了銀行職員。

### 26 ｜さっか【作家】

名 作家，作者，文藝工作者；藝術家，藝術工作者

例 作家が小説を書いた。

譯 作家寫了小說。

### 27 ｜さっきょくか【作曲家】

名 作曲家

例 作曲家になる。

譯 成為作曲家。

### 28 ｜サラリーマン【salariedman】

名 薪水階級，職員

例 サラリーマンにはなりたくない。

譯 不想從事領薪工作。

### 29 ｜じえいぎょう【自営業】

名 獨立經營，獨資

例 自営業で商売する。

譯 獨資經商。

### 30 ｜しゃしょう【車掌】

名 車掌，列車員

例 車掌が特急券の確認をする。

譯 乘務員來查特快票。

## 24-2 職業、事業 (2) ／
職業、事業 (2)

### 31 ｜じゅんさ【巡査】

名 巡警

例 巡査に捕まえられた。

譯 被警察逮捕。

### 32 ｜じょゆう【女優】

名 女演員

例 将来は女優になる。

譯 將來成為女演員。

### 33 ｜スポーツせんしゅ【sports 選手】

名 運動選手

例 スポーツ選手になりたい。

譯 想成為了運動選手。

### 34 ｜せいじか【政治家】

名 政治家（多半指議員）

例 どの政治家を応援しますか。

譯 你聲援哪位政治家呢？

### 35 ｜だいく【大工】

名 木匠，木工

例 大工を頼む。

譯 雇用木匠。

### 36 ｜ダンサー【dancer】

名 舞者；舞女；舞蹈家

例 夢はダンサーになることだ。

譯 夢想是成為一位舞者。

### 37 ｜ちょうりし【調理師】

名 烹調師，廚師

例 調理師の免許を持つ。

譯 具有廚師執照。

### 38 ｜つうやく【通訳】

名・他サ 口頭翻譯，口譯；翻譯者，譯員

例 彼は通訳をしている。

譯 他在擔任口譯。

# 39 | デザイナー【designer】

名（服装、建築等）設計師，圖案家

例 デザイナーになる。

譯 成為設計師。

# 40 | のうか【農家】

名 農民，農戶；農民的家

例 農家で育つ。

譯 生長在農家。

# 41 | パート【part time 之略】

名（按時計酬）打零工

例 パートに出る。

譯 出外打零工。

# 42 | はいゆう【俳優】

名（男）演員

例 夢は映画俳優になることだ。

譯 我的夢想是當一位電影演員。

# 43 | パイロット【pilot】

名 領航員；飛行駕駛員；實驗性的

例 パイロットから説明を受ける。

譯 接受飛行員的説明。

# 44 | ピアニスト【pianist】

名 鋼琴師，鋼琴家

例 ピアニストの方が演奏している。

譯 鋼琴家正在演奏。

# 45 | ひきうける【引き受ける】

他下一 承擔，負責；照應，照料；應付，對付；繼承

例 事業を引き受ける。

譯 繼承事業。

N3

24

職業、工作

# 46 | びようし【美容師】

名 美容師

例 人気の美容師を紹介する。

譯 介紹極受歡迎的美髮設計師。

# 47 | フライトアテンダント【flight attendant】

名 空服員

例 フライトアテンダントになりたい。

譯 我想當空服員。

# 48 | プロ【professional 之略】

名 職業選手，專家

例 プロになる。

譯 成為專家。

# 49 | べんごし【弁護士】

名 律師

例 将来は弁護士になりたい。

譯 將來想成為律師。

# 50 | ほいくし【保育士】

名 保育士

例 保育士の資格を取る。

譯 取得幼教老師資格。

# 51 | ミュージシャン【musician】

名 音樂家

例 ミュージシャンになった。

譯 成為音樂家了。

職業、事業 (2)｜243

## 52 ｜ゆうびんきょくいん【郵便局員】

Ⓐ 郵局局員

例 郵便局員として働く。

譯 從事郵差先生的工作。

## 53 ｜りょうし【漁師】

Ⓐ 漁夫，漁民

例 漁師の仕事はきつい。

譯 漁夫的工作很累人。

## 24-3 家事 /
家務

## 01 ｜かたづけ【片付け】

Ⓐ 整理，整頓，收拾

例 部屋の片付けをする。

譯 整理房間。

## 02 ｜かたづける【片付ける】

（他下一）收拾，打掃；解決

例 母が台所を片付ける。

譯 母親在打掃廚房。

## 03 ｜かわかす【乾かす】

（他五）曬乾；晾乾；烤乾

例 洗濯物を乾かす。

譯 曬衣服。

## 04 ｜さいほう【裁縫】

（名・自サ）裁縫，縫紉

例 裁縫を習う。

譯 學習縫紉。

## 05 ｜せいり【整理】

（名・他サ）整理，收拾，整頓；清理，處理；捨棄，淘汰，裁減

例 部屋を整理する。

譯 整理房間。

## 06 ｜たたむ【畳む】

（他五）疊，折；關，闔上；關閉，結束；藏在心裡

例 布団を畳む。

譯 折棉被。

## 07 ｜つめる【詰める】

（他下一・自下一）守候，值勤；不停的工作，緊張；塞進，裝入；緊挨著，緊靠著

例 ごみを袋に詰める。

譯 將垃圾裝進袋中。

## 08 ｜ぬう【縫う】

（他五）縫，縫補；刺繡；穿過，穿行；（醫）縫合（傷口）

例 服を縫った。

譯 縫衣服。

## 09 ｜ふく【拭く】

（他五）擦，抹

例 雑巾で拭く。

譯 用抹布擦拭。

# パート 25 生産、産業

第二十五章

- 生産、産業 -

## 01 ｜かんせい【完成】　N3 ● 25

名·自他サ 完成

例 正月に完成の予定だ。

譯 預定正月完成。

## 02 ｜こうじ【工事】

名·自サ 工程，工事

例 内装工事がうるさい。

譯 室內裝修工程很吵。

## 03 ｜さん【産】

名·漢造 生産，分娩；(某地方)出生；財產

例 日本産の車は質がいい。

譯 日產汽車品質良好。

## 04 ｜サンプル【sample】

名·他サ 樣品，樣本

例 サンプルを見て作る。

譯 依照樣品來製作。

## 05 ｜しょう【商】

名·漢造 商，商業；商人；(數)商；商量

例 この店の商品はプロ向けだ。

譯 這家店的商品適合專業人士使用。

## 06 ｜しんぽ【進歩】

名·自サ 進步

例 技術が進歩する。

譯 技術進步。

## 07 ｜せいさん【生産】

名·他サ 生産，製造；創作(藝術品等)；生業，生計

例 米を生産する。

譯 生產米。

## 08 ｜たつ【建つ】

自五 蓋，建

例 新しい家が建つ。

譯 蓋新房。

## 09 ｜たてる【建てる】

他下一 建造，蓋

例 家を建てる。

譯 蓋房子。

## 10 ｜のうぎょう【農業】

名 農耕；農業

例 日本の農業は進んでいる。

譯 日本的農業有長足的進步。

## 11 ｜まざる【交ざる】

自五 混雜，交雜，夾雜

例 不良品が交ざっている。

譯 摻進了不良品。

## 12 ｜まざる【混ざる】

自五 混雜，夾雜

例 米に砂が混ざっている。

譯 米裡面夾帶著沙。

# パート
# 26
## 第二十六章

# 経済
- 經濟 -

## 01 ｜かいすうけん【回数券】

⊛ (車票等的)回數票
例 回数券を買う。
譯 買回數票。

## 02 ｜かえる【代える・換える・替える】

他下一 代替，代理；改變，變更，變換
例 円をドルに替える。
譯 圓換美金。

## 03 ｜けいやく【契約】

名・自他サ 契約，合同
例 契約を結ぶ。
譯 立合同。

## 04 ｜じどう【自動】

⊛ 自動(不單獨使用)
例 自動販売機で野菜を買う。
譯 在自動販賣機購買蔬菜。

## 05 ｜しょうひん【商品】

⊛ 商品，貨品
例 商品が揃う。
譯 商品齊備。

## 06 ｜セット【set】

名・他サ 一組，一套；舞台裝置，布景；(網球等)盤，局；組裝，裝配；梳整頭髮
例 ワンセットで売る。
譯 整組來賣。

## 07 ｜ヒット【hit】

名・自サ 大受歡迎，最暢銷；(棒球)安打
例 今度の商品はヒットした。
譯 這回的產品取得了大成功。

## 08 ｜ブランド【brand】

⊛ (商品的)牌子；商標
例 ブランドのバックが揃う。
譯 名牌包包應有盡有。

## 09 ｜プリペイドカード【prepaid card】

⊛ 預先付款的卡片(電話卡、影印卡等)
例 使い捨てのプリペイドカードを買った。
譯 購買用完就丟的預付卡。

## 10 ｜むすぶ【結ぶ】

他五・自五 連結，繫結；締結關係，結合，結盟；(嘴)閉緊，(手)握緊
例 契約を結ぶ。
譯 簽合約。

## 11 ｜りょうがえ【両替】

名・他サ 兌換，換錢，兌幣

例 円とドルの両替をする。

譯 以日圓兌換美金。

## 12 ｜レシート【receipt】

名 收據；發票

例 レシートをもらう。

譯 拿收據。

## 13 ｜わりこむ【割り込む】

自五 擠進，插隊；闖進；插嘴

例 横から急に列に割り込んできた。

譯 突然從旁邊擠進隊伍來。

N3 26-2

### 26-2 価格、収支、貸借 ／
價格、收支、借貸

## 01 ｜かえる【返る】

自五 復原；返回；回應

例 貸したお金が返る。

譯 收回借出去的錢。

## 02 ｜かし【貸し】

名 借出，貸款；貸方；給別人的恩惠

例 貸しがある。

譯 有借出的錢。

## 03 ｜かしちん【貸し賃】

名 租金，賃費

例 貸し賃が高い。

譯 租金昂貴。

## 04 ｜かり【借り】

名 借，借入；借的東西；欠人情；怨恨，仇恨

例 借りを返す。

譯 還人情。

## 05 ｜きゅうりょう【給料】

名 工資，薪水

例 給料が上がる。

譯 提高工資。

## 06 ｜さがる【下がる】

自五 後退；下降

例 給料が下がる。

譯 降低薪水。

## 07 ｜ししゅつ【支出】

名・他サ 開支，支出

例 支出を抑える。

譯 減少支出。

## 08 ｜じょ【助】

漢造 幫助；協助

例 お金を援助する。

譯 出錢幫助。

## 09 ｜せいさん【清算】

名・他サ 結算，清算；清理財產；結束，了結

例 溜まった家賃を清算した。

譯 還清了積欠的房租。

## 10 ┃ ただ

(名・副) 免費，不要錢；普通，平凡；只有，只是（促音化為「たった」）

例 ただで参加できる。

譯 能夠免費參加。

## 11 ┃ とく【得】

(名・形動) 利益；便宜

例 まとめて買うと得だ。

譯 一次買更划算。

## 12 ┃ ねあがり【値上がり】

(名・自サ) 價格上漲，漲價

例 土地の値上がりが始まっている。

譯 地價開始高漲了。

## 13 ┃ ねあげ【値上げ】

(名・他サ) 提高價格，漲價

例 来月から入場料が値上げになる。

譯 下個月開始入場費將漲價。

## 14 ┃ ぶっか【物価】

(名) 物價

例 物価が上がった。

譯 物價上漲。

## 15 ┃ ボーナス【bonus】

(名) 特別紅利，花紅；獎金，額外津貼，紅利

例 ボーナスが出る。

譯 發獎金。

## 26-3 消費、費用 (1) ／
消費、費用(1)

## 01 ┃ いりょうひ【衣料費】

(名) 服裝費

例 子供の衣料費は私が出す。

譯 我支付小孩的服裝費。

## 02 ┃ いりょうひ【医療費】

(名) 治療費，醫療費

例 医療費を払う。

譯 支付醫療費。

## 03 ┃ うんちん【運賃】

(名) 票價；運費

例 運賃を払う。

譯 付運費。

## 04 ┃ おごる【奢る】

(自五・他五) 奢侈，過於講究；請客，作東

例 友人に昼飯を奢る。

譯 請朋友吃中飯。

## 05 ┃ おさめる【納める】

(他下一) 交，繳納

例 授業料を納める。

譯 繳納學費。

## 06 ┃ がくひ【学費】

(名) 學費

例 アルバイトで学費をためる。

譯 打工存學費。

## 07 | がすりょうきん【ガス料金】

名 瓦斯費
例 ガス料金を払う。
譯 付瓦斯費。

## 08 | くすりだい【薬代】

名 藥費
例 薬代が高い。
譯 醫療費昂貴。

## 09 | こうさいひ【交際費】

名 應酬費用
例 交際費を増やす。
譯 增加應酬費用。

## 10 | こうつうひ【交通費】

名 交通費，車馬費
例 交通費を計算する。
譯 計算交通費。

## 11 | こうねつひ【光熱費】

名 電費和瓦斯費等
例 光熱費を払う。
譯 繳水電費。

## 12 | じゅうきょひ【住居費】

名 住宅費，居住費
例 住居費が高い。
譯 住宿費用很高。

## 13 | しゅうりだい【修理代】

名 修理費

例 修理代を支払う。
譯 支付修理費。

## 14 | じゅぎょうりょう【授業料】

名 學費
例 授業料が高い。
譯 授課費用很高。

## 15 | しようりょう【使用料】

名 使用費
例 会場の使用料を支払う。
譯 支付場地租用費。

## 16 | しょくじだい【食事代】

名 餐費，飯錢
例 母が食事代をくれた。
譯 媽媽給了我飯錢。

## 17 | しょくひ【食費】

名 伙食費，飯錢
例 食費を節約する。
譯 節省伙食費。

## 18 | すいどうだい【水道代】

名 自來水費
例 水道代をカードで払う。
譯 用信用卡支付水費。

## 19 | すいどうりょうきん【水道料金】

名 自來水費
例 コンビニで水道料金を払う。
譯 在超商支付自來水費。

**20 | せいかつひ【生活費】**

名 生活費

例 息子に生活費を送る。

譯 寄生活費給兒子。

**26-3 消費、費用 (2) /**
消費、費用 (2)

**21 | ぜいきん【税金】**

名 税金，税款

例 税金を納める。

譯 繳納税金。

**22 | そうりょう【送料】**

名 郵費，運費

例 送料を払う。

譯 付郵資。

**23 | タクシーだい【taxi 代】**

名 計程車費

例 タクシー代が上がる。

譯 計程車的車資漲價。

**24 | タクシーりょうきん【taxi 料金】**

名 計程車費

例 タクシー料金が値上げになる。

譯 計程車的費用要漲價。

**25 | チケットだい【ticket 代】**

名 票錢

例 チケット代を払う。

譯 付買票的費用。

**26 | ちりょうだい【治療代】**

名 治療費，診察費

例 歯の治療代が高い。

譯 治療牙齒的費用很昂貴。

**27 | てすうりょう【手数料】**

名 手續費；回扣

例 手数料がかかる。

譯 要付手續費。

**28 | でんきだい【電気代】**

名 電費

例 電気代が高い。

譯 電費很貴。

**29 | でんきりょうきん【電気料金】**

名 電費

例 電気料金が値上がりする。

譯 電費上漲。

**30 | でんしゃだい【電車代】**

名 (坐)電車費用

例 電車代が安くなる。

譯 電車費更加便宜。

**31 | でんしゃちん【電車賃】**

名 (坐)電車費用

例 電車賃は 250 円だ。

譯 電車費是二百五十圓。

**32 | でんわだい【電話代】**

名 電話費

例 夜11時以後は電話代が安くなる。
譯 夜間十一點以後的電話費率比較便宜。

## 33｜にゅうじょうりょう【入場料】

(名) 入場費，進場費
例 入場料が高い。
譯 門票很貴呀。

## 34｜バスだい【bus 代】

(名) 公車（乘坐）費
例 バス代を払う。
譯 付公車費。

## 35｜バスりょうきん【bus 料金】

(名) 公車（乘坐）費
例 大阪までのバス料金は安い。
譯 搭到大阪的公車費用很便宜。

## 36｜ひ【費】

(漢造) 消費，花費；費用
例 大学の学費は親が出してくれる。
譯 大學的學費是父母幫我支付的。

## 37｜へやだい【部屋代】

(名) 房租；旅館住宿費
例 部屋代を払う。
譯 支付房租。

## 38｜ほんだい【本代】

(名) 買書錢
例 本代がかなりかかる。
譯 買書的花費不少。

## 39｜やちん【家賃】

(名) 房租
例 家賃が高い。
譯 房租貴。

## 40｜ゆうそうりょう【郵送料】

(名) 郵費
例 郵送料が高い。
譯 郵資貴。

## 41｜ようふくだい【洋服代】

(名) 服裝費
例 子供たちの洋服代がかからない。
譯 小孩們的衣物費用所費不多。

## 42｜りょう【料】

(接尾) 費用，代價
例 入場料は2倍に値上がる。
譯 入場費漲了兩倍。

## 43｜レンタルりょう【rental 料】

(名) 租金
例 ウエディングドレスのレンタル料は10万だ。
譯 結婚禮服的租借費是十萬。

N3 ● 26-4

## 26-4 財産、金銭 /
財産、金錢

## 01｜あずかる【預かる】

(他五) 收存，（代人）保管；擔任，管理，負責處理；保留，暫不公開
例 お金を預かる。
譯 保管錢。

## 02 ｜あずける【預ける】

他下一 寄放，存放；委託，託付

例 銀行にお金を預ける。

譯 把錢存放進銀行裡。

## 03 ｜かね【金】

名 金屬；錢，金錢

例 金がかかる。

譯 花錢。

## 04 ｜こぜに【小銭】

名 零錢；零用錢；少量資金

例 1000円札を小銭に替える。

譯 將千元鈔兌換成硬幣。

## 05 ｜しょうきん【賞金】

名 賞金；獎金

例 賞金を手に入れた。

譯 獲得賞金。

## 06 ｜せつやく【節約】

名・他サ 節約，節省

例 交際費を節約する。

譯 節省應酬費用。

## 07 ｜ためる【溜める】

他下一 積，存，蓄；積壓，停滯

例 お金を溜める。

譯 存錢。

## 08 ｜ちょきん【貯金】

名・自他サ 存款，儲蓄

例 毎月決まった額を貯金する。

譯 每個月定額存錢。

## Memo

_____  _____

_____  _____

_____  _____

_____  _____

_____  _____

_____  _____

_____  _____

# パート

# 27
## 第二十七章

# 政治
### - 政治 -

## 27-1 政治、行政、国際 /
政治、行政、國際

### 01 ｜けんちょう【県庁】
(名) 縣政府
例 県庁を訪問する。
譯 訪問縣政府。

### 02 ｜こく【国】
(漢造) 國;政府;國際,國有
例 国民の怒りが高まる。
譯 人們的怒氣日益高漲。

### 03 ｜こくさいてき【国際的】
(形動) 國際的
例 国際的な会議に参加する。
譯 參加國際會議。

### 04 ｜こくせき【国籍】
(名) 國籍
例 国籍を変更する。
譯 變更國籍。

### 05 ｜しょう【省】
(名・漢造) 省掉;(日本內閣的)省,部
例 新しい省をつくる。
譯 建立新省。

### 06 ｜せんきょ【選挙】
(名・他サ) 選舉,推選
例 議長を選挙する。
譯 選出議長。

### 07 ｜ちょう【町】
(名・漢造) (市街區劃單位)街,巷;鎮,街
例 町長に選出された。
譯 當上了鎮長。

### 08 ｜ちょう【庁】
(漢造) 官署;行政機關的外局
例 官庁に勤める。
譯 在政府機關工作。

### 09 ｜どうちょう【道庁】
(名) 北海道的地方政府(「北海道庁」之略稱)
例 道庁は札幌市にある。
譯 北海道道廳(地方政府)位於札幌市。

### 10 ｜とちょう【都庁】
(名) 東京都政府(「東京都庁」之略稱)
例 新宿都庁が目の前だ。
譯 新宿都政府就在眼前。

## 11 │パスポート【passport】

(名) 護照；身分證

例 パスポートを出す。

譯 取出護照。

## 12 │ふちょう【府庁】

(名) 府辦公室

例 府庁に招かれる。

譯 受府辦公室的招待。

## 13 │みんかん【民間】

(名) 民間；民營，私營

例 皇室から民間人になる。

譯 從皇室成為民間老百姓。

## 14 │みんしゅ【民主】

(名) 民主，民主主義

例 民主主義を壊す。

譯 破壞民主主義。

## 27-2 軍事 /
軍事

## 01 │せん【戦】

(漢造) 戰爭；決勝負，體育比賽；發抖

例 博物館で昔の戦車を見る。

譯 在博物館參觀以前的戰車。

## 02 │たおす【倒す】

(他五) 倒，放倒，推倒，翻倒；推翻，打倒；毀壞，拆毀；打敗，擊敗，殺死，擊斃；賴帳，不還債

例 敵を倒す。

譯 打倒敵人。

## 03 │だん【弾】

(漢造) 砲彈

例 弾丸のように速い。

譯 如彈丸一般地快。

## 04 │へいたい【兵隊】

(名) 士兵，軍人；軍隊

例 兵隊に行く。

譯 去當兵。

## 05 │へいわ【平和】

(名・形動) 和平，和睦

例 平和に暮らす。

譯 過和平的生活。

**01 | おこる【起こる】** N3 ◉ 28
(自五) 發生，鬧；興起，興盛；(火)著旺
例 事件が起こる。
譯 發生事件。

**02 | きまり【決まり】**
(名) 規定，規則；習慣，常規，慣例；終結；收拾整頓
例 決まりを守る。
譯 遵守規則。

**03 | きんえん【禁煙】**
(名·自サ) 禁止吸菸；禁菸，戒菸
例 車内は禁煙だ。
譯 車內禁止抽煙。

**04 | きんし【禁止】**
(名·他サ) 禁止
例 「ながらスマホ」は禁止だ。
譯 「走路時玩手機」是禁止的。

**05 | ころす【殺す】**
(他五) 殺死，致死；抑制，忍住，消除；埋沒；浪費，犧牲，典當；殺，(棒球)使出局
例 人を殺す。
譯 殺人。

**06 | じけん【事件】**
(名) 事件，案件
例 事件が起きる。
譯 發生案件。

**07 | じょうけん【条件】**
(名) 條件；條文，條款

例 条件を決める。
譯 決定條件。

**08 | しょうめい【証明】**
(名·他サ) 證明
例 資格を証明する。
譯 證明資格。

**09 | つかまる【捕まる】**
(自五) 抓住，被捉住，逮捕；抓緊，揪住
例 警察に捕まった。
譯 被警察抓到了。

**10 | にせ【偽】**
(名) 假，假冒；贗品
例 偽の１万円札が見つかった。
譯 找到萬圓偽鈔。

**11 | はんにん【犯人】**
(名) 犯人
例 犯人を探す。
譯 尋找犯人。

**12 | プライバシー【privacy】**
(名) 私生活，個人私密
例 プライバシーを守る。
譯 保護隱私。

**13 | ルール【rule】**
(名) 規章，章程；尺，界尺
例 交通ルールを守る。
譯 遵守交通規則。

## パート 29
### 第二十九章

# 心理、感情
- 心理、感情 -

## 29-1 心 (1) /
心、內心 (1)

### 01 | あきる【飽きる】

(自上一) 夠，滿足；厭煩，煩膩
例 飽きることを知らない。
譯 貪得無厭。

### 02 | いつのまにか【何時の間にか】

(副) 不知不覺地，不知什麼時候
例 いつの間にか春が来た。
譯 不知不覺春天來了。

### 03 | いんしょう【印象】

(名) 印象
例 印象が薄い。
譯 印象不深。

### 04 | うむ【生む】

(他五) 產生，產出
例 誤解を生む。
譯 產生誤解。

### 05 | うらやましい【羨ましい】

(形) 羨慕，令人嫉妒，眼紅
例 あなたがうらやましい。
譯 (我)羨慕你。

### 06 | えいきょう【影響】

(名・自サ) 影響
例 影響が大きい。
譯 影響很大。

### 07 | おもい【思い】

(名) (文)思想，思考；感覺，情感；想念，思念；願望，心願
例 思いにふける。
譯 沈浸在思考中。

### 08 | おもいで【思い出】

(名) 回憶，追憶，追懷；紀念
例 思い出になる。
譯 成為回憶。

### 09 | おもいやる【思いやる】

(他五) 體諒，表同情；想像，推測
例 不幸な人を思いやる。
譯 同情不幸的人。

### 10 | かまう【構う】

(自他五) 介意，顧忌，理睬；照顧，招待；調戲，逗弄；放逐
例 叩かれても構わない。
譯 被攻擊也無所謂。

## 11 │ かん【感】

(名・漢造) 感覺，感動；感
例 責任感が強い。
譯 有很強的責任感。

## 12 │ かんじる・かんずる【感じる・感ずる】

(自他上一) 感覺，感到；感動，感觸，有所感
例 痛みを感じる。
譯 感到疼痛。

## 13 │ かんしん【感心】

(名・形動・自サ) 欽佩；贊成；(貶)令人吃驚
例 皆さんの努力に感心した。
譯 大家的努力令人欽佩。

## 14 │ かんどう【感動】

(名・自サ) 感動，感激
例 感動を受ける。
譯 深受感動。

## 15 │ きんちょう【緊張】

(名・自サ) 緊張
例 緊張が解けた。
譯 緊張舒緩了。

## 16 │ くやしい【悔しい】

(形) 令人懊悔的
例 悔しい思いをする。
譯 覺得遺憾不甘。

## 17 │ こうふく【幸福】

(名・形動) 沒有憂慮，非常滿足的狀態

例 幸福な人生を送る。
譯 過著幸福的生活。

## 18 │ しあわせ【幸せ】

(名・形動) 運氣，機運；幸福，幸運
例 幸せになる。
譯 變得幸福、走運。

## 19 │ しゅうきょう【宗教】

(名) 宗教
例 宗教を信じる。
譯 信仰宗教。

## 20 │ すごい【凄い】

(形) 非常(好)；厲害；好的令人吃驚；可怕，嚇人
例 すごい嵐になった。
譯 轉變成猛烈的暴風雨了。

N3 ● 29-1(2)

## 29-1 心 (2) /
心、內心(2)

## 21 │ そぼく【素朴】

(名・形動) 樸素，純樸，質樸；(思想)純樸
例 素朴な考え方が生まれる。
譯 單純的想法孕育而生。

## 22 │ そんけい【尊敬】

(名・他サ) 尊敬
例 両親を尊敬する。
譯 尊敬雙親。

## 23 ｜たいくつ【退屈】

(名・自サ・形動) 無聊，鬱悶，寂，厭倦

例 退屈な日々が続く。

譯 無聊的生活不斷持續著。

## 24 ｜のんびり

(副・自サ) 舒適，逍遙，悠然自得

例 のんびり暮らす。

譯 悠閒度日。

## 25 ｜ひみつ【秘密】

(名・形動) 秘密，機密

例 これは二人だけの秘密だよ。

譯 這是屬於我們兩個人的秘密喔。

## 26 ｜ふこう【不幸】

(名) 不幸，倒楣；死亡，喪事

例 不幸を招く。

譯 招致不幸。

## 27 ｜ふしぎ【不思議】

(名・形動) 奇怪，難以想像，不可思議

例 不思議なことを起こす。

譯 發生不可思議的事。

## 28 ｜ふじゆう【不自由】

(名・形動・自サ) 不自由，不如意，不充裕；(手腳)不聽使喚；不方便

例 金に不自由しない。

譯 不缺錢。

## 29 ｜へいき【平気】

(名・形動) 鎮定，冷靜；不在乎，不介意，無動於衷

例 平気な顔をする。

譯 一副冷靜的表情。

## 30 ｜ほっと

(副・自サ) 嘆氣貌；放心貌

例 ほっと息をつく。

譯 鬆了一口氣。

## 31 ｜まさか

(副) (後接否定語氣)絕不…，總不會…，難道；萬一，一旦

例 まさかの時に備える。

譯 以備萬一。

## 32 ｜まんぞく【満足】

(名・自他サ・形動) 滿足，令人滿意的，心滿意足；滿足，符合要求；完全，圓滿

例 満足に暮らす。

譯 美滿地過日子。

## 33 ｜むだ【無駄】

(名・形動) 徒勞，無益；浪費，白費

例 無駄な努力はない。

譯 沒有白費力氣的。

## 34 ｜もったいない

(形) 可惜的，浪費的；過份的，惶恐的，不敢當

例 もったいない
ことをした。

譯 真是浪費。

**35 | ゆたか【豊か】**

形動 豊富，寬裕；豐盈；十足，足夠

例 豊かな生活を送る。

譯 過著富裕的生活。

---

**36 | ゆめ【夢】**

名 夢；夢想

例 甘い夢を見続けている。

譯 持續做著美夢。

---

**37 | よい【良い】**

形 好的，出色的；漂亮的；（同意）可以

例 良い友に恵まれる。

譯 遇到益友。

---

**38 | らく【楽】**

名・形動・漢造 快樂，安樂，快活；輕鬆，簡單；富足，充裕

例 楽に暮らす。

譯 輕鬆地過日子。

## 29-2 意志 /
意志

**01 | あたえる【与える】**

他下一 給與，供給，授與；使蒙受；分配

例 機会を与える。

譯 給予機會。

---

**02 | がまん【我慢】**

名・他サ 忍耐，克制，將就，原諒；（佛）饒恕

例 我慢ができない。

譯 不能忍受。

**03 | がまんづよい【我慢強い】**

形 忍耐性強，有忍耐力

例 本当にがまん強い。

譯 有耐性。

---

**04 | きぼう【希望】**

名・他サ 希望，期望，願望

例 どんな時も希望を持つ。

譯 懷抱希望。

---

**05 | きょうちょう【強調】**

名・他サ 強調；權力主張；（行情）看漲

例 特に強調する。

譯 特別強調。

---

**06 | くせ【癖】**

名 癖好，脾氣，習慣；（衣服的）摺線；頭髮亂翹

例 癖がつく。

譯 養成習慣。

---

**07 | さける【避ける】**

他下一 躲避，避開，逃避；避免，忌諱

例 問題を避ける。

譯 迴避問題。

---

**08 | さす【刺す】**

他五 刺，穿，扎；螫，咬，釘；縫綴，衲；捉住，黏捕

例 包丁で刺す。

譯 以菜刀刺入。

## 09 ｜さんか【参加】

(名·自サ) 参加，加入
例 参加を申し込む。
譯 報名參加。

---

## 10 ｜じっこう【実行】

(名·他サ) 實行，落實，施行
例 実行に移す。
譯 付諸實行。

---

## 11 ｜じっと

(副·自サ) 保持穩定，一動不動；凝神，聚精會神；一聲不響地忍住；無所做為，呆住
例 相手の顔をじっと見る。
譯 凝神注視對方的臉。

---

## 12 ｜じまん【自慢】

(名·他サ) 自滿，自誇，自大，驕傲
例 成績を自慢する。
譯 以成績為傲。

---

## 13 ｜しんじる・しんずる【信じる・信ずる】

(他上一) 信，相信；確信，深信；信賴，可靠；信仰
例 あなたを信じる。
譯 信任你。

---

## 14 ｜しんせい【申請】

(名·他サ) 申請，聲請
例 facebook で友達申請が来た。
譯 有人向我的臉書傳送了交友邀請。

---

## 15 ｜すすめる【薦める】

(他下一) 勸告，勸告，勸誘；勸，敬(煙、酒、茶、座等)
例 A大学を薦める。
譯 推薦A大學。

---

## 16 ｜すすめる【勧める】

(他下一) 勸告，勸誘；勸，進(煙茶酒等)
例 入会を勧める。
譯 勸説加入會員。

---

## 17 ｜だます【騙す】

(副) 騙，欺騙，誆騙，矇騙；哄
例 人を騙す。
譯 騙人。

---

## 18 ｜ちょうせん【挑戦】

(名·自サ) 挑戦
例 世界記録に挑戦する。
譯 挑戰世界紀錄。

---

## 19 ｜つづける【続ける】

(接尾) (接在動詞連用形後，複合語用法)繼續…，不斷地…
例 テニスを練習し続ける。
譯 不斷地練習打網球。

---

## 20 ｜どうしても

(副) (後接否定)怎麼也，無論怎樣也；務必，一定，無論如何也要
例 どうしても行きたい。
譯 無論如何我都要去。

**21 ｜なおす【直す】**

接尾 （前接動詞連用形）重做…

例 もう1度人生をやり直す。

譯 人生再次從零出發。

---

**22 ｜ふちゅうい(な)【不注意(な)】**

形動 不注意，疏忽，大意

例 不注意な発言が多すぎる。

譯 失言之處過多。

---

**23 ｜まかせる【任せる】**

他下一 委託，託付；聽任，隨意；盡力，盡量

例 運を天に任せる。

譯 聽天由命。

---

**24 ｜まもる【守る】**

他五 保衛，守護；遵守，保守；保持(忠貞)；(文)凝視

例 秘密を守る。

譯 保密。

---

**25 ｜もうしこむ【申し込む】**

他五 提議，提出；申請；報名；訂購；預約

例 結婚を申し込む。

譯 求婚。

---

**26 ｜もくてき【目的】**

名 目的，目標

例 目的を達成する。

譯 達到目的。

---

**27 ｜ゆうき【勇気】**

形動 勇敢

例 勇気を出す。

譯 提起勇氣。

---

**28 ｜ゆずる【譲る】**

他五 讓給，轉讓；謙讓，讓步；出讓，賣給；改日，延期

例 道を譲る。

譯 讓路。

---

N3 🔊 29-3

## 29-3 好き、嫌い／
喜歡、討厭

**01 ｜あい【愛】**

名・漢造 愛，愛情；友情，恩情；愛好，熱愛；喜愛；喜歡；愛惜

例 親の愛が伝わる。

譯 感受到父母的愛。

**02 ｜あら【粗】**

名 缺點，毛病

例 粗を探す。

譯 雞蛋裡挑骨頭。

---

**03 ｜にんき【人気】**

名 人緣，人望

例 あのタレントは人気がある。

譯 那位藝人很受歡迎。

---

**04 ｜ねっちゅう【熱中】**

名・自サ 熱中，專心；酷愛，著迷於

例 ゲームに熱中する。

譯 沈迷於電玩。

## 05 ｜ふまん【不満】

(名・形動) 不満足，不滿，不平

例 不満をいだく。

譯 心懷不滿。

---

## 06 ｜むちゅう【夢中】

(名・形動) 夢中，在睡夢裡；不顧一切，熱中，沉醉，著迷

例 夢中になる。

譯 入迷。

---

## 07 ｜めいわく【迷惑】

(名・自サ) 麻煩，煩擾；為難，困窘；討厭，妨礙，打擾

例 迷惑をかける。

譯 添麻煩。

---

## 08 ｜めんどう【面倒】

(名・形動) 麻煩，費事；繁瑣，棘手；照顧，照料

例 面倒を見る。

譯 照料。

---

## 09 ｜りゅうこう【流行】

(名・自サ) 流行，時髦，時興；蔓延

例 去年はグレーが流行した。

譯 去年是流行灰色。

---

## 10 ｜れんあい【恋愛】

(名・自サ) 戀愛

例 恋愛に陥った。

譯 墜入愛河。

---

## 01 ｜こうふん【興奮】

(名・自サ) 興奮，激昂；情緒不穩定

例 興奮して眠れなかった。

譯 激動得睡不著覺。

---

## 02 ｜さけぶ【叫ぶ】

(自五) 喊叫，呼叫，大聲叫；呼喊，呼籲

例 急に叫ぶ。

譯 突然大叫。

---

## 03 ｜たかまる【高まる】

(自五) 高漲，提高，增長；興奮

例 気分が高まる。

譯 情緒高漲。

---

## 04 ｜たのしみ【楽しみ】

(名) 期待，快樂

例 楽しみにしている。

譯 很期待。

---

## 05 ｜ゆかい【愉快】

(名・形動) 愉快，暢快；令人愉快，討人喜歡；令人意想不到

例 愉快に楽しめる。

譯 愉快的享受。

---

## 06 ｜よろこび【喜び・慶び】

(名) 高興，歡喜，喜悅；喜事，喜慶事；道喜，賀喜

例 慶びの言葉を述べる。

譯 致賀詞。

## 07 ｜わらい【笑い】

名 笑；笑聲；嘲笑，譏笑，冷笑

例 お腹が痛くなるほど笑った。

譯 笑得肚子都痛了。

### 29-5 悲しみ、苦しみ／
悲傷、痛苦

## 01 ｜かなしみ【悲しみ】

名 悲哀，悲傷，憂愁，悲痛

例 悲しみを感じる。

譯 感到悲痛。

## 02 ｜くるしい【苦しい】

形 艱苦；困難；難過；勉強

例 生活が苦しい。

譯 生活很艱苦。

## 03 ｜ストレス【stress】

名 （語）重音；（理）壓力；（精神）緊張狀態

例 ストレスで胃が痛い。

譯 由於壓力而引起胃痛。

## 04 ｜たまる【溜まる】

自五 事情積壓；積存，囤積，停滯

例 ストレスが溜まっている。

譯 累積了不少壓力。

## 05 ｜まけ【負け】

名 輸，失敗；減價；（商店送給客戶的）贈品

例 私の負けだ。

譯 我輸了。

## 06 ｜わかれ【別れ】

名 別，離別，分離；分支，旁系

例 別れが悲しい。

譯 傷感離別。

### 29-6 驚き、恐れ、怒り／
驚懼、害怕、憤怒

## 01 ｜いかり【怒り】

名 憤怒，生氣

例 怒りが抑えられない。

譯 怒不可遏。

## 02 ｜さわぎ【騒ぎ】

名 吵鬧，吵嚷；混亂，鬧事；轟動一時（的事件），激動，振奮

例 騒ぎが起こった。

譯 引起騷動。

## 03 ｜ショック【shock】

名 震動，刺激，打擊；（手術或注射後的）休克

例 ショックを受けた。

譯 受到打擊。

## 04 ｜ふあん【不安】

名・形動 不安，不放心，擔心；不穩定

例 不安をおぼえる。

譯 感到不安。

## 05 ｜ぼうりょく【暴力】

名 暴力，武力

例 夫に暴力を振るわれる。

譯 受到丈夫家暴。

## 06 ｜もんく【文句】

名 詞句，語句；不平或不滿的意見，異議

例 文句を言う。

譯 抱怨。

## 29-7 感謝、後悔 /
感謝、悔恨

## 01 ｜かんしゃ【感謝】

名・自他サ 感謝

例 心から感謝する。

譯 衷心感謝。

## 02 ｜こうかい【後悔】

名・他サ 後悔，懊悔

例 話を聞けばよかったと後悔している。

譯 後悔應該聽他説的才對。

## 03 ｜たすかる【助かる】

自五 得救，脱險；有幫助，輕鬆；節省(時間、費用、麻煩等)

例 ご協力いただけると助かります。

譯 能得到您的鼎力相助那就太好了。

## 04 ｜にくらしい【憎らしい】

形 可憎的，討厭的，令人憎恨的

例 あの男が憎らしい。

譯 那男人真是可恨啊。

## 05 ｜はんせい【反省】

名・他サ 反省，自省(思想與行為)；重新考慮

例 深く反省している。

譯 深深地反省。

## 06 ｜ひ【非】

名・接頭 非，不是

例 自分の非を詫びる。

譯 承認自己的錯誤。

## 07 ｜もうしわけない【申し訳ない】

寒暄 實在抱歉，非常對不起，十分對不起

例 申し訳ない気持ちでいっぱいだ。

譯 心中充滿歉意。

## 08 ｜ゆるす【許す】

他五 允許，批准，寬恕；免除，容許；承認；委託；信賴；疏忽，放鬆；釋放

例 君を許す。

譯 我原諒你。

## 09 ｜れい【礼】

名・漢造 禮儀，禮節，禮貌；鞠躬；道謝，致謝；敬禮；禮品

例 礼を欠く。

譯 欠缺禮貌。

## 10 ｜れいぎ【礼儀】

名 禮儀，禮節，禮法，禮貌

例 礼儀正しい青年だ。

譯 有禮的青年。

## 11 ｜わび【詫び】

名 賠不是，道歉，表示歉意

例 丁寧なお詫びの言葉を頂きました。

譯 得到畢恭畢敬的賠禮。

# パート 30
## 第三十章

# 思考、言語
- 思考、語言 -

## 30-1 思考 /
思考

### 01 | あいかわらず【相変わらず】
副 照舊，仍舊，和往常一樣
例 相変わらずお元気ですね。
譯 您還是那麼精神百倍啊！

### 02 | アイディア【idea】
名 主意，想法，構想；(哲)觀念
例 アイディアを考える。
譯 想點子。

### 03 | あんがい【案外】
副・形動 意想不到，出乎意外
例 案外やさしかった。
譯 出乎意料的簡單。

### 04 | いがい【意外】
名・形動 意外，想不到，出乎意料
例 意外に簡単だ。
譯 意外的簡單。

### 05 | おもいえがく【思い描く】
他五 在心裡描繪，想像
例 将来の生活を思い描く。
譯 在心裡描繪未來的生活。

### 06 | おもいつく【思い付く】
自他五 (忽然)想起，想起來
例 いいことを思いついた。
譯 我想到了一個好點子。

### 07 | かのう【可能】
名・形動 可能
例 可能な範囲でお願いします。
譯 在可能的範圍內請多幫忙。

### 08 | かわる【変わる】
自五 變化；與眾不同；改變時間地點，遷居，調任
例 考えが変わる。
譯 改變想法。

### 09 | かんがえ【考え】
名 思想，想法，意見；念頭，觀念，信念；考慮，思考；期待，願望；決心
例 考えが甘い。
譯 想法太幼稚了。

### 10 | かんそう【感想】
名 感想
例 感想を聞く。
譯 聽取感想。

## 11 ｜ごかい【誤解】

(名・他サ) 誤解，誤會
例 誤解を招く。
譯 導致誤會。

## 12 ｜そうぞう【想像】

(名・他サ) 想像
例 想像もつきません。
譯 真叫人無法想像。

## 13 ｜つい

(副) (表時間與距離)相隔不遠，就在眼前；
不知不覺，無意中；不由得，不禁
例 つい傘を間違えた。
譯 不小心拿錯了傘。

## 14 ｜ていあん【提案】

(名・他サ) 提案，建議
例 提案を受ける。
譯 接受建議。

## 15 ｜ねらい【狙い】

(名) 目標，目的；瞄準，對準
例 狙いを外す。
譯 錯過目標。

## 16 ｜のぞむ【望む】

(他五) 遠望，眺望；指望，希望；仰慕，
景仰
例 成功を望む。
譯 期望成功。

## 17 ｜まし(な)

(形動) (比)好些，勝過；像樣

例 ないよりましだ。
譯 有勝於無。

## 18 ｜まよう【迷う】

(自五) 迷，迷失；困惑；迷戀；(佛)執迷；
(古)(毛線、線繩等)絮亂，錯亂
例 道に迷う。
譯 迷路。

## 19 ｜もしかしたら

(連語・副) 或許，萬一，可能，説不定
例 もしかしたら優勝するかも。
譯 也許會獲勝也説不定。

## 20 ｜もしかして

(連語・副) 或許，可能
例 もしかして伊藤さんですか。
譯 您該不會是伊藤先生吧？

## 21 ｜もしかすると

(副) 也許，或，可能
例 もしかすると、受かるかもしれない。
譯 説不定會考上。

## 22 ｜よそう【予想】

(名・自サ) 預料，預測，預計
例 予想が当たった。
譯 預料命中。

## 30-2 判斷 /
判斷

## 01 ｜あてる【当てる】

(他下一) 碰撞，接觸；命中；猜，預測；
貼上，放上；測量；對著，朝向

例 年を当てる。

譯 猜中年齡。

---

## 02 | おもいきり【思い切り】

（名·副）斷念，死心；果斷，下決心；狠狠地，盡情地，徹底的

例 思い切り遊びたい。

譯 想盡情地玩。

---

## 03 | おもわず【思わず】

（副）禁不住，不由得，意想不到地，下意識地

例 思わず殴る。

譯 不由自主地揍了下去。

---

## 04 | かくす【隠す】

（他五）藏起來，隱瞞，掩蓋

例 帽子で顔を隠す。

譯 用帽子蓋住頭。

---

## 05 | かくにん【確認】

（名·他サ）證實，確認，判明

例 確認を取る。

譯 加以確認。

---

## 06 | かくれる【隠れる】

（自下一）躲藏，隱藏；隱遁；不為人知，潛在的

例 親に隠れてたばこを吸っていた。

譯 以前瞞著父母偷偷抽菸。

---

## 07 | かもしれない

（連語）也許，也未可知

例 あなたの言う通りかもしれない。

譯 或許如你說的。

---

## 08 | きっと

（副）一定，必定；（神色等）嚴厲地，嚴肅地

例 明日はきっと晴れるでしょう。

譯 明日一定會放晴。

---

## 09 | ことわる【断る】

（他五）謝絕；預先通知，事前請示

例 結婚を申し込んだが断られた。

譯 向他求婚，卻遭到了拒絕。

---

## 10 | さくじょ【削除】

（名·他サ）刪掉，刪除，勾消，抹掉

例 名前を削除する。

譯 刪除姓名。

---

## 11 | さんせい【賛成】

（名·自サ）贊成，同意

例 提案に賛成する。

譯 贊成這項提案。

---

## 12 | しゅだん【手段】

（名）手段，方法，辦法

例 手段を選ばない。

譯 不擇手段。

---

## 13 | しょうりゃく【省略】

（名·副·他サ）省略，從略

例 説明を省略する。

譯 省略說明。

---

## 14 | たしか【確か】

（副）（過去的事不太記得）大概，也許

例 確か言ったことがある。

譯 好像曾經有說過。

## 15 ｜たしかめる【確かめる】

(他下一) 查明，確認，弄清

例 気持ちを確かめる。

譯 確認心意。

## 16 ｜たてる【立てる】

(他下一) 立起；訂立

例 旅行の計画を立てる。

譯 訂定旅遊計畫。

## 17 ｜たのみ【頼み】

(名) 懇求，請求，拜託；信賴，依靠

例 頼みがある。

譯 有事想拜託你。

## 18 ｜チェック【check】

(名・他サ) 確認，檢查；核對，打勾；格子花紋；支票；號碼牌

例 メールをチェックする。

譯 檢查郵件。

## 19 ｜ちがい【違い】

(名) 不同，差別，區別；差錯，錯誤

例 違いが出る。

譯 出現差異。

## 20 ｜ちょうさ【調査】

(名・他サ) 調查

例 調査が行われる。

譯 展開調查。

## 21 ｜つける【付ける・附ける・着ける】

(他下一・接尾) 掛上，裝上；穿上，配戴；評定，決定；寫上，記上，定(價)，出(價)；養成；分配，派；安裝；注意；抹上，塗上

例 値段をつける。

譯 定價。

## 22 ｜てきとう【適当】

(名・形動・自サ) 適當；適度；隨便

例 送別会に適当な店を探す。

譯 尋找適合舉辦歡送會的店家。

## 23 ｜できる

(自上一) 完成；能夠

例 1週間でできる。

譯 一星期內完成。

## 24 ｜てってい【徹底】

(名・自サ) 徹底；傳遍，普遍，落實

例 徹底した調査を行う。

譯 進行徹底的調查。

## 25 ｜とうぜん【当然】

(形動・副) 當然，理所當然

例 夫は家族を養うのが当然だ。

譯 老公養家餬口是理所當然的事。

## 26 ｜ぬるい【温い】

(形) 微溫，不冷不熱，不夠熱

例 考え方が温い。

譯 思慮不夠周密。

## 27 ｜のこす【残す】

(他五) 留下，剩下；存留；遺留；（相撲頂住對方的進攻）開腳站穩

例 メモを残す。

譯 留下紙條。

## 28 ｜はんたい【反対】

(名・自サ) 相反；反對

例 意見に反対する。

譯 對意見給予反對。

## 29 ｜ふかのう（な）【不可能（な）】

(形動) 不可能的，做不到的

例 彼に勝つことは不可能だ。

譯 不可能贏過他的。

N3 ● 30-3

## 30-3 理解 /
理解

## 01 ｜かいけつ【解決】

(名・自他サ) 解決，處理

例 問題が解決する。

譯 問題得到解決。

## 02 ｜かいしゃく【解釈】

(名・他サ) 解釋，理解，說明

例 正しく解釈する。

譯 正確的解釋。

## 03 ｜かなり

(副・形動・名) 相當，頗

例 かなり疲れる。

譯 相當疲憊。

## 04 ｜さいこう【最高】

(名・形動) （高度、位置、程度）最高，至高無上；頂，極，最

例 最高に面白い映画だ。

譯 最有趣的電影。

## 05 ｜さいてい【最低】

(名・形動) 最低，最差，最壞

例 君は最低の男だ。

譯 你真是個差勁無比的男人。

## 06 ｜そのうえ【その上】

(接續) 又，而且，加之，兼之

例 質がいい、その上値段も安い。

譯 不只品質佳，而且價錢便宜。

## 07 ｜そのうち【その内】

(副・連語) 最近，過幾天，不久；其中

例 兄はその内帰ってくるから、暫く待ってください。

譯 我哥哥就快要回來了，請稍等一下。

## 08 ｜それぞれ

(副) 每個（人），分別，各自

例 それぞれの問題が違う。

譯 每個人的問題不同。

## 09 ｜だいたい【大体】

(副) 大部分；大致；大概

例 この曲はだいたい弾けるようになった。

譯 大致會彈這首曲子了。

## 10 ｜だいぶ【大分】

(名・形動) 很，頗，相當，相當地，非常

例 だいぶ日が長くなった。

譯 白天變得比較長了。

## 11 ｜ちゅうもく【注目】

(名・他サ・自サ) 注目，注視

例 人に注目される。

譯 引人注目。

## 12 ｜ついに【遂に】

(副) 終於；竟然；直到最後

例 遂に現れた。

譯 終於出現了。

## 13 ｜とく【特】

(漢造) 特，特別，與眾不同

例 すばらしい特等席へどうぞ。

譯 請上坐最棒的頭等座。

## 14 ｜とくちょう【特徴】

(名) 特徵，特點

例 特徴のある顔をしている。

譯 長著一副別具特色的臉。

## 15 ｜なっとく【納得】

(名・他サ) 理解，領會；同意，信服

例 納得がいく。

譯 信服。

## 16 ｜ひじょう【非常】

(名・形動) 非常，很，特別；緊急，緊迫

例 社員の提案を非常に重視する。

譯 非常重視社員的提案。

## 17 ｜べつ【別】

(名・形動・漢造) 分別，區分；分別

例 別の方法を考える。

譯 想別的方法。

## 18 ｜べつべつ【別々】

(形動) 各自，分別

例 別々に研究する。

譯 分別研究。

## 19 ｜まとまる【纏まる】

(自五) 解決，商訂，完成，談妥；湊齊，湊在一起；集中起來，概括起來，有條理

例 意見がまとまる。

譯 意見一致。

## 20 ｜まとめる【纏める】

(他下一) 解決，結束，總結，概括；匯集，收集；整理，收拾

例 意見をまとめる。

譯 整理意見。

## 21 ｜やはり・やっぱり

(副) 果然；還是，仍然

例 やっぱり思ったとおりだ。

譯 果然跟我想的一樣。

## 22 ｜りかい【理解】

(名・他サ) 理解，領會，明白；體諒，諒解

例 彼女の考えは理解しがたい。

譯 我無法理解她的想法。

## 23 ｜わかれる【分かれる】

(自下一) 分裂；分離，分開；區分，劃分；區別

例 意見が分かれる。
譯 意見產生分歧。

## 24 | わける【分ける】

(他下一) 分，分開；區分，
劃分；分配，分給；分
開，排開，擠開

例 等分に分ける。
譯 均分。

## 30-4 知識 /
知識

## 01 | あたりまえ【当たり前】

(名) 當然，應然；平常，普通
例 借金を返すのは当たり前だ。
譯 借錢就要還。

## 02 | うる【得る】

(他下二) 得到；領悟
例 得るところが多い。
譯 獲益良多。

## 03 | える【得る】

(他下一) 得，得到；領悟，理解；能夠
例 知識を得る。
譯 獲得知識。

## 04 | かん【観】

(名・漢造) 觀感，印象，樣子；觀看；觀點
例 人生観が変わる。
譯 改變人生觀。

## 05 | くふう【工夫】

(名・自サ) 設法

例 やりやすいように工夫する。
譯 設法讓工作更有效率。

## 06 | くわしい【詳しい】

(形) 詳細；精通，熟悉
例 事情に詳しい。
譯 深知詳情。

## 07 | けっか【結果】

(名・自他サ) 結果，結局
例 結果から見る。
譯 從結果上來看。

## 08 | せいかく【正確】

(名・形動) 正確，準確
例 正確に記録する。
譯 正確記錄下來。

## 09 | ぜったい【絶対】

(名・副) 絕對，無與倫比；堅絕，斷然，一定
例 絶対に面白いよ。
譯 一定很有趣喔。

## 10 | ちしき【知識】

(名) 知識
例 知識を得る。
譯 獲得知識。

## 11 | てき【的】

(接尾・形動) （前接名詞）關於，對於；表示
狀態或性質
例 一般的な例を挙げる。
譯 舉一般性的例子。

## 12 ｜できごと【出来事】

(名)（偶發的）事件，變故

例 不思議な出来事に遭う。

譯 遇到不可思議的事情。

## 13 ｜とおり【通り】

(接尾) 種類；套，組

例 やり方は三通りある。

譯 作法有三種方法。

## 14 ｜とく【解く】

(他五) 解開；拆開（衣服）；
消除，解除（禁令、條
約等）；解答

例 謎を解く。

譯 解開謎題。

## 15 ｜とくい【得意】

(名・形動)（店家的）主顧；得意，滿意；自滿，
得意洋洋；拿手

例 得意先を回る。

譯 拜訪老主顧。

## 16 ｜とける【解ける】

(自下一) 解開，鬆開（綁著的東西）；消，
解消（怒氣等）；解除（職責、契約等）；
解開（疑問等）

例 問題が解けた。

譯 問題解決了。

## 17 ｜ないよう【内容】

(名) 内容

例 手紙の内容を知っている。

譯 知道信的内容。

## 18 ｜にせる【似せる】

(他下一) 模仿，仿效；偽造

例 本物に似せる。

譯 與真物非常相似。

## 19 ｜はっけん【発見】

(名・他サ) 發現

例 新しい星を発見した。

譯 發現新的行星。

## 20 ｜はつめい【発明】

(名・他サ) 發明

例 機械を発明した。

譯 發明機器。

## 21 ｜ふかめる【深める】

(他下一) 加深，加強

例 知識を深める。

譯 增進知識。

## 22 ｜ほうほう【方法】

(名) 方法，辦法

例 方法を考え出す。

譯 想出辦法。

## 23 ｜まちがい【間違い】

(名) 錯誤，過錯；不確實

例 間違いを直す。

譯 改正錯誤。

## 24 ｜まちがう【間違う】

(他五・自五) 做錯，搞錯；錯誤

例 計算を間違う。

譯 算錯了。

### 25 ｜まちがえる【間違える】

他下一 錯；弄錯

例 人の傘と間違える。

譯 跟別人的傘弄錯了。

### 26 ｜まったく【全く】

副 完全，全然；實在，簡直；（後接否定）絕對，完全

例 まったく違う。

譯 全然不同。

### 27 ｜ミス【miss】

名・自サ 失敗，錯誤，差錯

例 仕事でミスを犯す。

譯 工作上犯了錯。

### 28 ｜りょく【力】

漢造 力量

例 実力がある。

譯 有實力。

N3 ● 30-5

## 30-5 言語 /
語言

### 01 ｜ぎょう【行】

名・漢造 （字的）行；（佛）修行；行書

例 行をかえる。

譯 另起一行。

### 02 ｜く【句】

名 字，字句；俳句

例 俳句の季語を春に換える。

譯 俳句的季語換成春。

### 03 ｜ごがく【語学】

名 外語的學習，外語，外語課

例 語学が得意だ。

譯 在語言方面頗具長才。

### 04 ｜こくご【国語】

名 一國的語言；本國語言；（學校的）國語（課），語文（課）

例 国語の教師になる。

譯 成為國文老師。

### 05 ｜しめい【氏名】

名 姓與名，姓名

例 解答用紙の右上に氏名を書く。

譯 在答案用紙的右上角寫上姓名。

### 06 ｜ずいひつ【随筆】

名 隨筆，小品文，散文，雜文

例 随筆を書く。

譯 寫散文。

### 07 ｜どう【同】

名 同樣，同等；（和上面的）相同

例 国同士の関係が深まる。

譯 加深國與國之間的關係。

### 08 ｜ひょうご【標語】

名 標語

例 交通安全の標語を考える。

譯 正在思索交通安全的標語。

## 09 | ふ【不】

接頭・漢造 不；壊；醜；笨
例 不注意でけがをした。
譯 因為不小心而受傷。

## 10 | ふごう【符号】

名 符號，記號；（數）符號
例 数学の符号を使う。
譯 使用數學符號。

## 11 | ぶんたい【文体】

名 （某時代特有的）文體；（某作家特有的）風格
例 漱石の文体をまねる。
譯 模仿夏目漱石的文章風格。

## 12 | へん【偏】

名・漢造 漢字的（左）偏旁；偏，偏頗
例 辞典で衣偏を見る。
譯 看辭典的衣部（部首）。

## 13 | めい【名】

名・接頭 知名…
例 この映画は名作だ。
譯 這電影是一部傑出的名作。

## 14 | やくす【訳す】

他五 翻譯；解釋
例 英語を日本語に訳す。
譯 英譯日。

## 15 | よみ【読み】

名 唸，讀；訓讀；判斷，盤算

例 正しい読み方は別にある。
譯 有別的正確念法。

## 16 | ローマじ【Roma 字】

名 羅馬字
例 ローマ字で入力する。
譯 用羅馬字輸入。

# 30-6 表現 (1) /
表達 (1)

## 01 | あいず【合図】

名・自サ 信號，暗號
例 合図を送る。
譯 遞出信號。

## 02 | アドバイス【advice】

名・他サ 勸告，提意見；建議
例 アドバイスをする。
譯 提出建議。

## 03 | あらわす【表す】

他五 表現出，表達；象徵，代表
例 言葉で表せない。
譯 無法言喻。

## 04 | あらわれる【表れる】

自下一 出現，出來；表現，顯出
例 不満が顔に表れている。
譯 臉上露出不服氣的神情。

## 05 | あらわれる【現れる】

自下一 出現，呈現，顯露

例 彼の<ruby>能力<rt>のうりょく</rt></ruby>が<ruby>現<rt>あらわ</rt></ruby>れる。
譯 他顯露出才華。

## 06 ｜あれっ・あれ

感 哎呀

例 あれ、どうしたの。
譯 哎呀，怎麼了呢？

## 07 ｜いえ

感 不，不是

例 いえ、<ruby>違<rt>ちが</rt></ruby>います。
譯 不，不是那樣。

## 08 ｜いってきます【行ってきます】

寒暄 我出門了

例 <ruby>挨拶<rt>あいさつ</rt></ruby>に<ruby>行<rt>い</rt></ruby>ってきます。
譯 去打聲招呼。

## 09 ｜いや

感 不；沒什麼

例 いや、それは<ruby>違<rt>ちが</rt></ruby>う。
譯 不，不是那樣的。

## 10 ｜うわさ【噂】

名・自サ 議論，閒談；傳説，風聲

例 <ruby>噂<rt>うわさ</rt></ruby>を<ruby>立<rt>た</rt></ruby>てる。
譯 散布謠言。

## 11 ｜おい

感 （主要是男性對同輩或晚輩使用）打招呼的喂，唉；（表示輕微的驚訝）呀！啊！

例 おい、<ruby>大丈夫<rt>だいじょうぶ</rt></ruby>か。
譯 喂！你還好吧。

## 12 ｜おかえり【お帰り】

寒暄 （你）回來了

例 もう、お<ruby>帰<rt>かえ</rt></ruby>りですか。
譯 您要回去了啊？

## 13 ｜おかえりなさい【お帰りなさい】

寒暄 回來了

例 「ただいま」「お<ruby>帰<rt>かえ</rt></ruby>りなさい」
譯 「我回來了。」「你回來啦。」

## 14 ｜おかけください

敬 請坐

例 どうぞ、おかけください。
譯 請坐下。

## 15 ｜おかまいなく【お構いなく】

敬 不管，不在乎，不介意

例 どうぞ、お<ruby>構<rt>かま</rt></ruby>いなく。
譯 請不必客氣。

## 16 ｜おげんきですか【お元気ですか】

寒暄 你好嗎？

例 ご<ruby>両親<rt>りょうしん</rt></ruby>はお<ruby>元気<rt>げんき</rt></ruby>ですか。
譯 請問令尊與令堂安好嗎？

## 17 ｜おさきに【お先に】

敬 先離開了，先告辭了

例 お<ruby>先<rt>さき</rt></ruby>に、<ruby>失礼<rt>しつれい</rt></ruby>します。
譯 我先告辭了。

## 18 ｜ おしゃべり【お喋り】

名・自サ・形動 閒談，聊天；愛説話的人，健談的人

例 おしゃべりに夢中になる。

譯 熱中於閒聊。

## 19 ｜ おじゃまします【お邪魔します】

敬 打擾了

例 「いらっしゃいませ」「お邪魔します」

譯 「歡迎光臨。」「打擾了。」

## 20 ｜ おせわになりました【お世話になりました】

敬 受您照顧了

例 いろいろと、お世話になりました。

譯 感謝您多方的關照。

## 21 ｜ おまちください【お待ちください】

敬 請等一下

例 少々、お待ちください。

譯 請等一下。

## 22 ｜ おまちどおさま【お待ちどおさま】

敬 久等了

例 お待ちどおさま、こちらへどうぞ。

譯 久等了，這邊請。

## 23 ｜ おめでとう

寒暄 恭喜

例 大学合格、おめでとう。

譯 恭喜你考上大學。

## 24 ｜ おやすみ【お休み】

寒暄 休息；晚安

例 「お休み」「お休みなさい」

譯 「晚安！」「晚安！」

## 25 ｜ おやすみなさい【お休みなさい】

寒暄 晚安

例 「もう寝るよ」「お休みなさい」

譯 「我要睡了。」「晚安。」

## 26 ｜ おん【御】

接頭 表示敬意

例 御礼申し上げます。

譯 致以深深的謝意。

## 27 ｜ けいご【敬語】

名 敬語

例 敬語を使う。

譯 使用敬語。

## 28 ｜ ごえんりょなく【ご遠慮なく】

敬 請不用客氣

例 どうぞ、ご遠慮なく。

譯 請不用客氣。

## 29 ｜ ごめんください

名・形動・副 （道歉、叩門時）對不起，有人在嗎？

例 ごめんください、おじゃまします。

譯 對不起，打擾了。

## 30 ｜ じつは【実は】

副 説真的，老實説，事實是，説實在的

例 実は私がやったのです。
譯 老實說是我做的。

N3 ● 30-6(2)

## 30-6 表現 (2) /
表達 (2)

### 31 | しつれいします【失礼します】
感 (道歉)對不起；(先行離開)先走一步；
(進門)不好意思打擾了；(職場用語－掛
電話時)不好意思先掛了；(入座)謝謝
例 お先に失礼します。
譯 我先失陪了。

### 32 | じょうだん【冗談】
名 戲言，笑話，詼諧，玩笑
例 冗談を言うな。
譯 不要亂開玩笑。

### 33 | すなわち【即ち】
接續 即，換言之；即是，正是；則，彼時；
乃，於是
例 1ポンド、すなわち100ペンスで
買った。
譯 以一磅也就是100英鎊購買。

### 34 | すまない
連語 對不起，抱歉；(做寒暄語)對不起
例 すまないと言ってくれた。
譯 向我道了歉。

### 35 | すみません【済みません】
連語 抱歉，不好意思
例 お待たせしてすみません。
譯 讓您久等，真是抱歉。

### 36 | ぜひ【是非】
名・副 務必；好與壞
例 是非お電話ください。
譯 請一定打電話給我。

### 37 | そこで
接續 因此，所以；(轉換話題時)那麼，
下面，於是
例 そこで、私は意見を言った。
譯 於是，我說出了我的看法。

### 38 | それで
接 因此；後來
例 それで、いつ終わるの。
譯 那麼，什麼時候結束呢？

### 39 | それとも
接續 或著，還是
例 コーヒーにしますか、それとも紅
茶にしますか。
譯 您要咖啡還是紅茶？

### 40 | ただいま
名・副 現在；馬上；剛才；(招呼語)我
回來了
例 ただいま帰りました。
譯 我回來了。

### 41 | つたえる【伝える】
他下一 傳達，轉告；傳導
例 部下に伝える。
譯 轉告給下屬。

## 42 ｜つまり

(名・副) 阻塞，困窘；到頭，盡頭；總之，
説到底；也就是説，即…

**例** つまり、こういうことです。

**譯** 也就是説，是這個意思。

## 43 ｜で

(接續) 那麼；（表示原因）所以

**例** 台風で学校が休みだ。

**譯** 因為颱風所以學校放假。

## 44 ｜でんごん【伝言】

(名・自他サ) 傳話，口信；
帶口信

**例** 伝言がある。

**譯** 有留言。

## 45 ｜どんなに

(副) 怎樣，多麼，如何；無論如何…也

**例** どんなにがんばっても、うまくい
かない。

**譯** 不管你再怎麼努力，事情還是不能順
利發展。

## 46 ｜なぜなら（ば）【何故なら（ば）】

(接續) 因為，原因是

**例** もういや、なぜなら彼はひどい。

**譯** 我投降了，因為他太惡劣了。

## 47 ｜なにか【何か】

(連語・副) 什麼；總覺得

**例** 何か飲みたい。

**譯** 想喝點什麼。

## 48 ｜バイバイ【bye-bye】

(寒暄) 再見，拜拜

**例** バイバイ、またね。

**譯** 掰掰，再見。

## 49 ｜ひょうろん【評論】

(名・他サ) 評論，批評

**例** 雑誌に映画の評論を書く。

**譯** 為雜誌撰寫影評。

## 50 ｜べつに【別に】

(副)（後接否定）不特別

**例** 別に忙しくない。

**譯** 不特別忙。

## 51 ｜ほうこく【報告】

(名・他サ) 報告，匯報，告知

**例** 事件を報告する。

**譯** 報告案件。

## 52 ｜まねる【真似る】

(他下一) 模效，仿效

**例** 上司の口ぶりを真似る。

**譯** 仿效上司的説話口吻。

## 53 ｜まるで

(副)（後接否定）簡直，全部，完全；好像，
宛如，恰如

**例** まるで夢のようだ。

**譯** 宛如作夢一般。

## 54 ｜メッセージ【message】

(名) 電報，消息，口信；致詞，祝詞；（美
國總統）咨文

例 祝賀のメッセージを送る。
譯 寄送賀詞。

**55 ｜よいしょ**
感（搬重物等吃喝聲）嘿咻
例 「よいしょ」と立ち上がる。
譯 一聲「嘿咻」就站了起來。

**56 ｜ろん【論】**
名・漢造・接尾 論，議論
例 その論の立て方はおかしい。
譯 那一立論方法很奇怪。

**57 ｜ろんじる・ろんずる【論じる・論ずる】**
他上一 論，論述，闡述
例 事の是非を論じる。
譯 論述事情的是與非。

N3 🔊 30-7

## 30-7 文書、出版物 ╱
文章文書、出版物

**01 ｜エッセー・エッセイ【essay】**
名 小品文，隨筆；（隨筆式的）短論文
例 エッセーを読む。
譯 閱讀小品文。

**02 ｜かん【刊】**
漢造 刊，出版
例 朝刊と夕刊を取る。
譯 訂早報跟晚報。

**03 ｜かん【巻】**
名・漢造 卷，書冊；（書畫的）手卷；卷曲

例 上、中、下、全３巻ある。
譯 有上中下共三冊。

**04 ｜ごう【号】**
名・漢造（雜誌刊物等）期號；（學者等）別名
例 雑誌の１月号を買う。
譯 買一月號的雜誌。

**05 ｜し【紙】**
漢造 報紙的簡稱；紙；文件，刊物
例 表紙を作る。
譯 製作封面。

**06 ｜しゅう【集】**
名・漢造（詩歌等的）集；聚集
例 作品を全集にまとめる。
譯 把作品編輯成全集。

**07 ｜じょう【状】**
名・漢造（文）書面，信件；情形，狀況
例 推薦状のおかげで就職が決まった。
譯 承蒙推薦信找到工作了。

**08 ｜しょうせつ【小説】**
名 小說
例 恋愛小説を読むのが好きです。
譯 我喜歡看言情小說。

**09 ｜しょもつ【書物】**
名（文）書，書籍，圖書
例 書物を読む。
譯 閱讀書籍。

## 10 ｜しょるい【書類】

⒜ 文書，公文，文件

例 書類を送る。

譯 寄送文件。

## 11 ｜だい【題】

⒜·自サ·漢造 題目，標題；問題；題辭

例 作品に題をつける。

譯 給作品題上名。

## 12 ｜タイトル【title】

⒜ (文章的)題目，(著述的)標題；稱號，職稱

例 タイトルを決める。

譯 決定名稱。

## 13 ｜だいめい【題名】

⒜ (圖書、詩文、戲劇、電影等的)標題，題名

例 題名をつける。

譯 題名。

## 14 ｜ちょう【帳】

漢造 帳幕；帳本

例 銀行の預金通帳と印鑑を盗まれた。

譯 銀行存摺及印章被偷了。

## 15 ｜データ【data】

⒜ 論據，論證的事實；材料，資料；數據

例 データを集める。

譯 收集情報。

## 16 ｜テーマ【theme】

⒜ (作品的)中心思想，主題；(論文、演說的)題目，課題

例 研究のテーマを考える。

譯 思考研究題目。

## 17 ｜としょ【図書】

⒜ 圖書

例 読みたい図書が見つかった。

譯 找到想看的書。

## 18 ｜パンフレット【pamphlet】

⒜ 小冊子

例 詳しいパンフレットをダウンロードできる。

譯 可以下載詳細的小冊子。

## 19 ｜びら

⒜ (宣傳、廣告用的)傳單

例 ビラをまく。

譯 發傳單。

## 20 ｜へん【編】

⒜·漢造 編，編輯；(詩的)卷

例 前編と後編に分ける。

譯 分為前篇跟後篇。

## 21 ｜めくる【捲る】

他五 翻，翻開；揭開，掀開

例 雑誌をめくる。

譯 翻閱雜誌。

必　　勝

# N2

情境分類單字

パート
1
第一章

# 時間

- 時間 -

N2 ⊙ 1-1 (1)

## 1-1 時、時間、時刻 (1) /
時候、時間、時刻 (1)

### 01 | あくる【明くる】

(連體) 次，翌，明，第二

例 明(あ)くる朝(あさ)が大変(たいへん)でした。

譯 第二天早上累壞了。

### 02 | いっしゅん【一瞬】

(名) 一瞬間，一剎那

例 一瞬(いっしゅん)の出来事(できごと)だった。

譯 一剎那間發生的事。

### 03 | いったん【一旦】

(副) 一旦，既然；暫且，姑且

例 一旦約束(いったんやくそく)したことは必(かなら)ず守(まも)る。

譯 一旦約定了的事就應該遵守。

### 04 | いつでも【何時でも】

(副) 無論什麼時候，隨時，經常，總是

例 勘定(かんじょう)はいつでもよろしい。

譯 哪天付款都可以。

### 05 | いまに【今に】

(副) 就要，即將，馬上；至今，直到現在

例 今(いま)に追(お)い越(こ)される。

譯 即將要被超越。

### 06 | いまにも【今にも】

(副) 馬上，不久，眼看就要

例 今(いま)にも雨(あめ)が降(ふ)りそうだ。

譯 眼看就要下雨。

### 07 | いよいよ【愈々】

(副) 愈發；果真；終於；即將要；緊要關頭

例 いよいよ夏休(なつやす)みだ。

譯 終於要放暑假了。

### 08 | えいえん【永遠】

(名) 永遠，永恆，永久

例 永遠(えいえん)の眠(ねむ)りについた。

譯 長眠不起。

### 09 | えいきゅう【永久】

(名) 永遠，永久

例 永久(えいきゅう)に続(つづ)く。

譯 萬古長青。

### 10 | おえる【終える】

(他下一・自下一) 做完，完成，結束

例 仕事(しごと)を終(お)える。

譯 工作結束。

## 11 | おわる【終わる】

(自五・他五) 完畢，結束，告終，做完，完結；
（接於其他動詞連用形下）…完

例 夢で終わる。

譯 以夢告終。

## 12 | き【機】

(名・接尾・漢造) 時機；飛機；（助數詞用法）
架；機器

例 時機を待つ。

譯 等待時機。

## 13 | きしょう【起床】

(名・自サ) 起床

例 起床時間を設定する。

譯 設定起床時間。

## 14 | きゅう【旧】

(名・漢造) 陳舊；往昔，舊日；舊曆，農曆；
前任者

例 旧正月に餃子を食べる。

譯 舊曆年吃水餃。

## 15 | じき【時期】

(名) 時期，時候；期間；季節

例 時期が重なる。

譯 時期重疊。

## 16 | じこく【時刻】

(名) 時刻，時候，時間

例 時刻どおりに来る。

譯 遵守時間來。

## 17 | してい【指定】

(名・他サ) 指定

例 時間を指定する。

譯 指定時間。

## 18 | しばる【縛る】

(他五) 綁，捆，縛；拘束，限制；逮捕

例 時間に縛られる。

譯 受時間限制。

## 19 | しゅんかん【瞬間】

(名) 瞬間，剎那間，剎那；當時，…的
同時

例 決定的瞬間を捉えた。

譯 捕捉關鍵時刻。

## 20 | しょうしょう【少々】

(名・副) 少許，一點，稍稍，片刻

例 少々お待ちください。

譯 請稍等一下。

N2 🔊 1-1 (2)

### 1-1 時、時間、時刻 (2) /
時候、時間、時刻 (2)

## 21 | しょうみ【正味】

(名) 實質，內容，淨剩部分；淨重；實數；
實價，不折不扣的價格，批發價

例 正味 1 時間かかった。

譯 實際花了整整一小時。

## 22 | ずらす

(他五) 挪開，錯開，差開

例 時期をずらす。

譯 錯開時期。

## 23 | ずれる

(自下一)（從原來或正確的位置）錯位，移動；離題，背離(主題、正路等)

例 タイミングがずれる。

譯 錯失時機。

## 24 | そのころ

(接) 當時，那時

例 そのころはちょうど移動中でした。

譯 那時正好在移動中。

## 25 | ただちに【直ちに】

(副) 立即，立刻；直接，親自

例 直ちに出動する。

譯 立刻出動。

## 26 | たちまち

(副) 轉眼間，一瞬間，很快，立刻；忽然，突然

例 たちまち売り切れる。

譯 一瞬間賣個精光。

## 27 | たったいま【たった今】

(副) 剛才；馬上

例 たった今まいります。

譯 馬上前往。

## 28 | たま【偶】

(名) 偶爾，偶然；難得，少有

例 たまの休日が嬉しい。

譯 難得少有的休息日真叫人高興。

## 29 | たらず【足らず】

(接尾) 不足…

例 10分足らずで着く。

譯 不到十分鐘就抵達了。

## 30 | ちかごろ【近頃】

(名・副) 最近，近來，這些日子來；萬分，非常

例 近頃の若者が出世したがらない。

譯 最近的年輕人成功慾很低。

## 31 | ちかぢか【近々】

(副) 不久，近日，過幾天；靠的很近

例 近々訪れる。

譯 近日將去拜訪您。

## 32 | つぶす【潰す】

(他五) 毀壞，弄碎；熔毀，熔化；消磨，消耗；宰殺；堵死，填滿

例 時間を潰す。

譯 消磨時間。

## 33 | どうじ【同時】

(名・副・接) 同時，時間相同；同時代；同時，立刻；也，又，並且

例 同時に出発する。

譯 同時出發。

## 34 | とき【時】

(名) 時間；(某個)時候；時期，時節，季節；情況，時候；時機，機會

例 その時がやって来る。

譯 時候已到。

## 35 | とたん【途端】

(名・他サ・自サ) 正當…的時候；剛…的時候，一…就…

**例** 買った途端に後悔した。

**譯** 才剛買下就後悔了。

## 36 | とっくに

(他サ・自サ) 早就，好久以前

**例** とっくに帰った。

**譯** 早就回去了。

## 37 | ながい【永い】

(形) (時間)長，長久

**例** 永い眠りにつく。

**譯** 長眠。

## 38 | ながびく【長引く】

(自五) 拖長，延長

**例** 病気が長引く。

**譯** 疾病久久不癒。

## 39 | のびのび【延び延び】

(名) 拖延，延緩

**例** 運動会が雨で延び延びになる。

**譯** 運動會因雨勢而拖延。

## 40 | はつ【発】

(名・接尾) (交通工具等)開出，出發；(信、電報等)發出；(助數詞用法)(計算子彈數量)發，顆

**例** 6時発の列車が遅れる。

**譯** 六點發車的列車延誤了。

## 41 | ふきそく【不規則】

(名・形動) 不規則，無規律；不整齊，凌亂

**例** 不規則な生活をする。

**譯** 生活不規律。

## 42 | ぶさた【無沙汰】

(名・自サ) 久未通信，久違，久疏問候

**例** 大変ご無沙汰致しました。

**譯** 久違了。

## 43 | ふだん【普段】

(名・副) 平常，平日

**例** 普段の状態に戻る。

**譯** 回到平常的狀態。

## 44 | ま【間】

(名・接尾) 間隔，空隙；間歇；機會，時機；(音樂)節拍間歇；房間；(數量)間

**例** 間に合う。

**譯** 趕得上。

## 45 | まっさき【真っ先】

(名) 最前面，首先，最先

**例** 真っ先に駆けつける。

**譯** 最先趕到。

## 46 | まもなく【間も無く】

(副) 馬上，一會兒，不久

**例** 間もなく試験が始まる。

**譯** 快考試了。

## 47 ｜やがて

（副）不久，馬上；幾乎，大約；歸根究柢，
亦即，就是

（例）やがて夜になった。

（譯）不久天就黑了。

## 1-2 季節、年、月、週、日 (1)／
季節、年、月、週、日(1)

## 01 ｜おひる【お昼】

（名）白天；中飯，午餐

（例）お昼の献立を用意した。

（譯）準備了午餐的菜單。

## 02 ｜か【日】

（漢造）表示日期或天數

（例）二日かかる。

（譯）需要兩天。

## 03 ｜がんじつ【元日】

（名）元旦

（例）元日から営業する。

（譯）從元旦開始營業。

## 04 ｜がんたん【元旦】

（名）元旦

（例）元旦に初詣に行く。

（譯）元旦去新年參拜。

## 05 ｜さきおととい【一昨昨日】

（名）大前天，前三天

（例）一昨昨日の出来事だ。

（譯）大前天的事情。

## 06 ｜しあさって

（名）大後天

（例）しあさっての試合が中止になった。

（譯）大後天的比賽中止了。

## 07 ｜しき【四季】

（名）四季

（例）四季を味わう。

（譯）欣賞四季。

## 08 ｜しゅう【週】

（名・漢造）星期；一圈

（例）先週から腰痛が酷い。

（譯）上禮拜開始腰疼痛不已。

## 09 ｜じゅう【中】

（名・接尾）（舊）期間；表示整個期間或區域

（例）熱帯地方は 1 年中暑い。

（譯）熱帶地區整年都熱。

## 10 ｜しょじゅん【初旬】

（名）初旬，上旬

（例）10 月の初旬は紅葉がきれいだ。

（譯）十月上旬紅葉美極了。

## 11 ｜しんねん【新年】

（名）新年

（例）新年を迎える。

（譯）迎接新年。

## 12 ｜せいれき【西暦】

名 西暦，西元

例 東京オリンピックが西暦 2020 年です。

譯 東京奧林匹克是在西元2020年。

## 13 ｜せんせんげつ【先々月】

接頭 上上個月，前兩個月

例 先々月の下旬に伊豆に行った。

譯 上上個月的下旬去了伊豆。

## 14 ｜せんせんしゅう【先々週】

接頭 上上週

例 先々週から痛みが強くなった。

譯 上上週開始疼痛加劇。

## 15 ｜つきひ【月日】

名 日與月；歲月，時光；日月，日期

例 月日が経つ。

譯 時光流逝。

## 16 ｜とうじつ【当日】

名・副 當天，當日，那一天

例 大会の当日に配布される。

譯 在大會當天發送。

## 17 ｜としつき【年月】

名 年和月，歲月，光陰；長期，長年累月；多年來

例 年月が流れる。

譯 歲月流逝。

## 18 ｜にちじ【日時】

名 （集會和出發的）日期時間

例 出発の日時が決まった。

譯 出發的時日決定了。

## 19 ｜にちじょう【日常】

名 日常，平常

例 日常会話ができる。

譯 日常會話沒問題。

## 20 ｜にちや【日夜】

名・副 日夜；總是，經常不斷地

例 日夜研究に励む。

譯 不分晝夜努力研究。

N2 ● 1-2 (2)

## 1-2 季節、年、月、週、日 (2) ／
季節、年、月、週、日⑵

## 21 ｜にっちゅう【日中】

名 白天，晝間（指上午十點到下午三、四點間）；日本與中國

例 日中の一番暑い時に出かけた。

譯 在白天最熱之時出門了。

## 22 ｜にってい【日程】

名 （旅行、會議的）日程；每天的計畫（安排）

例 日程を変える。

譯 改變日程。

## 23 ｜ねんかん【年間】

名・漢造 一年間；（年號使用）期間，年間

例 年間所得が少ない。

譯 年收入低。

## 24 | ねんげつ【年月】

名 年月，光陰，時間
例 長い年月がたつ。
譯 經年累月。

---

## 25 | ねんじゅう【年中】

名・副 全年，整年；一年到頭，總是，始終
例 年中無休にて営業しております。
譯 營業全年無休。

---

## 26 | ねんだい【年代】

名 年代；年齡層；時代
例 1990年代に登場した。
譯 在1990年代（90年代）登場。

---

## 27 | ねんど【年度】

名 （工作或學業）年度
例 年度が変わる。
譯 換年度。

---

## 28 | はやおき【早起き】

名 早起
例 早起きは苦手だ。
譯 不擅長早起。

---

## 29 | はんつき【半月】

名 半個月；半月形；上（下）弦月
例 半月かかる。
譯 花上半個月。

---

## 30 | はんにち【半日】

名 半天
例 半日で終わる。
譯 半天就結束。

---

## 31 | ひがえり【日帰り】

名・自サ 當天回來
例 日帰りの旅行がおすすめです。
譯 推薦一日遊。

---

## 32 | ひづけ【日付】

名 （報紙、新聞上的）日期
例 日付を入れる。
譯 填上日期。

---

## 33 | ひにち【日にち】

名 日子，時日；日期
例 同窓会の日にちを決める。
譯 決定同學會的日期。

---

## 34 | ひるすぎ【昼過ぎ】

名 過午
例 もう昼過ぎなの。
譯 已經過中午了。

---

## 35 | ひるまえ【昼前】

名 上午；接近中午時分
例 昼前なのにもうお腹がすいた。
譯 還不到中午肚子已經餓了。

---

## 36 | へいせい【平成】

名 平成（日本年號）
例 平成の次は令和に決定致しました。
譯 平成之後決定為令和。

**37 | まふゆ【真冬】**

名 隆冬,正冬天

例 真冬に冷水浴をして鍛える。

譯 在嚴冬裡沖冷水澡鍛練體魄。

---

**38 | よ【夜】**

名 夜,晚上,夜間

例 夜が明ける。

譯 天亮。

---

**39 | よあけ【夜明け】**

名 拂曉,黎明

例 夜明けになる。

譯 天亮。

---

**40 | よなか【夜中】**

名 半夜,深夜,午夜

例 夜中まで起きている。

譯 直到半夜都還醒著。

## 1-3 過去、現在、未來 /
過去、現在、未來

**01 | いこう【以降】**

名 以後,之後

例 8月以降はずっといる。

譯 八月以後都在。

---

**02 | いずれ【何れ】**

代・副 哪個,哪方;反正,早晚,歸根到底;不久,最近,改日

例 いずれまたお話ししましょう。

譯 改日我們再聊聊。

---

**03 | いつか【何時か】**

副 未來的不定時間,改天;過去的不定時間,以前;不知不覺

例 願い事はいつかは叶う。

譯 願望總有一天會實現。

---

**04 | いつまでも【何時までも】**

副 到什麼時候也…,始終,永遠

例 いつまでも忘れない。

譯 永遠不會忘記。

---

**05 | いらい【以来】**

名 以來,以後;今後,將來

例 生まれて以来ずっと愛され続けている。

譯 出生以來一直都被深愛著。

---

**06 | かこ【過去】**

名 過去,往昔;(佛)前生,前世

例 過去を顧みる。

譯 回顧往事。

---

**07 | きんだい【近代】**

名 近代,現代(日本則意指明治維新之後)

例 近代化を進める。

譯 推行近代化。

---

**08 | げん【現】**

名・漢造 現,現在的

例 現社長が会長に就任する。

譯 現在的社長就任為會長。

## 09 | げんざい【現在】

名 現在，目前，此時

例 現在に至る。

譯 到現在。

## 10 | げんし【原始】

名 原始；自然

例 原始林が広がる。

譯 原始森林展現開來。

## 11 | げんじつ【現実】

名 現實，實際

例 現実に起こる。

譯 發生在現實中。

## 12 | こん【今】

漢造 現在；今天；今年

例 今日の日本が必要としている。

譯 如今的日本是很需要的。

## 13 | こんにち【今日】

名 今天，今日；現在，當今

例 今日に至る。

譯 直到今日。

## 14 | さからう【逆らう】

自五 逆，反方向；違背，違抗，抗拒，違拗

例 歴史の流れに逆らう。

譯 違抗歷史的潮流。

## 15 | さきほど【先程】

副 剛才，方才

例 先程お見えになりました。

譯 剛才蒞臨的。

## 16 | しょうらい【将来】

名・副・他サ 將來，未來，前途；（從外國）傳入；帶來，拿來；招致，引起

例 将来を考える。

譯 思考將來要做什麼。

## 17 | すえ【末】

名 結尾，末了；末端，盡頭；將來，未來，前途；不重要的，瑣事；（排行）最小

例 末が案じられる。

譯 前途堪憂。

## 18 | せんご【戦後】

名 戰後

例 戦後の発展がめざましい。

譯 戰後的發展極為出色。

## 19 | ちゅうせい【中世】

名 （歷史）中世紀，古代與近代之間（在日本指鎌倉、室町時代）

例 中世のヨーロッパを舞台にした。

譯 以中世紀歐洲為舞台。

## 20 | とうじ【当時】

名・副 現在，目前；當時，那時

例 当時を思い出す。

譯 憶起當時。

## 21 ｜のちほど【後程】

(副) 過一會兒

例 後程またご相談しましょう。

譯 回頭再來和你談談。

## 22 ｜み【未】

(漢造) 未，沒；(地支的第八位)末

例 未知の世界が広がっている。

譯 未知的世界展現在眼前。

## 23 ｜らい【来】

(連體) (時間)下個，下一個

例 来年3月に卒業する。

譯 明年三月畢業。

N2● 1-4

## 1-4 期間、期限 ／
期間、期限

## 01 ｜いちじ【一時】

(造語・副) 某時期，一段時間；那時；暫時；一點鐘；同時，一下子

例 一時のブームが去った。

譯 風靡一時的熱潮已過。

## 02 ｜えんちょう【延長】

(名・自他サ) 延長，延伸，擴展；全長

例 期間を延長する。

譯 延長期限。

## 03 ｜かぎり【限り】

(名) 限度，極限；(接在表示時間、範圍等名詞下)只限於…，以…為限，在…範圍內

例 限りある命を楽しむ。

譯 享受有限的生命。

## 04 ｜かぎる【限る】

(自他五) 限定，限制；限於；以…為限；不限，不一定，未必

例 今日に限る。

譯 限於今日。

## 05 ｜き【期】

(名) 時期；時機；季節；(預定的)時日

例 入学の時期が訪れる。

譯 又到開學期了。

## 06 ｜きげん【期限】

(名) 期限

例 期限が切れる。

譯 期滿，過期。

## 07 ｜たんき【短期】

(名) 短期

例 短期の留学生が急増した。

譯 短期留學生急速增加。

## 08 ｜ちょうき【長期】

(名) 長期，長時間

例 長期にわたる。

譯 經過很長一段時間。

## 09 ｜ていきてき【定期的】

(形動) 定期，一定的期間

例 定期的に送る。

譯 定期運送。

## パート 2 第二章 住居

- 住房 -

### 2-1 家 / 住家

### 01 | いしょくじゅう【衣食住】
ⓐ 衣食住
例 衣食住に困らない。
譯 不愁吃穿住。

### 02 | いど【井戸】
ⓐ 井
例 井戸を掘る。
譯 挖井。

### 03 | がいしゅつ【外出】
（名・自サ）出門，外出
例 外出を控える。
譯 減少外出。

### 04 | かえす【帰す】
（他五）讓…回去，打發回家
例 家に帰す。
譯 讓…回家。

### 05 | かおく【家屋】
ⓐ 房屋，住房
例 家屋が立ち並ぶ。
譯 房屋羅列。

### 06 | くらし【暮らし】
ⓐ 度日，生活；生計，家境
例 暮らしを立てる。
譯 謀生。

### 07 | じたく【自宅】
ⓐ 自己家，自己的住宅
例 自宅で事務仕事をやっている。
譯 在家中做事務性工作。

### 08 | じゅうきょ【住居】
ⓐ 住所，住宅
例 住居を移転する。
譯 移居。

### 09 | しゅうぜん【修繕】
（名・他サ）修繕，修理
例 古い家屋を修繕した。
譯 整修舊房屋。

### 10 | じゅうたく【住宅】
ⓐ 住宅
例 住宅が密集する。
譯 住宅密集。

### 11 | じゅうたくち【住宅地】
ⓐ 住宅區
例 閑静な住宅地にある。
譯 在安靜的住宅區。

## 12 | スタート【start】

(名・自サ) 起動，出發，開端；開始（新事業等）

例 新生活がスタートする。

譯 開始新生活。

## 13 | たく【宅】

(名・漢造) 住所，自己家，宅邸；（加接頭詞「お」成為敬稱）尊處

例 先生のお宅を訪問した。

譯 拜訪了老師的尊府。

## 14 | ついで

(名) 順便，就便；順序，次序

例 ついでの折に立ち寄る。

譯 順便過來拜訪。

## 15 | でかける【出かける】

(自下一) 出門，出去，到…去；剛要走，要出去；剛要…

例 家を出かけた時に電話が鳴った。

譯 正要出門時，電話響起。

## 16 | とりこわす【取り壊す】

(他五) 拆除

例 古い家を取り壊す。

譯 拆除舊屋。

## 17 | のき【軒】

(名) 屋簷

例 軒を並べる。

譯 房屋鱗次櫛比。

## 18 | べっそう【別荘】

(名) 別墅

例 別荘を建てる。

譯 蓋別墅。

## 19 | ほうもん【訪問】

(名・他サ) 訪問，拜訪

例 お宅を訪問する。

譯 到貴宅拜訪。

N2 ● 2-2

## 2-2 家の外側 /
住家的外側

## 01 | あまど【雨戸】

(名)（為防風防雨而罩在窗外的）木板套窗，滑窗

例 雨戸を開ける。

譯 拉開木板套窗。

## 02 | いしがき【石垣】

(名) 石牆

例 石垣のある家に住みたい。

譯 想住有石牆的房子。

## 03 | かきね【垣根】

(名) 籬笆，柵欄，圍牆

例 垣根を取り払う。

譯 拆除籬笆。

## 04 | かわら【瓦】

(名) 瓦

例 瓦で屋根を葺く。

譯 用瓦鋪屋頂。

## 05 ｜すきま【隙間】

名 空隙，隙縫；空閒，閒暇

例 隙間ができる。

譯 產生縫隙。

## 06 ｜すずむ【涼む】

自五 乘涼，納涼

例 縁側で涼む。

譯 在走廊乘涼。

## 07 ｜へい【塀】

名 圍牆，牆院，柵欄

例 塀が傾く。

譯 圍牆傾斜。

## 08 ｜ものおき【物置】

名 庫房，倉房

例 物置に入れる。

譯 放入倉庫。

## 09 ｜れんが【煉瓦】

名 磚，紅磚

例 煉瓦を積む。

譯 砌磚。

## 2-3 部屋、設備 ／
房間、設備

## 01 ｜あわ【泡】

名 泡，沫，水花

例 泡が立つ。

譯 起泡泡。

## 02 ｜いた【板】

名 木板，薄板；舞台

例 床に板を張る。

譯 地板鋪上板子。

## 03 ｜かいてき【快適】

形動 舒適，暢快，愉快

例 快適な空間になる。

譯 成為舒適的空間。

## 04 ｜かんき【換気】

名・自他サ 換氣，通風，使空氣流通

例 窓を開けて換気する。

譯 打開窗戶使空氣流通。

## 05 ｜きゃくま【客間】

名 客廳

例 客間に通す。

譯 請到客廳。

## 06 ｜きれい【綺麗・奇麗】

形 好看，美麗；乾淨；完全徹底；清白，純潔；正派，公正

例 部屋をきれいにする。

譯 把房間打掃乾淨。

## 07 ｜ざしき【座敷】

名 日本式客廳；酒席，宴會，應酬；宴客的時間；接待客人

例 座敷に通す。

譯 到客廳。

## 08 ｜しく【敷く】

自五・他五 鋪上一層，(作接尾詞用)鋪滿，遍佈，落滿鋪墊，鋪設；布置，發佈

**例** 座布団を敷く。

**譯** 鋪坐墊。

---

## 09 ｜しょうじ【障子】

**名** 日本式紙拉門，隔扇

**例** 壁に耳あり、障子に目あり。

**譯** 隔牆有耳，隔籬有眼。

---

## 10 ｜しょくたく【食卓】

**名** 餐桌

**例** 食卓を囲む。

**譯** 圍著餐桌。

---

## 11 ｜しょさい【書斎】

**名** (個人家中的)書房，書齋

**例** 書斎に閉じこもる。

**譯** 關在書房裡。

---

## 12 ｜せんめん【洗面】

**名・他サ** 洗臉

**例** 洗面台が詰まった。

**譯** 洗臉台塞住了。

---

## 13 ｜ちらかす【散らかす】

**他五** 弄得亂七八糟；到處亂放，亂扔

**例** 部屋を散らかす。

**譯** 把房間弄得亂七八糟。

---

## 14 ｜ちらかる【散らかる】

**自五** 凌亂，亂七八糟，到處都是

**例** 部屋が散らかる。

**譯** 房間凌亂。

---

## 15 ｜てあらい【手洗い】

**名** 洗手；洗手盆，洗手用的水；洗手間

**例** 手洗いに行く。

**譯** 去洗手間。

---

## 16 ｜とこのま【床の間】

**名** 壁龕(牆身所留空間，傳統和室常有擺設插花或是貴重的藝術品之特別空間)

**例** 床の間に飾る。

**譯** 裝飾壁龕。

---

## 17 ｜ひっこむ【引っ込む】

**自五・他五** 引退，隱居；縮進，縮入；拉入，拉進；拉攏

**例** 部屋の隅に引っ込む。

**譯** 退往房間角落。

---

## 18 ｜ふう【風】

**名・漢造** 樣子，態度；風度；習慣；情況；傾向；打扮；風；風教；風景；因風得病；諷刺

**例** 和風に染まる。

**譯** 沾染上日本風味。

---

## 19 ｜ふすま【襖】

**名** 隔扇，拉門

**例** 襖を開ける。

**譯** 拉開隔扇。

---

## 20 ｜ふわふわ

**副・自サ** 輕飄飄地；浮躁，不沈著；軟綿綿的

**例** ふわふわの掛け布団が好きだ。

**譯** 喜歡軟綿綿的棉被。

## 21 ｜ べんじょ【便所】

(名) 廁所，便所

例 便所へ行く。

譯 上廁所。

## 22 ｜ またぐ【跨ぐ】

(他五) 跨立，叉開腿站立；跨過，跨越

例 敷居をまたぐ。

譯 跨過門檻。

## 23 ｜ めいめい【銘々】

(名・副) 各自，每個人

例 銘々に部屋がある。

譯 每人都有各自的房間。

## 24 ｜ ものおと【物音】

(名) 響聲，響動，聲音

例 物音がする。

譯 發出聲響。

## 25 ｜ やぶく【破く】

(他五) 撕破，弄破

例 障子を破く。

譯 把紙拉門弄破。

## 2-4 住む／
居住

## 01 ｜ うすぐらい【薄暗い】

(形) 微暗的，陰暗的

例 薄暗い部屋に閉じ込められた。

譯 被關進微暗的房間。

## 02 ｜ かしま【貸間】

(名) 出租的房間

例 貸間を探す。

譯 找出租房子。

## 03 ｜ かしや【貸家】

(名) 出租的房子

例 貸家の広告をアップする。

譯 上傳出租房屋的廣告。

## 04 ｜ かす【貸す】

(他五) 借出，出借；出租；提出策劃

例 部屋を貸す。

譯 房屋租出。

## 05 ｜ げしゅく【下宿】

(名・自サ) 租屋；住宿

例 おじの家に下宿している。

譯 在叔叔家裡租房間住。

## 06 ｜ すまい【住まい】

(名) 居住；住處，寓所；地址

例 一人住まいが不安になってきた。

譯 對獨居開始感到不安。

## 07 ｜ だんち【団地】

(名) (為發展產業而成片劃出的)工業區；
(有計畫的集中建立住房的)住宅區

例 団地に住む。

譯 住在住宅區。

# パート 3
## 第三章
# 食事
-用餐-

## 3-1 食事、食べる、味 /
用餐、吃、味道

### 01 ｜あじわう【味わう】

(他五) 品嚐；體驗，玩味，鑑賞
例 味わって食べる。
譯 邊品嚐邊吃。

### 02 ｜おうせい【旺盛】

(形動) 旺盛
例 食欲が旺盛だ。
譯 食慾很旺盛。

### 03 ｜おかわり【お代わり】

(名・自サ) (酒、飯等)再來一杯、一碗
例 ご飯をお代わりする。
譯 再來一碗飯。

### 04 ｜かじる【齧る】

(他五) 咬，啃；一知半解
例 木の実をかじる。
譯 啃樹木的果實。

### 05 ｜カロリー【calorie】

(名) (熱量單位)卡，卡路里；(食品營養價值單位)卡，大卡
例 カロリーが高い。
譯 熱量高。

### 06 ｜くう【食う】

(他五) (俗)吃，(蟲)咬
例 飯を食う。
譯 吃飯。

### 07 ｜こうきゅう【高級】

(名・形動) (級別)高，高級；(等級程度)高
例 高級な料理を楽しめる。
譯 可以享受高級料理。

### 08 ｜こえる【肥える】

(自下一) 肥，胖；土地肥沃；豐富；(識別力)提高，(鑑賞力)強
例 口が肥える。
譯 講究吃。

### 09 ｜こんだて【献立】

(名) 菜單
例 献立を作る。
譯 安排菜單。

### 10 ｜さしみ【刺身】

(名) 生魚片
例 刺身は苦手だ。
譯 不敢吃生魚片。

## 11 ｜さっぱり

(名・他サ) 整潔，俐落，瀟灑；（個性）直爽，坦率；（感覺）爽快，病癒；（味道）清淡

例 さっぱりしたものが食べたい。

譯 想吃些清淡的菜。

---

## 12 ｜しおからい【塩辛い】

(形) 鹹的

例 味は塩辛い。

譯 味道很鹹。

---

## 13 ｜しつこい

(形)（色香味等）過於濃的，油膩；執拗，糾纏不休

例 しつこい味がする。

譯 味道濃厚

---

## 14 ｜しゃぶる

(他五)（放入口中）含，吸吮

例 飴をしゃぶる。

譯 吃糖果。

---

## 15 ｜じょう【上】

(名・漢造) 上等；（書籍的）上卷；上部，上面；上好的，上等的

例 うな丼の上を頼んだ。

譯 點了上等鰻魚丼。

---

## 16 ｜じょうひん【上品】

(名・形動) 高級品，上等貨；莊重，高雅，優雅

例 上品な味をお楽しみください。

譯 享用口感高雅的料理。

---

## 17 ｜しょくせいかつ【食生活】

(名) 飲食生活

例 食生活が豊かになった。

譯 飲食生活變得豐富。

---

## 18 ｜しょくよく【食欲】

(名) 食慾

例 食欲がない。

譯 沒有食慾。

---

## 19 ｜そのまま

(副) 照樣的，按照原樣；（不經過一般順序、步驟）就那樣，馬上，立刻；非常相像

例 そのまま食べる。

譯 就那樣直接吃。

---

## 20 ｜そまつ【粗末】

(名・形動) 粗糙，不精緻；疏忽，簡慢；糟蹋

例 粗末な食事をとる。

譯 粗茶淡飯。

---

## 21 ｜ちゅうしょく【昼食】

(名) 午飯，午餐，中飯，中餐

例 昼食をとる。

譯 吃中餐。

---

## 22 ｜ちょうしょく【朝食】

(名) 早餐

例 朝食はパンとコーヒーで済ませる。

譯 早餐吃麵包和咖啡解決。

## 23 ｜ついか【追加】

(名・他サ) 追加，添付，補上

例 料理を追加する。

譯 追加料理。

## 24 ｜つぐ【注ぐ】

(他五) 注入，斟，倒入（茶、酒等）

例 お茶を注ぐ。

譯 倒茶。

## 25 ｜のこらず【残らず】

(副) 全部，通通，一個不剩

例 残らず食べる。

譯 一個不剩全部吃完。

## 26 ｜のみかい【飲み会】

(名) 喝酒的聚會

例 飲み会に誘われる。

譯 被邀去參加聚會。

## 27 ｜バイキング【Viking】

(名) 自助式吃到飽

例 朝食のバイキング。

譯 自助式吃到飽的早餐

## 28 ｜まかなう【賄う】

(他五) 供給飯食；供給，供應；維持

例 食事を賄う。

譯 供餐。

## 29 ｜ゆうしょく【夕食】

(名) 晚餐

例 夕食はハンバーグだ。

譯 晚餐吃漢堡排。

## 30 ｜よう【酔う】

(自五) 醉，酒醉；暈（車、船）；（吃魚等）中毒；陶醉

例 酒に酔う。

譯 喝醉酒。

## 31 ｜よくばる【欲張る】

(自五) 貪婪，貪心，貪得無厭

例 欲張って食べ過ぎる。

譯 貪心結果吃太多了。

N2 ● 3-2

### 3-2 食べ物 /
食物

## 01 ｜あめ【飴】

(名) 糖，麥芽糖

例 飴をしゃぶらせる。

譯 （為了討好，欺騙等而）給（對方）些甜頭。

## 02 ｜ウィスキー【whisky】

(名) 威士忌（酒）

例 スコッチウィスキーを飲む。

譯 喝蘇格蘭威士忌。

## 03 ｜おかず【お数・お菜】

(名) 菜飯，菜餚

例 ご飯のおかずになる。

譯 成為配菜。

## 04 ｜おやつ

(名) （特指下午二到四點給兒童吃的）點心，零食

例 おやつを食べる。

譯 吃零食。

## 05 ｜か【可】

(名) 可，可以；及格

例 お弁当持ち込み可。

譯 可攜帶便當進入。

## 06 ｜かし【菓子】

(名) 點心，糕點，糖果

例 和菓子を家庭で作る。

譯 在家裡製作日本點心。

## 07 ｜かたよる【偏る・片寄る】

(自五) 偏於，不公正，偏袒；失去平衡

例 栄養が偏る。

譯 營養不均。

## 08 ｜クリーム【cream】

(名) 鮮奶油，奶酪；膏狀化妝品；皮鞋油；冰淇淋

例 生クリームを使う。

譯 使用鮮奶油。

## 09 ｜じさん【持参】

(名・他サ) 帶來(去)，自備

例 弁当を持参する。

譯 自備便當。

## 10 ｜しょくえん【食塩】

(名) 食鹽

例 食塩と砂糖で味付けする。

譯 以鹽巴和砂糖調味。

## 11 ｜しょくひん【食品】

(名) 食品

例 食品売り場を拡大する。

譯 擴大食品販賣部。

## 12 ｜しょくもつ【食物】

(名) 食物

例 食物アレルギーをおこす。

譯 食物過敏。

## 13 ｜しる【汁】

(名) 汁液，漿；湯；味噌湯

例 みそ汁を作る。

譯 做味噌湯。

## 14 ｜ちゃ【茶】

(名・漢造) 茶；茶樹；茶葉；茶水

例 茶を入れる。

譯 泡茶。

## 15 ｜チップ【chip】

(名) （削木所留下的）片削；洋芋片

例 ポテト・チップスを作る。

譯 做洋芋片。

**16 | とうふ【豆腐】**

名 豆腐

例 豆腐は安い。

譯 豆腐很便宜。

---

**17 | ハム【ham】**

名 火腿

例 ハムサンドをください。

譯 請給我火腿三明治。

---

**18 | めし【飯】**

名 米飯；吃飯，用餐；生活，生計

例 飯を炊く。

譯 煮飯。

---

**19 | もち【餅】**

名 年糕

例 餅をつく。

譯 搗年糕。

---

**20 | もる【盛る】**

他五 盛滿，裝滿，堆滿，堆高；配藥，下毒；刻劃，標刻度

例 ご飯を盛る。

譯 盛飯。

---

**21 | れいとうしょくひん【冷凍食品】**

名 冷凍食品

例 冷凍食品は便利だ。

譯 冷凍食品很方便。

---

## 3-3 調理、料理、クッキング／
調理、菜餚、烹調

**01 | あぶる【炙る・焙る】**

他五 烤；烘乾；取暖

例 海苔をあぶる。

譯 烤海苔。

---

**02 | いる【煎る・炒る】**

他五 炒，煎

例 豆を煎る。

譯 炒豆子。

---

**03 | うすめる【薄める】**

他下一 稀釋，弄淡

例 水で薄める。

譯 摻水稀釋。

---

**04 | かねつ【加熱】**

名・他サ 加熱，高溫處理

例 牛乳を加熱する。

譯 把牛奶加熱。

---

**05 | こがす【焦がす】**

他五 弄糊，烤焦，燒焦；（心情）焦急，焦慮；用香薰

例 ご飯を焦がす。

譯 把飯煮糊。

---

**06 | こげる【焦げる】**

自下一 烤焦，燒焦，焦，糊；曬褪色

例 茶色に焦げる。

譯 燒焦成茶色。

---

## 07 | すいじ【炊事】

(名・自サ) 烹調，煮飯

**例** 彼は炊事当番になった。

**譯** 輪到他做飯。

---

## 08 | そそぐ【注ぐ】

(自五・他五)（水不斷地）注入，流入；（雨、雪等）落下；（把液體等）注入，倒入，澆，灑

**例** 水を注ぐ。

**譯** 灌入水。

---

## 09 | ちょうみりょう【調味料】

(名) 調味料，佐料

**例** 調味料を加える。

**譯** 加入調味料。

---

## 10 | できあがり【出来上がり】

(名) 做好，做完；完成的結果（手藝，質量）

**例** 出来上がりを待つ。

**譯** 等待成果。

---

## 11 | できあがる【出来上がる】

(自五) 完成，做好；天性，生來就…

**例** ようやく出来上がった。

**譯** 好不容易才完成。

---

## 12 | ねっする【熱する】

(自サ・他サ) 加熱，變熱，發熱；熱中於，興奮，激動

**例** 火で熱する。

**譯** 用火加熱。

---

## 13 | ひをとおす【火を通す】

(慣) 加熱；烹煮

**例** さっと火を通す。

**譯** 很快地加熱一下。

---

## 14 | ゆげ【湯気】

(名) 蒸氣，熱氣；（蒸汽凝結的）水珠，水滴

**例** 湯気が立つ。

**譯** 冒熱氣。

---

## 15 | れいとう【冷凍】

(名・他サ) 冷凍

**例** 肉を冷凍する。

**譯** 將肉冷凍。

---

# 3-4 食器 /
餐廚用具

---

## 01 | かま【窯】

(名) 窯，爐；鍋爐

**例** 窯で焼く。

**譯** 在窯裡燒。

---

## 02 | かんづめ【缶詰】

(名) 罐頭；不與外界接觸的狀態；擁擠的狀態

**例** 缶詰にする。

**譯** 關起來。

---

## 03 | さじ【匙】

(名) 匙子，小构子

**例** 匙ですくう。

**譯** 用匙舀。

## 04 ｜さら【皿】

名 盤子；盤形物；（助數詞）一碟等

例 目を皿のようにする。

譯 睜大雙眼。

## 05 ｜しょっき【食器】

名 餐具

例 食器を洗う。

譯 洗餐具。

## 06 ｜ずみ【済み】

名 完了，完結；付清，付訖

例 使用済みの紙コップを活用できる。

譯 使用過的紙杯可以加以活用。

## 07 ｜せともの【瀬戸物】

名 陶瓷品

例 瀬戸物を紹介する。

譯 介紹瓷器。

## 08 ｜ひび【罅・皹】

名 （陶器、玻璃等）裂紋，裂痕；（人和人之間）發生裂痕；（身體、精神）發生毛病

例 罅が入る。

譯 出現裂痕。

## 09 ｜びんづめ【瓶詰】

名 瓶裝；瓶裝罐頭

例 瓶詰で売る。

譯 用瓶裝銷售。

## 10 ｜ふさぐ【塞ぐ】

他五・自五 塞閉；阻塞，堵；佔用；不舒服，鬱悶

例 瓶の口を塞ぐ。

譯 塞住瓶口。

## 11 ｜やかん【薬缶】

名 （銅、鋁製的）壺，水壺

例 やかんで湯を沸かす。

譯 用壺燒水。

## 4-1 衣服、洋服、和服 /
衣服、西服、和服

### 01 | いふく【衣服】

② 衣服
例 衣服を整える。
譯 整裝。

### 02 | いりょうひん【衣料品】

② 衣料；衣服
例 衣料品店を営む。
譯 經營服飾店。

### 03 | うつす【映す】

他五 映，照；放映
例 姿を映す。
譯 映照出姿態。

### 04 | おでかけ【お出掛け】

② 出門，正要出門
例 お出かけ用の靴がない。
譯 沒有出門用的鞋子。

### 05 | かおり【香り】

② 芳香，香氣
例 香りを付ける。
譯 讓…有香氣。

### 06 | きじ【生地】

② 本色，素質，本來面目；布料；（陶器等）毛坯
例 ドレスの生地が粗い。
譯 洋裝布料質地粗糙。

### 07 | きれ【切れ】

② 衣料，布頭，碎布
例 余ったきれでハンカチを作る。
譯 用剩布做手帕。

### 08 | けがわ【毛皮】

② 毛皮
例 毛皮のコートが特売中だ。
譯 毛皮大衣特賣中。

### 09 | しみ【染み】

② 汙垢；玷汙
例 服に醤油の染みが付く。
譯 衣服沾上醬油。

### 10 | つるす【吊るす】

他五 懸起，吊起，掛著
例 洋服を吊るす。
譯 吊起西裝。

### 11 | ドレス【dress】

② 女西服，洋裝，女禮服

例 ドレスを脱ぐ。
譯 脱下洋裝。

## 12 ｜ねまき【寝間着】

名 睡衣
例 寝間着に着替える。
譯 換穿睡衣。

## 13 ｜はだぎ【肌着】

名 （貼身）襯衣，汗衫
例 婦人の肌着の品は豊富です。
譯 女性的汗衫類產品很豐富。

## 14 ｜はなやか【華やか】

形動 華麗；輝煌；活躍；引人注目
例 華やかな服装で出席する。
譯 穿著華麗的服裝出席。

## 15 ｜ふくそう【服装】

名 服裝，服飾
例 服装に凝る。
譯 講究服裝。

## 16 ｜ふくらむ【膨らむ】

自五 鼓起，膨脹；（因為不開心而）噘嘴
例 ポケットが膨んだ。
譯 口袋鼓起來。

## 17 ｜みずぎ【水着】

名 泳裝
例 水着に着替える。
譯 換上泳裝。

## 18 ｜モダン【modern】

名・形動 現代的，流行的，時髦的
例 モダンな服装で現れる。
譯 穿著時髦的服裝出現。

## 19 ｜ゆかた【浴衣】

名 夏季穿的單衣，浴衣

例 浴衣を着る。
譯 穿浴衣。

## 20 ｜ゆったり

副・自サ 寬敞舒適
例 ゆったりした服が着たくなる。
譯 想穿寬鬆的服裝。

## 21 ｜わふく【和服】

名 日本和服，和服
例 和服姿で現れる。
譯 以和服打扮出場。

## 22 ｜ワンピース【one-piece】

名 連身裙，洋裝
例 ワンピースを着る。
譯 穿洋裝。

N2 ● 4-2

## 4-2 着る、装身具／
穿戴、服飾用品

## 01 ｜うらがえす【裏返す】

他五 翻過來；通敵，叛變
例 靴下を裏返して履く。
譯 襪子反過來穿。

## 02 ｜うわ【上】

漢造 (位置的)上邊，上面，表面；(價值、程度)高；輕率，隨便

例 上着を脱ぐ。

譯 脱上衣。

## 03 ｜エプロン【apron】

名 圍裙

例 エプロンを付ける。

譯 圍圍裙。

## 04 ｜おび【帯】

名 (和服裝飾用的)衣帶，腰帶；「帯紙」的簡稱

例 帯を巻く。

譯 穿衣帶。

## 05 ｜かぶせる【被せる】

他下一 蓋上；(用水)澆沖；戴上(帽子等)；推卸

例 帽子を被せる。

譯 戴上帽子。

## 06 ｜きがえ【着替え】

名 換衣服；換的衣服

例 着替えを持つ。

譯 攜帶換洗衣物。

## 07 ｜げた【下駄】

名 木屐

例 下駄を履く。

譯 穿木屐。

## 08 ｜じかに【直に】

副 直接地，親自地；貼身

例 肌に直に着る。

譯 貼身穿上。

## 09 ｜たび【足袋】

名 日式白布襪

例 足袋を履く。

譯 穿日式白布襪。

## 10 ｜たれさがる【垂れ下がる】

自五 下垂

例 ひもが垂れ下がる。

譯 帶子垂下。

## 11 ｜つける【着ける】

他下一 佩帶，穿上

例 服を身に着ける。

譯 穿上衣服。

## 12 ｜ながそで【長袖】

名 長袖

例 長袖の服を着る。

譯 穿長袖衣物。

## 13 ｜バンド【band】

名 樂團帶；狀物；皮帶，腰帶

例 バンドを締める。

譯 繫皮帶。

## 14 ｜ブローチ【brooch】

名 胸針

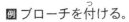

例 ブローチを付ける。
譯 別上胸針。

## 15 | ほころびる【綻びる】

（自下一）脱線；使微微地張開，綻放
例 袖口が綻びる。
譯 袖口綻開。

## 16 | ほどく【解く】

（他五）解開（繩結等）；拆解（縫的東西）
例 結び目を解く。
譯 把結扣解開。

N2 4-3

## 4-3 繊維 /
衣料繊維

## 01 | けいと【毛糸】

（名）毛線
例 毛糸で編む。
譯 以毛線編織。

## 02 | てぬぐい【手ぬぐい】

（名）布手巾
例 手ぬぐいを絞る。
譯 扭（乾）毛巾。

## 03 | ぬの【布】

（名）布匹；棉布；麻布
例 布を織る。
譯 織布。

## 04 | ひも【紐】

（名）（布、皮革等的）細繩，帶

例 紐がつく。
譯 帶附加條件。

## 05 | ようもう【羊毛】

（名）羊毛
例 羊毛を刈る。
譯 剪羊毛。

## 06 | わた【綿】

（名）（植）棉；棉花；柳絮；絲棉
例 綿を入れる。
譯 （往衣被裡）塞棉花。

# パート 5 第五章 人体
## - 人體 -

## 5-1 身體、体 /
胴體、身體

### 01 ｜あびる【浴びる】
(他上一) 洗，浴；曬，照；遭受，蒙受
例 シャワーを浴びる。
譯 淋浴。

### 02 ｜い【胃】
(名) 胃
例 胃が痛い。
譯 胃痛。

### 03 ｜かつぐ【担ぐ】
(他五) 扛，挑；推舉，擁戴；受騙
例 荷物を担ぐ。
譯 搬行李。

### 04 ｜きんにく【筋肉】
(名) 肌肉
例 筋肉を鍛える。
譯 鍛鍊肌肉。

### 05 ｜こし【腰】
(名・接尾) 腰；(衣服、裙子等的)腰身
例 腰が抜ける。
譯 站不起來；嚇得腿軟。

### 06 ｜こしかける【腰掛ける】
(自下一) 坐下
例 ベンチに腰掛ける。
譯 坐長板凳。

### 07 ｜ころぶ【転ぶ】
(自五) 跌倒，倒下；滾轉；趨勢發展，事態變化
例 滑って転ぶ。
譯 滑倒。

### 08 ｜しせい【姿勢】
(名) (身體)姿勢；態度
例 姿勢をとる。
譯 採取…姿態。

### 09 ｜しゃがむ
(自五) 蹲下
例 しゃがんで小石を拾う。
譯 蹲下撿小石頭。

### 10 ｜しんしん【心身】
(名) 身和心；精神和肉體
例 心身を鍛える。
譯 鍛鍊身心。

## 11 | しんぞう【心臓】

名 心臓；厚臉皮，勇氣
例 心臓が強い。
譯 心臟很強。

## 12 | ぜんしん【全身】

名 全身
例 症状が全身に広がる。
譯 症狀擴散到全身。

## 13 | だらり（と）

副 無力地（下垂著）
例 だらりとぶら下がる。
譯 無力地垂吊。

## 14 | ていれ【手入れ】

名・他サ 收拾，修整；檢舉，搜捕
例 肌の手入れをする。
譯 保養肌膚。

## 15 | どうさ【動作】

名・自サ 動作
例 動作が速い。
譯 動作迅速。

## 16 | とびはねる【飛び跳ねる】

自下一 跳躍
例 飛び跳ねて喜ぶ。
譯 欣喜而跳躍。

## 17 | にぶい【鈍い】

形 （刀劍等）鈍，不鋒利；（理解、反應）慢，遲鈍，動作緩慢；（光）朦朧，（聲音）渾濁

例 動作が鈍い。
譯 動作遲鈍。

## 18 | はだ【肌】

名 肌膚，皮膚；物體表面；氣質，風度；木紋
例 肌が白い。
譯 皮膚很白。

## 19 | はだか【裸】

名 裸體；沒有外皮的東西；精光，身無分文；不存先入之見，不裝飾門面
例 裸になる。
譯 裸體。

## 20 | みあげる【見上げる】

他下一 仰視，仰望；欽佩，尊敬，景仰
例 空を見上げる。
譯 仰望天空。

## 21 | もたれる【凭れる・靠れる】

自下一 依靠，憑靠；消化不良
例 ドアに凭れる。
譯 靠在門上。

## 22 | もむ【揉む】

他五 搓，揉；捏，按摩；（很多人）互相推擠；爭辯；（被動式型態）錘鍊，受磨練
例 肩を揉む。
譯 按摩肩膀。

## 23 ｜わき【脇】

名 腋下，夾肢窩；(衣服的)旁側；旁邊，附近，身旁；旁處，別的地方；(演員)配角

例 脇に抱える。

譯 夾在腋下。

## 5-2 顔 (1) /
臉 (1)

## 01 ｜あむ【編む】

他五 編，織；編輯，編纂

例 お下げを編む。

譯 編髮辮。

## 02 ｜いき【息】

名 呼吸，氣息；步調

例 息をつく。

譯 喘口氣。

## 03 ｜うがい【嗽】

名・自サ 漱口

例 うがい薬が苦手だ。

譯 漱口水我最怕了。

## 04 ｜うなずく【頷く】

自五 點頭同意，首肯

例 軽くうなずく。

譯 輕輕地點頭。

## 05 ｜えがお【笑顔】

名 笑臉，笑容

例 笑顔を作る。

譯 強顏歡笑。

## 06 ｜おおう【覆う】

他五 覆蓋，籠罩；掩飾；籠罩，充滿；包含，蓋擴

例 顔を覆う。

譯 蒙面。

## 07 ｜おもなが【面長】

名・形動 長臉，橢圓臉

例 面長の人に合う。

譯 適合臉長的人。

## 08 ｜くち【口】

名・接尾 口，嘴；用嘴說話；口味；人口，人數；出入或存取物品的地方；口，放進口中或動口的次數；股，份

例 口がうまい。

譯 花言巧語，善於言詞。

## 09 ｜くぼむ【窪む・凹む】

自五 凹下，塌陷

例 目がくぼむ。

譯 眼窩深陷。

## 10 ｜くわえる【銜える】

他一 叼，銜

例 楊枝をくわえる。

譯 叼著牙籤。

## 11 ｜けむい【煙い】

形 煙撲到臉上使人無法呼吸，嗆人

例 煙草が煙い。

譯 菸薰嗆人。

## 12 | こきゅう【呼吸】

(名・自他サ) 呼吸，吐納；(合作時)步調，拍子，節奏；竅門，訣竅

**例** 呼吸<ruby>呼吸<rt>こきゅう</rt></ruby>がとまる。

**譯** 停止呼吸。

## 13 | さぐる【探る】

(他五) (用手腳等)探，摸；探聽，試探，偵查；探索，探求，探訪

**例** 手<ruby>手<rt>て</rt></ruby>で探<ruby>探<rt>さぐ</rt></ruby>る。

**譯** 用手摸索。

## 14 | ささやく【囁く】

(自五) 低聲自語，小聲說話，耳語

**例** 耳元<ruby>耳元<rt>みみもと</rt></ruby>でささやく。

**譯** 附耳私語。

## 15 | しょうてん【焦点】

(名) 焦點；(問題的)中心，目標

**例** 焦点<ruby>焦点<rt>しょうてん</rt></ruby>が合<ruby>合<rt>あ</rt></ruby>う。

**譯** 對準目標。

## 16 | しらが【白髪】

(名) 白頭髮

**例** 白髪<ruby>白髪<rt>しら が</rt></ruby>が増<ruby>増<rt>ふ</rt></ruby>える。

**譯** 白髮增多。

## 17 | すきとおる【透き通る】

(自五) 通明，透亮，透過去；清澈；清脆(的聲音)

**例** 透<ruby>透<rt>す</rt></ruby>き通<ruby>通<rt>とお</rt></ruby>った声<ruby>声<rt>こえ</rt></ruby>で話<ruby>話<rt>はな</rt></ruby>す。

**譯** 以清脆的聲音說話。

## 18 | するどい【鋭い】

(形) 尖的；(刀子)鋒利的；(視線)尖銳的；激烈，強烈；(頭腦)敏銳，聰明

**例** 鋭<ruby>鋭<rt>するど</rt></ruby>い目<ruby>目<rt>め</rt></ruby>つきで見<ruby>見<rt>み</rt></ruby>つめる。

**譯** 以銳利的目光注視著。

## 19 | そる【剃る】

(他五) 剃(頭)，刮(臉)

**例** ひげを剃<ruby>剃<rt>そ</rt></ruby>る。

**譯** 刮鬍子。

## 20 | ためいき【ため息】

(名) 嘆氣，長吁短嘆

**例** ため息<ruby>息<rt>いき</rt></ruby>をつく。

**譯** 嘆氣。

## 5-2 顔 (2) /
臉 (2)

## 21 | たらす【垂らす】

(名) 滴；垂

**例** よだれを垂<ruby>垂<rt>た</rt></ruby>らす。

**譯** 流口水。

## 22 | ちぢれる【縮れる】

(自下一) 捲曲；起皺，出摺

**例** 毛<ruby>毛<rt>け</rt></ruby>が縮<ruby>縮<rt>ちぢ</rt></ruby>れる。

**譯** 毛卷曲。

## 23 | つき【付き】

(接尾) (前接某些名詞)樣子；附屬

**例** 顔<ruby>顔<rt>かお</rt></ruby>つきが変<ruby>変<rt>か</rt></ruby>わる。

**譯** 神情變了。

## 24 | つっこむ【突っ込む】

〔他五・自五〕 衝入，闖入；深入，塞進，插入；沒入；深入追究

例 首を突っ込む。

譯 一頭栽入。

## 25 | つや【艶】

〔名〕 光澤，潤澤；興趣，精彩；豔事，風流事

例 艶が出る。

譯 顯出光澤。

## 26 | のぞく【覗く】

〔自五・他五〕 露出（物體的一部份）；窺視，探視；往下看；晃一眼；窺探他人秘密

例 隙間から覗く。

譯 從縫隙窺看。

## 27 | はさまる【挟まる】

〔自五〕 夾，（物體）夾在中間；夾在（對立雙方中間）

例 歯に挟まる。

譯 卡牙縫，塞牙縫。

## 28 | ぱっちり

〔副・自サ〕 眼大而水汪汪；睜大眼睛

例 目がぱっちりとしている。

譯 眼兒水汪汪。

## 29 | ひとみ【瞳】

〔名〕 瞳孔，眼睛

例 瞳を輝かせる。

譯 目光炯炯。

## 30 | ふと

〔副〕 忽然，偶然，突然；立即，馬上

例 ふと見ると何かが落ちている。

譯 猛然一看好像有東西掉落。

## 31 | ほほえむ【微笑む】

〔自五〕 微笑，含笑；（花）微開，乍開

例 にっこりと微笑む。

譯 嫣然一笑。

## 32 | ぼんやり

〔名・副・自サ〕 模糊，不清楚；迷糊，傻楞楞；心不在焉；笨蛋，呆子

例 ぼんやりと見える。

譯 模糊的看見。

## 33 | まえがみ【前髪】

〔名〕 瀏海

例 前髪を切る。

譯 剪瀏海。

## 34 | みおろす【見下ろす】

〔他五〕 俯視，往下看；輕視，藐視，看不起；視線從上往下移動

例 下を見下ろす。

譯 往下看。

## 35 | みつめる【見詰める】

〔他下一〕 凝視，注視，盯著

例 顔を見つめる。

譯 凝視對方的臉孔。

## 36 ｜めだつ【目立つ】

（自五）顯眼，引人注目，明顯

例 ニキビが目立ってきた。

譯 痘痘越來越多了。

## 5-3 手足 /
手腳

## 01 ｜あおぐ【扇ぐ】

（自・他五）（用扇子）搧（風）

例 うちわで扇ぐ。

譯 用團扇搧。

## 02 ｜あしあと【足跡】

（名）腳印；（逃走的）蹤跡；事蹟，業績

例 足跡を残す。

譯 留下足跡。

## 03 ｜あしもと【足元】

（名）腳下；腳步；身旁，附近

例 足下にも及ばない。

譯 望塵莫及。

## 04 ｜あしをはこぶ【足を運ぶ】

（慣）去，前往拜訪

例 何度も足を運ぶ。

譯 多次前往拜訪。

## 05 ｜きよう【器用】

（名・形動）靈巧，精巧；手藝巧妙；精明

例 彼は手先が器用だ。

譯 他手很巧。

## 06 ｜くむ【汲む】

（他五）打水，取水

例 バケツに水を汲む。

譯 用水桶打水。

## 07 ｜くむ【組む】

（自五）聯合，組織起來

例 足を組む。

譯 蹺腳。

## 08 ｜こぐ【漕ぐ】

（他五）划船，搖櫓，蕩槳；蹬（自行車），打（鞦韆）

例 自転車をこぐ。

譯 踩自行車。

## 09 ｜こする【擦る】

（他五）擦，揉，搓；摩擦

例 目を擦る。

譯 揉眼睛。

## 10 ｜しびれる【痺れる】

（自下一）麻木；（俗）因強烈刺激而興奮

例 足がしびれる。

譯 腳麻。

## 11 ｜しぼる【絞る】

（他五）扭，擠；引人（流淚）；拼命發出（高聲），絞盡（腦汁）；剝削，勒索；拉開（幕）

例 タオルを絞る。

譯 擰毛巾。

## 12 | しまう【仕舞う】

(自五・他五・補動) 結束，完了，收拾；收拾起來；關閉；表不能恢復原狀

例 ナイフをしまう。

譯 把刀子收拾起來。

## 13 | すっと

(副・自サ) 動作迅速地，飛快，輕快；（心中）輕鬆，痛快，輕鬆

例 すっと手を出す。

譯 敏捷地伸出手。

## 14 | たちどまる【立ち止まる】

(自五) 站住，停步，停下

例 呼ばれて立ち止まる。

譯 被叫住而停下腳步。

## 15 | ちぎる

(他五・接尾) 撕碎（成小段）；摘取，揪下；（接動詞連用形後加強語氣）非常，極力

例 花びらをちぎる。

譯 摘下花瓣。

## 16 | のろい【鈍い】

(形) （行動）緩慢的，慢吞吞的；（頭腦）遲鈍的，笨的；對女人軟弱，唯命是從的人

例 足が鈍い。

譯 走路慢。

## 17 | のろのろ

(副・自サ) 遲緩，慢吞吞地

例 のろのろ（と）歩く。

譯 慢吞吞地走。

## 18 | はがす【剥がす】

(他五) 剝下

例 ポスターをはがす。

譯 拿下海報。

## 19 | ひっぱる【引っ張る】

(他五) （用力）拉；拉上，拉緊，強拉走；引誘；拖長，拖延；拉（電線等）；（棒球向左面或右面）打球

例 綱を引っ張る。

譯 拉緊繩索。

## 20 | ふさがる【塞がる】

(自五) 阻塞；關閉；佔用，佔滿

例 手が塞がっている。

譯 騰不出手來。

## 21 | ふし【節】

(名) （竹、葦的）節；關節，骨節；（線、繩的）繩結；曲調

例 指の節を鳴らす。

譯 折手指關節。

## 22 | ぶつ【打つ】

(他五) （「うつ」的強調說法）打，敲

例 平手で打つ。

譯 打一巴掌。

## 23 | ぶらさげる【ぶら下げる】

(他下一) 佩帶，懸掛；手提，拎

例 バケツをぶら下げる。

譯 提水桶。

## 24 ｜ふるえる【震える】

(自下一) 顫抖，發抖，震動

例 手が震える。

譯 手顫抖。

## 25 ｜ふれる【触れる】

(他下一・自下一) 接觸，觸摸(身體)；涉及，提到；感觸到；抵觸，觸犯；通知

例 電気に触れる。

譯 觸電。

## 26 ｜ほ【步】

(名・漢造) 步，步行；(距離單位)步

例 歩を進める。

譯 邁步向前。

## 27 ｜もちあげる【持ち上げる】

(他下一) (用手)舉起，抬起；阿諛奉承，吹捧；抬頭

例 荷物を持ち上げる。

譯 舉起行李。

## 28 ｜ゆっくり

(副・自サ) 慢慢地，不著急的，從容地；安適的，舒適的；充分的，充裕的

例 ゆっくり歩く。

譯 慢慢地走。

## Memo

## 6-1 誕生、生命 /
誕生、生命

### 01 ｜いでん【遺伝】

(名・自サ) 遺傳

例 ハゲは遺伝するの。

譯 禿頭會遺傳嗎？

### 02 ｜いでんし【遺伝子】

(名) 基因

例 遺伝子が存在する。

譯 存有遺傳基因。

### 03 ｜うまれ【生まれ】

(名) 出生；出生地；門第，出生

例 生まれ変わる。

譯 脫胎換骨。

### 04 ｜さん【産】

(名) 生產，分娩；（某地方）出生；財產

例 お産をする。

譯 生產。

### 05 ｜じんめい【人命】

(名) 人命

例 人命にかかわる。

譯 攸關人命。

### 06 ｜せい【生】

(名・漢造) 生命，生活；生業，營生；出生，生長；活著，生存

例 生は死の始めだ。

譯 生為死的開始。

### 07 ｜せいめい【生命】

(名) 生命，壽命；重要的東西，關鍵，命根子

例 生命を維持する。

譯 維持生命。

## 6-2 老い、死 /
老年、死亡

### 01 ｜いたい【遺体】

(名) 遺體

例 遺体を埋葬する。

譯 埋葬遺體。

### 02 ｜かかわる【係わる】

(自五) 關係到，涉及到；有牽連，有瓜葛；拘泥

例 命に係わる。

譯 攸關性命。

## 03 | さる【去る】

（自五・他五・連體）離開；經過，結束；（空間、時間）距離；消除，去掉

例 世を去る。

譯 逝世。

## 04 | じさつ【自殺】

（名・自サ）自殺，尋死

例 自殺を図る。

譯 企圖自殺。

## 05 | ししゃ【死者】

（名）死者，死人

例 災害で死者が出る。

譯 災害導致有人死亡。

## 06 | したい【死体】

（名）屍體

例 白骨死体が発見された。

譯 骨骸被發現了。

## 07 | じゅみょう【寿命】

（名）壽命；（物）耐用期限

例 寿命が尽きる。

譯 壽命已盡。

## 08 | しわ

（名）（皮膚的）皺紋；（紙或布的）縐折，摺子

例 しわが増える。

譯 皺紋增加。

## 09 | せいぞん【生存】

（名・自サ）生存

例 事故の生存者を収容した。

譯 收容事故的倖存者。

## 10 | たつ【絶つ】

（他五）切，斷；絕，斷絕；斷絕，消滅；斷，切斷

例 命を絶つ。

譯 自殺。

## 11 | ちぢめる【縮める】

（他下一）縮小，縮短，縮減；縮回，捲縮，起皺紋

例 命を縮める。

譯 縮短壽命。

## 12 | つる【吊る】

（他五）吊，懸掛，佩帶

例 首を吊る。

譯 上吊。

## 13 | ふける【老ける】

（自下一）上年紀，老

例 年の割には老けてみえる。

譯 顯得比實際年齡還老。

# 6-3 発育、健康 /
發育、健康

## 01 | いくじ【育児】

（名）養育兒女

例 育児に追われる。

譯 忙於撫育兒女。

## 02 | いけない

(形・連語) 不好，糟糕；沒希望，不行；不能喝酒，不能喝酒的人；不許，不可以

例 いけない子に育ってほしくない。

譯 不想培育出壞孩子。

## 03 | いじ【維持】

(名・他サ) 維持，維護

例 健康を維持する。

譯 維持健康。

## 04 | こんなに

(副) 這樣，如此

例 こんなに大きくなったよ。

譯 長這麼大了喔！

## 05 | さほう【作法】

(名) 禮法，禮節，禮貌，規矩；(詩、小說等文藝作品的)作法

例 作法をしつける。

譯 進行禮節教育。

## 06 | しょうがい【障害】

(名) 障礙，妨礙；(醫)損害，毛病；(障礙賽中的)欄，障礙物

例 障害を乗り越える。

譯 跨過障礙。

## 07 | せいちょう【生長】

(名・自サ) (植物、草木等)生長，發育

例 生長が早い。

譯 長得快，發育得快。

## 08 | そくてい【測定】

(名・他サ) 測定，測量

例 体力を測定する。

譯 測量體力。

## 09 | ちぢむ【縮む】

(自五) 縮，縮小，抽縮；起皺紋，出摺；畏縮，退縮，惶恐；縮回去，縮進去

例 背が縮む。

譯 縮著身體。

## 10 | のびのび(と)【伸び伸び(と)】

(副・自サ) 生長茂盛；輕鬆愉快

例 子供が伸び伸びと育つ。

譯 讓小孩在自由開放的環境下成長。

## 11 | はついく【発育】

(名・自サ) 發育，成長

例 発育を妨げる。

譯 阻擾發育。

## 12 | ひるね【昼寝】

(名・自サ) 午睡

例 昼寝(を)する。

譯 睡午覺。

## 13 | わかわかしい【若々しい】

(形) 年輕有朝氣的，年輕輕的，富有朝氣的

例 色つやが若々しい。

譯 色澤鮮艷。

## 6-4 体調、体質 /
身體狀況、體質

**01 | あくび【欠伸】**

(名・自サ) 哈欠

例 あくびが出る。

譯 打哈欠。

**02 | あらい【荒い】**

(形) 凶猛的；粗野的，粗暴的；濫用

例 呼吸が荒い。

譯 呼吸急促。

**03 | あれる【荒れる】**

(自下一) 天氣變壞；(皮膚)變粗糙；荒廢，荒蕪；暴戾，胡鬧；秩序混亂

例 肌が荒れる。

譯 皮膚變粗糙。

**04 | いしき【意識】**

(名・他サ) (哲學的)意識；知覺，神智；自覺，意識到

例 意識を失う。

譯 失去意識。

**05 | いじょう【異常】**

(名・形動) 異常，反常，不尋常

例 異常が見られる。

譯 發現有異常。

**06 | いねむり【居眠り】**

(名・自サ) 打瞌睡，打盹兒

例 居眠り運転をする。

譯 開車打瞌睡。

**07 | うしなう【失う】**

(他五) 失去，喪失；改變常態；喪，亡；迷失；錯過

例 気を失う。

譯 意識不清。

**08 | きる【切る】**

(接尾) (接助詞運用形)表示達到極限；表示完結

例 疲れきる。

譯 疲乏至極。

**09 | くずす【崩す】**

(他五) 拆毀，粉碎

例 体調を崩す。

譯 把身體搞壞。

**10 | しょうもう【消耗】**

(名・自他サ) 消費，消耗；(體力)耗盡，疲勞；磨損

例 体力を消耗する。

譯 消耗體力。

**11 | しんたい【身体】**

(名) 身體，人體

例 身体検査を受ける。

譯 接受身體檢查。

**12 | すっきり**

(副・自サ) 舒暢，暢快，輕鬆；流暢，通暢；乾淨整潔，俐落

例 頭がすっきりする。

譯 神清氣爽。

## 13 ｜ たいおん【体温】

名 體溫
例 体温を測る。
譯 測量體溫。

## 14 ｜ とれる【取れる】

自下一 （附著物）脱落，掉下；需要，花費（時間等）；去掉，刪除；協調，均衡
例 疲れが取れる。
譯 去除疲勞。

## 15 ｜ はかる【計る】

他五 測量；計量；推測，揣測；徵詢，諮詢
例 心拍数をはかる。
譯 計算心跳次數。

## 16 ｜ はきけ【吐き気】

名 噁心，作嘔
例 吐き気がする。
譯 令人作嘔，想要嘔吐。

## 17 ｜ まわす【回す】

他五・接尾 轉，轉動；（依次）傳遞；傳送；調職；各處活動奔走；想辦法；運用；投資；（前接某些動詞連用形）表示遍布四周
例 目を回す。
譯 吃驚。

## 18 ｜ めまい【目眩・眩暈】

名 頭暈眼花
例 めまいを感じる。
譯 感到頭暈。

## 19 ｜ よみがえる【蘇る】

自五 甦醒，復活；復興，復甦，回復；重新想起
例 記憶が蘇る。
譯 重新憶起。

## 6-5 痛み／
痛疼

## 01 ｜ いたみ【痛み】

名 痛，疼；悲傷，難過；損壞；（水果因碰撞而）腐爛
例 痛みを訴える。
譯 訴説痛苦。

## 02 ｜ いたむ【痛む】

自五 疼痛；苦惱；損壞
例 心が痛む。
譯 傷心。

## 03 ｜ うなる【唸る】

自五 呻吟；（野獸）吼叫；發出鳴聲；吟，哼；贊同，喝彩
例 うなり声を上げる。
譯 發出呻吟聲。

## 04 ｜ きず【傷】

名 傷口，創傷；缺陷，瑕疵
例 傷を負う。
譯 受傷。

## 05 | こる【凝る】

(自五) 凝固，凝集；（因血行不周、肌肉僵硬等）痠痛；狂熱，入迷；講究，精緻

例 肩が凝る。

譯 肩膀痠痛。

## 06 | ずつう【頭痛】

(名) 頭痛

例 頭痛が治まる。

譯 頭痛止住。

## 07 | ていど【程度】

(名・接尾) （高低大小）程度，水平；（適當的）程度，適度，限度

例 軽い程度でした。

譯 程度輕。

## 08 | むしば【虫歯】

(名) 齲齒，蛀牙

例 虫歯が痛む。

譯 蛀牙疼。

## 09 | やけど【火傷】

(名・自サ) 燙傷，燒傷；（轉）遭殃，吃虧

例 手に火傷をする。

譯 手燙傷。

## 10 | よる【因る】

(自五) 由於，因為；任憑，取決於；依靠，依賴；按照，根據

例 不注意によって怪我する。

譯 由於疏忽受傷。

## 01 | あそこ

(代) 那裡；那種程度；那種地步

例 彼の病気があそこまで悪いとは思わなかった。

譯 沒想到他的病會那麼嚴重。

## 02 | がい【害】

(名・漢造) 為害，損害；災害；妨礙

例 健康に害がある。

譯 對健康有害。

## 03 | かぜぐすり【風邪薬】

(名) 感冒藥

例 風邪薬を飲む。

譯 吃感冒藥。

## 04 | がち【勝ち】

(接尾) 往往，容易，動輒；大部分是

例 病気がちな人が多い。

譯 很多人常常感冒。

## 05 | かんびょう【看病】

(名・他サ) 看護，護理病人

例 病人を看病する。

譯 護理病人。

## 06 | きみ・ぎみ【気味】

(名・接尾) 感觸，感受，心情；有一點兒，稍稍

例 風邪気味に効く。

譯 對感冒初期有效。

## 07 ｜くるしめる【苦しめる】

(他下一) 使痛苦，欺負
例 持病に苦しめられる。
譯 受宿疾折磨。

## 08 ｜こうかてき【効果的】

(形動) 有效的
例 効果的な治療を求める。
譯 尋求有效的醫治方法。

## 09 ｜こうりょく【効力】

(名) 效力，效果，效應
例 効力を生じる。
譯 生效。

## 10 ｜こくふく【克服】

(名・他サ) 克服
例 病を克服する。
譯 戰勝病魔。

## 11 ｜こっせつ【骨折】

(名・自サ) 骨折
例 足を骨折する。
譯 腳骨折。

## 12 ｜さしつかえ【差し支え】

(名) 不方便，障礙，妨礙
例 日常生活に差し支えありません。
譯 生活上沒有妨礙。

## 13 ｜じゅうしょう【重傷】

(名) 重傷
例 重傷を負う。
譯 受重傷。

## 14 ｜じゅうたい【重体】

(名) 病危，病篤
例 重体に陥る。
譯 病危。

## 15 ｜じゅんちょう【順調】

(名・形動) 順利，順暢；（天氣、病情等）良好
例 順調に回復する。
譯 （病情）恢復良好。

## 16 ｜しょうどく【消毒】

(名・他サ) 消毒，殺菌
例 傷口を消毒する。
譯 消毒傷口。

## 17 ｜せいかつしゅうかんびょう【生活習慣病】

(名) 文明病
例 糖尿病は生活習慣病の一つだ。
譯 糖尿病是文明病之一。

## 18 ｜たたかう【戦う・闘う】

(自五) (進行)作戰，戰爭；鬥爭；競賽
例 病気と闘う。
譯 和病魔抗戰。

## 19 | ていか【低下】

(名・自サ) 降低，低落；（力量、技術等）下降

例 機能が急に低下する。

譯 機能急遽下降。

## 20 | てきせつ【適切】

(名・形動) 適當，恰當，妥切

例 適切な処置をする。

譯 適當的處理。

## 21 | でんせん【伝染】

(名・自サ)（病菌的）傳染；（惡習的）傳染，感染

例 麻疹が伝染する。

譯 傳染麻疹。

## 22 | びょう【病】

(漢造) 病，患病；毛病，缺點

例 仮病をつかう。

譯 裝病。

## 23 | やむ【病む】

(自他五) 得病，患病；煩惱，憂慮

例 肺を病む。

譯 得了肺病。

## 24 | ゆけつ【輸血】

(名・自サ)（醫）輸血

例 輸血を受ける。

譯 接受輸血。

---

## 6-7 体の器官の働き /
身體器官功能

## 01 | あせ【汗】

(名) 汗

例 汗をかく。

譯 流汗。

## 02 | あふれる【溢れる】

(自下一) 溢出，漾出，充滿

例 涙があふれる。

譯 淚眼盈眶。

## 03 | きゅうそく【休息】

(名・自サ) 休息

例 休息を取る。

譯 休息。

## 04 | きゅうよう【休養】

(名・自サ) 休養

例 休養を取る。

譯 休養。

## 05 | くしゃみ【嚔】

(名) 噴嚔

例 くしゃみが出る。

譯 打噴嚔。

## 06 | けつあつ【血圧】

(名) 血壓

例 血圧が上がる。

譯 血壓上升。

## 07 ｜じゅんかん【循環】

(名・自サ) 循環

例 血液が循環する。

譯 血液循環。

## 08 ｜しょうか【消化】

(名・他サ) 消化（食物）；掌握，理解，記牢（知識等）；容納，吸收，處理

例 消化に良い。

譯 有益消化。

## 09 ｜しょうべん【小便】

(名・自サ) 小便，尿；(俗)終止合同，食言，毀約

例 立ち小便をする。

譯 站著小便。

## 10 ｜しんけい【神経】

(名) 神經；察覺力，感覺，神經作用

例 神経が太い。

譯 神經大條，感覺遲鈍。

## 11 ｜すいみん【睡眠】

(名・自サ) 睡眠，休眠，停止活動

例 睡眠を取る。

譯 睡覺。

## 12 ｜はく【吐く】

(他五) 吐，吐出；説出，吐露出；冒出，噴出

例 息を吐く。

譯 呼氣，吐氣。

# Memo

_____     _____

_____     _____

_____     _____

_____     _____

_____     _____

_____     _____

_____     _____

_____     _____

## パート 7 人物

第七章 - 人物 -

### 7-1 人物 / 人物

#### 01 ｜いだい【偉大】

形動 偉大的，魁梧的

例 偉大な人物が登場する。

譯 偉人上台。

#### 02 ｜えんじ【園児】

名 幼園童

例 園児が多い。

譯 有很多幼園童。

#### 03 ｜おんなのひと【女の人】

名 女人

例 女の人に嫌われる。

譯 被女人討厭。

#### 04 ｜かくう【架空】

名 空中架設；虛構的，空想的

例 架空の人物がいる。

譯 有虛擬人物。

#### 05 ｜かくじ【各自】

名 每個人，各自

例 各自で用意する。

譯 每人各自準備。

#### 06 ｜かげ【影】

名 影子；倒影；蹤影，形跡

例 影が薄い。

譯 不受重視。

#### 07 ｜かねそなえる【兼ね備える】

他下一 兩者兼備

例 知性と美貌を兼ね備える。

譯 兼具智慧與美貌。

#### 08 ｜けはい【気配】

名 跡象，苗頭，氣息

例 気配がない。

譯 沒有跡象。

#### 09 ｜さいのう【才能】

名 才能，才幹

例 才能に恵まれる。

譯 很有才幹。

#### 10 ｜じしん【自身】

名・接尾 自己，本人；本身

例 扉は自分自身で開ける。

譯 門要自己開。

## 11 ｜じつに【実に】

副 確實，實在，的確；（驚訝或感慨時）實在是，非常，很

例 実に頼もしい。

譯 實在很可靠。

## 12 ｜じつぶつ【実物】

名 實物，實在的東西，原物；（經）現貨

例 実物そっくりに描く。

譯 照原物一樣地畫。

## 13 ｜じんぶつ【人物】

名 人物；人品，為人；人材；人物（繪畫的），人物（畫）

例 危険人物を追放する。

譯 逐出危險人物。

## 14 ｜たま【玉】

名 玉，寶石，珍珠；球，珠；眼鏡鏡片；燈泡；子彈

例 玉にきず。

譯 美中不足

## 15 ｜たん【短】

名・漢造 短；不足，缺點

例 長をのばし、短を補う。

譯 取長補短。

## 16 ｜な【名】

名 名字，姓名；名稱；名分；名譽，名聲；名義，藉口

例 名を売る。

譯 提高聲望。

## 17 ｜にんげん【人間】

名 人，人類；人品，為人；（文）人間，社會，世上

例 人間味に欠ける。

譯 缺乏人情味。

## 18 ｜ねんれい【年齢】

名 年齡，歲數

例 年齢が高い。

譯 年紀大。

## 19 ｜ひとめ【人目】

名 世人的眼光；旁人看見；一眼望盡，一眼看穿

例 人目に立つ。

譯 顯眼。

## 20 ｜ひとりひとり【一人一人】

名 逐個地，依次的；人人，每個人，各自

例 一人一人診察する。

譯 一一診察。

## 21 ｜みぶん【身分】

名 身分，社會地位；（諷刺）生活狀況，境遇

例 身分が高い。

譯 地位高。

## 22 ｜よっぱらい【酔っ払い】

名 醉鬼，喝醉酒的人

例 酔っぱらい運転をするな。

譯 請勿酒醉駕駛。

## 23 | よびかける【呼び掛ける】

他下一 招呼，呼喚；號召，呼籲

例 人に呼びかける。

譯 呼喚他人。

## 7-2 老若男女 /
男女老少

## 01 | ウーマン【woman】

名 婦女，女人

例 キャリアウーマンになる。

譯 成為職業婦女。

## 02 | おとこのひと【男の人】

名 男人，男性

例 男の人に会う。

譯 跟男性會面。

## 03 | じどう【児童】

名 兒童

例 児童虐待があとを絶たない。

譯 虐待兒童問題不斷的發生。

## 04 | じょし【女子】

名 女孩子，女子，女人

例 女子学生が行方不明になった。

譯 女學生行蹤不明。

## 05 | せいしょうねん【青少年】

名 青少年

例 青少年の犯罪をなくす。

譯 消滅青少年的犯罪。

## 06 | せいべつ【性別】

名 性別

例 性別を記入する。

譯 填寫性別。

## 07 | たいしょう【対象】

名 對象

例 子供を対象とした。

譯 以小孩為對象。

## 08 | だんし【男子】

名 男子，男孩，男人，男子漢

例 男子だけのクラスが設けられる。

譯 設立只有男生的班級。

## 09 | としした【年下】

名 年幼，年紀小

例 年下なのに生意気だ。

譯 明明年紀小還那麼囂張。

## 10 | びょうどう【平等】

名・形動 平等，同等

例 男女平等が進んでいる。

譯 男女平等的表現居
於領先地位。

## 11 | ぼうや【坊や】

名 對男孩的親切稱呼；未見過世面的
男青年；對別人男孩的敬稱

例 坊やは今年いくつ。

譯 小弟弟，你今年幾歲？

## 12 | ぼっちゃん【坊ちゃん】

名（對別人男孩的稱呼）公子，令郎；少爺，不通事故的人，少爺作風的人

例 坊ちゃん育ち。

譯 嬌生慣養。

## 13 | めした【目下】

名 部下，下屬，晚輩

例 目下の者を可愛がる。

譯 愛護晚輩。

## 7-3 いろいろな人を表すことば(1) /
各種人物的稱呼(1)

## 01 | おう【王】

名 帝王，君王，國王；首領，大王；（象棋）王將

例 ライオンは百獣の王だ。

譯 獅子是百獸之王。

## 02 | おうさま【王様】

名 國王，大王

例 裸の王様。

譯 國王的新衣。

## 03 | おうじ【王子】

名 王子；王族的男子

例 第二王子が成人を迎える。

譯 二王子迎接成年。

## 04 | おうじょ【王女】

名 公主；王族的女子

---

例 王女に仕える。

譯 侍奉公主。

## 05 | おおや【大家】

名 房東；正房，上房，主房

例 大家さんと相談する。

譯 與房東商量。

## 06 | おてつだいさん【お手伝いさん】

名 佣人

例 お手伝いさんを雇う。

譯 雇傭人。

## 07 | おまえ【お前】

代·名 你（用在交情好的對象或同輩以下。較為高姿態説話）；神前，佛前

例 お前の彼女が見てるぞ。

譯 你的女友睜著眼睛在看喔！

## 08 | か【家】

漢造 專家

例 専門家もびっくりする。

譯 專家都嚇一跳。

## 09 | ガールフレンド【girl friend】

名 女友

例 ガールフレンドとデートに行く。

譯 和女友去約會。

## 10 | がくしゃ【学者】

名 學者；科學家

例 著名な学者を育成した。

譯 培育了著名的學者。

## 11 | かたがた【方々】

名・代・副 (敬)大家;您們;這個那個,種種;各處;總之

例 父兄の方々が応援に来られる。

譯 各位父兄長輩前來支援。

## 12 | かんじゃ【患者】

名 病人,患者

例 患者を診る。

譯 診察患者。

## 13 | ぎいん【議員】

名 (國會,地方議會的)議員

例 議員を辞する。

譯 辭去議員職位。

## 14 | ぎし【技師】

名 技師,工程師,專業技術人員

例 レントゲン技師が行う。

譯 X光技師著手進行。

## 15 | ぎちょう【議長】

名 會議主席,主持人;(聯合國等)主席

例 議長を務める。

譯 擔任會議主席。

## 16 | キャプテン【captain】

名 團體的首領;船長;隊長;主任

例 キャプテンに従う。

譯 服從隊長。

## 17 | ギャング【gang】

名 持槍強盜團體,盜伙

例 ギャングに襲われる。

譯 被盜匪搶劫。

## 18 | きょうじゅ【教授】

名・他サ 教授;講授,教

例 書道を教授する。

譯 教書法。

## 19 | コーチ【coach】

名・他サ 教練,技術指導;教練員

例 ピッチングをコーチする。

譯 指導投球的技巧。

## 20 | こうし【講師】

名 (高等院校的)講師;演講者

例 講師を務める。

譯 擔任講師。

## 21 | こくおう【国王】

名 國王,國君

例 国王に会う。

譯 謁見國王。

## 22 | コック【cook】

名 廚師

例 コックになる。

譯 成為廚師。

## 23 | さくしゃ【作者】

名 作者

例 本の作者が登場する。

譯 書的作者上場。

## 24 ｜し【氏】

代・接尾・漢造 （做代詞用）這位，他；（接人姓名表示敬稱）先生；氏，姓氏；家族

例 トランプ氏が大統領になる。

譯 川普成為總統。

---

## 25 ｜しかい【司会】

名・自他サ 司儀，主持會議（的人）

例 司会を務める。

譯 擔任司儀。

---

## 26 ｜ジャーナリスト【journalist】

名 記者

例 ジャーナリストを目指す。

譯 想當記者。

---

## 27 ｜しゅしょう【首相】

名 首相，內閣總理大臣

例 首相に指名される。

譯 被指名為首相。

---

## 28 ｜しゅふ【主婦】

名 主婦，女主人

例 専業主婦がブログで稼ぐ。

譯 專業的家庭主婦在部落格上賺錢。

---

## 29 ｜じゅんきょうじゅ【准教授】

名 （大學的）副教授

例 准教授に就任しました。

譯 擔任副教授。

---

## 30 ｜じょうきゃく【乗客】

名 乘客，旅客

---

例 乗客を降ろす。

譯 讓乘客下車。

## 7-3 いろいろな人を表すことば(2) ／
各種人物的稱呼 (2)

## 31 ｜しょうにん【商人】

名 商人

例 大阪商人は商売が上手い。

譯 大阪商人很會做生意。

---

## 32 ｜じょおう【女王】

名 女王，王后；皇女，王女

例 新しい女王が誕生した。

譯 新的女王誕生了。

---

## 33 ｜じょきょう【助教】

名 助理教員；代理教員

例 助教に内定した。

譯 已內定採用為助教。

---

## 34 ｜じょしゅ【助手】

名 助手，幫手；（大學）助教

例 助手を雇う。

譯 雇用助手。

---

## 35 ｜しろうと【素人】

名 外行，門外漢；業餘愛好者，非專業人員；良家婦女

例 素人向きの本を読んだ。

譯 閱讀給非專業人士看的書。

## 36 ｜しんゆう【親友】

名 知心朋友
例 親友を守る。
譯 守護知心好友。

## 37 ｜たいし【大使】

名 大使
例 大使に任命する。
譯 任命為大使。

## 38 ｜ちしきじん【知識人】

名 知識份子
例 知識人の意見が一致した。
譯 知識分子的意見一致。

## 39 ｜ちじん【知人】

名 熟人，認識的人
例 知人を訪れる。
譯 拜訪熟人。

## 40 ｜ちょしゃ【著者】

名 作者
例 著者の素顔が知りたい。
譯 想知道作者的真面目。

## 41 ｜でし【弟子】

名 弟子，徒弟，門生，學徒
例 弟子を取る。
譯 收徒弟。

## 42 ｜てんのう【天皇】

名 日本天皇

例 天皇陛下が 30 日に退位する。
譯 天皇陛下在30日退位。

## 43 ｜はかせ【博士】

名 博士；博學之人
例 物知り博士が説明してくれる。
譯 知識淵博的人為我們進行說明。

## 44 ｜はんじ【判事】

名 審判員，法官
例 裁判所の判事が参加する。
譯 加入法院的審判員。

## 45 ｜ひっしゃ【筆者】

名 作者，筆者
例 本文の筆者をお呼びしました。
譯 邀請本文的作者。

## 46 ｜ぶし【武士】

名 武士
例 武士に二言なし。
譯 武士言必有信。

## 47 ｜ふじん【婦人】

名 婦女，女子
例 婦人警官が現れた。
譯 女警出現了。

## 48 ｜ふりょう【不良】

名・形動 不舒服，不適；壞，不良；（道德、品質）敗壞；流氓，小混混
例 不良少年がパクリをする。
譯 不良少年偷東西。

## 49 ｜ボーイフレンド【boy friend】

㊀ 男朋友

㋑ ボーイフレンドと
映画を見る。

㊁ 和男朋友看電影。

## 50 ｜ぼうさん【坊さん】

㊀ 和尚

㋑ 坊さんがお経を上げる。

㊁ 和尚念經。

## 51 ｜まいご【迷子】

㊀ 迷路的孩子，走失的孩子

㋑ 迷子になる。

㊁ 迷路。

## 52 ｜ママ【mama】

㊀ （兒童對母親的愛稱）媽媽；（酒店的）老闆娘

㋑ スナックのママがきれいだ。

㊁ 小酒館的老闆娘很漂亮。

## 53 ｜めいじん【名人】

㊀ 名人，名家，大師，專家

㋑ 料理の名人が手がける。

㊁ 料理專家親自烹煮。

## 54 ｜もの【者】

㊀ （特定情況之下的）人，者

㋑ 家の者が車で迎えに来る。

㊁ 家裡人會開車來接我。

## 55 ｜やくしゃ【役者】

㊀ 演員；善於做戲的人，手段高明的人

㋑ 役者が揃う。

㊁ 人才聚集。

## 7-4 人の集まりを表すことば／
各種人物相關團體的稱呼

## 01 ｜こくみん【国民】

㊀ 國民

㋑ 国民の義務を果たす。

㊁ 竭盡國民的義務。

## 02 ｜じゅうみん【住民】

㊀ 居民

㋑ 都市の住民を襲う。

㊁ 襲擊城市的居民。

## 03 ｜じんるい【人類】

㊀ 人類

㋑ 人類の進化を導く。

㊁ 導向人類的進化。

## 04 ｜のうみん【農民】

㊀ 農民

㋑ 農民人口が増える。

㊁ 農民人口增多。

## 05 ｜われわれ【我々】

㊁ （人稱代名詞）我們；（謙卑説法的）我；每個人

㋑ 我々の仲間を紹介致します。

㊁ 我來介紹我們的夥伴。

## 7-5 容姿／
姿容

### 01 ｜げひん【下品】

形動 卑鄙，下流，低俗，低級

例 笑い方が下品だ。

譯 笑得很粗俗。

### 02 ｜さま【様】

名・代・接尾 様子，狀態；姿態；表示尊敬

例 様になる。

譯 像樣。

### 03 ｜スタイル【style】

名 文體；（服裝、美術、工藝、建築等）樣式；風格，姿態，體態

例 映画から流行のスタイルが生まれる。

譯 從電影產生流行的款式。

### 04 ｜すてき【素敵】

形動 絕妙的，極好的，極漂亮；很多

例 素敵な服装をする。

譯 穿著美麗的服裝。

### 05 ｜スマート【smart】

形動 瀟灑，時髦，漂亮；苗條；智能型，智慧型

例 スマートな体型がいい。

譯 我喜歡苗條的身材。

### 06 ｜せんれん【洗練】

名・他サ 精鍊，講究

例 あの人の服装は洗練されている。

譯 那個人的衣著很講究。

### 07 ｜ちゅうにくちゅうぜい【中肉中背】

名 中等身材

例 中肉中背の男が歩いていた。

譯 體型中等的男人在路上走著。

### 08 ｜ハンサム【handsome】

名・形動 帥，英俊，美男子

例 ハンサムな少年が踊っている。

譯 英俊的少年跳著舞。

### 09 ｜びよう【美容】

名 美容

例 美容整形した。

譯 做了整形美容。

### 10 ｜ひん【品】

名・漢造 （東西的）品味，風度；辨別好壞；品質；種類

例 品がない。

譯 沒有風度。

### 11 ｜へいぼん【平凡】

名・形動 平凡的

例 平凡な顔こそが美しい。

譯 平凡的臉才美。

### 12 ｜ほっそり

副・自サ 纖細，苗條

例 体つきがほっそりしている。

譯 身材苗條。

## 13 ｜ぽっちゃり

副・自サ 豊満，胖

例 ぽっちゃりして可愛い。

譯 胖嘟嘟的很可愛。

## 14 ｜みかけ【見掛け】

名 外貌，外觀，外表

例 人は見掛けによらない。

譯 人不可貌相。

## 15 ｜みっともない【見っとも無い】

形 難看的，不像樣的，不體面的，不成體統；醜

例 みっともない服装をしている。

譯 穿著難看的服裝。

## 16 ｜みにくい【醜い】

形 難看的，醜的；醜陋，醜惡

例 醜いアヒルの子が生まれた。

譯 生出醜小鴨。

## 17 ｜みりょく【魅力】

名 魅力，吸引力

例 魅力がある。

譯 有魅力。

## 7-6 態度、性格 (1) /
態度、性格 (1)

## 01 ｜あいまい【曖昧】

形動 含糊，不明確，曖昧，模稜兩可；可疑，不正經

例 曖昧な態度をとる。

譯 採取模稜兩可的態度。

## 02 ｜あつかましい【厚かましい】

形 厚臉皮的，無恥

例 厚かましいお願いですが。

譯 真是不情之請，不過…。

## 03 ｜あやしい【怪しい】

形 奇怪的，可疑的；靠不住的，難以置信；奇異，特別；笨拙；關係曖昧的

例 動きが怪しい。

譯 行徑可疑的。

## 04 ｜あわただしい【慌ただしい】

形 匆匆忙忙的，慌慌張張的

例 あわただしい毎日がやってくる。

譯 匆匆忙忙的每一天即將到來。

## 05 ｜いきいき【生き生き】

副・自サ 活潑，生氣勃勃，栩栩如生

例 生き生きとした表情をしている。

譯 一副生動的表情。

## 06 ｜いさましい【勇ましい】

形 勇敢的，振奮人心的；活潑的；(俗) 有勇無謀

例 勇ましく立ち向かう。

譯 勇往直前。

## 07 ｜いちだんと【一段と】

副 更加，越發

例 一段と美しくなった。

譯 變得更加美麗。

## 08 ｜いばる【威張る】

自五 誇耀，逞威風

例 部下に威張る。

譯 對部下擺架子。

## 09 ｜うろうろ

(副・自サ) 徘徊；不知所措，張慌失措

例 慌ててうろうろする。

譯 慌張得不知所措。

## 10 ｜おおざっぱ【大雑把】

(形動) 草率，粗枝大葉；粗略，大致

例 大雑把な見積もりを出す。

譯 拿出大致的估計。

## 11 ｜おちつく【落ち着く】

(自五) （心神，情緒等）穩靜；鎮靜，安祥；穩坐，穩當；（長時間）定居；有頭緒；淡雅，協調

例 落ち着いた人になりたい。

譯 想成為穩重沈著的人。

## 12 ｜かしこい【賢い】

(形) 聰明的，周到，賢明的

例 賢いやり方があった。

譯 有聰明的作法。

## 13 ｜かっき【活気】

(名) 活力，生氣；興旺

例 活気にあふれる。

譯 充滿活力。

## 14 ｜かって【勝手】

(形動) 任意，任性，隨便

例 勝手な行動を取る。

譯 採取專斷的行動。

## 15 ｜からかう

(他五) 逗弄，調戲

例 子供をからかう。

譯 逗小孩。

## 16 ｜かわいがる【可愛がる】

(他五) 喜愛，疼愛；嚴加管教，教訓

例 子供を可愛がる。

譯 疼愛小孩。

## 17 ｜かわいらしい【可愛らしい】

(形) 可愛的，討人喜歡，小巧玲瓏

例 可愛らしい猫が出迎えてくれる。

譯 可愛的貓出來迎接我。

## 18 ｜かんげい【歓迎】

(名・他サ) 歡迎

例 歓迎を受ける。

譯 受歡迎。

## 19 ｜きげん【機嫌】

(名) 心情，情緒

例 機嫌を取る。

譯 討好，取悅。

## 20 ｜ぎょうぎ【行儀】

(名) 禮儀，禮節，舉止

例 行儀が悪い。

譯 沒有禮貌。

## 21 ｜くどい

(形) 冗長乏味的，（味道）過於膩的

(例) 表現がくどい。

(譯) 表現過於繁複。

## 22 ｜けってん【欠点】

(名) 缺點，欠缺，毛病

(例) 欠点を改める。

(譯) 改正缺點。

## 23 ｜けんきょ【謙虚】

(形動) 謙虚

(例) 謙虚に反省する。

(譯) 虚心地反省。

## 24 ｜けんそん【謙遜】

(名・形動・自サ) 謙遜，謙虚

(例) 謙遜の文化を持つ。

(譯) 擁有謙虚文化。

## 25 ｜けんめい【懸命】

(形動) 拼命，奮不顧身，竭盡全力

(例) 懸命にこらえる。

(譯) 拼命忍耐。

## 26 ｜ごういん【強引】

(形動) 強行，強制，強勢

(例) 強引なやり方が批判される。

(譯) 強勢的做法深受批評。

## 27 ｜じぶんかって【自分勝手】

(形動) 任性，恣意妄為

(例) あの人は自分勝手だ。

(譯) 那個人很任性。

## 28 ｜じゅんじょう【純情】

(名・形動) 純真，天真

(例) 純情な青年を騙す。

(譯) 欺騙純真的少年。

## 29 ｜じゅんすい【純粋】

(名・形動) 純粹的，道地；純真，純潔，無雜念的

(例) 純粋な動機を持つ。

(譯) 擁有純正的動機。

## 30 ｜じょうしき【常識】

(名) 常識

(例) 常識がない。

(譯) 沒有常識。

### 7-6 態度、性格 (2) ／
態度、性格 (2)

## 31 ｜しんちょう【慎重】

(名・形動) 慎重，穩重，小心謹慎

(例) 慎重な態度をとる。

(譯) 採取慎重的態度。

## 32 ｜ずうずうしい【図々しい】

(形) 厚顏，厚皮臉，無恥

(例) ずうずうしい人が溢れている。

(譯) 到處都是厚臉皮的人。

## 33 ｜すなお【素直】

(形動) 純真，天真的，誠摯的，坦率的；大方，工整，不矯飾的；（沒有毛病）完美的，無暇的

例 素直な女性がタイプだ。

譯 我喜歡純真的女性。

## 34 ｜せきにんかん【責任感】

(名) 責任感

例 責任感が強い。

譯 責任感很強。

## 35 ｜そそっかしい

(形) 冒失的，輕率的，毛手毛腳的，粗心大意的

例 そそっかしい人に忘れ物が多い。

譯 冒失鬼經常忘東忘西的。

## 36 ｜たいそう【大層】

(形動・副) 很，非常，了不起；過份的，誇張的

例 たいそうな口をきく。

譯 誇大其詞。

## 37 ｜たっぷり

(副・自サ) 足夠，充份，多；寬綽，綽綽有餘；（接名詞後）充滿（某表情、語氣等）

例 自信たっぷりだ。

譯 充滿自信。

## 38 ｜たのもしい【頼もしい】

(形) 靠得住的；前途有為的，有出息的

例 頼もしい人が好きだ。

譯 我喜歡可靠的人。

## 39 ｜だらしない

(形) 散慢的，邋遢的，不檢點的；不爭氣的，沒出息的，沒志氣

例 金にだらしない。

譯 用錢沒計畫。

## 40 ｜たんじゅん【単純】

(名・形動) 單純，簡單；無條件

例 単純な計算ができない。

譯 無法做到簡單的計算。

## 41 ｜たんしょ【短所】

(名) 缺點，短處

例 短所を直す。

譯 改正缺點。

## 42 ｜ちょうしょ【長所】

(名) 長處，優點

例 長所を生かす。

譯 發揮長處。

## 43 ｜つよき【強気】

(名・形動) （態度）強硬，（意志）堅決；（行情）看漲

例 強気で談判する。

譯 以強硬的態度進行談判。

## 44 ｜とくしょく【特色】

(名) 特色，特徵，特點，特長

例 特色を生かす。

譯 發揮特長。

## 45 ｜とくちょう【特長】

(名) 專長

例 特長を生かす。

譯 活用專長。

## 46 ｜なまいき【生意気】

(名・形動) 驕傲，狂妄；自大，逞能，臭美，神氣活現

例 生意気を言う。

譯 説大話。

## 47 ｜なまける【怠ける】

(自他下一) 懶惰，怠惰

例 仕事を怠ける。

譯 工作怠惰。

## 48 ｜にこにこ

(副・自サ) 笑嘻嘻，笑容滿面

例 にこにこする。

譯 笑嘻嘻。

## 49 ｜にっこり

(副・自サ) 微笑貌，莞爾，嫣然一笑，微微一笑

例 にっこりと笑う。

譯 莞爾一笑。

## 50 ｜のんき【呑気】

(名・形動) 悠閒，無憂無慮；不拘小節，不慌不忙；蠻不在乎，漫不經心

例 呑気に暮らす。

譯 悠閒度日。

# 7-6 態度、性格 (3) ／
態度、性格 (3)

## 51 ｜パターン【pattern】

(名) 形式，樣式，模型；紙樣；圖案，花樣

例 行動のパターンが変わった。

譯 行動模式改變了。

## 52 ｜はんこう【反抗】

(名・自サ) 反抗，違抗，反擊

例 命令に反抗する。

譯 違抗命令。

## 53 ｜ひきょう【卑怯】

(名・形動) 怯懦，卑怯；卑鄙，無恥

例 卑怯なやり方だ。

譯 卑鄙的作法。

## 54 ｜ふけつ【不潔】

(名・形動) 不乾淨，骯髒；(思想)不純潔

例 不潔な心を起こす。

譯 生起骯髒的心。

## 55 ｜ふざける【巫山戯る】

(自下一) 開玩笑，戲謔；愚弄人，戲弄人；(男女)調情，調戲；(小孩)吵鬧

例 謝罪しないだと、ふざけるな。

譯 説不謝罪，開什麼玩笑。

## 56 ｜ふとい【太い】

(形) 粗的；肥胖；膽子大；無恥，不要臉；聲音粗

例 神経が太い。

譯 粗枝大葉。

## 57｜ふるまう【振舞う】

(自五・他五)（在人面前的）行為，動作；請客，招待，款待

例 愛想よく振舞う。

譯 舉止和藹可親。

## 58｜ふんいき【雰囲気】

(名) 氣氛，空氣

例 雰囲気が明るい。

譯 愉快的氣氛。

## 59｜ほがらか【朗らか】

(形動)（天氣）晴朗，萬里無雲；明朗，開朗；（聲音）嘹亮；（心情）快活

例 朗らかな顔が印象的でした。

譯 愉快的神色令人印象深刻。

## 60｜まごまご

(名・自サ) 不知如何是好，惶張失措，手忙腳亂；閒蕩，遊蕩，懶散

例 出口が分からずまごまごしている。

譯 找不到出口，不知如何是好。

## 61｜もともと

(名・副) 與原來一樣，不增不減；從來，本來，根本

例 彼は元々親切な人だ。

譯 他原本就是熱心的人。

## 62｜ゆうじゅうふだん【優柔不断】

(名・形動) 優柔寡斷

例 優柔不断な性格でも可愛い。

譯 優柔寡斷的個性也很可愛。

## 63｜ゆうゆう【悠々】

(副・形動) 悠然，不慌不忙；綽綽有餘，充分；（時間）悠久，久遠；（空間）浩瀚無垠

例 悠々と歩く。

譯 不慌不忙地走。

## 64｜よう【様】

(名・形動) 樣子，方式；風格；形狀

例 話し様が悪い。

譯 說的方式不好。

## 65｜ようき【陽気】

(名・形動) 季節，氣候；陽氣（萬物發育之氣）；爽朗，快活；熱鬧，活躍

例 陽気になる。

譯 變得爽朗快活。

## 66｜ようじん【用心】

(名・自サ) 注意，留神，警惕，小心

例 用心深い人だ。

譯 非常謹慎自保的人。

## 67｜ようち【幼稚】

(名・形動) 年幼的；不成熟的，幼稚的

例 幼稚な議論が続いている。

譯 幼稚的爭論持續著。

## 68｜よくばり【欲張り】

(名・形動) 貪婪，貪得無厭（的人）

例 欲張りな人に悩まされている。

譯 因貪得無厭的人而感到頭痛。

## 69 ｜よゆう【余裕】

名 富餘，剩餘；寬裕，充裕

例 余裕がある。

譯 綽綽有餘。

---

## 70 ｜らくてんてき【楽天的】

形動 樂觀的

例 楽天的な性格が裏目に出る。

譯 因樂天的性格而起反效果。

---

## 71 ｜りこしゅぎ【利己主義】

名 利己主義

例 利己主義はよくない。

譯 利己主義是不好的。

---

## 72 ｜れいせい【冷静】

名・形動 冷靜，鎮靜，沉著，清醒

例 冷静を保つ。

譯 保持冷靜。

# 7-7 人間関係 (1) ／
人際關係 (1)

---

## 01 ｜おたがいさま【お互い様】

名・形動 彼此，互相

例 お互い様です。

譯 彼此彼此。

---

## 02 ｜かんせつ【間接】

名 間接

例 間接的に影響する。

譯 間接影響。

---

## 03 ｜きょうりょく【強力】

名・形動 力量大，強力，強大

例 強力な味方になる。

譯 成為強大的夥伴。

---

## 04 ｜こうさい【交際】

名・自サ 交際，交往，應酬

例 交際がひろい。

譯 交際廣。

---

## 05 ｜こうりゅう【交流】

名・自サ 交流，往來；交流電

例 交流を深める。

譯 深入交流。

---

## 06 ｜さく【裂く】

他五 撕開，切開；扯散；分出，擠出，勻出；破裂，分裂

例 二人の仲を裂く。

譯 兩人關係破裂。

---

## 07 ｜じょうげ【上下】

名・自他サ （身分、地位的）高低，上下，低賤

例 上下関係にうるさい。

譯 非常注重上下關係。

---

## 08 ｜すき【隙】

名 空隙，縫；空暇，功夫，餘地；漏洞，可乘之機

例 隙に付け込む。

譯 鑽漏洞。

## 09 ｜せっする【接する】

自他サ 接觸；連接，靠近；接待，應酬；連結，接上；遇上，碰上

例 多くの人に接する。

譯 認識許多人。

## 10 ｜そうご【相互】

名 相互，彼此；輪流，輪班；交替，交互

例 相互に依存する。

譯 互相依賴。

## 11 ｜そんざい【存在】

名・自サ 存在，有；人物，存在的事物；存在的理由，存在的意義

例 級友から存在を無視された。

譯 同學無視他的存在。

## 12 ｜そんちょう【尊重】

名・他サ 尊重，重視

例 人権を尊重する。

譯 尊重人權。

## 13 ｜たちば【立場】

名 立腳點，站立的場所；處境；立場，觀點

例 立場が変わる。

譯 立場改變。

## 14 ｜たにん【他人】

名 別人，他人；（無血緣的）陌生人，外人；局外人

例 赤の他人を家族だと思えるのか。

譯 能否把毫無關係的人當作家人呢？

## 15 ｜たまたま【偶々】

副 偶然，碰巧，無意間；偶爾，有時

例 たまたま出会う。

譯 偶然遇見。

## 16 ｜たより【便り】

名 音信，消息，信

例 便りが絶える。

譯 音信中斷。

## 17 ｜たよる【頼る】

自他五 依靠，依賴，仰仗；拄著；投靠，找門路

例 兄を頼りにする。

譯 依靠哥哥。

## 18 ｜つきあい【付き合い】

名・自サ 交際，交往，打交道；應酬，作陪

例 付き合いがある。

譯 有交往。

## 19 ｜であい【出会い】

名 相遇，不期而遇，會合；幽會；河流會合處

例 別れと出会い。

譯 分離及相遇。

## 20 ｜てき【敵】

名・漢造 敵人，仇敵；（競爭的）對手；障礙，大敵；敵對，敵方

例 敵に回す。

譯 與…為敵。

# 7-7 人間関係 (2) /
人際關係 (2)

## 21 | どういつ【同一】

(名・形動) 同樣，相同；相等，同等

例 同一歩調を取る。

譯 採取同一步調。

---

## 22 | とけこむ【溶け込む】

(自五)（理、化）融化，溶解，熔化；融合，融

例 チームに溶け込む。

譯 融入團隊。

---

## 23 | とも【友】

(名) 友人，朋友；良師益友

例 友となる。

譯 成為朋友。

---

## 24 | なかなおり【仲直り】

(名・自サ) 和好，言歸於好

例 弟と仲直りする。

譯 與弟弟和好。

---

## 25 | なかま【仲間】

(名) 伙伴，同事，朋友；同類

例 仲間に入る。

譯 加入夥伴。

---

## 26 | なかよし【仲良し】

(名) 好朋友；友好，相好

例 仲良しになる。

譯 成為好友。

---

## 27 | ばったり

(副) 物體突然倒下(跌落)貌；突然相遇貌；突然終止貌

例 ばったり（と）会う。

譯 突然遇到。

---

## 28 | はなしあう【話し合う】

(自五) 對話，談話；商量，協商，談判

例 楽しく話し合う。

譯 相談甚歡。

---

## 29 | はなしかける【話しかける】

(自下一)（主動）跟人説話，攀談；開始談，開始説

例 子供に話しかける。

譯 跟小孩説話。

---

## 30 | はなはだしい【甚だしい】

(形)（不好的狀態）非常，很，甚

例 甚だしい誤解がある。

譯 有很大的誤會。

---

## 31 | ひっかかる【引っ掛かる】

(自五) 掛起來，掛上，卡住；連累，牽累；受騙，上當；心裡不痛快

例 甘い言葉に引っ掛かる。

譯 被花言巧語騙過去。

---

## 32 | へだてる【隔てる】

(他下一) 隔開，分開；（時間）相隔；遮檔，離間；不同，有差別

例 友達の仲を隔てる。

譯 離間朋友之間的關係。

## 33 | ぼろ【襤褸】

⒜ 破布，破爛衣服；破爛的狀態；破綻，缺點

例 ぼろが出る。

譯 露出破綻。

## 34 | まさつ【摩擦】

（名・自他サ）摩擦；不和睦，意見紛歧，不合

例 摩擦が起こる。

譯 產生分歧。

## 35 | まちあわせる【待ち合わせる】

（自他下一）（事先約定的時間、地點）等候，會面，碰頭

例 駅で４時に待ち合わせる。

譯 四點在車站見面。

## 36 | みおくる【見送る】

（他五）目送；送別；（把人）送到（某的地方）；觀望，擱置，暫緩考慮；送葬

例 友達を見送る。

譯 送朋友。

## 37 | みかた【味方】

（名・自サ）我方，自己的這一方；夥伴

例 味方に引き込む。

譯 拉入自己一夥。

## 38 | ゆうこう【友好】

⒜ 友好

例 友好を深める。

譯 加深友好關係。

## 39 | ゆうじょう【友情】

⒜ 友情

例 友情を結ぶ。

譯 結交朋友。

## 40 | りょう【両】

（漢造）雙，兩

例 両者の合意が必要だ。

譯 需要雙方的同意。

## 41 | わ【和】

⒜ 和，人和；停止戰爭，和好

例 和を保つ。

譯 保持和諧。

## 42 | わるくち・わるぐち【悪口】

⒜ 壞話，誹謗人的話；罵人

例 悪口を言う。

譯 說壞話。

## 7-8 神仏、化け物 /
神佛、怪物

## 01 | あくま【悪魔】

⒜ 惡魔，魔鬼

例 悪魔を払う。

譯 驅逐魔鬼。

## 02 | おがむ【拝む】

（他五）叩拜；合掌作揖；懇求，央求；瞻仰，見識

例 神様を拝む。
譯 拜神。

---

## 03 ｜おに【鬼】

(名・接頭) 鬼；人們想像中的怪物，具有人的形狀，有角和獠牙。也指沒有人的感情的冷酷的人。熱衷於一件事的人。也引申為大型的，突出的意思。

例 鬼に金棒。
譯 如虎添翼。

---

## 04 ｜おばけ【お化け】

(名) 鬼；怪物
例 お化け屋敷に入る。
譯 進到鬼屋。

---

## 05 ｜おまいり【お参り】

(名・自サ) 參拜神佛或祖墳
例 神社にお参りする。
譯 到神社參拜。

---

## 06 ｜おみこし【お神輿・お御輿】

(名) 神轎；(俗)腰
例 お神輿を担ぐ。
譯 扛神轎。

---

## 07 ｜かみ【神】

(名) 神，神明，上帝，造物主；(死者的)靈魂
例 神に祈る。
譯 向神禱告。

---

## 08 ｜かみさま【神様】

(名) (神的敬稱)上帝，神；(某方面的)專家，活神仙，(接在某方面技能後)…之神
例 神様を信じる。
譯 信神。

---

## 09 ｜しんこう【信仰】

(名・他サ) 信仰，信奉
例 信仰を持つ。
譯 有信仰。

---

## 10 ｜しんわ【神話】

(名) 神話
例 神話になる。
譯 成為神話。

---

## 11 ｜せい【精】

(名) 精，精靈；精力
例 森の精が宿る。
譯 存有森林的精靈。

---

## 12 ｜ほとけ【仏】

(名) 佛，佛像；(佛一般)溫厚，仁慈的人；死者，亡魂
例 仏に祈る。
譯 向佛祈禱。

# パート 8 第八章

# 親族

- 親屬 -

## 8-1 家族 /
家族

### 01 |あまやかす【甘やかす】

他五 嬌生慣養，縱容放任；嬌養，嬌寵

例 甘やかして育てる。

譯 嬌生慣養。

### 02 |いっか【一家】

名 一所房子；一家人；一個團體；一派

例 一家の主が亡くなった。

譯 一家之主去世。

### 03 |おい【甥】

名 姪子，外甥

例 叔父甥の間柄だけだった。

譯 僅只是叔姪的關係。

### 04 |おやこ【親子】

名 父母和子女

例 仲の良い親子だ。

譯 感情融洽的親子。

### 05 |ぎゃくたい【虐待】

名・他サ 虐待

例 児童虐待は深刻な問題だ。

譯 虐待兒童是很嚴重的問題。

### 06 |こうこう【孝行】

名・自サ・形動 孝敬，孝順

例 孝行を尽くす。

譯 盡孝心。

### 07 |ささえる【支える】

他下一 支撐；維持，支持；阻止，防止

例 暮らしを支える。

譯 維持生活。

### 08 |しまい【姉妹】

名 姉妹

例 3 人姉妹が 100 円ショップを営んでいる。

譯 姉妹三人經營著百元商店。

### 09 |しんせき【親戚】

名 親戚，親屬

例 親戚のおじさんがかっこいい。

譯 我叔叔很帥氣。

### 10 |しんるい【親類】

名 親戚，親屬；同類，類似

例 親類づきあい。

譯 像親戚一樣往來。

## 11 ｜ せい【姓】

（名・漢造）姓氏；族，血族；（日本古代的）氏族姓，稱號

例 姓が変わる。

譯 改姓。

## 12 ｜ ぜんぱん【全般】

（名）全面，全盤，通盤

例 生活全般にわたる。

譯 遍及所有生活的方方面面。

## 13 ｜ つれ【連れ】

（名・接尾）同伴，伙伴；（能劇，狂言的）配角

例 子供連れの客が多い。

譯 有許多帶小孩的客人。

## 14 ｜ どくしん【独身】

（名）單身

例 独身で暮らしている。

譯 獨自一人過生活。

## 15 ｜ ははおや【母親】

（名）母親

例 母親のいない子になってしまう。

譯 成為無母之子。

## 16 ｜ ぶじ【無事】

（名・形動）平安無事，無變故；健康；最好，沒毛病；沒有過失

例 無事を知らせる。

譯 報平安。

## 01 ｜ おくさま【奥様】

（名）尊夫人，太太

例 奥様はお元気ですか。

譯 尊夫人別來無恙？

## 02 ｜ こんやく【婚約】

（名・自サ）訂婚，婚約

例 婚約を発表する。

譯 宣佈訂婚訊息。

## 03 ｜ ともに【共に】

（副）共同，一起，都；隨著，隨同；全，都，均

例 一生を共にする。

譯 終生在一起。

## 04 ｜ にょうぼう【女房】

（名）（自己的）太太，老婆

例 世話女房が付いている。

譯 有位對丈夫照顧周到的妻子。

## 05 ｜ はなよめ【花嫁】

（名）新娘

例 花嫁の姿がひときわ映える。

譯 新娘的打扮格外耀眼奪目。

## 06 ｜ ふさい【夫妻】

（名）夫妻

例 林氏夫妻を招く。

譯 邀請林氏夫婦。

## 07 ｜ふじん【夫人】

名 夫人

例 夫人同伴で出席する。

譯 與夫人一同出席。

## 08 ｜よめ【嫁】

名 兒媳婦，妻，新娘

例 嫁にいく。

譯 嫁人。

N2 ● 8-3

## 8-3 先祖、親 /
祖先、父母

## 01 ｜せんぞ【先祖】

名 始祖；祖先，先人

例 先祖の墓がある。

譯 祖先的墳墓。

## 02 ｜そせん【祖先】

名 祖先

例 祖先から伝わる。

譯 從祖先代代流傳下來。

## 03 ｜だい【代】

名・漢造 代，輩；一生，一世；代價

例 代が変わる。

譯 換代。

## 04 ｜ちちおや【父親】

名 父親

例 父親に似る。

譯 和父親相像。

## 05 ｜つとめ【務め】

名 本分，義務，責任

例 親の務めを果たす。

譯 完成父母的義務。

## 06 ｜どくりつ【独立】

名・自サ 孤立，單獨存在；自立，獨立，不受他人援助

例 親から独立する。

譯 脱離父母獨立。

## 07 ｜はか【墓】

名 墓地，墳墓

例 墓まいりする。

譯 上墳祭拜。

## 08 ｜ふぼ【父母】

名 父母，雙親

例 父母の膝下を離れる。

譯 離開父母。

## 09 ｜まいる【参る】

自五・他五 (敬)去，來；參拜(神佛)；認輸；受不了，吃不消；(俗)死；(文)(從前婦女寫信，在收件人的名字右下方寫的敬語)鈞啟；(古)獻上；吃，喝；做

例 お墓に参る。

譯 去墓地參拜。

## 10 ｜まつる【祭る】

他五 祭祀，祭奠；供奉

例 先祖をまつる。

譯 祭祀先祖。

# 8-4 子、子孫／
孩子、子孫

## 01 ｜おさない【幼い】
形 幼小的，年幼的；孩子氣，幼稚的

例 幼い子供がいる。

譯 有幼小的孩子。

## 02 ｜しそん【子孫】
名 子孫；後代

例 子孫の繁栄を願う。

譯 祈求多子多孫。

## 03 ｜すえっこ【末っ子】
名 最小的孩子

例 末っ子に生まれる。

譯 我是么兒。

## 04 ｜すがた【姿】
名・接尾 身姿，身段；裝束，風采；形跡，身影；面貌，狀態；姿勢，形象

例 姿が消える。

譯 消失蹤跡。

## 05 ｜てきする【適する】
自サ （天氣、飲食、水土等）適宜，適合；適當，適宜於（某情況）；具有做某事的資格與能力

例 子供に適した映画を紹介する。

譯 介紹適合兒童觀賞的電影。

## 06 ｜ふたご【双子】
名 雙胞胎，孿生；雙

例 双子を生んだ。

譯 生了雙胞胎。

## 07 ｜むけ【向け】
造語 向，對

例 子供向けの番組が減った。

譯 以小孩為對象的節目減少了。

# 動物

- 動物 -

## 9-1 動物の仲間 /
動物類

### 01 ｜いきもの【生き物】
名 生物，動物；有生命力的東西，活的東西
例 生き物を殺す。
譯 殺生。

### 02 ｜うお【魚】
名 魚
例 うお座に入る。
譯 進入雙魚座。

### 03 ｜うさぎ【兎】
名 兔子
例 ウサギの登り坂だ。
譯 事情順利進行。

### 04 ｜えさ【餌】
名 飼料，飼食
例 鳥に餌をやる。
譯 餵鳥飼料。

### 05 ｜か【蚊】
名 蚊子
例 蚊に刺される。
譯 被蚊子咬。

### 06 ｜きんぎょ【金魚】
名 金魚
例 金魚すくいが楽しい。
譯 撈金魚很有趣。

### 07 ｜さる【猿】
名 猴子，猿猴
例 猿も木から落ちる。
譯 智者千慮必有一失。

### 08 ｜す【巣】
名 巣，窩，穴；賊窩，老巣；家庭；蜘蛛網
例 巣離れをする。
譯 離巢，出窩。

### 09 ｜ぜつめつ【絶滅】
名・自他サ 滅絕，消滅，根除
例 絶滅の危機に瀕する。
譯 瀕臨絕種。

### 10 ｜ぞう【象】
名 大象
例 アフリカ象は絶滅の危機にある。
譯 非洲象面臨滅亡的危機。

## 11 | ぞくする【属する】

(自サ) 屬於，歸於，從屬於；隸屬，附屬

例 虎はネコ科に属する。

譯 老虎屬於貓科。

## 12 | つばさ【翼】

(名) 翼，翅膀；(飛機)機翼；(風車)翼板；
使者，使節

例 想像の翼が広がる。

譯 想像的翅膀擴展開來。

## 13 | とら【虎】

(名) 老虎

例 虎の尾を踏む。

譯 若蹈虎尾。

## 14 | とる【捕る】

(他五) 抓，捕捉，逮捕

例 鼠を捕る。

譯 捉老鼠。

## 15 | なでる【撫でる】

(他下一) 摸，撫摸；梳理(頭髮)；撫慰，
安撫

例 犬の頭を撫でる。

譯 撫摸狗的頭。

## 16 | なれる【馴れる】

(自下一) 馴熟

例 この馬は人に馴れている。

譯 這匹馬很親人。

## 17 | にわとり【鶏】

(名) 雞

例 鶏を飼う。

譯 養雞。

## 18 | ねずみ

(名) 老鼠

例 ねずみが出る。

譯 有老鼠。

## 19 | むれ【群れ】

(名) 群，伙，幫；伙伴

例 群れになる。

譯 結成群。

## 9-2 動物の動作、部位 /
動物的動作、部位

## 01 | かけまわる【駆け回る】

(自五) 到處亂跑

例 子犬が駆け回る。

譯 小狗到處亂跑。

## 02 | きば【牙】

(名) 犬齒，獠牙

例 ライオンの牙が獲物を噛み砕く。

譯 獅子的尖牙咬碎獵物。

## 03 | しっぽ【尻尾】

(名) 尾巴；末端，末尾；尾狀物

例 しっぽを出す。

譯 露出馬腳。

## 04 | はう【這う】

(自五) 爬,爬行;(植物)攀纏,緊貼;(趴)下

例 蛇が這う。

譯 蛇在爬行。

## 05 | はね【羽】

(名) 羽毛;(鳥與昆蟲等的)翅膀;(機器等)翼,葉片;箭翎

例 羽を伸ばす。

譯 無所顧慮,無拘無束。

## 06 | はねる【跳ねる】

(自下一) 跳,蹦起;飛濺;散開,散場;爆,裂開

例 馬がはねる。

譯 馬騰躍。

## 07 | ほえる【吠える】

(自下一) (狗、犬獸等)吠,吼;(人)大聲哭喊,喊叫

例 犬が吠える。

譯 狗吠叫。

## Memo

# パート 10 第十章 植物

- 植物 -

## 10-1 野菜、果物 /
蔬菜、水果

### 01 ｜いちご【苺】
名 草莓
例 苺を栽培する。
譯 種植草莓。

### 02 ｜うめ【梅】
名 梅花，梅樹；梅子
例 梅の実をたくさんつける。
譯 梅樹結了許多梅子。

### 03 ｜かじつ【果実】
名 果實，水果
例 果実が実る。
譯 結出果實。

### 04 ｜じゃがいも【じゃが芋】
名 馬鈴薯
例 じゃが芋を茹でる。
譯 用水煮馬鈴薯。

### 05 ｜すいか【西瓜】
名 西瓜
例 西瓜を冷やす。
譯 冰鎮西瓜。

### 06 ｜たね【種】
名 (植物的)種子，果核；(動物的)品種；原因，起因；素材，原料
例 種を吐き出す。
譯 吐出種子。

### 07 ｜まめ【豆】
名・接頭 (總稱)豆；大豆；小的，小型；(手腳上磨出的)水泡
例 豆を撒く。
譯 撒豆子。

### 08 ｜み【実】
名 (植物的)果實；(植物的)種子；成功，成果；內容，實質
例 実がなる。
譯 結果。

### 09 ｜みのる【実る】
自五 (植物)成熟，結果；取得成績，獲得成果，結果實
例 柿が実る。
譯 結柿子。

### 10 ｜もも【桃】
名 桃子
例 桃のおいしい季節がやってきた。
譯 到了桃子的盛產期。

# 10-2 草、木、樹木 /
草木、樹木

### 01 | いね【稲】

(名) 水稻，稻子
例 稲を刈る。
譯 割稻。

### 02 | うえき【植木】
(名) 植種的樹；盆景
例 植木を植える。
譯 種樹。

### 03 | がいろじゅ【街路樹】
(名) 行道樹
例 街路樹がきれいだ。
譯 行道樹很漂亮。

### 04 | こうよう【紅葉】
(名・自サ) 紅葉；變成紅葉
例 紅葉を見る。
譯 賞楓葉。

### 05 | こくもつ【穀物】
(名) 五穀，糧食
例 穀物を輸入する。
譯 進口五穀。

### 06 | こむぎ【小麦】
(名) 小麥
例 小麦粉をこねる。
譯 揉麵粉糰。

### 07 | しなやか
(形動) 柔軟，和軟；巍巍顫顫，有彈性；優美，柔和，溫柔
例 しなやかな竹は美しい。
譯 柔軟的竹子美極了。

### 08 | しばふ【芝生】
(名) 草皮，草地
例 芝生に寝転ぶ。
譯 睡在草地上。

### 09 | しょくぶつ【植物】
(名) 植物
例 植物を育てる。
譯 種植植物。

### 10 | すぎ【杉】
(名) 杉樹，杉木
例 杉の花粉が飛び始めた。
譯 杉樹的花粉開始飛散。

### 11 | たいぼく【大木】
(名) 大樹，巨樹
例 百年を超える大木がある。
譯 有百年以上的大樹。

### 12 | たけ【竹】
(名) 竹子
例 竹が茂る。
譯 竹林繁茂。

### 13 │ なみき【並木】

(名) 街樹，路樹；並排的樹木

例 並木道がきれいでした。

譯 蔭林大道美極了。

### 14 │ まつ【松】

(名) 松樹，松木；新年裝飾正門的松枝，裝飾松枝的期間

例 松を植える。

譯 種植松樹。

### 15 │ もみじ【紅葉】

(名) 紅葉；楓樹

例 紅葉を楽しむ。

譯 觀賞紅葉。

## 10-3 植物関連のことば／
植物相關用語

### 01 │ うわる【植わる】

(自五) 栽上，栽植

例 桃が植わっている。

譯 種著桃樹。

### 02 │ えんげい【園芸】

(名) 園藝

例 園芸を楽しむ。

譯 享受園藝。

### 03 │ おんしつ【温室】

(名) 溫室，暖房

例 温室で苺を作る。

譯 在溫室栽培草莓。

### 04 │ から【殻】

(名) 外皮，外殼

例 殻を脱ぐ。

譯 脫殼，脫皮。

### 05 │ かる【刈る】

(他五) 割，剪，剃

例 草を刈る。

譯 割草。

### 06 │ かれる【枯れる】

(自上一) 枯萎，乾枯；老練，造詣精深；(身材)枯瘦

例 作物が枯れる。

譯 作物枯萎。

### 07 │ かんさつ【観察】

(名・他サ) 觀察

例 植物を観察する。

譯 觀察植物。

### 08 │ さくもつ【作物】

(名) 農作物；莊稼

例 園芸作物を栽培する。

譯 栽培園藝作物。

### 09 │ しげる【茂る】

(自五) (草木)繁茂，茂密

例 雑草が茂る。

譯 雜草茂密。

### 10 │ しぼむ【萎む・凋む】

(自五) 枯萎，凋謝；扁掉

例 花がしぼむ。
譯 花兒凋謝。

例 鉢植えの手入れをする。
譯 照顧盆栽。

---

## 11 | ちらばる【散らばる】

（自五）分散；散亂

例 花びらが散らばる。
譯 花瓣散落。

---

## 12 | なる【生る】

（自五）（植物）結果；生，產出

例 柿が生る。
譯 長出柿子。

---

## 13 | におう【匂う】

（自五）散發香味，有香味；（顏色）鮮豔美麗；隱約發出，使人感到似乎⋯

例 花が匂う。
譯 花散發出香味。

---

## 14 | ね【根】

（名）（植物的）根；根底；根源，根據；天性，根本

例 根がつく。
譯 生根。

---

## 15 | はち【鉢】

（名）缽盆；大碗；花盆；頭蓋骨

例 バラを鉢に植える。
譯 玫瑰花種在花盆裡。

---

## 16 | はちうえ【鉢植え】

（名）盆栽

---

## 17 | まく【蒔く】

（他五）播種；（在漆器上）畫泥金畫

例 種を蒔く。
譯 播種。

---

## 18 | みつ【蜜】

（名）蜜；花蜜；蜂蜜

例 花の蜜を吸う。
譯 吸花蜜。

---

## 19 | め【芽】

（名）（植）芽

例 芽が出る。
譯 發芽。

---

## 20 | ようぶん【養分】

（名）養分

例 養分を吸収する。
譯 吸收養分。

---

## 21 | わかば【若葉】

（名）嫩葉、新葉

例 若葉が萌える。
譯 長出新葉。

## パート 11 第十一章 物質
- 物質 -

### 11-1 物、物質 /
物、物質

## 01 ｜えきたい【液体】
(名) 液體
例 液体に浸す。
譯 浸泡在液體之中。

## 02 ｜かたまり【塊】
(名・接尾) 塊狀，疙瘩；集團；極端…的人
例 欲の塊が踊っている。
譯 貪得無厭的人上竄下跳。

## 03 ｜かたまる【固まる】
(自五)（粉末、顆粒、黏液等）變硬，凝固；固定，成形；集在一起，成群；熱中，篤信（宗教等）
例 粘土が固まる。
譯 把黏土捏成一塊。

## 04 ｜きたい【気体】
(名)（理）氣體
例 気体は通すが水は通さない。
譯 氣體可通過，但水無法通過。

## 05 ｜きんぞく【金属】
(名) 金屬，五金
例 金属は熱で溶ける。
譯 金屬被熱熔化。

## 06 ｜くず【屑】
(名) 碎片；廢物，廢料（人）；（挑選後剩下的）爛貨
例 人間のくずだ。
譯 卑劣的人。

## 07 ｜げすい【下水】
(名) 污水，髒水，下水；下水道的簡稱
例 下水処理場に届く。
譯 抵達污水處理場。

## 08 ｜こうぶつ【鉱物】
(名) 礦物
例 豊かな鉱物資源に恵まれる。
譯 豐富的礦資源。

## 09 ｜こたい【固体】
(名) 固體
例 固体に変わる。
譯 變成固體。

## 10 ｜こな【粉】
(名) 粉，粉末，麵粉
例 粉になる。
譯 變成粉末。

## 11 | こんごう【混合】

(名・自他サ) 混合

例 砂と小石を混合する。

譯 混合砂和小石子。

## 12 | さび【錆】

(名)（金屬表面因氧化而生的）鏽；（轉）惡果

例 金属が錆付く。

譯 金屬生鏽。

## 13 | さんせい【酸性】

(名)（化）酸性

例 尿が酸性になる。

譯 尿變成酸性的。

## 14 | さんそ【酸素】

(名)（理）氧氣

例 酸素マスクをつける。

譯 戴上氧氣面具。

## 15 | すいそ【水素】

(名) 氫

例 水素を含む。

譯 含氫。

## 16 | せいぶん【成分】

(名)（物質）成分，元素；（句子）成分；（數）成分

例 成分を分析する。

譯 分析成分。

## 17 | ダイヤモンド【diamond】

(名) 鑽石

例 大きなダイヤモンドをずらりと並べる。

譯 大顆鑽石排成一排。

## 18 | たから【宝】

(名) 財寶，珍寶；寶貝，金錢

例 国の宝に指定された。

譯 被指定為國寶。

## 19 | ちしつ【地質】

(名)（地）地質

例 地質を調べる。

譯 調查地質。

## 20 | つち【土】

(名) 土地，大地；土壤，土質；地面，地表；地面土，泥土

例 土が乾く。

譯 土地乾旱。

## 21 | つぶ【粒】

(名・接尾)（穀物的）穀粒；粒，丸，珠；（數小而圓的東西）粒，滴，丸

例 麦の粒が大きい。

譯 麥粒很大。

## 22 | てつ【鉄】

(名) 鐵

例 鉄の意志が生んだ。

譯 產生如鋼鐵般的意志。

## 23 | どう【銅】

(名) 銅

例 銅を含む。

譯 含銅。

## 24 | とうめい【透明】

(名・形動) 透明；純潔，單純

例 透明なガラスで仕切られた。

譯 被透明的玻璃隔開。

## 25 | どく【毒】

(名・自サ・漢造) 毒，毒藥；毒害，有害；惡毒，毒辣

例 毒にあたる。

譯 中毒。

## 26 | はなび【花火】

(名) 煙火

例 花火を打ち上げる。

譯 放煙火。

## 27 | はへん【破片】

(名) 破片，碎片

例 ガラスの破片が飛び散る。

譯 玻璃碎片飛散開來。

## 28 | はめる【嵌める】

(他下一) 嵌上，鑲上；使陷入，欺騙；擲入，使沈入

例 指輪にダイヤをはめる。

譯 在戒指上鑲入鑽石。

## 29 | ぶっしつ【物質】

(名) 物質；(哲)物體，實體

例 物質文明が発達した。

譯 物質文明進步發展。

## 30 | ふる【古】

(名・漢造) 舊東西；舊，舊的

例 古新聞をリサイクルする。

譯 舊報紙資源回收。

## 31 | ほうせき【宝石】

(名) 寶石

例 宝石で飾る。

譯 用寶石裝飾。

## 32 | ほこり【埃】

(名) 灰塵，塵埃

例 埃を払う。

譯 擦灰塵。

## 33 | む【無】

(名・接頭・漢造) 無，沒有；徒勞，白費；無…，不…；欠缺，無

例 無から有を生ずる。

譯 無中生有。

## 34 | やくひん【薬品】

(名) 藥品；化學試劑

例 化学薬品を取り扱っている。

譯 管理化學藥品。

## 11-2 エネルギー、燃料 /
能源、燃料

## 01 | あげる【上げる】

(他下一・自下一) 舉起，抬起，揚起，懸掛；(從船上)卸貨；增加；升遷；送入；表示做完；表示自謙

例 温度を上げる。

譯 提高溫度。

## 02 ｜オイル【oil】

名 油，油類；油畫，油畫顏料；石油

例 オイル漏れがひどい。

譯 嚴重漏油。

## 03 ｜すいじょうき【水蒸気】

名 水蒸氣；霧氣，水霧

例 水蒸気がふき出す。

譯 噴出水蒸汽。

## 04 ｜すいぶん【水分】

名 物體中的含水量；（蔬菜水果中的）液體，含水量，汁

例 水分をとる。

譯 攝取水分。

## 05 ｜すいめん【水面】

名 水面

例 水面に浮かべる。

譯 浮出水面。

## 06 ｜せきたん【石炭】

名 煤炭

例 石炭を燃やす。

譯 燒煤炭。

## 07 ｜せきゆ【石油】

名 石油

例 石油を採掘する。

譯 開採石油。

## 08 ｜だんすい【断水】

名・他サ・自サ 斷水，停水

例 夜間断水する。

譯 夜間限時停水。

## 09 ｜ちかすい【地下水】

名 地下水

例 地下水を蓄える。

譯 儲存地下水。

## 10 ｜ちょくりゅう【直流】

名・自サ 直流電；（河水）直流，沒有彎曲的河流；嫡系

例 直流に変換する。

譯 變換成直流電。

## 11 ｜でんりゅう【電流】

名 （理）電流

例 電流が通じる。

譯 通電。

## 12 ｜でんりょく【電力】

名 電力

例 電力を供給する。

譯 供電。

## 13 ｜とうゆ【灯油】

名 燈油；煤油

例 灯油で動く。

譯 以燈油啟動。

## 14 ｜ばくはつ【爆発】

名・自サ 爆炸，爆發

例 火薬が爆発する。

譯 火藥爆炸。

## 15 ｜はつでん【発電】

(名・他サ) 發電

**例** 川を発電に利用する。

**譯** 利用河川發電。

---

## 16 ｜ひ【灯】

(名) 燈光，燈火

**例** 灯をともす。

**譯** 點燈。

---

## 17 ｜ほのお【炎】

(名) 火焰，火苗

**例** 炎に包まれる。

**譯** 被火焰包圍。

---

## 18 ｜ようがん【溶岩】

(名)（地）溶岩

**例** 溶岩が流れる。

**譯** 熔岩流動。

---

## 11-3 原料、材料 /
原料、材料

---

## 01 ｜げんりょう【原料】

(名) 原料

**例** 石油を原料とするプラスチック。

**譯** 塑膠是以石油為原料做出來的。

---

## 02 ｜コンクリート【concrete】

(名・形動) 混凝土；具體的

**例** コンクリートが固まる。

**譯** 水泥凝固。

---

## 03 ｜ざいもく【材木】

(名) 木材，木料

**例** 材木を選ぶ。

**譯** 選擇木材。

---

## 04 ｜ざいりょう【材料】

(名) 材料，原料；研究資料，數據

**例** 材料がそろう。

**譯** 備齊材料。

---

## 05 ｜セメント【cement】

(名) 水泥

**例** セメントを塗る。

**譯** 抹水泥。

---

## 06 ｜どろ【泥】

(名・造語) 泥土；小偷

**例** 泥がつく。

**譯** 沾上泥土。

---

## 07 ｜ビタミン【vitamin】

(名)（醫）維他命，維生素

**例** ビタミンCに富む。

**譯** 富含維他命C。

---

## 08 ｜もくざい【木材】

(名) 木材，木料

**例** 建築用の木材を事前にカットする。

**譯** 事先裁切建築用木材。

# パート 12 第十二章 天体、気象

- 天體、氣象 -

## 12-1 天体 /
天體

### 01 | うちゅう【宇宙】

名 宇宙；（哲）天地空間；天地古今
例 宇宙旅行に申し込む。
譯 申請太空旅行。

### 02 | おせん【汚染】

名・自他サ 汚染
例 大気汚染が問題となった。
譯 大氣汚染成為問題。

### 03 | かがやく【輝く】

自五 閃光，閃耀；洋溢；光榮，顯赫
例 太陽が空に輝く。
譯 太陽在天空照耀。

### 04 | かんそく【観測】

名・他サ 觀察（事物），（天體，天氣等）觀測
例 天体を観測する。
譯 觀測天體。

### 05 | きあつ【気圧】

名 氣壓；（壓力單位）大氣壓
例 高気圧が張り出す。
譯 高氣壓伸展開來。

### 06 | きらきら

副・自サ 閃耀
例 星がきらきら光る。
譯 星光閃耀。

### 07 | ぎらぎら

副・自サ 閃耀（程度比きらきら還強）
例 太陽がぎらぎら照りつける。
譯 陽光照得刺眼。

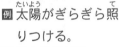

### 08 | こうきあつ【高気圧】

名 高氣壓
例 南の海上に高気圧が発生した。
譯 南方海面上形成高氣壓。

### 09 | こうせん【光線】

名 光線
例 太陽の光線が反射される。
譯 太陽光線反射。

### 10 | たいき【大気】

名 大氣；空氣
例 大気が地球を包んでいる。
譯 大氣將地球包圍。

## 11 ｜みかづき【三日月】

名 新月，月牙；新月形
例 三日月のパンが可愛い。
譯 月牙形的麵包很可愛。

## 12 ｜みちる【満ちる】

自上一 充満；月盈，月圓；（期限）満，
到期；潮漲
例 月が満ちる。
譯 滿月。

## 12-2 気象、天気、気候 (1) ／
氣象、天氣、氣候(1)

## 01 ｜あけがた【明け方】

名 黎明，拂曉
例 明け方まで勉強する。
譯 開夜車通宵讀書。

## 02 ｜あたたかい【暖かい】

形 溫暖，暖和，熱情，熱心；和睦；充裕，
手頭寬裕
例 懐が暖かい。
譯 手頭寬裕。

## 03 ｜あらし【嵐】

名 風暴，暴風雨
例 嵐の前の静けさが漂う。
譯 籠罩著暴風雨前寧靜的氣氛。

## 04 ｜いきおい【勢い】

名 勢，勢力；氣勢，氣焰
例 勢いを増す。
譯 勢頭增強。

## 05 ｜いっそう【一層】

副 更，越發
例 一層寒くなった。
譯 更冷了。

## 06 ｜おだやか【穏やか】

形動 平穩；溫和，安詳；穩妥，穩當
例 穏やかな天気に恵まれた。
譯 遇到溫和的好天氣。

## 07 ｜おとる【劣る】

自五 劣，不如，不及，比不上
例 昨日に劣らず暑い。
譯 不亞於昨天的熱。

## 08 ｜おんだん【温暖】

名・形動 溫暖
例 地球温暖化を防ぐ。
譯 防止地球暖化。

## 09 ｜かいせい【快晴】

名 晴朗，晴朗無雲
例 天気は快晴だ。
譯 天氣晴朗無雲。

## 10 ｜かくべつ【格別】

副 特別，顯著，格外；姑且不論
例 今日の寒さは格別だ。
譯 今天格外寒冷。

## 11 ｜かみなり【雷】

名 雷；雷神；大發雷霆的人

例 雷が鳴る。

譯 雷鳴。

## 12 | きおん【気温】

(名) 氣溫

例 気温が下がる。

譯 氣溫下降。

## 13 | きこう【気候】

(名) 氣候

例 気候が暖かい。

譯 天氣溫暖。

## 14 | きょうふう【強風】

(名) 強風

例 強風が吹く。

譯 強風吹拂。

## 15 | ぐずつく【愚図つく】

(自五) 陰天；動作遲緩拖延

例 天気が愚図つく。

譯 天氣總不放晴。

## 16 | くずれる【崩れる】

(自下一) 崩潰；散去；潰敗，粉碎

例 天気が崩れる。

譯 天氣變天。

## 17 | こごえる【凍える】

(自下一) 凍僵

例 手足が凍える。

譯 手腳凍僵。

## 18 | さす【差す】

(他五・助動・五型) 指，指示；使，叫，令，命令做…

例 西日が差す。

譯 夕陽照射。

## 19 | さむさ【寒さ】

(名) 寒冷

例 寒さで震える。

譯 冷得發抖。

## 20 | さわやか【爽やか】

(形動) (心情、天氣)爽朗的，清爽的；(聲音、口齒)鮮明的，清楚的，巧妙的

例 爽やかな朝が迎えられる。

譯 迎接清爽的早晨。

N2 🔊 12-2(2)

## 12-2 気象、天気、気候 (2) /
氣象、天氣、氣候(2)

## 21 | じき【直】

(名・副) 直接；(距離)很近，就在眼前；(時間)立即，馬上

例 雨が直にやむ。

譯 雨馬上會停。

## 22 | しずまる【静まる】

(自五) 變平靜；平靜，平息；減弱；平靜的(存在)

例 風が静まる。

譯 風平息下來。

## 23 ｜しずむ【沈む】

(自五) 沉沒，沈入；西沈，下山；消沈，落魄，氣餒；沈淪

**例** 太陽が沈む。

**譯** 日落。

## 24 ｜てる【照る】

(自五) 照耀，曬，晴天

**例** 日が照る。

**譯** 太陽照射。

## 25 ｜てんこう【天候】

(名) 天氣，天候

**例** 天候が変わる。

**譯** 天氣轉變。

## 26 ｜にっこう【日光】

(名) 日光，陽光；日光市

**例** 洗濯物を日光で乾かす。

**譯** 陽光把衣服曬乾。

## 27 ｜にわか

(名・形動) 突然，驟然；立刻，馬上；一陣子，臨時，暫時

**例** 天候がにわかに変化する。

**譯** 天候忽然起變化。

## 28 ｜ばいう【梅雨】

(名) 梅雨

**例** 梅雨前線が停滞する。

**譯** 梅雨鋒面停滯不前。

## 29 ｜はれ【晴れ】

(名) 晴天；隆重；消除嫌疑

**例** さわやかな晴れの日だ。

**譯** 舒爽的晴天。

## 30 ｜ひあたり【日当たり】

(名) 採光，向陽處

**例** 日当りがいい。

**譯** 採光佳。

## 31 ｜ひかげ【日陰】

(名) 陰涼處，背陽處；埋沒人間；見不得人

**例** 日陰で休む。

**譯** 在陰涼處休息。

## 32 ｜ひざし【日差し】

(名) 陽光照射，光線

**例** 日差しを浴びる。

**譯** 曬太陽。

## 33 ｜ひのいり【日の入り】

(名) 日暮時分，日落，黃昏

**例** 夏の日の入りは午後6時30分だ。

**譯** 夏天的日落時刻是下午6點30分。

## 34 ｜ひので【日の出】

(名) 日出（時分）

**例** 初日の出が見られる。

**譯** 可以看到元旦的日出。

## 35 ｜ひよけ【日除け】

(名) 遮日；遮陽光的遮棚

例 日除けに帽子をかぶる。

譯 戴上帽子遮陽。

---

### 36 | ふぶき【吹雪】

名 暴風雪

例 吹雪に遭う。

譯 遇到暴風雪。

---

### 37 | ふわっと

副・自サ 輕軟蓬鬆貌；輕飄貌

例 ふわっとした雪を見る。

譯 仰望輕飄飄的雲朵。

---

### 38 | まう【舞う】

自五 飛舞；舞蹈

例 雪が舞う。

譯 雪花飛舞。

---

### 39 | めっきり

副 變化明顯，顯著的，突然，劇烈

例 めっきり寒くなる。

譯 明顯地變冷。

---

### 40 | ものすごい【物凄い】

形 可怕的，恐怖的，令人恐懼的；猛烈的，驚人的

例 ものすごく寒い。

譯 冷得要命。

---

### 41 | ゆうだち【夕立】

名 雷陣雨

例 夕立が上がる。

譯 驟雨停了。

---

### 42 | ゆうひ【夕日】

名 夕陽

例 夕日が沈む。

譯 夕陽西下。

---

### 43 | よほう【予報】

名・他サ 預報

例 予報が当たる。

譯 預報說中。

---

### 44 | らくらい【落雷】

名・自サ 打雷，雷擊

例 落雷で火事になる。

譯 打雷引起火災。

N2 ● 12-3

## 12-3 さまざまな自然現象 /
各種自然現象

---

### 01 | あかるい【明るい】

形 明亮的，光明的；開朗的，快活的；精通，熟悉

例 明るくなる。

譯 發亮。

---

### 02 | およぼす【及ぼす】

他五 波及到，影響到，使遭到，帶來

例 被害を及ぼす。

譯 帶來危害。

---

### 03 | かさい【火災】

名 火災

例 火災に遭う。

譯 遭遇火災。

## 04 ｜かんそう【乾燥】

（名・自他サ）乾燥；枯燥無味

例 空気が乾燥している。

譯 空氣乾燥。

## 05 ｜きよい【清い】

（形）清澈的，清潔的；（內心）暢快的，問心無愧的；正派的，光明磊落；乾脆

例 清い水を湧き出させる。

譯 湧出清水。

## 06 ｜きり【霧】

（名）霧，霧氣；噴霧

例 霧が晴れる。

譯 霧散。

## 07 ｜くだける【砕ける】

（自下一）破碎，粉碎

例 コップが粉々に砕ける。

譯 杯子摔成碎片。

## 08 ｜くもる【曇る】

（自五）天氣陰，朦朧

例 鏡が曇る。

譯 鏡子模糊。

## 09 ｜げんしょう【現象】

（名）現象

例 自然現象が発生する。

譯 發生自然現象。

## 10 ｜さびる【錆びる】

（自上一）生鏽，長鏽；（聲音）蒼老

例 包丁が錆びる。

譯 菜刀生鏽。

## 11 ｜しめる【湿る】

（自五）受潮，濡濕；（火）熄滅，（勢頭）漸消

例 のりが湿る。

譯 紫菜受潮變軟了。

## 12 ｜しも【霜】

（名）霜；白髮

例 霜が降りる。

譯 降霜。

## 13 ｜じゅうりょく【重力】

（名）（理）重力

例 重力が加わる。

譯 加上重力。

## 14 ｜じょうき【蒸気】

（名）蒸汽

例 蒸気が立ち上る。

譯 蒸氣冉冉升起。

## 15 ｜じょうはつ【蒸発】

（名・自サ）蒸發，汽化；（俗）失蹤，出走，去向不明，逃之夭夭

例 水分が蒸発する。

譯 水分蒸發。

## 16 ｜せっきん【接近】

（名・自サ）接近，靠近；親密，親近，密切

例 台風が接近する。

譯 颱風靠近。

366 ｜ 各種自然現象

## 17 ｜ぞうすい【増水】

(名・自サ) 氾濫，漲水

例 川が増水して危ない。

譯 河川暴漲十分危險。

## 18 ｜そなえる【備える】

(他下一) 準備，防備；配置，裝置；天生具備

例 地震に備える。

譯 地震災害防範。

## 19 ｜てんねん【天然】

(名) 天然，自然

例 天然の良港に恵まれている。

譯 天然的良港得天獨厚。

## 20 ｜どしゃくずれ【土砂崩れ】

(名) 土石流

例 土砂崩れで通行止めだ。

譯 因土石流而禁止通行。

## 21 ｜とっぷう【突風】

(名) 突然颳起的暴風

例 突風に帽子を飛ばされる。

譯 帽子被突然颳起的風給吹走了。

## 22 ｜なる【成る】

(自五) 成功，完成；組成，構成；允許，能忍受

例 氷が水に成る。

譯 冰變成水。

## 23 ｜にごる【濁る】

(自五) 混濁，不清晰；(聲音)嘶啞；(顏色)不鮮明；(心靈)污濁，起邪念

例 空気が濁る。

譯 空氣混濁。

## 24 ｜にじ【虹】

(名) 虹，彩虹

例 七色の虹が出る。

譯 出現七色彩虹。

## 25 ｜はんえい【反映】

(名・自サ・他サ) (光)反射；反映

例 湖面に反映する。

譯 反射在湖面。

## 26 ｜ぴかぴか

(副・自サ) 雪亮地；閃閃發亮的

例 ぴかぴか光る。

譯 閃閃發光。

## 27 ｜ひとりでに【独りでに】

(副) 自行地，自動地，自然而然也

例 窓が独りでに開いた。

譯 窗戶自動打開了。

## 28 ｜ふせぐ【防ぐ】

(他五) 防禦，防守，防止；預防，防備

例 火を防ぐ。

譯 防火。

## 29 │ふんか【噴火】

名・自サ 噴火

例 噴火口が残っている。
ふんかこう のこ

譯 留下火山口。

## 30 │ほうそく【法則】

名 規律，定律；規定，規則

例 法則に合う。
ほうそく あ

譯 合乎規律。

## 31 │まんいち【万一】

名・副 萬一

例 万一に備える。
まんいち そな

譯 以備萬一。

## 32 │わく【湧く】

自五 湧出；產生（某種感情）；大量湧現

例 清水が湧く。
しみず わ

譯 清水泉湧。

# Memo

パート
# 13
第十三章

# 地理、場所

- 地理、地方 -

N2 13-1(1)

## 13-1 地理 (1) /
地理 (1)

### 01 | いずみ【泉】
[名] 泉，泉水；泉源；話題
[例] 本は知識の泉だ。
[譯] 書籍是知識之泉源。

### 02 | いど【緯度】
[名] 緯度
[例] 緯度が高い。
[譯] 緯度高。

### 03 | うんが【運河】
[名] 運河
[例] 運河を開く。
[譯] 開運河。

### 04 | おか【丘】
[名] 丘陵，山崗，小山
[例] 丘を越える。
[譯] 越過山崗。

### 05 | おぼれる【溺れる】
[自下一] 溺水，淹死；沉溺於，迷戀於
[例] 川で溺れる。
[譯] 在河裡溺水。

### 06 | おんせん【温泉】
[名] 溫泉
[例] 温泉に入る。
[譯] 泡溫泉。

### 07 | かい【貝】
[名] 貝類
[例] 貝を拾う。
[譯] 撿貝殼。

### 08 | かいよう【海洋】
[名] 海洋
[例] 海洋公園に行く。
[譯] 去海洋公園。

### 09 | かこう【火口】
[名] (火山)噴火口；(爐灶等)爐口
[例] 火口からマグマが噴出する。
[譯] 從火山口噴出岩漿。

### 10 | かざん【火山】
[名] 火山
[例] 火山が噴火する。
[譯] 火山噴火。

## 11 ｜きし【岸】

名 岸，岸邊；崖
例 岸を離れる。
譯 離岸。

## 12 ｜きゅうせき【旧跡】

名 古蹟
例 京都の名所旧跡を訪ねる。
譯 造訪京都的名勝古蹟。

## 13 ｜けいど【経度】

名 （地）經度
例 経度を調べる。
譯 查詢經度。

## 14 ｜けわしい【険しい】

形 陡峭，險峻；險惡，危險；（表情等）
嚴肅，可怕，粗暴
例 険しい山道が続く。
譯 山路綿延崎嶇。

## 15 ｜こうち【耕地】

名 耕地
例 耕地面積を知りたい。
譯 想知道耕地面積。

## 16 ｜こす【越す・超す】

自他五 越過，跨越，渡過，超越，勝於；
過，度過；遷居，轉移
例 山を越す。
譯 翻越山嶺。

## 17 ｜さばく【砂漠】

名 沙漠
例 砂漠に生きる。
譯 在沙漠生活。

## 18 ｜さんりん【山林】

名 山上的樹林；山和樹林
例 山林に交わる。
譯 出家。

## 19 ｜じばん【地盤】

名 地基，地面；地盤，勢力範圍
例 地盤を固める。
譯 堅固地基。

## 20 ｜じめん【地面】

名 地面，地表；土地，地皮，地段
例 地面がぬれる。
譯 地面溼滑。

## 21 ｜しんりん【森林】

名 森林
例 森林を守る。
譯 守護森林。

## 22 ｜すいへいせん【水平線】

名 水平線；地平線
例 太陽が水平線から
昇る。
譯 太陽從地平線升起。

## 23 ｜せきどう【赤道】

名 赤道

例 赤道を横切る。
譯 穿過赤道。

24 | ぜんこく【全国】

名 全國
例 全国を巡る。
譯 巡迴全國。

25 | たいりく【大陸】

名 大陸，大洲；(日本指)中國；(英國指)
歐洲大陸
例 新大陸を発見した。
譯 發現新大陸。

26 | たき【滝】

名 瀑布
例 滝のように汗が流れる。
譯 汗流如注。

27 | たに【谷】

名 山谷，山澗，山洞
例 人生山あり谷あり。
譯 人生有高有低，有起有落。

28 | たにぞこ【谷底】

名 谷底
例 谷底に転落する。
譯 跌到谷底。

29 | ダム【dam】

名 水壩，水庫，攔河壩，堰堤
例 ダムを造る。
譯 建造水庫。

30 | たんすい【淡水】

名 淡水
例 淡水魚が見られる。
譯 可以看到淡水魚。

13-1 地理 (2) /
地理(2)

31 | ち【地】

名 大地，地球，地面；土壤，土地；地表；
場所；立場，地位
例 地に落ちる。
譯 落到地上。

32 | ちへいせん【地平線】

名 (地)地平線
例 地平線が見える。
譯 看得見地平線。

33 | ちめい【地名】

名 地名
例 地名を調べる。
譯 調查地名。

34 | ちょうじょう【頂上】

名 山頂，峰頂；極點，頂點
例 頂上を目指す。
譯 以山頂為目標。

35 | ちょうてん【頂点】

名 (數)頂點；頂峰，最高處；極點，
絕頂
例 頂点に立つ。
譯 立於頂峰。

## 36 ｜つりばし【釣り橋・吊り橋】

名 吊橋

例 吊り橋を渡る。

譯 過吊橋。

## 37 ｜とう【島】

名 島嶼

例 離島が数多くある。

譯 有許多離島。

## 38 ｜とうげ【峠】

名 山路最高點（從此點開始下坡），山巔；
頂部，危險期，關頭

例 峠に着く。

譯 到達山頂。

## 39 ｜とうだい【灯台】

名 燈塔

例 灯台守が住んでいる。

譯 住守著燈塔守衛。

## 40 ｜とびこむ【飛び込む】

自五 跳進；飛入；突然闖入；（主動）投入，
加入

例 川に飛び込む。

譯 跳進河裡。

## 41 ｜ながめ【眺め】

名 眺望，瞭望；（眺望的）視野，景致，
景色

例 眺めが良い。

譯 視野好。

## 42 ｜ながめる【眺める】

他下一 眺望；凝視，注意看；（商）觀望

例 星を眺める。

譯 眺望星星。

## 43 ｜ながれ【流れ】

名 水流，流動；河流，流水；潮流，趨勢；
血統；派系，（藝術的）風格

例 流れを下る。

譯 順流而下。

## 44 ｜なみ【波】

名 波浪，波濤；波瀾，風波；聲波；電波；
潮流，浪潮；起伏，波動

例 波に乗る。

譯 趁著浪頭，趁勢。

## 45 ｜の【野】

名・漢造 原野；田地，田野；野生的

例 野の花が飾られている。

譯 擺飾著野花。

## 46 ｜のはら【野原】

名 原野

例 野原で遊ぶ。

譯 在原野玩耍。

## 47 ｜はら【原】

名 平原，平地；荒原，荒地

例 野原の花が咲く。

譯 野地的小花綻放著。

## 48 ｜はんとう【半島】

名 半島

例 伊豆半島を1周する。

譯 繞伊豆半島一周。

## 49 ｜ふうけい【風景】

名 風景，景致；情景，光景，狀況；（美術）風景

例 風景を楽しむ。

譯 觀賞風景。

## 50 ｜ふるさと【故郷】

名 老家，故郷

例 故郷に帰る。

譯 回故郷。

## 51 ｜へいや【平野】

名 平原

例 関東平野が見える。

譯 可眺望關東平原。

## 52 ｜ぼんち【盆地】

名 （地）盆地

例 山の間が盆地になっている。

譯 山中間形成盆地。

## 53 ｜みさき【岬】

名 （地）海角，岬

例 岬には燈台がある。

譯 海角上有燈塔。

## 54 ｜みなれる【見慣れる】

自下一 看慣，眼熟，熟識

例 景色が見慣れる。

譯 看慣景色。

## 55 ｜りく【陸】

名・漢造 陸地，旱地；陸軍的通稱

例 陸が見える。

譯 看見陸地。

## 56 ｜りゅういき【流域】

名 流域

例 長江流域が水稲の生産地である。

譯 長江流域是生產水稻的中心區域。

## 57 ｜れっとう【列島】

名 （地）列島，群島

例 日本列島を横断する。

譯 横越日本列島。

N2 ● 13-2

## 13-2 場所、空間／
地方、空間

## 01 ｜あき【空き】

名 空隙，空白；閒暇；空額

例 空きを作る。

譯 騰出空間。

## 02 ｜したまち【下町】

名 （普通百姓居住的）小工商業區；（都市中）低窪地區

例 下町で町工場を営む。

譯 於庶民（工商業者）居住區開工廠。

**03｜しんくう【真空】**

名 真空；（作用、勢力達不到的）空白，真空狀態

例 真空パックをして保存する。

譯 真空包裝後保存起來。

**04｜てんてん【転々】**

副・自サ 轉來轉去，輾轉，不斷移動；滾轉貌，嘰哩咕嚕

例 各地を転々とする。

譯 輾轉各地。

**05｜とうざい【東西】**

名 （方向）東和西；（國家）東方和西方；方向；事理，道理

例 東西に分ける。

譯 分為東西。

**06｜どこか**

連語 某處，某個地方

例 どこか遠くへ行きたい。

譯 想要去某個遙遠的地方。

**07｜とち【土地】**

名 土地，耕地；土壤，土質；某地區，當地；地面；地區

例 土地が肥える。

譯 土地肥沃。

**08｜なつかしい【懐かしい】**

形 懷念的，思慕的，令人懷念的；眷戀，親近的

例 故郷が懐かしい。

譯 懷念故鄉。

**09｜ば【場】**

名 場所，地方；座位；（戲劇）場次；場合

例 その場で断った。

譯 當場推絕了。

**10｜バック【back】**

名・自サ 後面，背後；背景；後退，倒車；金錢的後備，援助；靠山

例 綺麗な景色をバックにする。

譯 以美麗的風景為背景。

**11｜ひろば【広場】**

名 廣場；場所

例 広場で行う。

譯 於廣場進行。

**12｜ひろびろ【広々】**

副・自サ 寬闊的，遼闊的

例 広々とした庭だ。

譯 寬敞的院子。

**13｜ほうぼう【方々】**

名・副 各處，到處

例 方々でもてはやされる。

譯 到處受歡迎。

**14｜ほうめん【方面】**

名 方面，方向；領域

例 大阪方面へ出張する。

譯 到大阪方向出差。

**15 | まちかど【街角】**

[名] 街角，街口，拐角

[例] 街角(まちかど)に佇(たたず)む。

[譯] 佇立於街角。

**16 | むげん【無限】**

[名・形動] 無限，無止境

[例] 無限(むげん)の空間(くうかん)がある。

[譯] 有無限的空間。

**17 | むこうがわ【向こう側】**

[名] 對面；對方

[例] 川(かわ)の向(む)こう側(がわ)にいる。

[譯] 在河川的另一側。

**18 | めいしょ【名所】**

[名] 名勝地，古蹟

[例] 名所(めいしょ)を見物(けんぶつ)する。

[譯] 參觀名勝。

**19 | よそ【他所】**

[名] 別處，他處；遠方；別的，他的；不顧，無視，漠不關心

[例] よそを向(む)く。

[譯] 看別的地方。

**20 | りょうめん【両面】**

[名]（表裡或內外）兩面；兩個方面

[例] 物事(ものごと)を両面(りょうめん)から見(み)る。

[譯] 從正反兩面來看事情。

## 13-3 地域、範囲（1）/ 地域、範圍（1）

**01 | あちこち**

[代] 這兒那兒，到處

[例] あちこちにある。

[譯] 到處都有。

**02 | あちらこちら**

[代] 到處，四處；相反，顛倒

[例] あちらこちらに散(ち)らばっている。

[譯] 四處散亂著。

**03 | いたる【至る】**

[自五] 到，來臨；達到；周到

[例] 至(いた)る所(ところ)が音楽(おんがく)であふれる。

[譯] 到處充滿音樂。

**04 | おうべい【欧米】**

[名] 歐美

[例] 欧米諸国(おうべいしょこく)が対立(たいりつ)する。

[譯] 歐美各國相互對立。

**05 | おき【沖】**

[名]（離岸較遠的）海面，海上；湖心；（日本中部方言）寬闊的田地、原野

[例] 沖(おき)に出(で)る。

[譯] 出海。

**06 | おくがい【屋外】**

[名] 戶外

[例] 屋外運動靴(おくがいうんどうぐつ)が必要(ひつよう)だ。

[譯] 戶外需要運動鞋。

## 07 ｜おんたい【温帯】

⒜ 温帯
例 温帯気候に属す。
譯 屬於溫帶氣候。

## 08 ｜がい【外】

(接尾・漢造) 以外，之外；外側，外面，外部；妻方親戚；除外
例 予想外の答えを出す。
譯 做出意料之外的答案。

## 09 ｜かいがい【海外】

⒜ 海外，國外
例 海外で暮らす。
譯 居住海外。

## 10 ｜かくじゅう【拡充】

(名・他サ) 擴充
例 工場を拡充する。
譯 擴大工廠。

## 11 ｜かくだい【拡大】

(名・自他サ) 擴大，放大
例 規模が拡大する。
譯 擴大規模。

## 12 ｜かくち【各地】

⒜ 各地
例 各地を巡る。
譯 巡迴各地。

## 13 ｜かくちょう【拡張】

(名・他サ) 擴大，擴張

例 領土を拡張する。
譯 擴大領土。

## 14 ｜かしょ【箇所】

(名・接尾) (特定的)地方；(助數詞)處
例 訛りのある箇所。
譯 糾正錯誤的地方。

## 15 ｜かんさい【関西】

⒜ 日本關西地區(以京都、大阪為中心的地帶)
例 関西地方を襲った。
譯 襲擊關西地區。

## 16 ｜かんたい【寒帯】

⒜ 寒帯
例 寒帯の動物が南下した。
譯 寒帶動物向南而去。

## 17 ｜かんとう【関東】

⒜ 日本關東地區(以東京為中心的地帶)
例 関東地方が強く揺れる。
譯 關東地區強烈搖晃。

## 18 ｜きょうかい【境界】

⒜ 境界，疆界，邊界
例 境界線を引く。
譯 劃上界線。

## 19 ｜くいき【区域】

⒜ 區域
例 危険区域に入った。
譯 進入危險地區。

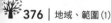

## 20 | くうちゅう【空中】

名 空中，天空

例 ロボットが空中を飛ぶ。

譯 機器人飛在空中。

## 21 | ぐん【郡】

名 (地方行政區之一)郡

例 国の下に郡を置く。

譯 國下面設郡。

## 22 | こっきょう【国境】

名 國境，邊境，邊界

例 国境を越える。

譯 越過國境。

## 23 | さい【際】

名・漢造 時候，時機，在…的狀況下；彼此之間，交接；會晤；邊際

例 この際にお伝え致します。

譯 在這個時候通知您。

## 24 | さかい【境】

名 界線，疆界，交界；境界，境地；分界線，分水嶺

例 生死の境をさまよう。

譯 在生死之間徘徊。

## 25 | しきち【敷地】

名 建築用地，地皮；房屋地基

例 学校の敷地を図にした。

譯 把學校用地繪製成圖。

## 26 | しゅう【州】

漢造 大陸，州

例 世界は五大州に分かれている。

譯 世界分五大洲。

## 27 | しゅうい【周囲】

名 周圍，四周；周圍的人，環境

例 周囲を森に囲まれている。

譯 被周圍的森林圍繞著。

## 28 | しゅうへん【周辺】

名 周邊，四周，外圍

例 都市の周辺に住んでいる。

譯 住在城市的四周。

## 29 | しゅと【首都】

名 首都

例 首都が変わる。

譯 改首都。

## 30 | しゅとけん【首都圏】

名 首都圈

例 首都圏の人口が減り始める。

譯 首都圈人口開始減少。

N2 ● 13-3(2)

## 13-3 地域、範囲 (2) /
地域、範圍 (2)

## 31 | じょうきょう【上京】

名・自サ 進京，到東京去

例 18歳で上京する。

譯 十八歲到東京。

## 32 ｜ちいき【地域】

名 地區

例 周辺の地域が緑であふれる。

譯 周圍地區綠意盎然。

## 33 ｜ちたい【地帯】

名 地帶，地區

例 安全地帯を求める。

譯 尋找安全地帶。

## 34 ｜ちょうめ【丁目】

結尾 （街巷區劃單位）段，巷，條

例 田中町三丁目に住む。

譯 住在田中町三段。

## 35 ｜と【都】

名・漢造 首都；「都道府縣」之一的行政單位，都市；東京都

例 東京都水道局が管理する。

譯 東京都水利局進行管理。

## 36 ｜とかい【都会】

名 都會，城市，都市

例 彼は都会育ちだ。

譯 他在城市長大的。

## 37 ｜とくてい【特定】

名・他サ 特定；明確指定，特別指定

例 特定の店しか扱わない。

譯 只有特定的店家使用。

## 38 ｜としん【都心】

名 市中心

例 都心から５キロ離れている。

譯 離市中心五公里。

## 39 ｜なんきょく【南極】

名 （地）南極；（理）南極（磁針指南的一端）

例 南極海が凍る。

譯 南極海結冰。

## 40 ｜なんべい【南米】

名 南美洲

例 南米大陸をわたる。

譯 橫越南美洲。

## 41 ｜なんぼく【南北】

名 （方向）南與北；南北

例 南北に縦断する。

譯 縱貫南北。

## 42 ｜にほん【日本】

名 日本

例 日本語で話す。

譯 用日語交談。

## 43 ｜ねったい【熱帯】

名 （地）熱帶

例 熱帯気候がない。

譯 沒有熱帶氣候。

## 44 ｜ばんち【番地】

名 門牌號；住址

例 番地を記入する。

譯 填寫地址。

**45 | ひとごみ【人込み・人混み】**

名 人潮擁擠(的地方)，人山人海

例 人込みを避ける。

譯 避開人群。

**46 | ふきん【付近】**

名 附近，一帶

例 付近の商店街が変わりつつある。

譯 附近的店家逐漸改變樣貌。

**47 | ぶぶん【部分】**

名 部分

例 部分的には優れている。

譯 一部份還不錯。

**48 | ぶんぷ【分布】**

名・自サ 分布，散布

例 分布区域が拡大する。

譯 擴大分布區域。

**49 | ぶんや【分野】**

名 範圍，領域，崗位，戰線

例 分野が違う。

譯 不同領域。

**50 | ほっきょく【北極】**

名 北極

例 北極星を見る。

譯 看見北極星。

**51 | みやこ【都】**

名 京城，首都；大都市，繁華的都市

例 ウィーンは音楽の都だ。

譯 維也納是音樂之都。

**52 | ヨーロッパ【Europe】**

名 歐洲

例 ヨーロッパへ行く。

譯 去歐洲。

N2 ● 13-4(1)

## 13-4 方向、位置 (1) /
方向、位置(1)

**01 | あがる【上がる】**

自五・他五・接尾 (效果，地位，價格等)
上升，提高；上，登，進入；上漲；提高；
加薪；吃，喝，吸(煙)；表示完了

例 値段が上がる。

譯 漲價。

**02 | あと【後】**

名 (地點、位置)後面，後方；(時間上)
以後；(距現在)以前；(次序)之後，其後；
以後的事；結果，後果；其餘，此外；
子孫，後人

例 後を付ける。

譯 跟蹤。

**03 | いち【位置】**

名・自サ 位置，場所；立場，遭遇；位於

例 位置を占める。

譯 占據位置。

**04 | かこう【下降】**

名・自サ 下降，下沉

例 パラシュートが下降する。

譯 降落傘下降。

## 05 ｜かみ【上】

(名・漢造) 上邊，上方，上游，上半身；以前，過去；開始，起源於；統治者，主人；京都；上座；（從觀眾看）舞台右側

例 上座に座る。

譯 坐上位。

## 06 ｜ぎゃく【逆】

(名・漢造) 反，相反，倒；叛逆

例 逆にする。

譯 弄反過來。

## 07 ｜げ【下】

(名) 下等；（書籍的）下卷

例 状況は下の下だ。

譯 狀況為下下等。

## 08 ｜さかさ【逆さ】

(名) (「さかさま」的略語)逆，倒，顛倒，相反

例 上下が逆さになる。

譯 上下顛倒。

## 09 ｜さかさま【逆様】

(名・形動) 逆，倒，顛倒，相反

例 裏表を逆さまに着る。

譯 穿反。

## 10 ｜さかのぼる【遡る】

(自五) 溯，逆流而上；追溯，回溯

例 流れをさかのぼる。

譯 回溯。

## 11 ｜さゆう【左右】

(名・他サ) 左右方；身邊，旁邊；左右其詞，支支吾吾；（年齡）大約，上下；掌握，支配，操縱

例 命運を左右する。

譯 支配命運。

## 12 ｜すいへい【水平】

(名・形動) 水平；平衡，穩定，不升也不降

例 水平に置く。

譯 水平放置。

## 13 ｜ぜんご【前後】

(名・自サ・接尾) （空間與時間）前和後，前後；相繼，先後；前因後果

例 前後を見回す。

譯 環顧前後。

## 14 ｜せんたん【先端】

(名) 頂端，尖端；時代的尖端，時髦，流行，前衛

例 流行の先端を行く。

譯 走在流行尖端。

## 15 ｜せんとう【先頭】

(名) 前頭，排頭，最前列

例 先頭に立つ。

譯 站在先鋒。

## 16 ｜そい【沿い】

(造語) 順，延

例 線路沿いに歩く。

譯 沿著鐵路走路。

## 17 ｜それる【逸れる】

（自下一）偏離正軌，歪向一旁；不合調，走調；走向一邊，轉過去

**例** 話がそれる。

**譯** 話離題了。

## 18 ｜たいら【平ら】

（名・形動）平，平坦；（山區的）平原，平地；（非正坐的）隨意坐，盤腿作；平靜，坦然

**例** 平らな土地が少ない。

**譯** 平坦的大地較少。

## 19 ｜ちてん【地点】

（名）地點

**例** 通過地点をライトアップする。

**譯** 點亮通過的地點。

## 20 ｜ちゅうおう【中央】

（名）中心，正中；中心，中樞；中央，首都

**例** 中央に置く。

**譯** 放在中間。

N2 ● 13-4(2)

## 13-4 方向、位置 (2) ／
方向、位置(2)

## 21 ｜ちゅうかん【中間】

（名）中間，兩者之間；（事物進行的）中途，半路

**例** 中間を取る。

**譯** 折衷。

## 22 ｜ちょくせん【直線】

（名）直線

**例** 一直線に進む。

**譯** 直線前進。

## 23 ｜つうか【通過】

（名・自サ）通過，經過；（電車等）駛過；（議案、考試等）通過，過關，合格

**例** 列車が通過する。

**譯** 列車通過。

## 24 ｜とうちゃく【到着】

（名・自サ）到達，抵達

**例** 目的地に到着する。

**譯** 到達目的地。

## 25 ｜どく【退く】

（自五）讓開，離開，躲開

**例** 早く退いてくれ。

**譯** 快點讓開。

## 26 ｜どける【退ける】

（他下一）移開

**例** 石を退ける。

**譯** 移開石頭。

## 27 ｜なだらか

（形動）平緩，坡度小，平滑；平穩，順利；順利，流暢

**例** なだらかな坂をくだる。

**譯** 走下平緩的斜坡。

## 28 ｜はす【斜】

（名）（方向）斜的，歪斜

**例** 道を斜に横切る。

**譯** 斜行走過馬路。

## 29 ｜はん【反】

（名・漢造）反，反對；(哲)反對命題；犯規；反覆

**例** 靴を反対に履く。

**譯** 鞋子穿反了。

## 30 ｜ひだりがわ【左側】

（名）左邊，左側

**例** 左側に並ぶ。

**譯** 排在左側。

## 31 ｜ひっくりかえる【引っくり返る】

（自五）翻倒，顛倒，翻過來；逆轉，顛倒過來

**例** コップが引っくり返る。

**譯** 翻倒杯子。

## 32 ｜ふち【縁】

（名）邊緣，框，檐，旁側

**例** 眼鏡の縁がない。

**譯** 沒有鏡框。

## 33 ｜ふりむく【振り向く】

（自五）(向後)回頭過去看；回顧，理睬

**例** 彼女は自分の方を振り向いた。

**譯** 她往我這裡看。

## 34 ｜へいこう【平行】

（名・自サ）(數)平行；並行

**例** 平行線に終わる。

**譯** 以平行線告終。

## 35 ｜ほうがく【方角】

（名）方向，方位

**例** 方角を表す。

**譯** 表示方向。

## 36 ｜ほうこう【方向】

（名）方向；方針

**例** 方向が変わる。

**譯** 方向改變。

## 37 ｜まがりかど【曲がり角】

（名）街角；轉折點

**例** 曲がり角で別れる。

**譯** 在街角道別。

## 38 ｜まんまえ【真ん前】

（名）正前方

**例** 銀行は駅の真ん前にある。

**譯** 車站正前方有銀行。

## 39 ｜みぎがわ【右側】

（名）右側，右方

**例** 右側に郵便局が見える。

**譯** 右手邊能看到郵局。

## 40 ｜むかう【向かう】

（自五）向著，朝著；面向；往…去，向…去；趨向，轉向

**例** 鏡に向かう。

**譯** 對著鏡子。

**41 | むき【向き】**

[名] 方向；適合，合乎；認真，慎重其事；傾向，趨向；(該方面的)人，人們

[例] 向きが変わる。

[譯] 轉變方向。

**42 | めじるし【目印】**

[名] 目標，標記，記號

[例] 目印をつける。

[譯] 留記號。

**43 | もどす【戻す】**

[自五・他五] 退還，歸還；送回，退回；使倒退；(經)市場價格急遽回升

[例] 本を戻す。

[譯] 歸還書。

**44 | やじるし【矢印】**

[名] (標示去向、方向的)箭頭，箭形符號

[例] 矢印の方向に進む。

[譯] 沿箭頭方向前進。

**45 | りょうたん【両端】**

[名] 兩端

[例] ケーブルの両端に挿入する。

[譯] 插入電線兩端。

## Memo

# パート 14 第十四章 施設、機関

- 設施、機關單位 -

N2 14-1

## 14-1 施設、機関 / 設施、機關單位

### 01 | かいいん【会員】

[名] 會員

[例] 会員制（かいいんせい）になっております。

[譯] 為會員制。

### 02 | かいかん【会館】

[名] 會館

[例] 市民会館（しみんかいかん）を作（つく）る。

[譯] 建造市民會館。

### 03 | かかり【係・係り】

[名] 負責擔任某工作的人；關聯，牽聯

[例] 案内係（あんないがかり）がゲートを開（あ）ける。

[譯] 招待員打開大門。

### 04 | かしだし【貸し出し】

[名]（物品的）出借，出租；（金錢的）貸放，借出

[例] 本（ほん）の貸（か）し出（だ）しを行（おこな）う。

[譯] 進行書籍出租。

### 05 | かんちょう【官庁】

[名] 政府機關

[例] 官庁（かんちょう）に勤（つと）める。

[譯] 在政府機關工作。

### 06 | きかん【機関】

[名]（組織機構的）機關，單位；（動力裝置）機關

[例] 行政機関（ぎょうせいきかん）が定（さだ）める。

[譯] 行政機關規定。

### 07 | きぎょう【企業】

[名] 企業；籌辦事業

[例] 企業（きぎょう）を起（お）こす。

[譯] 創辦企業。

### 08 | けんがく【見学】

[名・他サ] 參觀

[例] 工場見学（こうじょうけんがく）を始（はじ）める。

[譯] 開始參觀工廠。

### 09 | けんちく【建築】

[名・他サ] 建築，建造

[例] 立派（りっぱ）な建築（けんちく）を残（のこ）す。

[譯] 留下漂亮的建築。

### 10 | こうそう【高層】

[名] 高空，高氣層；高層

[例] 高層（こうそう）ビルが立（た）ち並（なら）ぶ。

[譯] 高樓大廈林立。

## 11 ｜こくりつ【国立】

名 國立

例 国立公園を訪ねる。

譯 尋訪國家公園。

## 12 ｜こや【小屋】

名 簡陋的小房，茅舍；(演劇、馬戲等的)棚子；畜舍

例 小屋を建てる。

譯 蓋小屋。

## 13 ｜せつび【設備】

名・他サ 設備，裝設，裝設

例 設備が整う。

譯 設備完善。

## 14 ｜センター【center】

名 中心機構；中心區；(棒球)中場

例 国際交流センターが設置される。

譯 設立國際交流中心。

## 15 ｜そうこ【倉庫】

名 倉庫，貨棧

例 倉庫にしまう。

譯 存入倉庫。

## 16 ｜でいりぐち【出入り口】

名 出入口

例 出入り口に立つ。

譯 站在出入口。

## 17 ｜はしら【柱】

名・接尾 (建)柱子；支柱；(轉)靠山

例 柱が倒れる。

譯 柱子倒下。

## 18 ｜ふんすい【噴水】

名 噴水；(人工)噴泉

例 噴水を設ける。

譯 架設噴泉。

## 19 ｜やくしょ【役所】

名 官署，政府機關

例 役所に勤める。

譯 在政府機關工作。

N2 ● 14-2

# 14-2 いろいろな施設 /
各種設施

## 01 ｜おとしもの【落とし物】

名 不慎遺失的東西

例 落とし物を届ける。

譯 送交遺失物。

## 02 ｜きょく【局】

名・接尾 房間，屋子；(官署，報社)局，室；特指郵局，廣播電臺；局面，局勢；(事物的)結局

例 郵便局が近い。

譯 郵局很近。

## 03 ｜クラブ【club】

名 倶樂部，夜店；(學校)課外活動，社團活動

例 ナイトクラブが増加している。

譯 夜總會增多。

## 04 ｜こうしゃ【校舎】

名 校舎

例 校舎を建て替える。

譯 改建校舍。

---

## 05 ｜さかば【酒場】

名 酒館，酒家，酒吧

例 酒場で喧嘩が始まった。

譯 酒吧裡開始吵起架了。

---

## 06 ｜じいん【寺院】

名 寺院

例 寺院に参拝する。

譯 參拜寺院。

---

## 07 ｜してん【支店】

名 分店

例 支店を出す。

譯 開分店。

---

## 08 ｜しゅくはく【宿泊】

名・自サ 投宿，住宿

例 ホテルに宿泊する。

譯 投宿旅館。

---

## 09 ｜しょてん【書店】

名 書店；出版社，書局

例 書店を回る。

譯 尋遍書店。

---

## 10 ｜しろ【城】

名 城，城堡；（自己的）權力範圍，勢力範圍

---

例 城が落ちる。

譯 城池陷落。

---

## 11 ｜すいしゃ【水車】

名 水車

例 水車が回る。

譯 水車轉動。

---

## 12 ｜たいざい【滞在】

名・自サ 旅居，逗留，停留

例 ホテルに滞在する。

譯 住在旅館。

---

## 13 ｜てんじかい【展示会】

名 展示會

例 着物の展示会に行った。

譯 去參加和服展示會。

---

## 14 ｜てんぼうだい【展望台】

名 瞭望台

例 展望台からの眺め。

譯 從瞭望台看到的風景。

---

## 15 ｜とう【塔】

名・漢造 塔

例 宝塔に登る。

譯 登上寶塔。

---

## 16 ｜とめる【泊める】

他下一 （讓…）住，過夜；（讓旅客）投宿；（讓船隻）停泊

例 観光客を泊める。

譯 讓觀光客投宿。

**17｜びよういん【美容院】**

名 美容院，美髮沙龍

例 美容院に行く。

譯 去美容院。

**18｜ビルディング【building】**

名 建築物

例 朝日ビルディングを賃貸する。

譯 朝日大樓出租。

**19｜ボーイ【boy】**

名 少年，男孩；男服務員

例 ホテルのボーイを呼ぶ。

譯 叫喚旅館的男服務員。

**20｜ほり【堀】**

名 溝渠，壕溝；護城河

例 堀で囲む。

譯 以城壕圍著。

**21｜まちあいしつ【待合室】**

名 候車室，候診室，等候室

例 駅の待合室で待つ。

譯 在候車室等候。

**22｜まどぐち【窓口】**

名 （銀行，郵局，機關等）窗口；（與外界交涉的）管道，窗口

例 3番の窓口へどうぞ。

譯 請至三號窗口。

**23｜やど【宿】**

名 家，住處，房屋；旅館，旅店；下榻處，過夜

例 宿に泊まる。

譯 住旅店。

**24｜ゆうえんち【遊園地】**

名 遊樂場

例 遊園地で遊ぶ。

譯 在遊樂園玩。

**25｜ようちえん【幼稚園】**

名 幼稚園

例 幼稚園に入る。

譯 上幼稚園。

**26｜りょう【寮】**

名・漢造 宿舍（狹指學生、公司宿舍）；茶室；別墅

例 寮生活をする。

譯 過著宿舍生活。

**27｜ロビー【lobby】**

名 （飯店、電影院等人潮出入頻繁的建築物的）大廳，門廳；接待室，休息室，走廊

例 ホテルのロビーで待ち合わせる。

譯 在飯店的大廳碰面。

N2 ● 14-3

**14-3 病院／**
醫院

**01｜いりょう【医療】**

名 醫療

例 医療が提供される。

譯 提供醫療。

## 02 ｜えいせい【衛生】

名 衛生

例 環境衛生を維持する。

譯 維護環境衛生。

## 03 ｜きゅうしん【休診】

名・他サ 停診

例 日曜休診が多い。

譯 週日大多停診。

## 04 ｜げか【外科】

名 (醫)外科

例 外科医を育てる。

譯 培育外科醫生。

## 05 ｜しんさつ【診察】

名・他サ (醫)診察，診斷

例 診察を受ける。

譯 接受診斷。

## 06 ｜しんだん【診断】

名・他サ (醫)診斷；判斷

例 診断が出る。

譯 診斷書出來了。

## 07 ｜せいけい【整形】

名 整形

例 整形外科で診てもらう。

譯 看整形外科。

## 08 ｜ないか【内科】

名 (醫)內科

例 内科医になる。

譯 成為內科醫生。

## 09 ｜フリー【free】

名・形動 自由，無拘束，不受限制；免費；無所屬；自由業

例 検査はフリーパスだった。

譯 不用檢查。

## 10 ｜みまい【見舞い】

名 探望，慰問；蒙受，挨(打)，遭受(不幸)

例 見舞いにいく。

譯 去探望。

## 11 ｜みまう【見舞う】

他五 訪問，看望；問候，探望；遭受，蒙受(災害等)

例 病人を見舞う。

譯 探望病人。

# 14-4 店／
商店

## 01 ｜いちば【市場】

名 市場，商場

例 魚市場が大変混雑している。

譯 魚市場擁擠不堪。

## 02 ｜いてん【移転】

名・自他サ 轉移位置；搬家；(權力等)轉交，轉移

例 今月末に移転する。

譯 這個月底搬遷。

## 03 ｜えいぎょう【営業】

(名・自他サ) 營業，經商

例 営業を開始。

譯 開始營業。

---

## 04 ｜かんばん【看板】

(名) 招牌；牌子，幌子；(店舗)關門，停止營業時間

例 看板にする。

譯 打著招牌；以…為榮；商店打烊。

---

## 05 ｜きっさ【喫茶】

(名) 喝茶，喫茶，飲茶

例 喫茶店で待ち合わせ。

譯 在咖啡店碰面。

---

## 06 ｜きょうどう【共同】

(名・自サ) 共同

例 共同で経営する。

譯 一起經營。

---

## 07 ｜ぎょうれつ【行列】

(名・自サ) 行列，隊伍，列隊；(數)矩陣

例 行列のできる店などがある。

譯 有排隊人潮的店家等等。

---

## 08 ｜クリーニング【cleaning】

(名・他サ) (洗衣店)洗滌

例 クリーニングに出す。

譯 送去洗衣店洗。

---

## 09 ｜これら

(代) 這些

例 これらの商品を扱っている。

譯 銷售這些商品。

---

## 10 ｜サービス【service】

(名・自他サ) 售後服務；服務，接待，侍候；(商店)廉價出售，附帶贈品出售

例 サービスをしてくれる。

譯 得到(減價)服務。

---

## 11 ｜しな【品】

(名・接尾) 物品，東西；商品，貨物；(物品的)質量，品質；品種，種類；情況，情形

例 よい品を揃えた。

譯 好貨一應俱全。

---

## 12 ｜しまい【仕舞い】

(名) 終了，末尾；停止，休止；閉店；賣光；化妝，打扮

例 おしまいにする。

譯 打烊；結束。

---

## 13 ｜シャッター【shutter】

(名) 鐵捲門；照相機快門

例 シャッターを下ろす。

譯 放下鐵捲門。

---

## 14 ｜しょうてん【商店】

(名) 商店

例 商店が立ち並ぶ。

譯 商店林立。

## 15 ｜じょうとう【上等】

（名・形動）上等，優質；很好，令人滿意

例 上等な品を使っている。

譯 用的是高級品。

## 16 ｜ショップ【shop】

（接尾）（一般不單獨使用）店舗，商店

例 ショップを開店する。

譯 店舗開張。

## 17 ｜ずらり（と）

（副）一排排，一大排，一長排

例 石をずらりと並べる。

譯 把石頭排成一排。

## 18 ｜そばや【蕎麦屋】

（名）蕎麥麵店

例 蕎麦屋で昼食を取る。

譯 在蕎麥麵店吃中餐。

## 19 ｜つとめる【努める】

（他下一）努力，為…奮鬥，盡力；勉強忍住

例 サービスに努める。

譯 努力服務。

## 20 ｜ていきゅうび【定休日】

（名）（商店、機關等）定期公休日

例 定休日が変わる。

譯 改變公休日。

## 21 ｜でむかえる【出迎える】

（他下一）迎接

例 客を駅に出迎える。

譯 到車站接客人。

## 22 ｜てん【店】

（名）店家，店

例 店員になる。

譯 成為店員。

## 23 ｜とうじょう【登場】

（名・自サ）（劇）出場，登台，上場演出；（新的作品、人物、產品）登場，出現

例 新製品が登場する。

譯 新商品登場。

## 24 ｜ひきとめる【引き止める】

（他下一）留，挽留；制止，拉住

例 客を引き止める。

譯 挽留客人。

## 25 ｜ひとまず【一先ず】

（副）（不管怎樣）暫且，姑且

例 ひとまず閉店する。

譯 暫且停止營業。

## 26 ｜ひょうばん【評判】

（名）（社會上的）評價，評論；名聲，名譽；受到注目，聞名；傳說，風聞

例 評判が広がる。

譯 風聲傳開。

## 27 | へいてん【閉店】

名・自サ （商店）關門；倒閉

例 あの店は7時閉店だ。

譯 那間店七點打烊。

---

## 28 | みせや【店屋】

名 店鋪，商店

例 店屋が並ぶ。

譯 商店林立。

---

## 29 | や【屋】

接尾 （前接名詞，表示經營某家店或從事某種工作的人）店，鋪；（前接表示個性、特質）帶點輕蔑的稱呼；（寫作「舍」）表示堂號，房舍的雅號

例 ケーキ屋がある。

譯 有蛋糕店。

## 30 | やっきょく【薬局】

名 （醫院的）藥局；藥鋪，藥店

例 薬局に処方箋を出す。

譯 在藥局開立了處方箋。

---

## 31 | ようひんてん【洋品店】

名 舶來品店，精品店，西裝店

例 洋品店を開く。

譯 開精品店。

# Memo

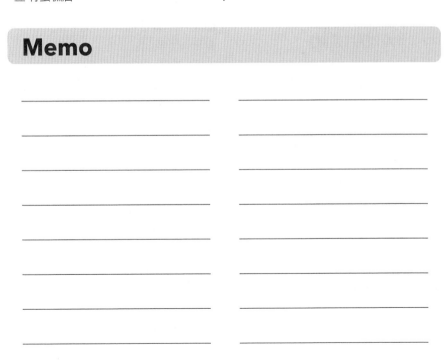

# パート
# 15
## 第十五章

# 交通
- 交通 -

## 15-1 交通、運輸 /
交通、運輸

### 01 │ あう【遭う】
(自五) 遭遇，碰上
例 事故に遭う。
譯 碰上事故。

### 02 │ いどう【移動】
(名・自他サ) 移動，轉移
例 部隊を移動する。
譯 部隊轉移。

### 03 │ うんぱん【運搬】
(名・他サ) 搬運，運輸
例 木材を運搬する。
譯 搬運木材。

### 04 │ エンジン【engine】
(名) 發動機，引擎
例 エンジンがかかる。
譯 引擎啟動。

### 05 │ かそく【加速】
(名・自他サ) 加速
例 アクセルを踏んで加速する。
譯 踩油門加速。

### 06 │ かそくど【加速度】
(名) 加速度；加速
例 進歩に加速度がつく。
譯 加快速度進步。

### 07 │ かもつ【貨物】
(名) 貨物；貨車
例 貨物を輸送する。
譯 送貨。

### 08 │ げしゃ【下車】
(名・自サ) 下車
例 途中下車する。
譯 中途下車。

### 09 │ こうつうきかん【交通機関】
(名) 交通機關，交通設施
例 交通機関を利用する。
譯 乘坐交通工具。

### 10 │ さいかい【再開】
(名・自他サ) 重新進行
例 電車が運転を再開する。
譯 電車重新運駛。

### 11 │ ざせき【座席】
(名) 座位，座席，乘坐，席位
例 座席に着く。
譯 就座。

## 12 ┃さまたげる【妨げる】

他下一 阻礙，防礙，阻攔，阻撓

例 交通を妨げる。

譯 妨礙交通。

## 13 ┃じそく【時速】

名 時速

例 平均時速は 15 キロです。

譯 時速15公里。

## 14 ┃しゃりん【車輪】

名 車輪；（演員）拼命，努力表現；拼命於，盡力於

例 車輪の下敷きになる。

譯 被車輪輾過去。

## 15 ┃せいげん【制限】

名・他サ 限制，限度，極限

例 制限を越える。

譯 超過限度。

## 16 ┃そくりょく【速力】

名 速率，速度

例 速力を上げる。

譯 加快速度。

## 17 ┃でむかえ【出迎え】

名 迎接；迎接的人

例 出迎えに上がる。

譯 去迎接。

## 18 ┃トンネル【tunnel】

名 隧道

例 トンネルを掘る。

譯 挖隧道。

## 19 ┃はいたつ【配達】

名・他サ 送，投遞

例 新聞を配達する。

譯 送報紙。

## 20 ┃はっしゃ【発車】

名・自サ 發車，開車

例 発車が遅れる。

譯 逾時發車。

## 21 ┃ハンドル【handle】

名 （門等）把手；（汽車、輪船）方向盤

例 ハンドルを回す。

譯 轉動方向盤。

## 22 ┃ひょうしき【標識】

名 標誌，標記，記號，信號

例 交通標識が曲がっている。

譯 交通標誌彎曲了。

## 23 ┃ぶつかる

自五 碰，撞；偶然遇上；起衝突

例 自転車にぶつかる。

譯 撞上腳踏車。

## 24 ┃べん【便】

名・形動・漢造 便利，方便；大小便；信息，音信；郵遞；隨便，平常

例 便がいい。

譯 很方便。

## 25 ｜めんきょしょう【免許証】

- 名 （政府機關）批准；許可證，執照
- 例 運転免許証を見せてください。
- 譯 駕照讓我看一下。

## 26 ｜モノレール【monorail】

- 名 單軌電車，單軌鐵路
- 例 モノレールが走る。
- 譯 單軌電車行駛著。

## 27 ｜ゆそう【輸送】

- 名・他サ 輸送，傳送
- 例 貨物を輸送する。
- 譯 輸送貨物。

## 28 ｜ヨット【yacht】

- 名 遊艇，快艇
- 例 ヨットに乗る。
- 譯 乘遊艇。

# 15-2 鉄道、船、飛行機 ╱
鐵路、船隻、飛機

## 01 ｜おうふく【往復】

- 名・自サ 往返，來往；通行量
- 例 往復切符を買う。
- 譯 購買來回車票。

## 02 ｜かいさつ【改札】

- 名・自サ （車站等）的驗票
- 例 改札を抜ける。
- 譯 通過驗票口。

## 03 ｜きかんしゃ【機関車】

- 名 機車，火車
- 例 蒸気機関車を運転する。
- 譯 駕駛蒸汽火車。

## 04 ｜こうくう【航空】

- 名 航空；「航空公司」的簡稱
- 例 航空会社を利用する。
- 譯 使用航空公司。

## 05 ｜こうど【高度】

- 名・形動 （地）高度，海拔；（地平線到天體的）仰角；（事物的水平）高度，高級
- 例 高度を下げる。
- 譯 降低高度。

## 06 ｜さいしゅう【最終】

- 名 最後，最終，最末；（略）末班車
- 例 最終に間に合う。
- 譯 趕上末班車。

## 07 ｜してつ【私鉄】

- 名 私營鐵路
- 例 私鉄に乗る。
- 譯 搭乘私鐵。

## 08 ｜しゅうてん【終点】

- 名 終點
- 例 終点で降りる。
- 譯 在終點站下車。

## 09 ｜じょうしゃ【乗車】

- 名・自サ 乘車，上車；乘坐的車

例 乗車の手配をする。
譯 安排乘車。

## 10 | じょうしゃけん【乗車券】

名 車票
例 乗車券を拝見する。
譯 檢查車票。

## 11 | しんだい【寝台】

名 床，床鋪，（火車）臥鋪
例 寝台列車が利用される。
譯 臥鋪列車被使用。

## 12 | せき【隻】

接尾 （助數詞用法）計算船，箭，鳥的單位
例 船が２隻停泊している。
譯 兩艘船停靠著。

## 13 | せん【船】

漢造 船
例 旅客船が沈没した。
譯 客船沉沒了。

## 14 | せんろ【線路】

名 （火車、電車、公車等）線路；（火車、有軌電車的）軌道
例 線路を敷く。
譯 鋪軌道。

## 15 | そうさ【操作】

名・他サ 操作（機器等），駕駛；（設法）安排，（背後）操縱
例 ハンドルを操作する。
譯 操作方向盤。

## 16 | だっせん【脱線】

名・他サ （火車、電車等）脱軌，出軌；（言語、行動）脱離常規，偏離本題
例 列車が脱線する。
譯 火車脱軌。

## 17 | ていしゃ【停車】

名・他サ・自サ 停車，剎車
例 各駅に停車する。
譯 各站皆停。

## 18 | てつどう【鉄道】

名 鐵道，鐵路
例 鉄道を利用する。
譯 乘坐鐵路。

## 19 | とおりかかる【通りかかる】

自五 碰巧路過
例 通りかかった船に救助された。
譯 被經過的船隻救了。

## 20 | とおりすぎる【通り過ぎる】

自上一 走過，越過
例 うっかりして駅を通り過ぎてしまった。
譯 一不小心車站就走過頭了。

## 21 | ひこう【飛行】

名・自サ 飛行，航空
例 宇宙飛行士にあこがれる。
譯 憧憬成為太空人。

## 22 ｜びん【便】

名・漢造 書信；郵寄，郵遞；（交通設施等）班機，班車；機會，方便

例 定期便に乗る。

譯 搭乘定期班車（機）。

---

## 23 ｜ふみきり【踏切】

名 （鐵路的）平交道，道口；（轉）決心

例 踏切を渡る。

譯 過平交道。

---

## 24 ｜ヘリコプター【helicopter】

名 直昇機

例 ヘリコプターが飛んでいる。

譯 直升飛機飛翔著。

---

## 25 ｜ボート【boat】

名 小船，小艇

例 ボートに乗る。

譯 搭乘小船。

---

## 26 ｜まんいん【満員】

名 （規定的名額）額滿；（車、船等）擠滿乘客，滿座；（會場等）塞滿觀眾

例 満員の電車が走る。

譯 滿載乘客的電車在路上跑著。

---

## 27 ｜やこう【夜行】

名・接頭 夜行；夜間列車；夜間活動

例 夜行列車が出る。

譯 夜間列車發車。

---

## 28 ｜ゆうらんせん【遊覧船】

名 渡輪

例 遊覧船に乗る。

譯 搭乘渡輪。

## 15-3 自動車、道路 /
汽車、道路

## 01 ｜いっぽう【一方】

名・副助・接 一個方向；一個角度；一面，同時；（兩個中的）一個；只顧，愈來愈…；從另一方面說

例 この道路が一方通行になっている。

譯 前方為單向通行道路。

---

## 02 ｜おうだん【横断】

名・他サ 橫斷；橫渡，橫越

例 道路を横断する。

譯 橫越馬路。

---

## 03 ｜おうとつ【凹凸】

名 凹凸，高低不平

例 凹凸が激しい。

譯 非常崎嶇不平。

---

## 04 ｜おおどおり【大通り】

名 大街，大馬路

例 大通りを横切る。

譯 橫過馬路。

---

## 05 ｜カー【car】

名 車，車的總稱，狹義指汽車

例 マイカー通勤が減った。

譯 開自用車上班的人減少了。

## 06 │ カーブ【curve】

名・自サ 轉彎處；彎曲；（棒球、曲棍球）曲線球

例 急カーブを曲がる。

譯 急轉彎。

## 07 │ かいつう【開通】

名・自他サ （鐵路、電話線等）開通，通車，通話

例 トンネルが開通する。

譯 隧道通車。

## 08 │ こうさ【交差】

名・自他サ 交叉

例 道路が交差する。

譯 道路交叉。

## 09 │ こうそく【高速】

名 高速

例 高速道路が建設された。

譯 建設高速公路。

## 10 │ しめす【示す】

他五 出示，拿出來給對方看；表示，表明；指示，指點，開導；呈現，顯示

例 道を示す。

譯 指路。

## 11 │ しゃこ【車庫】

名 車庫

例 車庫に入れる。

譯 開車入庫。

## 12 │ しゃどう【車道】

名 車道

例 車道に飛び出す。

譯 衝到車道上。

## 13 │ じょうようしゃ【乗用車】

名 自小客車

例 乗用車を買う。

譯 買汽車。

## 14 │ せいび【整備】

名・自他サ 配備，整備；整理，修配；擴充，加強；組裝；保養

例 車のエンジンを整備する。

譯 保養車子的引擎。

## 15 │ ちゅうしゃ【駐車】

名・自サ 停車

例 路上に駐車する。

譯 在路邊停車。

## 16 │ つうこう【通行】

名・自サ 通行，交通，往來；廣泛使用，一般通用

例 通行止めになる。

譯 停止通行。

## 17 │ つうろ【通路】

名 （人們通行的）通路，人行道；（出入通行的）空間，通道

例 通路を通る。

譯 過人行道。

## 18 ｜とびだす【飛び出す】

(自五) 飛出，飛起來，起飛；跑出；(猛然)跳出；突然出現

例 子供がとび出す。

譯 小孩突然跑出來。

## 19 ｜パンク【puncture 之略】

(名・自サ) 爆胎；脹破，爆破

例 タイヤがパンクする。

譯 爆胎。

## 20 ｜ひきかえす【引き返す】

(自五) 返回，折回

例 途中で引き返す。

譯 半路上折回。

## 21 ｜ひく【轢く】

(他五) (車)壓，軋(人等)

例 自動車が人を轢いた。

譯 汽車壓了人。

## 22 ｜ひとどおり【人通り】

(名) 人來人往，通行；來往行人

例 人通りが激しい。

譯 來往行人頻繁。

## 23 ｜へこむ【凹む】

(自五) 凹下，潰下；屈服，認輸；虧空，赤字

例 道が凹む。

譯 路面凹下。

## 24 ｜ほそう【舗装】

(名・他サ) (用柏油等)舖路

例 舗装した道路が壊れた。

譯 舖過的路崩壞了。

## 25 ｜ほどう【歩道】

(名) 人行道

例 歩道を歩く。

譯 走人行道。

## 26 ｜まわりみち【回り道】

(名) 繞道，繞遠路

例 回り道をしてくる。

譯 繞道而來。

## 27 ｜みちじゅん【道順】

(名) 順路，路線；步驟，程序

例 道順を聞く。

譯 問路。

## 28 ｜ゆるい【緩い】

(形) 鬆，不緊；徐緩，不陡；不急；不嚴格；稀薄

例 緩いカーブ。

譯 慢彎。

## 29 ｜よごぎる【横切る】

(他五) 橫越，橫跨

例 通りを横切る。

譯 穿越馬路。

# 通信、報道

- 通訊、報導 -

## 16-1 通信、電話、郵便 /
通訊、電話、郵件

### 01 | いちおう【一応】

㊀ 大略做了一次，暫，先，姑且

例 一応目を通す。

譯 大略看過。

### 02 | いんさつ【印刷】

(名・自他サ) 印刷

例 チラシを印刷してもらう。

譯 請他印製宣傳單。

### 03 | えはがき【絵葉書】

(名) 圖畫明信片，照片明信片

例 絵葉書を出す。

譯 寄明信片。

### 04 | おうたい【応対】

(名・他サ) 應對，接待，應酬

例 電話の応対が丁寧になった。

譯 電話的應對變得很有禮貌。

### 05 | ざつおん【雑音】

(名) 雜音，噪音

例 電話に雑音が入る。

譯 電話裡有雜音。

### 06 | じゅわき【受話器】

(名) 聽筒

例 受話器を使う。

譯 使用聽筒。

### 07 | ちょくつう【直通】

(名・自サ) 直達(中途不停)；直通

例 直通の電話番号ができた。

譯 有了直通的電話號碼。

### 08 | つうしん【通信】

(名・自サ) 通信，通音信；通訊，聯絡；
報導消息的稿件，通訊稿

例 無線で通信する。

譯 以無線電聯絡。

### 09 | つつみ【包み】

(名) 包袱，包裹

例 包みが届く。

譯 包裹送到。

### 10 | でんせん【電線】

(名) 電線，電纜

例 電線を張る。

譯 架設電線。

## 11 ｜でんちゅう【電柱】

（名）電線桿

例 電柱を立てる。

譯 立電線桿。

---

## 12 ｜でんぱ【電波】

（名）（理）電波

例 電波を出す。

譯 發出電波。

---

## 13 ｜といあわせ【問い合わせ】

（名）詢問，打聽，查詢

例 問い合わせが殺到する。

譯 詢問人潮不斷湧來。

---

## 14 ｜とりあげる【取り上げる】

（他下一）拿起，舉起；採納，受理；奪取，剝奪；沒收（財產），徵收（稅金）

例 受話器を取り上げる。

譯 拿起話筒。

---

## 15 ｜ないせん【内線】

（名）內線；（電話）內線分機

例 内線番号にかける。

譯 撥打內線分機號碼。

---

## 16 ｜ねんがじょう【年賀状】

（名）賀年卡

例 年賀状を書く。

譯 寫賀年卡。

---

## 17 ｜はなしちゅう【話し中】

（名）通話中

例 お話し中失礼ですが…。

譯 不好意思打擾您了…。

---

## 18 ｜よびだす【呼び出す】

（他五）喚出，叫出；叫來，喚來，邀請；傳訊

例 電話で呼び出す。

譯 用電話叫人來。

## 16-2 伝達、通知、情報 ／
傳達、告知、信息

## 01 ｜あと【跡】

（名）印，痕跡，遺跡；跡象；行蹤下落；家業；後任，後繼者

例 跡を絶つ。

譯 絕跡。

---

## 02 ｜おしらせ【お知らせ】

（名）通知，訊息

例 お知らせが届く。

譯 消息到達。

---

## 03 ｜けいじ【掲示】

（名・他サ）牌示，佈告欄；公佈

例 掲示が出る。

譯 貼出告示。

---

## 04 ｜ごらん【ご覧】

（名）（敬）看，觀覽；（親切的）請看；（接動詞連用形）試試看

例 ご覧に入れる。

譯 請看…。

## 05 ｜つうち【通知】

(名・他サ) 通知，告知

例 通知が届く。

譯 接到通知。

## 06 ｜ふつう【不通】

(名) （聯絡、交通等）不通，斷絕；沒有音信

例 音信不通になる。

譯 音訊不通。

## 07 ｜ぼしゅう【募集】

(名・他サ) 募集，征募

例 募集を行う。

譯 進行招募。

## 08 ｜ポスター【poster】

(名) 海報

例 ポスターを張る。

譯 張貼海報。

N2 ● 16-3

## 16-3 報道、放送 /
報導、廣播

## 01 ｜アンテナ【antenna】

(名) 天線

例 アンテナを張る。

譯 搜集情報。

## 02 ｜かいせつ【解説】

(名・他サ) 解説，説明

例 ニュース解説が群を抜く。

譯 新聞解説出類拔萃。

## 03 ｜こうせい【構成】

(名・他サ) 構成，組成，結構

例 番組を構成する。

譯 組織節目。

## 04 ｜こうひょう【公表】

(名・他サ) 公布，發表，宣布

例 公表をはばかる。

譯 害怕被公布。

## 05 ｜さつえい【撮影】

(名・他サ) 攝影，拍照；拍電影

例 屋外で撮影する。

譯 在屋外攝影。

## 06 ｜スピーチ【speech】

(名・自サ) （正式場合的)簡短演説，致詞，講話

例 スピーチをする。

譯 致詞，演講。

## 07 ｜せろん・よろん【世論】

(名) 世間一般人的意見，民意，輿論

例 世論を反映させる。

譯 反應民意。

## 08 ｜そうぞうしい【騒々しい】

(形) 吵鬧的，喧囂的，宣嚷的；(社會上)動盪不安的

例 世間が騒々しい。

譯 世上騷亂。

## 09 ｜のる【載る】

(他五) 登上，放上；乘，坐，騎；參與；上當，受騙；刊載，刊登

例 新聞に載る。

譯 登在報上，上報。

## 10 ｜ほうそう【放送】

(名・他サ) 廣播；(用擴音器)傳播，散佈(小道消息、流言蜚語等)

例 放送が中断する。

譯 廣播中斷。

## 11 ｜ろんそう【論争】

(名・自サ) 爭論，爭辯，論戰

例 論争が起こる。

譯 引起爭論。

# Memo

# スポーツ

-體育運動-

## 17-1 スポーツ /
體育運動

### 01 | いんたい【引退】

(名・自サ) 隱退，退職

例 引退声明を発表する。

譯 宣布退休。

### 02 | およぎ【泳ぎ】

(名) 游泳

例 泳ぎを習う。

譯 學習游泳。

### 03 | からて【空手】

(名) 空手道

例 空手を習う。

譯 練習空手道。

### 04 | かんとく【監督】

(名・他サ) 監督，督促；監督者，管理人；
(影劇)導演；(體育)教練

例 野球チームの監督になる。

譯 成為棒球隊教練。

### 05 | くわえる【加える】

(他下一) 加，加上

例 メンバーに新人を加える。

譯 會員有新人加入。

### 06 | こうせき【功績】

(名) 功績

例 功績を残す。

譯 留下功績。

### 07 | スケート【skate】

(名) 冰鞋，冰刀；溜冰，滑冰

例 アイススケートに行こう。

譯 我們去溜冰吧！

### 08 | すもう【相撲】

(名) 相撲

例 相撲にならない。

譯 力量懸殊。

### 09 | せいしき【正式】

(名・形動) 正式的，正規的

例 正式に引退を表明した。

譯 正式表明引退之意。

### 10 | たいそう【体操】

(名) 體操；體育課

例 体操をする。

譯 做體操。

### 11 | てきど【適度】

(名・形動) 適度，適當的程度

例 適度な運動をする。

譯 適度的運動。

## 12 | もぐる【潜る】

(自五) 潜入（水中）；鑽進，藏入，躲入；潛伏活動，違法從事活動

例 水中に潜る。

譯 潛入水中。

## 13 | ランニング【running】

(名) 賽跑，跑步

例 公園でランニングする。

譯 在公園跑步。

## 17-2 試合 / 比賽

## 01 | アウト【out】

(名) 外，外邊；出界；出局

例 アウトになる。

譯 出局。

## 02 | おぎなう【補う】

(他五) 補償，彌補，貼補

例 欠員を補う。

譯 補足缺額。

## 03 | おさめる【収める】

(他下一) 接受；取得；收藏，收存；收集，集中；繳納；供應，賣給；結束

例 勝利を手中に収める。

譯 勝券在握。

## 04 | おどりでる【躍り出る】

(自下一) 躍進到，跳到

例 トップに躍り出る。

譯 一躍而居冠。

## 05 | かいし【開始】

(名・自他サ) 開始

例 試合開始を待つ。

譯 等待比賽開始。

## 06 | かえって【却って】

(副) 反倒，相反地，反而

例 かえって足手まといだ。

譯 反而礙手礙腳。

## 07 | かせぐ【稼ぐ】

(名・他五)（為賺錢而）拼命的勞動；（靠工作、勞動）賺錢；爭取，獲得

例 点数を稼ぐ。

譯 爭取（優勝）分數。

## 08 | きょうぎ【競技】

(名・自サ) 競賽，體育比賽

例 競技に出る。

譯 參加比賽。

## 09 | くみあわせ【組み合わせ】

(名) 組合，配合，編配

例 組み合わせが決まる。

譯 決定編組。

## 10 | けいば【競馬】

(名) 賽馬

例 競馬場に行く。

譯 去賽馬場。

## 11 | けん【券】

(名) 票，証，券

例 入場券を求める。
譯 購買入場券。

---

## 12 | こうけん【貢献】

(名・自サ) 貢獻
例 優勝に貢献する。
譯 對獲勝做出貢獻。

---

## 13 | さいちゅう【最中】

(名) 動作進行中，最頂點，活動中
例 試合の最中に雨が降って来た。
譯 正在比賽的時候下起雨來了。

---

## 14 | じゃくてん【弱点】

(名) 弱點，痛處；缺點
例 弱点をつかむ。
譯 抓住弱點。

---

## 15 | しゅうりょう【終了】

(名・自他サ) 終了，結束；作完；期滿，
屆滿
例 試合が終了する。
譯 比賽終了。

---

## 16 | じゅん【準】

(接頭) 準，次
例 準優勝が一番悔しい。
譯 亞軍最叫人心有不甘。

---

## 17 | しょうはい【勝敗】

(名) 勝負，勝敗
例 勝敗が決まる。
譯 決定勝負。

---

## 18 | しょうぶ【勝負】

(名・自サ) 勝敗，輸贏；比賽，競賽
例 勝負をする。
譯 比賽。

---

## 19 | スタンド【stand】

(結尾・名) 站立；台，托，架；檯燈，桌燈；
看台，觀眾席；(攤販式的)小酒吧
例 観衆がスタンドを埋めた。
譯 觀眾席坐滿了人。

---

## 20 | せんしゅ【選手】

(名) 選拔出來的人；選手，運動員
例 代表選手に選ばれる。
譯 被選為代表選手。

---

## 21 | ぜんりょく【全力】

(名) 全部力量，全力；(機器等)最大出力，
全力
例 全力を挙げる。
譯 不遺餘力。

---

## 22 | たいかい【大会】

(名) 大會；全體會議
例 大会で優勝する。
譯 在大會上取得冠軍。

---

## 23 | チャンス【chance】

(名) 機會，時機，良機
例 チャンスが来る。
譯 機會到來。

## 24 ｜にゅうじょう【入場】

(名・自サ) 入場

例 関係者以外の入場を禁ず。

譯 相關人員以外，請勿入場。

---

## 25 ｜にゅうじょうけん【入場券】

(名) 門票，入場券

例 入場券売場がある。

譯 有門票販售處。

---

## 26 ｜ねらう【狙う】

(他五) 看準，把…當做目標；把…弄到手；伺機而動

例 優勝を狙う。

譯 想取得優勝。

---

## 27 ｜ひきわけ【引き分け】

(名) (比賽)平局，不分勝負

例 引き分けになる。

譯 打成平局。

---

## 28 ｜へいかい【閉会】

(名・自サ・他サ) 閉幕，會議結束

例 閉会式が開かれた。

譯 舉辦閉幕式。

---

## 29 ｜めざす【目指す】

(他五) 指向，以…為努力目標，瞄準

例 優勝を目指す。

譯 以優勝為目標。

---

## 30 ｜メンバー【member】

(名) 成員，一份子；(體育)隊員

例 メンバーを揃える。

譯 湊齊成員。

---

## 31 ｜ゆうしょう【優勝】

(名・自サ) 優勝，取得冠軍

例 優勝を狙う。

譯 以冠軍為目標。

---

## 32 ｜ようす【様子】

(名) 情況，狀態；容貌，樣子；緣故；光景，徵兆

例 様子を窺う。

譯 暗中觀察狀況。

# 17-3 球技、陸上競技／
球類、田徑賽

## 01 ｜かいさん【解散】

(名・自他サ) 散開，解散，(集合等)散會

例 野球部を解散する。

譯 就地解散棒球隊。

---

## 02 ｜グラウンド【ground】

(造語) 運動場，球場，廣場，操場

例 グラウンドで走る。

譯 在操場跑步。

---

## 03 ｜ゴール【goal】

(名) (體)決勝點，終點；球門；跑進決勝點，射進球門；奮鬥的目標

例 ゴールに到達する。

譯 抵達終點。

## 04 ｜ころがす【転がす】

(他五) 滾動，轉動；開動（車），推進；轉賣；弄倒，搬倒

例 ボールを転がす。

譯 滾動球。

## 05 ｜サイン【sign】

(名・自サ) 簽名，署名，簽字；記號，暗號，信號，作記號

例 サインを送る。

譯 送暗號。

## 06 ｜すじ【筋】

(名・接尾) 筋；血管；線，條；紋絡，條紋；素質，血統；條理，道理

例 筋がいい。

譯 有天分，有才能。

## 07 ｜トラック【track】

(名) （操場、運動場、賽馬場的）跑道

例 トラックを 1 周する。

譯 繞跑道一圈。

## 08 ｜にげきる【逃げ切る】

(自五) （成功地）逃跑

例 危なかったが、逃げ切った。

譯 雖然危險但脫逃成功。

## 09 ｜のう【能】

(名・漢造) 能力，才能，本領；功效；（日本古典戲劇）能樂

例 野球しか能がない。

譯 除了棒球以外沒別的本事。

## 10 ｜マラソン【marathon】

(名) 馬拉松長跑

例 マラソンに出る。

譯 參加馬拉松大賽。

# 趣味、娯楽
- 愛好、嗜好、娛樂 -

## 18-1 娯楽 /
娛樂

### 01 | かいすいよく【海水浴】
名 海水浴場
例 海水浴場が近い。
譯 海水浴場很近。

### 02 | かんしょう【鑑賞】
名・他サ 鑑賞，欣賞
例 映画を鑑賞する。
譯 鑑賞電影。

### 03 | キャンプ【camp】
名・自サ 露營，野營；兵營，軍營；登山隊基地；（棒球等）集訓
例 渓谷でキャンプする。
譯 在溪谷露營。

### 04 | ごらく【娯楽】
名 娛樂，文娛
例 ここは娯楽が少ない。
譯 這裡娛樂很少。

### 05 | たび【旅】
名・他サ 旅行，遠行
例 旅をする。
譯 去旅行。

### 06 | とざん【登山】
名・自サ 登山；到山上寺廟修行
例 家族を連れて登山する。
譯 帶著家族一同爬山。

### 07 | ぼうけん【冒険】
名・自サ 冒險
例 冒険をする。
譯 冒險。

### 08 | めぐる【巡る】
自五 循環，轉回，旋轉；巡遊；環繞，圍繞
例 湖を巡る。
譯 沿湖巡行。

### 09 | レクリエーション【recreation】
名 （身心）休養；娛樂，消遣
例 レクリエーションの施設が整っている。
譯 休閒設施完善。

### 10 | レジャー【leisure】
名 空閒，閒暇，休閒時間；休閒時間的娛樂
例 レジャーを楽しむ。
譯 享受休閒時光。

## 18-2 趣味 /
嗜好

### 01 ｜あたり【当(た)り】
㊉ 命中；感覺，觸感；味道；猜中；中獎；
待人態度；如願；（接尾）每，平均
例 当たりが出る。
譯 中獎了。

### 02 ｜あみもの【編み物】
㊉ 編織；編織品
例 編み物をする。
譯 編織。

### 03 ｜いけばな【生け花】
㊉ 生花，插花
例 生け花を習う。
譯 學插花。

### 04 ｜うらなう【占う】
㊉他五 占卜，占卦，算命
例 身の上を占う。
譯 算命。

### 05 ｜くみたてる【組み立てる】
㊉他下一 組織，組裝
例 模型を組み立てる。
譯 組裝模型。

### 06 ｜ご【碁】
㊉ 圍棋
例 碁を打つ。
譯 下圍棋。

### 07 ｜じゃんけん【じゃん拳】
㊉ 猜拳，划拳
例 じゃんけんをする。
譯 猜拳。

### 08 ｜しょうぎ【将棋】
㊉ 日本象棋，將棋
例 将棋を指す。
譯 下日本象棋。

### 09 ｜てじな【手品】
㊉ 戲法，魔術；騙術，奸計
例 手品を使う。
譯 變魔術。

### 10 ｜どうわ【童話】
㊉ 童話
例 童話に引かれる。
譯 被童話吸引住。

### 11 ｜なぞなぞ【謎々】
㊉ 謎語
例 謎々遊びをする。
譯 玩猜謎遊戲。

### 12 ｜ふうせん【風船】
㊉ 氣球，氫氣球
例 風船を飛ばす。
譯 放氣球。

# パート 19 芸術
## 第十九章 - 藝術 -

## 19-1 芸術、絵画、彫刻 /
藝術、繪畫、雕刻

### 01 | えがく【描く】
他五 畫，描繪；以…為形式，描寫；想像
例 夢を描く。
譯 描繪夢想。

### 02 | えのぐ【絵の具】
名 顏料
例 絵の具を塗る。
譯 著色。

### 03 | かいが【絵画】
名 繪畫，畫
例 抽象絵画を飾る。
譯 掛上抽象畫擺飾。

### 04 | きざむ【刻む】
他五 切碎；雕刻；分成段；銘記，牢記
例 文字を刻む。
譯 刻上文字。

### 05 | げいのう【芸能】
名 （戲劇，電影，音樂，舞蹈等的總稱）
演藝，文藝，文娛
例 芸能人が集う。
譯 聚集了演藝圈人士。

### 06 | こうげい【工芸】
名 工藝
例 工芸品を販売する。
譯 賣工藝品。

### 07 | しゃせい【写生】
名・他サ 寫生，速寫；短篇作品，散記
例 花を写生する。
譯 花卉寫生。

### 08 | しゅうじ【習字】
名 習字，練毛筆字
例 習字を習う。
譯 學書法。

### 09 | しょどう【書道】
名 書法
例 書道を習う。
譯 學習書法。

### 10 | せいさく【制作】
名・他サ 創作（藝術品等），製作；作品
例 芸術作品を制作する。
譯 創作藝術品。

### 11 | そうさく【創作】
名・他サ （文學作品）創作；捏造（謊言）；
創新，創造
例 創作に専念する。
譯 專心從事創作。

## 12 ｜そしつ【素質】

㊇ 素質，本質，天分，天資

例 素質に恵まれる。

譯 具備天分。

## 13 ｜ちかよる【近寄る】

㊀ 走進，靠近，接近

例 近寄ってよく見る。

譯 靠近仔細看。

## 14 ｜ちょうこく【彫刻】

㊇・他サ 雕刻

例 仏像を彫刻する。

譯 雕刻佛像。

## 15 ｜はいく【俳句】

㊇ 俳句

例 俳句を読む。

譯 吟詠俳句。

## 16 ｜ぶんげい【文芸】

㊇ 文藝，學術和藝術；（詩、小説、戲劇等）語言藝術

例 文芸映画が生まれた。

譯 誕生文藝電影。

## 17 ｜ほり【彫り】

㊇ 雕刻

例 彫りの深い顔立ち。

譯 五官深邃。

## 18 ｜ほる【彫る】

㊀ 雕刻；紋身

例 像を彫る。

譯 刻雕像。

## 19-2 音楽／
音樂

## 01 ｜オーケストラ【orchestra】

㊇ 管絃樂（團）；樂池，樂隊席

例 オーケストラを結成する。

譯 組成管弦樂團。

## 02 ｜オルガン【organ】

㊇ 風琴

例 電子オルガンが広まる。

譯 電子風琴普及。

## 03 ｜おん【音】

㊇ 聲音，響聲；發音

例 ノイズ音を低減する。

譯 減低噪音。

## 04 ｜か【歌】

㊆ 唱歌；歌詞

例 和歌を一首詠んだ。

譯 朗誦了一首和歌。

## 05 ｜がっき【楽器】

㊇ 樂器

例 楽器を奏でる。

譯 演奏樂器。

## 06 ｜がっしょう【合唱】

㊇・他サ 合唱，一齊唱；同聲高呼

例 合唱部に入る。

譯 參加合唱團。

## 07 ｜かよう【歌謡】

名 歌謡，歌曲

例 歌謡曲を歌う。

譯 唱歌謠。

## 08 ｜からから

副・自サ 乾的、硬的東西相碰的聲音(擬音)

例 からから音がする。

譯 鏗鏗作響。

## 09 ｜がらがら

名・副・自サ・形動 手搖鈴玩具；硬物相撞聲；直爽；很空

例 がらがらとシャッターを開ける。

譯 嘎啦嘎啦地把鐵門打開。

## 10 ｜きょく【曲】

名・漢造 曲調；歌曲；彎曲

例 曲を演奏する。

譯 演奏曲子。

## 11 ｜コーラス【chorus】

名 合唱；合唱團；合唱曲

例 コーラス部に入る。

譯 參加合唱團。

## 12 ｜こてん【古典】

名 古書，古籍；古典作品

例 古典音楽を楽しむ。

譯 欣賞古典音樂。

## 13 ｜コンクール【concours】

名 競賽會，競演會，會演

例 合唱コンクールに出る。

譯 出席合唱比賽。

## 14 ｜さっきょく【作曲】

名・他サ 作曲，譜曲，配曲

例 交響曲を作曲する。

譯 作交響曲。

## 15 ｜たいこ【太鼓】

名 (大)鼓

例 太鼓を叩く。

譯 打鼓。

## 16 ｜テンポ【tempo】

名 (樂曲的)速度，拍子；(局勢、對話或動作的)速度

例 テンポが落ちる。

譯 節奏變慢。

## 17 ｜どうよう【童謡】

名 童謠，兒童詩歌

例 童謡を作曲する。

譯 創作童謠歌曲。

## 18 ｜ひびき【響き】

名 聲響，餘音；回音，迴響，震動；傳播振動；影響，波及

例 鐘の響きが時を告げる。

譯 鐘聲的餘音宣報時刻。

## 19 ｜ひびく【響く】

自五 響，發出聲音；發出回音，震響；傳播震動；波及；出名

例 天下に名が響く。

譯 名震天下。

## 20 ｜みんよう【民謡】

名 民謡，民歌

例 民謡を歌う。

譯 唱民謠。

## 21 ｜リズム【rhythm】

名 節奏，旋律，格調，格律

例 リズムを取る。

譯 打節拍。

### 19-3 演劇、舞踊、映画 ／
戲劇、舞蹈、電影

## 01 ｜あく【開く】

自五 開，打開；(店舖)開始營業

例 幕が開く。

譯 開幕。

## 02 ｜あらすじ【粗筋】

名 概略，梗概，概要

例 物語のあらすじが見えない。

譯 看不清故事大概。

## 03 ｜えんぎ【演技】

名・自サ (演員的)演技，表演；做戲

例 演技派の俳優が演じる。

譯 由演技派演員出演。

## 04 ｜かいえん【開演】

名・自他サ 開演

例 7 時に開演する。

譯 七點開演。

## 05 ｜かいかい【開会】

名・自他サ 開會

例 司会者のあいさつで
開会する。

譯 司儀致詞宣布會議開始。

## 06 ｜かんきゃく【観客】

名 觀眾

例 観客層を広げる。

譯 擴大觀眾層。

## 07 ｜きゃくせき【客席】

名 觀賞席；宴席，來賓席

例 客席を見渡す。

譯 遠望觀眾席。

## 08 ｜けいこ【稽古】

名・自他サ (學問、武藝等的)練習，學習；
(演劇、電影、廣播等的)排演，排練

例 けいこをつける。

譯 訓練。

## 09 ｜げき【劇】

名・接尾 劇，戲劇；引人注意的事件

例 劇を演じる。

譯 演戲。

## 10 ｜けっさく【傑作】

名 傑作

例 傑作が生まれる。

譯 創作出傑作。

## 11 ｜しばい【芝居】

名 戲劇，話劇；假裝，花招；劇場

例 芝居がうまい。

譯 演技好。

**12 | しゅやく【主役】**

[名]（戲劇）主角；（事件或工作的）中心人物

[例] 主役が決まる。

[譯] 決定主角。

**13 | ステージ【stage】**

[名] 舞台，講台；階段，等級，步驟

[例] ステージに立つ。

[譯] 站在舞台上。

**14 | せりふ**

[名] 台詞，念白；（貶）使人不快的說法，說辭

[例] せりふをとちる。

[譯] 念錯台詞。

**15 | だい【題】**

[名・自サ・漢造] 題目，標題；問題；題辭

[例] 題が決まる。

[譯] 訂題。

**16 | ダンス【dance】**

[名・自サ] 跳舞，交際舞

[例] ダンスを習う。

[譯] 學習跳舞。

**17 | びみょう【微妙】**

[形動] 微妙的

[例] 微妙な言い回しが面白い。

[譯] 微妙的說法很耐人尋味。

**18 | プログラム【program】**

[名] 節目（單），說明書；計畫（表），程序（表）；編制（電腦）程式

[例] プログラムを組む。

[譯] 編制程序。

**19 | まく【幕】**

[名・漢造] 幕，布幕；（戲劇）幕；場合，場面；螢幕

[例] 幕を開ける。

[譯] 揭幕。

**20 | みごと【見事】**

[形動] 漂亮，好看；卓越，出色，巧妙；整個，完全

[例] 見事に成功する。

[譯] 成功得漂亮。

**21 | めいさく【名作】**

[名] 名作，傑作

[例] 不朽の名作だ。

[譯] 不朽的名作。

**22 | ものがたり【物語】**

[名] 談話，事件；傳說；故事，傳奇；（平安時代後散文式的文學作品）物語

[例] 物語を語る。

[譯] 說故事。

## 20-1 数 /
數目

### 01 | いっしゅ【一種】

⒜ 一種；獨特的；（説不出的）某種，稍許

例 彼は一種の天才だ。

譯 他是某種天才。

### 02 | おのおの【各々】

（名・副）各自，各，諸位

例 各々の考えがまとまらず。

譯 各自的想法無法一致。

### 03 | きじゅん【基準】

⒜ 基礎，根基；規格，準則

例 基準に達する。

譯 達到基準。

### 04 | きゅうげき【急激】

（形動）急遽

例 急激な変化に耐える。

譯 忍受急遽的變化。

### 05 | きゅうそく【急速】

（名・形動）迅速，快速

例 急速な変化が予測される。

譯 預測將有迅速的變化。

### 06 | くらい【位】

⒜ （數）位數；皇位，王位；官職，地位；（人或藝術作品的）品味，風格

例 位が上がる。

譯 升級。

### 07 | ぐうすう【偶数】

⒜ 偶數，雙數

例 偶数の部屋にいすがある。

譯 偶數的房間有椅子。

### 08 | ごく【極】

⒜ 非常，最，極，至，頂

例 極親しい関係を持つ。

譯 保持極親關係。

### 09 | しめる【占める】

（他下一）占有，佔據，佔領；（只用於特殊形）表得到（重要的位置）

例 過半数を占める。

譯 佔有半數以上。

### 10 | しょうしか【少子化】

⒜ 少子化

例 少子化が進んでいる。

譯 少子化日趨嚴重。

## 11 | すう【数】

(名・接頭) 數，數目，數量；定數，天命；
（數學中泛指的）數；數量

例 端数を切り捨てる。

譯 去掉尾數。

## 12 | たいはん【大半】

(名) 大半，多半，大部分

例 大半を占める。

譯 佔大半。

## 13 | だいぶぶん【大部分】

(名・副) 大部分，多半

例 出席者の大部分が賛成する。

譯 大部分的出席者都贊成。

## 14 | たっする【達する】

(他サ・自サ) 到達；精通，通過；完成，
達成；實現；下達（指示、通知等）

例 義援金が 200 億円に達する。

譯 捐款達二百億日圓。

## 15 | たんすう【単数】

(名) （數）單數，（語）單數

例 一人は単数である。

譯 一個人是單數。

## 16 | ちょうか【超過】

(名・自サ) 超過

例 時間を超過する。

譯 超過時間。

## 17 | とおり【通り】

(接尾) 種類；套，組

例 方法は二通りある。

譯 辦法有兩種。

## 18 | なかば【半ば】

(名・副) 一半，半數；中間，中央；半途；
（大約）一半，一半（左右）

例 半ばの月を眺める。

譯 眺望仲秋之月。

## 19 | なし【無し】

(名) 無，沒有

例 何も言うことなし。

譯 無話可說。

## 20 | なんびゃく【何百】

(名) （數量）上百

例 蚊が何百匹もいる。

譯 有上百隻的蚊子。

## 21 | ひと【一】

(接頭) 一個；一回；稍微；以前

例 一勝負しようぜ。

譯 比賽一回吧！

## 22 | ひとしい【等しい】

(形)（性質、數量、狀態、條件等）相等的，
一樣的；相似的

例 A は B に等しい。

譯 A等於B。

## 23 | ひとすじ【一筋】

(名) 一條，一根；（常用「一筋に」）一
心一意，一個勁兒

例 一筋の光が差し込む。

譯 一道曙光照射進來。

## 24 | ひととおり【一通り】

(副) 大概，大略；(下接否定)普通，一般；
一套；全部

(例) 一通り読む。

(譯) 略讀。

## 25 | ひょうじゅん【標準】

(名) 標準，水準，基準

(例) 標準的なサイズが1番売れる。

(譯) 一般的尺寸賣最好。

## 26 | ぶ【分】

(名・接尾) (優劣的)形勢，(有利的)程度；
厚度；十分之一；百分之一

(例) 二割三分の手数料がかかる。

(譯) 要23%的手續費。

## 27 | ふくすう【複数】

(名) 複數

(例) 複数形がない。

(譯) 沒有複數形。

## 28 | ほぼ【略・粗】

(副) 大約，大致，大概

(例) 仕事がほぼ完成した。

(譯) 工作大略完成了。

## 29 | まいすう【枚数】

(名) (紙、衣、版等薄物)張數，件數

(例) 枚数を数える。

(譯) 數張數。

## 30 | まれ【稀】

(形動) 稀少，稀奇，希罕

(例) 稀なでき事だ。

(譯) 罕見的事。

## 31 | メーター【meter】

(名) 米，公尺；儀表，測量器

(例) 水道のメーターが回っている。

(譯) 自來水錶運轉著。

## 32 | めやす【目安】

(名) (大致的)目標，大致的推測，基準；
標示

(例) 目安を立てる。

(譯) 確定標準。

## 33 | もっとも【最も】

(副) 最，頂

(例) 世界で最も高い山。

(譯) 世界最高的山。

## 34 | やく【約】

(名・副・漢造) 約定，商定；縮寫，略語；
大約，大概；簡約，節約

(例) 約10キロ走った。

(譯) 跑了大約十公里。

## 35 | よび【予備】

(名) 預備，準備

(例) 予備の電池を買う。

(譯) 買預備電池。

## 20-2 計算 /
計算

### 01 ｜えんしゅう【円周】

(名) (數)圓周

例 円周率を求める。

譯 計算出圓周率。

### 02 ｜かくりつ【確率】

(名) 機率，概率

例 確率が高い。

譯 機率高。

### 03 ｜かげん【加減】

(名・他サ) 加法與減法；調整，斟酌；程度，狀態；(天氣等)影響；身體狀況

例 手加減がわからない。

譯 不知道斟酌力道。

### 04 ｜かじょう【過剰】

(名・形動) 過剩，過量

例 過剰な反応が起こる。

譯 發生過度的反應。

### 05 ｜くわわる【加わる】

(自五) 加上，添上

例 新しい要素が加わる。

譯 增添新的因素。

### 06 ｜げきぞう【激増】

(名・自サ) 激增，劇增

例 人口が激増する。

譯 人口激增。

### 07 ｜ごうけい【合計】

(名・他サ) 共計，合計，總計

例 合計を求める。

譯 算出總計。

### 08 ｜ぞうか【増加】

(名・自他サ) 增加，增多，增進

例 人口が増加する。

譯 人口增加。

### 09 ｜ぞうげん【増減】

(名・自他サ) 增減，增加

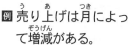

例 売り上げは月によって増減がある。

譯 銷售因月份有所增減。

### 10 ｜とうけい【統計】

(名・他サ) 統計

例 統計を出す。

譯 做出統計數字。

### 11 ｜ぴたり

(副) 突然停止；緊貼地，緊緊地；正好，正合適，正對

例 計算がぴたりと合う。

譯 計算的數字正確。

### 12 ｜ほうていしき【方程式】

(名) (數學)方程式

例 方程式を解く。

譯 解方程式。

### 13 ｜まし

(名・形動) 增，增加；勝過，強

例 一割増になる。
譯 增加一成。

## 14 | りつ【率】

名 率，比率，成數；有力或報酬等的
程度
例 能率を上げる。
譯 提高效率。

## 15 | わる【割る】

他五 打，劈開；用除法計算
例 6を2で割る。
譯 6除以2。

N2 ● 20-3

## 20-3 量 /
量、容量

## 01 | あまる【余る】

自五 剩餘；超過，過分，承擔不了
例 目に余る。
譯 令人看不下去。

## 02 | ある【或る】

連體 (動詞「あり」的連體形轉變，表
示不明確、不肯定)某，有
例 ある程度の時間がかかる。
譯 要花費某種程度上的時間。

## 03 | ある【有る・在る】

自五 有；持有，具有；舉行，發生；有過；在
例 二度あることは三度ある。
譯 禍不單行。

## 04 | いく【幾】

接頭 表數量不定，幾，多少，如「幾
日」(幾天)；表數量、程度很大，如「幾
千万」(幾千萬)
例 幾千万の星を見上げた。
譯 抬頭仰望幾千萬星星。

## 05 | いくぶん【幾分】

副・名 一點，少許，多少；(分成)幾分；
(分成幾分中的)一部分
例 寒さがいくぶん和らいだ。
譯 寒氣緩和了一些。

## 06 | いってい【一定】

名・自他サ 一定；規定，固定
例 一定の収入が保証される。
譯 保證有一定程度的收入。

## 07 | うんと

副 多，大大地；用力，
使勁地
例 うんと殴る。
譯 狠揍。

## 08 | おお【大】

造語 (形狀、數量)大，多；(程度)非常，
很；大體，大概
例 大騒ぎになっている。
譯 變成大混亂的局面。

## 09 | おおいに【大いに】

副 很，頗，大大地，非常地
例 大いに感謝している。
譯 非常感謝。

## 10 | おもに【主に】

副 主要，重要；(轉)大部分，多半

例 バイクを主に取り扱う。

譯 以機車為重點處理。

## 11 | かはんすう【過半数】

名 過半數，半數以上

例 過半数に達する。

譯 超過半數。

## 12 | きょだい【巨大】

形動 巨大，雄偉

例 巨大な船が浮かんでいる。

譯 巨大的船漂浮著。

## 13 | げんど【限度】

名 限度，界限

例 限度を超える。

譯 超過限度。

## 14 | すべて【全て】

名・副 全部，一切，通通；總計，共計

例 全てを語る。

譯 說出一切詳情。

## 15 | たしょう【多少】

名・副 多少，多寡；一點，稍微

例 多少の貯金はある。

譯 有一點積蓄。

## 16 | だらけ

接尾 (接名詞後)滿，淨，全；多，很多

例 借金だらけになる。

譯 一身債務。

## 17 | たりょう【多量】

名・形動 大量

例 多量の出血を防ぐ。

譯 預防大量出血。

## 18 | たる【足る】

自五 足夠，充足；值得，滿足

例 読むに足りない本。

譯 不值得看的書。

## 19 | だん【段】

名・形名 層，格，節；(印刷品的)排，段；樓梯；文章的段落

例 段差がある。

譯 有高低落差。

## 20 | ちゅう【中】

名・接尾・漢造 中央，當中；中間；中等；…之中；正在…當中

例 中ジョッキを持つ。

譯 手拿中杯。

## 21 | ていいん【定員】

名 (機關、團體的)編制的名額；(車輛的)定員，規定的人數

例 定員に達する。

譯 達到規定人數。

## 22 | どっと

副 (許多人)一齊(突然發聲)，哄堂；(人、物)湧來，雲集；(突然)病重，病倒

例 人がどっと押し寄せる。

譯 人群湧至。

## 23 | ばくだい【莫大】

(名・形動) 莫大，無尚，龐大

例 莫大な損失を被った。

譯 遭受莫大的損失。

## 24 | ぶん【分】

(名・漢造) 部分；份；本分；地位

例 これはあなたの分です。

譯 這是你的份。

## 25 | ぶんりょう【分量】

(名) 分量，重量，數量

例 分量が足りない。

譯 份量不足。

## 26 | ぼうだい【膨大】

(名・形動) 龐大的，臃腫的，膨脹

例 膨大な予算をかける。

譯 花費龐大的預算。

## 27 | ほうふ【豊富】

(形動) 豐富

例 天然資源が豊富な国だ。

譯 擁有豐富天然資源的國家。

## 28 | みまん【未満】

(接尾) 未滿，不足

例 二十歳未満の少年がいる。

譯 有未滿二十歲的少年。

## 29 | ゆいいつ【唯一】

(名) 唯一，獨一

例 唯一無二の友がいた。

譯 有獨一無二的朋友。

## 30 | よけい【余計】

(形動・副) 多餘的，無用的，用不著的；過多的；更多，格外，更加，越發

例 余計な事をするな。

譯 別多管閒事。

## 31 | よぶん【余分】

(名・形動) 剩餘，多餘的；超量的，額外的

例 人より余分に働く。

譯 比別人格外辛勤。

## 32 | りょう【量】

(名・漢造) 數量，份量，重量；推量；器量

例 量をはかる。

譯 測數量。

## 33 | わずか【僅か】

(副・形動)（數量、程度、價值、時間等）很少，僅僅；一點也（後加否定）

例 わずかにずれる。

譯 稍稍偏離。

N2 ● 20-4

# 20-4 長さ、広さ、重さなど /
長度、面積、重量等

## 01 | いちぶ【一部】

(名) 一部分，（書籍、印刷物等）一冊，一份，一套

例 一部始終を話す。

譯 述說(不好的)事情來龍去脈。

## 02 | おもたい【重たい】

(形)（份量）重的，沉的；心情沉重

例 重たい荷物を持つ。

譯 抬帶沈重的行李。

## 03 ｜かんかく【間隔】

名 間隔，距離
例 間隔を取る。
譯 保持距離。

## 04 ｜さ【差】

名 差別，區別，差異；差額，差數
例 差が著しい。
譯 差別明顯。

## 05 ｜じゅうりょう【重量】

名 重量，分量；沈重，有份量
例 重量を測る。
譯 秤重。

## 06 ｜しょう【小】

名 小(型)，(尺寸，體積)小的；小月；謙稱
例 大は小を兼ねる。
譯 大能兼小。

## 07 ｜すいちょく【垂直】

名・形動 (數)垂直；(與地心)垂直
例 垂直に立てる。
譯 垂直站立。

## 08 ｜すんぽう【寸法】

名 長短，尺寸；(預定的)計畫，順序，步驟；情況
例 寸法を測る。
譯 量尺寸。

## 09 ｜そくりょう【測量】

名・他サ 測量，測繪

例 土地を測量する。
譯 測量土地。

## 10 ｜だい【大】

名・漢造 (事物、體積)大的；量多的；優越，好；宏大，大量；宏偉，超群
例 1月は大の月だ。
譯 一月是大月。

## 11 ｜だいしょう【大小】

名 (尺寸)大小；大和小
例 大小にかかわらず。
譯 不論大小。

## 12 ｜たいせき【体積】

名 (數)體積，容積
例 体積を測る。
譯 測量體積。

## 13 ｜たば【束】

名 把，捆
例 束を作る。
譯 打成一捆。

## 14 ｜ちょう【長】

名・漢造 長，首領；長輩；長處
例 長幼の別をわきまえる。
譯 懂得長幼有序。

## 15 ｜ちょうたん【長短】

名 長和短；長度；優缺點，長處和短處；多和不足
例 長短を計る。
譯 測量長短。

## 16 ┃ちょっけい【直径】

㊑ (數)直徑

例 円の直径が 4 である。

譯 圓形直徑有 4。

---

## 17 ┃とうぶん【等分】

(名・他サ) 等分，均分；相等的份量

例 3 等分する。

譯 分成三等分。

---

## 18 ┃はんけい【半径】

㊑ 半徑

例 半径 5 センチの円になる。

譯 成為半徑 5 公分的圓。

---

## 19 ┃めんせき【面積】

㊑ 面積

例 面積を測る。

譯 測量面積。

---

## 20 ┃ようせき【容積】

㊑ 容積，容量，體積

例 容積が小さい。

譯 容量很小。

---

## 21 ┃リットル【liter】

㊑ 升，公升

例 1 リットルの牛乳がスーパーで並んでいる。

譯 一公升的牛奶擺在超市裡。

## 01 ┃かいすう【回数】

㊑ 次數，回數

例 回数を重ねる。

譯 三番五次。

---

## 02 ┃かさなる【重なる】

(自五) 重疊，重複；(事情、日子)趕在一起

例 用事が重なる。

譯 很多事情趕在一起。

---

## 03 ┃きゅう【級】

(名・漢造) 等級，階段；班級，年級；頭

例 英検 1 級に合格する。

譯 英檢一級合格。

---

## 04 ┃こうしゃ【後者】

㊑ 後來的人；(兩者中的)後者

例 後者が特に重要だ。

譯 後者特別重要。

---

## 05 ┃こんかい【今回】

㊑ 這回，這次，此番

例 今回が 2 回目です。

譯 這次是第二次。

---

## 06 ┃さい【再】

(漢造) 再，又一次

例 再チャレンジする。

譯 再挑戰一次。

## 07 | さいさん【再三】

副 屢次，再三

例 再三注意する。
さいさんちゅう い

譯 屢次叮嚀。

## 08 | しばしば

副 常常，每每，屢次，再三

例 しばしば起こる。
お

譯 屢次發生。

## 09 | じゅう【重】

接尾 （助數詞用法）層，重

例 五重の塔に登る。
ごじゅう とう のぼ

譯 登上五重塔。

## 10 | じゅんじゅん【順々】

副 按順序，依次；一點點，漸漸地，逐漸

例 順々に席を立つ。
じゅんじゅん せき た

譯 依序離開座位。

## 11 | じゅんじょ【順序】

名 順序，次序，先後；手續，過程，經過

例 順序が違う。
じゅんじょ ちが

譯 次序不對。

## 12 | ぜんしゃ【前者】

名 前者

例 前者を選ぶ。
ぜんしゃ えら

譯 選擇前者。

## 13 | ぞくぞく【続々】

副 連續，紛紛，連續不斷地

例 続々と入場する。
ぞくぞく にゅうじょう

譯 紛紛入場。

## 14 | だい【第】

漢造 順序；考試及格，錄取；住宅，宅邸

例 第五回大会を開催する。
だい ご かいたいかい かいさい

譯 召開第五次大會。

## 15 | たび【度】

名・接尾 次，回，度；（反覆）每當，每次；（接數詞後）回，次

例 この度はおめでとう。
たび

譯 這次向你祝賀。

## 16 | たびたび【度々】

副 屢次，常常，再三

例 たびたびの警告も無視された。
けいこく むし

譯 多次的警告都被忽視。

## 17 | ダブる

自五 重複；撞期

例 おもかげがダブる。

譯 雙影。

## 18 | つぐ【次ぐ】

自五 緊接著，繼…之後；次於，並於

例 不幸に次ぐ不幸に見舞われた。
ふ こう つ ふ こう み ま

譯 遭逢接二連三的不幸。

## 19 | ばんめ【番目】

接尾 （助數詞用法，計算事物順序的單位）第

例 四番目の姉が来られない。
よんばん め あね こ

譯 四姉無法來。

## 20 | ひっくりかえす【引っくり返す】

他五 推倒，弄倒，碰倒；顛倒過來；推翻，否決

例 順序を引っ繰り返す。
譯 順序弄反了。

## 21 ｜まいど【毎度】
(名) 曾經，常常，屢次；每次
例 毎度ありがとうございます。
譯 屢蒙關照，萬分感謝。

## 22 ｜やたらに
(形動・副) 胡亂的，隨便的，任意的，馬虎的；過份，非常，大膽
例 やたらに金を使う。
譯 胡亂花錢。

## 20-6 図形、模様、色彩 ／
圖形、花紋、色彩

## 01 ｜あおじろい【青白い】
(形) (臉色)蒼白的；青白色的
例 青白い月の光が射す。
譯 映照著青白色的月光。

## 02 ｜えん【円】
(名) (幾何)圓，圓形；(明治後日本貨幣單位)日元
例 円を描く。
譯 畫圓。

## 03 ｜かくど【角度】
(名) (數學)角度；(觀察事物的)立場
例 あらゆる角度から分析する。
譯 從各種角度來分析。

## 04 ｜かっこ【括弧】
(名) 括號；括起來

例 括弧でくくる。
譯 括在括弧裡。

## 05 ｜がら【柄】
(名・接尾) 身材；花紋，花樣；性格，人品，身分；表示性格，身分，適合性
例 柄に合わない。
譯 不合身分。

## 06 ｜カラー【color】
(名) 色，彩色；(繪畫用)顏料
例 カラーコピーをとる。
譯 彩色影印。

## 07 ｜きごう【記号】
(名) 符號，記號
例 記号をつける。
譯 標上記號。

## 08 ｜きゅう【球】
(名・漢造) 球；(數)球體，球形
例 球の体積を求める。
譯 解出球的體積。

## 09 ｜きょくせん【曲線】
(名) 曲線
例 曲線を描く。
譯 畫曲線。

## 10 ｜ぎん【銀】
(名) 銀，白銀；銀色
例 銀の世界が広がる。
譯 展現一片銀白的雪景。

**11 ｜グラフ【graph】**

㊔ 圖表，圖解，座標圖；畫報

例 グラフを書く。

譯 畫圖表。

**12 ｜けい【形・型】**

(漢造) 型，模型；樣版，典型，模範；樣式；形成，形容

例 模型を作る。

譯 製作模型。

**13 ｜こん【紺】**

㊔ 深藍，深青

例 紺色のズボンがピンク色になった。

譯 深藍色的褲子變成粉紅色的。

**14 ｜しかくい【四角い】**

㊉ 四角的，四方的

例 四角い窓からのぞく。

譯 從四角窗窺視。

**15 ｜ず【図】**

㊔ 圖，圖表；地圖；設計圖；圖畫

例 図で説明する。

譯 用圖説明。

**16 ｜ずけい【図形】**

㊔ 圖形，圖樣；(數)圖形

例 図形を描く。

譯 描繪圖形。

**17 ｜せい【正】**

(名・漢造) 正直；(數)正號；正確，正當；更正，糾正；主要的，正的

例 正三角形でいろんな形を作る。

譯 以正三角形做出各種形狀。

**18 ｜せいほうけい【正方形】**

㊔ 正方形

例 正方形の用紙を使う。

譯 使用正方形的紙張。

**19 ｜たいかくせん【対角線】**

㊔ 對角線

例 対角線を引く。

譯 畫對角線。

**20 ｜だえん【楕円】**

㊔ 橢圓

例 楕円形になる。

譯 成為橢圓形。

**21 ｜ちょうほうけい【長方形】**

㊔ 長方形，矩形

例 長方形の箱が用意されている。

譯 準備了長方形的箱子。

**22 ｜ちょっかく【直角】**

(名・形動) (數)直角

例 直角に曲がる。

譯 彎成直角。

**23 ｜でこぼこ【凸凹】**

(名・自サ) 凹凸不平，坑坑窪窪；不平衡，不均勻

例 でこぼこな地面をならす。

譯 坑坑洞洞的地面整平。

## 24 ｜てんてん【点々】

副 點點，分散在；（液體）點點地，滴滴地往下落

例 点々と滴る。

譯 滴滴答答地滴落下來。

## 25 ｜ひょう【表】

名・漢造 表，表格；奏章；表面，外表；表現；代表；表率

例 表で示す。

譯 用表格標明。

## 26 ｜ましかく【真四角】

名 正方形

例 真四角の机が置いてある。

譯 放著正方形的桌子。

## 27 ｜まっか【真っ赤】

名・形 鮮紅；完全

例 真っ赤になる。

譯 變紅。

## 28 ｜まる【丸】

名・接尾 圓形，球狀；句點；完全

例 丸を書く。

譯 畫圈圈。

## 29 ｜まんまるい【真ん丸い】

形 溜圓，圓溜溜

例 真ん丸い月が出る。

譯 圓月出來了。

## 30 ｜もよう【模様】

名 花紋，圖案；情形，狀況；徵兆，趨勢

例 模様をつける。

譯 描繪圖案。

## 31 ｜よこなが【横長】

名・形動 長方形的，横寬的

例 横長の鞄を背負っている。

譯 背著横長的包包。

## 32 ｜よつかど【四つ角】

名 十字路口；四個犄角

例 四つ角に交番がある。

譯 十字路口有派出所。

## 33 ｜らせん【螺旋】

名 螺旋狀物；螺旋

例 螺旋階段が登りにくい。

譯 螺旋梯難以攀登。

## 34 ｜りょくおうしょく【緑黄色】

名 黃綠色

例 緑黄色野菜を毎日十分取っている。

譯 每天充分攝取黃綠色蔬菜。

## 35 ｜わ【輪】

名 圈，環，箍；環節；車輪

例 輪を描く。

譯 圍成圈子。

## パート 21 教育
第二十一章　- 教育 -

### 21-1 教育、学習 /
教育、學習

**01 ｜がく【学】**

(名・漢造) 學校；知識，學問，學識

例 学がある。

譯 有學問。

**02 ｜がくしゅう【学習】**

(名・他サ) 學習

例 英語を学習する。

譯 學習英文。

**03 ｜がくじゅつ【学術】**

(名) 學術

例 学術雑誌に論文を掲載する。

譯 將論文刊登在學術雜誌上。

**04 ｜がくもん【学問】**

(名・自サ) 學業，學問；科學，學術；見識，知識

例 学問を修める。

譯 求學。

**05 ｜がっかい【学会】**

(名) 學會，學社

例 学会に出席する。

譯 出席學會。

**06 ｜かてい【課程】**

(名) 課程

例 教育課程が重視される。

譯 教育課程深受重視。

**07 ｜きそ【基礎】**

(名) 基石，基礎，根基；地基

例 基礎を固める。

譯 鞏固基礎。

**08 ｜きょうよう【教養】**

(名) 教育，教養，修養；（專業以外的）知識學問

例 教養を身につける。

譯 提高素養。

**09 ｜こうえん【講演】**

(名・自サ) 演説，講演

例 環境問題について講演する。

譯 演講有關環境問題。

**10 ｜さんこう【参考】**

(名・他サ) 參考，借鑑

例 参考になる。

譯 可供參考。

## 11 ｜しくじる

(他五) 失敗，失策；(俗)被解雇

例 試験にしくじる。

譯 考壞了。

## 12 ｜じしゅう【自習】

(名・他サ) 自習，自學

例 家で自習する。

譯 在家自習。

## 13 ｜しぜんかがく【自然科学】

(名) 自然科學

例 自然科学を研究する。

譯 研究自然科學。

## 14 ｜じっけん【実験】

(名・他サ) 實驗，實地試驗；經驗

例 実験が失敗する。

譯 實驗失敗。

## 15 ｜じっしゅう【実習】

(名・他サ) 實習

例 病院で実習する。

譯 在醫院實習。

## 16 ｜しどう【指導】

(名・他サ) 指導；領導，教導

例 指導を受ける。

譯 接受指導。

## 17 ｜しゃかいかがく【社会科学】

(名) 社會科學

例 社会科学を学ぶ。

譯 學習社會科學。

## 18 ｜じょうきゅう【上級】

(名) (層次、水平高的)上級，高級

例 上級になる。

譯 升上高級。

## 19 ｜じょうたつ【上達】

(名・自他サ) (學術、技藝等)進步，長進；上呈，向上傳達

例 上達が見られる。

譯 看出進步。

## 20 ｜しょきゅう【初級】

(名) 初級

例 初級コースを学ぶ。

譯 學習初級課程。

## 21 ｜しょほ【初歩】

(名) 初學，初步，入門

例 初歩から学ぶ。

譯 從入門開始學起。

## 22 ｜じんぶんかがく【人文科学】

(名) 人文科學，文化科學(哲學、語言學、文藝學、歷史學領域)

例 人文科学を学ぶ。

譯 學習人文科學。

## 23 ｜せんこう【専攻】

(名・他サ) 專門研究，專修，專門

例 社会学を専攻する。

譯 專修社會學。

## 24 | たいいく【体育】

名 體育；體育課
例 体育の授業で走る。
譯 在體育課上跑步。

## 25 | てつがく【哲学】

名 哲學；人生觀，世界觀
例 それは僕の哲学だ。
譯 那是我的人生觀。

## 26 | どうとく【道徳】

名 道德
例 道徳に反する。
譯 違反道德。

## 27 | ならう【倣う】

自五 仿效，學
例 先例に倣う。
譯 仿照前例。

## 28 | ほうしん【方針】

名 方針；（羅盤的）磁針
例 方針が定まる。
譯 定下方針。

## 29 | ほけん【保健】

名 保健，保護健康
例 保健体育が始まった。
譯 開始保健體育。

## 30 | まなぶ【学ぶ】

他五 學習；掌握，體會

例 日本語を学ぶ。
譯 學日語。

## 31 | み【身】

名 身體；自身，自己；身分，處境；心，精神；肉；力量，能力
例 身に付く。
譯 掌握要領。

## 21-2 学校 /
學校

## 01 | うらぐち【裏口】

名 後門，便門；走後門
例 裏口入学をさせる。
譯 讓他走後門入學。

## 02 | がっか【学科】

名 科系
例 建築学科を第一志望にする。
譯 以建築系為第一志願。

## 03 | がっき【学期】

名 學期
例 学期末試験を受ける。
譯 考期末考試。

## 04 | キャンパス【campus】

名 （大學）校園，校內
例 大学のキャンパスがある。
譯 有大學校園。

## 05 | きゅうこう【休校】

(名・自サ) 停課
例 地震で休校になる。
譯 因地震而停課。

## 06 | こうか【校歌】

(名) 校歌
例 校歌を歌う。
譯 唱校歌。

## 07 | こうとう【高等】

(名・形動) 高等，上等，高級
例 高等学校を卒業する。
譯 高中畢業。

## 08 | ざいこう【在校】

(名・自サ) 在校
例 在校生代表が祝辞を述べる。
譯 在校生代表致祝賀詞。

## 09 | しつ【室】

(名・漢造) 房屋，房間；(文)夫人，妻室；
家族；窖，洞；鞘
例 職員室を改装した。
譯 改換職員室的裝潢。

## 10 | じつぎ【実技】

(名) 實際操作
例 実技試験で不合格になる。
譯 實際操作測驗不合格。

## 11 | じゅけん【受験】

(名・他サ) 參加考試，應試，投考

例 大学を受験する。
譯 參加大學考試。

## 12 | しりつ【私立】

(名) 私立，私營
例 私立(学校)に進学する。
譯 到私立學校讀書。

## 13 | しんろ【進路】

(名) 前進的道路
例 進路が決まる。
譯 決定出路問題。

## 14 | すいせん【推薦】

(名・他サ) 推薦，舉薦，介紹
例 代表に推薦する。
譯 推薦為代表。

## 15 | スクール【school】

(名・造) 學校；學派；花式滑冰規定動作
例 英会話スクールに通う。
譯 上英語會話課。

## 16 | せいもん【正門】

(名) 大門，正門
例 正門から入る。
譯 從正門進去。

## 17 | ひきだす【引き出す】

(他五) 抽出，拉出；引誘出，誘騙；(從
銀行)提取，提出
例 生徒の能力を引き出す。
譯 引導出學生的能力。

## 18 ｜ふぞく【付属】

(名・自サ) 附屬

例 大学付属小学校に通う。

譯 上大學附屬小學。

## 21-3 学生生活 (1) /
### 學生生活 (1)

## 01 ｜あらわれ【現れ・表れ】

(名) (為「あらわれる」的名詞形)表現；現象；結果

例 努力の現れが結果となっている。

譯 努力所得的結果。

---

## 02 ｜あんき【暗記】

(名・他サ) 記住，背誦，熟記

例 丸暗記を防ぐ。

譯 防止死記硬背。

---

## 03 ｜いいん【委員】

(名) 委員

例 学級委員に選ばれた。

譯 被選為班級幹部。

---

## 04 ｜いっせいに【一斉に】

(副) 一齊，一同

例 一斉に立ち上がる。

譯 一同起立。

---

## 05 ｜うけもつ【受け持つ】

(他五) 擔任，擔當，掌管

例 １年Ａ組を受け持つ。

譯 擔任一年Ａ班的導師。

## 06 ｜えんそく【遠足】

(名・自サ) 遠足，郊遊

例 遠足に行く。

譯 去遠足。

---

## 07 ｜おいつく【追い付く】

(自五) 追上，趕上；達到；來得及

例 成績が追いつく。

譯 追上成績。

---

## 08 ｜おうよう【応用】

(名・他サ) 應用，運用

例 応用がきかない。

譯 無法應用。

---

## 09 ｜か【課】

(名・漢造) (教材的)課；課業；(公司等)科

例 第３課を予習する。

譯 預習第三課。

---

## 10 ｜かいてん【回転】

(名・自サ) 旋轉，轉動，迴轉；轉彎，轉換（方向）；（表次數）周，圈；（資金）週轉

例 頭の回転が速い。

譯 腦筋轉動靈活。

---

## 11 ｜かいとう【解答】

(名・自サ) 解答

例 数学の問題に解答する。

譯 解答數學問題。

## 12 ｜がくねん【学年】

㊺ 學年(度)；年級
例 学年末試験が終了した。
譯 學期末考試結束了。

## 13 ｜がくりょく【学力】

㊺ 學習實力
例 学力が高まる。
譯 提高學習實力。

## 14 ｜かせん【下線】

㊺ 下線，字下畫的線，底線
例 下線を引く。
譯 畫底線。

## 15 ｜がっきゅう【学級】

㊺ 班級，學級
例 学級担任を生かす。
譯 使班導發揮作用。

## 16 ｜かつどう【活動】

（名・自サ） 活動，行動
例 野外行動を行う。
譯 舉辦野外活動。

## 17 ｜かもく【科目】

㊺ 科目，項目；(學校的)學科，課程
例 試験科目が９科目ある。
譯 考試科目有九科。

## 18 ｜きゅうこう【休講】

（名・自サ） 停課

例 授業が休講になる。
譯 停課。

## 19 ｜くみ【組】

㊺ 套，組，隊；班，班級；(黑道)幫
例 組に分ける。
譯 分成組。

## 20 ｜こうてい【校庭】

㊺ 學校的庭園，操場
例 校庭で遊ぶ。
譯 在操場玩。

## 21 ｜サークル【circle】

㊺ 伙伴，小組；周圍，範圍
例 文学のサークルに入った。
譯 參加文學研究社。

## 22 ｜さいてん【採点】

（名・他サ） 評分數
例 採点が甘い。
譯 給分寬鬆。

## 23 ｜さわがしい【騒がしい】

㊛ 吵鬧的，吵雜的，喧鬧的；(社會輿論)
議論紛紛的，動盪不安的
例 教室が騒がしい。
譯 教室吵雜。

## 24 ｜しいんと

（副・自サ） 安靜，肅靜，平靜，寂靜
例 教室がシーンとなる。
譯 教室安靜無聲。

## 25 ｜じかんわり【時間割】

名 時間表

例 時間割を組む。

譯 安排課表。

## 26 ｜しゅうかい【集会】

名・自サ 集會

例 集会を開く。

譯 舉行集會。

## 27 ｜しゅうごう【集合】

名・自他サ 集合；群體，集群；(數)集合

例 9時に集合する。

譯 九點集合。

## 28 ｜しゅうだん【集団】

名 集體，集團

例 集団生活になじめない。

譯 無法習慣集體生活。

## 29 ｜しょう【賞】

名・漢造 獎賞，獎品，獎金；欣賞

例 賞を受ける。

譯 獲獎。

## 30 ｜せいしょ【清書】

名・他サ 謄寫清楚，抄寫清楚

例 ノートを清書する。

譯 抄寫筆記。

## 21-3 学生生活 (2) ／
### 學生生活(2)

## 31 ｜せいせき【成績】

名 成績，效果，成果

例 成績が上がる。

譯 成績進步。

## 32 ｜ゼミ【seminar】

名 (跟著大學裡教授的指導)課堂討論；研究小組，研究班

例 ゼミの論文が掲載された。

譯 登載研究小組的論文。

## 33 ｜ぜんいん【全員】

名 全體人員

例 全員参加する。

譯 全體人員都參加。

## 34 ｜せんたく【選択】

名・他サ 選擇，挑選

例 選択に迷う。

譯 不知選哪個好。

## 35 ｜そつぎょうしょうしょ【卒業証書】

名 畢業證書

例 卒業証書を受け取る。

譯 領取畢業證書。

## 36 ｜たんい【単位】

名 學分；單位

例 単位を取る。

譯 取得學分。

### 37 | ちゅうたい【中退】

(名・自サ) 中途退學

例 大学を中退する。

譯 大學中輟。

### 38 | つうがく【通学】

(名・自サ) 上學

例 電車で通学する。

譯 搭電車上學。

### 39 | とい【問い】

(名) 問，詢問，提問；問題

例 問いに答える。

譯 回答問題。

### 40 | とうあん【答案】

(名) 試卷，卷子

例 答案を出す。

譯 交卷。

### 41 | とうばん【当番】

(名・自サ) 值班(的人)

例 当番が回ってくる。

譯 輪到值班。

### 42 | としょしつ【図書室】

(名) 閱覽室

例 図書室で宿題をする。

譯 在閱覽室做功課。

### 43 | とりだす【取り出す】

(他五) (用手從裡面)取出，拿出；(從許多東西中)挑出，抽出

例 かばんからノートを取り出す。

譯 從包包裡拿出筆記本。

### 44 | パス【pass】

(名・自サ) 免票，免費；定期票，月票；合格，通過

例 試験にパスする。

譯 通過測驗。

### 45 | ばつ

(名) (表否定的)叉號

例 ばつを付ける。

譯 打叉。

### 46 | ひっき【筆記】

(名・他サ) 筆記；記筆記

例 講義を筆記する。

譯 做講義的筆記。

### 47 | ひっきしけん【筆記試験】

(名) 筆試

例 筆記試験を受ける。

譯 參加筆試。

### 48 | ふゆやすみ【冬休み】

(名) 寒假

例 冬休みは短い。

譯 寒假很短。

**49 | まんてん【満点】**

[名] 滿分；最好，完美無缺，登峰造極

[例] 満点(まんてん)を取(と)る。

[譯] 取得滿分。

**50 | みなおす【見直す】**

[自他五] (見)起色，(病情)轉好；重看，重新看；重新評估，重新認識

[例] 答案(とうあん)を見直(みなお)す。

[譯] 把答案再檢查一次。

**51 | やくわり【役割】**

[名] 分配任務(的人)；(分配的)任務，角色，作用

[例] 役割(やくわり)を決(き)める。

[譯] 決定角色。

**52 | らん【欄】**

[名・漢造] (表格等)欄目；欄杆；(書籍、刊物、版報等的)專欄

[例] 欄(らん)に記入(きにゅう)する。

[譯] 寫入欄內。

**53 | れいてん【零点】**

[名] 零分；毫無價值，不夠格；零度，冰點

[例] 零点(れいてん)を取(と)る。

[譯] 得到零分。

## Memo

# パート 22 第二十二章

# 行事、一生の出来事

- 儀式活動、一輩子會遇到的事情 -

## 01 ｜ぎしき【儀式】 N2●22

(名) 儀式，典禮
例 儀式を行う。
譯 舉行儀式。

## 02 ｜きちょう【貴重】

(形動) 貴重，寶貴，珍貴
例 貴重な体験ができた。
譯 得到寶貴的經驗。

## 03 ｜きねん【記念】

(名・他サ) 紀念
例 記念品をもらう。
譯 收到紀念品。

## 04 ｜きねんしゃしん【記念写真】

(名) 紀念照
例 七五三の記念写真を撮る。
譯 拍攝七五三的紀念照。

## 05 ｜ぎょうじ【行事】

(名) (按慣例舉行的)儀式，活動
例 行事を行う。
譯 舉行儀式。

## 06 ｜さいじつ【祭日】

(名) 節日；日本神社祭祀日；宮中舉行重要祭祀活動日；祭靈日

例 日曜祭日は会社が休み。
譯 節假日公司休息。

## 07 ｜しき【式】

(名・漢造) 儀式，典禮，(特指)婚禮；方式；樣式，類型，風格；做法；算式，公式
例 式を挙げる。
譯 舉行儀式(婚禮)。

## 08 ｜しきたり

(名) 慣例，常規，成規，老規矩
例 古い仕来りを捨てる。
譯 捨棄古老成規。

## 09 ｜しゅくじつ【祝日】

(名) (政府規定的)節日
例 祝日を祝う。
譯 慶祝國定假日。

## 10 ｜じんせい【人生】

(名) 人的一生；生涯，人的生活
例 人生が変わる。
譯 改變人生。

## 11 ｜そうしき【葬式】

(名) 葬禮
例 葬式を出す。
譯 舉行葬禮。

## 12 | そんぞく【存続】

(名・自他サ) 繼續存在，永存，長存

例 存続を図る。

譯 謀求永存。

## 13 | つく【突く】

(他五) 扎，刺，戳；撞，頂；支撐；冒著，不顧；沖，撲(鼻)；攻擊，打中

例 鐘を突く。

譯 敲鐘。

## 14 | でんとう【伝統】

(名) 傳統

例 伝統を守る。

譯 遵守傳統。

## 15 | はなばなしい【華々しい】

(形) 華麗，豪華；輝煌；壯烈

例 華々しい結婚式が話題になっている。

譯 豪華的婚禮成為話題。

## 16 | ぼん【盆】

(名・漢造) 拖盤，盆子；中元節略語

例 盆が来る。

譯 盂蘭盆會要到來。

## 17 | めでたい【目出度い】

(形) 可喜可賀，喜慶的；順利，幸運，圓滿；頭腦簡單，傻氣，表恭喜慶祝

例 めでたく入学する。

譯 順利地入學。

# Memo

_____ _____

_____ _____

_____ _____

_____ _____

_____ _____

# パート
# 23
## 第二十三章

# 道具
- 工具 -

## 23-1 道具 (1) /
工具 (1)

### 01 | あつかう【扱う】

(他五) 操作，使用；對待，待遇；調停，仲裁

例 大切に扱う。

譯 認真的對待。

### 02 | あらい【粗い】

(形) 大；粗糙

例 目の粗い籠を使う。

譯 使用縫大的簍子。

### 03 | かたな【刀】

(名) 刀的總稱

例 腰に刀を差す。

譯 刀插在腰間。

### 04 | かね【鐘】

(名) 鐘，吊鐘

例 鐘をつく。

譯 敲鐘。

### 05 | かみくず【紙くず】

(名) 廢紙，沒用的紙

例 紙くずを拾う。

譯 撿廢紙。

### 06 | かみそり【剃刀】

(名) 剃刀，刮鬍刀；頭腦敏鋭（的人）

例 剃刀でひげをそる。

譯 用剃刀刮鬍子。

### 07 | かんでんち【乾電池】

(名) 乾電池

例 乾電池を入れ換える。

譯 換電池。

### 08 | かんむり【冠】

(名) 冠，冠冕；字頭，字蓋；有點生氣

例 草かんむりになっている。

譯 為草字頭。

### 09 | きかい【器械】

(名) 機械，機器

例 医療器械を開発する。

譯 開發醫療器械。

### 10 | きぐ【器具】

(名) 器具，用具，器械

例 器具を使う。

譯 使用工具。

## 11 | くさり【鎖】

名 鎖鏈，鎖條；連結，聯繫；(喻)段，段落

例 鎖につなぐ。

譯 拴在鎖鏈上。

## 12 | くだ【管】

名 細長的筒，管

例 管を通す。

譯 疏通管子。

## 13 | くちべに【口紅】

名 口紅，唇膏

例 口紅をつける。

譯 擦口紅。

## 14 | くるむ【包む】

他五 包，裹

例 風呂敷でくるむ。

譯 以方巾包覆。

## 15 | コード【cord】

名 (電) 軟線

例 テレビのコードを差し込む。

譯 插入電視的電線。

## 16 | こうすい【香水】

名 香水

例 香水をつける。

譯 擦香水。

## 17 | こと【琴】

名 古琴，箏

例 琴を習う。

譯 學琴。

## 18 | コレクション【collection】

名 蒐集，收藏；收藏品

例 切手のコレクションを趣味とする。

譯 以郵票收藏做為嗜好。

## 19 | コンセント【consent】

名 電線插座

例 コンセントを差す。

譯 插插座。

## 20 | シーツ【sheet】

名 床單

例 シーツを洗う。

譯 洗床單。

## 21 | じしゃく【磁石】

名 磁鐵；指南針

例 磁石で紙を固定する。

譯 用磁鐵固定紙張。

## 22 | じゃぐち【蛇口】

名 水龍頭

例 蛇口をひねる。

譯 轉開水龍頭。

## 23 | じゅう【銃】

名・漢造 槍，槍形物；有槍作用的物品

例 銃を撃つ。

譯 開槍。

## 24 ｜すず【鈴】

⊛ 鈴鐺，鈴

例 鈴が鳴る。

譯 鈴響。

## 25 ｜せん【栓】

⊛ 栓，塞子；閥門，龍頭，開關；阻塞物

例 栓を抜く。

譯 拔起塞子。

## 26 ｜せんす【扇子】

⊛ 扇子

例 扇子であおぐ。

譯 用扇子搧風。

## 27 ｜ぞうきん【雑巾】

⊛ 抹布

例 雑巾で拭く。

譯 用抹布擦拭。

## 28 ｜タイプライター【typewriter】

⊛ 打字機

例 タイプライターで印字する。

譯 用打字機打字。

## 29 ｜タイヤ【tire】

⊛ 輪胎

例 タイヤがパンクする。

譯 輪胎爆胎。

## 30 ｜ためし【試し】

⊛ 嘗試，試驗；驗算

例 試しに使ってみる。

譯 試用看看。

## 23-1 道具 (2) /
工具 (2)

## 31 ｜ちゅうこ【中古】

⊛ (歷史)中古(日本一般是指平安時代，或包含鎌倉時代)；半新不舊

例 中古のカメラが並んでいる。

譯 陣列半新的照相機。

## 32 ｜ちゅうせい【中性】

⊛ (化學)非鹼非酸，中性；(特徵)不男不女，中性；(語法)中性詞

例 中性洗剤がおすすめ。

譯 推薦中性洗滌劑。

## 33 ｜ちょうせつ【調節】

⊛ (名・他サ) 調節，調整

例 調節ができる。

譯 可以調節。

## 34 ｜ちりがみ【ちり紙】

⊛ 衛生紙；粗草紙

例 ちり紙で拭く。

譯 用衛生紙擦拭。

## 35 ｜つな【綱】

⊛ 粗繩，繩索，纜繩；命脈，依靠，保障

例 命綱が２本付いている。

譯 附有兩條救命繩。

## 36 ｜トイレットペーパー【toilet paper】

名 衛生紙，廁紙

例 トイレットペーパーがない。

譯 沒有衛生紙。

## 37 ｜なわ【縄】

名 繩子，繩索

例 縄にかかる。

譯 （犯人）被捕，落網。

## 38 ｜にちようひん【日用品】

名 日用品

例 日用品を揃える。

譯 備齊了日用品。

## 39 ｜ねじ

名 螺絲，螺釘

例 ねじが緩む。

譯 螺絲鬆動；精神鬆懈。

## 40 ｜パイプ【pipe】

名 管，導管；煙斗；煙嘴；管樂器

例 パイプが詰まる。

譯 管子堵塞。

## 41 ｜はぐるま【歯車】

名 齒輪

例 歯車がかみ合う。

譯 齒輪咬合；協調。

## 42 ｜バケツ【bucket】

名 木桶

例 バケツに水を入れる。

譯 把水裝入木桶裡。

## 43 ｜はしご

名 梯子；挨家挨戶

例 はしごを上る。

譯 爬梯子。

## 44 ｜ばね

名 彈簧，發條；（腰、腿的）彈力，彈跳力

例 ばねがきく。

譯 有彈性。

## 45 ｜はり【針】

名 縫衣針；針狀物；（動植物的）針，刺

例 針に糸を通す。

譯 把線穿過針頭。

## 46 ｜はりがね【針金】

名 金屬絲，（鉛、銅、鋼）線；電線

例 針金細工が素晴らしい。

譯 金屬絲工藝品真別緻。

## 47 ｜ひつじゅひん【必需品】

名 必需品，日常必須用品

例 生活必需品を詰める。

譯 塞滿生活必需品。

## 48 ｜ピン【pin】

名 大頭針，別針；（機）拴，樞

例 ピンで止める。

譯 用大頭針釘住。

### 49 ｜ふえ【笛】

⒜ 横笛；哨子

例 笛が鳴る。

訳 笛聲響起。

### 50 ｜ブラシ【brush】

⒜ 刷子

例 ブラシを掛ける。

訳 用刷子刷。

### 51 ｜ふろしき【風呂敷】

⒜ 包巾

例 風呂敷を広げる。

訳 打開包袱。

### 52 ｜ぼう【棒】

(名・漢造) 棒，棍子；(音樂)指揮；(畫的)直線，粗線

例 足を棒にする。

訳 腳痠得硬邦邦的。

### 53 ｜ほうき【箒】

⒜ 掃帚

例 箒で掃く。

訳 用掃帚打掃。

### 54 ｜マスク【mask】

⒜ 面罩，假面；防護面具；口罩；防毒面具；面相，面貌

例 マスクを掛ける。

訳 戴口罩。

### 55 ｜めざまし【目覚まし】

⒜ 叫醒，喚醒；小孩睡醒後的點心；醒後為打起精神吃東西；鬧鐘

例 目覚ましをセットする。

訳 設定鬧鐘。

### 56 ｜めざましどけい【目覚まし時計】

⒜ 鬧鐘

例 目覚まし時計を掛ける。

訳 設定鬧鐘。

### 57 ｜めん【面】

(名・接尾・漢造) 臉，面；面具，假面；防護面具；用以計算平面的東西；會面

例 面をかぶる。

訳 戴上面具。

### 58 ｜モーター【motor】

⒜ 發動機；電動機；馬達

例 モーターを動かす。

訳 開動電動機。

### 59 ｜ようと【用途】

⒜ 用途，用處

例 用途が広い。

訳 用途廣泛。

### 60 ｜ろうそく【蠟燭】

⒜ 蠟燭

例 蠟燭を吹き消す。

訳 吹滅蠟燭。

## 23-2 家具、工具、文房具 /
傢俱、工作器具、文具

**01 | くぎ【釘】**

[名] 釘子

[例] 釘(くぎ)を刺(さ)す。

[譯] 再三叮嚀。

**02 | くっつける【くっ付ける】**

[他下一] 把…粘上，把…貼上，使靠近

[例] のりでくっ付(つ)ける。

[譯] 用膠水黏上。

**03 | けずる【削る】**

[他五] 削，刨，刮；刪減，削去，削減

[例] 鉛筆(えんぴつ)を削(けず)る。

[譯] 削鉛筆。

**04 | ざぶとん【座布団】**

[名]（舖在席子上的）棉坐墊

[例] 座布団(ざぶとん)を敷(し)く。

[譯] 舖上坐墊。

**05 | シャープペンシル【(和) sharp + pencil】**

[名] 自動鉛筆

[例] シャープペンシルで書(か)く。

[譯] 用自動鉛筆寫。

**06 | しん【芯】**

[名] 蕊；核；枝條的頂芽

[例] 鉛筆(えんぴつ)の芯(しん)が折(お)れる。

[譯] 鉛筆芯斷了。

**07 | すみ【墨】**

[名] 墨；墨汁，墨水；墨狀物；（章魚、烏賊體內的）墨狀物

[例] タコが墨(すみ)を吐(は)く。

[譯] 章魚吐出墨汁。

**08 | そうち【装置】**

[名・他サ] 裝置，配備，安裝；舞台裝置

[例] 暖房(だんぼう)を装置(そうち)する。

[譯] 安裝暖氣。

**09 | そろばん**

[名] 算盤，珠算

[例] そろばんを弾(はじ)く。

[譯] 打算盤；計較個人利益。

**10 | とだな【戸棚】**

[名] 壁櫥，櫃櫥

[例] 戸棚(とだな)から取(と)り出(だ)す。

[譯] 從櫃櫥中拿出。

**11 | のり【糊】**

[名] 膠水，漿糊

[例] 糊(のり)をつける。

[譯] 塗上膠水。

**12 | はんこ**

[名] 印章，印鑑

[例] はんこを押(お)す。

[譯] 蓋章。

## 13 ｜ふで【筆】

名・接尾 毛筆;(用毛筆)寫的字,畫的畫;
(接數詞)表蘸筆次數

例 筆が立つ。

譯 文章寫得好。

## 14 ｜ぶひん【部品】

名 (機械等)零件

例 部品が揃う。

譯 零件齊備。

## 15 ｜ぶんかい【分解】

名・他サ・自サ 拆開,拆卸;(化)分解;
解剖;分析(事物)

例 時計を分解する。

譯 拆開時鐘。

## 16 ｜ペンチ【pinchers】

名 鉗子

例 ペンチを使う。

譯 使用鉗子。

## 17 ｜ほうそう【包装】

名・他サ 包裝,包捆

例 包装紙が新しく変わる。

譯 包裝紙改換新裝。

## 18 ｜ほんばこ【本箱】

名 書箱

例 本箱がもういっぱいだ。

譯 書箱已滿了。

## 19 ｜メモ【memo】

名・他サ 筆記;備忘錄,便條;紀錄

例 メモに書く。

譯 寫在便條上。

### 23-3 計器、容器、入れ物、衛生器具 /
測量儀器、容器、器皿、衛生用具

## 01 ｜いれもの【入れ物】

名 容器,器皿

例 ポテトの入れ物が変わった。

譯 馬鈴薯外裝改變了。

## 02 ｜かご【籠】

名 籠子,筐,籃

例 かごの鳥になる。

譯 成為籠中鳥(喻失去自由的人)。

## 03 ｜から【空】

名 空的;空,假,虛

例 空にする。

譯 騰出;花淨。

## 04 ｜からっぽ【空っぽ】

名・形動 空,空洞無一物

例 頭の中が空っぽだ。

譯 腦袋空空。

## 05 ｜き【器】

名・漢造 有才能,有某種才能的人;器
具,器皿;起作用的,才幹

例 食器を片付ける。

譯 收拾碗筷。

## 06 ｜ぎっしり

**副** （裝或擠的）滿滿的

**例** ぎっしりと詰める。

**譯** 塞滿，排滿。

---

## 07 ｜きんこ【金庫】

**名** 保險櫃；（國家或公共團體的）金融機關，國庫

**例** 金を金庫にしまう。

**譯** 錢收在金庫裡。

---

## 08 ｜ケース【case】

**名** 盒，箱，袋；場合，情形，事例

**例** ケースに入れる。

**譯** 裝入盒裡。

---

## 09 ｜しゅうのう【収納】

**名・他サ** 收納，收藏

**例** 収納スペースが足りない。

**譯** 收納空間不夠用。

---

## 10 ｜つりあう【釣り合う】

**自五** 平衡，均衡；勻稱，相稱

**例** 左右が釣り合う。

**譯** 左右勻稱。

---

## 11 ｜はかり【計り】

**名** 秤，量，計量；份量；限度

**例** 計りをごまかす。

**譯** 偷斤減兩。

---

## 12 ｜はかり【秤】

**名** 秤，天平

---

## ｜

**例** 秤で量る。

**譯** 秤重。

---

## 13 ｜びん【瓶】

**名** 瓶，瓶子

**例** 花瓶に花を挿す。

**譯** 把花插入花瓶。

---

## 14 ｜ものさし【物差し】

**名** 尺；尺度，基準

**例** 物差しにする。

**譯** 作為尺度。

---

## 15 ｜ようき【容器】

**名** 容器

**例** 容器に納める。

**譯** 收進容器。

---

### 23-4 照明、光学機器、音響、情報機器 /
燈光照明、光學儀器、音響、信息器具

---

## 01 ｜あかり【明かり】

**名** 燈，燈火；光，光亮；消除嫌疑的證據，證明清白的證據

**例** 明かりをつける。

**譯** 點燈。

---

## 02 ｜あっしゅく【圧縮】

**名・他サ** 壓縮；（把文章等）縮短

**例** 大きいファイルを圧縮する。

**譯** 壓縮大的檔案。

## 03 | けんびきょう【顕微鏡】

名 顕微鏡

例 顕微鏡で見る。

譯 用電子顯微鏡觀察。

## 04 | しょうめい【照明】

名・他サ 照明，照亮，光亮，燈光；舞台燈光

例 照明の明るい部屋だ。

譯 燈光明亮的房間。

## 05 | スイッチ【switch】

名・他サ 開關；接通電路；(喻)轉換(為另一種事物或方法)

例 スイッチを入れる。

譯 打開開關。

## 06 | スピーカー【speaker】

名 談話者，發言人；揚聲器；喇叭；散播流言的人

例 スピーカーから音声が流れる。

譯 從擴音器中傳出聲音。

## 07 | スライド【slide】

名・自サ 滑動；幻燈機，放映裝置；(棒球)滑進(壘)；按物價指數調整工資

例 スライドに映す。

譯 映在幻燈片上。

## 08 | たちあがる【立ち上がる】

自五 站起，起來；升起，冒起；重振，恢復；著手，開始行動

例 コンピューターが立ち上がる。

譯 電腦開機。

## 09 | ビデオ【video】

名 影像，錄影；錄影機；錄影帶

例 ビデオ化する。

譯 影像化。

## 10 | ふくしゃ【複写】

名・他サ 複印，複製；抄寫，繕寫

例 原稿を複写する。

譯 抄寫原稿。

## 11 | プリント【print】

名・他サ 印刷(品)；油印(講義)；印花，印染

例 楽譜をプリントする。

譯 印刷樂譜。

## 12 | ぼうえんきょう【望遠鏡】

名 望遠鏡

例 望遠鏡で月を見る。

譯 用望遠鏡賞月。

## 13 | レンズ【(荷) lens】

名 (理)透鏡，凹凸鏡片；照相機的鏡頭

例 レンズを磨く。

譯 磨鏡片。

## パート 24 第二十四章 職業、仕事
- 職業、工作 -

### 24-1 仕事、職場 (1) /
工作、職場(1)

**01 ｜いちりゅう【一流】**

(名) 一流，頭等；一個流派；獨特

例 一流になる。

譯 成為第一流。

**02 ｜うちあわせ【打ち合わせ】**

(名・他サ) 事先商量，碰頭

例 打ち合わせをする。

譯 事先商量。

**03 ｜うちあわせる【打ち合わせる】**

(他下一) 使…相碰，(預先)商量

例 出発時間を打ち合わせる。

譯 商量出發時間。

**04 ｜うむ【有無】**

(名) 有無；可否，願意與否

例 欠席者の有無を確かめる。

譯 確認有無缺席者。

**05 ｜えんき【延期】**

(名・他サ) 延期

例 会議を延期する。

譯 會議延期。

**06 ｜おうせつ【応接】**

(名・自サ) 接待，應接

例 客に応接する。

譯 接見客人。

**07 ｜かつりょく【活力】**

(名) 活力，精力

例 活力を与える。

譯 給予活力。

**08 ｜かねる【兼ねる】**

(他下一・接尾) 兼備；不能，無法

例 趣味と実益を兼ねる。

譯 興趣與實利兼具。

**09 ｜きにゅう【記入】**

(名・他サ) 填寫，寫入，記上

例 必要事項を記入する。

譯 記上必要事項。

**10 ｜きばん【基盤】**

(名) 基礎，底座，底子；基岩

例 基盤を固める。

譯 鞏固基礎。

**11 ｜きゅうか【休暇】**

(名) (節假日以外的)休假

例 休暇を取る。
譯 請假。

---

## 12 | きゅうぎょう【休業】

名・自サ 停課

例 都合により本日休業します。
譯 由於私人因素，本日休息。

---

## 13 | きゅうじょ【救助】

名・他サ 救助，搭救，救援，救濟

例 人命救助につながる。
譯 關係到救命問題。

---

## 14 | くみあい【組合】

名 (同業)工會，合作社

例 労働組合がない。
譯 沒有工會。

---

## 15 | けんしゅう【研修】

名・他サ 進修，培訓

例 研修を受ける。
譯 接受培訓。

---

## 16 | こうぞう【構造】

名 構造，結構

例 構造を分析する。
譯 分析結構。

---

## 17 | こうたい【交替】

名・自サ 換班，輪流，替換，輪換

例 当番を交替する。
譯 輪流值班。

---

## 18 | こうどう【行動】

名・自サ 行動，行為

例 行動を起こす。
譯 採取行動。

---

## 19 | こしかけ【腰掛け】

名 凳子；暫時棲身之處，一時落腳處

例 腰掛けＯＬがやっぱり多い。
譯 (婚前)暫時於此工作的女性果然很多。

---

## 20 | ころがる【転がる】

自五 滾動，轉動；倒下，躺下；擺著，放著，有

例 機会が転がる。
譯 機會降臨。

---

N2 24-1(2)

## 24-1 仕事、職場 (2) /
工作、職場(2)

---

## 21 | さいしゅうてき【最終的】

形動 最後

例 最終的にやめることにした。
譯 最後決定不做。

---

## 22 | さいそく【催促】

名・他サ 催促，催討

例 返事を催促する。
譯 催促答覆。

---

## 23 | さぎょう【作業】

名・自サ 工作，操作，作業，勞動

例 作業を進める。
譯 進行作業。

## 24 | しきゅう【至急】

(名・副) 火速，緊急；急速，加速

**例** 至急の用件がございます。

**譯** 有緊急事件。

## 25 | しじ【指示】

(名・他サ) 指示，指點

**例** 指示に従う。

**譯** 聽從指示。

## 26 | じっせき【実績】

(名) 實績，實際成績

**例** 実績が上がる。

**譯** 提高實際成績。

## 27 | じむ【事務】

(名) 事務(多為處理文件、行政等庶務工作)

**例** 事務に追われる。

**譯** 忙於處理事務。

## 28 | しめきる【締切る】

(他五) (期限)屆滿，截止，結束

**例** 今日で締め切る。

**譯** 今日截止。

## 29 | じゅうし【重視】

(名・他サ) 重視，認為重要

**例** 実績を重視する。

**譯** 重視實際成績。

## 30 | しゅっきん【出勤】

(名・自サ) 上班，出勤

**例** 9時に出勤する。

**譯** 九點上班。

## 31 | しゅっちょう【出張】

(名・自サ) 因公前往，出差

**例** 米国に出張する。

**譯** 到美國出差。

## 32 | しよう【使用】

(名・他サ) 使用，利用，用(人)

**例** 会議室を使用する。

**譯** 使用會議室。

## 33 | しょうしゃ【商社】

(名) 商社，貿易商行，貿易公司

**例** 商社に勤める。

**譯** 在貿易公司上班。

## 34 | じんじ【人事】

(名) 人事，人力能做的事；人事(工作)；世間的事，人情世故

**例** 人事異動が行われる。

**譯** 進行人事異動。

## 35 | すぐれる【優れる】

(自下一) (才能、價值等)出色，優越，傑出，精湛；(身體、精神、天氣)好，爽朗，舒暢

**例** 優れた人材を招く。

**譯** 招聘傑出的人才。

## 36 | せいそう【清掃】

(名・他サ) 清掃，打掃

**例** 公園を清掃する。

**譯** 打掃公園。

## 37 | せっせと

副 拼命地，不停的，一個勁兒地，孜孜不倦的

例 せっせと運ぶ。

譯 拼命地搬運。

---

## 38 | そうべつ【送別】

名・自サ 送行，送別

例 同僚の送別会を開く。

譯 幫同事舉辦送別派對。

---

## 39 | そしき【組織】

名・他サ 組織，組成；構造，構成；(生)組織；系統，體系

例 労働組合を組織する。

譯 組織勞動公會。

---

## 40 | たいする【対する】

自サ 面對，面向；對於，關於；對立，相對，對比；對待，招待

例 政治に対する関心が高まる。

譯 提高對政治的關心。

N2 ● 24-1(3)

## 24-1 仕事、職場 (3) /
### 工作、職場 (3)

## 41 | たんとう【担当】

名・他サ 擔任，擔當，擔負

例 担当が決まる。

譯 決定由…負責。

---

## 42 | ちゅうと【中途】

名 中途，半路

例 中途でやめる。

譯 中途放棄。

---

## 43 | ちょうせい【調整】

名・他サ 調整，調節

例 調整を行う。

譯 進行調整。

---

## 44 | つとめ【勤め】

名 工作，職務，差事

例 勤めに出かける。

譯 出門上班。

---

## 45 | つとめる【務める】

他下一 任職，工作；擔任(職務)；扮演(角色)

例 司会役を務める。

譯 擔任司儀。

---

## 46 | つぶれる【潰れる】

自下一 壓壞，壓碎；坍塌，倒塌；倒產，破產；磨損，磨鈍；(耳)聾，(眼)瞎

例 会社が潰れる。

譯 公司破產。

---

## 47 | でいり【出入り】

名・自サ 出入，進出；(因有買賣關係而)常往來；收支；(數量的)出入；糾紛，爭吵

例 出入りがはげしい。

譯 進出頻繁。

## 48 ｜どうりょう【同僚】

(名) 同事，同僚
例 昔の同僚に会った。
譯 遇見以前的同事。

## 49 ｜どくとく【独特】

(名・形動) 獨特
例 独特なやり方である。
譯 是獨特的做法。

## 50 ｜とる【採る】

(他五) 採取，採用，錄取；採集；採光
例 新卒者を採る。
譯 錄取畢業生。

## 51 ｜にがす【逃がす】

(他五) 放掉，放跑；使跑掉，沒抓住；錯過，丟失
例 チャンスを逃がす。
譯 錯失機會。

## 52 ｜にゅうしゃ【入社】

(名・自サ) 進公司工作，入社
例 企業に入社する。
譯 進企業上班。

## 53 ｜のうりつ【能率】

(名) 效率
例 能率を高める。
譯 提高效率。

## 54 ｜はっき【発揮】

(名・他サ) 發揮，施展

例 才能を発揮する。
譯 發揮才能。

## 55 ｜ひとやすみ【一休み】

(名・自サ) 休息一會兒
例 そろそろ一休みしよう。
譯 休息一下吧！

## 56 ｜ぶ【部】

(名・漢造) 部分；部門；冊
例 五つの部に分ける。
譯 分成五個部門。

## 57 ｜ふせい【不正】

(名・形動) 不正當，不正派，非法；壞行為，壞事
例 不正を働く。
譯 做壞事；犯規；違法。

## 58 ｜プラン【plan】

(名) 計畫，方案；設計圖，平面圖；方式
例 プランを立てる。
譯 訂計畫。

## 59 ｜ほうる【放る】

(他五) 抛，扔；中途放棄，棄置不顧，不加理睬
例 仕事を放っておく。
譯 放下工作不做。

## 60 ｜ほんらい【本来】

(名) 本來，天生，原本；按道理，本應

例 本来の使命を忘れた。
<small>ほんらい　しめい　わす</small>

譯 忘了本來的使命。

## 61 | やくめ【役目】

名 責任，任務，使命，職務

例 役目を果たす。
<small>やく め　は</small>

譯 完成任務。

## 62 | やっかい【厄介】

名・形動 麻煩，難為，難應付的；照料，照顧，幫助；寄食，寄宿（的人）

例 厄介な仕事が迫っている。
<small>やっかい　しごと　せま</small>

譯 因麻煩的工作而入困境。

## 63 | やとう【雇う】

他五 雇用

例 船を雇う。
<small>ふね　やと</small>

譯 租船。

## 64 | ようじ【用事】

名（應辦的）事情，工作

例 用事が済んだ。
<small>よう じ　す</small>

譯 事情辦完了。

## 65 | りゅう【流】

名・接尾（表特有的方式、派系）流，流派

例 一流企業に就職する。
<small>いちりゅう き ぎょう　しゅうしょく</small>

譯 在一流企業上班。

## 66 | ろうどう【労働】

名・自サ 勞動，體力勞動，工作；（經）勞動力

例 労働を強制する。
<small>ろうどう　きょうせい</small>

譯 強制勞動。

## 24-2 職業、事業 /
職業、事業

## 01 | がいぶ【外部】

名 外面，外部

例 外部に漏らす。
<small>がい ぶ　も</small>

譯 洩漏出去。

## 02 | けいび【警備】

名・他サ 警備，戒備

例 警備に当たる。
<small>けい び　あ</small>

譯 負責戒備。

## 03 | しほん【資本】

名 資本

例 資本を増やす。
<small>し ほん　ふ</small>

譯 增資。

## 04 | しょうぎょう【商業】

名 商業

例 商業振興をはかる。
<small>しょうぎょうしんこう</small>

譯 計畫振興商業。

## 05 | しょうぼう【消防】

名 消防；消防隊員，消防車

例 消防士になる。
<small>しょうぼう し</small>

譯 成為消防隊員。

## 06 | しょく【職】

名・漢造 職業，工作；職務；手藝，技能；官署名

例 職に就く。
<small>しょく　つ</small>

譯 就職。

## 07 ｜しょくぎょう【職業】

(名) 職業

例 教師を職業とする。

譯 以教師為職業。

---

## 08 ｜しょくば【職場】

(名) 工作崗位，工作單位

例 職場を守る。

譯 堅守工作崗位。

---

## 09 ｜ちゃんと

(副) 端正地，規矩地；按期，如期；整潔，整齊；完全，老早；的確，確鑿

例 ちゃんとした職業を持っていない。

譯 沒有正當職業。

---

## 10 ｜つまずく【躓く】

(自五) 跌倒，絆倒；(中途遇障礙而)失敗，受挫

例 事業に躓く。

譯 在事業上受挫折。

---

## 11 ｜はってん【発展】

(名・自サ) 擴展，發展；活躍，活動

例 発展が目覚ましい。

譯 發展顯著。

## 24-3 地位 /
地位職稱

---

## 01 ｜い【位】

(漢造) 位；身分，地位；(對人的敬稱)位

例 高い地位に就く。

譯 坐上高位。

---

## 02 ｜しゅうにん【就任】

(名・自サ) 就職，就任

例 社長に就任する。

譯 就任社長。

---

## 03 ｜じゅうやく【重役】

(名) 擔任重要職務的人；重要職位，重任者；(公司的)董事與監事的通稱

例 会社の重役になった。

譯 成為公司董事。

---

## 04 ｜そうとう【相当】

(名・自サ・形動) 相當，適合，相稱；相當於，相等於；值得，應該；過得去，相當好；很，頗

例 能力相当の地位を与える。

譯 授予和能力相稱的地位。

---

## 05 ｜ちい【地位】

(名) 地位，職位，身份，級別

例 地位に就く。

譯 擔任職位。

---

## 06 ｜つく【就く】

(自五) 就位；登上；就職；跟…學習；起程

例 王位に就く。

譯 登上王位。

---

## 07 ｜どうかく【同格】

(名) 同級，同等資格，等級相同；同級的(品牌)；(語法)同格語

例 課長職と同格に扱う。

譯 以課長同等地位看待。

## 08 | とどまる【留まる】

(自五) 停留，停頓；留下，停留；止於，限於

例 現職に留まる。

譯 留職。

## 09 | めいじる・めいずる【命じる・命ずる】

(他上一・他サ) 命令，吩咐；任命，委派；命名

例 局長を命じられる。

譯 被任命為局長。

## 10 | ゆうのう【有能】

(名・形動) 有才能的，能幹的

例 有能な部下に脅威を感じる。

譯 對能幹的部屬頗感威脅。

## 11 | リード【lead】

(名・自他サ) 領導，帶領；(比賽)領先，贏；(新聞報導文章的)內容提要

例 人をリードする。

譯 帶領人。

N2 ● 24-4

## 24-4 家事 / 家務

## 01 | かじ【家事】

(名) 家事，家務；家裡(發生)的事

例 家事の手伝いをする。

譯 幫忙做家務。

## 02 | つかい【使い】

(名) 使用；派去的人；派人出去(買東西、辦事)，跑腿；(迷)(神仙的)侍者；(前接某些名詞)使用的方法，使用的人

例 母親の使いで出かける。

譯 被母親派出去辦事。

## 03 | てま【手間】

(名) (工作所需的)勞力、時間與功夫；(手藝人的)計件工作，工錢

例 手間がかかる。

譯 費工夫，費事。

## 04 | にっか【日課】

(名) (規定好)每天要做的事情，每天習慣的活動；日課

例 日課を書きつける。

譯 寫上每天要做的事情。

## 05 | はく【掃く】

(他五) 掃，打掃；(拿刷子)輕塗

例 道路を掃く。

譯 清掃道路。

## 06 | ほす【干す】

(他五) 曬乾；把(池)水弄乾；乾杯

例 洗濯物を干す。

譯 曬衣服。

# パート 25
## 第二十五章
# 生産、産業
- 生産、産業 -

## 25-1 生産、産業 /
生産、産業

### 01 | オートメーション【automation】
(名) 自動化，自動控制裝置，自動操縱法
例 オートメーションに切り替える。
譯 改為自動化。

### 02 | かんり【管理】
(名・他サ) 管理，管轄；經營，保管
例 品質を管理する。
譯 品質管理。

### 03 | きのう【機能】
(名・自サ) 機能，功能，作用
例 機能を果たす。
譯 發揮作用。

### 04 | けっかん【欠陥】
(名) 缺陷，致命的缺點
例 欠陥商品に悩まされる。
譯 深受瑕疵商品所苦惱。

### 05 | げんさん【原産】
(名) 原産
例 原産地が表示される。
譯 標示原産地。

### 06 | こういん【工員】
(名) 工廠的工人，（產業）工人
例 工員が丁寧に作る。
譯 工人仔細製造。

### 07 | こうば【工場】
(名) 工廠，作坊

例 工場で働く。
譯 在工廠工作。

### 08 | さかり【盛り】
(名・接尾) 最旺盛時期，全盛狀態；壯年；（動物）發情；（接動詞連用形）表正在最盛的時候
例 盛りを過ぎる。
譯 全盛時期已過。

### 09 | じんこう【人工】
(名) 人工，人造
例 人工衛星を打ち上げる。
譯 發射人造衛星。

### 10 | じんぞう【人造】
(名) 人造，人工合成
例 人造湖が出現した。
譯 出現了人造湖。

## 11 ｜ストップ【stop】

名・自他サ 停止，中止；停止信號；(口令)
站住，不得前進，止住；停車站

例 ストップを掛ける。

譯 命令停止。

## 12 ｜せいぞう【製造】

名・他サ 製造，加工

例 紙を製造する。

譯 造紙。

## 13 ｜だいいち【第一】

名・副 第一，第一位，首先；首屈一指
的，首要，最重要

例 安全第一だ。

譯 安全第一。

## 14 ｜ていし【停止】

名・他サ・自サ 禁止，停止；停住，停下；
(事物、動作等)停頓

例 作業を停止する。

譯 停止作業。

## 15 ｜でんし【電子】

名 (理)電子

例 電子オルガンを弾く。

譯 演奏電子琴。

## 16 ｜へる【経る】

自下一 (時間、空間、事物)經過、通過

例 手を経る。

譯 經手。

## 17 ｜みやげ【土産】

名 (贈送他人的)禮品，禮物；(出門帶
回的)土產

例 お土産をもらう。

譯 收到禮品。

N2 ◯ 25-2

## 25-2 農業、漁業、林業 /
農業、漁業、林業

## 01 ｜ぎょぎょう【漁業】

名 漁業，水產業

例 漁業が盛んである。

譯 漁業興盛。

## 02 ｜さんち【産地】

名 產地；出生地

例 産地直送にこだわる。

譯 嚴選產地直送。

## 03 ｜しゅうかく【収穫】

名・他サ 收獲(農作物)；成果，收穫；
獵獲物

例 収穫が多い。

譯 收穫很多。

## 04 ｜すいさん【水産】

名 水產(品)，漁業

例 水産業を営む。

譯 經營水產業，漁業。

## 05 ｜た【田】

名 田地；水稻，水田

例 田を耕す。

譯 耕種稻田。

## 06 ｜たうえ【田植え】

名・他サ （農）插秧

例 田植えをする。

譯 插秧。

## 07 ｜たがやす【耕す】

他五 耕作，耕田

例 荒れ地を耕す。

譯 開墾荒地。

## 08 ｜たんぼ【田んぼ】

名 米田，田地

例 田んぼに水を張る。

譯 放水至田。

## 09 ｜のうさんぶつ【農産物】

名 農産品

例 農産物に富む。

譯 農產品豐富。

## 10 ｜のうそん【農村】

名 農村，鄉村

例 農村の生活が長寿につながっている。

譯 農村的生活與長壽息息相關。

## 11 ｜のうやく【農薬】

名 農藥

例 農薬の汚染がひどい。

譯 農藥污染很嚴重。

## 12 ｜はたけ【畑】

名 田地，旱田；專業的領域

例 畑で働いている。

譯 在田地工作。

## 13 ｜ほかく【捕獲】

名・他サ （文）捕獲

例 鯨を捕獲する。

譯 捕獲鯨魚。

## 14 ｜ぼくじょう【牧場】

名 牧場

例 牧場を経営する。

譯 經營牧場。

## 15 ｜ぼくちく【牧畜】

名 畜牧

例 牧畜を営む。

譯 經營畜牧業。

## 16 ｜めいぶつ【名物】

名 名産，特産；（因形動奇特而）有名的人

例 青森名物のリンゴを買う。

譯 買青森名產的蘋果。

## 25-3 工業、鉱業、商業 ／
工業、礦業、商業

## 01 ｜えんとつ【煙突】

名 煙囪

例 煙突が立ち並ぶ。

譯 煙囪林立。

## 02 ｜かいぞう【改造】

名・他サ 改造，改組，改建

例 ホテルを刑務所に改造する。

譯 把飯店改建成監獄。

## 03 ｜かんりょう【完了】

名・自他サ 完了，完畢；（語法）完了，完成

例 工事が完了する。

譯 結束工程。

## 04 ｜けんせつ【建設】

名・他サ 建設

例 建設が進む。

譯 工程有進展。

## 05 ｜げんば【現場】

名 （事故等的）現場；（工程等的）現場，工地

例 工事現場を囲む。

譯 圍繞工地現場。

## 06 ｜こうがい【公害】

名 （污水、噪音等造成的）公害

例 公害を出す。

譯 造成公害。

## 07 ｜せいさく【製作】

名・他サ （物品等）製造，製作，生產

例 精密機械を製作する。

譯 製造精密儀器。

## 08 ｜せっけい【設計】

名・他サ （機械、建築、工程的）設計；計畫，規則

例 ビルを設計する。

譯 設計高樓。

## 09 ｜そうおん【騒音】

名 噪音；吵雜的聲音，吵鬧聲

例 騒音がひどい。

譯 噪音干擾嚴重。

## 10 ｜ぞうせん【造船】

名・自サ 造船

例 タンカーを造船する。

譯 造油輪。

## 11 ｜たんこう【炭鉱】

名 煤礦，煤井

例 炭鉱を発見する。

譯 發現煤礦。

## 12 ｜ちゃくちゃく【着々】

副 逐步地，一步步地

例 着々と進んでいる。

譯 逐步地進行。

## 13 ｜てっきょう【鉄橋】

名 鐵橋，鐵路橋

例 鉄橋をかける。

譯 架設鐵橋。

## 14 | てっこう【鉄鋼】

名 鋼鐵

例 鉄鋼製品を販売する。

譯 販賣鋼鐵製品。

---

## 15 | ほる【掘る】

他五 掘，挖，刨；挖出，掘出

例 穴を掘る。

譯 挖洞。

## 16 | みぞ【溝】

名 水溝；（拉門門框上的）溝槽，切口；（感情的）隔閡

例 溝をさらう。

譯 疏通溝渠。

---

## 17 | やかましい【喧しい】

形 （聲音）吵鬧的，喧擾的；囉唆的，嘮叨的；難以取悅；嚴格的，嚴厲的

例 工事の音が喧しい。

譯 施工噪音很吵雜。

---

# Memo

# パート 26
第二十六章

# 経済
- 經濟 -

## 26-1 経済 /
經濟

### 01 | あんてい【安定】

名・自サ 安定，穩定；(物體)安穩
例 安定を図る。
譯 謀求安定。

### 02 | かいふく【回復】

名・自他サ 恢復，康復；挽回，收復
例 景気が回復する。
譯 景氣回升。

### 03 | かいほう【開放】

名・他サ 打開，敞開；開放，公開
例 市場を開放する。
譯 開放市場。

### 04 | かぜい【課税】

名・自サ 課税
例 輸入品に課税する。
譯 課進口貨物税。

### 05 | きんゆう【金融】

名・自サ 金融，通融資金
例 国際金融を得意とする。
譯 擅長國際金融。

### 06 | けいき【景気】

名 (事物的)活動狀態，活潑，精力旺盛；(經濟的)景氣
例 景気が回復する。
譯 景氣好轉。

### 07 | けいこう【傾向】

名 (事物的)傾向，趨勢
例 傾向がある。
譯 有…的傾向。

### 08 | さんにゅう【参入】

名・自サ 進入；進宮
例 市場に参入する。
譯 投入市場。

### 09 | しげき【刺激】

名・他サ (物理的，生理的)刺激；(心理的)刺激，使興奮
例 景気を刺激する。
譯 刺激景氣。

### 10 | にち【日】

名・漢造 日本；星期天；日子，天，晝間；太陽
例 対日貿易赤字が解消される。
譯 對日貿易赤字被解除了。

## 11 | マーケット【market】

名 商場，市場；(商品)銷售地區

例 マーケットを開拓する。

譯 開闢市場。

## 26-2 取り引き／
交易

## 01 | うけたまわる【承る】

他五 聽取；遵從，接受；知道，知悉；傳聞

例 ご注文承りました。

譯 收到訂單了。

## 02 | うけとり【受け取り】

名 收領；收據；計件工作(的工錢)

例 受け取りをもらう。

譯 拿收據。

## 03 | うけとる【受け取る】

他五 領，接收，理解，領會

例 給料を受け取る。

譯 領薪。

## 04 | おろす【卸す】

他五 批發，批售，批賣

例 薬品を卸す。

譯 批發藥品。

## 05 | かぶ【株】

名・接尾 株，顆；(樹的)殘株；股票；(職業等上)特權；擅長；地位

例 株価が上がる。

譯 股票上漲。

## 06 | かわせ【為替】

名 匯款，匯兌

例 為替で支払う。

譯 用匯款支付。

## 07 | きょうきゅう【供給】

名・他サ 供給，供應

例 供給を断つ。

譯 斷絕供給。

## 08 | しょめい【署名】

名・自サ 署名，簽名；簽的名字

例 契約書に署名する。

譯 在契約書上簽名。

## 09 | てつづき【手続き】

名 手續，程序

例 手続きをする。

譯 辦理手續。

## 10 | ふとう【不当】

形動 不正當，非法，無理

例 不当な取引だ。

譯 非法交易。

## 26-3 売買／
買賣

## 01 | うりきれ【売り切れ】

名 賣完

例 本日売り切れとなりました。

譯 今日貨已全部售完。

## 02 | うりきれる【売り切れる】

自下一 賣完，賣光

例 切符が売り切れる。
譯 票賣光了。

---

## 03 ｜うれゆき【売れ行き】

名 （商品的）銷售狀況，銷路
例 売れ行きが悪い。
譯 銷路不好。

---

## 04 ｜うれる【売れる】

自下一 商品賣出，暢銷；變得廣為人知，
出名，聞名
例 名が売れる。
譯 馳名。

---

## 05 ｜かんじょう【勘定】

名・他サ 計算；算帳；（會計上的）帳目，
戶頭，結帳；考慮，估計
例 勘定を済ます。
譯 付完款，算完帳。

---

## 06 ｜じゅよう【需要】

名 需要，要求；需求
例 需要が高まる。
譯 需求大增。

---

## 07 ｜だいきん【代金】

名 貸款，借款
例 代金を請求する。
譯 索取貨款。

---

## 08 ｜どうよう【同様】

形動 同樣的，一樣的
例 同様の値段で販売している。
譯 同樣的價錢販售。

## 09 ｜とくばい【特売】

名・他サ 特賣；（公家機關不經標投）賣
給特定的人
例 夏物を特売する。
譯 特價賣出夏季商品。

---

## 10 ｜のこり【残り】

名 剩餘，殘留
例 売れ残りの商品をもらえる。
譯 可以得到賣剩的商品。

---

## 11 ｜ばいばい【売買】

名・他サ 買賣，交易
例 土地を売買する。
譯 土地買賣。

---

## 12 ｜はつばい【発売】

名・他サ 賣，出售
例 好評発売中。
譯 暢銷中。

---

## 13 ｜はんばい【販売】

名・他サ 販賣，出售
例 古本を販売する。
譯 販賣舊書。

---

## 14 ｜わりびき【割引】

名・他サ （價錢）打折扣，減價；（對説話
內容）打折；票據兌現
例 割引になる。
譯 可以減價。

## 26-4 価格 /
価格

### 01 ｜かかく【価格】

㊑ 價格
例 商品の価格をつける。
譯 標示商品價格。

### 02 ｜がく【額】

㊑・漢造 名額，數額；匾額，畫框
例 予算の額を超える。
譯 超過預算額度。

### 03 ｜かち【価値】

㊑ 價值
例 価値がある。
譯 有價值。

### 04 ｜こうか【高価】

㊑・形動 高價錢
例 高価な贈り物を渡す。
譯 授與昂貴的禮物。

### 05 ｜すいじゅん【水準】

㊑ 水準，水平面；水平器；(地位、質量、價值等的)水平；(標示)高度
例 水準が高まる。
譯 水準提高。

### 06 ｜それなり

㊑・副 恰如其分；就那樣
例 良い物はそれなりに高い。
譯 一分錢一分貨。

### 07 ｜ていか【定価】

㊑ 定價
例 定価で購入する。
譯 以定價買入。

### 08 ｜てごろ【手頃】

㊑・形動 (大小輕重)合手，合適，相當；適合(自己的經濟能力、身分)
例 手頃なお値段で食べられる。
譯 能以合理的價錢品嚐。

### 09 ｜ね【値】

㊑ 價錢，價格，價值
例 値をつける。
譯 訂價。

### 10 ｜むりょう【無料】

㊑ 免費；無須報酬
例 無料で提供する。
譯 免費提供。

### 11 ｜ゆうりょう【有料】

㊑ 收費
例 有料駐車場が二つある。
譯 有兩座收費停車場。

### 12 ｜りょうきん【料金】

㊑ 費用，使用費，手續費
例 料金がかかる。
譯 收費。

### 13 ｜りょうしゅう【領収】

㊑・他サ 收到
例 代金を領収する。
譯 收取費用。

## 26-5 損得、貸借 /
損益、借貸

### 01 ｜うりあげ【売り上げ】
(名)（一定期間的）銷售額，營業額
例 売り上げが伸びる。
譯 銷售額增加。

### 02 ｜しゃっきん【借金】
(名・自サ) 借款，欠款，舉債
例 借金を抱える。
譯 負債。

### 03 ｜しょうひん【賞品】
(名) 獎品
例 賞品が当たる。
譯 中獎。

### 04 ｜せいきゅう【請求】
(名・他サ) 請求，要求，索取
例 請求に応じる。
譯 答應要求。

### 05 ｜せおう【背負う】
(他五) 背；擔負，承擔，肩負
例 借金を背負う。
譯 肩負債務。

### 06 ｜そん【損】
(名・自サ・形動・漢造) 虧損，賠錢；吃虧，不划算；減少；損失
例 損をする。
譯 吃虧。

### 07 ｜そんがい【損害】
(名・他サ) 損失，損害，損耗
例 損害を与える。
譯 造成損失。

### 08 ｜そんしつ【損失】
(名・自サ) 損害，損失
例 損失を被る。
譯 蒙受損失。

### 09 ｜そんとく【損得】
(名) 損益，得失，利害
例 損得抜きで付き合う。
譯 不計得失地交往。

### 10 ｜てっする【徹する】
(自サ) 貫徹，貫穿；通宵，徹夜；徹底，貫徹始終
例 金儲けに徹する。
譯 努力賺錢。

### 11 ｜ほけん【保険】
(名) 保險；（對於損害的）保證
例 保険をかける。
譯 投保。

### 12 ｜もうかる【儲かる】
(自五) 賺到，得利；賺得到便宜，撿便宜
例 1万円儲かった。
譯 賺了一萬日圓。

### 13 ｜もうける【儲ける】
(他下一) 賺錢，得利；（轉）撿便宜，賺到
例 1割儲ける。
譯 賺一成。

## 14 | りえき【利益】

名 利益，好處；利潤，盈利

例 利益になる。

譯 有利潤。

## 15 | りがい【利害】

名 利害，得失，利弊，損益

例 利害が相反する。

譯 與利益相反。

## 26-6 収支、賃金 /
収支、工資報酬

## 01 | きゅうよ【給与】

名・他サ 供給(品)，分發，待遇；工資，津貼

例 給与をもらう。

譯 領薪水。

## 02 | げっきゅう【月給】

名 月薪，工資

例 月給が上がる。

譯 調漲工資。

## 03 | さしひく【差し引く】

他五 扣除，減去；抵補，相抵(的餘額)；(潮水的)漲落，(體溫的)升降

例 月給から税金を差し引く。

譯 從月薪中扣除税金。

## 04 | しきゅう【支給】

名・他サ 支付，發給

例 旅費を支給する。

譯 支付旅費。

## 05 | しゅうにゅう【収入】

名 收入，所得

例 収入が安定する。

譯 收入穩定。

## 06 | ただ

名・副・接 免費；普通，平凡；只是，僅僅；(對前面的話做出否定)但是，不過

例 ただで働く。

譯 白幹活。

## 07 | ちょうだい【頂戴】

名・他サ (「もらう、食べる」的謙虛説法)領受，得到，吃；(女性、兒童請求別人做事)請

例 結構なものを頂戴した。

譯 收到了好東西。

## 08 | ゆうこう【有効】

形動 有效的

例 有効に使う。

譯 有效地使用。

## 26-7 消費、費用 /
消費、費用

## 01 | かいけい【会計】

副・自サ 會計；付款，結帳

例 会計を済ます。

譯 結帳。

## 02 | きんがく【金額】

名 金額

例 金額が大きい。

譯 金額巨大。

## 03 ｜きんせん【金銭】

名 錢財，錢款；金幣
例 金銭に細かい。
譯 錙銖必較。

## 04 ｜こうか【硬貨】

名 硬幣，金屬貨幣
例 硬貨で支払う。
譯 以硬幣支付。

## 05 ｜こうきょう【公共】

名 公共
例 公共料金をカードで支払う。
譯 刷卡支付公共費用。

## 06 ｜しはらい【支払い】

名・他サ 付款，支付（金錢）
例 支払いを済ませる。
譯 付清。

## 07 ｜しはらう【支払う】

他五 支付，付款
例 料金を支払う。
譯 支付費用。

## 08 ｜しゅうきん【集金】

名・自他サ （水電、瓦斯等）收款，催收的錢
例 集金に回る。
譯 到各處去收款。

## 09 ｜つり【釣り】

名 釣，釣魚；找錢，找的錢
例 お釣りを渡す。
譯 找零。

## 10 ｜はぶく【省く】

他五 省，省略，精簡，簡化；節省
例 経費を省く。
譯 節省經費。

## 11 ｜はらいこむ【払い込む】

他五 繳納
例 税金を払い込む。
譯 繳納稅金。

## 12 ｜はらいもどす【払い戻す】

他五 退還（多餘的錢），退費；（銀行）付還（存戶存款）
例 税金を払い戻す。
譯 退稅。

## 13 ｜ひよう【費用】

名 費用，開銷
例 費用を納める。
譯 繳納費用。

## 14 ｜ぶんたん【分担】

名・他サ 分擔
例 費用を分担する。
譯 分擔費用。

## 15 ｜めんぜい【免税】

名・他サ・自サ 免稅
例 空港の免税店で買い物する。
譯 在機場免稅店購物。

## 26-8 財產、金錢 /
財產、金錢

### 01 | うんよう【運用】

(名・他サ) 運用，活用

例 有効に運用する。

譯 有效的運用。

### 02 | げんきん【現金】

(名)(手頭的)現款，現金；(經濟的)現款，現金

例 現金で支払う。

譯 以現金支付。

### 03 | こしらえる【拵える】

(他下一) 做，製造；捏造，虛構；化妝，打扮；籌措，填補

例 金をこしらえる。

譯 湊錢。

### 04 | こづかい【小遣い】

(名) 零用錢

例 小遣いをあげる。

譯 給零用錢。

### 05 | ざいさん【財産】

(名) 財產；文化遺產

例 財産を継ぐ。

譯 繼承財產。

### 06 | さつ【札】

(名・漢造) 紙幣，鈔票；(寫有字的)木牌，紙片；信件；門票，車票

例 お札を数える。

譯 數鈔票。

### 07 | しへい【紙幣】

(名) 紙幣

例 1万円紙幣を両替する。

譯 將萬元鈔票換掉(成小鈔)。

### 08 | しょうがくきん【奨学金】

(名) 獎學金，助學金

例 奨学金をもらう。

譯 得到獎學金。

### 09 | ぜい【税】

(名・漢造) 税，税金

例 税がかかる。

譯 課税。

### 10 | そうぞく【相続】

(名・他サ) 承繼(財產等)

例 財産を相続する。

譯 繼承財產。

### 11 | たいきん【大金】

(名) 巨額金錢，巨款

例 大金をつかむ。

譯 獲得巨款。

### 12 | ちょぞう【貯蔵】

(名・他サ) 儲藏

例 地下室に貯蔵する。

譯 儲放在地下室。

### 13 | ちょちく【貯蓄】

(名・他サ) 儲蓄

例 貯蓄を始める。

譯 開始儲蓄。

## 14 | つうか【通貨】

名 通貨，(法定)貨幣
例 通貨が流通する。
譯 貨幣流通。

## 15 | つうちょう【通帳】

名 (存款、賒帳等的)折子，帳簿
例 通帳を記入する。
譯 記入帳本。

## 16 | はさん【破産】

名・自サ 破産
例 破産を宣告する。
譯 宣告破產。

N2 ● 26-9

## 26-9 貧富 /
貧富

## 01 | えんじょ【援助】

名・他サ 援助，幫助
例 援助を受ける。
譯 接受援助。

## 02 | ききん【飢饉】

名 飢饉，飢荒；缺乏，…荒
例 飢饉に見舞われる。
譯 鬧飢荒。

## 03 | きふ【寄付】

名・他サ 捐贈，捐助，捐款
例 寄付を募る。
譯 募捐。

## 04 | ごうか【豪華】

形動 奢華的，豪華的

例 豪華な衣装をもらった。
譯 收到奢華的服裝。

## 05 | さべつ【差別】

名・他サ 輕視，區別
例 差別が激しい。
譯 差別極為明顯。

## 06 | ぜいたく【贅沢】

名・形動 奢侈，奢華，浪費，鋪張；過份要求，奢望
例 ぜいたくな暮らしを送った。
譯 過著奢侈的生活。

## 07 | まずしい【貧しい】

形 (生活)貧窮的，窮困的；(經驗、才能的)貧乏，淺薄
例 貧しい家に生まれた。
譯 生於貧窮人家。

## 08 | めぐまれる【恵まれる】

自下一 得天獨厚，被賦予，受益，受到恩惠
例 恵まれた生活をする。
譯 過著富裕的生活。

## パート 27 第二十七章 政治 - 政治 -

### 27-1 政治 /
政治

#### 01 ｜あん【案】
⒜ 計畫，提案，意見；預想，意料
例 案を立てる。
譯 草擬計畫。

#### 02 ｜うちけす【打ち消す】
⒣五 否定，否認；熄滅，消除
例 事実を打ち消す。
譯 否定事實。

#### 03 ｜おさめる【治める】
⒣下一 治理；鎮壓
例 国を治める。
譯 治國。

#### 04 ｜かいかく【改革】
⒜・他サ 改革
例 改革を進める。
譯 進行改革。

#### 05 ｜かげ【陰】
⒜ 日陰，背影處；背面；背地裡，暗中
例 陰で糸を引く。
譯 暗中操縱。

#### 06 ｜かんする【関する】
⒤サ 關於，與…有關
例 政治に関する問題を解決する。
譯 解決有關政治問題。

#### 07 ｜げんじょう【現状】
⒜ 現狀
例 現状を維持する。
譯 維持現狀。

#### 08 ｜こっか【国家】
⒜ 國家
例 国家試験がある。
譯 有國家考試。

#### 09 ｜さらに【更に】
⒡ 更加，更進一步；並且，還；再，重新；（下接否定）一點也不，絲毫不
例 更に事態が悪化する。
譯 事情更進一步惡化。

#### 10 ｜じじょう【事情】
⒜ 狀況，內情，情形；（局外人所不知的）原因，緣故，理由
例 事情が変わる。
譯 情況有所變化。

## 11 | じつげん【実現】

名・自他サ 實現
例 実現を望む。
譯 期望能實現。

## 12 | しゅぎ【主義】

名 主義，信條；作風，行動方針
例 社会主義の国が次々に生まれた。
譯 社會主義的國家一個接一個的誕生。

## 13 | ずのう【頭脳】

名 頭腦，判斷力，智力；（團體的）決
策部門，首腦機構，領導人
例 日本の頭脳が挑んでいる。
譯 對日本人才進行挑戰。

## 14 | せいかい【政界】

名 政界，政治舞台
例 政界の大物が集まる。
譯 集結政界的大人物。

## 15 | せいふ【政府】

名 政府；內閣，中央政府
例 ひき逃げ事故の被害者に政府が
保障する。
譯 政府會保障肇事逃逸事故的被害者。

## 16 | せんせい【専制】

名 專制，獨裁；獨斷，專斷獨行
例 専制政治が倒れた。
譯 獨裁政治垮台了。

## 17 | だんかい【段階】

名 梯子，台階，樓梯；階段，時期，
步驟；等級，級別
例 面接の段階に進む。
譯 來到面試的階段。

## 18 | デモ【demonstration】

名 抗議行動
例 デモに参加する。
譯 參加抗議活動。

## 19 | にらむ【睨む】

他五 瞪著眼看，怒目而視；盯著，注視，
仔細觀察；估計，揣測，意料；盯上
例 情勢を睨む。
譯 觀察情勢。

## 27-2 行政、公務員 /
行政、公務員

## 01 | こうむ【公務】

名 公務，國家及行政機關的事務
例 公務員になりたい。
譯 想當公務員。

## 02 | じち【自治】

名 自治，地方自治
例 地方自治を守る。
譯 守護地方自治。

## 03 | じゅうてん【重点】

名 重點(物)作用點
例 福祉に重点を置いた。
譯 以福利為重點。

## 04 ｜ じょじょに【徐々に】

（副）徐徐地，慢慢地，一點點；逐漸，漸漸

例 徐々に移行する。

譯 慢慢地轉移。

## 05 ｜ せいど【制度】

（名）制度；規定

例 社会保障制度が完備する。

譯 完善的社會保障制度。

## 06 ｜ ぜんたい【全体】

（名・副）全身，整個身體；全體，總體；根本，本來；究竟，到底

例 全体に関わる問題。

譯 和全體有關的問題。

## 07 ｜ ぞうだい【増大】

（名・自他サ）增多，增大

例 予算が増大する。

譯 預算大幅增加。

## 08 ｜ たいけい【体系】

（名）體系，系統

例 体系をたてる。

譯 建立體系。

## 09 ｜ たいさく【対策】

（名）對策，應付方法

例 対策をたてる。

譯 制定對策。

## 10 ｜ とうしょ【投書】

（名・他サ・自サ）投書，信訪，匿名投書；（向報紙、雜誌）投稿

例 役所に投書する。

譯 向政府機關投書。

## 11 ｜ ぼうし【防止】

（名・他サ）防止

例 火災を防止する。

譯 防止火災。

## 12 ｜ ほしょう【保証】

（名・他サ）保証，擔保

例 生活が保証されている。

譯 生活有了保證。

## 13 ｜ やく【役】

（名・漢造）職務，官職；責任，任務，（負責的）職位；角色；使用，作用

例 役に就く。

譯 就職。

## 14 ｜ やくにん【役人】

（名）官員，公務員

例 役人になる。

譯 成為公務員。

## 15 ｜ よさん【予算】

（名）預算

例 予算を立てる。

譯 訂立預算。

## 16 ｜ りんじ【臨時】

（名）臨時，暫時，特別

例 臨時に雇われる。

譯 臨時雇用。

## 27-3 議会、選挙 /
議會、選舉

### 01 | えんぜつ【演説】

名・自サ 演説

例 演説を行う。

譯 舉行演説。

### 02 | かいごう【会合】

名・自サ 聚會，聚餐

例 会合を重ねる。

譯 多次聚會。

### 03 | かけつ【可決】

名・他サ （提案等）通過

例 法案が可決する。

譯 通過法案。

### 04 | かたむく【傾く】

自五 傾斜；有…的傾向；（日月）偏西；衰弱，衰微

例 賛成に傾く。

譯 傾向贊成。

### 05 | ぎかい【議会】

名 議會，國會

例 議会を解散する。

譯 解散國會。

### 06 | きょうさん【共産】

名 共産；共産主義

例 共産党が発表した。

譯 共産黨發表了。

### 07 | ぎろん【議論】

名・他サ 爭論，討論，辯論

例 議論を交わす。

譯 進行辯論。

### 08 | ぐたい【具体】

名 具體

例 具体例を示す。

譯 以具體的例子表示。

### 09 | けつろん【結論】

名・自サ 結論

例 結論が出る。

譯 得出結論。

### 10 | こうしゅう【公衆】

名 公眾，公共，一般人

例 公衆の前で演説する。

譯 在大眾面前演講。

### 11 | こうほ【候補】

名 候補，候補人；候選，候選人

例 候補に上がる。

譯 被提名為候補。

### 12 | こっかい【国会】

名 國會，議會

例 国会を解散する。

譯 解散國會。

## 13 ｜ じっさい【実際】

(名・副) 實際；事實，真面目；確實，真的，實際上

例 実際は難しい。

譯 實際上很困難。

## 14 ｜ じつれい【実例】

(名) 實例

例 実例を挙げる。

譯 舉出實例。

## 15 ｜ しゅちょう【主張】

(名・他サ) 主張，主見，論點

例 自説を主張する。

譯 堅持己見。

## 16 ｜ しょうにん【承認】

(名・他サ) 批准，認可，通過；同意；承認

例 承認を求める。

譯 請求批准。

## 17 ｜ せいとう【政党】

(名) 政黨

例 政党政治が展開される。

譯 展開政黨政治。

## 18 ｜ せいりつ【成立】

(名・自サ) 產生，完成，實現；成立，組成；達成

例 予算案が成立する。

譯 成立預算案。

## 19 ｜ そうりだいじん【総理大臣】

(名) 總理大臣，首相

例 内閣総理大臣に任命される。

譯 任命為首相。

## 20 ｜ た【他】

(名・漢造) 其他，他人，別處，別的事物；他心二意；另外

例 他に例を見ない。

譯 未見他例。

## 21 ｜ だいじん【大臣】

(名) (政府)部長，大臣

例 大臣に任命される。

譯 任命為大臣。

## 22 ｜ だいとうりょう【大統領】

(名) 總統

例 大統領に就任する。

譯 就任總統。

## 23 ｜ だいり【代理】

(名・他サ) 代理，代替；代理人，代表

例 代理で出席する。

譯 以代理身份出席。

## 24 ｜ たいりつ【対立】

(名・他サ) 對立，對峙

例 意見が対立する。

譯 意見相對立。

## 25 ｜ちからづよい【力強い】

(形) 強而有力的；有信心的，有依仗的

例 力強い演説が魅力だった。

譯 有力的演説深具魅力。

## 26 ｜ちじ【知事】

(名) 日本都、道、府、縣的首長

例 知事に報告する。

譯 向知事報告。

## 27 ｜とう【党】

(名・漢造) 鄉里；黨羽，同夥；黨，政黨

例 党の決定に従う。

譯 服從黨的決定。

## 28 ｜とういつ【統一】

(名・他サ) 統一，一致，一律

例 意見を統一する。

譯 統一意見。

## 29 ｜とうひょう【投票】

(名・自サ) 投票

例 投票に行く。

譯 去投票。

## 30 ｜とりいれる【取り入れる】

(他下一) 收穫，收割；收進，拿入；採用，引進，採納

例 提案を取り入れる。

譯 採用提案。

## 31 ｜とりけす【取り消す】

(他五) 取消，撤銷，作廢

例 発言を取り消す。

譯 撤銷發言。

## 32 ｜もうける【設ける】

(他下一) 預備，準備；設立，制定；生，得(子女)

例 席を設ける。

譯 準備酒宴。

## 33 ｜もと【元・基】

(名) 起源，本源；基礎，根源；原料；原因；本店；出身；成本

例 元首相が出席する。

譯 前首相將出席。

## 27-4 国際、外交 /
國際、外交

## 01 ｜がいこう【外交】

(名) 外交；對外事務，外勤人員

例 外交関係を絶つ。

譯 斷絕外交關係。

## 02 ｜かっこく【各国】

(名) 各國

例 各国の代表が集まる。

譯 各國代表齊聚。

## 03 ｜こんらん【混乱】

(名・自サ) 混亂

例 混乱が起こる。

譯 發生混亂。

## 04 | さいほう【再訪】

(名・他サ) 再訪，重遊

例 大阪を再訪する。

譯 重遊大阪。

## 05 | じたい【事態】

(名) 事態，情形，局勢

例 事態が悪化する。

譯 事態惡化。

## 06 | じっし【実施】

(名・他サ) (法律、計畫、制度的)實施，實行

例 実施に移す。

譯 付諸行動。

## 07 | しゅよう【主要】

(名・形動) 主要的

例 四つの主要な役割がある。

譯 有四個主要的任務。

## 08 | じょうきょう【状況】

(名) 狀況，情況

例 状況が変わる。

譯 狀況有所改變。

## 09 | しょこく【諸国】

(名) 各國

例 アフリカ諸国を歴訪した。

譯 追訪非洲各國。

## 10 | しんこく【深刻】

(形動) 嚴重的，重大的，莊重的；意味深長的，發人省思的，尖銳的

例 深刻な問題を抱えている。

譯 存在嚴重的問題。

## 11 | じんしゅ【人種】

(名) 人種，種族；(某)一類人；(俗)(生活環境、愛好等不同的)階層

例 人種による偏見をなくす。

譯 消除種族歧視。

## 12 | ぜいかん【税関】

(名) 海關

例 税関の検査が厳しくなる。

譯 海關的檢查更加嚴格。

## 13 | たいせい【体制】

(名) 體制，結構；(統治者行使權力的)方式

例 厳戒体制をとる。

譯 實施嚴加戒備的體制。

## 14 | つうよう【通用】

(名・自サ) 通用，通行；兼用，兩用；(在一定期間內)通用，有效；通常使用

例 世界に通用する。

譯 在世界通用。

## 15 | ととのう【整う】

(自五) 齊備，完整；整齊端正，協調；(協議等)達成，談妥

例 条件が整う。

譯 條件齊備。

## 16 | とんでもない

(連語・形) 出乎意料，不合情理；豈有此理，不可想像；（用在堅決的反駁或表示客套）哪裡的話

例 とんでもない要求をする。

譯 做無理的要求。

## 17 | ふり【不利】

(名・形動) 不利

例 不利に陥る。

譯 陷入不利。

## 18 | もとめる【求める】

(他下一) 想要，渴望，需要；謀求，探求；征求，要求；購買

例 協力を求める。

譯 尋求協助。

## 19 | もよおし【催し】

(名) 舉辦，主辦；集會，文化娛樂活動；預兆，兆頭

例 歓迎の催しを開く。

譯 舉行歡迎派對。

## 20 | ようきゅう【要求】

(名・他サ) 要求，需求

例 要求に応じる。

譯 回應要求。

## 21 | らいにち【来日】

(名・自サ)（外國人）來日本，到日本來

例 米大統領が来日する。

譯 美國總統來訪日本。

## 22 | りょうじ【領事】

(名) 領事

例 日本領事が発行する。

譯 日本領事所發行。

## 23 | れんごう【連合】

(名・他サ・自サ) 聯合，團結；（心）聯想

例 国際連合を批判する。

譯 批評聯合國。

### 27-5 軍事 /
軍事

## 01 | あまい【甘い】

(形) 甜的；淡的；寬鬆，好說話；鈍，鬆動；藐視；天真的；樂觀的；淺薄的；愚蠢的

例 敵を甘く見る。

譯 小看了敵人。

## 02 | えんしゅう【演習】

(名・自サ) 演習，實際練習；（大學內的）課堂討論，共同研究

例 軍事演習を中止する。

譯 中止軍事演習。

## 03 | かいほう【解放】

(名・他サ) 解放，解除，擺脫

例 奴隷を解放する。

譯 解放奴隷。

## 04 | きち【基地】

(名) 基地，根據地

例 基地を建設する。

譯 建設基地。

## 05 ｜きょうか【強化】

(名・他サ) 強化，加強

例 警備を強化する。

譯 加強警備。

---

## 06 ｜くだく【砕く】

(他五) 打碎，弄碎

例 敵の野望を砕く。

譯 粉碎敵人的野心。

---

## 07 ｜くっつく【くっ付く】

(自五) 緊貼在一起，附著

例 敵方にくっつく。

譯 支持敵方。

---

## 08 ｜ぐん【軍】

(名) 軍隊；(軍隊編排單位)軍

例 軍を率いる。

譯 率領軍隊。

---

## 09 ｜ぐんたい【軍隊】

(名) 軍隊

例 軍隊に入る。

譯 入伍當軍人。

---

## 10 ｜くんれん【訓練】

(名・他サ) 訓練

例 訓練を受ける。

譯 接受訓練。

---

## 11 ｜こうげき【攻撃】

(名・他サ) 攻撃，進攻；抨撃，指責，責難；(棒球)撃球

例 攻撃を受ける。

譯 遭到攻撃。

---

## 12 ｜ごうどう【合同】

(名・自他サ) 合併，聯合；(數)全等

例 二国の軍隊が合同演習を行う。

譯 兩國的軍隊舉行聯合演習。

---

## 13 ｜ごうりゅう【合流】

(名・自サ) (河流)匯合，合流；聯合，合併

例 本隊に合流する。

譯 與主力部隊會合。

---

## 14 ｜サイレン【siren】

(名) 警笛，汽笛

例 サイレンを鳴らす。

譯 鳴放警笛。

---

## 15 ｜じえい【自衛】

(名・他サ) 自衛

例 自衛手段をとる。

譯 採取自衛手段。

---

## 16 ｜しはい【支配】

(名・他サ) 指使，支配；統治，控制，管轄；決定，左右

例 支配を受ける。

譯 受到控制。

---

## 17 ｜しゅくしょう【縮小】

(名・他サ) 縮小

例 軍備を縮小する。

譯 裁減軍備。

## 18 ｜せめる【攻める】

他下一 攻，攻打

例 城を攻める。

譯 攻打城池。

## 19 ｜せんすい【潜水】

名・自サ 潜水

例 潜水艦が水中を潜航する。

譯 潛水艇在水中潛行。

## 20 ｜たいせん【大戦】

名・自サ 大戰，大規模戰爭；世界大戰

例 第二次世界大戦が勃発した。

譯 爆發第二次世界大戰。

## 21 ｜たたかい【戦い】

名 戰鬥，戰鬥；鬥爭；競賽，比賽

例 戦いに勝つ。

譯 打勝仗。

## 22 ｜たま【弾】

名 子彈

例 弾が当たる。

譯 中彈。

## 23 ｜ていこう【抵抗】

名・自サ 抵抗，抗拒，反抗；(物理)電阻，阻力；(產生)抗拒心理，不願接受

例 命令に抵抗する。

譯 違抗命令。

## 24 ｜てっぽう【鉄砲】

名 槍，步槍

例 鉄砲を向ける。

譯 舉槍瞄準。

## 25 ｜はっしゃ【発射】

名・他サ 發射(火箭、子彈等)

例 ロケットを発射する。

譯 發射火箭。

## 26 ｜ぶき【武器】

名 武器，兵器；(有利的)手段，武器

例 武器を捨てる。

譯 放下武器。

## 27 ｜ほんぶ【本部】

名 本部，總部

例 本部の指令に従う。

譯 遵照總部的指令。

## パート 28

### 第二十八章

# 法律

-法律-

## 28-1 規則 /
規則

### 01 | あてはまる【当てはまる】

（自五）適用，適合，合適，恰當

例 条件に当てはまる。

譯 符合條件。

### 02 | あてはめる【当てはめる】

（他下一）適用；應用

例 規則に当てはめる。

譯 適用規則。

### 03 | エチケット【etiquette】

（名）禮節，禮儀，（社交）規矩

例 エチケットを守る。

譯 遵守社交禮儀。

### 04 | おこたる【怠る】

（他五）怠慢，懶惰；疏忽，大意

例 注意を怠る。

譯 疏忽大意。

### 05 | かいせい【改正】

（名・他サ）修正，改正

例 規則を改正する。

譯 修改規定。

### 06 | かいぜん【改善】

（名・他サ）改善，改良，改進

例 改善を図る。

譯 謀求改善。

### 07 | ぎむ【義務】

（名）義務

例 義務を果たす。

譯 履行義務。

### 08 | きょか【許可】

（名・他サ）許可，批准

例 許可が出る。

譯 批准。

### 09 | きりつ【規律】

（名）規則，紀律，規章

例 規律を守る。

譯 遵守紀律。

### 10 | けいしき【形式】

（名）形式，樣式；方式

例 正当な形式をふむ。

譯 走正當程序。

### 11 | けいとう【系統】

（名）系統，體系

例 系統を立てる。

譯 建立系統。

### 12 | けん【権】

（名・漢造）權力；權限

例 兵馬の権を握る。
譯 握有兵權。

## 13 ｜けんり【権利】

名 權利
例 権利を持つ。
譯 具有權力。

## 14 ｜こうしき【公式】

名・形動 正式；（數）公式
例 公式に認める。
譯 正式承認。

## 15 ｜したがう【従う】

自五 跟隨；服從，遵從；按照；順著，
沿著；隨著，伴隨
例 意向にしたがう。
譯 按照意圖。

## 16 ｜つけくわえる【付け加える】

他下一 添加，附帶
例 説明を付け加える。
譯 附帶説明。

## 17 ｜ふ【不】

漢造 不；壞；醜；笨
例 飲食不可になる。
譯 不可食用。

## 18 ｜ふか【不可】

名 不可，不行；（成績評定等級）不及格
例 可もなく不可もなし。
譯 不好不壞，普普通通。

## 19 ｜ほう【法】

名・漢造 法律；佛法；方法，作法；禮節；
道理

例 法に従う。
譯 依法。

## 20 ｜モデル【model】

名 模型；榜樣，典型，
模範；（文學作品中）典
型人物，原型；模特兒

例 モデルにする。
譯 作為模特兒。

## 21 ｜もとづく【基づく】

自五 根據，按照；由…而來，因為，
起因
例 規則に基づく。
譯 根據規則。

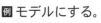

N2 ● 28-2

## 28-2 法律 /
法律

## 01 ｜いはん【違反】

名・自サ 違反，違犯
例 交通違反に問われる。
譯 被控違反交通規則。

## 02 ｜きる【斬る】

他五 砍；切
例 人を斬る。
譯 砍人。

## 03 ｜けいこく【警告】

名・他サ 警告
例 警告を受ける。
譯 受到警告。

## 04 ｜けんぽう【憲法】

名 憲法

例 憲法に違反する。

譯 違反憲法。

## 05 ｜しょうじる【生じる】

自他サ 生，長；出生，產生；發生；出現

例 義務が生じる。

譯 具有義務。

## 06 ｜てきよう【適用】

名・他サ 適用，應用

例 法律に適用しない。

譯 不適用於法律。

## 28-3 犯罪 /
犯罪

## 01 ｜あやまり【誤り】

名 錯誤

例 誤りを犯す。

譯 犯錯。

## 02 ｜あやまる【誤る】

自五・他五 錯誤，弄錯；耽誤

例 道を誤る。

譯 走錯路。

## 03 ｜いっち【一致】

名・自サ 一致，相符

例 指紋が一致する。

譯 指紋相符。

## 04 ｜うったえる【訴える】

他下一 控告，控訴，申訴；求助於；使…
感動，打動

## 例 警察に訴える。

譯 向警察控告。

## 05 ｜うばう【奪う】

他五 剝奪；強烈吸引；除去

例 命を奪う。

譯 奪去性命。

## 06 ｜おおよそ【大凡】

副 大體，大概，一般；大約，差不多

例 事件のおおよそを知る。

譯 得知事件的大致狀況。

## 07 ｜きせる【着せる】

他下一 給穿上(衣服)；鍍上；嫁禍，加罪

例 罪を着せる。

譯 嫁禍罪名。

## 08 ｜げんじゅう【厳重】

形動 嚴重的，嚴格的，嚴厲的

例 厳重に取り締まる。

譯 嚴格取締。

## 09 ｜ごうとう【強盗】

名 強盜；行搶

例 強盗を働く。

譯 行搶。

## 10 ｜こっそり

副 悄悄地，偷偷地，暗暗地

例 こっそりと忍び込む。

譯 悄悄地進入。

## 11 ｜じりき【自力】

名 憑自己的力量

例 自力で逃げ出す。
譯 自行逃脫。

## 12 ｜しんにゅう【侵入】

名・自サ 浸入，侵略；（非法）闖入

例 賊が侵入する。
譯 盗賊入侵。

## 13 ｜せまる【迫る】

自五・他五 強迫，逼迫；臨近，迫近；
變狹窄，縮短；陷於困境，窘困

例 危険が迫る。
譯 危險迫近。

## 14 ｜たいほ【逮捕】

名・他サ 逮捕，拘捕，捉拿

例 現行犯で逮捕する。
譯 以現行犯加以逮捕。

## 15 ｜つながり【繋がり】

名 相連，相關；系列；關係，聯繫

例 繋がりを調べる。
譯 調查關係。

## 16 ｜つみ【罪】

名・形動 （法律上的）犯罪；（宗教上的）
罪惡，罪孽；（道德上的）罪責，罪過

例 罪を償う。
譯 贖罪。

## 17 ｜どうか

副 （請求他人時）請；設法，想辦法；（情
況）和平時不一樣，不正常；（表示不確
定的疑問，多用かどうか）是…還是怎
麼樣

例 どうか見逃してください。
譯 請原諒我。

## 18 ｜とうなん【盗難】

名 失竊，被盜

例 盗難に遭う。
譯 遭竊。

## 19 ｜とらえる【捕らえる】

他下一 捕捉，逮捕；緊緊抓住；捕捉，
掌握；令陷入…狀態

例 犯人を捕らえる。
譯 抓住犯人。

## 20 ｜はんざい【犯罪】

名 犯罪

例 犯罪を犯す。
譯 犯罪。

## 21 ｜ピストル【pistol】

名 手槍

例 ピストルで撃つ。
譯 用手槍打。

## 22 ｜ぶっそう【物騒】

名・形動 騷亂不安，不安定；危險

例 物騒な世の中だ。
譯 騷亂的世間。

## 23 ｜ぼうはん【防犯】

名 防止犯罪

例 防犯に協力する。
譯 齊心協力防止犯罪。

## 24 ｜みぜん【未然】

名 尚未發生

例 未然に防ぐ。
譯 防患未然。

## 25 ｜みとめる【認める】

(他下一) 看出，看到；認識，賞識，器重；承認；斷定，認為；許可，同意

例 彼の犯行と認める。

譯 確認他的犯罪行為。

## 26 ｜やっつける【遣っ付ける】

(他下一)（俗）幹完（工作等，「やる」的強調表現）；教訓一頓；幹掉；打敗，擊敗

例 一撃で遣っ付ける。

譯 一拳就把對方擊敗了。

## 27 ｜ゆくえ【行方】

(名) 去向，目的地；下落，行蹤；前途，將來

例 行方を探す。

譯 搜尋行蹤。

## 28 ｜ゆくえふめい【行方不明】

(名) 下落不明

例 行方不明になる。

譯 下落不明。

## 29 ｜ようそ【要素】

(名) 要素，因素；(理、化)要素，因子

例 犯罪要素を構成する。

譯 構成犯罪的要素。

## 28-4 裁判、刑罰 /
判決、審判、刑罰

## 01 ｜かしつ【過失】

(名) 過錯，過失

例 （重大な）過失を犯す。

譯 犯下(重大)過錯。

## 02 ｜けいじ【刑事】

(名) 刑事；刑事警察

例 刑事責任を問われる。

譯 被追究刑事責任。

## 03 ｜こうせい【公正】

(名・形動) 公正，公允，不偏

例 公正な立場に立つ。

譯 站在公正的立場上。

## 04 ｜こうへい【公平】

(名・形動) 公平，公道

例 公平に扱う。

譯 公平對待。

## 05 ｜さいばん【裁判】

(名・他サ) 裁判，評斷，判斷；(法)審判，審理

例 裁判を受ける。

譯 接受審判。

## 06 ｜しきりに【頻りに】

(副) 頻繁地，再三地，屢次；不斷地，一直地；熱心，強烈

例 警笛がしきりに鳴る。

譯 警笛不停地響。

## 07 ｜じじつ【事実】

(名) 事實；(作副詞用)實際上

例 事実を認める。

譯 承認事實。

## 08 ｜しじゅう【始終】

(名・副) 開頭和結尾；自始至終；經常，不斷，總是

例 事件の始終を語る。

譯 敘述事件的始末。

## 09 ｜ しだい【次第】

名・接尾 順序，次序；依序，依次；經過，緣由；任憑，取決於

例 事の次第を話す。

譯 敘述事情的經過。

## 10 ｜ しょり【処理】

名・他サ 處理，處置，辦理

例 処理を頼む。

譯 委託處理。

## 11 ｜ しんぱん【審判】

名・他サ 審判，審理，判決；（體育比賽等的）裁判；（上帝的）審判

例 審判が下る。

譯 作出判決。

## 12 ｜ ぜんしん【前進】

名・他サ 前進

例 解決に向けて一歩前進する。

譯 朝解決方向前進一步。

## 13 ｜ ていしゅつ【提出】

名・他サ 提出，交出，提供

例 証拠物件を提出する。

譯 提出證物。

## 14 ｜ とくしゅ【特殊】

名・形動 特殊，特別

例 特殊なケース。

譯 特殊的案子。

## 15 ｜ ばつ【罰】

名・漢造 懲罰，處罰

例 罰を受ける。

譯 遭受報應。

## 16 ｜ ばっする【罰する】

他サ 處罰，處分，責罰；（法）定罪，判罪

例 違反者を罰する。

譯 處分違反者。

## 17 ｜ ひ【非】

名・漢造 非，不是

例 非を認める。

譯 認錯。

## パート 29 第二十九章 心理、感情
- 心理、感情 -

### 29-1 心 (1) /
心、内心(1)

**01 | あきれる【呆れる】**

(自下一) 吃驚，愕然，嚇呆，發愣

例 呆れて物が言えない。

譯 嚇得説不出話來。

**02 | あつい【熱い】**

(形) 熱的，燙的；熱情的，熱烈的

例 熱いものがこみあげてくる。

譯 激起一股熱情。

**03 | うえる【飢える】**

(自下一) 飢餓，渴望

例 愛情に飢える。

譯 渴望愛情。

**04 | うたがう【疑う】**

(他五) 懷疑，疑惑，不相信，猜測

例 目を疑う。

譯 感到懷疑。

**05 | うやまう【敬う】**

(他五) 尊敬

例 師を敬う。

譯 尊師。

**06 | うらやむ【羨む】**

(他五) 羨慕，嫉妒

例 人を羨む。

譯 羨慕別人。

**07 | うん【運】**

(名) 命運，運氣

例 運がいい。

譯 運氣好。

**08 | おしい【惜しい】**

(形) 遺憾；可惜的，捨不得；珍惜

例 時間が惜しい。

譯 珍惜時間。

**09 | おもいこむ【思い込む】**

(自五) 確信不疑，深信；下決心

例 できないと思い込む。

譯 一直認為無法達成。

**10 | おもいやり【思い遣り】**

(名) 同情心，體貼

例 思い遣りのある言葉だ。

譯 富有同情心的話語。

**11 | かくご【覚悟】**

(名・自他サ) 精神準備，決心；覺悟

例 覚悟を決める。
譯 堅定決心。

**12｜がっかり**

（副・自サ）失望，灰心喪氣；筋疲力盡

例 がっかりさせる。
譯 令人失望。

**13｜かん【感】**

（名・漢造）感覺，感動；感
例 隔世の感がある。
譯 有恍如隔世的感覺。

**14｜かんかく【感覚】**

（名・他サ）感覺
例 感覚が鋭い。
譯 感覺敏銳。

**15｜かんげき【感激】**

（名・自サ）感激，感動
例 感激を与える。
譯 使人感慨。

**16｜かんじ【感じ】**

（名）知覺，感覺；印象
例 感じがいい。
譯 感覺良好。

**17｜かんじょう【感情】**

（名）感情，情緒
例 感情を抑える。
譯 壓抑情緒。

**18｜かんしん【関心】**

（名）關心，感興趣
例 関心を持つ。
譯 關心，感興趣。

**19｜きがする【気がする】**

（慣）好像；有心
例 見たことがあるような気がする。
譯 好像有看過。

**20｜きたい【期待】**

（名・他サ）期待，期望，指望
例 期待を裏切る。
譯 違背期望。

**21｜きにする【気にする】**

（慣）介意，在乎
例 失敗を気にする。
譯 對失敗耿耿於懷。

**22｜きになる【気になる】**

（慣）擔心，放心不下
例 外の音が気になる。
譯 在意外面的聲音。

**23｜きのどく【気の毒】**

（名・形動）可憐的，可悲；可惜，遺憾；
過意不去，對不起
例 気の毒な境遇に
あった。
譯 遭逢悲慘的處境。

## 24 ｜きぶんてんかん【気分転換】

(連語・名) 轉換心情

例 気分転換に散歩に出る。

譯 出門散步換個心情。

## 25 ｜きらく【気楽】

(名・形動) 輕鬆，安閒，無所顧慮

例 気楽に暮らす。

譯 悠閒度日。

## 26 ｜くうそう【空想】

(名・他サ) 空想，幻想

例 空想にふける。

譯 沈溺於幻想。

## 27 ｜くるう【狂う】

(自五) 發狂，發瘋，失常，不準確，有毛病；落空，錯誤；過度著迷，沉迷

例 気が狂う。

譯 發瘋。

## 28 ｜こいしい【恋しい】

(形) 思慕的，眷戀的，懷戀的

例 ふるさとが恋しい。

譯 思念故鄉。

## 29 ｜こううん【幸運】

(名・形動) 幸運，僥倖

例 幸運をつかむ。

譯 抓住機遇。

## 30 ｜こうきしん【好奇心】

(名) 好奇心

例 好奇心が強い。

譯 好奇心很強。

## 31 ｜こころあたり【心当たり】

(名) 想像，(估計、猜想)得到；線索，苗頭

例 心当たりがある。

譯 有線索。

## 32 ｜こらえる【堪える】

(他下一) 忍耐，忍受；忍住，抑制住；容忍，寬恕

例 怒りをこらえる。

譯 忍住怒火。

## 33 ｜さいわい【幸い】

(名・形動・副) 幸運，幸福；幸虧，好在；對…有幫助，對…有利，起好影響

例 不幸中の幸い。

譯 不幸中的大幸。

## 34 ｜しかたがない【仕方がない】

(連語) 沒有辦法；沒有用處，無濟於事，迫不得已；受不了，…得不得了；不像話

例 仕方がないと思う。

譯 覺得沒有辦法。

## 35 ｜じっかん【実感】

(名・他サ) 真實感，確實感覺到；真實的感情

例 実感がない。

譯 沒有真實感。

**36｜しみじみ**

㊵ 痛切，深刻地；親密，懇切；仔細，認真的

例 しみじみと感じる。

譯 痛切地感受到。

**37｜しめた【占めた】**

連語・感 (俗)太好了，好極了，正中下懷

例 しめたと思う。

譯 心想太好了。

**38｜しんけん【真剣】**

名・形動 真刀，真劍；認真，正經

例 真剣に考える。

譯 認真的思考。

**39｜しんじゅう【心中】**

名・自サ (古)守信義；(相愛男女因不能在一起而感到悲哀)一同自殺，殉情；(轉)兩人以上同時自殺

例 無理心中を図る。

譯 企圖強迫對方殉情。

**40｜しんり【心理】**

名 心理

例 顧客の心理をつかむ。

譯 抓住顧客心理。

**41｜すむ【澄む】**

自五 清澈；澄清；晶瑩，光亮；(聲音)清脆悦耳；清靜，寧靜

例 心が澄む。

譯 心情平靜。

**42｜ずるい**

㊟ 狡猾，奸詐，耍滑頭，花言巧語

例 ずるい手を使う。

譯 使用奸詐手段。

**43｜せいしん【精神】**

名 (人的)精神，心；心神，精力，意志；思想，心意；(事物的)根本精神

例 精神が強い。

譯 意志堅強。

**44｜ぜん【善】**

名・漢造 好事，善行；善良；優秀，卓越；妥善，擅長；關係良好

例 善は急げ。

譯 好事不宜遲。

**45｜たいした【大した】**

連體 非常的，了不起的；(下接否定詞)沒什麼了不起，不怎麼樣

例 たいしたことはない。

譯 沒什麼大不了的事。

**46｜たいして【大して】**

㊟ (一般下接否定語)並不太…，並不怎麼

例 たいして面白くない。

譯 並不太有趣。

**47｜たまらない【堪らない】**

連語・形 難堪，忍受不了；難以形容，…的不得了；按耐不住

例 たまらなく好きだ。

譯 喜歡得不得了。

## 48 ｜ためらう【躊躇う】

〔自五〕 猶豫，躊躇，遲疑，踟躕不前

例 ためらわずに実行する。

譯 毫不猶豫地實行。

## 49 ｜ちかう【誓う】

〔他五〕 發誓，起誓，宣誓

例 神に誓う。

譯 對神發誓。

## 50 ｜とがる【尖る】

〔自五〕 尖；發怒；神經過敏，神經緊張

例 神経が尖る。

譯 神經緊張。

## 51 ｜なんとなく【何となく】

〔副〕（不知為何）總覺得，不由得；無意中

例 何となく心が引かれる。

譯 不由自主地被吸引。

## 52 ｜なんとも

〔副・連〕 真的，實在；（下接否定，表無關緊要）沒關係，沒什麼；（下接否定）怎麼也不…

例 結果はなんとも言えない。

譯 結果還不能確定。

## 53 ｜ねがい【願い】

〔名〕 願望，心願；請求，請願；申請書，請願書

例 願いを聞き入れる。

譯 如願所償。

## 54 ｜ふくらます【膨らます】

〔他五〕（使）弄鼓，吹鼓

例 胸を膨らます。

譯 鼓起胸膛；充滿希望。

## 55 ｜めんどうくさい【面倒臭い】

〔形〕 非常麻煩，極其費事的

例 面倒くさい問題を排除する。

譯 排除棘手的問題。

## 56 ｜ゆだん【油断】

〔名・自サ〕 缺乏警惕，疏忽大意

例 油断してしくじる。

譯 因大意而失敗了。

# 29-2 意志／
意志

## 01 ｜あきらめる【諦める】

〔他下一〕 死心，放棄；想開

例 諦めきれない。

譯 不放棄。

## 02 ｜あくまで(も)【飽くまで(も)】

〔副〕 徹底，到底

例 あくまで頑張る。

譯 堅持努力到底。

## 03 ｜あらた【新た】

〔形動〕 重新；新的，新鮮的

例 決意を新たにする。

譯 重下決心。

## 04 | あらためる【改める】

(他下一) 改正，修正，革新；檢查

例 行いを改める。

譯 改正行為。

## 05 | いき【意気】

(名) 意氣，氣概，氣勢，氣魄

例 意気投合する。

譯 意氣相投。

## 06 | いし【意志】

(名) 意志，志向，心意

例 意志が弱い。

譯 意志薄弱。

## 07 | おいかける【追い掛ける】

(他下一) 追趕；緊接著

例 流行を追いかける。

譯 追求流行。

## 08 | おう【追う】

(他五) 追；趕走，逼催，忙於；趨趕；追求；遵循，按照

例 理想を追う。

譯 追尋理想。

## 09 | おくる【贈る】

(他五) 贈送，餽贈；授與，贈給

例 記念品を贈る。

譯 贈送紀念品。

## 10 | おもいっきり【思いっ切り】

(副) 死心；下決心；狠狠地，徹底的

例 思いっきり悪口を言う。

譯 痛罵一番。

## 11 | きをつける【気を付ける】

(慣) 當心，留意

例 忘れ物をしないように気を付ける。

譯 注意有無遺忘物品。

## 12 | けっしん【決心】

(名・自他サ) 決心，決意

例 決心がつく。

譯 下定決心。

## 13 | さっさと

(副)(毫不猶豫、毫不耽擱時間地) 趕緊地，痛快地，迅速地

例 さっさと帰る。

譯 趕快回去。

## 14 | さっそく【早速】

(副) 立刻，馬上，火速，趕緊

例 早速とりかかる。

譯 火速處理。

## 15 | しゅうちゅう【集中】

(名・自他サ) 集中；作品集

例 精神を集中する。

譯 集中精神。

## 16 | すくう【救う】

(他五) 拯救，搭救，救援，解救；救濟，賑災；挽救

例 信仰に救われる。

譯 因信仰得到救贖。

## 17 ｜せいぜい【精々】

(副) 盡量，盡可能；最大限度，充其量

例 精々頑張る。

譯 盡最大努力。

## 18 ｜せめる【責める】

(他下一) 責備，責問；苛責，折磨，摧殘；嚴加催討；馴服馬匹

例 失敗を責める。

譯 責備失敗。

## 19 ｜つねに【常に】

(副) 時常，經常，總是

例 常に一貫している。

譯 總是貫徹到底。

## 20 ｜なす【為す】

(他五)（文）做，為

例 善を為す。

譯 為善。

## 21 ｜ねがう【願う】

(他五) 請求，請願，懇求；願望，希望；祈禱，許願

例 復興を願う。

譯 祈禱能復興。

## 22 ｜のぞみ【望み】

(名) 希望，願望，期望；抱負，志向；眾望

例 望みが叶う。

譯 實現願望。

## 23 ｜はいけん【拝見】

(名・他サ)（「みる」的自謙語）看，瞻仰

例 お宝を拝見しましょう。

譯 讓我們看看您收藏的珍寶吧！

## 24 ｜はりきる【張り切る】

(自五) 拉緊；緊張，幹勁十足，精神百倍

例 張り切って働く。

譯 幹勁十足地工作。

## 25 ｜ひっし【必死】

(名・形動) 必死；拼命，殊死

例 必死に逃げる。

譯 拼命逃走。

## 26 ｜ふきとばす【吹き飛ばす】

(他五) 吹跑；吹牛；趕走

例 迷いを吹き飛ばす。

譯 拋開迷惘。

## 27 ｜みずから【自ら】

(代・名・副) 我；自己，自身；親身，親自

例 自らを省みる。

譯 反省自己。

## 28 ｜もくひょう【目標】

(名) 目標，指標

例 目標とする。

譯 作為目標。

## 29-3 好き、嫌い／
喜歡、討厭

### 01 ｜あいじょう【愛情】

名 愛，愛情

例 愛情を持つ。

譯 有熱情。

### 02 ｜あいする【愛する】

他サ 愛，愛慕；喜愛，有愛情，疼愛，愛護；喜好

例 あなたを愛している。

譯 愛著你。

### 03 ｜あこがれる【憧れる】

自下一 嚮往，憧憬，愛慕；眷戀

例 スターに憧れる。

譯 崇拜明星偶像。

### 04 ｜いやがる【嫌がる】

他五 討厭，不願意，逃避

例 嫌がる相手がいる。

譯 我有厭惡的對象。

### 05 ｜うらぎる【裏切る】

他五 背叛，出賣，通敵；辜負，違背

例 期待を裏切る。

譯 辜負期待。

### 06 ｜かかえる【抱える】

他下一 (雙手)抱著，夾(在腋下)；擔當，負擔；雇佣

例 頭を抱える。

譯 抱頭(思考或發愁等)。

### 07 ｜きにいる【気に入る】

連語 稱心如意，喜歡，寵愛

例 プレゼントを気に入る。

譯 喜歡禮物。

### 08 ｜きらう【嫌う】

他五 嫌惡，厭惡；憎惡；區別

例 世間から嫌われる。

譯 被世間所厭惡。

### 09 ｜こい【恋】

名・自他サ 戀，戀愛；眷戀

例 恋に落ちる。

譯 墜入愛河。

### 10 ｜このみ【好み】

名 愛好，喜歡，願意

例 好みに合う。

譯 合口味。

### 11 ｜このむ【好む】

他五 愛好，喜歡，願意；挑選，希望；流行，時尚

例 甘いものを好む。

譯 喜愛甜食。

### 12 ｜しつれん【失恋】

名・自サ 失戀

例 失恋して落ち込む。

譯 因失戀而消沉。

## 13 ｜すききらい【好き嫌い】

名 好惡，喜好和厭惡；挑肥揀瘦，挑剔

例 好き嫌いの激しい性格。

譯 好惡分明的激烈性格。

## 14 ｜すきずき【好き好き】

名・副・自サ（各人）喜好不同，不同的喜好

例 蓼食う虫も好き好き。

譯 人各有所好。

## 15 ｜ひにく【皮肉】

名・形動 皮和肉；挖苦，諷刺，冷嘲熱諷；令人啼笑皆非

例 皮肉に聞こえる。

譯 聽起來帶諷刺味。

## 16 ｜ひはん【批判】

名・他サ 批評，批判，評論

例 批判を受ける。

譯 受到批評。

## 17 ｜ひひょう【批評】

名・他サ 批評，批論

例 批評を受け止める。

譯 接受批評。

## 18 ｜ふへい【不平】

名・形動 不平，不滿意，牢騷

例 不平を言う。

譯 發牢騷。

## 29-4 悲しみ、苦しみ／
悲傷、痛苦

## 01 ｜あわれ【哀れ】

名・形動 可憐，憐憫；悲哀，哀愁；情趣，風韻

例 哀れなやつだ。

譯 可憐的傢伙。

## 02 ｜いきなり

副 突然，冷不防，馬上就…

例 いきなり泣き出す。

譯 突然哭了起來。

## 03 ｜うかべる【浮かべる】

他下一 浮，泛；露出；想起

例 涙を浮かべる。

譯 熱淚盈眶。

## 04 ｜うく【浮く】

自五 飄浮；動搖，鬆動；高興，愉快；結餘，剩餘；輕薄

例 浮かない顔をしている。

譯 一副陰沉的臉。

## 05 ｜かなしむ【悲しむ】

他五 感到悲傷，痛心，可歎

例 別れを悲しむ。

譯 為離別感傷。

## 06 ｜かわいそう【可哀相・可哀想】

形動 可憐

例 かわいそうな子が増える。

譯 可憐的小孩增多。

## 07 ｜きつい

㊒ 嚴厲的，嚴苛的；剛強，要強；緊的，瘦小的；強烈的；累人的，費力的

例 仕事がきつい。
<sub>しごと</sub>

譯 費力的工作。

## 08 ｜くしん【苦心】

（名・自サ）苦心，費心

例 苦心が実る。
<sub>く しん みの</sub>

譯 苦心總算得到成果。

## 09 ｜くたびれる【草臥れる】

（自下一）疲勞，疲乏

例 人生にくたびれる。
<sub>じんせい</sub>

譯 對人生感到疲乏。

## 10 ｜くつう【苦痛】

㊅ 痛苦

例 苦痛を感じる。
<sub>く つう かん</sub>

譯 感到痛苦。

## 11 ｜くるしい【苦しい】

㊒ 艱苦；困難；難過；勉強

例 家計が苦しい。
<sub>か けい くる</sub>

譯 生活艱苦。

## 12 ｜くるしむ【苦しむ】

（自五）感到痛苦，感到難受

例 理解に苦しむ。
<sub>り かい くる</sub>

譯 難以理解。

## 13 ｜くろう【苦労】

（名・形動・自サ）辛苦，辛勞

例 苦労をかける。
<sub>く ろう</sub>

譯 讓…擔心。

## 14 ｜こんなん【困難】

（名・形動）困難，困境；窮困

例 困難に打ち勝つ。
<sub>こんなん う か</sub>

譯 克服困難。

## 15 ｜しつぼう【失望】

（名・他サ）失望

例 失望を禁じえない。
<sub>しつぼう きん</sub>

譯 感到非常失望。

## 16 ｜つきあたる【突き当たる】

（自五）撞上，碰上；走到道路的盡頭；（轉）遇上，碰到（問題）

例 厚い壁に突き当たる。
<sub>あつ かべ つ あ</sub>

譯 撞上厚牆。

## 17 ｜つらい【辛い】

（形・接尾）痛苦的，難受的，吃不消；刻薄的，殘酷的；難…，不便…

例 言い辛い話を伝えた。
<sub>い づら はなし つた</sub>

譯 説出難以啟齒的話。

## 18 ｜なぐさめる【慰める】

（他下一）安慰，慰問；使舒暢；慰勞，撫慰

例 心を慰める。
<sub>こころ なぐさ</sub>

譯 安撫情緒。

## 19 ｜ひげき【悲劇】

㊅ 悲劇

例 悲劇が重なる。
<sub>ひ げき かさ</sub>

譯 悲劇接連發生。

## 20 ｜ふうん【不運】

(名・形動) 運氣不好的，倒楣的，不幸的

例 不運に見舞われる。

譯 遭到不幸，倒楣。

## 21 ｜ます【増す】

(自五・他五) (數量)增加，增長，增多；(程度)增進，增高；勝過，變的更甚

例 不安が増す。

譯 更為不安。

## 22 ｜みじめ【惨め】

(形動) 悽慘，慘痛

例 惨めな生活を送る。

譯 過著悲慘的生活。

## 29-5 驚き、恐れ、怒り／
驚懼、害怕、憤怒

## 01 ｜あばれる【暴れる】

(自下一) 胡鬧；放蕩，橫衝直撞

例 大いに暴れる。

譯 橫衝直撞。

## 02 ｜あやうい【危うい】

(形) 危險的；令人擔憂，靠不住

例 危ういところを助かる。

譯 在危急之際得救了。

## 03 ｜えらい【偉い】

(形) 偉大，卓越，了不起；(地位)高，(身分)高貴；(出乎意料)嚴重

例 えらい目にあった。

譯 吃了苦頭。

## 04 ｜おそれる【恐れる】

(自下一) 害怕，恐懼；擔心

例 恐れるものがない。

譯 天不怕地不怕。

## 05 ｜おそろしい【恐ろしい】

(形) 可怕；驚人，非常，厲害

例 恐ろしい経験をした。

譯 經歷了恐怖的經驗。

## 06 ｜おどかす【脅かす】

(他五) 威脅，逼迫；嚇唬

例 脅かさないで。

譯 別逼迫我。

## 07 ｜おどろかす【驚かす】

(他五) 使吃驚，驚動；嚇唬；驚喜；使驚覺

例 世間を驚かす。

譯 震驚世人。

## 08 ｜おもいがけない【思い掛けない】

(形) 意想不到的，偶然的，意外的

例 思いがけない出来事に巻き込まれる。

譯 被捲入意想不到的事。

## 09 ｜きみがわるい【気味が悪い】

(形) 毛骨悚然的；令人不快的

例 気味が悪い夢を見た。

譯 夢到可怕的夢。

## 10 | きみょう【奇妙】

(形動) 奇怪，出奇，奇異，奇妙

例 奇妙な現象に驚く。

譯 對奇怪的現象感到驚訝。

## 11 | きょうふ【恐怖】

(名・自サ) 恐怖，害怕

例 恐怖に襲われる。

譯 感到害怕、恐怖。

## 12 | ぐうぜん【偶然】

(名・形動・副) 偶然，偶而；(哲)偶然性

例 偶然の一致が起きている。

譯 發生偶然的一致。

## 13 | くじょう【苦情】

(名) 不平，抱怨

例 苦情を訴える。

譯 抱怨。

## 14 | くだらない【下らない】

(連語・形) 無價值，無聊，不下於…

例 くだらない冗談はやめろ。

譯 別淨説些無聊的笑話。

## 15 | こうけい【光景】

(名) 景象，情況，場面，樣子

例 恐ろしい光景を見てしまった。

譯 遭遇恐怖的情景。

## 16 | ごめん【御免】

(名・感) 原諒；表拒絕

例 御免なさい。

譯 對不起。

## 17 | こわがる【怖がる】

(自五) 害怕

例 お化けを怖がる。

譯 懼怕妖怪。

## 18 | さいなん【災難】

(名) 災難，災禍

例 災難に遭う。

譯 遭遇災難。

## 19 | しまった

(連語・感) 糟糕，完了

例 しまったと気付く。

譯 發現糟糕了。

## 20 | てんかい【展開】

(名・他サ・自サ) 開展，打開；展現；進展；(隊形)散開

例 思わぬ方向に展開した。

譯 向意想不到的方向發展。

## 21 | どなる【怒鳴る】

(自五) 大聲喊叫，大聲申訴

例 上司に怒鳴られた。

譯 被上司罵。

## 22 | なんで【何で】

(副) 為什麼，何故

例 何で文句ばかりいうんだ。

譯 為什麼老愛發牢騷？

### 23 | にくい【憎い】

(形) 可憎，可惡；(説反話)漂亮，令人佩服

例 冷酷な犯人が憎い。

譯 冷酷的犯人真可恨。

---

### 24 | にくむ【憎む】

(他五) 憎恨，厭惡；嫉妒

例 戦争を憎む。

譯 憎恨戰爭。

---

### 25 | のぞく【除く】

(他五) 消除，刪除，除外，剔除；除了…，…除外；殺死

例 不安を除く。

譯 消除不安。

---

### 26 | はんぱつ【反発】

(名・他サ・自サ) 回彈，排斥；拒絕，不接受；反攻，反抗

例 反発を買う。

譯 遭到反對。

---

### 27 | びっくり

(副・自サ) 吃驚，嚇一跳

例 ニュースを聞いてびっくりした。

譯 看到新聞嚇了一跳。

---

### 28 | まねく【招く】

(他五) (搖手、點頭)招呼；招待，宴請；招聘，聘請；招惹，招致

例 災いを招く。

譯 惹禍。

---

### 29 | みょう【妙】

(名・形動・漢造) 奇怪的，異常的，不可思議；格外，分外；妙處，奧妙；巧妙

例 妙な話が書いてある。

譯 寫著不可思議的事。

---

### 30 | めったに【滅多に】

(副) (後接否定語)不常，很少

例 めったに怒らない。

譯 很少生氣。

---

## 29-6 感謝、後悔 /
感謝、悔恨

---

### 01 | ありがたい【有り難い】

(形) 難得，少有；值得感謝，感激，值得慶幸

例 ありがたく頂戴する。

譯 拜領了。

---

### 02 | いわい【祝い】

(名) 祝賀，慶祝；賀禮；慶祝活動

例 お祝いを述べる。

譯 致賀詞。

---

### 03 | うらみ【恨み】

(名) 恨，怨，怨恨

例 恨みを買う。

譯 招致怨恨。

---

### 04 | うらむ【恨む】

(他五) 抱怨，恨；感到遺憾，可惜；雪恨，報仇

---

例 敵を恨む。
譯 怨恨敵人。

## 05 | おわび【お詫び】

(名・自サ) 道歉
例 お詫びを言う。
譯 道歉。

## 06 | おん【恩】

(名) 恩情，恩
例 恩を売る。
譯 賣人情。

## 07 | おんけい【恩恵】

(名) 恩惠，好處，恩賜
例 恩恵を受ける。
譯 領受恩典。

## 08 | くやむ【悔やむ】

(他五) 懊悔的，後悔的
例 過去の過ちを悔やむ。
譯 後悔過去錯誤的作為。

## 09 | こう【請う】

(他五) 請求，希望
例 許しを請う。
譯 請求原諒。

## 10 | (どうも)ありがとう

(感) 謝謝
例 (どうも)ありがとうございます。
譯 非常感謝。

## 11 | ほこり【誇り】

(名) 自豪，自尊心；驕傲，引以為榮
例 誇りを持つ。
譯 有自尊心。

## 12 | ほこる【誇る】

(自五) 誇耀，自豪
例 成功を誇る。
譯 以成功自豪。

## 13 | わびる【詫びる】

(自五) 道歉，賠不是，謝罪
例 心から詫びる。
譯 由衷地道歉。

# パート 30 第三十章 思考、言語
- 思考、語言 -

## 30-1 思考 /
思考

**01 | あるいは【或いは】**

（接・副）或者，或是，也許；有的，有時

例 父あるいは母が出席する。

譯 父親或母親出席。

**02 | あれこれ**

（名）這個那個，種種

例 あれこれと考える。

譯 東想西想。

**03 | あんい【安易】**

（名・形動）容易，輕而易舉；安逸，舒適，遊手好閒

例 安易に考える。

譯 想得容易。

**04 | いだく【抱く】**

（他五）抱；懷有，懷抱

例 疑問を抱く。

譯 抱持疑問。

**05 | うかぶ【浮かぶ】**

（自五）漂，浮起；想起，浮現，露出；(佛)超度；出頭，擺脫困難

例 名案が浮かぶ。

譯 想出好方法。

**06 | おそらく【恐らく】**

（副）恐怕，或許，很可能

例 おそらく無理だ。

譯 恐怕沒辦法。

**07 | およそ【凡そ】**

（名・形動・副）大概，概略；(一句話之開頭)凡是，所有；大概，大約；完全，全然

例 およそ１トンのカバがいる。

譯 有大約一噸重的河馬。

**08 | かてい【仮定】**

（名・字サ）假定，假設

例 仮定に基づく。

譯 根據假設。

**09 | かてい【過程】**

（名）過程

例 過程を経る。

譯 經過過程。

**10 | きっかけ【切っ掛け】**

（名）開端，動機，契機

例 きっかけを作る。

譯 製造機會。

### 11 ｜ぎもん【疑問】

名 疑問，疑惑

例 疑問に答える。

譯 回答疑問。

### 12 ｜けんとう【見当】

名 推想，推測；大體上的方位，方向；（接尾）表示大致數量，大約，左右

例 見当がつく。

譯 推測出。

### 13 ｜こうじつ【口実】

名 藉口，口實

例 口実を作る。

譯 編造藉口。

### 14 ｜しそう【思想】

名 思想

例 東洋思想を学ぶ。

譯 學習東洋思想。

### 15 ｜そうぞう【創造】

名・他サ 創造

例 創造力がある。

譯 很有創意。

### 16 ｜てっきり

副 一定，必然；果然

例 てっきり晴れると思った。

譯 以為一定會放晴。

### 17 ｜はたして【果たして】

副 果然，果真

例 果たして成功するのだろうか。

譯 到底真的能夠成功嗎？

### 18 ｜はっそう【発想】

名・自他サ 構想，主意；表達，表現；（音樂）表現

例 アメリカ人的な発想だね。

譯 很有美國人的思維邏輯嘛。

### 19 ｜りそう【理想】

名 理想

例 理想を抱く。

譯 懷抱理想。

N2 ○ 30-2(1)

## 30-2 判斷 (1) ／
判斷 (1)

### 01 ｜あいにく【生憎】

副・形動 不巧，偏偏

例 あいにく先約があります。

譯 不巧，我有約了。

### 02 ｜あらためて【改めて】

副 重新；再

例 改めてお願いします。

譯 再次請求你。

### 03 ｜いらい【依頼】

名・自他サ 委託，請求，依靠

例 依頼人から提供してもらう。

譯 委託人所提供。

## 04 ｜おうじる・おうずる【応じる・応ずる】

(自上一) 響應；答應；允應，滿足；適應

例 希望に応じる。

譯 滿足希望。

## 05 ｜かん【勘】

(名) 直覺，第六感；領悟力

例 勘が鈍い。

譯 反應遲鈍，領悟性低。

## 06 ｜きのせい【気の所為】

(連語) 神經過敏；心理作用

例 気のせいかもしれない。

譯 可能是我神經過敏吧。

## 07 ｜くべつ【区別】

(名・他サ) 區別，分清

例 区別が付く。

譯 分辨清楚。

## 08 ｜けつだん【決断】

(名・自他サ) 果斷明確地做出決定，決斷

例 決断を下す。

譯 下決定。

## 09 ｜けってい【決定】

(名・自他サ) 決定，確定

例 決定を待つ。

譯 等待決定。

## 10 ｜げんかい【限界】

(名) 界限，限度，極限

例 限界を超える。

譯 超過極限。

## 11 ｜けんとう【検討】

(名・他サ) 研討，探討；審核

例 検討を重ねる。

譯 反覆地檢討。

## 12 ｜こうりょ【考慮】

(名・他サ) 考慮

例 相手の立場を考慮する。

譯 站在對方的立場考量。

## 13 ｜ことわる【断る】

(他五) 預先通知，事前請示；謝絕

例 借金を断られる。

譯 借錢被拒絕。

## 14 ｜ざっと

(副) 粗略地，簡略地，大體上的；(估計) 大概，大略，潑水狀

例 ざっと拝見します。

譯 大致上已讀過。

## 15 ｜しんよう【信用】

(名・他サ) 堅信，確信；信任，相信；信用，信譽；信用交易，非現款交易

例 彼の話は信用できる。

譯 他説的可以信任。

## 16 ｜しんらい【信頼】

(名・他サ) 信賴，相信

例 信頼が厚い。

譯 深受信賴。

## 17 | すいてい【推定】

(名・他サ) 推斷，判定；(法)(無反證之前的)推定，假定

**例** 原因を推定する。

**譯** 推測原因。

## 18 | せい

(名) 原因，緣故，由於；歸咎

**例** 人のせいにする。

**譯** 歸咎於別人。

## 19 | そのため

(接) (表原因)正是因為這樣…

**例** そのため電話に出られませんでした。

**譯** 因為這樣所以沒辦法接電話。

## 20 | それでも

(接續) 儘管如此，雖然如此，即使這樣

**例** それでもまだ続ける。

**譯** 即使這樣，還是持續下去。

N2 ● 30-2(2)

## 30-2 判斷 (2) /
判斷 (2)

## 21 | それなのに

(他五) 雖然那樣，儘管如此

**例** それなのにこの対応はひどい。

**譯** 儘管如此，這樣的應對真是太差勁了。

## 22 | それなら

(他五) 要是那樣，那樣的話，如果那樣

**例** それならこうすればいい。

**譯** 那樣的話，這樣做就可以了。

## 23 | だけど

(接續) 然而，可是，但是

**例** 美人だけど、好きになれない。

**譯** 她人雖漂亮，但我不喜歡。

## 24 | だって

(接・提助) 可是，但是，因為；即使是，就算是

**例** あやまる必要はない。だってきみは悪くないんだから。

**譯** 沒有道歉的必要，再説錯不在你。

## 25 | だとう【妥当】

(名・形動・自サ) 妥當，穩當，妥善

**例** 妥当な方法を取る。

**譯** 採取適當的方法。

## 26 | たとえ

(副) 縱然，即使，那怕

**例** たとえそうだとしてもぼくは行く。

**譯** 即使是那樣我還是要去。

## 27 | ためす【試す】

(他五) 試，試驗，試試

**例** 能力を試す。

**譯** 考驗一下能力。

## 28 | だんてい【断定】

(名・他サ) 斷定，判斷

**例** 断定を下す。

**譯** 做出判斷。

### 29 | ちがいない【違いない】

形 一定是，肯定，沒錯，的確是

例 雨が降るに違いない。

譯 一定會下雨。

### 30 | どうせ

副 （表示沒有選擇餘地）反正，總歸就是，無論如何

例 どうせ勝つんだ。

譯 反正怎樣都會贏。

### 31 | ところが

接・接助 然而，可是，不過；一…，剛要

例 ところがそううまくはいかない。

譯 可是，沒那麼好的事。

### 32 | はんだん【判断】

名・他サ 判斷；推斷，推測；占卜

例 判断がつく。

譯 做出判斷。

### 33 | むし【無視】

名・他サ 忽視，無視，不顧

例 事実を無視する。

譯 忽視事實。

### 34 | もちいる【用いる】

自五 使用；採用，採納；任用，錄用

例 意見を用いる。

譯 採納意見。

### 35 | やむをえない【やむを得ない】

形 不得已的，沒辦法的

例 やむをえない事情がある。

譯 有不得已的情由。

### 36 | よす【止す】

他五 停止，做罷；戒掉；辭掉

例 行くのは止そう。

譯 不要去了吧。

## 30-3 理解 /
理解

### 01 | あらゆる【有らゆる】

連體 一切，所有

例 あらゆる可能性を探る。

譯 探查所有的可能性。

### 02 | いけん【異見】

名・他サ 不同的意見，不同的見解，異議

例 異見を唱える。

譯 持異議。

### 03 | かいしゃく【解釈】

名・他サ 解釋，理解，說明

例 解釈を間違える。

譯 弄錯了解釋。

### 04 | かんねん【観念】

名・自他サ 觀念；決心；斷念，不抱希望

例 時間の観念がない。

譯 沒有時間觀念。

## 05 | くぎる【区切る】

他四 （把文章）斷句，分段

例 区切って話す。

譯 分段説。

## 06 | くぶん【区分】

名・他サ 區分，分類

例 レベルを5段階に区分する。

譯 將層級區分為五個階段。

## 07 | けっきょく【結局】

名・副 結果，結局；最後，最終，終究

例 結局だめになる。

譯 結果最後失敗。

## 08 | けんかい【見解】

名 見解，意見

例 見解が違う。

譯 看法不同。

## 09 | こうてい【肯定】

名・他サ 肯定，承認

例 肯定的な意見を言ってくれた。

譯 提出了肯定的意見。

## 10 | こうもく【項目】

名 文章項目，財物項目；(字典的)詞條，條目

例 項目別に分ける。

譯 以項目來分類。

## 11 | こころえる【心得る】

他下一 懂得，領會，理解；有體驗；答應，應允記在心上的

例 事情を心得る。

譯 充分理解事情。

## 12 | さすが【流石】

副・形動 真不愧是，果然名不虛傳；雖然…，不過還是；就連…也都，甚至

例 さすがに寂しい。

譯 果然很荒涼。

## 13 | しょうち【承知】

名・他サ 同意，贊成，答應；知道；許可，允許

例 ご承知の通りです。

譯 誠如您所知。

## 14 | そうい【相違】

名・自サ 不同，懸殊，互不相符

例 事実と相違がある。

譯 與事實不符。

## 15 | そうっと

副 悄悄地(同「そっと」)

例 秘密をそうっと打ち明ける。

譯 把秘密悄悄地傳出去。

## 16 | ぞんじる・ぞんずる【存じる・存ずる】

自他サ 有，存，生存；在於

例 よく存じております。

譯 完全了解。

## 17 ｜たんなる【単なる】

(連體) 僅僅，只不過

例 単なる好奇心にすぎない。

譯 只不過是好奇心罷了。

---

## 18 ｜たんに【単に】

(副) 單，只，僅

例 単に忘れただけだ。

譯 只是忘記了而已。

---

## 19 ｜ちゅうしょう【抽象】

(名・他サ) 抽象

例 抽象的な概念を理解する。

譯 理解抽象的概念。

---

## 20 ｜ひかく【比較】

(名・他サ) 比，比較

例 比較にならない。

譯 比不上。

---

## 21 ｜ひかくてき【比較的】

(副・形動) 比較地

例 比較的やさしい問題だ。

譯 相較來說簡單的問題。

---

## 22 ｜ぶんるい【分類】

(名・他サ) 分類，分門別類

例 分類表が作られた。

譯 製作分類表。

---

## 23 ｜べつ【別】

(名・形動・漢造) 分別，區分；分別

例 正邪の別を明らかにする。

譯 明白的區分正邪。

---

## 24 ｜まさに

(副) 真的，的確，確實

例 まさに君の言った通りだ。

譯 您説得一點都沒錯。

---

## 25 ｜みかた【見方】

(名) 看法，看的方法；見解，想法

例 見方が違う。

譯 看法不同。

---

## 26 ｜みたい

(助動・形動型)（表示和其他事物相像）像…一樣；（表示具體的例子）像…這樣；表示推斷或委婉的斷定

例 子供みたい。

譯 像小孩般。

---

## 27 ｜めいかく【明確】

(名・形動) 明確，準確

例 明確に答える。

譯 明確回答。

---

## 28 ｜もしも

(副)（強調）如果，萬一，倘若

例 もしものことがあっても安心だ。

譯 有意外之事也安心。

## 29 | もって【以って】

連語・接續 (…をもって形式，格助詞用法)以，用，拿；因為；根據；(時間或數量)到；(加強を的語感)把；而且；因此；對此

例 身をもって経験する。

譯 親身經驗。

## 30 | もっとも【尤も】

連語・接續 合理，正當，理所當有的；話雖如此，不過

例 もっともな意見を言う。

譯 提出合理的意見。

## 31 | より

副 更，更加

例 より深く理解する。

譯 更加深入地理解。

## 32 | れんそう【連想】

名・他サ 聯想

例 雲を見て羊を連想する。

譯 看見雲朵就聯想到綿羊。

## 33 | わりと・わりに【割と・割に】

副 比較；分外，格外，出乎意料

例 柿が割に甘い。

譯 柿子分外香甜。

N2 ● 30-4(1)

## 30-4 知識 (1) /
知識 (1)

## 01 | あきらか【明らか】

形動 顯然，清楚，明確；明亮

例 明らかになる。

譯 變得清楚。

## 02 | かいとう【回答】

名・自サ 回答，答覆

例 読者の質問に回答する。

譯 答覆讀者的問題。

## 03 | かくじつ【確実】

形動 確實，準確；可靠

例 確実な情報を得る。

譯 得到可靠的情報。

## 04 | かつよう【活用】

名・他サ 活用，利用，使用

例 知識を活用する。

譯 活用知識。

## 05 | カバー【cover】

名・他サ 罩，套；補償，補充；覆蓋

例 欠点をカバーする。

譯 補償缺陷。

## 06 | かんちがい【勘違い】

名・自サ 想錯，判斷錯誤，誤會

例 君と勘違いした。

譯 誤以為是你。

## 07 | きおく【記憶】

名・他サ 記憶，記憶力；記性

例 記憶に新しい。

譯 記憶猶新。

## 08 | きづく【気付く】

(自五) 察覺，注意到，意識到；（神志昏迷後）甦醒過來

例 誤りに気付く。

譯 意識到錯誤。

## 09 | きゅうしゅう【吸収】

(名・他サ) 吸收

例 知識を吸収する。

譯 吸收知識。

## 10 | げんに【現に】

(副) 做為不可忽略的事實，實際上，親眼

例 現にこの目で見た。

譯 親眼看到。

## 11 | げんり【原理】

(名) 原理；原則

例 てこの原理を使う。

譯 使用槓桿原理。

## 12 | ごうり【合理】

(名) 合理

例 合理性に欠ける。

譯 缺乏合理性。

## 13 | したがって【従って】

(他五) 因此，從而，因而，所以

例 線からはみ出ました。したがって
　　アウトです。

譯 跑出線了，所以是出局。

## 14 | じつよう【実用】

(名・他サ) 實用

例 実用的なものが喜ばれる。

譯 實用的東西備受歡迎。

## 15 | じゅうだい【重大】

(形動) 重要的，嚴重的，重大的

例 重大な誤りにつながる。

譯 導致嚴重的錯誤。

## 16 | じゅん【順】

(名・漢造) 順序，次序；輪班，輪到；正當，必然，理所當然；順利

例 先着順にてご予約を承ります。

譯 按到達先後接受預約。

## 17 | すでに【既に】

(副) 已經，業已；即將，正值，恰好

例 すでに知っている。

譯 已經知道了。

## 18 | すなわち【即ち】

(接) 即，換言之；即是，正是；則，彼時；乃，於是

例 戦えば即ち勝つ。

譯 戰則勝。

## 19 | せつ【説】

(名・漢造) 意見，論點，見解；學說；述説

例 その原因には二つの説があります。

譯 原因有兩種説法。

## 20 ｜そっちょく【率直】

形動 坦率，直率

例 率直な意見を聞きたい。

譯 想聽坦然直率的意見。

## 21 ｜たくわえる【蓄える・貯える】

他下一 儲蓄，積蓄；保存，儲備；留，留存

例 知識を蓄える。

譯 累積知識。

## 22 ｜ちえ【知恵】

名 智慧，智能；腦筋，主意

例 知恵がつく。

譯 有了主意。

## 23 ｜ちのう【知能】

名 智能，智力，智慧

例 知能を持つ。

譯 具有…的智力。

## 24 ｜てきかく【的確】

形動 正確，準確，恰當

例 的確な数字を出す。

譯 提出正確的數字。

## 25 ｜でたらめ

名・形動 荒唐，胡扯，胡説八道，信口開河

例 でたらめを言うな。

譯 別胡説八道。

## 26 ｜てらす【照らす】

他五 照耀，曬，晴天

例 先例に照らす。

譯 參照先例。

## 27 ｜なぞ【謎】

名 謎語；暗示，口風；神秘，詭異，莫名其妙，不可思議，想不透（為何）

例 謎を解く。

譯 解謎。

## 28 ｜ばか【馬鹿】

名・形動 愚蠢，糊塗

例 馬鹿にする。

譯 輕視，瞧不起。

## 29 ｜ひてい【否定】

名・他サ 否定，否認

例 うわさを否定する。

譯 否認謠言。

## 30 ｜ひねる【捻る】

他五 （用手）扭，擰；（俗）打敗，擊敗；別有風趣

例 頭を捻る。

譯 轉頭；左思右想。

N2 ● 30-4(2)

## 30-4 知識（2）/
知識（2）

## 31 ｜ひょうか【評価】

名・他サ 定價，估價；評價

例 評価が上がる。

譯 評價提高。

## 32 ｜ぶんせき【分析】

名・他サ （化）分解，化驗；分析，解剖

例 分析を行う。

譯 進行分析。

## 33 ｜ぶんめい【文明】

名 文明；物質文化

例 文明が進む。

譯 文明進步。

## 34 ｜へん【偏】

名・漢造 漢字的（左）偏旁；偏，偏頗

例 偏見を持っている。

譯 有偏見。

## 35 ｜ほんと【本当】

名・形動 真實，真心；實在，的確；真正；本來，正常

例 ほんとに悪いと思う。

譯 實在是感到很抱歉。

## 36 ｜ほんもの【本物】

名 真貨，真的東西

例 本物と偽物とを見分ける。

譯 辨別真貨假貨。

## 37 ｜まね【真似】

名・他サ・自サ 模仿，裝，仿效；（愚蠢糊塗的）舉止，動作

例 まねがうまい。

譯 模仿的很好。

## 38 ｜みにつく【身に付く】

慣 學到手，掌握

例 技術が身に付く。

譯 學技術。

## 39 ｜みにつける【身に付ける】

慣 （知識、技術等）學到，掌握到

例 一芸を身に付ける。

譯 學得一技之長。

## 40 ｜むじゅん【矛盾】

名・自サ 矛盾

例 矛盾が起こる。

譯 產生矛盾。

## 41 ｜めいしん【迷信】

名 迷信

例 迷信を信じる。

譯 相信迷信。

## 42 ｜めちゃくちゃ

名・形動 亂七八糟，胡亂，荒謬絕倫

例 めちゃくちゃなことを言う。

譯 胡說八道。

## 43 ｜もと【元・旧・故】

名・接尾 原，從前；原來

例 うわさの元をただす。

譯 追究流言的起源。

## 44 ｜ものがたる【物語る】

他五 談，講述；説明，表明

例 経験を物語る。

譯 談經驗。

### 45 | ものごと【物事】

名 事情，事物；一切事情，凡事
例 物事が分かる。
譯 懂事。

### 46 | もんどう【問答】

名・自サ 問答；商量，交談，爭論
例 人生について問答する。
譯 談論人生的問題。

### 47 | ようい【容易】

形動 容易，簡單
例 容易にできる。
譯 容易完成。

### 48 | ようてん【要点】

名 要點，要領
例 要点をつかむ。
譯 抓住要點。

### 49 | ようりょう【要領】

名 要領，要點；訣竅，竅門
例 要領を得る。
譯 很得要領。

### 50 | よき【予期】

名・自サ 預期，預料，料想
例 予期せぬ出来事が次々と起こった。
譯 意料之外的事件接二連三地發生。

### 51 | よそく【予測】

名・他サ 預測，預料

例 予測がつく。
譯 可以預料。

### 52 | りこう【利口】

名・形動 聰明，伶利機靈；巧妙，周到，能言善道
例 利口な子が揃った。
譯 齊聚了一群機靈的小孩。

### 53 | わざと【態と】

副 故意，有意，存心；特意地，有意識地
例 わざと意地悪を言う。
譯 故意說話刁難。

## 30-5 言語 (1) /
語言 (1)

### 01 | アクセント【accent】

名 重音；重點，強調之點；語調；（服裝或圖案設計上）突出點，著眼點
例 文章にアクセントをつける。
譯 在文章上標示重音。

### 02 | いぎ【意義】

名 意義，意思；價值
例 人生の意義を問う。
譯 追問人生意義。

### 03 | えいわ【英和】

名 英日辭典
例 英和辞典を使う。
譯 使用英和辭典。

## 04 ｜おくりがな【送り仮名】

名 漢字訓讀時，寫在漢字下的假名；用日語讀漢文時，在漢字右下方寫的假名

例 送り仮名を付ける。

譯 寫上送假名。

## 05 ｜かつじ【活字】

名 鉛字，活字

例 活字を読む。

譯 閱讀。

## 06 ｜かなづかい【仮名遣い】

名 假名的拼寫方法

例 仮名遣いが簡単になった。

譯 假名拼寫方式變簡單了。

## 07 ｜かんれん【関連】

名・自サ 關聯，有關係

例 関連が深い。

譯 關係深遠。

## 08 ｜かんわ【漢和】

名 漢語和日語；漢日辭典（用日文解釋古漢語的辭典）

例 漢和辞典を使いこなす。

譯 善用漢和辭典。

## 09 ｜くとうてん【句読点】

名 句號，逗點；標點符號

例 句読点を打つ。

譯 標上標點符號。

## 10 ｜くん【訓】

名 （日語漢字的）訓讀（音）

例 訓読みを覚える。

譯 背誦訓讀（用日本固有語言讀漢字的方法）。

## 11 ｜けいようし【形容詞】

名 形容詞

例 形容詞に相当する。

譯 相當於形容詞。

## 12 ｜けいようどうし【形容動詞】

名 形容動詞

例 形容動詞に付く。

譯 接在形容動詞後面。

## 13 ｜げんご【言語】

名 言語

例 言語に絶する。

譯 無法形容。

## 14 ｜ごじゅうおん【五十音】

名 五十音

例 五十音順で並ぶ。

譯 以五十音的順序排序。

## 15 ｜ことばづかい【言葉遣い】

名 説法，措辭，表達

例 丁寧な言葉遣いをする。

譯 有禮貌的言辭。

## 16 ｜ことわざ【諺】

名 諺語，俗語，成語，常言

例 ことわざに曰く。

譯 俗話説…。

## 17 ｜じゅくご【熟語】

(名) 成語，慣用語；(由兩個以上單詞組成)
複合詞；(由兩個以上漢字構成的)漢語詞
例 熟語を使う。
譯 引用成語。

## 18 ｜しゅご【主語】

(名) 主語；(邏)主詞
例 主語と述語から成り立つ。
譯 由主語跟述語所構成的。

## 19 ｜じゅつご【述語】

(名) 謂語
例 主語の動作、性質を表わす部分
を述語という。
譯 敘述主語的動作或性質部份叫述語。

## 20 ｜せつぞく【接続】

(名・自他サ) 連續，連接；(交通工具)連軌，
接運
例 文と文を接続する。
譯 把句子跟句子連接起來。

## 30-5 言語 (2) /
語言 (2)

## 21 ｜だいめいし【代名詞】

(名) 代名詞，代詞；(以某詞指某物、某事)
代名詞
例 代名詞となる。
譯 成為代名詞。

## 22 ｜たんご【単語】

(名) 單語

例 単語がわかる。
譯 看懂單詞。

## 23 ｜ちゅう【注】

(名・漢造) 註解，注釋；注入；注目；註釋
例 注をつける。
譯 加入註解。

## 24 ｜てき【的】

(造語) …的
例 科学的に実証される。
譯 在科學上得到證實。

## 25 ｜どうし【動詞】

(名) 動詞
例 動詞の活用が苦手だ。
譯 動詞的活用最難。

## 26 ｜なになに【何々】

(代・感) 什麼什麼，某某
例 何々会社の人。
譯 某公司的社員。

## 27 ｜ノー【no】

(名・感・造) 表否定；沒有，不；(表示禁止)
不必要，禁止

例 ノースモーキング。
譯 禁止吸菸

## 28 ｜ひとこと【一言】

(名) 一句話；三言兩語
例 一言も言わない。
譯 一言不發。

**29 ｜ぶ【無】**

漢造 無，沒有，缺乏

例 無愛想な返事をする。

譯 冷淡的回應。

---

**30 ｜ふくし【副詞】**

名 副詞

例 様態の副詞を使う。

譯 使用樣態副詞。

---

**31 ｜ぶしゅ【部首】**

名 (漢字的)部首

例 部首索引を使ってみる。

譯 嘗試使用部首索引。

---

**32 ｜ふりがな【振り仮名】**

名 (在漢字旁邊)標註假名

例 振り仮名をつける。

譯 標上假名。

---

**33 ｜ペラペラ**

副・自サ 説話流利貌(特指外語)；單薄
不結實貌；連續翻紙頁貌

例 英語がペラペラだ。

譯 英語流利。

---

**34 ｜ぽい**

接尾・形型 (前接名詞、動詞連用形，構
成形容詞)表示有某種成分或傾向

例 忘れっぽい。

譯 健忘。

---

**35 ｜ほうげん【方言】**

名 方言，地方話，土話

例 方言で話す。

譯 説方言。

---

**36 ｜めいし【名詞】**

名 (語法)名詞

例 名詞は変化が無い。

譯 名詞沒有變化。

---

**37 ｜もじ【文字】**

名 字跡，文字，漢字；文章，學問

例 文字を書く。

譯 寫字。

---

**38 ｜やく【訳】**

名・他サ・漢造 譯，翻譯；漢字的訓讀

例 訳文を付ける。

譯 加上譯文。

---

**39 ｜ようご【用語】**

名 用語，措辭；術語，專業用語

例 ＩＴ用語を解説する。

譯 解説資訊科技專門術語。

---

**40 ｜よみ【読み】**

名 唸，讀；訓讀；判斷，盤算；理解

例 この字の読みがわからない。

譯 不知道這個字的讀法。

---

**41 ｜りゃくする【略する】**

他サ 簡略；省略，略去；攻佔，奪取

例 マクドナルドを略してマック。
譯 麥當勞簡稱麥克。

---

## 42 ｜わえい【和英】

名 日本和英國；日語和英語；日英辭典的簡稱
例 和英辞典で調べた。
譯 查日英辭典。

N2 ● 30-6(1)

### 30-6 表現 (1) /
表達(1)

## 01 ｜あら

感 （女性用語）（出乎意料或驚訝時發出的聲音）唉呀！唉唷
例 あら、大変だ。
譯 哎呀，可不得了！

---

## 02 ｜あれ (っ)

感 （驚訝、恐怖、出乎意料等場合發出的聲音）呀！唉呀？
例 あれっ、今日どうしたの。
譯 唉呀！今天怎麼了？

---

## 03 ｜あんなに

副 那麼地，那樣地
例 被害があんなにひどいとは思わなかった。
譯 沒想到災害會如此嚴重。

---

## 04 ｜あんまり

形動・副 太，過於，過火
例 あんまりなことを言う。
譯 說過分的話。

## 05 ｜いいだす【言い出す】

他五 開始說，說出口
例 言い出しにくい。
譯 難以啟齒的。

---

## 06 ｜いいつける【言い付ける】

他下一 命令；告狀；說慣，常說
例 用事を言い付ける。
譯 吩咐事情。

---

## 07 ｜いわば【言わば】

副 譬如，打個比方，說起來，打個比方說
例 これはいわば一種の宣伝だ。
譯 這可說是一種宣傳。

---

## 08 ｜いわゆる【所謂】

連體 所謂，一般來說，大家所說的，常說的
例 ああいう人たちがいわゆるゲイなんだ。
譯 那樣的人就是所謂的同性戀。

---

## 09 ｜うんぬん【云々】

名・他サ 云云，等等；說長道短
例 理由が云々と言う。
譯 說了種種理由。

---

## 10 ｜えっ

感 （表示驚訝、懷疑）啊！；怎麼？
例 えっ、何ですって。
譯 啊，你說甚麼？

## 11 ｜おきのどくに【お気の毒に】

連語・感 令人同情；過意不去，給人添麻煩

例 お気の毒に思う。

譯 覺得可憐。

## 12 ｜おげんきで【お元気で】

寒暄 請保重

例 では、お元気で。

譯 那麼，請您保重。

## 13 ｜おめでたい【お目出度い】

形 恭喜，可賀

例 おめでたい話だ。

譯 可喜可賀的事。

## 14 ｜かたる【語る】

他五 説，陳述；演唱，朗讀

例 真実を語る。

譯 陳述事實。

## 15 ｜かならずしも【必ずしも】

副 不一定，未必

例 必ずしも正しいとは限らない。

譯 未必一定正確。

## 16 ｜かまいません【構いません】

寒暄 沒關係，不在乎

例 私は構いません。

譯 我沒關係。

## 17 ｜かんぱい【乾杯】

名・自サ 乾杯

例 乾杯の音頭を取る。

譯 首先帶頭乾杯。

## 18 ｜きょうしゅく【恐縮】

名・自サ （對對方的厚意感覺）惶恐（表感謝或客氣）；（給對方添麻煩表示）對不起，過意不去；（感覺）不好意思，羞愧，慚愧

例 恐縮ですが…。

譯 （給對方添麻煩，表示）對不起，過意不去。

## 19 ｜くれぐれも

副 反覆，周到

例 くれぐれも気をつけて。

譯 請多多留意。

## 20 ｜ごくろうさま【ご苦労様】

名・形動 （表示感謝慰問）辛苦，受累，勞駕

例 ご苦労様と声をかける。

譯 説聲「辛苦了」。

## 21 ｜ごちそうさま【ご馳走様】

連語 承蒙您的款待了，謝謝

例 ごちそうさまと言って箸を置く。

譯 説「謝謝款待」後，就放下筷子。

## 22 ｜ことづける【言付ける】

他下一 託帶口信，託付

例 手紙を言付ける。

譯 托付帶信。

## 23 ｜ことなる【異なる】

自五 不同，不一樣

例 習慣が異なる。

譯 習慣不同。

## 24 ｜ごぶさた【ご無沙汰】

(名・自サ) 久疏問候，久未拜訪，久不奉函

例 久しくご無沙汰しています。

譯 久疏問候（寫信時致歉）。

## 25 ｜こんばんは【今晩は】

(寒暄) 晚安，你好

例 こんばんは、寒くなりましたね。

譯 你好，變冷了呢。

## 26 ｜さて

(副・接・感) 一旦，果真；那麼，卻説，於是；(自言自語，表猶豫)到底，那可…

例 さて、本題に入ります。

譯 接下來，我們來進入主題。

## 27 ｜しかも

(接) 而且，並且；而，但，卻；反而，竟然，儘管如此還…

例 安くてしかも美味い。

譯 便宜又好吃。

## 28 ｜しゃれ【洒落】

(名) 俏皮話，雙關語；(服裝)亮麗，華麗，好打扮

例 洒落をとばす。

譯 説俏皮話。

## 29 ｜しようがない【仕様がない】

(慣) 沒辦法

例 負けても仕様がない。

譯 輸了也沒轍。

## 30 ｜せっかく【折角】

(名・副) 特意地；好不容易；盡力，努力，拼命的

例 せっかくの努力が水の泡になる。

譯 辛苦努力都成泡影。

## 30-6 表現 (2) / 表達⑵

## 31 ｜ぜひとも【是非とも】

(副) (是非的強調説法)一定，無論如何，務必

例 是非ともお願いしたい。

譯 務必請您（幫忙）。

## 32 ｜せめて

(副) (雖然不夠滿意，但那怕是，至少也，最少

例 せめてもう１度受けなさい。

譯 至少再報考一次吧！

## 33 ｜そういえば【そう言えば】

(他五) 這麼説來，這樣一説

例 そう言えばあの件はどうなった。

譯 這樣一説，那件事怎麼樣了？

## 34 ｜だが

(接) 但是，可是，然而

例 その日はひどい雨だった。だが、我々は出発した。

譯 那天雖然下大雨，但我們仍然出發前往。

## 35 ｜ただし【但し】

接續 但是，可是

例 ただし条件がある。

譯 可是有條件。

## 36 ｜たとえる【例える】

他下一 比喻，比方

例 人生を旅に例える。

譯 把人生比喻為旅途。

## 37 ｜で

接續 那麼；（表示原因）所以

例 で、結果はどうだった。

譯 那麼，結果如何。

## 38 ｜できれば

連語 可以的話，可能的話

例 できればもっと早く来てほしい。

譯 希望能盡早來。

## 39 ｜ですから

接續 所以

例 ですから先ほど話したとおりです。

譯 所以，正如我剛剛說的那樣。

## 40 ｜どういたしまして【どう致しまして】

寒暄 不客氣，不敢當

例 「ありがとう」「どう致しまして」

譯 「謝謝。」「不客氣。」

## 41 ｜どうも

副 （後接否定詞）怎麼也…；總覺得，似乎；實在是，真是

例 どうも調子がおかしい。

譯 總覺得怪怪的。

## 42 ｜ところ

接尾 （前接動詞連用形）值得…的地方，應該…的地方；生產…的地方；們

例 彼の話はつかみどころがない。

譯 他的話沒辦法抓到重點。

## 43 ｜ところで

接續・接助 （用於轉變話題）可是，不過；即使，縱使，無論

例 ところであの話はどうなりましたか。

譯 不過，那件事結果怎麼樣？

## 44 ｜とにかく

副 總之，無論如何，反正

例 とにかく待ってみよう。

譯 總之先等看看。

## 45 ｜ともかく

副・接 暫且不論，姑且不談；總之，反正；不管怎樣

例 ともかく先を急ごう。

譯 總之，趕快先走吧！

## 46 ｜なお

副・接 仍然，還，尚；更，還，再；猶如，如；尚且，而且，再者

例 なお議論の余地がある。

譯 還有議論的餘地。

## 47 ｜なにしろ【何しろ】

副 不管怎樣，總之，到底；因為，由於

例 なにしろ話してごらん。

譯 不管怎樣，你就説説看。

---

## 48 | なにぶん【何分】

名・副 多少；無奈…

例 何分経験不足なのでできない。

譯 無奈經驗不足故辦不到。

---

## 49 | なにも

連語・副 （後面常接否定）什麼也…，全都…；並（不），（不）必

例 なにも知らない。

譯 什麼也不知道。

---

## 50 | なんて

副助 什麼的，…之類的話；説是…；（輕視）叫什麼…來的；等等，之類；表示意外，輕視或不以為然

例 勉強なんて大嫌いだ。

譯 我最討厭讀書了。

N2 ● 30-6(3)

**30-6 表現 (3) /**
表達 (3)

---

## 51 | なんでも【何でも】

副 什麼都，不管什麼；不管怎樣，無論怎樣；據説是，多半是

例 何でも出来る。

譯 什麼都會。

---

## 52 | なんとか【何とか】

副 設法，想盡辦法；好不容易，勉強；（不明確的事情、模糊概念）什麼，某事

例 何とか間に合った。

譯 勉強趕上時間了。

---

## 53 | のべる【述べる】

他下一 敍述，陳述，説明，談論

例 意見を述べる。

譯 陳述意見。

---

## 54 | はあ

感 （應答聲）是，唉；（驚訝聲）嘿

例 はあ、かしこまりました。

譯 是，我知道了。

---

## 55 | ばからしい【馬鹿らしい】

形 愚蠢的，無聊的；划不來，不值得

例 馬鹿らしくて話にならない。

譯 荒唐得不成體統。

---

## 56 | はきはき

副・自サ 活潑伶俐的樣子；乾脆，爽快；（動作）俐落

例 はきはきと答える。

譯 乾脆地回答。

---

## 57 | はじめまして【初めまして】

寒暄 初次見面

例 初めまして、山田太郎と申します。

譯 初次見面，我叫山田太郎。

---

## 58 | はっぴょう【発表】

名・他サ 發表，宣布，聲明；揭曉

例 発表を行う。

譯 進行發表。

## 59 | はやくち【早口】

名 説話快

例 早口でしゃべる。

譯 説話速度快。

---

## 60 | ばんざい【万歳】

名・感 萬歲；（表示高興）太好了，好極了

例 万歳を三唱する。

譯 三呼萬歲。

---

## 61 | ひとりごと【独り言】

名 自言自語（的話）

例 独り言を言う。

譯 自言自語。

---

## 62 | ひょうげん【表現】

名・他サ 表現，表達，表示

例 言葉の表現が面白かった。

譯 言語的表現很有意思。

---

## 63 | ふく【吹く】

他五・自五 （風）刮，吹；（用嘴）吹；吹（笛等）；吹牛，説大話

例 ほらを吹く。

譯 吹牛。

---

## 64 | ぶつぶつ

名・副 嘮叨，抱怨，嘟囔；煮沸貌；粒狀物，小疙瘩

例 ぶつぶつ文句を言う。

譯 嘟嚷抱怨。

---

## 65 | まあ

副・感 （安撫、勸阻）暫且先，一會；躊躇貌；還算，勉強；制止貌；（女性表示驚訝）哎唷，哎呀

例 まあ、かわいそうに。

譯 哎呀！多麼可憐。

---

## 66 | まあまあ

副・感 （催促、撫慰）得了，好了好了，哎哎；（表示程度中等）還算，還過得去；（女性表示驚訝）哎唷，哎呀

例 まあまあそう言うなよ。

譯 好啦好啦！別再説氣話了！

---

## 67 | むしろ【寧ろ】

副 與其説…倒不如，寧可，莫如，索性

例 あの人は作家というよりむしろ評論家だ。

譯 那個人與其説是作家不如説是評論家。

---

## 68 | もうしわけ【申し訳】

名・他サ 申辯，辯解；道歉；敷衍塞責，有名無實

例 申し訳が立たない。

譯 沒辦法辯解。

---

## 69 | ようするに【要するに】

副・連 總而言之，總之

例 要するにこの話は信用できない。

譯 總而言之，此話不可信。

---

## 70 | ようやく【漸く】

副 好不容易，勉勉強強，終於；漸漸

例 ようやく完成した。

譯 終於完成了。

## 30-7 文書、出版物 (1) ／
文章文書、出版物(1)

### 01 ｜いんよう【引用】

(名・自他サ) 引用

例 名言を引用する。

譯 引用名言。

### 02 ｜えいぶん【英文】

(名) 用英語寫的文章；「英文學」、「英文學科」的簡稱

例 英文から日本語に翻訳される。

譯 把英文翻譯成日文。

### 03 ｜おんちゅう【御中】

(名)（用於寫給公司、學校、機關團體等的書信）公啟

例 株式会社丸々商事　御中

譯 丸丸商事株式會社 敬啟

### 04 ｜がいろん【概論】

(名) 概論

例 経済学概論が刊行された。

譯 經濟學概論出版了。

### 05 ｜けいぞく【継続】

(名・自他サ) 繼續，繼承

例 連載を継続する。

譯 繼續連載。

### 06 ｜げんこう【原稿】

(名) 原稿

例 原稿を書く。

譯 撰稿。

### 07 ｜こう【校】

(名) 學校；校對

例 校を重ねる。

譯 多次校對。

### 08 ｜さくいん【索引】

(名) 索引

例 索引をつける。

譯 附加索引。

### 09 ｜さくせい【作成】

(名・他サ) 寫，作，造成(表、件、計畫、文件等)；製作，擬制

例 報告書を作成する。

譯 寫報告。

### 10 ｜さくせい【作製】

(名・他サ) 製造

例 カタログを作製する。

譯 製作型錄。

### 11 ｜しあがる【仕上がる】

(自五) 做完，完成；做成的情形

例 論文が仕上がる。

譯 完成論文。

### 12 ｜したがき【下書き】

(名・他サ) 試寫；草稿，底稿；打草稿；試畫，畫輪廓

例 下書きに手を加える。

譯 在底稿上加工。

### 13 ｜したじき【下敷き】

名 塾子；塾板；範本，樣本
例 体験を下敷きにして書く。
譯 根據經驗撰寫。

---

### 14 ｜しっぴつ【執筆】

名・他サ 執筆，書寫，撰稿
例 執筆を依頼する。
譯 請求 (某人) 撰稿。

---

### 15 ｜しゃせつ【社説】

名 社論
例 社説を読む。
譯 閱讀社論。

---

### 16 ｜しゅう【集】

漢造 (詩歌等的) 集；聚集
例 文学全集を編む。
譯 編纂文學全集。

---

### 17 ｜しゅうせい【修正】

名・他サ 修改，修正，改正
例 原稿に修正を加える。
譯 修改原稿。

---

### 18 ｜しゅっぱん【出版】

名・他サ 出版
例 本を出版する。
譯 出版書籍。

---

### 19 ｜しょう【章】

名 (文章，樂章的) 章節；紀念章，徽章

例 章を改める。
譯 換章節。

---

### 20 ｜しょせき【書籍】

名 書籍
例 書籍を検索する。
譯 檢索書籍。

## 30-7 文書、出版物 (2) /
文章文書、出版物 (2)

### 21 ｜シリーズ【series】

名 (書籍等的) 彙編，叢書，套；(影片、電影等) 系列；(棒球) 聯賽
例 全シリーズを揃える。
譯 全集一次收集齊全。

---

### 22 ｜しりょう【資料】

名 資料，材料
例 資料を集める。
譯 收集資料。

---

### 23 ｜ずかん【図鑑】

名 圖鑑
例 植物図鑑が送られてきた。
譯 收到植物圖鑑。

---

### 24 ｜する【刷る】

他五 印刷
例 ポスターを刷る。
譯 印刷宣傳海報。

---

### 25 ｜ぜんしゅう【全集】

名 全集

例 世界美術全集を揃える。
譯 搜集全世界美術史全套。

---

**26 | ぞうさつ【増刷】**

(名・他サ) 加印，增印
例 本が増刷になった。
譯 書籍加印。

---

**27 | たいしょう【対照】**

(名・他サ) 對照，對比
例 原文と対照する。
譯 跟原文比對。

---

**28 | たてがき【縦書き】**

(名) 直寫
例 縦書きのほうが読みやすい。
譯 直寫較好閱讀。

---

**29 | たんぺん【短編】**

(名) 短篇，短篇小説
例 短編小説を書く。
譯 寫短篇小説。

---

**30 | てんけい【典型】**

(名) 典型，模範
例 典型とされる作品。
譯 典型作品。

---

**31 | のせる【載せる】**

(他下一) 刊登；載運；放到高處；和著音樂拍子
例 雑誌に記事を載せる。
譯 在雑誌上刊登報導。

---

**32 | はさむ【挟む】**

(他五) 夾，夾住；隔；夾進，夾入；插
例 本にしおりを挟む。
譯 把書籤夾在書裡。

---

**33 | はっこう【発行】**

(名・自サ) （圖書、報紙、紙幣等）發行；發放，發售
例 雑誌を発行する。
譯 發行雑誌。

---

**34 | ひゃっかじてん【百科辞典】**

(名) 百科全書
例 百科事典で調べる。
譯 查閱百科全書。

---

**35 | ひょうし【表紙】**

(名) 封面，封皮，書皮
例 表紙を付ける。
譯 裝封面。

---

**36 | ぶん【文】**

(名・漢造) 文學，文章；花紋；修飾外表，華麗；文字，字體；學問和藝術
例 文に書く。
譯 寫成文章。

---

**37 | ぶんけん【文献】**

(名) 文獻，參考資料
例 文献が残る。
譯 留下文獻。

## 38 ｜ぶんたい【文体】

(名)（某時代特有的)文體;（某作家特有的)
風格

例 夏目漱石の文体が非常に美しかった。

譯 夏目漱石的文體極為優美。

## 39 ｜ぶんみゃく【文脈】

(名) 文章的脈絡，上下文的一貫性，前後文的邏輯;（句子、文章的)表現手法

例 文脈がはっきりする。

譯 文章脈絡清楚。

## 40 ｜へんしゅう【編集】

(名・他サ) 編集;（電腦)編輯

例 雑誌を編集する。

譯 編輯雜誌。

## 41 ｜みだし【見出し】

(名)（報紙等的)標題;目錄，索引;選拔，
拔擢;（字典的)詞目，條目

例 見出しを読む。

譯 讀標題。

## 42 ｜みほん【見本】

(名) 樣品，貨樣;榜樣，典型

例 見本を提供する。

譯 提供樣品。

## 43 ｜もくじ【目次】

(名)（書籍)目錄，目次;（條目、項目)
目次

例 目次を作る。

譯 編目次。

## 44 ｜ようし【要旨】

(名) 大意，要旨，要點

例 要旨をまとめる。

譯 彙整重點。

## 45 ｜ようやく【要約】

(名・他サ) 摘要，歸納

例 論文を要約する。

譯 做論文摘要。

## 46 ｜よこがき【横書き】

(名) 橫寫

例 横書きの雑誌を作っている。

譯 編製橫寫編排的雜誌。

## 47 ｜ろんぶん【論文】

(名) 論文;學術論文

例 論文を提出する。

譯 提出論文。

## 48 ｜わだい【話題】

(名) 話題，談話的主題、材料;引起爭論的人事物

例 話題が変わる。

譯 改變話題。

必　　勝

# N1

## 情境分類單字

## パート 1 第一章

# 時間

-時間-

### 1-1 時、時間、時刻 (1) ／
時候、時間、時刻 (1)

**01 ｜あいま【合間】**

名（事物中間的）空隙，空閒時間；餘暇

例 仕事の合間に小説を書く。

譯 利用工作空檔寫小説。

**02 ｜アワー【hour】**

名・造 時間；小時

例 ラッシュ・アワー。

譯 尖峰時刻。

**03 ｜いっきに【一気に】**

副 一口氣地

例 一気に飲み干す。

譯 一口氣喝乾。

**04 ｜いっこく【一刻】**

名・形動 一刻；片刻；頑固；愛生氣

例 一刻も早く会いたい。

譯 迫不及待想早點相見。

**05 ｜おくらす【遅らす】**

他五 延遲，拖延；（時間）調慢，調回

例 予定を遅らす。

譯 延遲預定行程。

**06 ｜おり【折】**

名 折，折疊；折縫，折疊物；紙盒小匣；時候；機會，時機

例 折に詰める。

譯 裝進紙盒裡。

**07 ｜きっかり**

副 正，洽

例 きっかり1時半。

譯 正好一點半。

**08 ｜けいか【経過】**

名・自サ（時間的）經過，流逝，度過；過程，經過

例 経過は良好。

譯 過程良好。

**09 ｜ゴールデンタイム【（和）golden＋time】**

名 黃金時段（晚上7到10點）

例 ゴールデンタイムのドラマ。

譯 黃金時段的連續劇。

**10 ｜こうりつ【効率】**

名 效率

例 効率が悪い。

譯 效率差。

### 11 ｜さっきゅう・そうきゅう【早急】

名・形動 盡量快些，趕快，趕緊

例 早急に手配する。

譯 趕緊安排。

### 12 ｜さっと

副 (形容風雨突然到來)倏然，忽然；(形容非常迅速)忽然，一下子

例 さっと顔色が変わる。

譯 臉色突然變了。

### 13 ｜じこくひょう【時刻表】

名 時間表

例 電車の時刻表を検索する。

譯 上網搜尋電車時刻表。

### 14 ｜じさ【時差】

名 (各地標準時間的)時差；錯開時間

例 時差ボケする。

譯 時差(而身體疲倦等)。

### 15 ｜じっくり

副 慢慢地，仔細地，不慌不忙

例 じっくり考える。

譯 仔細考慮。

### 16 ｜しまい

名 完了，終止，結束；完蛋，絕望

例 しまいにお茶漬けにしよう。

譯 最後來碗茶泡飯吧！

### 17 ｜しゅうし【終始】

副・自サ 末了和起首；從頭到尾，一貫

例 終始善戦した。

譯 始終頑強抗爭。

### 18 ｜しょっちゅう

副 經常，總是

例 しょっちゅう喧嘩している。

譯 總是在吵架。

### 19 ｜しろくじちゅう【四六時中】

名 一天到晚，一整天；經常，始終

例 四六時中気にしている。

譯 始終耿耿於懷。

### 20 ｜じんそく【迅速】

名・形動 迅速

例 迅速に処理する。

譯 迅速處理。

### 21 ｜すぎ【過ぎ】

接尾 超過；過度

例 ３時過ぎにお客さんが来た。

譯 三點過後有來客。

### 22 ｜すばやい【素早い】

形 身體的動作與頭腦的思考很快；迅速，飛快

例 動作が素早い。

譯 動作迅速。

### 23 ｜すみやか【速やか】

形動 做事敏捷的樣子，迅速

例 速やかに行動する。

譯 迅速行動。

## 24 ｜スムーズ【smooth】

名・形動 圓滑，順利；流暢

例 話がスムーズに進む。

譯 協商順利進行。

## 25 ｜ずるずる

副・自サ 拖拉貌；滑溜；拖拖拉拉

例 ずるずると返事を延ばす。

譯 遲遲不回覆。

## 26 ｜ずれ

名 (位置，時間意見等)不一致，分歧；偏離；背離，不吻合

例 ずれが生じる。

譯 產生不一致。

## 27 ｜せかす【急かす】

他五 催促

例 仕事をせかす。

譯 催促工作。

## 28 ｜せん【先】

名 先前，以前；先走的一方

例 先住民に敬意を払う。

譯 對原住民表示敬意。

## 29 ｜そくざに【即座に】

副 立即，馬上

例 即座に返答する。

譯 立刻回答。

## 30 ｜そくする【即する】

自サ 就，適應，符合，結合

例 実情に即して考える。

譯 就實際情況來考量。

## 31 ｜タイト【tight】

名・形動 緊，緊貼(身)；緊身裙之略

例 タイトなスケジュールが懸念される。

譯 緊湊的行程叫人擔憂。

## 32 ｜タイマー【timer】

名 秒錶，計時器；定時器

例 タイマーをセットする。

譯 設定計時器。

## 33 ｜タイミング【timing】

名 計時，測時；調時，使同步；時機，事實

例 タイミングが合う。

譯 合時宜。

## 34 ｜タイム【time】

名 時，時間；時代，時機；(體)比賽所需時間；(體)比賽暫停

例 タイムを計る。

譯 計時。

## 35 ｜タイムリー【timely】

形動 及時，適合的時機

例 タイムリーな企画が好評だ。

譯 切合時宜的企畫大受好評。

## 36 ｜たんしゅく【短縮】

名・他サ 縮短，縮減

例 時間を短縮する。

譯 縮短時間。

## 37 ｜ついやす【費やす】

他五 用掉，耗費，花費；白費，浪費

例 歳月を費やす。

譯 虛度光陰。

## 38 ｜つかのま【束の間】

名 一瞬間，轉眼間，轉瞬

例 束の間のできごと。

譯 瞬間發生的事。

## 39 ｜ときおり【時折】

副 有時，偶爾

例 時折思い出す。

譯 偶爾想起。

## 40 ｜とっさに

副 瞬間，一轉眼，轉眼之間

例 とっさに思い出す。

譯 瞬間想了起來。

## 41 ｜ながなが（と）【長々（と）】

副 長長地；冗長；長久

例 長々と話す。

譯 説話冗長。

## 42 ｜はやまる【早まる】

自五 倉促，輕率，貿然；過早，提前

例 予定が早まる。

譯 預定提前。

## 43 ｜はやめる【速める・早める】

他下一 加速，加快；提前，提早

例 時刻を早める。

譯 提早。

## 44 ｜ひび【日々】

名 天天，每天

例 日々の暮らしが楽しくなる。

譯 對日常平淡的生活感到有趣。

## 45 ｜まちあわせ【待ち合わせ】

名 （指定的時間地點）等候會見

例 待ち合わせに遅れる。

譯 約好了卻遲到。

## 46 ｜まっき【末期】

名 末期，最後的時期，最後階段；臨終

例 末期癌の患者を担当する。

譯 負責醫治癌症末期患者。

## 47 ｜まつ【末】

接尾・漢造 末，底；末尾；末期；末節

例 年末の行事を終わらせる。

譯 完成年底的行程。

## 48 ｜めど【目途・目処】

名 目標；眉目，頭緒

例 目途が立たない。

譯 無法解決。

## 49 ｜もちきり【持ち切り】

名（某一段時期）始終談論一件事

例 その話題で持ち切りだ。

譯 始終談論那個話題。

## 50 ｜よか【余暇】

名 閒暇，業餘時間

例 余暇を生かす。

譯 利用餘暇。

## 51 ｜ルーズ【loose】

名・形動 鬆懈，鬆弛，散漫，吊兒郎當

例 ルーズな生活を送る。

譯 過著散漫的生活。

## 1-2 季節、年、月、週、日 ／
季節、年、月、週、日

## 01 ｜かくしゅう【隔週】

名 每隔一週，隔週

例 隔週で発刊される。

譯 隔週發行。

## 02 ｜がんねん【元年】

名 元年

例 平成元年が始まる。

譯 平成元年正式開始。

## 03 ｜こよみ【暦】

名 暦，曆書

例 暦をめくる。

譯 翻閱日曆。

## 04 ｜サイクル【cycle】

名 周期，循環，一轉；自行車

例 サイクル・レースに参戦する。

譯 參加自行車競賽。

## 05 ｜しゅうじつ【終日】

名 整天，終日

例 終日雨が降る。

譯 下一整天的雨。

## 06 ｜スプリング【spring】

名 春天；彈簧；跳躍，彈跳

例 スプリングベッドが使われ始めた。

譯 開始使用彈簧床。

## 07 ｜せつ【節】

名・漢造 季節，節令；時候，時期；節操；
（物體的）節；（詩文歌等的）短句，段落

例 その節はよろしく。

譯 那時請多關照。

## 08 ｜せんだって【先だって】

名 前幾天，前些日子，那一天；事先

例 先だってはありがとう。

譯 前些日子謝謝了。

## 09 ｜つきなみ【月並み】

名 每月，按月；平凡，平庸；每月的
例會

例 月並みな考え。

譯 平凡的想法。

## 10 ｜ねんごう【年号】

名 年號
例 年号が変わる。
譯 改年號。

## 11 ｜ばんねん【晩年】

名 晩年，暮年
例 晩年を迎える。
譯 邁入晚年。

## 12 ｜ひごろ【日頃】

名・副 平素，平日，平常
例 日頃の努力が実を結んだ。
譯 平素的努力結了果。

## 13 ｜めざめる【目覚める】

自下一 醒，睡醒；覺悟，覺醒，發現
例 才能に目覚める。
譯 激發出才能。

## 14 ｜ゆうぐれ【夕暮れ】

名 黃昏；傍晚
例 夕暮れの鐘が鳴る。
譯 傍晚時分鐘聲響起。

## 15 ｜ゆうやけ【夕焼け】

名 晚霞
例 夕焼けを眺める。
譯 欣賞晚霞。

## 16 ｜よふかし【夜更かし】

名・自サ 熬夜
例 夜更かしをする。
譯 熬夜。

## 17 ｜よふけ【夜更け】

名 深夜，深更半夜
例 夜更けに尋ねる。
譯 三更半夜來訪。

## 18 ｜れんきゅう【連休】

名 連假
例 連休明けに連絡します。
譯 放完連假就聯絡。

## 19 ｜れんじつ【連日】

名 連日，接連幾天
例 連日の猛練習に励んでいる。
譯 接連好幾天辛苦的練習。

N1 ● 1-3

## 1-3 過去、現在、未来 /
過去、現在、未來

## 01 ｜いきさつ【経緯】

名 原委，經過
例 事の経緯を説明する。
譯 說明事情始末。

## 02 ｜いぜん【依然】

副・形動 依然，仍然，依舊
例 依然として不景気だ。
譯 依然不景氣。

## 03 ｜いにしえ【古】

名 古代

例 古をしのぶ。

譯 思古幽情。

## 04 ｜いまだ【未だ】

副 (文)未，還(沒)，尚未(後多接否定語)

例 いまだに終わらない。

譯 至今尚未結束。

## 05 ｜かつて

副 曾經，以前；(後接否定語)至今(未曾)，從來(沒有)

例 かつての名選手。

譯 昔日著名的選手。

## 06 ｜かねて

副 事先，早先，原先

例 かねての望みを達する。

譯 達成宿願。

## 07 ｜がんらい【元来】

副 本來，原本，生來

例 これは元来外国の物だ。

譯 這個原本是國外的東西喔。

## 08 ｜きげん【起源】

名 起源

例 起源を探る。

譯 探究起源。

## 09 ｜けいい【経緯】

名 (事情的)經過，原委，細節；經度和緯度

例 経緯を話す。

譯 說明原委。

## 10 ｜こだい【古代】

名 古代

例 古代文明を紹介する。

譯 介紹古代文明。

## 11 ｜さきに【先に】

副 以前，以往

例 先に述べたように。

譯 如同方才所述。

## 12 ｜じきに

副 很接近，就快了

例 じきに追いつくよ。

譯 就快追上了喔。

## 13 ｜じゅうらい【従来】

名・副 以來，從來，直到現在

例 従来の考えが覆される。

譯 過去的想法被加以推翻。

## 14 ｜せんこう【先行】

名・自サ 先走，走在前頭；領先，佔先；優先施行，領先施行

例 時代に先行する。

譯 走在時代的尖端。

## 15 ｜ぜんれい【前例】

名 前例，先例；前面舉的例子

例 前例がない。

譯 沒有前例。

## 16 ｜でんらい【伝来】

名・自サ （從外國）傳來，傳入；祖傳，世傳

例 先祖伝来の土地。

譯 世代相傳的土地。

## 17 ｜ニュー【new】

名・造語 新，新式

例 ニューカップルが誕生する。

譯 新情侶誕生了。

## 18 ｜ひさしい【久しい】

形 過了很久的時間，長久，好久

例 卒業して久しい。

譯 畢業很久了。

## 19 ｜ひところ【一頃】

名 前些日子；曾有一時

例 一頃栄えた町が崩壊した。

譯 曾經繁榮一時的城鎮已衰退。

## 20 ｜へんせん【変遷】

名・自サ 變遷

例 時代の変遷。

譯 時代變遷。

## 21 ｜ぼうとう【冒頭】

名 起首，開頭

例 交渉が冒頭から難行する。

譯 交涉一開始就不順利。

## 22 ｜みてい【未定】

名・形動 未定，未決定

例 日時は未定です。

譯 日期未定。

## 23 ｜もはや

副 （事到如今）已經

例 もはやこれまでだ。

譯 事到如今只能這樣了。

## 24 ｜よ【世】

名 世上，人世；一生，一世；時代，年代；世界

例 世も末だ。

譯 世界末日了。

N1 ● 1-4

### 1-4 期間、期限 /
期間、期限

## 01 ｜うけつける【受け付ける】

他下一 受理，接受；容納（特指吃藥、東西不嘔吐）

例 リクエストを受け付ける。

譯 受理要求。

## 02 ｜おそくとも【遅くとも】

副 最晚，至遲

例 遅くとも 9 時には寝る。

譯 最晚九點就寢。

## 03 ｜かぎりない【限りない】

形 無限，無止盡；無窮無盡；無比，非常

例 限りない悲しみ。

譯 無盡的悲痛。

### 04 ｜かみつ【過密】

(名・形動) 過密，過於集中

例 過密スケジュール。

譯 行程過於集中。

### 05 ｜きじつ【期日】

(名) 日期；期限

例 期日に遅れる。

譯 過期。

### 06 ｜きり

(副助) 只，僅；一…(就…)；(結尾詞用法) 只，全然

例 彼とはそれっきりだった。

譯 跟他就只有那些。

### 07 ｜きり【切り】

(名) 切，切開；限度；段落；(能劇等的) 煞尾

例 切りがない。

譯 無止盡。

### 08 ｜しゅうき【周期】

(名) 周期

例 10年を周期として。

譯 十年為週期。

### 09 ｜ひどり【日取り】

(名) 規定的日期；日程

例 日取りを決める。

譯 決定日程。

### 10 ｜むこう【無効】

(名・形動) 無效，失效，作廢

例 割引券が無効になる。

譯 折價券失效。

## Memo

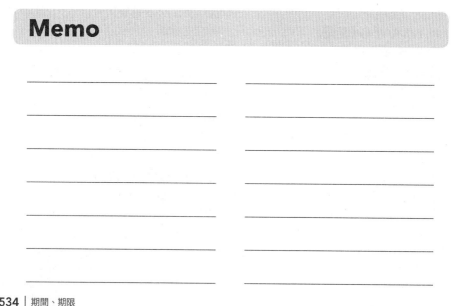

# パート 2 第二章

# 住居

- 住房 -

## 2-1 家 /
住家

### 01 | いえで【家出】

(名・自サ) 逃出家門，逃家；出家為僧

例 娘が家出する。

譯 女兒逃家。

### 02 | かまえる【構える】

(他下一) 修建，修築；(轉)自立門戶，住在(獨立的房屋)；採取某種姿勢，擺出姿態；準備好，假造，裝作，假托

例 店を構える。

譯 開店。

### 03 | かまえ【構え】

(名) (房屋等的)架構，格局；(身體的)姿勢，架勢；(精神上的)準備

例 構えの大きな家に住んでいた。

譯 住在格局大的房子。

### 04 | きしむ【軋む】

(自五) (兩物相摩擦)吱吱嘎嘎響

例 床がきしむ。

譯 地板嘎吱作響。

### 05 | くら【蔵】

(名) 倉庫，庫房；穀倉，糧倉；財源

例 蔵にしまう。

譯 收進倉庫裡。

### 06 | こうきょ【皇居】

(名) 皇居

例 皇居前広場。

譯 皇居前廣場。

### 07 | こもる【籠もる】

(自五) 閉門不出；包含，含蓄；(煙氣等)停滯，充滿，(房間等)不通風

例 部屋にこもる。

譯 閉門不出。

### 08 | じっか【実家】

(名) 娘家；親生父母家

例 実家に戻る。

譯 回到娘家。

### 09 | しゃたく【社宅】

(名) 公司的員工住宅，職工宿舍

例 社宅から通勤する。

譯 從員工宿舍去上班。

### 10 | そうしょく【装飾】

(名・他サ) 裝飾

例 店内を装飾する。

譯 裝飾店內。

## 11 | つくり【作り・造り】

[名]（建築物的）構造，樣式；製造（的樣式）；身材，體格；打扮，化妝

[例] 頑丈(がんじょう)な作(つく)りの建物(たてもの)。

[譯] 堅固結構的建物。

## 12 | ていたく【邸宅】

[名] 宅邸，公館

[例] 大邸宅(だいていたく)が並(なら)んでいる。

[譯] 櫛比鱗次的大宅院並排著。

## 13 | どうきょ【同居】

[名·自サ] 同居；同住，住在一起

[例] 三世代(さんせだい)が同居(どうきょ)する。

[譯] 三代同堂。

## 14 | とじまり【戸締まり】

[名] 關門窗，鎖門

[例] 戸締(とじま)りを忘(わす)れる。

[譯] 忘記鎖門。

## 15 | のきなみ【軒並み】

[名·副] 屋簷節比，成排的屋簷；家家戶戶，每家；一律

[例] 軒並(のきな)みの美(うつく)しい町(まち)を揃(そろ)えている。

[譯] 屋簷櫛比的美麗街道整齊排列著。

## 16 | べっきょ【別居】

[名·自サ] 分居

[例] 妻(つま)と別居(べっきょ)する。

[譯] 和太太分居。

## 17 | ようふう【洋風】

[名] 西式，洋式；西洋風格

[例] 洋風(ようふう)のたたずまい。

[譯] 西式外觀。

N1 ● 2-2

# 2-2 家の外側 /
住家的外側

## 01 | インターホン【interphone】

[名]（船、飛機、建築物等的）內部對講機

[例] インターホンで確認(かくにん)する。

[譯] 用對講機確認一下。

## 02 | えんがわ【縁側】

[名] 迴廊，走廊

[例] 縁側(えんがわ)に出(で)る。

[譯] 到走廊。

## 03 | がいかん【外観】

[名] 外觀，外表，外型

[例] 外観(がいかん)を損(そこ)なう。

[譯] 外觀破損。

## 04 | かだん【花壇】

[名] 花壇，花圃

[例] 花壇(かだん)に花(はな)を植(う)える。

[譯] 在花圃上種花。

## 05 | ガレージ【garage】

[名] 車庫

[例] 車(くるま)をガレージに入(い)れる。

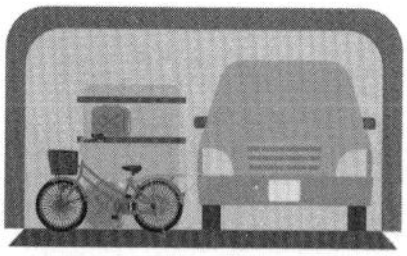

[譯] 把車停入車庫。

## 06 ｜がんじょう【頑丈】

形動 （構造）堅固；（身體）健壯

例 頑丈な扉を設置した。

譯 安裝堅固的門。

## 07 ｜かん【管】

名・漢造・接尾 管子；（接數助詞）支；圓管；筆管；管樂器

例 ガス管が破裂する。

譯 瓦斯管破裂。

## 08 ｜さく【柵】

名 柵欄；城寨

例 柵で囲う。

譯 用柵欄圍住。

## 09 ｜タイル【tile】

名 磁磚

例 タイル張りの床が少ない。

譯 磁磚材質的地板較為稀少。

## 10 ｜だん【壇】

名・漢造 台，壇

例 花壇の草取りをする。

譯 拔除花園裡的雜草。

## 11 ｜とびら【扉】

名 門，門扇；（印刷）扉頁

例 扉を開く。

譯 開門。

## 12 ｜ブザー【buzzer】

名 鈴；信號器

例 ブザーを鳴らす。

譯 鳴汽笛。

## 13 ｜ほうち【放置】

名・他サ 放置不理，置之不顧

例 駅前の放置自転車は減った。

譯 車站前放置被人丟棄的自行車減少了。

## 14 ｜やしき【屋敷】

名 （房屋的）建築用地，宅地；宅邸，公館

例 お化け屋敷に入る。

譯 進入鬼屋。

N1 ● 2-3

## 2-3 部屋、設備 / 房間、設備

## 01 ｜こなごな【粉々】

形動 粉碎，粉末

例 粉々に砕ける。

譯 磨成粉末狀。

## 02 ｜すいせん【水洗】

名・他サ 水洗，水沖；用水沖洗

例 水洗式便所を使用する。

譯 使用沖水馬桶。

## 03 ｜すえつける【据え付ける】

他下一 安裝，安放，安設；裝配，配備；固定，連接

例 電話を据え付ける。

譯 裝配電話。

## 04 ｜すえる【据える】

(他下一) 安放，設置；擺列，擺放；使坐在…；使就…職位；沉著(不動)；針灸治療；蓋章

例 社長に据える。

譯 安排(他)當經理。

## 05 ｜ちゃのま【茶の間】

(名) 茶室；(家裡的)餐廳

例 茶の間で食事をする。

譯 在餐廳吃飯。

## 06 ｜ながし【流し】

(名) 流，沖；流理台

例 流しに下げる。

譯 收拾到流理台裡。

## 07 ｜にゅうよく【入浴】

(名・自サ) 沐浴，入浴，洗澡

例 入浴剤を入れる。

譯 加入入浴劑。

## 08 ｜はいすい【排水】

(名・自サ) 排水

例 排水工事をする。

譯 做排水工程。

## 09 ｜はいち【配置】

(名・他サ) 配置，安置，部署，配備；分派點

例 配置を変更する。

譯 變更配置。

## 10 ｜バス【bath】

(名) 浴室

例 ジャグジーバスに入る。

譯 進按摩浴缸泡澡。

## 11 ｜ぼうか【防火】

(名) 防火

例 防火訓練を行う。

譯 進行防火演練。

## 12 ｜ユニットバス【(和)unit + bath】

(名) (包含浴缸、洗手台與馬桶的)一體成形的衛浴設備

例 最新のユニットバスが取り付けられている。

譯 附有最新型的衛浴設備。

## 13 ｜ようしき【洋式】

(名) 西式，洋式，西洋式

例 洋式トイレにリフォームする。

譯 改裝西式廁所。

## 14 ｜よくしつ【浴室】

(名) 浴室

例 サウナを完備した浴室。

譯 三溫暖設備齊全的浴室。

## 15 ｜わしき【和式】

(名) 日本式

例 和式のトイレ。

譯 和式廁所。

## 2-4 住む /
居住

### 01 ｜アットホーム【at home】

形動 舒適自在，無拘無束

例 アットホームな雰囲気。

譯 舒適的氣氛。

### 02 ｜いじゅう【移住】

名・自サ 移居；（候鳥）定期遷徙

例 外国に移住する。

譯 移居國外。

### 03 ｜きょじゅう【居住】

名・自サ 居住；住址，住處

例 居住地域。

譯 居住地區。

### 04 ｜じゅう【住】

名・漢造 居住，住處；停住；住宿；住持

例 衣食住に事欠く。

譯 食衣住樣樣貧困。

### 05 ｜てんきょ【転居】

名・自サ 搬家，遷居

例 転居先に転送する。

譯 轉寄到遷居地。

### 06 ｜ふざい【不在】

名 不在，不在家

例 不在通知を受け取る。

譯 收到郵件招領通知。

## Memo

## 3-1 食事、食べる、味 /
用餐、吃、味道

### 01 ｜あじわい【味わい】

(名) 味，味道；趣味，妙處

**例** 味わいのある言葉。

**譯** 富饒趣味的言語。

### 02 ｜あっさり

(副・自サ)（口味）清淡；（樣式）樸素，不花俏；（個性）坦率，淡泊；簡單，輕鬆

**例** お金にあっさりしている。

**譯** 對金錢淡泊。

### 03 ｜あまくち【甘口】

(名) 帶甜味的；好吃甜食的人；（騙人的）花言巧語，甜言蜜語

**例** 甘口の酒を飲む。

**譯** 喝帶甜味的酒。

### 04 ｜あわせ【合わせ】

(名)（當造語成分用）合在一起；對照；比賽；（猛拉鉤絲）鉤住魚

**例** 刺身の盛り合わせを頼む。

**譯** 叫生魚片拼盤。

### 05 ｜えんぶん【塩分】

(名) 鹽分，鹽濃度

**例** 塩分を取り除く。

**譯** 除去鹽分。

### 06 ｜かけ【掛け】

(接尾・造語)（前接動詞連用形）表示動作已開始而還沒結束，或是中途停了下來；（表示掛東西用的）掛

**例** 食べかけの饅頭。

**譯** 吃到一半的豆沙包。

### 07 ｜かみきる【噛み切る】

(他五) 咬斷，咬破

**例** 肉を噛み切る。

**譯** 咬斷肉。

### 08 ｜かみ【加味】

(名・他サ) 調味，添加調味料；添加，放進，採納

**例** スパイスを加味する。

**譯** 添加辛香料。

### 09 ｜きょう【供】

(漢造) 供給，供應，提供

**例** 食事を供する。

**譯** 供膳。

### 10 ｜ぐっと

(副) 使勁；一口氣地；更加；啞口無言；（俗）深受感動

例 ぐっと飲む。
譯 一口氣喝完。

## 11 ｜しゅしょく【主食】
名 主食（品）
例 米を主食とする。
譯 以米飯為主食。

## 12 ｜ていしょく【定食】
名 客飯，套餐
例 定食を注文する。
譯 點套餐。

## 13 ｜なまぐさい【生臭い】
形 發出生魚或生肉的氣味；腥
例 生臭い匂いがする。
譯 發出腥臭味。

## 14 ｜なめる
他下一 舔；嚐；經歷；小看，輕視；（比喻火）燒，吞沒
例 辛酸をなめる。
譯 飽嚐辛酸。

## 15 ｜のみこむ【飲み込む】
他五 咽下，吞下；領會，熟悉
例 コツを飲み込む。
譯 掌握要領。

## 16 ｜ひるめし【昼飯】
名 午飯
例 昼飯を食う。
譯 吃午餐。

## 17 ｜ふくれる【膨れる・脹れる】
自下一 脹，腫，鼓起來
例 お腹が膨れる。
譯 肚子脹起來。

## 18 ｜まずい【不味い】
形 難吃；笨拙，拙劣；難看；不妙
例 空腹にまずい物なし。
譯 餓肚子時沒有不好吃的東西。

## 19 ｜まちまち【区々】
名・形動 形形色色，各式各樣
例 噂がまちまちだ。
譯 傳說不一。

## 20 ｜みかく【味覚】
名 味覺
例 味覚が鋭い。
譯 味覺敏銳。

## 21 ｜みずみずしい【瑞瑞しい】
形 水嫩，嬌嫩；新鮮
例 みずみずしい果物が旬を迎えます。
譯 新鮮的水果正當季好吃。

## 22 ｜み【味】
漢造 （舌的感覺）味道；事物的內容；鑑賞，玩味；（助數詞用法）（食品、藥品、調味料的）種類
例 旨味がある。
譯 （食物）好滋味。

## 23 ｜めす【召す】

他五 （敬語）召見，召喚；吃；喝；穿；乘；入浴；感冒；買

例 お召しになりますか。

譯 您要嚐一下嗎。

## 3-2 食べ物 /
食物

## 01 ｜うめぼし【梅干し】

名 鹹梅，醃的梅子

例 梅干しを漬ける。

譯 醃製酸梅。

## 02 ｜おせちりょうり【お節料理】

名 年菜

例 お節料理を作る。

譯 煮年菜。

## 03 ｜かいとう【解凍】

名・他サ 解凍

例 解凍してから焼く。

譯 先解凍後烤。

## 04 ｜カクテル【cocktail】

名 雞尾酒

例 カクテルを飲む。

譯 喝雞尾酒。

## 05 ｜かしら【頭】

名 頭，腦袋；頭髮；首領，首腦人物；頭一名，頂端，最初

例 お頭つきの鯛を買った。

譯 買了頭尾俱全的鯛魚。

## 06 ｜こうしんりょう【香辛料】

名 香辣調味料（薑，胡椒等）

例 香辛料を入れる。

譯 加入香辣調味料。

## 07 ｜ゼリー【jelly】

名 果凍；膠狀物

例 ゼリー状から液状になっていく。

譯 從膠狀變成液狀。

## 08 ｜ぜん【膳】

名・接尾・漢造 （吃飯時放飯菜的）方盤，食案，小飯桌；擺在食案上的飯菜；（助數詞用法）（飯等的）碗數；一雙(筷子)；飯菜等

例 お膳にお椀を並べる。

譯 在飯桌上擺放碗筷。

## 09 ｜ぞうに【雑煮】

名 日式年糕湯

例 うちのお雑煮は醤油味だ。

譯 我們家的年糕湯是醬油風味。

## 10 ｜そえる【添える】

他下一 添，加，附加，配上；伴隨，陪同

例 口を添える。

譯 替人美言。

## 11 ｜とろける

自下一 溶化，溶解；心盪神馳

例 とろけるチーズ。

譯 入口即化的起司。

## 12 | ねつりょう【熱量】

名 熱量
例 熱量を測る。
譯 計算熱量。

## 13 | はいきゅう【配給】

名・他サ 配給，配售，定量供應
例 配給制度に移行する。
譯 更換為配給制度。

## 14 | はごたえ【歯応え】

名 咬勁，嚼勁；有幹勁
例 この煎餅は歯応えがある。
譯 這個煎餅咬起來很脆。

## 15 | はちみつ【蜂蜜】

名 蜂蜜
例 蜂蜜を塗る。
譯 塗蜂蜜。

## 16 | ぶっし【物資】

名 物資
例 救援物資を送る。
譯 運送救援物資。

## 17 | ふんまつ【粉末】

名 粉末
例 粉末状にする。
譯 弄成粉末狀。

## 18 | ほし【干し】

造語 乾，晒乾

例 干しあわびを食べる。
譯 吃乾鮑魚。

## 19 | もちこむ【持ち込む】

他五 攜入，帶入；提出(意見，建議，問題)
例 飲食物をホテルに持ち込む。
譯 將外食攜入飯店。

## 20 | ゆ【油】

漢造 …油
例 ラー油をたらす。
譯 淋上辣油。

## 21 | ライス【rice】

名 米飯
例 ライスを注文する。
譯 點米飯。

## 22 | れいぞう【冷蔵】

名・他サ 冷藏，冷凍
例 肉を冷蔵する。
譯 冷藏肉。

## 23 | わふう【和風】

名 日式風格，日本風俗；和風，微風
例 和風だしで料理する。
譯 用和風高湯烹調。

# 3-3 調理、料理、クッキング /
調理、菜餚、烹調

## 01 ｜いためる【炒める】

(他下一) 炒（菜、飯等）

例 にんにくを炒める。

譯 爆炒蒜瓣。

## 02 ｜うでまえ【腕前】

(名) 能力，本事，才幹，手藝

例 腕前を披露する。

譯 展現才能。

## 03 ｜かきまわす【掻き回す】

(他五) 攪和，攪拌，混合；亂翻，翻弄，翻攪；攪亂，擾亂，胡作非為

例 お湯をかき回す。

譯 攪拌熱水。

## 04 ｜きれめ【切れ目】

(名) 間斷處，裂縫；間斷，中斷；段落；結束

例 文の切れ目をつける。

譯 標出文章的段落來。

## 05 ｜けむる【煙る】

(自五) 冒煙；模糊不清，朦朧

例 部屋が煙る。

譯 房間煙霧瀰漫。

## 06 ｜こす

(他五) 過濾，濾

例 濾紙で濾す。

譯 用濾紙過濾。

## 07 ｜しあげ【仕上げ】

(名・他サ) 做完，完成；做出的結果；最後加工，潤飾

例 みごとな仕上げだ。

譯 成果很棒。

## 08 ｜したあじ【下味】

(名) 預先調味，底味

例 下味をつける。

譯 事先調好底味。

## 09 ｜しみる【滲みる】

(自上一) 滲透，浸透

例 水がしみる。

譯 水滲透進去。

## 10 ｜すくう【掬う】

(他五) 抄取，撈取，掬取，舀，捧；抄起對方的腳使跌倒

例 匙ですくう。

譯 用湯匙舀。

## 11 ｜せいほう【製法】

(名) 製法，作法

例 独特の製法を用いる。

譯 使用獨特的製造方法。

## 12 ｜だいよう【代用】

(名・他サ) 代用

例 ご飯粒を糊の代用にする。

譯 以飯粒代替糨糊使用。

## 13 | ちょうり【調理】

(名・他サ) 烹調，作菜；調理，整理，管理

例 魚を調理する。

譯 烹調魚肉。

## 14 | ちょうわ【調和】

(名・自サ) 調和，(顏色，聲音等)和諧，(關係)協調

例 調和を取る。

譯 取得和諧。

## 15 | てがる【手軽】

(名・形動) 簡便；輕易；簡單

例 手軽にできる。

譯 容易做到。

## 16 | デコレーション【decoration】

(名) 裝潢，裝飾

例 デコレーションケーキ。

譯 花式蛋糕。

## 17 | ねっとう【熱湯】

(名) 熱水，開水

例 熱湯を注ぐ。

譯 注入熱水。

## 18 | はぐ【剥ぐ】

(他五) 剝下；強行扒下，揭掉；剝奪

例 皮を剥ぐ。

譯 剝皮。

## 19 | ひたす【浸す】

(他五) 浸，泡

例 水に浸す。

譯 浸水。

## 20 | ほおん【保温】

(名・自サ) 保溫

例 保温効果がある。

譯 有保溫效果。

## 21 | みずけ【水気】

(名) 水分

例 水気をふき取る。

譯 拭去水分。

# パート 4 衣服

第四章

- 衣服 -

## 4-1 衣服、洋服、和服 /
衣服、西服、和服

### 01 | いしょう【衣装】
⒜ 衣服，(外出或典禮用的)盛裝；(戲)戲服，劇裝
例 衣装をつけた俳優たちが役に入る。
譯 穿上戲服的演員開始入戲。

### 02 | いりょう【衣料】
⒜ 衣服；衣料
例 衣料品を購入する。
譯 購買衣物。

### 03 | いるい【衣類】
⒜ 衣服，衣裳
例 衣類をまとめる。
譯 整理衣物。

### 04 | おりもの【織物】
⒜ 紡織品，織品
例 織物の腕を磨く。
譯 磨練紡織手藝。

### 05 | サイズ【size】
⒜ (服裝，鞋，帽等)尺寸，大小；尺碼，號碼；(婦女的)身材
例 サイズが大きい。
譯 尺寸很大。

### 06 | さける【裂ける】
⒜下一 裂，裂開，破裂
例 袋が裂ける。
譯 袋子破了。

### 07 | しける【湿気る】
⒜五 潮濕，帶潮氣，受潮
例 洗濯物が湿気る。
譯 換洗衣物受潮。

### 08 | しゃれる【洒落る】
⒜下一 漂亮打扮，打扮得漂亮；說俏皮話，詼諧；別緻，風趣；狂妄，自傲
例 洒落た格好で外出する。
譯 打扮得漂漂亮亮的出門。

### 09 | ジャンパー【jumper】
⒜ 工作服，運動服；夾克，短上衣
例 ジャンパー姿で散歩する。
譯 穿運動服散步。

### 10 | スラックス【slacks】
⒜ 西裝褲，寬鬆長褲；女褲
例 スラックスをはく。
譯 穿長褲。

### 11 | そろい【揃い】
⒜・接尾 成套，成組，一樣；(多數人)聚在一起，齊全；(助數詞用法)套，副，組

例 娘とお揃いの着物を着た。
譯 與女兒穿上成套一樣的衣服。

## 12 | たけ【丈】

名 身高,高度;尺寸,長度;罄其所有,毫無保留

例 丈を3センチつめた。
譯 長度縮短三公分。

## 13 | だぶだぶ

副・自サ （衣服等）寬大,肥大;（人）肥胖,肌肉鬆弛;（液體）滿,盈

例 だぶだぶのズボンを買った。
譯 買了一件寬鬆的褲子。

## 14 | たるみ

名 鬆弛,鬆懈,遲緩

例 靴下のたるみ。
譯 襪子的鬆緊。

## 15 | ハイネック【high-necked】

名 高領

例 ハイネックのセーターが欲しかった。
譯 想要高領的毛衣。

## 16 | パジャマ【pajamas】

名 （分上下身的）西式睡衣

例 パジャマを着る。
譯 穿睡衣。

## 17 | ハンガー【hanger】

名 衣架

例 ハンガーに掛ける。
譯 掛在衣架上。

## 18 | ひっかける【引っ掛ける】

他下一 掛起來;披上;欺騙

例 コートを洋服掛けに引っ掛ける。
譯 將外套掛在衣架上。

## 19 | ほころびる

自上一 （縫接處線斷開）開線,開綻;微笑,露出笑容

例 ズボンの裾が綻びる。
譯 褲子的下擺開線了。

## 20 | ほしもの【干し物】

名 曬乾物;（洗後）晾曬的衣服

例 干し物をする。
譯 曬衣服。

## 21 | ユニフォーム【uniform】

名 制服;（統一的）運動服,工作服

例 ユニフォームを着用する。
譯 穿制服。

## 22 | りゅうこう【流行】

名 流行

例 流行を追う。
譯 趕流行。

## 23 | レース【lace】

名 花邊,蕾絲

例 レース使いがかわいい。
譯 蕾絲花邊很可愛。

## 4-2 着る、装身具 /
穿戴、服飾用品

### 01 ｜きかざる【着飾る】

他五 盛裝，打扮

例 派手に着飾る。

譯 盛裝打扮。

### 02 ｜キャップ【cap】

名 運動帽，棒球帽；筆蓋

例 万年筆のキャップ。

譯 鋼筆筆蓋。

### 03 ｜くびかざり【首飾り】

名 項鍊

例 花の首飾りを渡す。

譯 遞給花做的項鍊。

### 04 ｜ジーパン【(和)jeans+pants 之略】

名 牛仔褲

例 ジーパンを履く。

譯 穿牛仔褲。

### 05 ｜せいそう【盛装】

名・自サ 盛裝，華麗的裝束

例 盛装で出かける。

譯 盛裝外出。

### 06 ｜ねじれる

自下一 彎曲，歪扭；(個性)乖僻，彆扭

例 ネクタイがねじれる。

譯 領帶扭歪了。

### 07 ｜はえる【映える】

自下一 照，映照；(顯得)好看；顯眼，奪目

例 スーツに映えるネクタイ。

譯 襯托西裝的領帶。

### 08 ｜はげる【剥げる】

自下一 剝落；褪色

例 塗装が剥げる。

譯 噴漆剝落。

### 09 ｜ブーツ【boots】

名 長筒鞋，長筒靴，馬鞋

例 ブーツを履く。

譯 穿靴子。

### 10 ｜ぶかぶか

副・自サ (帽、褲)太大不合身；漂浮貌；(人)肥胖貌；(笛子、喇叭等)大吹特吹貌

例 ぶかぶかの靴を履く。

譯 穿著太大的鞋子。

### 11 ｜ほどける【解ける】

自下一 解開，鬆開

例 帯がほどける。

譯 鬆開和服腰帶。

### 12 ｜ゆるめる【緩める】

他下一 放鬆，使鬆懈；鬆弛；放慢速度

例 ベルトを緩める。

譯 放鬆皮帶。

# 人体
- 人體 -

## 5-1 身体、体 /
胴體、身體

### 01 | あおむけ【仰向け】

名 向上仰

例 仰向けに寝る。

譯 仰著睡。

### 02 | あか【垢】

名 （皮膚分泌的）污垢；水鏽，水漬，污點

例 垢を落とす。

譯 除掉汙垢。

### 03 | うつぶせ【俯せ】

名 臉朝下趴著，俯臥

例 うつぶせに倒れる。

譯 臉朝下跌倒，摔了個狗吃屎。

### 04 | うるおう【潤う】

自五 潤濕；手頭寬裕；受惠，沾光

例 肌が潤う。

譯 肌膚潤澤。

### 05 | おおがら【大柄】

名・形動 身材大，骨架大；大花樣

例 大柄な女が騒ぎ出した。

譯 身材高大的女人大鬧起來。

### 06 | かする

他五 掠過，擦過；揩油，剝削；（書法中）寫出飛白；（容器中東西過少）見底

例 弾が耳をかする。

譯 砲彈擦過耳際。

### 07 | がっしり

副・自サ 健壯，堅實；嚴密，緊密

例 がっしりとした体格を生かした。

譯 運用健壯的體格。

### 08 | からだつき【体付き】

名 體格，體型，姿態

例 体付きがよい。

譯 體格很好。

### 09 | きたえる【鍛える】

他下一 鍛，錘鍊；鍛鍊

例 体を鍛える。

譯 鍛鍊身體。

### 10 | きゃしゃ【華奢】

形動 身體或容姿纖細，高雅，柔弱；東西做得不堅固，容易壞；纖細，苗條；嬌嫩，不結實

例 華奢な体で可愛らしい。

譯 纖瘦的體格真是小巧玲瓏。

### 11 ｜くぐる

他五 通過，走過；潛水；猜測

例 暖簾をくぐる。

譯 從門簾底下走過。

### 12 ｜けっかん【血管】

名 血管

例 血管が詰まる。

譯 血管栓塞。

### 13 ｜こがら【小柄】

名・形動 身體短小；（布料、裝飾等的）小花樣，小碎花

例 小柄な女性が好まれる。

譯 小個子的女性比較受歡迎。

### 14 ｜じんたい【人体】

名 人體，人的身體

例 人体に害がある。

譯 對人體有害。

### 15 ｜スリーサイズ【(和)three ＋ size】

名 （女性的）三圍

例 スリーサイズを計る。

譯 測量三圍。

### 16 ｜たいかく【体格】

名 體格；（詩的）風格

例 体格がよい。

譯 體格很好。

### 17 ｜だっしゅつ【脱出】

名・自サ 逃出，逃脫，逃亡

例 危険から脱出する。

譯 逃離危險。

### 18 ｜つかる【浸かる】

自五 淹，泡；泡在（浴盆裡）洗澡

例 お風呂につかる。

譯 洗澡。

### 19 ｜つやつや

副・自サ 光潤，光亮，晶瑩剔透

例 肌がつやつやと光る。

譯 皮膚晶瑩剔透。

### 20 ｜でっぱる【出っ張る】

自五 （向外面）突出

例 腹が出っ張る。

譯 肚子突出。

### 21 ｜デブ

名 （俗）胖子，肥子

例 ずいぶんデブだな。

譯 好一個大胖子啊。

### 22 ｜どう【胴】

名 （去除頭部和四肢的）軀體；腹部；（物體的）中間部分

例 胴まわりがかなり大きい。

譯 腰圍頗大。

### 23 ｜なまみ【生身】

名 肉身，活人，活生生；生魚，生肉

例 生身の人間。
譯 活生生的人。

## 24 ｜にくたい【肉体】

名 肉體
例 肉体労働を強いる。
譯 強迫身體勞動。

## 25 ｜ひやけ【日焼け】

名·自サ （皮膚）曬黑；（因為天旱田裡的水被）曬乾
例 日焼けした肌が元に戻る。
譯 讓曬黑的皮膚白回來。

## 26 ｜ふるわす【震わす】

他五 使哆嗦，發抖，震動
例 肩を震わして泣く。
譯 哭得渾身顫抖。

## 27 ｜ふるわせる【震わせる】

他下一 使震驚（哆嗦、發抖）
例 怒りに声を震わせる。
譯 因憤怒而聲音顫抖。

## 28 ｜ふれあう【触れ合う】

自五 相互接觸，相互靠著
例 人ごみで、体が触れ合う。
譯 在人群中身體相互擦擠。

## 29 ｜また【股】

名 開襠，褲襠
例 大股で歩く。
譯 大步走路。

## 30 ｜まるまる【丸々】

名·副 雙圈；(指隱密的事物)某某；全部，完整，整個；胖嘟嘟
例 丸々と太った豚を喰う。
譯 大啖圓胖肥美的豬肉。

## 31 ｜みがる【身軽】

名·形動 身體輕鬆，輕便；身體靈活，靈巧
例 その身軽な動作に驚いた。
譯 對那敏捷的動作感到驚歎不已。

## 32 ｜みぶり【身振り】

名 (表示意志、感情的)姿態；(身體的)動作
例 身振り手振りで示す。
譯 比手劃腳地示意。

## 33 ｜もがく

自五 (痛苦時)掙扎，折騰；焦急，著急，掙扎
例 水におぼれてもがく。
譯 溺水不斷掙扎著。

## 34 ｜やせっぽち

名 (俗)瘦小(的人)，瘦皮猴
例 やせっぽちの少年。
譯 瘦小的少年。

## 35 ｜よりかかる【寄り掛かる】

自五 倚，靠；依賴，依靠
例 壁に寄り掛かる。
譯 倚靠著牆壁。

# 5-2 顔 (1) /
臉 (1)

## 01 ｜あおぐ【仰ぐ】

(他五) 仰，抬頭，尊敬；仰賴，依靠；請，求；服用

例 空を仰ぐ。

譯 仰望天空。

## 02 ｜いちべつ【一瞥】

(名・サ変) 一瞥，看一眼

例 一瞥もくれない。

譯 一眼也不看。

## 03 ｜いちもく【一目】

(名・自サ) 一隻眼睛；一看，一目；（項目）一項，一款

例 一目してそれと分かる。

譯 一眼就看出。

## 04 ｜いっけん【一見】

(名・副・他サ) 看一次，一看；一瞥，看一眼；乍看，初看

例 百聞は一見に如かず。

譯 百聞不如一見。

## 05 ｜うつむく【俯く】

(自五) 低頭，臉朝下；垂下來，向下彎

例 恥ずかしそうにうつむく。

譯 害羞地低下頭。

## 06 ｜かおつき【顔付き】

(名) 相貌，臉龐；表情，神色

例 顔付きが変わる。

譯 改變相貌。

## 07 ｜かたむける【傾ける】

(他下一) 使…傾斜，使…歪偏；飲(酒)等；傾注；傾，敗(家)，使(國家)滅亡

例 耳を傾ける。

譯 傾聽。

## 08 ｜がんきゅう【眼球】

(名) 眼球

例 眼球が痛い。

譯 眼球疼痛。

## 09 ｜くちずさむ【口ずさむ】

(他五)（隨興之所致）吟，詠，誦

例 歌を口ずさむ。

譯 哼著歌。

## 10 ｜くっきり

(副・自サ) 特別鮮明，清楚

例 富士山がくっきり見える。

譯 清楚看到富士山。

## 11 ｜コンタクト【contact】

(名) 隱形眼鏡（contact lens 之略）；接觸，聯繫（contact）

例 相手とコンタクトをとる。

譯 與對方取得連繫。

## 12 ｜しかく【視覚】

(名) 視覺

例 視覚に訴える。

譯 訴諸視覺。

### 13 | したじ【下地】

[名] 準備，基礎，底子；素質，資質；真心；布等的底色

[例] 化粧下地(けしょうしたじ)を塗(ぬ)る。

[譯] 擦上粉底霜。

### 14 | すます【澄ます・清ます】

[自五・他五・接尾] 澄清（液體）；使晶瑩，使清澈；洗淨；平心靜氣；集中注意力；裝模作樣，假正經，擺架子；裝作若無其事；（接在其他動詞連用形下面）表示完全成為…

[例] 耳(みみ)を澄(す)まして聞(き)く。

[譯] 注意聆聽。

### 15 | そらす【反らす】

[他五] 向後仰，（把東西）弄彎

[例] 体(からだ)をそらす。

[譯] 身體向後仰。

### 16 | そらす【逸らす】

[他五]（把視線、方向）移開，離開，轉向別方；佚失，錯過；岔開（話題、注意力）

[例] 視線(しせん)をそらす。

[譯] 移開視線。

### 17 | だんりょく【弾力】

[名] 彈力，彈性

[例] 計画(けいかく)に弾力(だんりょく)を持(も)たせる。

[譯] 讓計劃保有彈性空間。

### 18 | ちょうかく【聴覚】

[名] 聽覺

[例] 聴覚(ちょうかく)が鋭(するど)い。

[譯] 聽覺很敏銳。

### 19 | ちらっと

[副] 一閃，一晃；隱約，斷斷續續

[例] ちらっと見(み)る。

[譯] 稍微看了一下。

### 20 | つば【唾】

[名] 唾液，口水

[例] 手(て)に唾(つば)する。

[譯] 躍躍欲試。

### 21 | つぶやき【呟き】

[名] 牢騷，嘟囔；自言自語的聲音

[例] 呟(つぶや)きをもらす。

[譯] 發牢騷。

N1◎ 5-2 (2)

## 5-2 顔 (2) /
臉 (2)

### 22 | つぶやく【呟く】

[自五] 喃喃自語，嘟囔

[例] ぶつぶつと呟(つぶや)く。

[譯] 喃喃自語發牢騷。

### 23 | つぶら

[形動] 圓而可愛的；圓圓的

[例] つぶらな目(め)が可愛(かわい)い。

[譯] 圓溜溜的眼睛可愛極了。

### 24 | つぶる

[他五]（把眼睛）閉上

[例] 目(め)をつぶる。

[譯] 閉上眼睛；對於缺點、過失裝作沒看見。

### 25 | できもの【でき物】
[名] 疙瘩，腫塊；出色的人
[例] 足(あし)に出来物(できもの)ができた。
[譯] 腳上長了疙瘩。

### 26 | なめらか
[形動] 物體的表面滑溜溜的；光滑，光潤；流暢的像流水一樣；順利，流暢
[例] 滑(なめ)らかな肌触(はだざわ)りに仕上(しあ)げた。
[譯] 打造出光滑細緻的觸感。

### 27 | にきび

[名] 青春痘，粉刺
[例] ニキビを潰(つぶ)す。
[譯] 擠破青春痘。

### 28 | はつみみ【初耳】
[名] 初聞，初次聽到，前所未聞
[例] その話(はなし)は初耳(はつみみ)だ。
[譯] 第一次聽到這件事。

### 29 | はり【張り】
[名·接尾] 當力，拉力；緊張而有力；勁頭，信心
[例] 張(は)りのある肌(はだ)。
[譯] 有彈力的肌膚。

### 30 | ひといき【一息】
[名] 一口氣；喘口氣；一把勁
[例] 一息(ひといき)入(い)れる。
[譯] 喘一口氣；稍事休息。

### 31 | ほっぺた【頬っぺた】
[名] 面頰，臉蛋
[例] ほっぺたをたたく。
[譯] 甩耳光。

### 32 | ぼつぼつ
[名·副] 小斑點；漸漸，一點一點地
[例] 腕(うで)にぼつぼつができた。
[譯] 手臂長了一點一點的疹子。

### 33 | ぼやける
[自下一] (物體的形狀或顏色)模糊，不清楚
[例] 視界(しかい)がぼやける。
[譯] 視線模糊不清。

### 34 | まばたき・またたき【瞬き】
[名·自サ] 瞬，眨眼
[例] 瞬(まばた)きもせずに見(み)つめる。
[譯] 不眨眼地盯著看。

### 35 | まゆ【眉】
[名] 眉毛，眼眉
[例] 眉(まゆ)をひそめる。
[譯] 皺眉。

### 36 | みとどける【見届ける】
[他下一] 看到，看清；看到最後；預見
[例] 成長(せいちょう)を見届(みとど)ける。
[譯] 見證其成長。

### 37 | みのがす【見逃す】
[他五] 看漏；饒過，放過；錯過；沒看成

例 決定的瞬間を見逃す。

譯 錯過決定性的瞬間。

---

### 38 | みはらし【見晴らし】

名 眺望，遠望；景致

例 見晴らしのいい展望台。

譯 景致美麗的瞭望台。

---

### 39 | みわたす【見渡す】

他五 瞭望，遠望；看一遍，環視

例 見渡す限りの青空。

譯 一望無際的藍天。

---

### 40 | めつき【目付き】

名 眼神

例 目付きが悪い。

譯 眼神兇狠。

---

### 41 | もうてん【盲点】

名 （眼球中的）盲點，暗點；空白點，漏洞

例 敵の盲点をつく。

譯 乘敵之虛，攻其不備。

---

### 42 | よそみ【余所見】

名・自サ 往旁處看；給他人看見的樣子

例 よそみ運転する。

譯 左顧右盼的開車。

---

## 5-3 手足 /
手腳

### 01 | あゆみ【歩み】

名 步行，走；腳步，步調；進度，發展

例 歩みが止まる。

譯 停下腳步。

---

### 02 | あゆむ【歩む】

自五 行走；向前進，邁進

例 苦難の道を歩む。

譯 在艱難的道路上前進。

---

### 03 | おしこむ【押し込む】

自五 闖入，硬擠；闖進去行搶 他五 塞進，硬往裡塞

例 トランクに押し込む。

譯 硬塞進行李箱裡。

---

### 04 | おてあげ【お手上げ】

名 束手無策，毫無辦法，沒轍

例 お手上げの状態になった。

譯 變成束手無策的狀況。

---

### 05 | かけあし【駆け足】

名・自サ 快跑，快步；跑步似的，急急忙忙；策馬飛奔

例 駆け足で回る。

譯 走馬看花。

## 06 ｜さす【指す】

他五（用手）指，指示；點名指名；指向；下棋；告密

例 指で指す。

譯 用手指指出。

## 07 ｜しのびよる【忍び寄る】

自五 偷偷接近，悄悄地靠近

例 すりが忍び寄る。

譯 扒手偷偷接近。

## 08 ｜しもん【指紋】

名 指紋

例 指紋押なつが廃止される。

譯 捺按指紋制度被廢止。

## 09 ｜ジャンプ【jump】

名・自サ（體）跳躍；（商）物價暴漲

例 ジャンプしてボールを取る。

譯 跳起來接球。

## 10 ｜しょじ【所持】

名・他サ 所持，所有；攜帶

例 証明書を所持する。

譯 持有證明文件。

## 11 ｜たちさる【立ち去る】

自五 走開，離去

例 黙って立ち去る。

譯 默默離去。

## 12 ｜たばねる【束ねる】

他下一 包，捆，扎，束；管理，整飭，整頓

例 札を束ねる。

譯 把紙鈔捆成一束。

## 13 ｜ちゃくしゅ【着手】

名・自サ 著手，動手，下手；（法）（罪行的）開始

例 制作に着手する。

譯 開始進行製作。

## 14 ｜つまむ【摘む】

他五（用手指尖）捏，撮；（用手指尖或筷子）夾，捏

例 キツネにつままれる。

譯 被狐狸迷住了。

## 15 ｜つむ【摘む】

他五 夾取，摘，採，掐；（用剪刀等）剪，剪齊

例 花を摘む。

譯 摘花。

## 16 ｜てすう【手数】

名 費事；費心；麻煩

例 手数をかける。

譯 費功夫。

## 17 ｜てはず【手筈】

名 程序，步驟；（事前的）準備

例 手はずを整える。

譯 準備好了。

## 18 ｜とほ【徒步】

名・自サ 步行，徒步

例 徒歩で行く。
譯 步行前往。

**19 | とりもどす【取り戻す】**
他五 拿回，取回；恢復，挽回
例 元気を取り戻す。
譯 恢復精神。

**20 | はたく**
他五 撣；拍打；傾囊，花掉所有的金錢
例 布団をはたく。
譯 拍打棉被。

**21 | はだし【裸足】**
名 赤腳，赤足，光著腳；敵不過
例 裸足で歩く。
譯 赤腳走路。

**22 | ひっかく【引っ掻く】**
他五 搔
例 引っ掻き傷をつくる。
譯 被抓傷。

**23 | ふみこむ【踏み込む】**
自五 陷入，走進，跨進；闖入，擅自進入
例 一歩踏み込む勇気に期待する。
譯 對向前跨進的勇氣寄予期望。

**24 | ほうりこむ【放り込む】**
他五 扔進，拋入
例 ごみをごみ箱に放り込む。
譯 把垃圾扔進垃圾桶。

**25 | むしる【毟る】**
他五 揪，拔；撕，剔（骨頭）；也寫作「挘る」
例 草をむしる。
譯 拔草。

**26 | ゆびさす【指差す】**
他五 (用手指)指
例 犯人を指差す。
譯 指出犯人。

N1 5-4

## 5-4 內臟、器官 /
內臟、器官

**01 | かんじん【肝心・肝腎】**
名·形動 肝臟與心臟；首要，重要，要緊；感激
例 肝心要なとき。
譯 關鍵時刻。

**02 | きかん【器官】**
名 器官
例 消化器官を休息させる。
譯 讓消化器官休息。

**03 | こつ【骨】**
名·漢造 骨；遺骨，骨灰；要領，祕訣；品質；身體
例 こつを覚える。
譯 掌握竅門。

### 04 ｜じんぞう【腎臓】

(名) 腎臓

例 腎臓移植が行われる。

譯 進行腎臟移植。

### 05 ｜ちょう【腸】

(名・漢造) 腸，腸子

例 胃腸が弱い。

譯 胃腸虛弱。

### 06 ｜ないぞう【内臓】

(名) 內臟

例 内臓脂肪が増える。

譯 內臟脂肪增加。

### 07 ｜のう【脳】

(名・漢造) 脳；頭脳，脳筋；脳力，記憶力；主要的東西

例 脳を働かせる。

譯 讓腦活動。

### 08 ｜はい【肺】

(名・漢造) 肺；肺腑

例 肺ガンになる。

譯 得到肺癌。

### 09 ｜はれつ【破裂】

(名・自サ) 破裂

例 内臓が破裂する。

譯 內臟破裂。

## Memo

_____    _____

_____    _____

_____    _____

_____    _____

_____    _____

_____    _____

_____    _____

_____    _____

# パート6
## 第六章

# 生理
- 生理（現象）-

## 6-1 誕生、生命 /
誕生、生命

### 01 | いかす【生かす】
他五 留活口；弄活，救活；活用，利用；恢復；讓食物變美味；使變生動
例 腕を生かす。
譯 發揮本領。

### 02 | いきがい【生き甲斐】
名 生存的意義，生活的價值，活得起勁
例 生き甲斐を持つ。
譯 有生活目標。

### 03 | うまれつき【生まれつき】
名・副 天性；天生，生來
例 生まれつきの才能に恵まれている。
譯 擁有天生的才能。

### 04 | うんめい【運命】
名 命，命運；將來
例 運命に導かれる。
譯 受命運的牽引。

### 05 | おさん【お産】
名 生孩子，分娩

例 お産の準備が整った。
譯 分娩的準備已準備妥當。

### 06 | おないどし【同い年】
名 同年齡，同歲
例 同い年の子供が3人いる。
譯 有三個同齡的小孩。

### 07 | しゅくめい【宿命】
名 宿命，注定的命運
例 宿命のライバルに出会った。
譯 遇到宿命的敵手。

### 08 | しゅっさん【出産】
名・自他サ 生育，生產，分娩
例 男児を出産した。
譯 生了個男孩。

### 09 | しゅっしょう・しゅっせい【出生】
名・自サ 出生，誕生；出生地
例 出生率が低下する。
譯 出生率降低。

### 10 | しんぴ【神秘】
名・形動 神秘，奧秘
例 生命の神秘を探る。
譯 摸索生命的奧秘。

## 11 ｜セックス【sex】

名 性，性別；性慾；性交
例 セックスに目覚める。
譯 情竇初開。

## 12 ｜ちぢまる【縮まる】

自五 縮短，縮小；慌恐，捲曲
例 命が縮まる。
譯 壽命縮短。

## 13 ｜にんしん【妊娠】

名・自サ 懷孕
例 安定期は妊娠6ヶ月が目安だ。
譯 安定期約在懷孕六個月時。

## 14 ｜はんしょく【繁殖】

名・自サ 繁殖；滋生
例 細菌が繁殖する。
譯 滋生細菌。

# 6-2 老い、死 /
老年、死亡

## 01 ｜あんぴ【安否】

名 平安與否；起居
例 安否を気遣う。
譯 擔心是否平安。

## 02 ｜いしきふめい【意識不明】

名 失去意識，意識不清
例 意識不明になる。
譯 昏迷不醒。

## 03 ｜おいる【老いる】

自上一 老，上年紀；衰老；(雅)(季節)將盡
例 老いた母。
譯 年邁的母親。

## 04 ｜おとろえる【衰える】

自下一 衰落，衰退
例 体力が衰える。
譯 體力衰退。

## 05 ｜かいご【介護】

名・他サ 照顧病人或老人
例 親を介護する。
譯 看護照顧父母。

## 06 ｜くちる【朽ちる】

自上一 腐朽，腐爛，腐壞；默默無聞而終，埋沒一生；(轉)衰敗，衰亡
例 朽ち果てる。
譯 默默無聞而終。

## 07 ｜けんぜん【健全】

形動 (身心)健康，健全；(運動、制度等)健全，穩固
例 健全に発達する。
譯 健全的發育。

## 08 ｜こ【故】

漢造 陳舊，故；本來；死去；有來由的事；特意
例 故人を弔う。
譯 追悼故人。

## 09 ｜しいん【死因】

名 死因

例 死因は心臓発作だ。

譯 死因是心臟病發作。

## 10 ｜し【死】

名 死亡；死罪；無生氣，無活力；殊死，拼命

例 死を恐れる。

譯 恐懼死亡。

## 11 ｜しょうがい【生涯】

名 一生，終生，畢生；（一生中的）某一階段，生活

例 生涯にわたる。

譯 終其一生。

## 12 ｜せいし【生死】

名 生死；死活

例 生死にかかわる問題が起きる。

譯 發生了攸關生死的問題。

## 13 ｜たえる【絶える】

自下一 斷絕，終了，停止，滅絕，消失

例 消息が絶える。

譯 音信斷絕。

## 14 ｜とだえる【途絶える】

自下一 斷絕，杜絕，中斷

例 息が途絶える。

譯 呼吸中斷。

## 15 ｜としごろ【年頃】

名・副 大約的年齡；妙齡，成人年齡；幾年來，多年來

例 年頃の女の子が4人集まる。

譯 聚集了四位妙齡女子。

## 16 ｜はてる【果てる】

自下一 完畢，終，終；死 接尾（接在特定動詞連用形後）達到極點

例 力が朽ち果てる。

譯 力量用盡。

## 17 ｜ぼける【惚ける】

自下一 （上了年紀）遲鈍；（形象或顏色等）褪色，模糊

例 年とともにぼけてきた。

譯 年紀越長越遲鈍了。

## 18 ｜ろうすい【老衰】

名・自サ 衰老

例 老衰で亡くなる。

譯 衰老而死去。

## 6-3 発育、健康 ／
發育、健康

## 01 ｜きがい【危害】

名 危害，禍害；災害，災禍

例 危害を加える。

譯 施加危害。

## 02 │ししゅんき【思春期】

名 青春期

例 思春期の少女の心を描く。

譯 描繪青春期的少女心。

## 03 │すこやか【健やか】

形動 身心健康；健全，健壯

例 健やかな精神が宿る。

譯 富有健全的身心。

## 04 │せいいく【生育・成育】

名・自他サ 生育，成長，發育，繁殖(寫「生育」主要用於植物，寫「成育」則用於動物)

例 作物が生育する。

譯 農作物生長。

例 稚魚が成育する。

譯 魚苗成長。

## 05 │せいしゅん【青春】

名 春季；青春，歲月

例 青春を楽しむ。

譯 享受青春。

## 06 │せいじゅく【成熟】

名・自サ (果實的)成熟；(植)發育成樹；(人的)發育成熟

例 心身ともに成熟する。

譯 身心都發育成熟。

## 07 │せいり【生理】

名 生理；月經

例 生理的現象。

譯 生理現象。

## 08 │そだち【育ち】

名 發育，生長；長進，成長

例 育ちが早い。

譯 長得快。

## 09 │たくましい【逞しい】

形 身體結實，健壯的樣子，強壯；充滿力量的樣子，茁壯，旺盛，迅猛

例 たくましく成長する。

譯 茁壯地成長。

## 10 │たっしゃ【達者】

名・形動 精通，熟練；健康；精明，圓滑

例 達者で暮らす。

譯 健康地生活著。

## 11 │たもつ【保つ】

自五・他五 保持不變，保存住；保持，維持；保，保住，支持

例 面目を保つ。

譯 保住面子。

## 12 │ちち【乳】

名 奶水，乳汁；乳房

例 乳を与える。

譯 餵奶。

## 13 │ねぐるしい【寝苦しい】

他下一 難以入睡

例 暑くて寝苦しい。

譯 熱得難以入睡。

## 14 | ほきゅう【補給】

名·他サ 補給，補充，供應

例 カルシウムを補給する。

譯 補充鈣質。

## 15 | みだれ【乱れ】

名 亂；錯亂；混亂

例 食生活の乱れ。

譯 飲食不正常。

## 16 | みなもと【源】

名 水源，發源地；(事物的)起源，根源

例 水は命の源だ。

譯 水是生命之源。

N1 6-4

### 6-4 体調、体質 /
身體狀況、體質

## 01 | うたたね【うたた寝】

名·自サ 打瞌睡，假寐

例 ソファーでうたた寝する。

譯 在沙發上假寐。

## 02 | かぶれる

自下一 (由於漆、膏藥等的過敏與中毒而)發炎，起疹子；(受某種影響而)熱中，著迷

例 肌がかぶれる。

譯 皮膚起疹子。

## 03 | かろう【過労】

名 勞累過度

例 過労死する。

譯 過勞死。

## 04 | くうふく【空腹】

名 空腹，空肚子，餓

例 空腹を満たす。

譯 填飽肚子。

## 05 | ぐったり

副·自サ 虛軟無力，虛脫

例 ぐったりと横たわる。

譯 虛脫躺平。

## 06 | こうしょきょうふしょう【高所恐怖症】

名 懼高症

例 高所恐怖症なので観覧車には乗りたくない。

譯 我有懼高症所以不想搭摩天輪。

## 07 | ぜんかい【全快】

名·自サ 痊癒，病全好

例 全快祝いの手紙を贈る。

譯 寄出祝賀痊癒的信。

## 08 | ぞうしん【増進】

名·自他サ (體力，能力)增進，增加

例 食欲を増進させる。

譯 增加食慾。

## 09 | だるい

形 因生病或疲勞而身子沉重不想動；懶；酸

例 体がだるい。

譯 身體疲憊。

## 10 ｜ちくせき【蓄積】

(名・他サ) 積蓄，積累，儲蓄，儲備
**例** これまでの蓄積。
**譯** 至今的積蓄。

## 11 ｜ちっそく【窒息】

(名・自サ) 窒息
**例** 酸欠で窒息する。
**譯** 缺乏氧氣而窒息。

## 12 ｜デリケート【delicate】

(形動) 美味，鮮美；精緻，精密；微妙；纖弱；纖細，敏感
**例** デリケートな問題に触れられた。
**譯** 被提到敏感問題。

## 13 ｜ひとねむり【一眠り】

(名・自サ) 睡一會兒，打個盹
**例** 車中で一眠りする。
**譯** 在車上打了個盹。

## 14 ｜ひろう【疲労】

(名・自サ) 疲勞，疲乏
**例** 疲労感がぬけない。
**譯** 無法去除疲勞感。

## 15 ｜ひんじゃく【貧弱】

(名・形動) 軟弱，瘦弱；貧乏，欠缺；遜色
**例** 貧弱な体が逞しくなった。
**譯** 瘦弱的身體變得強壯結實。

## 16 ｜ふしん【不振】

(名・形動) (成績)不好，不興旺，蕭條；(形勢)不利

**例** 最近食欲不振だ。
**譯** 最近感到食慾不振。

## 17 ｜ふちょう【不調】

(名・形動) (談判等)破裂，失敗；不順利，萎靡
**例** 体の不調を訴える。
**譯** 訴說身體不適的狀況。

## 18 ｜ふらふら

(名・自サ・形動) 蹣跚，搖晃；(心情)遊蕩不定，悠悠蕩蕩；恍惚，神不守己；蹓躂
**例** 体がふらふらする。
**譯** 身體搖搖晃晃。

## 19 ｜べんぴ【便秘】

(名・自サ) 便秘，大便不通
**例** 生活が不規則で便秘しがちだ。
**譯** 因為生活不規律有點便秘的傾向。

## 20 ｜まんせい【慢性】

(名) 慢性
**例** 慢性的な症状がある。
**譯** 有慢性的症狀。

## 21 ｜むかむか

(副・自サ) 噁心，作嘔；怒上心頭，火冒三丈
**例** 胸がむかむかする。
**譯** 感到噁心。

## 22 ｜むくむ

(自五) 浮腫，虛腫
**例** むくんだ足が軽くなる。
**譯** 浮腫的腳消腫了。

## 23 | むせる

(自下一) 噎，嗆

例 煙が立ってむせてしようがない。

譯 直冒煙，嗆得厲害。

---

## 24 | やすめる【休める】

(他下一)（活動等）使休息，使停歇；（身心等）使休息，使安靜

例 体を休める。

譯 讓身體休息。

## 6-5 痛み /
痛疼

## 01 | あざ【痣】

(名) 痣；（被打出來的）青斑，紫斑

例 全身あざだらけになる。

譯 全身上下青一塊紫一塊。

---

## 02 | がんがん

(副・自サ) 噹噹，震耳的鐘聲；強烈的頭痛或耳鳴聲；喋喋不休的責備貌

例 風邪で頭ががんがんする。

譯 因感冒而頭痛欲裂。

---

## 03 | さする

(他五) 摩，擦，搓，撫摸，摩挲

例 腰をさする。

譯 撫摸腰部。

---

## 04 | しみる【染みる】

(自上一) 染上，沾染，感染；刺，殺，痛；銘刻（在心），痛（感）

例 身に染みる。

譯 感銘在心。

---

## 05 | すれる【擦れる】

(自下一) 摩擦；久經世故，（失去純真）變得油滑；磨損，磨破

例 葉の擦れる音が聞こえた。

譯 聽到樹葉沙沙作響。

---

## 06 | だぼく【打撲】

(名・他サ) 打，碰撞

例 手を打撲した。

譯 手部挫傷。

---

## 07 | つねる

(他五) 掐，掐住

例 ほっぺたをつねる。

譯 掐臉頰。

---

## 08 | とりのぞく【取り除く】

(他五) 除掉，清除；拆除

例 異物を取り除く。

譯 清除異物。

---

## 09 | ふかい【不快】

(名・形動) 不愉快；不舒服

例 のどの不快感が残っている。

譯 留下喉嚨的不適感。

---

## 10 | やわらげる【和らげる】

(他下一) 緩和；使明白

例 痛みを和らげる薬。

譯 緩和疼痛的藥。

# 6-6 病気、治療 (1) /
疾病、治療 (1)

**01｜あっか【悪化】**

(名・自サ) 惡化，變壞

例 急速に悪化する。

譯 急速惡化。

**02｜あっぱく【圧迫】**

(名・他サ) 壓力；壓迫

例 圧迫を受ける。

譯 受壓迫。

**03｜アトピーせいひふえん【atopy 性皮膚炎】**

(名) 過敏性皮膚炎

例 アトピー性皮膚炎を改善する。

譯 改善過敏性皮膚炎。

**04｜アフターケア【aftercare】**

(名) 病後調養

例 アフターケアを怠る。

譯 疏於病後調養。

**05｜アルツハイマーびょう・アルツハイマーがたにんちしょう【alzheimer 病・alzheimer 型認知症】**

(名) 阿茲海默症

例 アルツハイマー病を防ぐ。

譯 預防阿茲海默症。

**06｜あんせい【安静】**

(名・形動) 安靜；靜養

例 心身の安静を保つ。

譯 保持身心的平靜安穩。

**07｜うつびょう【鬱病】**

(名) 憂鬱症

例 うつ病を治す。

譯 治療憂鬱症。

**08｜がいする【害する】**

(他サ) 損害，危害，傷害；殺害

例 環境を害する。

譯 破壞環境。

**09｜かいほう【介抱】**

(名・他サ) 護理，服侍，照顧(病人、老人等)

例 酔っ払いを介抱する。

譯 照顧醉酒人士。

**10｜かんせん【感染】**

(名・自サ) 感染；受影響

例 感染症にかかる。

譯 罹患傳染病。

**11｜がん【癌】**

(名) (醫)癌；癥結

例 癌を患う。

譯 罹患癌症。

**12｜きかんしえん【気管支炎】**

(名) (醫)支氣管炎

例 気管支炎になる。

譯 得支氣管炎。

## 13 ｜ききめ【効き目】

名 効力，効果，靈驗
例 効き目が速い。
譯 效果迅速。

## 14 ｜きんがん【近眼】

名 (俗)近視眼；目光短淺
例 近眼のメガネ。
譯 近視眼鏡。

## 15 ｜きんきゅう【緊急】

名・形動 緊急，急迫，迫不及待
例 緊急地震速報が流れる。
譯 發出緊急地震快報。

## 16 ｜きんし【近視】

名 近視，近視眼
例 近視を矯正する。
譯 矯正近視。

## 17 ｜きん【菌】

名・漢造 細菌，病菌，霉菌；蘑菇
例 サルモネラ菌。
譯 沙門氏菌。

## 18 ｜けっかく【結核】

名 結核，結核病
例 結核に罹る。
譯 罹患肺結核。

## 19 ｜げっそり

副・自サ 突然減少；突然消瘦很多；(突然)灰心，無精打采

例 げっそりと痩せる。
譯 突然爆瘦。

## 20 ｜けつぼう【欠乏】

名・自サ 缺乏，不足
例 ビタミンが欠乏する。
譯 欠缺維他命。

## 21 ｜げり【下痢】

名・自サ (醫)瀉肚子，腹瀉
例 下痢をする。
譯 腹瀉。

## 22 ｜げんかく【幻覚】

名 幻覺，錯覺
例 幻覚を見る。
譯 產生幻覺。

## 23 ｜こうせいぶっしつ【抗生物質】

名 抗生素
例 抗生物質を投与する。
譯 投藥抗生素。

## 24 ｜こじらせる【拗らせる】

他下一 搞壞，使複雜，使麻煩；使加重，使惡化，弄糟
例 問題をこじらせる。
譯 使問題複雜化。

## 25 ｜さいきん【細菌】

名 細菌
例 細菌を培養する。
譯 培養細菌。

## 26 | さいはつ【再発】

名・他サ（疾病）復發，（事故等）又發生；（毛髪）再生

例 再発を防止する。

譯 預防再次發生。

## 27 | さいぼう【細胞】

名（生）細胞；（黨的）基層組織，成員

例 細胞分裂を繰り返す。

譯 不斷的進行細胞分裂。

## 28 | さむけ【寒気】

名 寒冷，風寒，發冷；憎惡，厭惡感，極不愉快感覺

例 寒気がする。

譯 發冷。

## 29 | じかく【自覚】

名・他サ 自覺，自知，認識；覺悟；自我意識

例 自覚症状がある。

譯 有自覺症狀。

## 30 | しっしん【湿疹】

名 濕疹

例 湿疹がでる。

譯 長濕疹。

## 31 | しっちょう【失調】

名 失衡，不調和；不平衡，失常

例 栄養失調で亡くなった。

譯 因營養失調而死亡。

## 32 | しゃぜつ【謝絶】

名・他サ 謝絕，拒絕

例 面会謝絶にする。

譯 現在謝絕會客。

## 33 | しょう【症】

漢造 病症

例 炎症を起こす。

譯 造成發炎。

## 6-6 病気、治療 (2) / 疾病、治療 (2)

## 34 | しょち【処置】

名・他サ 處理，處置，措施；（傷、病的）治療

例 応急処置をする。

譯 緊急處置。

## 35 | しんこう【進行】

名・自他サ 前進，行進；進展；（病情等）發展，惡化

例 進行が速い。

譯 進展迅速。

## 36 | しんぞうまひ【心臓麻痺】

名 心臟麻痺

例 心臓麻痺で亡くなる。

譯 心臟麻痺死亡。

## 37 | じんましん【蕁麻疹】

名 蕁麻疹

例 じんましんが出る。

譯 出蕁麻疹。

## 38 ｜せっかい【切開】

名・他サ（醫）切開，開刀

例 帝王切開を受ける。

譯 接受剖腹生產。

## 39 ｜ぜんそく【喘息】

名（醫）喘息，哮喘

例 喘息を改善する。

譯 改善哮喘病。

## 40 ｜せんてんてき【先天的】

形動 先天(的)，與生俱來(的)

例 先天的な病気がある。

譯 患有先天的疾病。

## 41 ｜だっすい【脱水】

名・自サ 脱水；（醫）脱水

例 脱水してから干す。

譯 脱水之後曬乾。

## 42 ｜ちゅうどく【中毒】

名・自サ 中毒

例 ガス中毒。

譯 瓦斯中毒。

## 43 ｜つきそう【付き添う】

自五 跟隨左右，照料，管照，服侍，護理

例 病人に付き添う。

譯 照料病人。

## 44 ｜つきる【尽きる】

自上一 盡，光，沒了；到頭，窮盡

例 力が尽きる。

譯 力量耗盡。

## 45 ｜つぐ【接ぐ】

他五 縫補；接在一起

例 骨を接ぐ。

譯 接骨。

## 46 ｜ておくれ【手遅れ】

名 為時已晚，耽誤

例 措置が手遅れになる。

譯 處理延誤了。

## 47 ｜どわすれ【度忘れ】

名・自サ 一時記不起來，一時忘記

例 ど忘れが激しい。

譯 常常會一時記不起來。

## 48 ｜にんちしょう【認知症】

名 老人癡呆症

例 アルツハイマー型認知症が起こる。

譯 引起阿茲海默型老人癡呆症。

## 49 ｜ねっちゅうしょう【熱中症】

名 中暑

例 熱中症を予防する。

譯 預防中暑。

## 50 ｜ねんざ【捻挫】

名・他サ 扭傷、挫傷

例 足を捻挫する。

譯 扭傷腳。

## 51 ｜ノイローゼ【(德) Neurose】

名 精神官能症，神經病；神經衰竭；神經崩潰

例 ノイローゼになる。

譯 精神崩潰。

## 52 ｜はいえん【肺炎】

名 肺炎

例 肺炎を起こす。

譯 引起肺炎。

## 53 ｜はつびょう【発病】

名・自サ 病發，得病

例 ガンが発病する。

譯 癌症病發。

## 54 ｜ばてる

自下一 (俗)精疲力倦，累到不行

例 暑さでばてる。

譯 熱到疲憊不堪。

## 55 ｜はれる【腫れる】

自下一 腫，脹

例 顔が腫れる。

譯 臉腫脹。

## 56 ｜ひふえん【皮膚炎】

名 皮炎

例 皮膚炎を治す。

譯 治好皮膚炎。

## 57 ｜ふしょう【負傷】

名・自サ 負傷，受傷

例 手足を負傷する。

譯 手腳受傷。

## 58 ｜ほっさ【発作】

名・自サ (醫)發作

例 発作を起こす。

譯 發作。

## 59 ｜ほよう【保養】

名・自サ 保養，(病後)修養，療養；(身心的)修養；消遣

例 保養施設で過ごす。

譯 住在療養中心。

## 60 ｜ますい【麻酔】

名 麻醉，昏迷，不省人事

例 麻酔をかける。

譯 施打麻醉。

## 61 ｜まひ【麻痺】

名・自サ 麻痺，麻木；癱瘓

例 交通マヒに陥る。

譯 交通陷入癱瘓。

## 62 ｜めんえき【免疫】

名 免疫；習以為常

例 免疫を高める。

譯 增強免疫。

## 63 ｜やまい【病】

名 病；毛病；怪癖

例 病に倒れる。

譯 病倒。

## 64 | よわる【弱る】

自五 衰弱，軟弱；困窘，為難

例 体が弱る。

譯 身體虛弱。

## 65 | リハビリ【rehabilitation 之略】

名 （為使身障人士與長期休養者能回到正常生活與工作能力的）醫療照護，心理指導，職業訓練

例 彼は今リハビリ中だ。

譯 他現在正復健中。

## 66 | りょうこう【良好】

名・形動 良好，優秀

例 日当たり良好が嬉しい。

譯 日照良好真叫人高興。

## 67 | レントゲン【roentgen】

名 Ｘ光線

例 レントゲンを撮る。

譯 照Ｘ光。

N1 6-7

## 6-7 体の器官の働き／
身體器官功能

## 01 | いきぐるしい【息苦しい】

形 呼吸困難；苦悶，令人窒息

例 息苦しく感じる。

譯 感到沈悶。

## 02 | いびき

名 鼾聲

例 いびきをかく。

譯 打呼。

## 03 | かんしょく【感触】

名 觸感，觸覺；（外界給予的）感觸，感受

例 感触が伝わる。

譯 傳達出內心的感受。

## 04 | けむたい【煙たい】

形 煙氣嗆人，煙霧瀰漫；（因為自己理虧覺得對方）難以親近，使人不舒服

例 たき火が煙たい。

譯 篝火的火堆煙氣嗆人。

## 05 | しにょう【屎尿】

名 屎尿，大小便

例 し尿処理が滞る。

譯 大小便的處理難以進行。

## 06 | しゅっけつ【出血】

名・自サ 出血；（戰時士兵的）傷亡，死亡；虧本，犧牲血本

例 出血大サービスのチラシを見る。

譯 看到跳樓大拍賣的傳單。

## 07 | だいべん【大便】

名 大便，糞便

例 大便が臭い。

譯 大便很臭。

## 08 | にょう【尿】

名 尿，小便

例 尿検査をする。

譯 進行尿液檢查。

## 09 ｜ひだりきき【左利き】

名 左撇子；愛好喝酒的人

例 左利きをなおす。

譯 改正左撇子。

## 10 ｜ひんけつ【貧血】

名・自サ （醫）貧血

例 貧血に効く。

譯 對改善貧血有效。

## 11 ｜みゃく【脈】

名・漢造 脈，血管；脈搏；（山脈、礦脈、葉脈等）脈；（表面上看不出的）關連

例 脈をとる。

譯 看脈。

# Memo

_____

_____

_____

_____

_____

_____

_____

_____

_____

_____

_____

_____

_____

_____

_____

_____

_____

_____

_____

_____

# パート 7 人物

### 第七章

- 人物 -

## 7-1 人物 /
人物

### 01 ｜あかのたにん【赤の他人】

(連語) 毫無關係的人；陌生人

例 赤の他人になる。

譯 變為陌生人。

### 02 ｜あがり【上がり】

(名・接尾) …出身；剛

例 彼は役人上がりだ。

譯 他剛剛成為公務員。

### 03 ｜うごき【動き】

(名) 活動，動作；變化，動向；調動，更動

例 動きを止める。

譯 停止動作。

### 04 ｜えいゆう【英雄】

(名) 英雄

例 彼は国民的英雄だ。

譯 他是人民的英雄。

### 05 ｜かんろく【貫録】

(名) 尊嚴，威嚴；威信；身份

例 貫禄がある。

譯 有威嚴。

### 06 ｜けいれき【経歴】

(名) 經歷，履歷；經過，體驗；周遊

例 経歴を詐称する。

譯 經歷造假。

### 07 ｜こんけつ【混血】

(名・自サ) 混血

例 混血児が生まれる。

譯 生了混血兒。

### 08 ｜しょうたい【正体】

(名) 原形，真面目；意識，神志

例 正体をあらわす。

譯 現出原形。

### 09 ｜たしゃ【他者】

(名) 別人，其他人

例 他者の言うことに惑わされる。

譯 被他人之言所迷惑。

### 10 ｜ただのひと【ただの人】

(連語) 平凡人，平常人，普通人

例 一度別れてしまえば、ただの人になる。

譯 一旦分手之後，就變成了一介普通的人。

**11 | てきせい【適性】**

[名] 適合某人的性質，資質，才能；適應性

[例] 適性がある。

[譯] 有…的條件。

**12 | てんさい【天才】**

[名] 天才

[例] 天才的な技を繰り出す。

[譯] 渾身解數展現出天才般的手藝。

**13 | ひとかげ【人影】**

[名] 人影；人

[例] 人影もまばらだ。

[譯] 連人影也少見。

**14 | ひとけ【人気】**

[名] 人的氣息

[例] 人気の無い場所に行かない。

[譯] 不到人跡罕至的地方。

**15 | まるめる【丸める】**

[他下一] 弄圓，糅成團；攏絡，拉攏；剃成光頭；出家

[例] 頭を丸める。

[譯] 剃光頭。

**16 | みじゅく【未熟】**

[名·形動] 未熟，生；不成熟，不熟練

[例] 未熟児が生まれる。

[譯] 生下早產兒。

**17 | みのうえ【身の上】**

[名] 境遇，身世，經歷；命運，運氣

[例] 身の上話をする。

[譯] 談論身世境遇。

**18 | みもと【身元】**

[名]（個人的）出身，來歷，經歷；身分，身世

[例] 身元保証人を引き受ける。

[譯] 答應當保證人。

**19 | むのう【無能】**

[名·形動] 無能，無才，無用

[例] 無能な連中を追い出す。

[譯] 把無能之輩攆出去。

**20 | りれき【履歴】**

[名] 履歷，經歷

[例] 履歴書を送る。

[譯] 寄送履歷。

**21 | わるもの【悪者】**

[名] 壞人，壞傢伙，惡棍

[例] 悪者を懲らしめる。

[譯] 懲治惡人。

N1 ◎ 7-2

## 7-2 老若男女 / 男女老少

**01 | いせい【異性】**

[名] 異性；不同性質

[例] 異性関係を持つ。

[譯] 有男女關係。

## 02 ｜しんし【紳士】

名 紳士；（泛指）男人

例 紳士靴を履く。

譯 穿上男士鞋。

## 03 ｜じ【児】

漢造 幼兒；兒子；人；可愛的年輕人

例 新生児を抱く。

譯 抱新生兒。

## 04 ｜せいねん【成年】

名 成年（日本現行法律為二十歲）

例 成年に達する。

譯 達到成年。

## 05 ｜ミセス【Mrs.】

名 女士，太太，夫人；已婚婦女，主婦

例 ミセス向けの服。

譯 適合仕女的服裝。

## 06 ｜ヤング【young】

名·造語 年輕人，年輕一代；年輕的

例 ヤングとアダルトに分かれる。

譯 分開年輕人與成年人。

## 07 ｜レディー【lady】

名 貴婦人；淑女；婦女

例 レディーファースト。

譯 女士優先。

# 7-3 いろいろな人を表すことば(1)／
各種人物的稱呼(1)

## 01 ｜いちいん【一員】

名 一員；一份子

例 あなたも家族の一員だ。

譯 你也是家族的一份子。

## 02 ｜いみん【移民】

名·自サ 移民；（移往外國的）僑民

例 ブラジルへ移民する。

譯 移民到巴西。

## 03 ｜エリート【(法) elite】

名 菁英，傑出人物

例 エリート意識が強い。

譯 優越感特別強烈。

## 04 ｜がくし【学士】

名 學者；（大學）學士畢業生

例 学士の学位が授与される。

譯 授予學士學位。

## 05 ｜かん【官】

名·漢造 （國家、政府的）官，官吏；國家機關，政府；官職，職位

例 官職に就く。

譯 就任官職。

## 06 ｜きぞく【貴族】

名 貴族

例 独身貴族を貫く。

譯 堅持走單身貴族的路線。

## 07 ｜ぎょうしゃ【業者】

图 工商業者

例 業者を集める。

譯 召集同業者。

## 08 ｜くろうと【玄人】

图 內行，專家

例 玄人の腕前。

譯 專家的本事。

## 09 ｜ゲスト【guest】

图 客人，旅客；客串演員

例 ゲストに招く。

譯 邀請客人。

## 10 ｜こじん【故人】

图 故人，舊友；死者，亡人

例 故人を偲ぶ。

譯 緬懷故人。

## 11 ｜さむらい【侍】

图 （古代公卿貴族的）近衛；古代的武士；
有骨氣，行動果決的人

例 侍ジャパンが勝ち越す。

譯 日本武士領先。

## 12 ｜サンタクロース【Santa Claus】

图 聖誕老人

例 サンタクロースがやってくる。

譯 聖誕老人來了。

## 13 ｜じつぎょうか【実業家】

图 實業鉅子

例 青年実業家を目指す。

譯 以成為年輕實業家為目標。

## 14 ｜じぬし【地主】

图 地主，領主

例 因業な地主に取り上げられた。

譯 被殘忍的地主給剝奪了。

## 15 ｜じゅうぎょういん【従業員】

图 工作人員，員工，職工

例 従業員組合が組織される。

譯 組織工會。

## 16 ｜しゅうし【修士】

图 碩士；修道士

例 修士の学位が授与される。

譯 頒授碩士學位。

## 17 ｜しゅ【主】

图・漢造 主人；主君；首領；主體，中心；
居首者；東道主

例 主イエスキリストを信じる。

譯 信奉主耶穌基督。

## 18 ｜しようにん【使用人】

图 佣人，雇工

例 使用人を雇う。

譯 雇用傭人。

## 19 ｜しょうにん【証人】

图 （法）證人；保人，保證人

例 証人に立てる。

譯 成為證人。

## 20 ｜じょう【嬢】

名・漢造 姑娘，少女；(敬)小姐，女士
例 財閥のご令嬢と婚約する。
訳 與財團千金訂婚。

---

## 21 ｜しょくいん【職員】

名 職員，員工
例 大学の職員を採用する。
訳 錄用大學職員。

---

## 22 ｜じょしこうせい【女子高生】

名 女高中生
例 今どきの女子高生を集めてみた。
訳 嘗試集結了時下的女高中生。

---

## 23 ｜じょし【女史】

名・代・接尾 (敬語)女士，女史
例 山田女史が独自に開発した。
訳 山田女士所獨自開發的。

---

## 24 ｜しんいり【新入り】

名 新參加(的人)，新手；新入獄(者)
例 新入りをいじめる。
訳 欺負新人。

---

## 25 ｜しんじゃ【信者】

名 信徒；…迷，崇拜者，愛好者
例 仏教信者を擁護する。
訳 擁護佛教徒。

---

## 26 ｜しんじん【新人】

名 新手，新人；新思想的人，新一代
的人

例 新人が活躍する。
訳 新人大顯身手。

---

## 27 ｜し【士】

漢造 人(多指男性)，人士；武士；士宦；
軍人；(日本自衛隊中最低的一級)士；
有某種資格的人；對男子的美稱
例 消防士になる。
訳 當消防員。

---

## 28 ｜し【師】

名 軍隊；(軍事編制單位)師；老師；
從事專業技術的人
例 師を敬う。
訳 尊敬師長。

---

## 29 ｜セレブ【celeb】

名 名人，名媛，著名人士
例 セレブな私生活に憧れる。
訳 嚮往貴婦般的私生活。

---

## 30 ｜せんぽう【先方】

名 對方；那方面，那裡，目的地
例 先方の言い分にも一理ある。
訳 對方也有一番道理。

# 7-3 いろいろな人を表すことば(2) /
各種人物的稱呼 (2)

## 31 ｜たいか【大家】

名 大房子；專家，權威者；名門，富豪，
大戶人家
例 音楽の大家が奏でる。
訳 音樂大師進行演奏。

### 32 | タイピスト【typist】
[名] 打字員

[例] タイピストになる。

[譯] 成為打字員。

### 33 | たんしん【単身】
[名] 單身，隻身

[例] 単身（たんしん）赴任（ふにん）する。

[譯] 隻身赴任。

### 34 | ちょめい【著名】
[名·形動] 著名，有名

[例] 著名（ちょめい）な観光地（かんこうち）を訪（おとず）れる。

[譯] 遊覽知名的觀光地區。

### 35 | どうし【同志】
[名] 同一政黨的人；同志，同夥，伙伴

[例] 同志（どうし）を募（つの）る。

[譯] 招募同志。

### 36 | とうにん【当人】
[名] 當事人，本人

[例] 当人（とうにん）を調（しら）べる。

[譯] 調查當事者。

### 37 | どくしゃ【読者】
[名] 讀者

[例] 読者（どくしゃ）アンケートに答（こた）える。

[譯] 回答讀者問卷。

### 38 | とのさま【殿様】
[名]（對貴族、主君的敬稱）老爺，大人

[例] 殿様（とのさま）に謁見（えっけん）する。

[譯] 謁見大人。

### 39 | ドライバー【driver】
[名]（電車、汽車的）司機

[例] ドライバーを雇（やと）う。

[譯] 雇用司機。

### 40 | なこうど【仲人】
[名] 媒人，婚姻介紹人

[例] 仲人（なこうど）を立（た）てる。

[譯] 當媒人。

### 41 | ぬし【主】
[名·代·接尾]（一家人的）主人，物主；丈夫；（敬稱）您；者，人

[例] 世帯主（せたいぬし）は父（ちち）です。

[譯] 戶長是父親。

### 42 | ばんにん【万人】
[名] 萬人，眾人

[例] 万人（ばんにん）受（う）けする。

[譯] 老少咸宜，萬眾喜愛。

### 43 | ひ【被】
[漢造] 被…，蒙受；被動

[例] 被保険者（ひほけんしゃ）になる。

[譯] 成為被保險人。

### 44 | ファン【fan】
[名] 電扇，風扇；（運動，戲劇，電影等）影歌迷，愛好者

[例] ファンに感謝（かんしゃ）する。

[譯] 感謝影（歌）迷。

### 45 ｜ふごう【富豪】

㊏ 富豪，百萬富翁
㊐ 大富豪の邸宅に忍び込んだ。
㊞ 悄悄潛入大富豪的宅邸。

### 46 ｜ペーパードライバー【(和) paper + driver】

㊏ 有駕照卻沒開過車的駕駛
㊐ ペーパードライバーから脱出する。
㊞ 脫離紙上駕駛身份。

### 47 ｜へいし【兵士】

㊏ 兵士，戰士
㊐ 兵士を率いる。
㊞ 率領士兵。

### 48 ｜ぼくし【牧師】

㊏ 牧師
㊐ 牧師から洗礼を受ける。
㊞ 請牧師為我們受洗。

### 49 ｜ほりょ【捕虜】

㊏ 俘虜
㊐ 捕虜を捕らえる。
㊞ 捕捉俘虜。

### 50 ｜マニア【mania】

㊏·造語 狂熱，癖好；瘋子，愛好者，…迷，…癖
㊐ カメラマニア。
㊞ 相機迷。

### 51 ｜やつ【奴】

㊏·代 (蔑)人，傢伙；(粗魯的)指某物，某事情或某狀況；(蔑)他，那小子
㊐ おまえみたいな奴はもう知らない。
㊞ 我再也不管你這傢伙了。

### 52 ｜よそのひと【よその人】

㊏ 旁人，閒雜人等
㊐ よその人に慣れさせる。
㊞ 讓…習慣旁人。

### 53 ｜りょきゃく・りょかく【旅客】

㊏ 旅客，乘客
㊐ 旅客機に乗る。
㊞ 搭乘民航機。

## 7-4 人の集まりを表すことば／
### 各種人物相關團體的稱呼

### 01 ｜いちどう【一同】

㊏ 大家，全體
㊐ 一同が立ち上がる。
㊞ 全體都站起來。

### 02 ｜かんしゅう【観衆】

㊏ 觀眾
㊐ 観衆が沸く。
㊞ 觀眾情緒沸騰。

### 03 ｜ぐんしゅう【群集】

㊏·自サ 群集，聚集；人群，群
㊐ アリの群集を観察する。
㊞ 仔細觀察螞蟻群。

## 04 ｜ぐんしゅう【群衆】

名 群眾，人群

例 群衆が押し寄せる。

譯 人群一擁而上。

---

## 05 ｜ぐん【群】

名 群，類；成群的；數量多的

例 群を抜く。

譯 出類拔萃。

---

## 06 ｜げきだん【劇団】

名 劇團

例 劇団に入る。

譯 加入劇團。

---

## 07 ｜けっせい【結成】

名・他サ 結成，組成

例 劇団を結成する。

譯 組劇團。

---

## 08 ｜げんじゅうみん【原住民】

名 原住民

例 アメリカ原住民。

譯 美國原住民。

---

## 09 ｜しゅう【衆】

名・漢造 眾多，眾人；一夥人

例 烏合の衆で危機を乗り越える。

譯 烏合之眾化解危機。

---

## 10 ｜しょくん【諸君】

名・代 （一般為男性用語，對長輩不用）
各位，諸君

---

例 諸君によろしく。

譯 向大家問好。

---

## 11 ｜しょみん【庶民】

名 庶民，百姓，群眾

例 庶民階級が台頭する。

譯 庶民階級勢力抬頭。

---

## 12 ｜じんみん【人民】

名 人民

例 人民の福祉を追求する。

譯 追求人民的福利。

---

## 13 ｜じん【陣】

名・漢造 陣勢；陣地；行列；戰鬥，戰役

例 背水の陣が意志力を高める。

譯 背水一戰讓意志力更為高漲。

---

## 14 ｜たいしゅう【大衆】

名 大眾，群眾；眾生

例 大衆に訴える。

譯 訴諸民眾。

---

## 15 ｜たい【隊】

名・漢造 隊，隊伍，集體組織；（有共同
目標的）幫派或及集團

例 隊を組んで進む。

譯 排隊前進。

---

## 16 ｜どうし【同士】

名・接尾 （意見、目的、理想、愛好相同者）
同好；（彼此關係、性質相同的人）彼此，
伙伴，們

例 気の合う者同士が友達になる。
譯 交到志同道合的好友。

---

**17｜ペア【pair】**

名 一雙，一對，兩個一組，一隊
例 ２名様ペアでご招待。
譯 兩名一組給予招待。

---

**18｜ぼうりょくだん【暴力団】**

名 暴力組織
例 暴力団の資金源を断つ。
譯 斷絕暴力組織的資金來源。

---

**19｜みんぞく【民俗】**

名 民俗，民間風俗
例 民俗学を研究する。
譯 研究民俗學。

---

**20｜みんぞく【民族】**

名 民族
例 少数民族に出会う。
譯 遇見少數民族。

---

**21｜れんちゅう【連中】**

名 伙伴，一群人，同夥；（演藝團體的）成員們
例 とんでもない連中だ。
譯 亂七八糟的一群傢伙。

---

## 7-5 容姿 /
姿容

**01｜エレガント【elegant】**

形動 雅致（的），優美（的），漂亮（的）
例 エレガントな身のこなし。
譯 優雅的姿態。

---

**02｜かび【華美】**

名・形動 華美，華麗
例 華美な服装で参列する。
譯 穿著華麗的衣服觀禮。

---

**03｜きひん【気品】**

名 （人的容貌、藝術作品的）品格，氣派
例 気品が高い。
譯 風度高雅。

---

**04｜きらびやか**

形動 鮮豔美麗到耀眼的程度；絢麗，華麗
例 きらびやかな装い。
譯 華麗的裝扮。

---

**05｜こうしょう【高尚】**

形動 高尚；（程度）高深
例 高尚な趣味を持つ。
譯 擁有高雅的趣味。

---

**06｜しこう【志向】**

名・他サ 志向；意向
例 高い志向をもつ。
譯 有很大的志向。

---

## 07 ｜シック【(法) chic】

形動 時髦，漂亮；精緻

例 シックに着こなす。

譯 衣著時髦。

## 08 ｜チェンジ【change】

名・自他サ 交換，兌換；變化；(網球，排球等)交換場地

例 イメージチェンジ。

譯 改變形象。

## 09 ｜ひらたい【平たい】

形 沒有多少深度或廣度，少凹凸而橫向擴展；平，扁，平坦；容易，淺顯易懂

例 平たい顔が多い。

譯 有許多扁平臉的人。

## 10 ｜ふくめん【覆面】

名・自サ 蒙上臉；不出面，不露面

例 覆面強盗が民家に押し入る。

譯 蒙面強盗闖入民宅。

## 11 ｜ぶさいく【不細工】

名・形動 (技巧，動作)笨拙，不靈巧；難看，醜

例 不細工な顔が歪んでいる。

譯 難看的臉扭曲著。

## 12 ｜ポーズ【pose】

名 (人在繪畫、舞蹈等)姿勢；擺樣子，擺姿勢

例 ポーズをとる。

譯 擺姿勢。

## 13 ｜みすぼらしい

形 外表看起來很貧窮的樣子；寒酸；難看

例 みすぼらしい格好が嫌いだ。

譯 不喜歡衣衫襤褸。

## 14 ｜みちがえる【見違える】

他下一 看錯

例 見違えるほど変わった。

譯 變得都認不出來了。

## 15 ｜みなり【身なり】

名 服飾，裝束，打扮

例 身なりに構わない。

譯 不修邊幅。

## 16 ｜ゆうび【優美】

名・形動 優美

例 優美なアーチを描く。

譯 描繪優美的拱門。

## 17 ｜りりしい【凛凛しい】

形 凜凜，威嚴可敬

例 りりしいすがたに成長した。

譯 長成威風凜凜的相貌。

## 7-6 態度、性格 (1) /
態度、性格 (1)

## 01 ｜あいそう・あいそ【愛想】

名 (接待客人的態度、表情等)親切；接待，款待；(在飲食店)算帳，客人付的錢

例 愛想がいい。
譯 和藹可親。

例 いい加減にしろ。
譯 你給我差不多一點。

---

## 02 | あからむ【赤らむ】

(自五) 變紅，變紅了起來；臉紅
例 顔が赤らむ。
譯 臉紅了起來。

---

## 08 | いき【粋】

(名·形動) 漂亮，瀟灑，俏皮，風流
例 粋な服装をしている。
譯 穿著漂亮。

---

## 03 | あからめる【赤らめる】

(他下一) 使…變紅
例 顔を赤らめる。
譯 漲紅了臉。

---

## 09 | いさぎよい【潔い】

(形) 勇敢，果斷，乾脆，毫不留戀，痛快快
例 潔く罪を認める。
譯 痛快地認罪。

---

## 04 | あさましい【浅ましい】

(形) (情形等悲慘而可憐的樣子)慘，悲慘；(作法或想法卑劣而下流)卑鄙，卑劣
例 浅ましい行為を重ねる。
譯 一次又一次的做出卑鄙的行為。

---

## 10 | いっそ

(副) 索性，倒不如，乾脆就
例 いっそ歩いて行く。
譯 乾脆走路去。

---

## 05 | あっとう【圧倒】

(名·他サ) 壓倒；勝過；超過
例 相手の勢いに圧倒される。
譯 被對方的氣勢壓倒。

---

## 11 | いっぺん【一変】

(名·自他サ) 一變，完全改變；突然改變
例 病勢が一変する。
譯 病情急變。

---

## 06 | あらっぽい【荒っぽい】

(形) 性情、語言行為等粗暴、粗野；對工作等粗糙、草率

例 行動が荒っぽい。
譯 行動粗野。

---

## 12 | いやらしい【嫌らしい】

(形) 使人產生不愉快的心情，令人討厭；令人不愉快，不正經，不規矩
例 いやらしい目つきで見る。
譯 用令人不愉快的眼神看。

---

## 07 | いいかげん【いい加減】

(連語·形動·副) 適當；不認真；敷衍，馬虎；牽強，靠不住；相當，十分

## 13 ｜いんき【陰気】

(名・形動) 鬱悶，不開心；陰暗，陰森；陰鬱之氣

例 陰気な顔つきをしている。

譯 一副愁眉苦臉的樣子。

## 14 ｜インテリ【(俄) intelligentsiya 之略】

(名) 知識份子，知識階層

例 インテリの集まり。

譯 人才濟濟。

## 15 ｜おおまか【大まか】

(形動) 不拘小節的樣子，大方；粗略的樣子，概略，大略

例 大まかに見積もる。

譯 粗略估計。

## 16 ｜おおらか【大らか】

(形動) 落落大方，胸襟開闊，豁達

例 おおらかな性格になりたい。

譯 我希望自己能落落大方的待人接物。

## 17 ｜おくびょう【臆病】

(名・形動) 戰戰兢兢的；膽怯，怯懦

例 臆病者と呼ばれる。

譯 被稱做膽小鬼。

## 18 ｜おごそか【厳か】

(形動) 威嚴而莊重的樣子；莊嚴，嚴肅

例 厳かに行われる。

譯 嚴肅的舉行。

## 19 ｜おせっかい

(名・形動) 愛管閒事，多事

例 おせっかいを焼く。

譯 好管他人閒事。

## 20 ｜おちつき【落ち着き】

(名) 鎮靜，沉著，安詳；(器物等)穩當，放得穩；穩妥，協調

例 落ち着きを取り戻す。

譯 恢復鎮靜。

## 21 ｜おつかい【お使い】

(名) 被打發出去辦事，跑腿

例 お使いを頼む。

譯 受指派外出辦事。

## 22 ｜おっちょこちょい

(名・形動) 輕浮，冒失，不穩重；輕佻的人，輕佻的人

例 おっちょこちょいなところがある。

譯 有冒失之處。

## 23 ｜おどおど

(副・自サ) 提心吊膽，忐忑不安

例 人前ではいつもおどおどしている。

譯 在人面前總是提心吊膽。

## 24 ｜おんわ【温和】

(名・形動) (氣候等)溫和，溫暖；(性情、意見等)柔和，溫和

例 温和な性格。

譯 溫和的個性。

## 25 ｜かって【勝手】

(名・形動) 廚房；情況；任意

例 勝手にしろ。

譯 隨便你啦。

## 26 ｜かっぱつ【活発】

(形動) 動作或言談充滿活力；活潑，活躍

例 取引が活発である。

譯 交易活絡。

## 27 ｜がんこ【頑固】

(名・形動) 頑固，固執；久治不癒的病，痼疾

例 頑固親父が出演した。

譯 由頑固老爹來扮演演出。

## 28 ｜かんにさわる【癪に障る】

(慣) 觸怒，令人生氣

例 あの話し方が癪に障る。

譯 那種說話方式真令人生氣。

## 29 ｜かんよう【寛容】

(名・形動・他サ) 容許，寬容，容忍

例 寛容な態度で向き合う。

譯 以寬宏的態度對待。

## 30 ｜きがきく【気が利く】

(慣) 機伶，敏慧

例 新人なのに気が利く。

譯 雖是新人但做事機敏。

## 31 ｜きさく【気さく】

(形動) 坦率，直爽，隨和

例 気さくな人柄。

譯 隨和的性格。

## 7-6 態度、性格 (2) /
態度、性格 (2)

## 32 ｜きざ【気障】

(形動) 裝模作樣，做作；令人生厭，刺眼

例 気障な男が現れる。

譯 出現了一位裝模作樣的男人。

## 33 ｜きしつ【気質】

(名) 氣質，脾氣；風格

例 気質が優しい。

譯 性情溫柔。

## 34 ｜きだて【気立て】

(名) 性情，性格，脾氣

例 気立てが優しい。

譯 性情溫和。

## 35 ｜きちょうめん【几帳面】

(名・形動) 規規矩矩，一絲不苟；（自律）嚴格，（注意）周到

例 几帳面な性格。

譯 一絲不苟的個性。

## 36 ｜きなが【気長】

(名・形動) 緩慢，慢性；耐心，耐性

例 気長に待つ。

譯 耐心等待。

### 37 ｜きふう【気風】

(名) 風氣，習氣；特性，氣質；風度，氣派

例 関西人の気風。

譯 關西人的習性。

---

### 38 ｜きまぐれ【気紛れ】

(名・形動) 反覆不定，忽三忽四；反復不定，變化無常

例 気まぐれな性格を直す。

譯 改善反復無常的個性。

---

### 39 ｜きまじめ【生真面目】

(名・形動) 一本正經，非常認真；過於耿直

例 生真面目な性格から脱却する。

譯 改掉一本正經的性格。

---

### 40 ｜きょう【強】

(名・漢造) 強者；(接尾詞用法)強，有餘；強，有力；加強；硬是，勉強

例 強弱をつける。

譯 區分強弱。

---

### 41 ｜きょよう【許容】

(名・他サ) 容許，允許，寬容

例 許容範囲が広い。

譯 允許範圍非常廣泛。

---

### 42 ｜きんべん【勤勉】

(名・形動) 勤勞，勤奮

例 勤勉な学生。

譯 勤勞的學生。

---

### 43 ｜くっせつ【屈折】

(名・自サ) 彎曲，曲折；歪曲，不正常，不自然

例 光が屈折する。

譯 光線折射。

---

### 44 ｜けいせい【形成】

(名・他サ) 形成

例 人格を形成する。

譯 人格形成。

---

### 45 ｜けいそつ【軽率】

(名・形動) 輕率，草率，馬虎

例 軽率な発言は控えたい。

譯 發言草率希望能加以節制。

---

### 46 ｜けんめい【賢明】

(名・形動) 賢明，英明，高明

例 賢明な行い。

譯 高明的作法。

---

### 47 ｜こうい【行為】

(名) 行為，行動，舉止

例 親切な行為を行う。

譯 施行舉止親切之禮節。

---

### 48 ｜こせい【個性】

(名) 個性，特性

例 個性を出す。

譯 凸出特色。

---

### 49 ｜こだわる【拘る】

(自五) 拘泥；妨礙，阻礙，抵觸

例 学歴にこだわる。
譯 拘泥於學歷。

---

**50｜こつこつ**

(副) 孜孜不倦，堅持不懈，勤奮；(硬物相敲擊)咚咚聲

例 こつこつと勉強する。
譯 孜孜不倦的讀書。

---

**51｜こまやか【細やか】**

(形動) 深深關懷對方的樣子；深切，深厚

例 細やかな気配りができる。
譯 能得到深切的關注。

---

**52｜ざつ【雑】**

(名・形動) 雜類；(不單純的)混雜；摻雜；(非主要的)雜項；粗雜；粗糙；粗枝大葉

例 雑に扱う。
譯 隨便處理。

---

**53｜ざんこく【残酷】**

(形動) 殘酷，殘忍

例 残酷な仕打ちをする。
譯 殘酷對待。

---

**54｜じが【自我】**

(名) 我，自己，自我；(哲)意識主體

例 自我が芽生える。
譯 萌生主體意識。

---

**55｜しっとり**

(副・サ変) 寧靜，沈靜；濕潤，潤澤

---

例 しっとりした感じの女性の方が良い。
譯 我比較喜歡文靜的女子。

---

**56｜しとやか**

(形動) 說話與動作安靜文雅；文靜

例 しとやかな女性に惹かれる。
譯 被舉止優雅，文靜的女子所吸引。

---

**57｜しぶとい**

(形) 對痛苦或逆境不屈服，倔強，頑強

例 しぶとい人間が勝つ。
譯 頑強的人將獲勝。

---

**58｜じゃく【弱】**

(名・接尾・漢造) (文)弱，弱者；不足；年輕

例 弱肉強食が露骨になっている。
譯 弱肉強食顯得毫不留情。

---

**59｜しゃこう【社交】**

(名) 社交，交際

例 社交的な人と言われる。
譯 被認為是善於社交的人。

---

**60｜じょうねつ【情熱】**

(名) 熱情，激情

例 情熱にあふれる。
譯 熱情洋溢。

---

**61｜じんかく【人格】**

(名) 人格，人品；(獨立自主的)個人

例 人格が優れる。
譯 人品出眾。

## 7-6 態度、性格 (3) /
態度、性格 (3)

**62 | すねる【拗ねる】**

自下一 乖戾，鬧彆扭，任性撒野

例 世をすねる。

譯 玩世不恭；憤世嫉俗。

**63 | せいじつ【誠実】**

名·形動 誠實，真誠

例 誠実な人柄を表している。

譯 呈現出誠實的人格特質。

**64 | せいじゅん【清純】**

名·形動 清純，純真，清秀

例 清純な少女を絵に描いた。

譯 描繪著清純可人的少女。

**65 | ぜんりょう【善良】**

名·形動 善良，正直

例 善良な風俗に反する。

譯 違反善良風俗。

**66 | そうたい【相対】**

名 對面，相對

例 空間的な相対関係を用いた。

譯 使用空間上的相對關係。

**67 | そっけない【素っ気ない】**

形 不表示興趣與關心；冷淡的

例 素っ気なく断る。

譯 冷淡地拒絕。

**68 | ぞんざい**

形動 粗率，潦草，馬虎；不禮貌，粗魯

例 ぞんざいな扱いを受ける。

譯 受到粗魯無禮的對待。

**69 | だいたん【大胆】**

名·形動 大膽，有勇氣，無畏；厚顏，膽大妄為

例 大胆な行動を取る。

譯 採取大膽的行動。

**70 | だらだら**

副·自サ 滴滴答答地，冗長，磨磨蹭蹭的；斜度小而長

例 汗がだらだらと流れる。

譯 汗流夾背。

**71 | たんき【短気】**

名·形動 性情急躁，沒耐性，性急

例 短気を起こす。

譯 犯急躁。

**72 | ちかよりがたい【近寄りがたい】**

形 難以接近

例 近寄りがたい人。

譯 難以親近的人。

**73 | ちっぽけ**

名 （俗）極小

例 ちっぽけな悩みがぶっ飛んだ。

譯 小小的煩惱被吹走了。

## 74 ｜チャーミング【charming】
形動 有魅力，迷人，可愛

例 チャーミングな目を
する。

譯 有迷人的眼睛。

## 75 ｜つつしむ【慎む・謹む】
他五 謹慎，慎重；控制，節制；恭，恭敬

例 お酒を慎む。

譯 節制飲酒。

## 76 ｜つよい【強い】
形 強，強勁；強壯，健壯；強烈，有害；
堅強，堅決；對…強，有抵抗力；（在
某方面）擅長

例 意志が強い。

譯 意志堅強。

## 77 ｜つよがる【強がる】
自五 逞強，裝硬漢

例 弱い者に限って強がる。

譯 唯有弱者愛逞強。

## 78 ｜でかい
形 （俗）大的

例 態度でかい。

譯 態度傲慢。

## 79 ｜どうどう【堂々】
形動・副 （儀表等）堂堂；威風凜凜；冠冕
堂皇，光明正大；無所顧忌，勇往直前

例 堂々と行進する。

譯 威風凜凜的前進。

## 80 ｜どきょう【度胸】
名 膽子，氣魄

例 度胸がある。

譯 有膽識。

## 81 ｜ドライ【dry】
名・形動 乾燥，乾旱；乾巴巴，枯燥無味；
（處事）理智，冷冰冰；禁酒，（宴會上）
不提供酒

例 ドライな性格を直したい。

譯 想改掉鐵面無私的性格。

## 82 ｜なごむ【和む】
自五 平靜下來，溫和起來

例 心が和む。

譯 心情平靜下來。

## 83 ｜なまぬるい【生ぬるい】
形 還沒熱到熟的程度，該冰的東西尚未
冷卻；溫和；不嚴格，馬馬虎虎；姑息

例 生ぬるい考えにイライラした。

譯 被優柔寡斷的想法弄得情緒焦躁。

## 84 ｜なれなれしい
形 非常親近，完全不客氣的態度；親
近，親密無間

例 馴れ馴れしい態度が嫌い。

譯 不喜歡過份親暱的態度。

## 85 ｜ネガティブ・ネガ【negative】
名・形動 （照相）軟片，底片；否定的，消
極的

例 ネガティブな思考に陥る。

譯 陷入負面思考。

### 86 ｜はいりょ【配慮】

名・他サ 關懷，照料，照顧，關照

例 住民に配慮する。

譯 關懷居民。

### 87 ｜びしょう【微笑】

名・自サ 微笑

例 微笑を浮かべる。

譯 浮上微笑。

### 88 ｜ひとがら【人柄】

名・形動 人品，人格，品質；人品好

例 人柄がいい。

譯 人品好。

### 89 ｜ファザコン【（和）father ＋ complex 之略】

名 戀父情結

例 彼女はファザコンだ。

譯 她有戀父情結。

### 90 ｜ぶれい【無礼】

名・形動 沒禮貌，不恭敬，失禮

例 無礼な奴に絡まれる。

譯 被無禮的傢伙糾纏住。

### 91 ｜ほうりだす【放り出す】

他五 (胡亂)扔出去，抛出去；擱置，丟開，扔下

例 仕事を途中で放り出す。

譯 把做到一半工作丟開。

### 92 ｜ほしゅ【保守】

名・他サ 保守；保養

例 保守主義を導入する。

譯 導入保守主義。

### 93 ｜まえむき【前向き】

名 面像前方，面向正面；向前看，積極

例 前向きに考える。

譯 積極檢討。

### 94 ｜まけずぎらい【負けず嫌い】

名・形動 不服輸，好強

例 負けず嫌いな人。

譯 不服輸的人。

### 95 ｜マザコン【（和）mother ＋ complex 之略】

名 戀母情結

例 あいつはマザコンなんだ。

譯 那傢伙有戀母情結。

### 96 ｜みえっぱり【見栄っ張り】

名 虛飾外表(的人)

例 見栄っ張りなやつ。

譯 追求虛榮的人。

### 97 ｜みくだす【見下す】

他五 輕視，藐視，看不起；往下看，俯視

例 人を見下した態度。

譯 輕視別人的態度。

## 98 ｜みならう【見習う】

(他五) 學習，見習，熟習；模仿

例 見習うべき手本を残した。

譯 留下值得學習的範本。

## 99 ｜むくち【無口】

(名・形動) 沈默寡言，不愛説話

例 無口な青年を誘惑する。

譯 引誘沈默寡言的年輕人。

## 100 ｜むじゃき【無邪気】

(名・形動) 天真爛漫，思想單純，幼稚

例 無邪気な子供。

譯 天真爛漫的孩子。

## 101 ｜むちゃくちゃ【無茶苦茶】

(名・形動) 毫無道理，豈有此理；混亂，亂七八糟；亂哄哄

例 無茶苦茶忙しい日々を過ごす。

譯 過著忙亂的生活。

## 102 ｜むちゃ【無茶】

(名・形動) 毫無道理，豈有此理；胡亂，亂來；格外，過分

例 それは無茶というものです。

譯 這簡直是胡來。

## 103 ｜めいろう【明朗】

(形動) 明朗；清明，公正，光明正大，不隱諱

例 健康で明朗な少年。

譯 健康開朗的少年。

## 104 ｜もはん【模範】

(名) 模範，榜樣，典型

例 模範を示す。

譯 作為典範。

## 105 ｜よくぼう【欲望】

(名) 慾望；欲求

例 欲望を満たす。

譯 滿足慾望。

## 106 ｜らっかん【楽観】

(名・他サ) 樂觀

例 楽観的な性格。

譯 樂觀的個性。

## 107 ｜れいこく【冷酷】

(名・形動) 冷酷無情

例 彼は冷酷な人間だ。

譯 他是個冷酷無情的人。

## 108 ｜れいたん【冷淡】

(名・形動) 冷淡，冷漠，不熱心；不熱情，不親熱

例 冷淡な態度をとる。

譯 採冷淡的態度。

## 109 ｜ろこつ【露骨】

(名・形動) 露骨，坦率，明顯；毫不客氣，毫無顧忌；赤裸裸

例 露骨に悪口を言う。

譯 毫不留情的罵。

## 110 ｜ワンパターン【(和) one ＋ pattern】

(名・形動) 一成不變，同樣的

例 ワンパターンな人間になる。

譯 成為一成不變的人。

## 7-7 人間関係 (1) /
人際關係 (1)

## 01 ｜あいだがら【間柄】

(名)（親屬、親戚等的）關
係；來往關係，交情

例 親子の間柄。

譯 親子關係。

## 02 ｜あらかじめ【予め】

(副) 預先，先

例 あらかじめアポをとる。

譯 事先預約。

## 03 ｜えん【縁】

(名) 廊子；關係，因緣；血緣，姻緣；邊緣；
緣分，機緣

例 縁がある。

譯 有緣份。

## 04 ｜おとも【お供】

(名・自サ) 陪伴，陪同，跟隨；陪同的人，
隨員

例 社長にお供する。

譯 陪同社長。

## 05 ｜かたとき【片時】

(名) 片刻

例 片時も忘れられない。

譯 片刻難忘。

## 06 ｜かわるがわる【代わる代わる】

(副) 輪流，輪換，輪班

例 代る代る看病する。

譯 輪流看護。

## 07 ｜かんしょう【干渉】

(名・自サ) 干預，參與，干涉；(理)（音波，
光波的）干擾

例 他人に干渉する。

譯 干涉他人。

## 08 ｜がっちり

(副・自サ) 嚴密吻合

例 がっちりと組む。

譯 牢牢裝在一起。

## 09 ｜きずく【築く】

(他五) 築，建築，修建；構成，(逐步)形
成，累積

例 キャリアを築く。

譯 累積工作經驗。

## 10 ｜きゅうち【旧知】

(名) 故知，老友

例 旧知を訪ねる。

譯 拜訪老友。

## 11 ｜きゅうゆう【旧友】

(名) 老朋友

例 旧友と再会する。
譯 和老友重聚。

## 12 ｜きょうちょう【協調】

名・自サ 協調；合作
例 協調性がある。
譯 具有協調性。

## 13 ｜こうご【交互】

名 互相，交替
例 交互に使う。
譯 交替使用。

## 14 ｜こじれる【拗れる】

自下一 彆扭，執拗；(事物)複雜化，惡化，(病)纏綿不癒
例 風邪が拗れる。
譯 感冒越來越嚴重。

## 15 ｜コネ【connection 之略】

名 關係，門路
例 コネを頼って就職する。
譯 利用關係找工作。

## 16 ｜さいかい【再会】

名・自サ 重逢，再次見面
例 再会を約束する。
譯 約定再會。

## 17 ｜したしまれる【親しまれる】

自五 (「親しむ」的受身形)被喜歡
例 子供に親しまれる。
譯 被小孩所喜歡。

## 18 ｜したしむ【親しむ】

自五 親近，親密，接近；愛好，喜愛
例 親しみやすい人には笑顔が多い。
譯 容易接近的人經常笑容滿面。

## 19 ｜しょたいめん【初対面】

名 初次見面，第一次見面
例 初対面の挨拶を交わした。
譯 初次見面相互寒暄致意。

## 20 ｜すくい【救い】

名 救，救援；挽救，彌補；(宗)靈魂的拯救
例 救いの手をさしのべる。
譯 伸出援手。

## 21 ｜すれちがい【擦れ違い】

名 交錯，錯過去，差開
例 擦れ違いの夫婦が増えていった。
譯 沒有交集的夫妻增多。

## 7-7 人間関係 (2) /
人際關係 (2)

## 22 ｜たいとう【対等】

形動 對等，同等，平等
例 対等な立場が理想だ。
譯 對等的立場是最為理想的。

## 23 ｜たいめん【対面】

名・自サ 會面，見面
例 初対面が苦手だ。
譯 初次見面時最為尷尬。

## 24 | たすけ【助け】

名 幫助，援助；救濟，救助；救命

例 なんの助けにもならない。

譯 一點幫助也沒有。

## 25 | ちゅうしょう【中傷】

名・他サ 重傷，毀謗，污衊

例 人を中傷する。

譯 中傷別人。

## 26 | つかえる【仕える】

自下一 服侍，侍候，侍奉；（在官署等）當官

例 神に仕える。

譯 侍奉神佛。

## 27 | どうちょう【同調】

名・自他サ 調整音調；同調，同一步調，同意

例 相手に同調する。

譯 贊同對方。

## 28 | とも【供】

名 （長輩、貴人等的）隨從，從者；伴侶；夥伴，同伴

例 供に分かち合う。

譯 與伙伴共同分享。

## 29 | にあい【似合い】

名 相配，合適

例 似合いのカップル。

譯 登對的情侶。

## 30 | はしわたし【橋渡し】

名 架橋；當中間人，當介紹人

例 橋渡し役になる。

譯 扮演介紹人的角色。

## 31 | ひきたてる【引き立てる】

他下一 提拔，關照；穀粒；使…顯眼；（強行）拉走，帶走；關門（拉門）

例 後輩を引き立てる。

譯 提拔晚輩。

## 32 | ふさわしい

形 顯得均衡，使人感到相稱；適合，合適；相稱，相配

例 ふさわしい服装に仕上げる。

譯 完成了一件合身的衣服。

## 33 | ペアルック【(和) pair + look】

名 情侶裝，夫妻裝

例 恋人とペアルック。

譯 與情人穿情侶裝。

## 34 | ほうかい【崩壊】

名・自サ 崩潰，垮台；（理）衰變，蛻變

例 家庭が崩壊する。

譯 家庭瓦解。

## 35 | まじえる【交える】

他下一 夾雜，摻雜；（使細長的東西）交叉；互相接觸，交

例 私情を交える。

譯 參雜私人情感。

### 36 ｜みせもの【見せ物】

名 雜耍(指雜技團、馬戲團、魔術等)；被眾人耍弄的對象

例 見せ物にされる。

譯 被當作耍弄的對象。

### 37 ｜みっせつ【密接】

名・自サ・形動 密接，緊連；密切

例 密接な関係にある。

譯 有密切的關係。

### 38 ｜ムード【mood】

名 心情，情緒；氣氛；(語)語氣；情趣；樣式，方式

例 ムードをぶち壊す。

譯 破壞氣氛。

### 39 ｜むすびつき【結び付き】

名 聯繫，聯合，關係

例 結び付きが強い。

譯 結合得很堅固。

### 40 ｜むすびつける【結び付ける】

他下一 繋上，拴上；結合，聯繫

例 運命が彼らを結び付ける。

譯 命運把他們結合在一起。

### 41 ｜めんかい【面会】

名・自サ 會見，會面

例 面会謝絶になる。

譯 謝絕會面。

### 42 ｜もてなす【持て成す】

他五 接待，招待，款待；(請吃飯)宴請，招待

例 お客様を持て成す。

譯 宴請客人。

### 43 ｜ゆうずう【融通】

名・他サ 暢通(錢款)，通融；腦筋靈活，臨機應變

例 融通がきく。

譯 善於臨機應變。

### 44 ｜ライバル【rival】

名 競爭對手；情敵

例 よきライバルを見つける。

譯 找到好的對手。

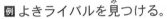

## 7-8 神仏、化け物／
神佛、怪物

### 01 ｜おみや【お宮】

名 神社

例 お宮参りをする。

譯 去參拜神社；孩子出生後第一次參拜神社。

### 02 ｜かいじゅう【怪獣】

名 怪獸

例 怪獣が火を噴く。

譯 怪獸噴火。

## 03 | ごくらく【極楽】

名 極樂世界；安定的境界，天堂

例 極楽浄土に往生する。

譯 往生極樂世界。

## 04 | ささげる【捧げる】

他下一 雙手抱拳，捧拳；供，供奉，敬獻；獻出，貢獻

例 神様に捧げる。

譯 供奉給神明。

## 05 | じごく【地獄】

名 地獄；苦難；受苦的地方；（火山的）噴火口

例 地獄耳が聞き逃す。

譯 耳朵靈竟漏聽了。

## 06 | しゅう【宗】

名 （宗）宗派；宗旨

例 日蓮宗の宗徒が柱を寄付する。

譯 日蓮宗的門徒捐贈柱子。

## 07 | しんせい【神聖】

名・形動 神聖

例 神聖な山が鎮座している。

譯 聖山在此坐鎮。

## 08 | しんでん【神殿】

名 神殿，神社的正殿

例 神殿を営造する。

譯 修建神殿。

## 09 | すうはい【崇拜】

名・他サ 崇拜；信仰

例 個人崇拜が批判された。

譯 個人崇拜受到批判。

## 10 | せいしょ【聖書】

名 （基督教的）聖經；古聖人的著述，聖典

例 新約聖書を研究する。

譯 研究新約聖經。

## 11 | せんきょう【宣教】

名・自サ 傳教，佈道

例 宣教師を希望する。

譯 希望成為傳教士。

## 12 | ぜん【禅】

漢造 （佛）禪，靜坐默唸；禪宗的簡稱

例 座禅を組む。

譯 坐禪。

## 13 | たてまつる【奉る】

他五・補動・五型 奉，獻上；恭維，捧；（文）（接動詞連用型）表示謙遜或恭敬

例 会長に奉る。

譯 抬舉（他）做會長。

## 14 | たましい【魂】

名 靈魂；魂魄；精神，精力，心魂

例 魂を入れる。

譯 注入靈魂。

## 15 ｜つりがね【釣鐘】

名 （寺院等的）吊鐘

例 釣鐘をつき鳴らす。

譯 敲鐘。

## 16 ｜てんごく【天国】

名 天國，天堂；理想境界，樂園

例 歩行者天国を守る。

譯 守住步行天國制度。

## 17 ｜でんせつ【伝説】

名 傳説，口傳

例 伝説が伝わる。

譯 傳説流傳。

## 18 ｜とりい【鳥居】

名 （神社入口處的）牌坊

例 鳥居をくぐる。

譯 穿過牌坊。

## 19 ｜ばける【化ける】

自下一 變成，化成；喬裝，扮裝；突然變成

例 白蛇が美しい娘に化ける。

譯 白蛇變成一個美麗的姑娘。

## 20 ｜ぶつぞう【仏像】

名 佛像

例 仏像を拝む。

譯 參拜佛像。

## 21 ｜ぶつだん【仏壇】

名 佛龕

例 仏壇に手を合わせる。

譯 對著佛龕膜拜。

## 22 ｜ゆうれい【幽霊】

名 幽靈，鬼魂，亡魂；有名無實的事物

例 幽霊が出る屋敷。

譯 鬼魂出沒的屋子。

## 8-1 家族 /
家族

### 01 | きょうぐう【境遇】

名 境遇，處境，遭遇，環境

例 恵まれた境遇に生まれた。

譯 生長在得天獨厚的環境下。

### 02 | ぎり【義理】

名 （交往上應盡的）情意，禮節，人情；
緣由，道理

例 義理の兄弟。

譯 大伯，小叔，姊夫，妹夫。

### 03 | せたい【世帯】

名 家庭，戶

例 三世帯住宅に建て替える。

譯 翻蓋為三代同堂的住宅。

### 04 | ふよう【扶養】

名・他サ 扶養，撫育

例 扶養控除の対象にならない。

譯 無法成為受撫養減稅的對象。

### 05 | みうち【身内】

名 身體內部，全身；親屬；（俠客、賭
徒等的）自家人，師兄弟

例 身内だけで晩ご飯を食べる。

譯 只有親屬共進晚餐。

### 06 | むこ【婿】

名 女婿；新郎

例 婿養子をもらう。

譯 招贅。

### 07 | やしなう【養う】

他五 （子女）養育，撫育；養活，扶養；
餵養；培養；保養，休養

例 妻と子を養う。

譯 撫養妻子與小孩。

### 08 | ゆらぐ【揺らぐ】

自五 搖動，搖晃；意志動搖；搖搖欲墜，
岌岌可危

例 決心が揺らぐ。

譯 決心產生動搖。

### 09 | よりそう【寄り添う】

自五 挨近，貼近，靠近

例 母に寄り添う。

譯 靠在母親身上。

## 8-2 夫婦 /
夫婦

### 01 | えんまん【円満】

形動 圓滿，美滿，完美

例 円満な夫婦。

譯 幸福美滿的夫妻。

## 02 | だんな【旦那】

名 主人；特稱別人丈夫；老公；先生，老爺

例 お宅の旦那が悪い。

譯 是您的丈夫不對。

## 03 | なれそめ【馴れ初め】

名 （男女）相互親近的開端，產生戀愛的開端

例 なれそめのことを懐かしく思い出す。

譯 想起兩人相戀的契機。

## 04 | にかよう【似通う】

自五 類似，相似

例 似通った感じ。

譯 類似的感覺。

## 05 | はいぐうしゃ【配偶者】

名 配偶；夫婦當中的一方

例 配偶者有無の欄に書く。

譯 填在配偶有無的欄位上。

N1 8-3

## 8-3 先祖、親 /
### 祖先、父母

## 01 | おふくろ【お袋】

名 （俗；男性用語）母親，媽媽

例 お袋に孝行する。

譯 孝順媽媽。

## 02 | おやじ【親父】

名 （俗；男性用語）父親，我爸爸；老頭子

例 厳格な親父に育てられた。

譯 在父親嚴格的教管下成長。

## 03 | けんざい【健在】

名・形動 健在

例 両親は健在です。

譯 雙親健在。

## 04 | せんだい【先代】

名 上一輩，上一代的主人；以前的時代；前代（的藝人）

例 先代の社長が倒れた。

譯 前任社長病倒了。

## 05 | にくしん【肉親】

名 親骨肉，親人

例 肉親を探す。

譯 尋找親人。

## 06 | パパ【papa】

名 （兒）爸爸

例 パパに懐く。

譯 很黏爸爸。

N1 8-4

## 8-4 子、子孫 /
### 孩子、子孫

## 01 | おんぶ

名・他サ （幼兒語）背，背負；（俗）讓他人負擔費用，依靠別人

例 子供をおんぶする。

譯 背小孩。

## 02 ｜こじ【孤児】

(名) 孤兒；沒有伴兒的人，孤獨的人

例 震災孤児を支援する。

譯 支援地震孤兒。

---

## 03 ｜こもりうた【子守歌・子守唄】

(名) 搖籃曲

例 子守唄を聞く。

譯 聽搖籃曲。

---

## 04 ｜しそく【子息】

(名) 兒子(指他人的)，令郎

例 ご子息が後を継ぐ。

譯 令郎將繼承衣缽。

---

## 05 ｜せがれ【倅】

(名) (對人謙稱自己的兒子)犬子；(對他人兒子，晚輩的蔑稱)小傢伙，小子

例 私のせがれです。

譯 (這是)犬子。

---

## 06 ｜だっこ【抱っこ】

(名・他サ) 抱

例 赤ちゃんを抱っこする。

譯 抱起嬰兒。

---

## 07 ｜ねかす【寝かす】

(他五) 使睡覺

例 赤ん坊を寝かす。

譯 哄嬰兒睡覺。

---

## 08 ｜ねかせる【寝かせる】

(他下一) 使睡覺，使躺下；使平倒；存放著，賣不出去；使發酵

例 子供を寝かせる。

譯 哄孩子睡覺。

---

## 09 ｜ねんちょう【年長】

(名・形動) 年長，年歲大，年長的人

例 年長者を敬う。

譯 尊敬年長者。

---

## 10 ｜はいはい

(名・自サ) (幼兒語)爬行

例 はいはいができるようになった。

譯 小孩會爬行了。

---

## 11 ｜はんえい【繁栄】

(名・自サ) 繁榮，昌盛，興旺

例 子孫が繁栄する。

譯 子孫興旺。

---

## 12 ｜ようし【養子】

(名) 養子；繼子

例 弟の子を養子にもらう。

譯 領養弟弟的小孩。

---

## 8-5 自分を指して言うことば／
指自己的稱呼

---

## 01 ｜おれ【俺】

(代) (男性用語)(對平輩、晚輩的自稱)我，俺

例 俺様とは何様のつもりだ。

譯 你以為你是誰啊！

## 02 | じこ【自己】

名 自己，自我
例 自己催眠をかける。
譯 自我催眠。

## 03 | どくじ【独自】

形動 獨自，獨特，個人
例 独自に編み出す。
譯 獨創。

## 04 | マイ【my】

造語 我的（只用在「自家用、自己專用」時）
例 マイホームを購入する。
譯 買了自己的房子。

## 05 | われ【我】

名・代 自我，自己，本身；我，吾，我方
例 我を忘れる。
譯 忘我。

## Memo

# 動物
- 動物 -

## 9-1 動物の仲間 /
動物類

### 01 ┃えもの【獲物】
名 獵物；掠奪物，戰利品
例 獲物を仕留める。
譯 射死獵物。

### 02 ┃おす【雄】
名 （動物的）雄性，公；牡
例 雄の闘争心。
譯 雄性的鬥爭心。

### 03 ┃かえる【蛙】
名 青蛙
例 蛙が鳴く。
譯 蛙鳴。

### 04 ┃かり【狩り】
名 打獵；採集；遊看，觀賞；搜查，拘捕
例 狩りに出る。
譯 去打獵。

### 05 ┃くびわ【首輪】
名 狗，貓等的脖圈
例 首輪をはめる。
譯 戴上項圈。

### 06 ┃けだもの【獣】
名 獸；畜生，野獸
例 この獣め。
譯 這個畜生。

### 07 ┃けもの【獣】
名 獸；野獸
例 獣に遭遇する。
譯 遇到野獸。

### 08 ┃こんちゅう【昆虫】
名 昆蟲
例 昆虫類は苦手だ。
譯 我最怕昆蟲類了。

### 09 ┃しかけ【仕掛け】
名 開始做，著手；製作中，做到中途；找碴，挑釁；裝置，結構；規模；陷阱
例 自動的に閉まる仕掛け。
譯 自動開關裝置。

### 10 ┃しんか【進化】
名・自サ 進化，進步
例 進化を妨げる。
譯 妨礙進步。

### 11 ┃ぜんめつ【全滅】
名・自他サ 全滅，徹底消滅

例 害虫を全滅させる。
譯 徹底消滅害蟲。

## 12 ｜たいか【退化】

名・自サ （生）退化；退步，倒退
例 文明の退化が凄まじい。
譯 文明嚴重倒退。

## 13 ｜ちょう【蝶】

名 蝴蝶
例 蝶々結びにする。
譯 打蝴蝶結。

## 14 ｜つの【角】

名 （牛、羊等的）角，犄角；（蝸牛等的）觸角；角狀物
例 しかの角を川で拾った。
譯 在河裡撿到鹿角。

## 15 ｜でくわす【出くわす】

自五 碰上，碰見
例 森で熊に出くわす。
譯 在森林裡遇到熊。

## 16 ｜とうみん【冬眠】

名・自サ 冬眠；停頓
例 冬眠する動物は長寿である。
譯 冬眠的動物較為長壽。

## 17 ｜なつく

自五 親近；喜歡；馴（服）
例 犬が懐く。
譯 狗和人親近。

## 18 ｜ならす【馴らす】

他五 馴養，調馴
例 怒りの虎を飼い馴らすに至った。
譯 馴服了憤怒咆哮的老虎。

## 19 ｜はなしがい【放し飼い】

名 放養，放牧
例 猫を放し飼いにする。
譯 將貓放養。

## 20 ｜ひな【雛】

名・接頭 雛鳥，雛雞；古裝偶人；（冠於某名詞上）表小巧玲瓏
例 ヒナを育てる。
譯 飼養幼鳥。

## 21 ｜ほご【保護】

名・他サ 保護
例 自然を保護する。
譯 保護自然。

## 22 ｜めす【雌】

名 雌，母；（罵）女人
例 雌に求愛する。
譯 向雌性求愛。

## 23 ｜やせい【野生】

名・自サ・代 野生；鄙人
例 野生動物を保護する。
譯 保護野生動物。

## 24 ｜わたりどり【渡り鳥】

名 候鳥；到處奔走謀生的人

例 渡り鳥が旅立つ。

譯 候鳥開始旅行了。

## 9-2 動物の動作、部位／
動物的動作、部位

## 01 ｜お【尾】

名 (動物的)尾巴；(事物的)尾部；山腳

例 尾を引く。

譯 留下影響。

## 02 ｜くちばし【嘴】

名 (動)鳥嘴，嘴，喙

例 くちばしでつつく。

譯 用鳥嘴啄。

## 03 ｜さえずる

自五 (小鳥)婉轉地叫，嘰嘰喳喳地叫，歌唱

例 小鳥がさえずる。

譯 小鳥歌唱。

## 04 ｜ぴんぴん

副・自サ 用力跳躍的樣子；健壯的樣子

例 魚がぴんぴん(と)はねる。

譯 魚活蹦亂跳。

## 05 ｜むらがる【群がる】

自五 聚集，群集，密集，林立

例 アリが群がる。

譯 螞蟻群聚。

# Memo

# パート
# 10
## 第十章

# 植物
- 植物 -

## 10-1 植物の仲間 /
### 植物類

### 01 | かふん【花粉】
名 (植)花粉
例 花粉症になる。
譯 得了花粉症。

### 02 | きゅうこん【球根】
名 (植)球根，鱗莖
例 球根を植える。
譯 種植球根。

### 03 | くき【茎】
名 茎；梗；柄；稈
例 茎が折れる。
譯 折斷花莖。

### 04 | こずえ【梢】
名 樹梢，樹枝
例 梢を切り落とす。
譯 剪去樹枝。

### 05 | しば【芝】
名 (植)(鋪草坪用的)矮草，短草
例 芝を刈り込む。
譯 剪草坪。

### 06 | じゅもく【樹木】
名 樹木

### 例 樹木に囲まれる。
譯 四周被樹木環繞。

### 07 | しゅ【種】
名・漢造 種類；(生物)種；種植；種子
例 種子植物を分類する。
譯 將種子植物加以分類。

### 08 | ぞうき【雑木】
名 雜樹，不成材的樹木
例 雑木林が見えてきた。
譯 看得到雜木林了。

### 09 | つぼみ【蕾】
名 花蕾，花苞；(前途有為而)未成年的人
例 つぼみが付く。
譯 長花苞。

### 10 | とげ【棘・刺】
名 (植物的)刺；(扎在身上的)刺；(轉)講話尖酸，話中帶刺
例 とげが刺さる。
譯 被刺刺到。

### 11 | なえ【苗】
名 苗，秧子，稻秧
例 野菜の苗を植えた。
譯 種植菜苗。

## 12 ｜ねんりん【年輪】

名 (樹)年輪；技藝經驗；經年累月的歷史
例 年輪を重ねる。
譯 累積經驗。

## 13 ｜はす【蓮】

名 蓮花
例 蓮の花が見頃だ。
譯 現在正是賞蓮的時節。

## 14 ｜はなびら【花びら】

名 花瓣
例 花びらが舞う。
譯 花瓣飛舞。

## 15 ｜ほ【穂】

名 (植)稻穗；(物的)尖端
例 稲穂が稔る。
譯 稻穗結實。

## 16 ｜みき【幹】

名 樹幹；事物的主要部分
例 木の幹と枝が絡んでいる。
譯 樹幹與樹枝纏在一起。

## 17 ｜わら【藁】

名 稻草，麥桿
例 藁を束ねる。
譯 綁稻草成束。

## 10-2 植物関連のことば /
植物相關用語

## 01 ｜おちば【落ち葉】

名 落葉
例 落ち葉を掃く。
譯 打掃落葉。

## 02 ｜かれる【涸れる・枯れる】

自下一 (水分)乾涸；(能力、才能等)涸竭；
(草木)凋零，枯萎，枯死(木材)乾燥；
(修養、藝術等)純熟，老練；(身體等)
枯瘦，乾癟，(機能等)衰萎
例 涙が涸れる。
譯 淚水乾涸。

## 03 ｜しなびる【萎びる】

自上一 枯萎，乾癟
例 野菜が萎びる。
譯 青菜枯萎了。

## 04 ｜はつが【発芽】

名・自サ 發芽
例 種が発芽する。
譯 種子發芽。

## 05 ｜ひりょう【肥料】

名 肥料
例 肥料を与える。
譯 施肥。

## 06 ｜ひんしゅ【品種】

名 種類；(農)品種
例 品種改良する。
譯 改良品種。

## 07 ｜ほうさく【豊作】

名 豐收
例 豊作を祝う。
譯 慶祝豐收。

# パート 11 第十一章 物質
- 物質 -

## 11-1 物、物質 /
物、物質

### 01 ｜アルカリ【alkali】
名 鹼；強鹼
例 純アルカリソーダ。
譯 純鹼蘇打。

### 02 ｜アルミ【aluminium】
名 鋁（「アルミニウム」的縮寫）
例 アルミ製品を一通り揃えた。
譯 鋁製品全部都備齊了。

### 03 ｜えき【液】
名·漢造 汁液，液體
例 液状化現象を起こした。
譯 引起液態化現象。

### 04 ｜おうごん【黄金】
名 黃金；金錢
例 黄金の仏像。
譯 黃金佛像。

### 05 ｜かごう【化合】
名·自サ （化）化合
例 化合物が検出された。
譯 被檢驗出含有化合物。

### 06 ｜かせき【化石】
名·自サ （地）化石；變成石頭
例 アンモナイトの化石。
譯 鸚鵡螺化石。

### 07 ｜がんせき【岩石】
名 岩石
例 岩石を採取する。
譯 採集岩石。

### 08 ｜けつごう【結合】
名·自他サ 結合；黏接
例 分子が結合する。
譯 結合分子。

### 09 ｜けっしょう【結晶】
名·自サ 結晶；（事物的）成果，結晶
例 雪の結晶を撮影する。
譯 拍攝雪的結晶。

### 10 ｜げんけい【原形】
名 原形，舊觀，原來的形狀
例 原形を留めていない。
譯 沒有留下舊貌。

## 11 ｜げんし【原子】

名 （理）原子；原子核

例 原子爆弾を投下する。

譯 投下原子彈。

## 12 ｜げんそ【元素】

名 （化）元素；要素

例 元素記号を覚える。

譯 背誦元素符號。

## 13 ｜ごうせい【合成】

名·他サ （由兩種以上的東西合成）合成（一個東西）；（化）（元素或化合物）合成（化合物）

例 合成着色料を用いる。

譯 使用化學色素。

## 14 ｜さんか【酸化】

名·自サ （化）氧化

例 鉄が酸化する。

譯 鐵氧化。

## 15 ｜さん【酸】

名 酸味；辛酸，痛苦；（化）酸

例 アミノ酸飲料を飲む。

譯 喝氨基酸飲料。

## 16 ｜じき【磁器】

名 瓷器

例 磁器と陶器を焼き合わせた。

譯 瓷器與陶器混在一起燒。

## 17 ｜じき【磁気】

名 （理）磁性，磁力

例 磁気で治療する。

譯 用磁力治療。

## 18 ｜しずく【滴】

名 水滴，水點

例 しずくが落ちる。

譯 水滴滴落。

## 19 ｜じゃり【砂利】

名 沙礫，碎石子

例 道路に砂利を敷く。

譯 在路上鋪碎石子。

## 20 ｜じょうりゅう【蒸留】

名·他サ 蒸餾

例 海水を蒸留する。

譯 蒸餾海水。

## 21 ｜しんじゅ【真珠】

名 珍珠

例 真珠を採取する。

譯 採集珍珠。

## 22 ｜せいてつ【製鉄】

名 煉鐵，製鐵

例 製鉄所を新たに建設する。

譯 建設新的煉鐵廠。

## 23 ｜たれる【垂れる】

自下一·他下一 懸垂，掛拉；滴，流，滴答；垂，使下垂，懸掛；垂飾

例 しずくが垂<sup>た</sup>れる。

譯 水滴滴落。

---

### 24 ｜たんそ【炭素】

名 （化）碳

例 二酸化炭素<sup>にさんかたんそ</sup>が使用<sup>しよう</sup>される。

譯 使用二氧化碳。

---

### 25 ｜ちゅうわ【中和】

名・自サ 中正溫和；（理，化）中和，平衡

例 酸<sup>さん</sup>とアルカリが中和<sup>ちゅうわ</sup>する。

譯 酸鹼中和。

---

### 26 ｜ちんでん【沈澱】

名・自サ 沈澱

例 沈殿物<sup>ちんでんぶつ</sup>を生成<sup>せいせい</sup>する。

譯 產生沈澱物。

---

### 27 ｜なまり【鉛】

名 （化）鉛

例 鉛<sup>なまり</sup>を含<sup>ふく</sup>む。

譯 含鉛。

---

### 28 ｜はる【張る】

自他五 伸展；覆蓋；膨脹，（負擔）過重，（價格）過高；拉；設置；盛滿（液體等）

例 湖<sup>みずうみ</sup>に氷<sup>こおり</sup>が張<sup>は</sup>った。

譯 湖面結冰。

---

### 29 ｜びりょう【微量】

名 微量，少量

例 微量<sup>びりょう</sup>の毒物<sup>どくぶつ</sup>が検出<sup>けんしゅつ</sup>される。

譯 檢驗出少量毒物。

---

### 30 ｜ぶったい【物体】

名 物體，物質

例 未確認飛行物体<sup>みかくにんひこうぶったい</sup>が見<sup>み</sup>られる。

譯 可以看到未知物體(UFO)。

---

### 31 ｜ふっとう【沸騰】

名・自サ 沸騰；群情激昂，情緒高漲

例 お湯<sup>ゆ</sup>が沸騰<sup>ふっとう</sup>する。

譯 熱水沸騰。

---

### 32 ｜ぶんし【分子】

名 （理・化・數）分子；…份子

例 分子<sup>ぶんし</sup>を発見<sup>はっけん</sup>する。

譯 發現分子。

---

### 33 ｜ほうわ【飽和】

名・自サ （理）飽和；最大限度，極限

例 飽和状態<sup>ほうわじょうたい</sup>に陥<sup>おちい</sup>る。

譯 陷入飽和狀態。

---

### 34 ｜まく【膜】

名・漢造 膜；（表面）薄膜，薄皮

例 膜<sup>まく</sup>が張<sup>は</sup>る。

譯 貼上薄膜。

---

### 35 ｜まやく【麻薬】

名 麻藥，毒品

例 麻薬中毒<sup>まやくちゅうどく</sup>を治療<sup>ちりょう</sup>する。

譯 治療毒癮。

## 36 ｜やく【薬】

(名・漢造) 薬；化學藥品

例 弾薬を詰める。

譯 裝彈藥。

## 37 ｜ようえき【溶液】

(名) (理、化)溶液

例 溶液の濃度を測定する。

譯 測量溶液的濃度。

## 11-2 エネルギー、燃料 /
能源、燃料

## 01 ｜げんばく【原爆】

(名) 原子彈

例 原爆を投下する。

譯 投下原子彈。

## 02 ｜げんゆ【原油】

(名) 原油

例 原油価格が高騰する。

譯 石油價格居高不下。

## 03 ｜こう【光】

(漢造) 光亮；光；風光；時光；榮譽；

例 太陽光で発電する。

譯 以太陽能發電。

## 04 ｜さかる【盛る】

(自五) 旺盛；繁榮；(動物)發情

例 火が盛る。

譯 火勢旺盛。

## 05 ｜さよう【作用】

(名・自サ) 作用；起作用

例 薬の副作用が心配だ。

譯 擔心藥物的副作用。

## 06 ｜ソーラーシステム【the solar system】

(名) 太陽系；太陽能發電設備

例 ソーラーシステムを設置する。

譯 裝設太陽能發電設備。

## 07 ｜たきび【たき火】

(名) 爐火，灶火；(用火)燒落葉

例 焚き火をする。

譯 點篝火。

## 08 ｜てんか【点火】

(名・自サ) 點火

例 ろうそくに点火する。

譯 點蠟燭。

## 09 ｜どうりょく【動力】

(名) 動力，原動力

例 動力を供給する。

譯 供給動力。

## 10 ｜ねんしょう【燃焼】

(名・自サ) 燃燒；竭盡全力

例 石油が燃焼する。

譯 燃燒石油。

## 11 ｜ねんりょう【燃料】

(名) 燃料

例 燃料をくう。

譯 耗費燃料。

---

## 12 ｜ばくは【爆破】

(名・他サ) 爆破，炸毀

例 建物を爆破する。

譯 炸毀建築物。

---

## 13 ｜はんしゃ【反射】

(名・自他サ)（光、電波等）折射，反射；（生理上的）反射（機能）

例 条件反射する。

譯 條件反射。

---

## 14 ｜ひばな【火花】

(名) 火星；（電）火花

例 火花が散る。

譯 迸出火星。

---

## 15 ｜ふりょく【浮力】

(名)（理）浮力

例 浮力が作用する。

譯 浮力起作用。

---

## 16 ｜ほうしゃせん【放射線】

(名)（理）放射線

例 放射線を浴びる。

譯 暴露在放射線之下。

---

## 17 ｜ほうしゃのう【放射能】

(名)（理）放射線

例 放射能は怖い。

譯 輻射很可怕。

---

## 18 ｜ほうしゃ【放射】

(名・他サ) 放射，輻射

例 放射性物質を垂れ流す。

譯 流放出放射性物質。

---

## 19 ｜ほうしゅつ【放出】

(名・他サ) 放出，排出，噴出；（政府）發放，投放

例 熱を放出する。

譯 放出熱能。

---

## 20 ｜まんタン【満 tank】

(名)（俗）油加滿

例 ガソリンを満タンにする。

譯 加滿了油。

---

## 21 ｜りょうしつ【良質】

(名・形動) 質量良好，上等

例 良質のタンパク質を摂る。

譯 攝取良好的蛋白質。

---

N1 ● 11-3

## 11-3 原料、材料 /
原料、材料

---

## 01 ｜エコ【ecology 之略】

(名・接頭) 環保

例 エコグッズを活用する。

譯 活用環保商品。

---

## 02 ｜かいしゅう【回収】

(名・他サ) 回收，收回

例 資源回収を実施する。

譯 施行資源回收。

## 03 │かせん【化繊】

名 化學纖維
例 化繊の肌着。
譯 化學纖維材質的內衣。

---

## 04 │さいくつ【採掘】

名・他サ 採掘，開採，採礦
例 金山を採掘する。
譯 開採金礦。

---

## 05 │しぼう【脂肪】

名 脂肪
例 脂肪を取る。
譯 去除脂肪。

---

## 06 │せんい【繊維】

名 繊維
例 化学繊維が生産される。
譯 生產化學纖維。

---

## 07 │そざい【素材】

名 素材，原材料；題材
例 素材の味を生かした料理。
譯 發揮食材原味的料理。

---

## 08 │たんぱくしつ【蛋白質】

名 （生化）蛋白質
例 タンパク質を取る。
譯 攝取蛋白質。

---

## 09 │はいき【廃棄】

名・他サ 廢除

例 廃棄処分する。
譯 廢棄處理。

---

## 10 │ひんしつ【品質】

名 品質，質量
例 品質を疑う。
譯 對品質有疑慮。

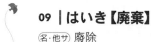

# パート 12 第十二章 天体、気象

- 天體、氣象 -

## 12-1 天体 / 天體

### 01 | うず【渦】

名 漩渦，漩渦狀；混亂狀態，難以脫身的處境

例 渦を巻く。

譯 打轉；呈現混亂狀態。

### 02 | えいせい【衛星】

名 （天）衛星；人造衛星

例 人工衛星を打ち上げる。

譯 發射人造衛星。

### 03 | かせい【火星】

名 （天）火星

例 火星人と出会いました。

譯 遇到了火星人。

### 04 | じてん【自転】

名・自サ （地球等的）自轉；自行轉動

例 地球の自転を証明した。

譯 證明地球是自轉的。

### 05 | せいざ【星座】

名 星座

例 星座占いを学ぶ。

譯 學占星術。

### 06 | てんたい【天体】

名 （天）天象，天體

例 天体観測会が開かれた。

譯 舉辦觀察天象大會。

### 07 | てん【天】

名・漢造 天，天空；天國；天理；太空；上天；天然

例 天を仰ぐ。

譯 仰望天空。

### 08 | ともる

自五 （燈火）亮，點著

例 明かりがともる。

譯 燈亮了。

### 09 | にしび【西日】

名 夕陽；西照的陽光，午後的陽光

例 西日がまぶしい。

譯 夕陽炫目。

### 10 | ひなた【日向】

名 向陽處，陽光照到的地方；處於順境的人

例 日向ぼっこをする。

譯 曬太陽；做日光浴。

### 11 | まんげつ【満月】

名 滿月，圓月

例 満月の夜が好きだ。

譯 我喜歡望月之夜。

**12 | わくせい【惑星】**

[名] (天)行星；前途不可限量的人

[例] 惑星に探査機を送り込んだ。

[譯] 送上行星探測器。

N1 12-2

## 12-2 気象、天気、気候 / 氣象、天氣、氣候

**01 | あつくるしい【暑苦しい】**

[形] 悶熱的

[例] 暑苦しい部屋が涼しくなった。

[譯] 悶熱的房間變得涼爽了。

**02 | あまぐ【雨具】**

[名] 防雨的用具(雨衣、雨傘、雨鞋等)

[例] 雨具の用意がない 。

[譯] 沒有準備雨具。

**03 | あられ【霰】**

[名] (較冰雹小的)霰；切成小碎塊的年糕

[例] あられが降る。

[譯] 下冰霰。

**04 | いなびかり【稲光】**

[名] 閃電，閃光

[例] 稲光がする。

[譯] 出現閃電。

**05 | うてん【雨天】**

[名] 雨天

[例] 雨天でも決行する。

[譯] 風雨無阻。

**06 | かいじょ【解除】**

[名·他サ] 解除；廢除

[例] 警報を解除する。

[譯] 解除警報。

**07 | かすむ【霞む】**

[自五] 有霞，有薄霧，雲霧朦朧

[例] 霞んだ空が幻想的だった。

[譯] 雲霧朦朧的天空如同幻夢世界一般。

**08 | かんき【寒気】**

[名] 寒冷，寒氣

[例] 寒気がきびしい。

[譯] 酷冷。

**09 | きざし【兆し】**

[名] 預兆，徵兆，跡象；萌芽，頭緒，端倪

[例] 兆しが見える。

[譯] 看得到徵兆。

**10 | きしょう【気象】**

[名] 氣象；天性，秉性，脾氣

[例] 気象情報を放送する。

[譯] 播放氣象資訊。

**11 | きょうれつ【強烈】**

[形動] 強烈

[例] 強烈な光を放つ。

[譯] 放出刺眼的光線。

**12 | きりゅう【気流】**

[名] 氣流

[例] 気流に乗る。

[譯] 乘著氣流。

**13 | こうすい【降水】**

[名] (氣)降水(指雪雨等的)

例 降水量が多い。

譯 降雨量很高。

---

**14 ｜ざあざあ**

副 (大雨)嘩啦嘩啦聲；(電視等)雜音

例 雨がざあざあ降っている。

譯 雨嘩啦嘩啦地下。

---

**15 ｜じょうしょう【上昇】**

名・自サ 上升，上漲，提高

例 気温が上昇する。

譯 氣溫上升。

---

**16 ｜ずぶぬれ【ずぶ濡れ】**

名 全身濕透

例 ずぶぬれの着物が張り付いてしまった。

譯 濕透了的衣服緊貼在身上。

---

**17 ｜せいてん【晴天】**

名 晴天

例 晴天に恵まれる。

譯 遇上晴天。

---

**18 ｜つゆ【露】**

名・副 露水；淚；短暫，無常；(下接否定)一點也不…

例 露にぬれる。

譯 被露水打濕。

---

**19 ｜てりかえす【照り返す】**

他五 反射

例 西日が照り返す。

譯 夕陽反射。

---

**20 ｜とつじょ【突如】**

副・形動 突如其來，突然

例 突如爆発する。

譯 突然爆發。

---

**21 ｜ふじゅん【不順】**

名・形動 不順，不調，異常

例 天候不順が続く。

譯 氣候異常持續不斷。

---

**22 ｜もる【漏る】**

自五 (液體、氣體、光等)漏，漏出

例 雨が漏る。

譯 漏雨。

---

**23 ｜よける**

他下一 躲避；防備

例 雨をよける。

譯 避雨。

## 12-3 さまざまな自然現象 /
各種自然現象

---

**01 ｜あいつぐ【相次ぐ・相継ぐ】**

自五 (文)接二連三，連續不斷

例 相次ぐ災難に見舞われる。

譯 遭受接二連三的天災人禍。

---

**02 ｜おおみず【大水】**

名 大水，洪水

例 大水が出る。

譯 發生大洪水。

## 03 ｜おさまる【治まる】

（自五）安定，平息

例 嵐が治まる。

譯 暴風雨平息。

## 04 ｜おしよせる【押し寄せる】

（自下一）湧進來；蜂擁而來（他下一）挪到一旁

例 津波が押し寄せる。

譯 海嘯席捲而來。

## 05 ｜おそう【襲う】

（他五）襲擊，侵襲；繼承，沿襲；衝到，闖到

例 人を襲う。

譯 襲擊他人。

## 06 ｜きょくげん【局限】

（名・他サ）侷限，限定

例 一部に局限される。

譯 侷限於其中一部份。

## 07 ｜けいかい【警戒】

（名・他サ）警戒，預防，防範；警惕，小心

例 警戒態勢をとる。

譯 採取警戒狀態。

## 08 ｜こうずい【洪水】

（名）洪水，淹大水；洪流

例 洪水が起こる。

譯 引發洪水。

## 09 ｜さいがい【災害】

（名）災害，災難，天災

例 災害を予防する。

譯 防災。

## 10 ｜しずめる【沈める】

（他下一）把…沉入水中，使沉沒

例 ソファに身を沈める。

譯 癱坐在沙發上。

## 11 ｜しんどう【振動】

（名・自サ）搖動，振動；擺動

例 窓ガラスが振動する。

譯 窗戶玻璃震動。

## 12 ｜じょうりく【上陸】

（名・自サ）登陸，上岸

例 無事に上陸する。

譯 平安登陸。

## 13 ｜せいりょく【勢力】

（名）勢力，權勢，威力，實力；(理)力，能

例 勢力を伸ばす。

譯 擴大勢力。

## 14 ｜そうなん【遭難】

（名・自サ）罹難，遇險

例 遭難現場に駆けつけた。

譯 急忙趕到遇難地點。

## 15 ｜ただよう【漂う】

（自五）漂流，飄蕩；洋溢，充滿；露出

例 水面に花びらが漂う。

譯 花瓣漂在水面上。

## 16 ｜たつまき【竜巻】

（名）龍捲風

例 竜巻が起きる。

譯 發生龍捲風。

## 17 ｜つなみ【津波】

名 海嘯
例 津波が発生する。
譯 發生海嘯。

## 18 ｜てんさい【天災】

名 天災，自然災害
例 天災に見舞われる。
譯 遭受天災。

## 19 ｜どしゃ【土砂】

名 土和沙，沙土
例 土砂災害が多発した。
譯 經常發生山崩災難。

## 20 ｜なだれ【雪崩】

名 雪崩；傾斜，斜坡；雪崩一般，蜂擁
例 雪崩を打って敗走する。
譯 一群人落荒而逃。

## 21 ｜はっせい【発生】

名・自サ 發生；(生物等)出現，蔓延
例 問題が発生する。
譯 發生問題。

## 22 ｜はんらん【氾濫】

名・自サ 氾濫；充斥，過多
例 川が氾濫する。
譯 河川氾濫。

## 23 ｜ひなん【避難】

名・自サ 避難
例 避難訓練をする。
譯 執行避難訓練。

## 24 ｜ふんしゅつ【噴出】

名・自他サ 噴出，射出
例 マグマが噴出する。
譯 炎漿噴出。

## 25 ｜ぼうふう【暴風】

名 暴風
例 暴風雨になる。
譯 變成暴風雨。

## 26 ｜もうれつ【猛烈】

形動 氣勢或程度非常大的樣子，猛烈；特別；厲害
例 猛烈に後悔する。
譯 非常後悔。

## 27 ｜よしん【余震】

名 餘震
例 余震が続く。
譯 餘震不斷。

## 28 ｜らっか【落下】

名・自サ 下降，落下；從高處落下
例 落下物に注意する。
譯 小心掉落物。

<table>
<tr><td>

パート<br>**13**<br>第十三章

# 地理、場所
- 地理、地方 -

</td></tr>
</table>

## 13-1 地理 /
地理

### 01 ｜あ【亜】

接頭 亞，次；（化）亞（表示無機酸中氧原子較少）；用在外語的音譯；亞細亞，亞洲

例 台湾の北は亜熱帯気候だ。

譯 台灣的北邊是亞熱帶氣候。

### 02 ｜えんがん【沿岸】

名 沿岸

例 地中海沿岸は風が強い。

譯 地中海沿岸風勢很強。

### 03 ｜おおぞら【大空】

名 太空，天空

例 晴れ渡る大空。

譯 萬里晴空。

### 04 ｜かいがら【貝殻】

名 貝殻

例 貝殻を拾う。

譯 撿拾貝殼。

### 05 ｜かいきょう【海峡】

名 海峡

例 海峡を越える。

譯 越過海峽。

### 06 ｜かいぞく【海賊】

名 海盜

例 海賊に襲われる。

譯 被海盜襲擊。

### 07 ｜かいりゅう【海流】

名 海流

例 海流に乗る。

譯 乘著海流。

### 08 ｜かい【海】

漢造 海；廣大

例 日本海を眺める。

譯 眺望日本海。

### 09 ｜がけ【崖】

名 斷崖，懸崖

例 崖から落ちる。

譯 從懸崖上落下。

### 10 ｜かせん【河川】

名 河川

例 河川が氾濫する。

譯 河川氾濫。

### 11 ｜ききょう【帰京】

名・自サ 回首都，回東京

例 来月帰京する。

譯 下個月回東京。

## 12 | きふく【起伏】

名·自サ 起伏，凹凸；榮枯，盛衰，波瀾，起落

例 起伏が激しい。

譯 起伏劇烈。

## 13 | きょうそん・きょうぞん【共存】

名·自サ 共處，共存

例 自然と共存する。

譯 與自然共存。

## 14 | けいしゃ【傾斜】

名·自サ 傾斜，傾斜度；傾向

例 後方へ傾斜する。

譯 向後傾斜。

## 15 | こうげん【高原】

名 (地)高原

例 チベット高原。

譯 西藏高原。

## 16 | こくさん【国産】

名 國產

例 国産自動車。

譯 國產汽車。

## 17 | さんがく【山岳】

名 山岳

例 山岳地帯に住む。

譯 住在山區。

## 18 | さんみゃく【山脈】

名 山脈

例 山脈を越える。

譯 越過山脈。

## 19 | しお【潮】

名 海潮；海水，海流，時機，機會

例 潮の満ち引き。

譯 潮氣潮落。

## 20 | ジャングル【jungle】

名 叢林

例 ジャングルを探検する。

譯 進到叢林探險。

## 21 | じょうくう【上空】

名 高空，天空；（某地點的）上空

例 上空を横切る。

譯 橫越上空。

## 22 | すいげん【水源】

名 水源

例 水源を探す。

譯 尋找水源。

## 23 | そびえる【聳える】

自下一 聳立，峙立

例 雲に聳える塔。

譯 高聳入雲的高塔。

## 24 | たどる【辿る】

他五 沿路前進，邊走邊找；走難行的路，走艱難的路；追尋，追溯，探索；（事物向某方向）發展，走向

例 記憶をたどる。

譯 追尋記憶。

## 25 ｜ちけい【地形】

名 地形，地勢，地貌
例 地形が盆地だから夏は暑い。
譯 盆地地形所以夏天很熱。

## 26 ｜つらなる【連なる】

自五 連，連接；列，參加
例 山が連なる。
譯 山脈連綿。

## 27 ｜てんぼう【展望】

名・他サ 展望；眺望，瞭望
例 展望が開ける。
譯 視野開闊。

## 28 ｜とおまわり【遠回り】

名・自サ・形動 使其繞道，繞遠路
例 遠回りして帰る。
譯 繞遠路回家。

## 29 ｜ないりく【内陸】

名 內陸，內地
例 内陸性気候に属する。
譯 屬於大陸性氣候。

## 30 ｜なぎさ【渚】

名 水濱，岸邊，海濱
例 渚を駆ける。
譯 在海邊奔跑。

## 31 ｜ぬま【沼】

名 池塘，池沼，沼澤
例 底無し沼につく。
譯 探到無底深淵的底部。

## 32 ｜はま【浜】

名 海濱，河岸
例 浜に打ち上げられる。
譯 被海水打上岸邊。

## 33 ｜はらっぱ【原っぱ】

名 雜草叢生的曠野；空地
例 原っぱを駆ける。 譯 在曠野奔跑。

## 34 ｜みかい【未開】

名 不開化，未開化；未開墾；野蠻
例 未開の地に踏み入る。
譯 進入未開墾的土地。

## 35 ｜ゆるやか【緩やか】

形動 坡度或彎度平緩；緩慢
例 緩やかな坂に注意しよう。
譯 走慢坡要多加小心。

## 13-2 場所、空間 /
### 地方、空間

## 01 ｜あらす【荒らす】

他五 破壞，毀掉；損傷，糟蹋；擾亂；
偷竊，行搶
例 トラックが道を荒らす。
譯 卡車毀壞道路。

## 02 ｜いただき【頂】

名 （物體的）頂部；頂峰，樹尖
例 山の頂に立つ。
譯 站在山頂上。

## 03 ｜いち【市】

名 市場，集市；市街

例 蚤の市を開く。 譯 舉辦跳蚤市場。

## 04 ｜かいどう【街道】

名 大道，大街
例 裏街道を歩む。
譯 走上邪道。

## 05 ｜がいとう【街頭】

名 街頭，大街上
例 街頭演説が開かれる。
譯 開始街頭演講。

## 06 ｜きゅうくつ【窮屈】

名·形動(房屋等)窄小，狹窄，(衣服等)緊；
感覺拘束，不自由；死板
例 窮屈な部屋に住む。
譯 住在狹窄的房間。

## 07 ｜きょう【橋】

名·漢造 (解)腦橋；橋
例 歩道橋を渡る。
譯 走過天橋。

## 08 ｜くうかん【空間】

名 空間，空隙
例 快適な空間を提案する。
譯 就舒適的空間提出議案。

## 09 ｜げんち【現地】

名 現場，發生事故的地點；當地

例 現地に向かう。
譯 前往現場。

## 10 ｜コーナー【corner】

名 小賣店，專櫃；角，拐角；(棒、足球)
角球
例 特産品コーナーを設ける。
譯 設置特産品專櫃。

## 11 ｜こてい【固定】

名·自他サ 固定
例 足場を固定する。
譯 站穩腳步。

## 12 ｜さんばし【桟橋】

名 碼頭；跳板
例 桟橋を渡る。
譯 走過碼頭。

## 13 ｜さんぷく【山腹】

名 山腰，山腹
例 山腹を歩く。
譯 行走山腰。

## 14 ｜しがい【市街】

名 城鎮，市街，繁華街道
例 市街地に住む。
譯 住在繁華地段。

## 15 ｜しょざい【所在】

名 (人的)住處，所在；(建築物的)地址；
(物品的)下落
例 所在がわかる。
譯 知道所在處。

### 16 ｜スペース【space】

⑧ 空間，空地；（特指）宇宙空間；紙面的空白，行間寬度

例 スペースを取る。

譯 留出空白。

### 17 ｜たちよる【立ち寄る】

⾃五 靠近，走進；順便到，中途落腳

例 本屋に立ち寄る。

譯 順便去書店。

### 18 ｜たどりつく【辿り着く】

⾃五 好不容易走到，摸索找到，掙扎走到；到達（目的地）

例 頂上にたどり着く。

譯 終於到達山頂。

### 19 ｜たまり【溜まり】

⑧ 積存，積存處；休息室；聚集的地方

例 溜まり場ができた。

譯 有一個聚會地。

### 20 ｜ちゅうふく【中腹】

⑧ 半山腰

例 山の中腹。

譯 半山腰。

### 21 ｜でんえん【田園】

⑧ 田園；田地

例 のどかな田園風景。

譯 悠閒恬靜的田園風光。

### 22 ｜どて【土手】

⑧ （防風、浪的）堤防

例 土手を築く。

譯 築提防。

### 23 ｜どぶ

⑧ 水溝，深坑，下水道，陰溝

例 金を溝に捨てる。

譯 把錢丟到水溝裡。

### 24 ｜ぼち【墓地】

⑧ 墓地，墳地

例 墓地にお参りする。

譯 去墓地上香祭拜。

### 25 ｜よち【余地】

⑧ 空地；容地，餘地

例 考える余地を与える。

譯 給人思考的空間。

## 13-3 地域、範囲 (1) ／
地域、範囲(1)

### 01 ｜アラブ【Arab】

⑧ 阿拉伯，阿拉伯人

例 ドバイのアラブ人と結婚した。

譯 跟杜拜的阿拉伯人結婚。

### 02 ｜いちぶぶん【一部分】

⑧ 一冊，一份，一套；一部份

例 一部分だけ切り取る。

譯 只切除一部分。

### 03 ｜いったい【一帯】

⑧ 一帶；一片；一條

例 付近一帯がお花畑になる。
譯 這附近將會變成一片花海。

## 04 | おいだす【追い出す】

(他五) 趕出，驅逐；解雇
例 家を追い出す。
譯 趕出家門。

## 05 | および【及び】

(接續) 和，與，以及
例 生徒及び保護者。
譯 學生與家長。

## 06 | およぶ【及ぶ】

(自五) 到，到達；趕上，及
例 被害が及ぶ。
譯 遭受災害。

## 07 | かい【界】

(漢造) 界限；各界；(地層的)界
例 芸能界に入る。
譯 進入演藝圈。

## 08 | がい【街】

(漢造) 街道，大街
例 商店街で買い物をする。
譯 在商店街購物。

## 09 | きぼ【規模】

(名) 規模；範圍；榜樣，典型
例 規模が大きい。
譯 規模龐大。

## 10 | きょうど【郷土】

(名) 故鄉，鄉土；鄉間，地方
例 郷土料理を食べる。
譯 吃有鄉土風味的料理。

## 11 | きょうり【郷里】

(名) 故鄉，鄉里
例 郷里を離れる。
譯 離鄉背井。

## 12 | ぎょそん【漁村】

(名) 漁村
例 漁村の漁師。
譯 漁村的漁夫。

## 13 | きんこう【近郊】

(名) 郊區，近郊
例 東京近郊に住む。
譯 住在東京近郊。

## 14 | くかく【区画】

(名) 區劃，劃區；(劃分的)區域，地區
例 土地を区画する。
譯 劃分土地。

## 15 | くかん【区間】

(名) 區間，段
例 区間快速に乗る。
譯 搭乘區間快速列車。

## 16 | く【区】

(名) 地區，區域；區
例 東京 23 区を比較してみた。
譯 嘗試比較了東京23區。

## 17 ｜けん【圏】

漢造 圓圈；區域，範圍

例 首都圏で雪が舞う。

譯 整個首都雪花飛舞。

## 18 ｜こうはい【荒廃】

名・自サ 荒廢，荒蕪；（房屋）失修；（精神）頹廢，散漫

例 荒廃した大地。

譯 荒廢了的土地。

## 19 ｜こゆう【固有】

名 固有，特有，天生

例 固有の文化を繁栄させる。

譯 使特有文化興盛繁榮。

## 20 ｜さしかかる【差し掛かる】

自五 來到，路過（某處），靠近；（日期等）臨近，逼近，緊迫；垂掛，籠罩在…之上

例 分岐点に差し掛かる。

譯 來到分歧點。

## 21 ｜じもと【地元】

名 當地，本地；自己居住的地方，故鄉

例 地元に帰る。

譯 回到家鄉。

## 22 ｜じょうか【城下】

名 城下；（以諸侯的居城為中心發展起來的）城市，城邑

例 城下の盟をする。

譯 訂城下之盟。

## 23 ｜ずらっと

副（俗）一大排，成排地

例 ずらっと並べる。

譯 排成一列。

## 24 ｜そうだい【壮大】

形動 雄壯，宏大

例 壮大な建築物に圧倒された。

譯 對雄偉的建築物讚嘆不已。

## 25 ｜そこら【其処ら】

代 那一代，那裡；普通，一般；那樣，那種程度，大約

例 そこら中にある。

譯 到處都有。

## 26 ｜その【園】

名 園，花園

例 エデンの園を追い出される。

譯 被逐出伊甸園。

## 27 ｜たい【帯】

漢造 帶，帶子；佩帶；具有；地區；地層

例 火山帯を形成する。

譯 形成火山帶。

# 13-3 地域、範囲 (2) ／
地域、範圍 (2)

## 28 ｜とおざかる【遠ざかる】

自五 遠離；疏遠；不碰，節制，克制

例 危機が遠ざかる。

譯 遠離危機。

## 29 ｜とくゆう【特有】

形動 特有

例 日本人特有の性質。

譯 日本人特有性格。

## 30 ｜ないぶ【内部】

名 内部，裡面；內情，內幕

例 内部を窺う。

譯 詢問內情。

## 31 ｜はてしない【果てしない】

形 無止境的，無邊無際的

例 果てしない大宇宙。

譯 無邊無際的大宇宙。

## 32 ｜はて【果て】

名 邊際，盡頭；最後，結局，下場；結果

例 果てのない道が広がる。

譯 無邊無際的道路展現在眼前。

## 33 ｜はまべ【浜辺】

名 海濱，湖濱

例 浜辺を歩く。

譯 步行在海邊。

## 34 ｜はみだす【はみ出す】

自五 溢出；超出範圍

例 引き出しからはみ出す。

譯 滿出抽屜外。

## 35 ｜ふうしゅう【風習】

名 風俗，習慣，風尚

例 風習に従う。

譯 遵從風俗習慣。

## 36 ｜ふうど【風土】

名 風土，水土

例 風土になれる。

譯 服水土。

## 37 ｜ベッドタウン【(和)bed ＋ town】

名 衛星都市，郊區都市

例 ベッドタウン計画を実現する。

譯 實現衛星都市計畫。

## 38 ｜ぼこく【母国】

名 祖國

例 母国に帰りたい。

譯 想回到祖國。

## 39 ｜ほとり【辺】

名 邊，畔，旁邊

例 池のほとりに佇む。

譯 在池畔駐足。

## 40 ｜ほんごく【本国】

名 本國，祖國；老家，故鄉

例 本国に戻る。

譯 回到祖國。

## 41 ｜ほんば【本場】

名 原產地，正宗產地；發源地，本地

例 本場の料理を食べる。

譯 食用道地的菜餚。

## 42 ｜みぢか【身近】

名・形動 切身；身邊，身旁

例 危険が身近に迫る。

譯 危險臨到眼前。

---

## 43 ｜みね【峰】

名 山峰；刀背；東西突起部分

例 峰打ちする。

譯 用刀背砍。

---

## 44 ｜みのまわり【身の回り】

名 身邊衣物（指衣履、攜帶品等）；日常生活；（工作或交際上）應由自己處裡的事情

例 身の回りを整頓する。

譯 整頓日常生活。

---

## 45 ｜めいさん【名産】

名 名産

例 台湾の名産を買う。

譯 購買台灣名產。

---

## 46 ｜もう【網】

漢造 網；網狀物；聯絡網

例 連絡網を作成する。

譯 制作聯絡網。

---

## 47 ｜やがい【野外】

名 野外，郊外，原野；戶外，室外

例 野外活動をする。

譯 從事郊外活動。

---

## 48 ｜やみ【闇】

名 （夜間的）黑暗；（心中）辨別不清，不知所措；黑暗；黑市

例 闇をさまよう。

譯 在黑暗中迷失方向。

---

## 49 ｜よう【洋】

名・漢造 東洋和西洋；西方，西式；海洋；大而寬廣

例 洋画を見る。

譯 欣賞西畫。

---

## 50 ｜りょういき【領域】

名 領域，範圍

例 領域が狭まる。

譯 範圍狹窄。

---

## 51 ｜りょうかい【領海】

名 （法）領海

例 領海侵犯に反発する。

譯 反抗侵犯領海。

---

## 52 ｜りょうち【領地】

名 領土；（封建主的）領土，領地

例 領地を保有する。

譯 保有領土。

---

## 53 ｜りょうど【領土】

名 領土

例 北方領土問題に関心をもつ。

譯 對北方領土問題感興趣。

---

## 54 ｜わく【枠】

名 框；（書的）邊線；範圍，界線，框線

例 枠にはまった表現。

譯 拘泥於框框的表現。

N1 ● 13-4 (1)

## 13-4 方向、位置 (1) /
方向、位置(1)

### 01 ｜いちめん【一面】

名 一面；另一面；全體，滿；(報紙的)頭版

例 一面の記事が掲載された。

譯 被刊登在頭版新聞上。

### 02 ｜うらがえし【裏返し】

名 表裡相反，翻裡作面

例 裏返しにして使う。

譯 裡外顛倒使用。

### 03 ｜えんぽう【遠方】

名 遠方，遠處

例 遠方へ赴く。

譯 遠行。

### 04 ｜おもてむき【表向き】

名・副 表面(上)，外表(上)

例 表向きは知らんぷりをする。

譯 表面上裝作不知情。

### 05 ｜おもむく【赴く】

自五 赴，往，前往；趨向，趨於

例 現場に赴く。

譯 前往現場。

### 06 ｜おりかえす【折り返す】

他五・自五 折回；翻回；反覆；折回去

例 折り返し連絡する。

譯 再跟你聯絡。

### 07 ｜かく【核】

名・漢造 (生)(細胞)核；(植)核，果核；要害；核(武器)

例 戦争に核兵器が使われた。

譯 戰爭中使用核武器。

### 08 ｜かたわら【傍ら】

名 旁邊；在…同時還…，一邊…一邊…

例 家事の傍ら小説を書く。

譯 打理家務的同時還邊寫小説。

### 09 ｜かた【片】

漢造 (表示一對中的)一個，一方；表示遠離中心而偏向一方；表示不完全；表示極少

例 片足で立つ。

譯 單腳站立。

### 10 ｜きてん【起点】

名 起點，出發點

例 A点を起点とする。

譯 以A點為起點。

### 11 ｜げんてん【原点】

名 (丈量土地等的)基準點，原點；出發點

例 原点に戻る。

譯 回到原點。

## 12 │こみあげる【込み上げる】

（自下一）往上湧，油然而生

例 涙がこみあげる。

譯 淚水盈眶。

## 13 │さき【先】

（名）尖端，末稍；前面，前方；事先，先；優先，首先；將來，未來；後來(的情況)；以前，過去；目的地；對方

例 目と鼻の先に岸壁がある。

譯 碼頭近在眼前。

## 14 │さなか【最中】

（名）最盛期，正當中，最高

例 忙しい最中に友達が訪ねて来た。

譯 正忙著的時候朋友來了。

## 15 │ざひょう【座標】

（名）（數）座標；標準，基準

例 座標で示す。

譯 用座標表示。

## 16 │すすみ【進み】

（名）進，進展，進度；前進，進步；嚮往，心願

例 進みが遅い。

譯 進展速度緩慢。

## 17 │ぜんと【前途】

（名）前途，將來；（旅途的）前程，去路

例 前途が開ける。

譯 前程似錦。

## 18 │そう【沿う】

（自五）沿著，順著；按照

例 方針に沿う。

譯 按照方針的指示。

## 19 │そくめん【側面】

（名）側面，旁邊；（具有複雜內容事物的）一面，另一面

例 側面から援助する。

譯 從側面協助。

## 20 │そっぽ【外方】

（名）一邊，外邊，別處

例 そっぽを向く。

譯 把頭轉向一邊；恍若未聞。

## 21 │そる【反る】

（自五）（向後或向外）彎曲，捲曲，翹；身子向後彎，挺起胸膛

例 本の表紙が反る。

譯 書的封面翹起。

## 22 │たほう【他方】

（名・副）另一方面；其他方面

例 他方から見ると、～。

譯 從另一方面來看…。

## 23 │だんめん【断面】

（名）斷面，剖面；側面

例 社会の断面が見事に描かれた。

譯 精彩地描繪出社會的一個縮影。

## 24 │ちゅうすう【中枢】

（名）中樞，中心；樞組，關鍵

例 神経中枢を刺激する。

譯 刺激神經中樞。

## 25 ｜ちゅうりつ【中立】

名・自サ 中立

例 中立を守る。

譯 保持中立。

## 26 ｜ちょくれつ【直列】

名（電）串聯

例 直列に接続する。

譯 串聯。

## 27 ｜てぢか【手近】

形動 手邊，身旁，左近；近人皆知，常見

例 手近な問題を無視された。

譯 眼前的問題遭到忽視。

## 28 ｜てっぺん

名 頂，頂峰；頭頂上；（事物的）最高峰，頂點

例 幸福のてっぺんにある。

譯 在幸福的頂點。

## 29 ｜でむく【出向く】

自五 前往，前去

例 こちらから出向きます。

譯 由我到您那裡去。

## 30 ｜てんかい【転回】

名・自他サ 回轉，轉變

例 180度転回する。

譯 180度迴轉。

## 13-4 方向、位置 (2) ／
方向、位置(2)

## 31 ｜てんじる【転じる】

自他上一 轉變，轉換，改變；遷居，搬家

自他サ 轉變

例 攻勢に転じる。

譯 轉為攻勢。

## 32 ｜てんずる【転ずる】

自五・他下一 改變（方向、狀態）；遷居；調職

例 話題を転ずる。

譯 轉移話題。

## 33 ｜てんち【天地】

名 天和地；天地，世界；宇宙，上下

例 天地ほどの差がある。

譯 天壤之別。

## 34 ｜とうたつ【到達】

名・自サ 到達，達到

例 山頂に到達する。

譯 到達山頂。

## 35 ｜とりまく【取り巻く】

他五 圍住，圍繞；奉承，奉迎

例 群集に取り巻かれる。

譯 被群眾包圍。

## 36 ｜なかほど【中程】

名（場所、距離的）中間；（程度）中等；（時間、事物進行的）途中，半途

例 来月の中程までに。

譯 到下個月中旬為止。

## 37 ｜はいご【背後】

名 背後；暗地，背地，幕後

例 背後に立つ。

譯 站在背後。

## 38 ｜はるか【遥か】

副・形動 (時間、空間、程度上)遠，遙遠

例 遥かに富士山を望む。

譯 遙望富士山。

## 39 ｜ふち【縁】

名 邊；緣；框

例 ハンカチの縁取りがピンク色だった。

譯 手帕的鑲邊是粉紅色的。

## 40 ｜ふりかえる【振り返る】

他五 回頭看，向後看；回顧

例 過去を振り返る。

譯 回顧過去。

## 41 ｜ふりだし【振り出し】

名 出發點；開始，開端；(經)開出(支票、匯票等)

例 振り出しに戻る。

譯 回到出發點。

## 42 ｜へいこう【並行】

名・自サ 並行；並進，同時舉行

例 線路に並行して歩く。

譯 與鐵路並行走路。

## 43 ｜へり【縁】

名 (河岸、懸崖、桌子等)邊緣；帽簷；鑲邊

例 縁を取る。

譯 鑲邊。

## 44 ｜まうえ【真上】

名 正上方，正當頭

例 真上を仰ぐ。

譯 仰望頭頂上方。

## 45 ｜ました【真下】

名 正下方，正下面

例 机の真下に潜る。

譯 躲在書桌正下方。

## 46 ｜まじわる【交わる】

自五 (線狀物)交，交叉；(與人)交往，交際

例 線が交わる。

譯 線條交叉。

## 47 ｜まと【的】

名 標的，靶子；目標；要害，要點

例 的を外す。

譯 沒中目標；沒中要害。

## 48 ｜みぎて【右手】

名 右手，右邊，右面

例 右手に見えるのが公園です。

譯 右邊可看到的是公園。

## 49 ｜みちばた【道端】

名 道旁，路邊

例 道端で喧嘩をする。

譯 在路邊吵架。

## 50 | めさき【目先】

名 目前，眼前；當前，現在；遇見，外觀，外貌，當場的風趣

例 目先の利益にとらわれる。

譯 只著重眼前利益。

## 51 | めんする【面する】

自サ （某物）面向，面對著，對著；（事件等）面對

例 道路に面する。

譯 面對著道路。

## 52 | もろに

副 全面，迎面，沒有不…

例 もろにぶつかる。

譯 直接撞上。

## 53 | ユーターン【U-turn】

名・自サ （汽車的）U 字形轉彎，180 度迴轉

例 この道路では U ターン禁止だ。

譯 這條路禁止迴轉。

## 54 | より【寄り】

名 偏，靠；聚會，集會

例 最寄りの駅を選ぶ。

譯 選擇最近的車站。

## 55 | りょうきょく【両極】

名 兩極，南北極，陰陽極；兩端，兩個極端

例 磁石の両極に擬えられる。

譯 比喻為磁鐵的兩極。

## Memo

## パート 14 第十四章 施設、機関
- 設施、機關單位 -

## 14-1 施設、機関 /
設施、機關單位

### 01 | うんえい【運営】
名・他サ 領導（組織或機構使其發揮作用），經營，管理
例 運営資金を借りた。
譯 借營運資金。

### 02 | きこう【機構】
名 機構，組織；（人體、機械等）結構，構造
例 機構を改革する。
譯 機構改革。

### 03 | しせつ【施設】
名・他サ 設施，設備；（兒童，老人的）福利設施
例 施設に入る。
譯 進入孤兒院。

### 04 | しゅうよう【収容】
名・他サ 收容，容納；拘留
例 被災者を収容する。
譯 收容災民。

### 05 | すたれる【廃れる】
自下一 成為廢物，變成無用，廢除；過時，不再流行；衰微，衰弱，被淘汰
例 廃れた風習が田舎に残されている。
譯 已廢棄的風俗在鄉下被流傳了下來。

### 06 | せっち【設置】
名・他サ 設置，安裝；設立
例 クーラーを設置する。
譯 安裝冷氣。

### 07 | せつりつ【設立】
名・他サ 設立，成立
例 学校を設立する。
譯 設立學校。

### 08 | そうりつ【創立】
名・他サ 創立，創建，創辦
例 専門学校を創立する。
譯 創辦職業學校。

### 09 | どだい【土台】
名・副 （建）地基，底座；基礎；本來，根本，壓根兒
例 土台を固める。
譯 穩固基礎。

### 10 | とりあつかう【取り扱う】
他五 對待，接待；（用手）操縱，使用；處理；管理，經辦
例 高級品を取り扱う。
譯 經辦高級商品。

### 11 | ふくごう【複合】
名・自他サ 複合，合成

例 複合施設を建設する。
譯 建設複合設施。

## 14-2 いろいろな施設 /
各種設施

### 01 ｜いせき【遺跡】
名 故址，遺跡，古蹟
例 遺跡を発見する。
譯 發現遺跡。

### 02 ｜きゅうでん【宮殿】
名 宮殿；祭神殿
例 バッキンガム宮殿。
譯 白金漢宮。

### 03 ｜しきじょう【式場】
名 舉行儀式的場所，會場，禮堂
例 式場を予約する。
譯 預約禮堂。

### 04 ｜スタジオ【studio】
名 藝術家工作室；攝影棚，照相館；播音室，錄音室
例 スタジオで撮影する。
譯 在攝影棚錄影。

### 05 ｜タワー【tower】
名 塔
例 コントロールタワー。
譯 塔台。

### 06 ｜ひ【碑】
漢造 碑
例 記念碑を建てる。
譯 建立紀念碑。

### 07 ｜ふうしゃ【風車】
名 風車
例 風車を回す。
譯 風車運轉。

### 08 ｜ほんかん【本館】
名 (對別館、新館而言)原本的建築物，主要的樓房；此樓，本樓，本館
例 本館と別館に分かれる。
譯 分為本館與分館。

### 09 ｜みんしゅく【民宿】
名・自サ (觀光地的)民宿，家庭旅店；(旅客)在民家投宿
例 民宿に泊まる。
譯 住在民宿。

### 10 ｜モーテル【motel】
名 汽車旅館，附車庫的簡易旅館
例 モーテルに泊まる。
譯 留宿在汽車旅館。

## 14-3 病院 /
醫院

### 01 ｜いいん【医院】
名 醫院，診療所
例 医院の院長を務める。
譯 就任醫院的院長。

### 02 ｜うけいれる【受け入れる】
他下一 收，收下；收容，接納；採納，接受
例 要求を受け入れる。
譯 接受要求。

## 03 ｜うけいれ【受け入れ】

名 （新成員或移民等的）接受，收容；（物品或材料等的）收進，收入；答應，承認

例 受け入れ計画書を作成する。

譯 製作接收計畫書。

## 04 ｜おうきゅう【応急】

名 應急，救急

例 応急処置をする。

譯 進行緊急處置。

## 05 ｜おうしん【往診】

名・自サ （醫生的）出診

例 週1回の往診を頼む。

譯 請大夫一週一次出診。

## 06 ｜ガーゼ【(德) Gaze】

名 紗布，藥布

例 ガーゼを傷口に当てる。

譯 把紗布蓋在傷口上。

## 07 ｜かいぼう【解剖】

名・他サ （醫）解剖；（事物、語法等)分析

例 カエルを解剖する。

譯 解剖青蛙。

## 08 ｜がいらい【外来】

名 外來，舶來；（醫院的）門診

例 外来種が繁殖する。

譯 繁殖外來品種。

## 09 ｜カルテ【(德) Karte】

名 病歷

例 カルテに記載する。

譯 記載在病歷裡。

## 10 ｜がんか【眼科】

名 （醫）眼科

例 眼科を受診する。

譯 看眼科。

## 11 ｜きょうせい【矯正】

名・他サ 矯正，糾正

例 悪癖を矯正する。

譯 糾正惡習。

## 12 ｜さんふじんか【産婦人科】

名 （醫）婦產科

例 産婦人科を受診する。

譯 到婦產科就診。

## 13 ｜しか【歯科】

名 （醫）牙科，齒科

例 歯科検診を受ける。

譯 去牙醫檢查。

## 14 ｜じびか【耳鼻科】

名 耳鼻科

例 耳鼻科医にかかる。

譯 去看耳鼻喉科醫生。

## 15 ｜しょうにか【小児科】

名 小兒科，兒科

例 小児科病院に支援物資を送った。

譯 送支援物資到小兒科醫院。

## 16 ｜しょほうせん【処方箋】

名 處方籤

例 処方箋をもらう。

譯 領取處方籤。

## 17 ｜ しんりょう【診療】

名·他サ 診療，診察治療

例 診療を受ける。

譯 接受治療。

## 18 ｜ ばいきん【ばい菌】

名 細菌，微生物

例 ばい菌を退治する。

譯 去除霉菌。

N1 ● 14-4

### 14-4 店／
商店

## 01 ｜ あつかい【扱い】

名 使用，操作；接待，待遇；
（當作…）對待；處理，調停

例 客の扱いが丁寧だ。

譯 待客周到。

## 02 ｜ アフターサービス【（和）after ＋ service】

名 售後服務

例 アフターサービスがいい。

譯 售後服務良好。

## 03 ｜ ざいこ【在庫】

名 庫存，存貨；儲存

例 在庫が切れる。

譯 沒有庫存。

## 04 ｜ セール【sale】

名 拍賣，大減價

例 閉店セールを開催する。

譯 舉辦歇業大拍賣。

## 05 ｜ ちめいど【知名度】

名 知名度，名望

例 知名度が高い。

譯 知名度很高。

## 06 ｜ ちんれつ【陳列】

名·他サ 陳列

例 棚に陳列する。

譯 陳列在架子上。

## 07 ｜ てがける【手掛ける】

他下一 親自動手，親手

例 工事を手掛ける。

譯 親自施工。

## 08 ｜ ドライブイン【drive-in】

名 免下車餐廳（銀行、郵局、加油站）；
快餐車道

例 ドライブインに入る。

譯 開進快餐車道。

## 09 ｜ とりかえ【取り替え】

名 調換，交換；退換，更換

例 取り替え時期が来る。

譯 換季的時期到來。

## 10 ｜ にぎわう【賑わう】

自五 熱鬧，擁擠；繁榮，興盛

例 商店街が賑わう。

譯 商店街很繁榮。

## 11 ｜ バー【bar】

名 （鐵、木的）條，桿，棒；小酒吧，酒館

例 バーで飲む。

譯 在酒吧喝酒。

## 12 ｜まねき【招き】

㉝ 招待，邀請，聘請；（招攬顧客的）招牌，裝飾物

例 招き猫を飾る。

譯 用招財貓裝飾。

## 14-5 団体、会社／
團體、公司行號

## 01 ｜がっぺい【合併】

㉝・自他サ 合併

例 二社が合併する。

譯 兩家公司合併。

## 02 ｜かんゆう【勧誘】

㉝・他サ 勧誘，勸說；邀請

例 入会を勧誘する。

譯 勸人加入會員。

## 03 ｜きょうかい【協会】

㉝ 協會

例 協会を設立する。

譯 成立協會。

## 04 ｜じちたい【自治体】

㉝ 自治團體

例 自治体の権限を強化する。

譯 強化自治團體的權限。

## 05 ｜しょうちょう【象徴】

㉝・他サ 象徵

例 平和の象徴をモチーフにした。

譯 以和平的象徵為創作靈感。

## 06 ｜しょうれい【奨励】

㉝・他サ 獎勵，鼓勵

例 貯蓄を奨励する。

譯 獎勵儲蓄。

## 07 ｜つぐ【継ぐ】

㉘五 繼承，承接，承襲；添，加，續

例 家業を継ぐ。

譯 繼承家業。

## 08 ｜ていけい【提携】

㉝・自サ 提攜，攜手；協力，合作

例 業務提携を結ぶ。

譯 締結業務合作協議。

## 09 ｜ぬけだす【抜け出す】

㉘五 溜走，逃脫，擺脫；（髮、牙）開始脫落，掉落

例 迷路から抜け出す。

譯 從迷宮中找到出路（找到對的路）。

## 10 ｜ふどうさんや【不動産屋】

㉝ 房地產公司

例 不動産屋でアパートを探す。

譯 透過房地產公司找公寓。

## 11 ｜へいしゃ【弊社】

㉝ 敝公司

例 弊社の商品が紹介される。

譯 介紹敝公司的產品。

## 15-1 交通、運輸 /
交通、運輸

### 01 ｜うんそう【運送】

名·他サ 運送，運輸，搬運

例 救援物資を運送する。

譯 運送救援物資。

### 02 ｜うんゆ【運輸】

名 運輸，運送，搬運

例 海上運輸を担った。

譯 負責海上運輸。

### 03 ｜かいそう【回送】

名·他サ （接人、裝貨等）空車調回；轉送，轉遞；運送

例 回送車。

譯 空車返回總站。

### 04 ｜きりかえる【切り替える】

他下一 轉換，改換，掉換；兌換

例 レバーを切り替える。

譯 切換變速裝置。

### 05 ｜きりかえ【切り替え】

名 轉換，切換；兌換；（農）開闢森林成田地（過幾年後再種樹）

例 運転免許の切替。

譯 更換駕照。

### 06 ｜けいろ【経路】

名 路徑，路線

例 経路を変える。

譯 改變路線。

### 07 ｜さえぎる【遮る】

他五 遮擋，遮住，遮蔽；遮斷，遮攔，阻擋

例 日差しを遮る。

譯 遮住陽光。

### 08 ｜せっしょく【接触】

名·自サ 接觸；交往，交際

例 接触を断つ。

譯 斷絕來往。

### 09 ｜せんよう【専用】

名·他サ 專用，獨佔，壟斷，專門使用

例 婦人専用車両に乗る。

譯 搭乘女性專用車輛。

### 10 ｜ふうさ【封鎖】

名·他サ 封鎖；凍結

例 国境を封鎖する。

譯 封鎖國界。

## 11 ｜ゆうせん【優先】

（名・自サ）優先

例 優先席に座る。

譯 坐博愛座。

## 15-2 鉄道、船、飛行機／
鐵路、船隻、飛機

## 01 ｜えんせん【沿線】

（名）沿線

例 鉄道沿線の住民。

譯 鐵路沿線的居民。

## 02 ｜かいろ【海路】

（名）海路

例 帰りは海路をとる。

譯 回程走海路。

## 03 ｜きせん【汽船】

（名）輪船，蒸汽船

例 汽船で行く。

譯 坐輪船前去。

## 04 ｜ぎょせん【漁船】

（名）漁船

例 マグロ漁船。

譯 捕鮪船。

## 05 ｜ぐんかん【軍艦】

（名）軍艦

例 軍艦を派遣する。

譯 派遣軍艦。

## 06 ｜こうかい【航海】

（名・自サ）航海

例 航海に出る。

譯 出海航行。

## 07 ｜シート【seat】

（名）座位，議席；防水布

例 シートベルトを着用しよう。

譯 請繫上安全帶吧！

## 08 ｜しはつ【始発】

（名）（最先）出發；始發（車，站）；第一班車

例 始発電車に乗る。

譯 搭乘首班車。

## 09 ｜じゅんきゅう【準急】

（名）（鐵）平快車，快速列車

例 準急に乗る。

譯 搭乘快速列車。

## 10 ｜せんぱく【船舶】

（名）船舶，船隻

例 船舶無線局が閉鎖する。

譯 關閉船隻無線電台。

## 11 ｜そうじゅう【操縦】

（名・他サ）駕駛；操縱，駕馭，支配

例 飛行機を操縦する。

譯 駕駛飛機。

## 12 ｜ちゃくりく【着陸】

（名・自サ）（空）降落，著陸

例 飛行機が着陸する。
譯 飛機降落。

例 電力が復旧する。
譯 恢復電力。

---

### 13 | ちんぼつ【沈没】

(名·自サ) 沈沒；醉得不省人事；(東西)進了當鋪
例 船が沈没する。
譯 船沈沒。

---

### 14 | ついらく【墜落】

(名·自サ) 墜落，掉下
例 飛行機が墜落する。
譯 飛機墜落。

---

### 15 | つりかわ【つり革】

(名) (電車等的)吊環，吊帶
例 つり革につかまる。
譯 抓住吊環。

---

### 16 | のりこむ【乗り込む】

(自五) 坐進，乘上(車)；開進，進入；(和大家)一起搭乘；(軍隊)開入；(劇團、體育團體等)到達
例 船に乗り込む。
譯 上船。

---

### 17 | フェリー【ferry】

(名) 渡口，渡船(フェリーボート之略)
例 フェリーが出航する。
譯 渡船出航。

---

### 18 | ふっきゅう【復旧】

(名·自他サ) 恢復原狀；修復

---

### 19 | みうごき【身動き】

(名) (下多接否定形)轉動(活動)身體；自由行動
例 満員で身動きもできない。
譯 人滿為患，擠得動彈不得。

---

### 20 | ロープウェー【ropeway】

(名) 空中纜車，登山纜車
例 ロープウェーで山を登る。
譯 搭乘空中纜車上山。

N1● 15-3

### 15-3 自動車、道路 /
汽車、道路

---

### 01 | アクセル【accelerator 之略】

(名) (汽車的)加速器
例 アクセルを踏む。
譯 踩油門。

---

### 02 | いかれる

(自下一) 破舊，(機能)衰退
例 エンジンがいかれる。
譯 引擎破舊。

---

### 03 | インターチェンジ【interchange】

(名) 高速公路的出入口；交流道
例 インターチェンジが閉鎖される。
譯 交流道被封鎖。

## 04 ｜オートマチック【automatic】

（名・形動・造）自動裝置，自動機械；自動裝置的，自動式的

例 オートマチックな仕掛け。

譯 自動化設備。

---

## 05 ｜かんせん【幹線】

（名）主要線路，幹線

例 幹線道路を走る。

譯 走主要幹線。

---

## 06 ｜じゅうじろ【十字路】

（名）十字路，岐路

例 十字路に立つ。

譯 站在十字路口；不知所向。

---

## 07 ｜じょこう【徐行】

（名・自サ）（電車，汽車等）慢行，徐行

例 自動車が徐行する。

譯 汽車慢慢行駛。

---

## 08 ｜スポーツカー【sports car】

（名）跑車

例 スポーツカーを買う。

譯 買跑車。

---

## 09 ｜そうこう【走行】

（名・自サ）（汽車等）行車，行駛

例 走行距離が短い。

譯 行車距離過短。

---

## 10 ｜たまつき【玉突き】

（名）撞球；連環（車禍）

例 玉突き事故が起きた。

譯 引起連環車禍。

---

## 11 ｜ダンプ【dump】

（名）傾卸卡車、翻斗車的簡稱（ダンプカー之略）

例 ダンプを運転する。

譯 駕駛傾卸卡車。

---

## 12 ｜みち【道】

（名）道路；道義，道德；方法，手段；路程；專門，領域

例 道を譲る。

譯 讓路。

---

## 13 ｜レンタカー【rent-a-car】

（名）出租汽車

例 レンタカーを運転する。

譯 開租來的車。

# パート 16 第十六章

# 通信、報道
- 通訊、報導 -

## 16-1 通信、電話、郵便／
通訊、電話、郵件

### 01 ｜あてる【宛てる】

他下一 寄給

例 兄にあてたはがきを出す。

譯 寄明信片給哥哥。

### 02 ｜あて【宛】

造語 (寄、送)給…；每(平分、平均)

例 社長あての手紙。

譯 寄給社長的信。

### 03 ｜エアメール【airmail】

名 航空郵件，航空信

例 エアメールを送る。

譯 寄送航空郵件。

### 04 ｜オンライン【on-line】

名 (球)落在線上，壓線；(電・計)在線上

例 オンラインで検索する。

譯 在線上搜尋。

### 05 ｜さしだす【差し出す】

他五 (向前)伸出，探出；(把信件等)寄出，發出；提出，交出，獻出；派出，派遣，打發

例 ハンカチを差し出す。

譯 拿出手帕。

### 06 ｜しゅうはすう【周波数】

名 頻率

例 ラジオの周波数が合う。

譯 調準無線電廣播的頻率。

### 07 ｜つうわ【通話】

名・自サ (電話)通話

例 通話時間が長い。

譯 通話時間很長。

### 08 ｜といあわせる【問い合わせる】

他下一 打聽，詢問

例 発売元に問い合わせる。

譯 洽詢經銷商。

### 09 ｜どうふう【同封】

名・他サ 隨信附寄，附在信中

例 同封のはがきで返事をする。

譯 用附在信中的明信片回覆。

### 10 ｜とぎれる【途切れる】

自下一 中斷，間斷

例 連絡が途切れる。

譯 聯絡中斷。

## 11 | とりつぐ【取り次ぐ】

(他五) 傳達；(在門口)通報，傳遞；經銷，
代購，代辦；轉交
例 電話を取り次ぐ。
譯 轉接電話。

## 12 | ふう【封】

(名・漢造) 封口，封上；封條；封疆；封閉
例 手紙に封をする。
譯 封上信封。

## 13 | ぼうがい【妨害】

(名・他サ) 妨礙，干擾
例 妨害電波を出す。
譯 發出干擾電波。

## 14 | むせん【無線】

(名) 無線，不用電線；無線電
例 無線機で話す。
譯 用無線電說話。

## 16-2 伝達、通知、情報 /
傳達、告知、信息

## 01 | インフォメーション【information】

(名) 通知，情報，消息；傳達室，服務台；見聞
例 インフォメーションセンターに
問い合わせる。
譯 詢問服務中心。

## 02 | かいらん【回覧】

(名・他サ) 傳閱；巡視，巡覽

## 例 回覧板を回す。

譯 傳閱通知。

## 03 | かくさん【拡散】

(名・自サ) 擴散；(理)漫射
例 核拡散防止条約。
譯 禁止擴張核武條約。

## 04 | かんこく【勧告】

(名・他サ) 勸告，說服
例 社員に辞職を勧告する。
譯 勸員工辭職。

## 05 | こうかい【公開】

(名・他サ) 公開，開放
例 一般に公開する。
譯 全面公開。

## 06 | こくち【告知】

(名・他サ) 通知，告訴
例 患者に病名を告知する。
譯 告知患者疾病名稱。

## 07 | ことづける【言付ける】

(他下一) 託付，帶口信 (自下一) 假託，藉口
例 月曜日来てもらうように言づける。
譯 捎個口信說請星期一來一趟。

## 08 | ことづて【言伝】

(名) 傳聞；帶口信
例 言伝に聞く。
譯 傳聞。

## 09 ｜コマーシャル【commercial】

（名）商業(的)，商務(的)；商業廣告

例 コマーシャルに出る。

譯 在廣告中出現。

## 10 ｜しょうそく【消息】

（名）消息，信息；動靜，情況

例 消息をつかむ。

譯 掌握消息。

## 11 ｜つげる【告げる】

（他下一）通知，告訴，宣布，宣告

例 別れを告げる。

譯 告別。

## 12 ｜テレックス【telex】

（名）電報，電傳

例 テレックスを使用する。

譯 使用電報。

## 13 ｜てんそう【転送】

（名・他サ）轉寄

例 E メールを転送する。

譯 轉寄e-mail。

## 14 ｜はりがみ【張り紙】

（名）貼紙；廣告，標語

例 張り紙をする。

譯 張貼廣告紙。

## 16-3 報道、放送 /
報導、廣播

## 01 ｜えいぞう【映像】

（名）映像，影像；(留在腦海中的)形象，印象

例 映像を映し出す。

譯 放映出影像。

## 02 ｜おおやけ【公】

（名）政府機關，公家，集體組織；公共，公有；公開

例 公の場で披露した。

譯 在公開的場合宣布。

## 03 ｜かいけん【会見】

（名・自サ）會見，會面，接見

例 会見を開く。

譯 召開會面。

## 04 ｜さんじょう【参上】

（名・自サ）拜訪，造訪

例 参上いたします。

譯 登門拜訪。

## 05 ｜しゅざい【取材】

（名・自他サ）(藝術作品等)取材；(記者)採訪

例 現場で取材する。

譯 在現場採訪。

## 06 ｜たんぱ【短波】

名 短波

例 短波放送が受信できない。

譯 無法收聽短波廣播。

## 07 ｜チャンネル【channel】

名 （電視，廣播的）頻道

例 チャンネルを合わせる。

譯 調整頻道。

## 08 ｜ちゅうけい【中継】

名·他サ 中繼站，轉播站；轉播

例 生中継。

譯 現場轉播。

## 09 ｜とくしゅう【特集】

名·他サ 特輯，專輯

例 核問題を特集する。

譯 專題介紹核能問題。

## 10 ｜はんきょう【反響】

名·自サ 迴響，回音；反應，反響

例 反響を呼ぶ。

譯 引起迴響。

## 11 ｜ほうじる【報じる】

他上一 通知，告訴，告知，報導；報答，報復

例 ニュースの報じるところによると。

譯 根據電視新聞報導。

## 12 ｜ほうずる【報ずる】

自他サ 通知，告訴，告知，報導；報答，報復

例 新聞が報ずる内容。

譯 報紙報導的內容。

## 13 ｜ほうどう【報道】

名·他サ 報導

例 報道機関向けに提供する。

譯 提供給新聞媒體。

## 14 ｜メディア【media】

名 手段，媒體，媒介

例 マスメディアが発する。

譯 宣傳媒體發出訊息。

## 17-1 スポーツ / 體育運動

### 01 | あがく

(自五) 掙扎；手腳亂動
例 水中であがく。
譯 在水裡掙扎。

### 02 | きわめる【極める】

(他下一) 查究；到達極限
例 山頂を極める。
譯 攻頂。

### 03 | けっそく【結束】

(名・自他サ) 捆綁，捆束；團結；準備行裝，穿戴(衣服或盔甲)
例 結束して戦う。
譯 團結抗戰。

### 04 | さかだち【逆立ち】

(名・自サ) (體操等)倒立，倒豎；顛倒
例 逆立ちで歩く。
譯 倒立行走。

### 05 | さらなる【更なる】

(連體) 更
例 更なるご活躍をお祈りします。
譯 預祝您有更好的發展。

### 06 | しゅぎょう【修行】

(名・自サ) 修(學)，練(武)，學習(技藝)

例 剣道を修行する。
譯 修行劍道。

### 07 | じっとり

(副) 濕漉漉，濕淋淋
例 じっとりと汗をかく。
譯 汗流浹背。

### 08 | すばしっこい

(形) 動作精確迅速，敏捷，靈敏
例 すばしっこく動き回る。
譯 靈活地四處活動。

### 09 | ちゅうがえり【宙返り】

(名・自サ) (在空中)旋轉，翻筋斗
例 宙返り飛行を楽しむ。
譯 享受飛機的花式飛行。

### 10 | ついほう【追放】

(名・他サ) 流逐，驅逐(出境)；肅清，流放；洗清，開除
例 国外に追放する。
譯 驅逐出境。

### 11 | てつぼう【鉄棒】

(名) 鐵棒，鐵棍；(體)單槓
例 鉄棒運動を始めた。
譯 開始做單槓運動。

## 12 ｜どうじょう【道場】

图 道場，修行的地方；教授武藝的場所，練武場

例 柔道の道場が建設された。

譯 修建柔道的道場。

## 13 ｜どひょう【土俵】

图 （相撲）比賽場，摔角場；緊要關頭

例 土俵に上がる。

譯 （相撲選手）上場。

## 14 ｜ひきずる【引きずる】

自・他五 拖，拉；硬拉著走；拖延

例 過去を引きずる。

譯 耽溺於過去。

## 15 ｜びっしょり

副 溼透

例 汗びっしょりになる。

譯 汗濕。

## 16 ｜フォーム【form】

图 形式，樣式；（體育運動的）姿勢；月台，站台

例 フォームが崩れる。

譯 動作姿勢不對。

## 17 ｜ふっかつ【復活】

名・自他サ 復活，再生；恢復，復興，復辟

例 敗者復活戦が開催される。

譯 進行敗部復活戰。

## 18 ｜まかす【負かす】

他五 打敗，戰勝

例 議論で相手を負かす。

譯 憑辯論駁倒對方。

## 19 ｜またがる【跨がる】

自五 （分開兩腿）騎，跨；跨越，橫跨

例 馬にまたがる。

譯 騎馬。

## 20 ｜みうしなう【見失う】

他五 迷失，看不見，看丟

例 目標を見失う。

譯 迷失目標。

## 21 ｜みちびく【導く】

他五 引路，導遊，指導，引導，導致，導向

例 勝利に導く。

譯 引向勝利。

## 22 ｜めいちゅう【命中】

名・自サ 命中

例 彼女のハートに命中する。

譯 命中她的心，得到她的心。

## 23 ｜よこづな【横綱】

图 （相撲）冠軍選手繫在腰間標示身份的粗繩；（相撲冠軍選手稱號）橫綱；手屈一指

例 横綱に昇進する。

譯 晉級為橫綱。

# 17-2 試合 (1) /
比賽(1)

## 01 ｜あっけない【呆気ない】

形 因為太簡單而不過癮；沒意思；簡單；草草

例 あっけなく終わる。

譯 草草結束。

## 02 | かんせい【歓声】

名 歡呼聲
例 歓<sub>かんせい</sub>声を上<sub>あ</sub>げる。
譯 發出歡呼聲。

## 03 | きけん【棄権】

名·他サ 棄權
例 試<sub>しあい</sub>合を棄<sub>きけん</sub>権する。
譯 比賽棄權。

## 04 | ぎゃくてん【逆転】

名·自他サ 倒轉，逆轉；反過來；惡化，倒退
例 逆<sub>ぎゃくてんしょうり</sub>転勝利で初<sub>しょせん</sub>戦を飾<sub>かざ</sub>る。
譯 以逆轉勝讓初賽增添光彩。

## 05 | きゅうせん【休戦】

名·自サ 休戰，停戰
例 一<sub>いちじ</sub>時休<sub>きゅうせん</sub>戦する。
譯 暫時休兵。

## 06 | けいせい【形勢】

名 形勢，局勢，趨勢
例 形<sub>けいせい</sub>勢が逆<sub>ぎゃくてん</sub>転する。
譯 形勢逆轉。

## 07 | けっしょう【決勝】

名 （比賽等）決賽，決勝負
例 決<sub>けっしょうせん</sub>勝戦に出<sub>で</sub>る。
譯 參加決賽。

## 08 | ゴールイン【(和) goal + in】

名·自サ 抵達終點，跑到終點；（足球）射門；結婚
例 ゴールインして夫<sub>ふうふ</sub>婦になる。
譯 抵達愛情的終點，而結婚了。

## 09 | さくせん【作戦】

名 作戰，作戰策略，戰術；軍事行動，戰役
例 作<sub>さくせん</sub>戦を練<sub>ね</sub>る。
譯 反覆思考作戰策略。

## 10 | しかける【仕掛ける】

他下一 開始做，著手；做到途中；主動地作；挑釁，尋釁；裝置，設置，布置；準備，預備
例 わなを仕<sub>しか</sub>掛ける。
譯 裝設陷阱。

## 11 | じたい【辞退】

名·他サ 辭退，謝絕
例 彼<sub>かれ</sub>はその賞<sub>しょう</sub>を辞<sub>じたい</sub>退した。
譯 他謝絕了那個獎。

## 12 | しっかく【失格】

名·自サ 失去資格
例 失<sub>しっかく</sub>格して退<sub>たいじょう</sub>場する。
譯 失去參賽資格而退場。

## 13 | じょうい【上位】

名 上位，上座
例 上<sub>じょうい</sub>位を占<sub>し</sub>める。
譯 居於上位。

## 14 | しょうり【勝利】

名·自サ 勝利
例 勝<sub>しょうり</sub>利をあげる。
譯 獲勝。

## 15 ｜しんてい【進呈】

名・他サ 贈送，奉送

例 見本を進呈する。

譯 奉送樣本。

## 16 ｜せいし【静止】

名・自サ 靜止

例 静止状態に保つ。

譯 保持靜止狀態。

## 17 ｜せんじゅつ【戦術】

名 （戰爭或鬥爭的）戰術；策略；方法

例 戦術を練る。

譯 在戰術上下功夫。

## 18 ｜ぜんせい【全盛】

名 全盛，極盛

例 全盛を極める。

譯 盛極一時。

## 19 ｜せんて【先手】

名 （圍棋）先下；先下手

例 先手を取る。

譯 先發制人。

## 20 ｜せんりょく【戦力】

名 軍事力量，戰鬥力，戰爭潛力；工作能力強的人

例 戦力を増強する。

譯 加強戰鬥力。

## 21 ｜そうごう【総合】

名・他サ 綜合，總合，集合

例 総合ビタミンを摂る。

譯 攝取綜合維他命。

## 22 ｜たいこう【対抗】

名・自サ 對抗，抵抗，相爭，對立

例 侵略に対抗する。

譯 抵抗侵略。

## 23 ｜たっせい【達成】

名・他サ 達成，成就，完成

例 目標を達成する。

譯 達成目標。

# 17-2 試合 (2) ／
比賽 (2)

## 24 ｜だんけつ【団結】

名・自サ 團結

例 団結を図る。

譯 謀求團結。

## 25 ｜ちゅうせん【抽選】

名・自サ 抽籤

例 抽選に当たる。

譯 （抽籤）被抽中。

## 26 ｜ちゅうだん【中断】

名・自他サ 中斷，中輟

例 会議を中断する。

譯 使會議暫停。

## 27 ｜てんさ【点差】

名 （比賽時）分數之差

例 点差が縮まる。

譯 縮小比數的差距。

## 28 ｜どうてき【動的】

形動 動的，變動的，動態的；生動的，
活潑的，積極的

例 動的な描写が見事だ。

譯 生動的描繪真是精彩。

## 29 ｜とくてん【得点】

名 （學藝、競賽等的）得分

例 得点を稼ぐ。

譯 爭取得分。

## 30 ｜トロフィー【trophy】

名 獎盃

例 栄光のトロフィーを守る。

譯 守住無限殊榮的獎盃。

## 31 ｜ナイター【（和）night ＋ er】

名 棒球夜場賽

例 ナイター中継を観る。

譯 觀看棒球夜場賽轉播。

## 32 ｜にゅうしょう【入賞】

名・自サ 得獎，受賞

例 入賞を果たす。

譯 完成得獎心願。

## 33 ｜のぞむ【臨む】

自五 面臨，面對；瀕臨；遭逢；蒞臨；
君臨，統治

例 本番に臨む。

譯 正式上場。

## 34 ｜はいせん【敗戦】

名・自サ 戰敗

例 日本が敗戦する。

譯 日本戰敗。

## 35 ｜はい・ぱい【敗】

名・漢造 輸；失敗；腐敗；戰敗

例 1勝1敗になった。

譯 最後一勝一敗。

## 36 ｜はいぼく【敗北】

名・自サ （戰爭或比賽）敗北，戰敗；被擊
敗；敗逃

例 敗北を喫する。

譯 吃敗仗。

## 37 ｜はんげき【反撃】

名・自サ 反擊，反攻，還擊

例 反撃をくらう。

譯 遭受反擊。

## 38 ｜ハンディ【handicap 之略】

名 讓步（給實力強者的不利條件，以使
勝負機會均等的一種競賽）；障礙

例 ハンディがもらえる。

譯 取得讓步。

## 39 ｜ふんとう【奮闘】

名・自サ 奮鬥；奮戰

例 君の孤軍奮闘に声援を送る。

譯 給孤軍奮鬥的你熱烈的聲援。

## 40 ｜まさる【勝る】

自五 勝於，優於，強於

例 勝るとも劣らない。

譯 有過之而無不及。

**41 ｜まとまり【纏まり】**

(名) 解決，結束，歸結；一貫，連貫；統一，一致

(例) このクラスはまとまりがある。

(譯) 這個班級很團結。

---

**42 ｜もてる【持てる】**

(自下一) 受歡迎；能維持；能有

(例) 持てる力を出し切る。

(譯) 發揮所有的力量。

---

**43 ｜やっつける**

(他下一) (俗)幹完；(狠狠的)教訓一頓，整一頓；打敗，擊敗

(例) 相手チームをやっつける。

(譯) 擊敗對方隊伍。

---

**44 ｜ゆうせい【優勢】**

(名・形動) 優勢

(例) 優勢に立つ。

(譯) 處於優勢。

---

**45 ｜よせあつめる【寄せ集める】**

(他下一) 收集，匯集，聚集，拼湊

(例) 素人を寄せ集めたチーム。

(譯) 外行人組成的隊伍。

---

**46 ｜レース【race】**

(名) 速度比賽，競速(賽車、游泳、遊艇及車輛比賽等)；競賽；競選

(例) F1のレースを見る。

(譯) 看F1賽車比賽。

---

**47 ｜レギュラー【regular】**

(名・造語) 正式成員；正規兵；正規的，正式的；有規律的

(例) レギュラーで番組に出る。

(譯) 以正式成員出席電視節目。

---

## 17-3 球技、陸上競技／
球類、田徑賽

**01 ｜うけとめる【受け止める】**

(他下一) 接住，擋下；阻止，防止；理解，認識

(例) 忠告を受け止める。

(譯) 接受忠告。

---

**02 ｜キャッチ【catch】**

(名・他サ) 捕捉，抓住；(棒球)接球

(例) ボールをキャッチする。

(譯) 接住球。

---

**03 ｜けいかい【軽快】**

(形動) 輕快；輕鬆愉快；輕便；(病情)好轉

(例) 軽快な身のこなし。

(譯) 一身輕裝。

---

**04 ｜けとばす【蹴飛ばす】**

(他五) 踢；踢開，踢散，踢倒；拒絕

(例) 布団を蹴飛ばす。

(譯) 踢被子。

---

**05 ｜コントロール【control】**

(名・他サ) 支配，控制，節制，調節

(例) 感情をコントロールする。

(譯) 控制情感。

---

**06 ｜しゅび【守備】**

(名・他サ) 守備，守衛；(棒球)防守

---

例 守備に就く。
譯 擔任防守。

## 07 | せめ【攻め】

名 進攻，圍攻
例 攻めのチームを作っていく。
譯 組成一個善於進攻的隊伍。

## 08 | だげき【打撃】

名 打擊，衝擊
例 打撃を与える。
譯 給予打擊。

## 09 | チームワーク【teamwork】

名 (隊員間的)團隊精神，合作，配合，默契

例 チームワークがいい。
譯 團隊合作良好。

## 10 | てもと【手元】

名 手邊，手頭；膝下，身邊；生計；手法，技巧
例 手元に置く。
譯 放在手邊。

## 11 | にぶる【鈍る】

自五 不利，變鈍；變遲鈍，減弱
例 腕が鈍る。
譯 技巧生疏。

## 12 | ぬかす【抜かす】

他五 遺漏，跳過，省略
例 腰を抜かす。
譯 閃了腰；嚇呆了。

## 13 | バット【bat】

名 球棒
例 バットを振る。
譯 揮球棒。

## 14 | バトンタッチ【(和)baton + touch】

名・他サ (接力賽跑中)交接接力棒；(工作、職位)交接
例 次の選手にバトンタッチする。
譯 交給下一個選手。

## 15 | びり

名 最後，末尾，倒數第一名
例 びりになる。
譯 拿到最後一名。

パート
# 18
第十八章

# 趣味、娯楽

- 愛好、嗜好、娛樂 -

### 01 | あいこ
N1 ● 18

[名] 不分勝負，不相上下

[例] あいこになる。

[譯] 不分勝負。

### 02 | アダルトサイト【adult site】

[名] 成人網站

[例] アダルトサイトを抜(ぬ)く。

[譯] 去除成人網站。

### 03 | いじる【弄る】

[他五]（俗）（毫無目的地）玩弄，擺弄；（做為娛樂消遣）玩弄，玩賞；隨便調動，改動（機構）

[例] 髪(かみ)をいじる。

[譯] 玩弄頭髮。

### 04 | おとずれる【訪れる】

[自下一] 拜訪，訪問；來臨；通信問候

[例] チャンスが訪(おとず)れる。

[譯] 機會降臨。

### 05 | ガイドブック【guidebook】

[名] 指南，入門書；旅遊指南手冊

[例] ガイドブックを見(み)る。

[譯] 閱讀導覽書。

### 06 | かけっこ【駆けっこ】

[名・自サ] 賽跑

[例] かけっこで勝(か)つ。

[譯] 賽跑跑贏。

### 07 | かける【賭ける】

[他下一] 打賭，賭輸贏

[例] お金(かね)を賭(か)ける。

[譯] 賭錢。

### 08 | かけ【賭け】

[名] 打賭；賭（財物）

[例] 賭(か)けに勝(か)つ。

[譯] 賭贏。

### 09 | かざぐるま【風車】

[名]（動力、玩具）風車

[例] 風車(かざぐるま)を回(まわ)す。

[譯] 轉動風車。

### 10 | かんらん【観覧】

[名・他サ] 觀覽，參觀

[例] 観覧車(かんらんしゃ)に乗(の)る。

[譯] 坐摩天輪。

### 11 | くうぜん【空前】

[名] 空前

[例] 空前(くうぜん)の大(だい)ブーム。

[譯] 空前盛況。

## 12 ｜くじびき【籤引き】

(名・自サ) 抽籤

**例** くじ引きで当たる。

**譯** 抽籤抽中。

## 13 ｜ごばん【碁盤】

(名) 圍棋盤

**例** 道が碁盤の目のように走っている。

**譯** 道路如棋盤般延伸。

## 14 ｜にづくり【荷造り】

(名・自他サ) 準備行李，捆行李，包裝

**例** 引っ越しの荷造り。

**譯** 搬家的行李。

## 15 ｜パチンコ

(名) 柏青哥，小鋼珠

**例** パチンコで負ける。

**譯** 玩小鋼珠輸了。

## 16 ｜ひきとる【引き取る】

(自五) 退出，退下；離開，回去 (他五) 取回，領取；收購；領來照顧

**例** 荷物を引き取る。

**譯** 領回行李。

## 17 ｜マッサージ【massage】

(名・他サ) 按摩，指壓，推拿

**例** マッサージをする。

**譯** 按摩。

## 18 ｜まり【鞠】

(名) (用橡膠、皮革、布等做的)球

**例** 蹴鞠に熱中していた。

**譯** 熱衷於(平安末期以後貴族的)踢球遊戲。

## 19 ｜よきょう【余興】

(名) 餘興

**例** 宴会の余興に大ウケした。

**譯** 宴會的餘興節目大受歡迎。

## 20 ｜りょけん【旅券】

(名) 護照

**例** 旅券を申請する。

**譯** 申請護照。

## 19-1 芸術、絵画、彫刻 /
藝術、繪畫、雕刻

### 01 ｜あぶらえ【油絵】

⒜ 油畫

例 油絵を描く。

譯 畫油畫。

### 02 ｜いける【生ける】

他下一 把鮮花，樹枝等插到
容器裡；種植物

例 花を生ける。

譯 插花。

### 03 ｜がくげい【学芸】

⒜ 學術和藝術；文藝

例 学芸会を開く。

譯 舉辦發表會。

### 04 ｜カット【cut】

名·他サ 切，削掉，刪除；剪頭髮；插圖

例 給料をカットする。

譯 減薪。

### 05 ｜が【画】

漢造 畫；電影，影片；（讀做「かく」）
策劃，筆畫

例 洋画を見る。

譯 看西部片。

### 06 ｜げい【芸】

⒜ 武藝，技能；演技；曲藝，雜技；藝術，
遊藝

例 芸を磨く。

譯 磨練技能。

### 07 ｜こっとうひん【骨董品】

⒜ 古董

例 骨董品を集める。

譯 收集古董。

### 08 ｜コンテスト【contest】

⒜ 比賽；比賽會

例 コンテストに参加する。

譯 參加競賽。

### 09 ｜さいく【細工】

名·自他サ 精細的手藝（品），工藝品；耍
花招，玩弄技巧，搞鬼

例 細工を施す。

譯 施展精巧的手藝。

### 10 ｜さく【作】

⒜ 著作，作品；耕種，耕作；收成；振作；
動作

例 ピカソ作の絵画が保管されている。

譯 保管著畢卡索的畫作。

## 11 | しあげる【仕上げる】

他下一 做完，完成，(最後)加工，潤飾，做出成就

例 作品を仕上げる。

譯 完成作品。

---

## 12 | しゅっぴん【出品】

名・自サ 展出作品，展出產品

例 展覧会に出品する。

譯 在展覽會上展出。

---

## 13 | しゅほう【手法】

名 (藝術或文學表現的)手法

例 新しい手法を取り入れる。

譯 採取新的手法。

---

## 14 | ショー【show】

名 展覽，展覽會；(表演藝術)演出，表演；展覽品

例 ショールームを巡る。

譯 巡游陳列室。

---

## 15 | すい【粋】

名・漢造 精粹，精華；通曉人情世故，圓通；瀟灑；風流；純粹

例 技術の粋を集める。

譯 集中技術的精華。

---

## 16 | せいこう【精巧】

名・形動 精巧，精密

例 精巧な細工を施した。

譯 以精巧的手工製作而成。

---

## 17 | せいてき【静的】

形動 靜的，靜態的

例 静的に描写する。

譯 靜態描寫。

---

## 18 | せんこう【選考】

名・他サ 選拔，權衡

例 作品を選考する。

譯 評選作品。

---

## 19 | ぞう【像】

名・漢造 相，像；形象，影像

例 像を建てる。

譯 立(銅)像。

---

## 20 | ちゃのゆ【茶の湯】

名 茶道，品茗會；沏茶用的開水

例 茶の湯を習う。

譯 學習茶道。

---

## 21 | デッサン【(法)dessin】

名 (繪畫、雕刻的)草圖，素描

例 木炭でデッサンする。

譯 用炭筆素描。

---

## 22 | てんじ【展示】

名・他サ 展示，展出，陳列

例 見本を展示する。

譯 展示樣品。

## 23 ｜どくそう【独創】

名・他サ 獨創
例 独創性にあふれる。
譯 充滿獨創性。

## 24 ｜はいけい【背景】

名 背景；（舞台上的）布景；後盾，靠山
例 背景を描く。
譯 描繪背景。

## 25 ｜はんが【版画】

名 版畫，木刻
例 版画を彫る。
譯 雕刻版畫。

## 26 ｜びょうしゃ【描写】

名・他サ 描寫，描繪，描述
例 情景を描写する。
譯 描寫情境。

## 27 ｜ひろう【披露】

名・他サ 披露；公布；發表
例 腕前を披露する。
譯 大展身手。

## 28 ｜び【美】

漢造 美麗；美好；讚美
例 美を演出する。
譯 詮釋美麗。

## 29 ｜ぶんかざい【文化財】

名 文物，文化遺產，文化財富

例 文化財に指定する。
譯 指定為文化遺產。

## 30 ｜わざ【技】

名 技術，技能；本領，手藝；（柔道、劍術、拳擊、摔角等）招數
例 技を磨く。
譯 磨練技能。

## 19-2 音楽／
音樂

## 01 ｜アンコール【encore】

名・自サ（要求）重演，再來（演，唱）一次；呼聲
例 アンコールを求める。
譯 安可。

## 02 ｜がくふ【楽譜】

名（樂）譜，樂譜
例 楽譜を読む。
譯 看樂譜。

## 03 ｜しき【指揮】

名・他サ 指揮
例 指揮をとる。
譯 指揮。

## 04 ｜しゃみせん【三味線】

名 三弦
例 三味線を弾く。
譯 彈三弦琴；説廢話來掩飾真心。

## 05 | ジャンル【(法) genre】

名 種類，部類；(文藝作品的)風格，體裁，流派

例 ジャンル別に探す。

譯 以類別來搜尋。

## 06 | すいそう【吹奏】

名・他サ 吹奏

例 行進曲を吹奏する。

譯 吹奏進行曲。

## 07 | たんか【短歌】

名 短歌(日本傳統和歌，由五七五七七形式組成，共三十一音)

例 短歌を嗜む。

譯 喜愛短歌。

## 08 | トーン【tone】

名 調子，音調；色調

例 トーンを変える。

譯 變調。

## 09 | ねいろ【音色】

名 音色

例 きれいな音色を出す。

譯 發出優美的音色。

## 10 | ね【音】

名 聲音，音響，音色；哭聲

例 音を上げる。

譯 叫苦，發出哀鳴。

## 11 | ミュージック【music】

名 音樂，樂曲

例 ポップミュージックを聴く。

譯 聽流行音樂。

## 12 | メロディー【melody】

名 (樂)旋律，曲調；美麗的音樂

例 メロディーを奏でる。

譯 演奏音樂。

## 13 | もれる【漏れる】

自下一 (液體、氣體、光等)漏，漏出；(秘密等)洩漏；落選，被淘汰

例 声が漏れる。

譯 聲音傳出。

N1● 19-3

## 19-3 演劇、舞踊、映画 /
戲劇、舞蹈、電影

## 01 | えいしゃ【映写】

名・他サ 放映(影片、幻燈片等)

例 アニメを映写する。

譯 播放卡通片。

## 02 | えんしゅつ【演出】

名・他サ (劇)演出，上演；導演

例 演出家が指導する。

譯 舞台劇導演給予指導。

## 03 | えんじる【演じる】

他上一 扮演，演；做出

例 ヒロインを演じる。

譯 扮演主角。

## 04 ｜ぎきょく【戯曲】

名 劇本，脚本；戲劇

例 シェイクスピアの戯曲。

譯 莎士比亞的劇本。

## 05 ｜きげき【喜劇】

名 喜劇，滑稽劇；滑稽的事情

例 吉本新喜劇。

譯 吉本新喜劇。

## 06 ｜きゃくほん【脚本】

名 （戲劇、電影、廣播等）劇本；脚本

例 脚本を書く。

譯 寫劇本。

## 07 ｜げんさく【原作】

名 原作，原著，原文

例 原作者が語る。

譯 原作者進行談話。

## 08 ｜こうえん【公演】

名・自他サ 公演，演出

例 初公演を行う。

譯 舉辦首演。

## 09 ｜シナリオ【scenario】

名 電影劇本，脚本；劇情說明書；走向

例 シナリオを書く。

譯 寫電影劇本。

## 10 ｜しゅえん【主演】

名・自サ 主演，主角

例 映画に主演する。

譯 電影的主角。

## 11 ｜しゅじんこう【主人公】

名 （小説等的）主人公，主角

例 物語の主人公が立ち上がる。

譯 故事的主人翁發奮圖強。

## 12 ｜しゅつえん【出演】

名・自サ 演出，登台

例 芝居に出演する。

譯 登台演戲。

## 13 ｜じょうえん【上演】

名・他サ 上演

例 桃太郎を上演する。

譯 上演《桃太郎》。

## 14 ｜ソロ【solo】

名 （樂）獨唱；獨奏；單獨表演

例 ソロで踊る。

譯 單獨跳舞。

## 15 ｜だいほん【台本】

名 （電影，戲劇，廣播等）脚本，劇本

例 台本どおりに物事が運ぶ。

譯 事情如劇本般的進展。

# 数量、図形、色彩
- 數量、圖形、色彩 -

## 20-1 数 /
數目

例 えんぴつ 1 ダースを買う。
譯 購買一打鉛筆。

---

### 01 | ここ【個々】
名 每個，各個，各自
例 個々に相談する。
譯 個別談話。

---

### 02 | こべつ【個別】
名 個別
例 個別に指導する。
譯 個別指導。

---

### 03 | こ【戸】
漢造 戶
例 この地区は約 100 戸ある。
譯 這地區約有一百戶。

---

### 04 | じゃっかん【若干】
名 若干；少許，一些
例 若干不審な点がある。
譯 多少有些可疑的地方。

---

### 05 | ダース【dozen】
名・接尾 (一)打，十二個

---

### 06 | だいたすう【大多数】
名 大多數，大部分
例 大多数の意見が反映される。
譯 反應出多數人的意見。

---

### 07 | たすうけつ【多数決】
名 多數決定，多數表決
例 多数決で決める。
譯 以少數服從多數來決定。

---

### 08 | たんいつ【単一】
名 單一，單獨；單純；(構造)簡單
例 単一の行動を取る。
譯 採取統一的行動。

---

### 09 | たん【単】
漢造 單一；單調；單位；單薄；(網球、乒乓球的)單打比賽
例 単位が取れる。
譯 得到學分。

---

### 10 | ちょう【超】
漢造 超過；超脫；(俗)最，極
例 超大型の巨人が現れる。
譯 出現了超大型巨人。

## 11 | つい【対】

(名・接尾) 成雙，成對；對句；(作助數詞用) 一對，一雙

例 対の着物。

譯 成對的和服。

## 12 | とう【棟】

(漢造) 棟梁；(建築物等)棟，一座房子

例 子ども病棟を訪れる。

譯 探訪兒童醫院大樓。

## 13 | とっぱ【突破】

(名・他サ) 突破；超過

例 難関を突破する。

譯 突破難關。

## 14 | ないし【乃至】

(接) 至，乃至；或是，或者

例 5名ないし8名。

譯 5人至8人。

## 15 | のべ【延べ】

(名) (金銀等)金屬壓延(的東西)；延長；共計

例 延べ人数が1000名を突破した。

譯 合計人數突破1000名。

## 16 | まっぷたつ【真っ二つ】

(名) 兩半

例 真っ二つに裂ける。

譯 分裂成兩半。

## 17 | ワット【watt】

(名) 瓦特，瓦(電力單位)

例 100ワットの電球に交換したい。

譯 想換一百瓦的燈泡。

## 20-2 計算 /
計算

## 01 | あわす【合わす】

(他五) 合在一起，合併；總加起來；混合，配在一起；配合，使適應；對照，核對

例 力を合わす。

譯 合力。

## 02 | あんざん【暗算】

(名・他サ) 心算

例 暗算が苦手だ。

譯 不善於心算。

## 03 | かく【欠く】

(他五) 缺，缺乏，缺少；弄壞，少(一部分)；欠，欠缺，怠慢

例 転んで前歯を欠く。

譯 跌倒弄壞了門牙。

## 04 | かんさん【換算】

(名・他サ) 換算，折合

例 日本円に換算する。

譯 折合成日圓。

## 05 | きっちり

(副・自サ) 正好，恰好

例 期限にきっちりと借金を返す。

譯 期限到來前還清借款，一分也不少。

## 06 | きんこう【均衡】

(名・自サ) 均衡，平衡，平均
例 均衡を保つ。
譯 保持平衡。

## 07 | げんしょう【減少】

(名・自他サ) 減少
例 減少傾向にある。
譯 有減少的傾向。

## 08 | さくげん【削減】

(名・自他サ) 削減，縮減；削弱，使減色
例 給料5パーセント削減。
譯 薪水縮減百分之五。

## 09 | しゅうけい【集計】

(名・他サ) 合計，總計
例 売上げを集計する。
譯 合計營業額。

## 10 | ダウン【down】

(名・自他サ) 下，倒下，向下，落下；下降，減退；(棒)出局；(拳擊)擊倒
例 コストダウンが進まない。
譯 降低成本無法推展。

## 11 | ばいりつ【倍率】

(名) 倍率，放大率；(入學考試的)競爭率
例 倍率が高い。
譯 放大倍率。

## 12 | ぴたり (と)

(副) 突然停止貌；緊貼的樣子；恰合，正對

例 計算がぴたりと合う。
譯 計算恰好符合。

## 13 | ひりつ【比率】

(名) 比率，比
例 比率を変える。
譯 改變比率。

## 14 | ひれい【比例】

(名・自サ) (數)比例；均衡，相稱，成比例關係
例 比例して大きくなる。
譯 依照比例放大。

## 15 | ぶんぼ【分母】

(名) (數)分母
例 分子を分母で割る。
譯 分子除以分母。

## 16 | マイナス【minus】

(名) (數)減，減號；(數)負號；(電)負，陰極；(溫度)零下；虧損，不足；不利
例 彼の将来にとってマイナスだ。
譯 對他的將來不利。

N1 ● 20-3

# 20-3 量、長さ、広さ、重さ など /

量、容量、長度、面積、重量等

## 01 | いくた【幾多】

(副) 許多，多數
例 幾多の困難を
乗り越える。
譯 克服無數困難。

## 02 ｜いっさい【一切】

名・副 一切，全部；(下接否定)完全，都

例 家財の一切を失う。

譯 失去所有財產。

## 03 ｜おおかた【大方】

名・副 大部分，多半，大體；一般人，大家，諸位

例 大方の読者が望んでいる。

譯 大部分的讀者都期待著。

## 04 ｜おおはば【大幅】

名・形動 寬幅(的布)；大幅度，廣泛

例 支出を大幅に削減する。

譯 大幅減少支出。

## 05 ｜おおむね【概ね】

名・副 大概，大致，大部分

例 おおむね分かった。

譯 大致上明白了。

## 06 ｜おびただしい【夥しい】

形 數量很多，極多，眾多；程度很大，厲害的，激烈的

例 おびただしい量の水が噴き出した。

譯 噴出極大量的水。

## 07 ｜おもい【重い】

形 重；(心情)沉重，(腳步，行動等)遲鈍；(情況，程度等)嚴重

例 何だか気が重い。

譯 不知為何心情沉重。

## 08 ｜かいばつ【海抜】

名 海拔

例 海抜3メートル以上ある。

譯 有海拔三公尺以上。

## 09 ｜かくしゅ【各種】

名 各種，各樣，每一種

例 各種取り揃える。

譯 各樣齊備。

## 10 ｜かさばる【かさ張る】

自五 (體積、數量等)增大，體積大，增多

例 荷物がかさばる。

譯 行李龐大。

## 11 ｜かさむ

自五 (體積、數量等)增多

例 経費がかさむ。

譯 經費增加。

## 12 ｜かすか【微か】

形動 微弱，些許；微暗，朦朧；貧窮，可憐

例 かすかなにおい。

譯 些微氣味。

## 13 ｜かそ【過疎】

名 (人口)過稀，過少

例 過疎現象が起きている。

譯 發生人口過稀現象。

## 14 ｜げんてい【限定】

名・他サ 限定，限制(數量，範圍等)

例 100名限定で招待する。
譯 限定招待一百人。

---

**15 | ことごとく**

副 所有，一切，全部

例 ことごとく否定する。
譯 全部否定。

---

**16 | しゃめん【斜面】**

名 斜面，傾斜面，斜坡

例 丘の斜面に畑を作る。
譯 在山坡的斜面種田。

---

**17 | ジャンボ【jumbo】**

名・造 巨大的

例 ジャンボサイズを販売する (jumbo size)。
譯 銷售超大尺寸。

---

**18 | しゅじゅ【種々】**

名・副 種種，各種，多種，多方

例 種々様々ずらっと並ぶ。
譯 各種各樣排成一排。

---

**19 | そこそこ**

副・接尾 草草了事，慌慌張張；大約，左右

例 二十歳そこそこの青年。
譯 二十歳上下的青年。

---

**20 | たかが【高が】**

副 （程度、數量等）不成問題，僅僅，不過是…罷了

---

例 たかが5,000円くらいにくよくよするな。
譯 不過是五千日幣而已不要放在心上啦。

---

**21 | だけ**

副助 （只限於某範圍）只，僅僅；（可能的程度或限度）盡量，儘可能；（以「…ば…だけ」等的形式，表示相應關係）越…越…；（以「…だけに」的形式）正因為…更加…；（以「…（のこと）あって」的形式）不愧，值得

例 できるだけ。
譯 盡力而為…。

---

**22 | ダブル【double】**

名 雙重，雙人用；二倍，加倍；雙人床；夫婦，一對

例 ダブルパンチを食らう。
譯 遭到雙重的打擊。

---

**23 | たよう【多様】**

名・形動 各式各樣，多種多樣

例 多様な問題が含まれている。
譯 隱含各式各樣的問題。

---

**24 | ちょうだい【長大】**

名・形動 長大；高大；寬大

例 長大なアマゾン川。
譯 壯闊的亞馬遜河。

## 25 ┃はんぱ【半端】

名・形動 零頭，零星；不徹底；零數，尾數；無用的人

例 半端な意見に左右される。

譯 被模稜兩可的意見所影響。

## 26 ┃ひじゅう【比重】

名 比重，（所占的）比例

例 比重が増大する。

譯 增加比重。

## 27 ┃ひってき【匹敵】

名・自サ 匹敵，比得上

例 彼に匹敵する者はない。

譯 沒有人比得上他。

## 28 ┃ふんだん

形動 很多，大量

例 ふんだんに使う。

譯 大量使用。

## 29 ┃へいほう【平方】

名 （數）平方，自乘；（面積單位）平方

例 平方メートル。

譯 平方公尺。

## 30 ┃ほどほど【程程】

副 適當的，恰如其分的；過得去

例 酒はほどほどに飲むのがよい。

譯 喝酒要適度。

## 31 ┃まみれ【塗れ】

接尾 沾污，沾滿

例 泥まみれで遊ぶ。

譯 玩得滿身是泥。

## 32 ┃まるごと【丸ごと】

副 完整，完全，全部地，整個（不切開）

例 丸ごと食べる。

譯 整個直接吃。

## 33 ┃みじん【微塵】

名 微塵；微小（物），極小（物）；一點，少許；切碎，碎末

例 反省の色が微塵もない。

譯 完全沒有反省的樣子。

## 34 ┃みたす【満たす】

他五 裝滿，填滿，倒滿；滿足

例 需要を満たす。

譯 滿足需要。

## 35 ┃みっしゅう【密集】

名・自サ 密集，雲集

例 保育園は住宅密集地帯にある。

譯 育幼院住宅密集地區。

## 36 ┃みつど【密度】

名 密度

例 人口密度が高い。

譯 人口密度高。

## 37 ┃めかた【目方】

名 重量，分量

例 目方を量る。

譯 秤重。

## 38 ｜やたら（と）

副（俗）胡亂，隨便，不分好歹，沒有差別；過份，非常，大量

例 やたらと長い映画。

譯 冗長的電影。

## 39 ｜りっぽう【立方】

名（數）立方

例 立方体の箱に入れる。

譯 放進立體的箱子裡。

## 20-4 回數、順番 / 次數、順序

## 01 ｜あべこべ

名・形動（順序、位置、關係等）顛倒，相反

例 あべこべに着る。

譯 穿反。

## 02 ｜うわまわる【上回る】

自五 超過，超出；（能力）優越

例 記録を上回る。

譯 打破記錄。

## 03 ｜おつ【乙】

名・形動（天干第二位）乙；第二（位），乙

例 甲乙つけがたい。

譯 難分軒輊。

## 04 ｜かい【下位】

名 低的地位；次級的地位

例 下位分類。

譯 下層分類。

## 05 ｜こう【甲】

名 甲冑，鎧甲；甲殼；手腳的表面；（天干的第一位）甲；第一名

例 契約書の甲と乙。

譯 契約書上的甲乙雙方。

## 06 ｜したまわる【下回る】

自五 低於，達不到

例 平年を下回る気温。

譯 低於常年的溫度。

## 07 ｜せんちゃく【先着】

名・自サ 先到達，先來到

例 先着順でご利用いただけます。

譯 請按到達的先後順序取用。

## 08 ｜ちょうふく・じゅうふく【重複】

名・自サ 重複

例 内容が重複している。

譯 內容是重複的。

## 09 ｜ちょくちょく

副（俗）往往，時常

例 ちょくちょく遊びにいく。

譯 時常去玩耍。

## 10 ｜つらねる【連ねる】

他下一 排列，連接；聯，列

例 名を連ねる。

譯 聯名。

## 11 ｜てじゅん【手順】

㊑（工作的）次序，步驟，程序

例 手順に従う。

譯 按照順序。

## 12 ｜はいれつ【配列】

㊑・他サ 排列

例 五十音順に配列する。

譯 依照五十音順排列。

## 13 ｜はつ【初】

㊑ 最初；首次

例 初の海外旅行にわくわくする。

譯 第一次出國旅行真叫人欣喜雀躍。

## 14 ｜ひんぱん【頻繁】

㊑・形動 頻繁，屢次

例 頻繁に出入りする。

譯 出入頻繁。

## 15 ｜へいれつ【並列】

㊑・自他サ 並列，並排

例 同じレベルの単語を並列する。

譯 把同一程度的單字並列在一起。

## 16 ｜ゆうい【優位】

㊑ 優勢；優越地位

例 優位に立つ。

譯 處於優勢。

---

## 01 ｜あざやか【鮮やか】

㊑動 顏色或形象鮮明美麗，鮮豔；技術
或動作精彩的樣子，出色

例 鮮やかな対照をなす。

譯 形成鮮明的對比。

## 02 ｜あせる【褪せる】

㊑下一 褪色，掉色

例 色が褪せる。

譯 褪色。

## 03 ｜あわい【淡い】

㊑ 顏色或味道等清淡；感覺不這麼強
烈，淡薄，微小；物體或光線隱約可見

例 淡いピンクのバラが好きだ。

譯 我喜歡淺粉紅色的玫瑰。

## 04 ｜いろちがい【色違い】

㊑ 一款多色

例 色違いのブラウスを買う。

譯 購買一款多色的襯衫。

## 05 ｜かく【角】

㊑・漢造 角；隅角；四方形，四角形；稜角，
四方；競賽

例 大根を 5cm 角に切る。

譯 把白蘿蔔切成五公分左右的四方形。

## 06 ｜くみあわせる【組み合わせる】

㊑下一 編在一起，交叉在一起，搭在一起；
配合，編組

例 色を組み合わせる。
譯 搭配顏色。

---

**07 | グレー【gray】**

名 灰色；銀髮

例 グレーゾーンになる。
譯 成為灰色地帶。

---

**08 | こうたく【光沢】**

名 光澤

例 光沢がある。
譯 有光澤。

---

**09 | こげちゃ【焦げ茶】**

名 濃茶色，深棕色，古銅色

例 焦げ茶色が絶妙でした。
譯 深棕色真是精彩絕妙。

---

**10 | コントラスト【contrast】**

名 對比，對照；(光)反差，對比度

例 画像のコントラストを上げる。
譯 提高影像的對比度。

---

**11 | しきさい【色彩】**

名 彩色，色彩；性質，傾向，特色

例 色彩感覚に優れる。
譯 色彩的敏感度非常好。

---

**12 | ずあん【図案】**

名 圖案，設計，設計圖

例 図案を募集する。
譯 徵求設計圖。

---

**13 | そまる【染まる】**

自五 染上；受(壞)影響

例 血に染まる。
譯 被血染紅。

---

**14 | そめる【染める】**

他下一 染顏色；塗上(映上)顏色；(轉)沾染，著手

例 黒に染める。
譯 染成黑色。

---

**15 | ちゃくしょく【着色】**

名・自サ 著色，塗顏色

例 人工着色料を使用する。
譯 使用人工染料。

---

**16 | てんせん【点線】**

名 點線，虛線

例 点線のところから切り取る。
譯 從虛線處剪下。

---

**17 | ブルー【blue】**

名 青，藍色；情緒低落

例 ブルーの瞳に目を奪われる。
譯 深深被藍色眼睛吸引住。

---

**18 | りったい【立体】**

名 (數)立體

例 立体的な画像を作成できる。
譯 製作立體畫面。

## 21-1 教育、学習 /
教育、學習

### 01 ｜いくせい【育成】
(名・他サ) 培養，培育，扶植，扶育
例 エンジニアを育成する。
譯 培育工程師。

### 02 ｜がくせつ【学説】
(名) 學説
例 学説を立てる。
譯 建立學説。

### 03 ｜きょうざい【教材】
(名) 教材
例 教材を作る。
譯 編寫教材。

### 04 ｜きょうしゅう【教習】
(名・他サ) 訓練，教習
例 教習を受ける。
譯 接受訓練。

### 05 ｜こうがく【工学】
(名) 工學，工程學
例 工学製図を履修する。
譯 學工程繪圖課程。

### 06 ｜こうこがく【考古学】
(名) 考古學
例 考古学博士。
譯 考古學博士。

### 07 ｜こうさく【工作】
(名・他サ)（機器等）製作；（土木工程等）修理工程；（小學生的）手工；（暗中計畫性的）活動
例 工作の時間。
譯 製作時間。

### 08 ｜ざだんかい【座談会】
(名) 座談會
例 座談会を開く。
譯 召開座談會。

### 09 ｜しつける【躾ける】
(他下一) 教育，培養，管教，教養(子女)
例 子供をしつける。
譯 管教小孩。

### 10 ｜しつけ【躾】
(名)（對孩子在禮貌上的）教養，管教，訓練；習慣
例 しつけに厳しい母だったが、優しい人だった。
譯 母親雖管教嚴格，但非常慈愛。

## 11 | しゅうとく【習得】

(名・他サ) 學習，學會

例 日本語を習得する。

譯 學會日語。

---

## 12 | じゅく【塾】

(名・漢造) 補習班；私塾

例 塾を開く。

譯 開私塾；開補習班。

---

## 13 | しんど【進度】

(名) 進度

例 進度が速い。

譯 進度快。

---

## 14 | せっきょう【説教】

(名・自サ) 説教；教誨

例 先生に説教される。

譯 被老師説教。

---

## 15 | てびき【手引き】

(名・他サ) (輔導)初學者，啟蒙；入門，初級；推薦，介紹；引路，導向

例 独学の手引き。

譯 自學輔導。

---

## 16 | てほん【手本】

(名) 字帖，畫帖；模範，榜樣；標準，示範

例 手本を示す。

譯 做出榜樣。

## 17 | ドリル【drill】

(名) 鑽頭；訓練，練習

例 算数のドリルをやる。

譯 做算數的練習題。

---

## 18 | ひこう【非行】

(名) 不正當行為，違背道德規範的行為

例 非行に走る。

譯 鋌而走險。

---

## 19 | ほいく【保育】

(名・他サ) 保育

例 保育園に通う。

譯 上幼稚園。

---

## 20 | ほうがく【法学】

(名) 法學，法律學

例 法学を学ぶ。

譯 學法學。

---

## 21 | ゆうぼう【有望】

(形動) 有希望，有前途

例 将来有望な学生たちを支援する。

譯 對前途有望的學生加以支援。

---

## 22 | ようせい【養成】

(名・他サ) 培養，培訓；造就

例 技術者を養成する。

譯 培訓技師。

### 23 | レッスン【lesson】

[名] 一課；課程，課業；學習

[例] レッスンを受ける。

[譯] 上課。

N1 ◉ 21-2

## 21-2 学校 /
學校

### 01 | うけもち【受け持ち】

[名] 擔任，主管；主管人，主管的事情

[例] 受け持ちの先生。

[譯] 負責的老師。

### 02 | かがい【課外】

[名] 課外

[例] 課外活動に参加する。

[譯] 参加課外活動。

### 03 | がんしょ【願書】

[名] 申請書

[例] 願書を出す。

[譯] 提出申請書。

### 04 | きぞう【寄贈】

[名·他サ] 捐贈，贈送

[例] 本を図書館に寄贈する。

[譯] 把書捐贈給圖書館。

### 05 | きょうがく【共学】

[名] (男女或黑白人種)同校，同班(學習)

[例] 男女共学を推奨する。

[譯] 獎勵男女共學。

### 06 | こうりつ【公立】

[名] 公立(不包含國立)

[例] 公立の学校に通う。

[譯] 上公立學校。

### 07 | さずける【授ける】

[他下一] 授予，賦予，賜給；教授，傳授

[例] 学位を授ける。

[譯] 授予學位。

### 08 | しぼう【志望】

[名·他サ] 志願，希望

[例] 進学を志望する。

[譯] 志願要升學。

### 09 | しゅうがく【就学】

[名·自サ] 學習，求學，修學

[例] 就学年齢に達する。

[譯] 達到就學年齡。

### 10 | とうこう【登校】

[名·自サ] (學生)上學校，到校

[例] 8時前に登校する。

[譯] 八點前上學。

### 11 | へいさ【閉鎖】

[名·自他サ] 封閉，關閉，封鎖

[例] 学級閉鎖になった。

[譯] 將年級加以隔離(防止疾病蔓延，該年級學生自行在家隔離)。

### 12 | ぼこう【母校】

[名] 母校

例 母校を訪ねる。
譯 拜訪母校。

## 13 | めんじょ【免除】

名・他サ 免除（義務、責任等）
例 学費を免除する。
譯 免除學費。

## 21-3 学生生活 /
學生生活

## 01 | いいんかい【委員会】

名 委員會
例 学級委員会に出る。
譯 出席班聯會。

## 02 | うかる【受かる】

自五 考上，及格，上榜
例 入学試験に受かる。
譯 入學考試及格。

## 03 | オリエンテーション【orientation】

名 定向，定位，確定方針；新人教育，事前説明會
例 オリエンテーションに参加する。
譯 參加新人教育。

## 04 | カンニング【cunning】

名・自サ （考試時的）作弊
例 カンニングペーパーを隠し持つ。
譯 暗藏小抄。

## 05 | ききとり【聞き取り】

名 聽見，聽懂，聽後記住；（外語的）聽力
例 聞き取りのテスト。
譯 聽力考試。

## 06 | きじゅつ【記述】

名・他サ 描述，記述；闡明
例 記述式のテスト。
譯 申論題考試。

## 07 | きまつ【期末】

名 期末
例 期末テストが始まります。
譯 開始期末考。

## 08 | きゅうがく【休学】

名・自サ 休學
例 大学を休学する。
譯 大學休學。

## 09 | きゅうしょく【給食】

名・自サ （學校、工廠等）供餐，供給飲食
例 給食が出る。
譯 有供餐。

## 10 | きょうか【教科】

名 教科，學科，課程
例 教科書が見つからない。
譯 找不到教科書。

## 11 ｜げんてん【減点】

(名・他サ) 扣分；減少的分數

例 減点の対象となる。

譯 成為扣分的依據。

## 12 ｜こうしゅう【講習】

(名・他サ) 講習，學習

例 講習を受ける。

譯 聽講。

## 13 ｜サボる【sabotage 之略】

(他五) （俗）怠工；偷懶，逃（學），曠（課）

例 授業をサボる。

譯 蹺課。

## 14 ｜しゅうりょう【修了】

(名・他サ) 學完（一定的課程）

例 課程を修了する。

譯 學完課程。

## 15 ｜しゅつだい【出題】

(名・自サ) （考試、詩歌）出題

例 試験を出題する。

譯 出試題。

## 16 ｜しょう【証】

(名・漢造) 證明；證據；證明書；證件

例 学生証を紛失した。

譯 遺失學生證了。

## 17 ｜しょぞく【所属】

(名・自サ) 所屬；附屬

例 サッカー部に所属する。

譯 隸屬於足球部。

## 18 ｜しんにゅうせい【新入生】

(名) 新生

例 小学校の新入生を迎える。

譯 迎接小學新生。

## 19 ｜せいれつ【整列】

(名・自他サ) 整隊，排隊，排列

例 一列に整列する。

譯 排成一列。

## 20 ｜せんしゅう【専修】

(名・他サ) 主修，專攻

例 芸術を専修する。

譯 主修藝術。

## 21 ｜そうかい【総会】

(名) 總會，全體大會

例 生徒総会の準備をする。

譯 進行學生大會的籌備工作。

## 22 ｜たいがく【退学】

(名・自サ) 退學

例 退学を決意した。

譯 決定休學。

## 23 ｜ちょうこう【聴講】

(名・他サ) 聽講，聽課；旁聽

例 聴講生に限る。

譯 只限旁聽生。

### 24 | てんこう【転校】

(名・自サ) 轉校，轉學
例 町の学校に転校する。
譯 轉學到鄉鎮的學校。

---

### 25 | どうきゅう【同級】

(名) 同等級，等級相同；同班，同年級
例 同級生が結婚した。
譯 同學結婚了。

---

### 26 | はん【班】

(名・漢造) 班，組；集團，行列；分配；席位，班次
例 班に分かれる。
譯 分班。

---

### 27 | ひっしゅう【必修】

(名) 必修
例 必修科目になる。
譯 變成必修科目。

---

### 28 | ヒント【hint】

(名) 啟示，暗示，提示
例 ヒントを与える。
譯 給予提示。

---

### 29 | ほそく【補足】

(名・他サ) 補足，補充
例 資料を補足する。
譯 補足資料。

---

### 30 | ぼっしゅう【没収】

(名・他サ) (法)(司法處分的)沒收，查抄，充公

例 タバコを没収された。
譯 香菸被沒收了。

---

### 31 | ゆう【優】

(名・漢造) (成績五分四級制的)優秀；優美，雅致；優異，優厚；演員；悠然自得
例 優の成績を残す。
譯 留下優異的成績。

---

### 32 | よこく【予告】

(名・他サ) 預告，事先通知
例 テストを予告する。
譯 預告考期。

# 行事、一生の出来事

- 儀式活動、一輩子會遇到的事情 -

## 01 ｜いんきょ【隠居】　N1●22

(名・自サ) 隠居，退休，閒居；(閒居的)老人

**例** 郊外に隠居する。

**譯** 隱居郊外。

## 02 ｜うちあげる【打ち上げる】

(他下一) (往高處)打上去，發射

**例** 花火を打ち上げる。

**譯** 放煙火。

## 03 ｜えんだん【縁談】

(名) 親事，提親，說媒

**例** 縁談がまとまる。

**譯** 親事談成了。

## 04 ｜かいさい【開催】

(名・他サ) 開會，召開；舉辦

**例** オリンピックを開催する。

**譯** 舉辦奧林匹克運動會。

## 05 ｜かんれき【還暦】

(名) 花甲，滿 60 周歲的別稱

**例** 還暦を迎える。

**譯** 迎接花甲之年。

## 06 ｜きこん【既婚】

(名) 已婚

**例** 既婚者を見分ける。

**譯** 如何分辨已婚者。

## 07 ｜きたる【来る】

(自五・連體) 來，到來；引起，發生；下次的

**例** 来る一日に開く。

**譯** 下次的一號召開。

## 08 ｜さいこん【再婚】

(名・自サ) 再婚，改嫁

**例** 父は再婚した。

**譯** 父親再婚了。

## 09 ｜さんご【産後】

(名) (婦女)分娩之後

**例** 産後の肥立ちが悪い。

**譯** 產後發福恢復狀況不佳。

## 10 ｜しゅくが【祝賀】

(名・他サ) 祝賀，慶祝

**例** 祝賀を受ける。

**譯** 接受祝賀。

## 11 ｜しゅさい【主催】

(名・他サ) 主辦，舉辦

**例** 新聞社が主催する座談会。

**譯** 由報社舉辦的座談會。

## 12 ｜しんこん【新婚】

(名) 新婚(的人)

**例** 新婚生活が羨ましい。

**譯** 欣羨新婚生活。

## 13 ｜せいだい【盛大】

形動 盛大，規模宏大；隆重
例 盛大に祝う。
譯 盛大慶祝。

## 14 ｜セレモニー【ceremony】

名 典禮，儀式
例 セレモニーに参加する。
譯 參加典禮。

## 15 ｜ていねん【定年】

名 退休年齡
例 定年になる。
譯 到了退休年齡。

## 16 ｜ねんが【年賀】

名 賀年，拜年
例 年賀はがきを買う。
譯 買賀年明信片。

## 17 ｜はき【破棄】

名・他サ （文件、契約、合同等）廢棄，廢除，撕毀
例 婚約を破棄する。
譯 解除婚約。

## 18 ｜バツイチ

名 （俗）離過一次婚
例 バツイチになった。
譯 離了一次婚。

## 19 ｜ひなまつり【雛祭り】

名 女兒節，桃花節，偶人節

例 ひな祭りパーティーをする。
譯 開女兒節慶祝派對。

## 20 ｜みあい【見合い】

名 （結婚前的）相親；相抵，平衡，相稱
例 見合い結婚する。
譯 相親結婚。

## 21 ｜みこん【未婚】

名 未婚
例 未婚の母になる。
譯 成為未婚媽媽。

## 22 ｜もよおす【催す】

他五 舉行，舉辦；產生，引起
例 イベントを催す。
譯 舉辦活動。

## 23 ｜も【喪】

名 服喪；喪事，葬禮
例 喪に服す。
譯 服喪。

## 24 ｜らいじょう【来場】

名・自サ 到場，出席
例 お車でのご来場はご遠慮下さい。
譯 請勿開車前來會場。

# パート 23 第二十三章 道具
-工具-

## 23-1 道具 / 工具

### 01 | あみ【網】
(名)（用繩、線、鐵絲等編的）網；法網
例 網にかかった魚を引き上げた。
譯 打撈起落網之魚。

### 02 | あやつる【操る】
(他五) 操控，操縱；駕駛，駕馭；掌握，精通（語言）
例 機械を操る。
譯 操作機器。

### 03 | うちわ【団扇】
(名) 團扇；（相撲）裁判扇
例 うちわで扇ぐ。
譯 用團扇搧風。

### 04 | え【柄】
(名) 柄，把
例 傘の柄を持つ。
譯 拿著傘把。

### 05 | がんぐ【玩具】
(名) 玩具
例 玩具メーカーが集結している。
譯 集合了玩具製造商。

### 06 | クレーン【crane】
(名) 吊車，起重機
例 クレーンで引き上げる。
譯 用起重機吊起。

### 07 | げんけい【原型】
(名) 原型，模型
例 原型を作る。
譯 製作模型。

### 08 | けんよう【兼用】
(名・他サ) 兼用，兩用
例 晴雨兼用の傘。
譯 晴雨兩用傘。

### 09 | さお【竿】
(名) 竿子，竹竿；釣竿；船篙；（助數詞用法）杆，根
例 物干し竿を替える。
譯 換了曬衣杆。

### 10 | ざっか【雑貨】
(名) 生活雜貨
例 アジアン雑貨の店が沢山ある。
譯 有許多亞洲風的雜貨店。

**11 ｜じく【軸】**

名・接尾・漢造 車軸；畫軸；(助數詞用法)書，
畫的軸；（理）運動的中心線

例 チームの軸となって活躍する。

譯 成為隊上的中心人物而大顯身手。

**12 ｜じぞく【持続】**

名・自他サ 持續，繼續，堅持

例 効果を持続させる。

譯 讓效果持續。

**13 ｜じゅうばこ【重箱】**

名 多層方木盒，套盒

例 お節料理を重箱
に詰める。

譯 將年菜裝入多層木
盒中。

**14 ｜スチーム【steam】**

名 蒸汽，水蒸氣；暖氣(設備)

例 部屋にスチームヒーターを設置
する。

譯 房間裡裝設暖氣。

**15 ｜ストロー【straw】**

名 吸管

例 ストローで飲む。

譯 用吸管喝。

**16 ｜そなえつける【備え付ける】**

他下一 設置，備置，裝置，安置，配置

例 消火器を備え付ける。

譯 設置滅火器。

**17 ｜そり【橇】**

名 雪橇

例 そりを引く。

譯 拉雪橇。

**18 ｜たて【盾】**

名 盾，擋箭牌；後盾

例 盾に取る。

譯 當擋箭牌。

**19 ｜たんか【担架】**

名 擔架

例 担架で運ぶ。

譯 用擔架搬運。

**20 ｜ちょうしんき【聴診器】**

名 （醫）聽診器

例 聴診器を胸に当てる。

譯 把聽診器貼在胸口上。

**21 ｜ちょうほう【重宝】**

名・形動・他サ 珍寶，至寶；便利，方便；
珍視，愛惜

例 重宝な道具を手にする。

譯 將珍愛的工具歸為己有。

**22 ｜ちりとり【塵取り】**

名 畚箕

例 ほうきとちり取りセット。

譯 掃把與畚斗組。

## 23 ｜つえ【杖】

㊇ 枴杖，手杖；依靠，靠山

囫 杖を突く。

譯 拄拐杖。

---

## 24 ｜つかいみち【使い道】

㊇ 用法；用途，用處

囫 使い道を考える。

譯 思考如何使用。

---

## 25 ｜つつ【筒】

㊇ 筒，管；炮筒，槍管

囫 竹の筒を手で揺らす。

譯 用手搖動竹筒。

---

## 26 ｜つぼ【壺】

㊇ 罐，壺，甕；要點，關鍵所在

囫 茶壺を取り出した。

譯 取出茶葉罐。

---

## 27 ｜ティッシュペーパー【tissue paper】

㊇ 衛生紙

囫 ティッシュペーパーで拭き取る。

譯 用衛生紙擦拭。

---

## 28 ｜でんげん【電源】

㊇ 電力資源；（供電的）電源

囫 電源を切る。

譯 切斷電源。

---

## 29 ｜とうき【陶器】

㊇ 陶器

囫 陶器の花瓶が可愛らしい。

譯 陶瓷器花瓶小巧玲瓏。

---

## 30 ｜とって【取っ手】

㊇ 把手

囫 取っ手を握る。

譯 握把手。

---

## 31 ｜とりあつかい【取り扱い】

㊇ 對待，待遇；（物品的）處理，使用，（機器的）操作；（事務、工作的）處理，辦理

囫 取り扱いに注意する。

譯 請小心處理。

---

## 32 ｜とりつける【取り付ける】

他下一 安裝（機器等）；經常光顧；（商）擠兌；取得

囫 アンテナを取り付ける。

譯 安裝天線。

---

## 33 ｜に【荷】

㊇ （攜帶、運輸的）行李，貨物；負擔，累贅

囫 肩の荷が下りる。

譯 如釋重負。

---

## 34 ｜はた【機】

㊇ 織布機

囫 機を織る。

譯 織布。

---

## 35 ｜バッジ【badge】

㊇ 徽章

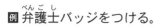

例 弁<ruby>護<rt>べんごし</rt></ruby>士バッジをつける。
譯 戴上律師徽章。

例 忘<ruby>れ<rt>わす</rt></ruby>物<ruby><rt>もの</rt></ruby>をする。
譯 遺失物品。

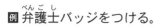

### 36 ｜バッテリー【battery】

名 電池，蓄電池

例 バッテリーがあがる。
譯 電池耗盡。

### 42 ｜や【矢】

名 箭；楔子；指針

例 <ruby>白<rt>しら</rt></ruby><ruby>羽<rt>は</rt></ruby>の<ruby>矢<rt>や</rt></ruby>が<ruby>立<rt>た</rt></ruby>つ。
譯 雀屏中選。

### 37 ｜フィルター【filter】

名 過濾網，濾紙；濾波器，濾光器

例 フィルターを<ruby>取<rt>と</rt></ruby>り<ruby>替<rt>か</rt></ruby>える。
譯 換濾紙。

### 43 ｜ゆみ【弓】

名 弓；弓形物

例 <ruby>弓<rt>ゆみ</rt></ruby>を<ruby>引<rt>ひ</rt></ruby>く。
譯 拉弓。

### 38 ｜ホース【(荷)hoos】

名 (灑水用的)塑膠管，水管

例 ホースを<ruby>巻<rt>ま</rt></ruby>く。
譯 捲起塑膠水管。

### 44 ｜ようひん【用品】

名 用品，用具

例 スポーツ<ruby>用<rt>よう</rt></ruby><ruby>品<rt>ひん</rt></ruby>を<ruby>買<rt>か</rt></ruby>う。
譯 購買運動用品。

### 39 ｜ポンプ【(荷)pomp】

名 抽水機，汲筒

例 ポンプで<ruby>水<rt>みず</rt></ruby>を<ruby>汲<rt>く</rt></ruby>む。
譯 用抽水機汲水。

### 45 ｜ロープ【rope】

名 繩索，纜繩

例 <ruby>洗<rt>せん</rt></ruby><ruby>濯<rt>たく</rt></ruby>ロープをかける。
譯 掛起洗衣繩。

### 40 ｜もけい【模型】

名 (用於展覽、實驗、研究的實物或抽象的)模型

例 <ruby>模<rt>も</rt></ruby><ruby>型<rt>けい</rt></ruby>を<ruby>組<rt>く</rt></ruby>み<ruby>立<rt>た</rt></ruby>てる。
譯 組裝模型。

## 23-2 家具、工具、文房具 /
傢俱、工作器具、文具

### 41 ｜もの【物】

名・接頭・造語 (有形或無形的)物品，事情；所有物；加強語氣用；表回憶或希望；不由得…；值得…的東西

### 01 ｜いんかん【印鑑】

名 印，圖章；印鑑

例 <ruby>印<rt>いん</rt></ruby><ruby>鑑<rt>かん</rt></ruby>が<ruby>必<rt>ひつ</rt></ruby><ruby>要<rt>よう</rt></ruby>だ。
譯 需要印章。

## 02 ｜こたつ【炬燵】

② （架上蓋著被，用以取暖的）被爐，暖爐

例 こたつに入る。

譯 坐進被爐。

---

## 03 ｜コンパス【(荷)kompas】

② 圓規；羅盤，指南針；腿(的長度)，腳步(的幅度)

例 コンパスで円を描く。

譯 用圓規畫圓。

---

## 04 ｜ちゃくせき【着席】

②・自サ 就坐，入座，入席

例 順番に着席する。

譯 依序入座。

---

## 05 ｜とぐ【研ぐ・磨ぐ】

他五 磨；擦亮，磨光；淘(米等)

例 包丁を研ぐ。

譯 研磨菜刀。

---

## 06 ｜ドライバー【driver】

② （「screwdriver」之略稱）螺絲起子

例 ドライバー1本で組み立てられる。

譯 用一支螺絲起子組裝完成。

---

## 07 ｜にじむ【滲む】

自五 （顏色等)滲出，滲入；(汗水、眼淚、血等)慢慢滲出來

例 インクがにじむ。

譯 墨水滲出。

---

## 08 ｜ねじまわし【ねじ回し】

② 螺絲起子

例 ねじ回しでねじを締める。

譯 用螺絲起子拴螺絲。

---

## 09 ｜ばらす

② （把完整的東西)弄得七零八落；(俗)殺死，殺掉，賣掉，推銷出去；揭穿，洩漏(秘密等)

例 機械をばらして修理する。

譯 把機器拆得七零八落來修理。

---

## 10 ｜ばんのう【万能】

② 萬能，全能，全才

例 万能包丁が一番好まれる。

譯 （一般家庭使用的)萬用菜刀最愛不釋手。

---

## 11 ｜はん【判】

②・漢造 圖章，印鑑；判斷，判定；判讀，判明；審判

例 判をつく。

譯 蓋圖章。

---

## 12 ｜は【刃】

② 刀刃

例 刃を研ぐ。

譯 磨刀。

---

## 13 ｜ボルト【bolt】

② 螺栓，螺絲

例 ボルトで締める。

譯 拴上螺絲。

## 14 ｜やぐ【夜具】

名 寝具，臥具，被褥
例 夜具を揃える。
譯 寝具齊備。

## 15 ｜ようし【用紙】

名 （特定用途的）紙張，規定用紙
例 コピー用紙を補充する。
譯 補充影印紙。

## 16 ｜レンジ【range】

名 微波爐（「電子レンジ」之略稱）；範圍；射程；有效距離
例 おかずをレンジで温める。
譯 菜餚用微波爐加熱。

N1 23-3

### 23-3 計器、容器、入れ物、衛生器具／
測量儀器、容器、器皿、衛生用具

## 01 ｜うつわ【器】

名 容器，器具；才能，人才；器量
例 器が大きい。
譯 器量大。

## 02 ｜おさまる【収まる・納まる】

自五 容納；（被）繳納；解決，結束；滿意，泰然自若；復原
例 事態が収まる。
譯 事情平息。

## 03 ｜おむつ

名 尿布

例 おむつを変える。
譯 換尿布。

## 04 ｜けいき【計器】

名 測量儀器，測量儀表
例 計器を取り付ける。
譯 裝設測量儀器。

## 05 ｜ナプキン【napkin】

名 餐巾；擦嘴布；衛生綿
例 ナプキンを置く。
譯 擺放餐巾。

## 06 ｜さかずき【杯】

名 酒杯；推杯換盞，酒宴；飲酒為盟
例 杯を交わす。
譯 觥籌交錯。

## 07 ｜はじく【弾く】

他五 彈；打算盤；防抗，排斥
例 そろばんを弾く。
譯 打算盤。

## 08 ｜ふきん【布巾】

名 抹布
例 布巾を除菌する。
譯 將抹布做殺菌處理。

**09｜ヘルスメーター【(和)health＋meter】**

名 (家庭用的)體重計，磅秤

例 様々な機能のヘルスメーターが並ぶ。

譯 整排都是多功能的體重計。

---

**10｜ほじゅう【補充】**

名・他サ 補充

例 調味料を補充する。

譯 補充調味料。

---

**11｜ポット【pot】**

名 壺；熱水瓶

例 電動ポットでお湯を沸かす。

譯 用電熱水瓶燒開水。

---

**12｜めもり【目盛・目盛り】**

名 (量表上的)度數，刻度

例 目盛りを読む。

譯 看(計器的)刻度。

## 23-4 照明、光学機器、音響、情報機器／
燈光照明、光學儀器、音響、信息器具

**01｜かいぞうど【解像度】**

名 解析度

例 解像度が高い。

譯 解析度很高。

---

**02｜かいろ【回路】**

名 (電)回路，線路

例 電気回路を学ぶ。

譯 學習電路。

---

**03｜こうこう(と)【煌々(と)】**

副 (文)光亮，通亮

例 煌々と輝く。

譯 光輝閃耀。

---

**04｜ストロボ【strobe】**

名 閃光燈

例 ストロボがまぶしい。

譯 閃光燈很刺目。

---

**05｜トランジスタ【transistor】**

名 電晶體；(俗)小型

例 コンピューターのトランジスタ。

譯 電腦的電晶體。

---

**06｜ぶれる**

自下一 (攝)按快門時(照相機)彈動

例 カメラがぶれて撮れない。

譯 相機晃動無法拍照。

---

**07｜モニター【monitor】**

名 監聽器，監視器；監聽員；評論員

例 モニターで監視する。

譯 以監視器監控著。

---

**08｜ランプ【(荷・英)lamp】**

名 燈，煤油燈；電燈

例 ランプに火を灯す。

譯 點煤油燈。

---

## 09 ｜げんぞう【現像】

（名・他サ）顯影，顯像，沖洗

例 フィルムを現像（げんぞう）する。

譯 洗照片。

## 10 ｜さいせい【再生】

（名・自他サ）重生，再生，死而復生；新生，
（得到）改造；（利用廢物加工，成為新
產品）再生；（已錄下的聲音影像）重新
播放

例 再生（さいせい）ボタンを押（お）す。

譯 按下播放鍵。

## 11 ｜ないぞう【内蔵】

（名・他サ）裡面包藏，內部裝有；內庫，宮
中的府庫

例 カメラが内蔵（ないぞう）されている。

譯 內部裝有攝影機。

## 12 ｜バージョンアップ【version up】

（名）版本升級

例 バージョン アップができる。

譯 版本可以升級。

## Memo

# パート 24 職業、仕事

第二十四章

- 職業、工作 -

## 24-1 仕事、職場 (1) /
工作、職場(1)

### 01 ｜あっせん【斡旋】

(名・他サ) 幫助；關照；居中調解，斡旋；介紹

例 就職の斡旋を頼む。

譯 請求幫助找工作。

### 02 ｜いっきょに【一挙に】

(副) 一下子；一次

例 問題を一挙に解決する。

譯 一口氣解決問題。

### 03 ｜いどう【異動】

(名・自他サ) 異動，變動，調動

例 人事異動を行う。

譯 進行人事調動。

### 04 ｜おう【負う】

(他五) 負責；背負，遭受，多虧，借重；背

例 責任を負う。

譯 負起責任。

### 05 ｜おびる【帯びる】

(他上一) 帶，佩帶；承擔，負擔；帶有，帶著

例 重い任務を帯びる。

譯 身負重任。

### 06 ｜カムバック【comeback】

(名・自サ) (名聲、地位等)重新恢復，重回政壇；東山再起

例 芸能界にカムバックする。

譯 重回演藝圈。

### 07 ｜かんご【看護】

(名・他サ) 護理(病人)，看護，看病

例 病人を看護する。

譯 看護病人。

### 08 ｜きどう【軌道】

(名) (鐵路、機械、人造衛星、天體等的)軌道；正軌

例 軌道に乗る。

譯 步上正軌。

### 09 ｜キャリア【career】

(名) 履歷，經歷；生涯，職業；(高級公務員考試及格的)公務員

例 キャリアを積む。

譯 累積經歷。

### 10 ｜ぎょうむ【業務】

(名) 業務，工作

例 業務用スーパーへ行く。

譯 前往業務超市。

## 11 ｜きんむ【勤務】

名・自サ 工作，勤務，職務
<ruby>勤<rt>きん</rt></ruby><ruby>務<rt>む</rt></ruby><ruby>形<rt>けい</rt></ruby><ruby>態<rt>たい</rt></ruby>が<ruby>変<rt>か</rt></ruby>わる。
譯 職務型態有了變化。

## 12 ｜きんろう【勤労】

名・自サ 勤勞，勞動（狹意指體力勞動）
<ruby>勤<rt>きん</rt></ruby><ruby>労<rt>ろう</rt></ruby><ruby>学<rt>がく</rt></ruby><ruby>生<rt>せい</rt></ruby>が<ruby>対<rt>たい</rt></ruby><ruby>象<rt>しょう</rt></ruby>になる。
譯 以勤勞的學生為對象。

## 13 ｜くぎり【区切り】

名 句讀；文章的段落；工作的階段
<ruby>区<rt>く</rt></ruby><ruby>切<rt>ぎ</rt></ruby>りをつける。
譯 使（工作）告一段落。

## 14 ｜くみこむ【組み込む】

他五 編入；入伙；（印）排入
<ruby>予<rt>よ</rt></ruby><ruby>定<rt>てい</rt></ruby>に<ruby>組<rt>く</rt></ruby>み<ruby>込<rt>こ</rt></ruby>む。
譯 排入預定行程中。

## 15 ｜こうぼ【公募】

名・他サ 公開招聘，公開募集
<ruby>作<rt>さく</rt></ruby><ruby>品<rt>ひん</rt></ruby>を<ruby>公<rt>こう</rt></ruby><ruby>募<rt>ぼ</rt></ruby>する。
譯 公開徵求作品。

## 16 ｜ごえい【護衛】

名・他サ 護衛，保衛，警衛（員）
<ruby>首<rt>しゅ</rt></ruby><ruby>相<rt>しょう</rt></ruby>を<ruby>護<rt>ご</rt></ruby><ruby>衛<rt>えい</rt></ruby>する。
譯 護衛首相。

## 17 ｜こよう【雇用】

名・他サ 雇用；就業

<ruby>終<rt>しゅう</rt></ruby><ruby>身<rt>しん</rt></ruby><ruby>雇<rt>こ</rt></ruby><ruby>用<rt>よう</rt></ruby><ruby>制<rt>せい</rt></ruby><ruby>度<rt>ど</rt></ruby>が<ruby>揺<rt>ゆ</rt></ruby>らぎはじめる。
譯 終身雇用制開始動搖。

## 18 ｜さいよう【採用】

名・他サ 採用（意見），採取；錄用（人員）
<ruby>採<rt>さい</rt></ruby><ruby>用<rt>よう</rt></ruby><ruby>試<rt>し</rt></ruby><ruby>験<rt>けん</rt></ruby>を<ruby>受<rt>う</rt></ruby>ける。
譯 參加錄用考試。

## 19 ｜さしず【指図】

名・自サ 指示，吩咐，派遣，發號施令；
指定，指明；圖面，設計圖
<ruby>指<rt>さし</rt></ruby><ruby>図<rt>ず</rt></ruby>を<ruby>受<rt>う</rt></ruby>けない。
譯 不接受命令。

## 20 ｜さしつかえる【差し支える】

自下一 （對工作等）妨礙，妨害，有壞影響；
感到不方便，發生故障，出問題
<ruby>仕<rt>し</rt></ruby><ruby>事<rt>ごと</rt></ruby>に<ruby>差<rt>さ</rt></ruby>し<ruby>支<rt>つか</rt></ruby>える。
譯 妨礙工作。

## 21 ｜さんきゅう【産休】

名 產假
<ruby>産<rt>さん</rt></ruby><ruby>休<rt>きゅう</rt></ruby>に<ruby>入<rt>はい</rt></ruby>る。
譯 休產假。

## 22 ｜じしょく【辞職】

名・自他サ 辭職
<ruby>辞<rt>じ</rt></ruby><ruby>職<rt>しょく</rt></ruby>を<ruby>余<rt>よ</rt></ruby><ruby>儀<rt>ぎ</rt></ruby>なくされる。
譯 不得不辭職。

### 23 ｜システム【system】

名 組織；體系，系統；制度

例 システムを変える。

譯 改變體系。

---

### 24 ｜しめい【使命】

名 使命，任務

例 使命を果たす。

譯 完成使命。

---

### 25 ｜しゅうぎょう【就業】

名・自サ 開始工作，上班；就業（有一定職業），有工作

例 農業就業人口が減少する。

譯 農業就業人口減少。

### 24-1 仕事、職場 (2) ／
工作、職場 (2)

---

### 26 ｜じゅうじ【從事】

名・自サ 作，從事

例 研究に従事する人が多い。

譯 從事研究的人增多。

---

### 27 ｜しゅえい【守衛】

名 （機關等的）警衛，守衛；（國會的）警備員

例 守衛を置く。

譯 設置守衛。

---

### 28 ｜しゅっしゃ【出社】

名・自サ 到公司上班

例 8 時に出社する。

譯 八點到公司上班。

### 29 ｜しゅつどう【出動】

名・自サ （消防隊、警察等）出動

例 警官が出動する。

譯 警察出動。

---

### 30 ｜しょうしん【昇進】

名・自サ 升遷，晉升，高昇

例 昇進が早い。

譯 晉升快速。

---

### 31 ｜しよう【私用】

名・他サ 私事；私用，個人使用；私自使用，盜用

例 私用に供する。

譯 提供給私人使用。

---

### 32 ｜しょくむ【職務】

名 職務，任務

例 職務に就く。

譯 就任…職務。

---

### 33 ｜しょむ【庶務】

名 總務，庶務，雜物

例 庶務課が所管する。

譯 總務課所管轄。

---

### 34 ｜じんざい【人材】

名 人才

例 人材がそろう。

譯 人才濟濟。

---

### 35 ｜しんにゅう【新入】

名 新加入，新來（的人）

例 新入社員が入社する。
しんにゅうしゃいん にゅうしゃ

譯 新進員工正式上班。

## 36 ｜スト【strike 之略】

名 罷工

例 電車がストで参った。
でんしゃ まい

譯 電車罷工，真受不了。

## 37 ｜ストライキ【strike】

名·自サ 罷工；(學生)罷課

例 ストライキを打つ。
う

譯 斷然舉行罷工。

## 38 ｜せきむ【責務】

名 職責，任務

例 国家に対する責務。
こっか たい せきむ

譯 對國家的責任。

## 39 ｜セクション【section】

名 部分，區劃，段，區域；節，項，科；(報紙的)欄

例 セクション別に分ける。
べつ わ

譯 依據部門來劃分。

## 40 ｜たぼう【多忙】

名·形動 百忙，繁忙，忙碌

例 多忙を極める。
たぼう きわ

譯 繁忙至極。

## 41 ｜つとまる【務まる】

自五 勝任

例 議長の役が務まる。
ぎちょう やく つと

譯 勝任議長的職務。

## 42 ｜つとまる【勤まる】

自五 勝任，能擔任

例 私には勤まりません。
わたし つと

譯 我無法勝任。

## 43 ｜つとめさき【勤め先】

名 工作地點，工作單位

例 勤め先を訪ねる。
つと さき たず

譯 到工作地點拜訪。

## 44 ｜デモンストレーション・デモ【demonstration】

名 示威活動；(運動會上正式比賽項目以外的)公開表演

例 デモンストレーションを見せる。
み

譯 示範表演。

## 45 ｜てわけ【手分け】

名·自サ 分頭做，分工

例 手分けして作業する。
て わ さぎょう

譯 分工作業。

## 46 ｜てんきん【転勤】

名·自サ 調職，調動工作

例 北京へ転勤する。
ぺきん てんきん

譯 調職到北京。

## 47 ｜てんにん【転任】

名·自サ 轉任，調職，調動工作

例 地方支店に転任する。
ちほうしてん てんにん

譯 調職到地方的分店。

### 48 | とくは【特派】

（名・他サ）特派，特別派遣

例 パリ駐在の特派員に申し込んだ。

譯 提出駐巴黎特派記者的申請。

---

### 49 | ともかせぎ【共稼ぎ】

（名・自サ）夫妻都上班

例 共稼ぎで頑張る。

譯 夫妻共同努力工作。

---

### 50 | ともなう【伴う】

（自他五）隨同，伴隨；隨著；相符

例 リスクを伴う。

譯 伴隨著危險。

## 24-1 仕事、職場 (3) /
工作、職場 (3)

---

### 51 | ともばたらき【共働き】

（名・自サ）夫妻都工作

例 夫婦共働きの方が多い。

譯 雙薪家庭佔較多數。

---

### 52 | トラブル【trouble】

（名）糾紛，糾葛，麻煩；故障

例 トラブルを解決する。

譯 解決麻煩。

---

### 53 | とりこむ【取り込む】

（自他五）（因喪事或意外而）忙碌；拿進來；騙取，侵吞；拉攏，籠絡

例 突然の不幸で取り込んでいる。

譯 因突如其來的不幸而忙碌著。

---

### 54 | になう【担う】

（他五）擔，挑；承擔，肩負

例 責任を担う。

譯 負責。

---

### 55 | にんむ【任務】

（名）任務，職責

例 任務を果たす。

譯 達成任務。

---

### 56 | ねまわし【根回し】

（名）（為移栽或使果樹增產的）修根，砍掉一部份樹根；事先協調，打下基礎，醞釀

例 根回しが上手い。

譯 擅長事先協調。

---

### 57 | はいふ【配布】

（名・他サ）散發

例 資料を配布する。

譯 分發資料。

---

### 58 | はかどる

（自五）（工作、工程等）有進展

例 仕事がはかどる。

譯 工作進展。

---

### 59 | はけん【派遣】

（名・他サ）派遣；派出

例 派遣社員として働く。

譯 以派遣員工的身份工作。

## 60 | はっくつ【発掘】

名・他サ 發掘，挖掘；發現

例 遺跡を発掘する。

譯 發掘了遺跡。

## 61 | ひとまかせ【人任せ】

名 委託別人，託付他人

例 人任せにできない性分。

譯 事必躬親的個性。

## 62 | ふくぎょう【副業】

名 副業

例 民芸品作りを副業としている。

譯 以做手工藝品為副業。

## 63 | ふくし【福祉】

名 福利，福祉

例 福祉が遅れている。

譯 福祉政策落後。

## 64 | ぶしょ【部署】

名 工作崗位，職守

例 部署に付く。

譯 各就各位。

## 65 | ふにん【赴任】

名・自サ 赴任，上任

例 単身赴任する。

譯 隻身上任。

## 66 | ぶもん【部門】

名 部門，部類，方面

例 部門別に分ける。

譯 依部門分別。

## 67 | ぶらぶら

副・自サ （懸空的東西）晃動，搖晃；蹓躂；沒工作；（病）拖長，纏綿

例 街をぶらぶらする。

譯 在街上溜達。

## 68 | ブレイク【break】

名・サ変 （拳擊）抱持後分開；休息；突破，爆紅

例 ティーブレイクにしましょう。

譯 稍事休息吧。

## 69 | フロント【front】

名 正面，前面；（軍）前線，戰線；櫃臺

例 フロントに電話する。

譯 打電話給服務台。

## 70 | ぶんぎょう【分業】

名・他サ 分工；專業分工

例 仕事を分業する。

譯 分工作業。

## 71 | ほうし【奉仕】

名・自サ （不計報酬而）效勞，服務；廉價賣貨

例 奉仕活動に専念する。

譯 專心於服務活動。

### 72 ｜まかす【任す】

{他五} 委託，託付
**例** 仕事を任す。
**譯** 託付工作。

### 73 ｜むすびつく【結び付く】

{自五} 連接，結合，繫；密切相關，有聯繫，有關連
**例** 成功に結び付く。
**譯** 成功結合。

### 74 ｜むすび【結び】

{名} 繫，連結，打結；結束，結尾；飯糰
**例** 話の結びを変える。
**譯** 改變故事的結局。

### 75 ｜ようご【養護】

{名·他サ} 護養；扶養；保育
**例** 特別養護老人ホームに入る。
**譯** 進入特殊老人照護中心。

### 76 ｜ラフ【rough】

{形動} 粗略，大致；粗糙，毛躁；輕毛紙；簡樸的大花案
**例** 仕事ぶりがラフだ。
**譯** 工作做得很粗糙。

### 77 ｜リストラ【restructuring 之略】

{名} 重建，改組，調整；裁員
**例** リストラで首になった。
**譯** 在重建之中遭到裁員了。

### 78 ｜りょうりつ【両立】

{名·自サ} 兩立，並存
**例** 家事と仕事を両立させる。
**譯** 家事與工作相調和。

### 79 ｜れんたい【連帯】

{名·自サ} 團結，協同合作；（法）連帶，共同負責
**例** 連帯責任を負う。
**譯** 負連帶責任。

### 80 ｜ろうりょく【労力】

{名} （經）勞動力，勞力；費力，出力
**例** 労力を費やす。
**譯** 耗費勞力。

## 24-2 職業、事業 /
職業、事業

### 01 ｜あとつぎ【跡継ぎ】

{名} 後繼者，接班人；後代，後嗣
**例** 家業の跡継ぎになる。
**譯** 繼承家業。

### 02 ｜うけつぐ【受け継ぐ】

{他五} 繼承，後繼
**例** 事業を受け継ぐ。
**譯** 繼承事業。

### 03 ｜かぎょう【家業】

{名} 家業；祖業；（謀生的）職業，行業
**例** 家業を継ぐ。
**譯** 繼承家業。

## 04 ｜ガイド【guide】

名･他サ 導遊；指南，入門書；引導，導航

例 ガイドを務める。

譯 擔任導遊。

---

## 05 ｜ぎせい【犠牲】

名 犠牲；（為某事業付出的）代價

例 犠牲を出す。

譯 付出代價。

---

## 06 ｜きゅうじ【給仕】

名･自サ 伺候（吃飯）；服務生

例 ホテルの給仕。

譯 旅館的服務生。

---

## 07 ｜きょうしょく【教職】

名 教師的職務；（宗）教導信徒的職務

例 教職に就く。

譯 擔任教師一職。

---

## 08 ｜けいぶ【警部】

名 警部（日本警察職稱之一）

例 警視庁警部を任命される。

譯 被任命為警視廳警部。

---

## 09 ｜けらい【家来】

名 （效忠於君主或主人的）家臣，臣下；僕人

例 家来になる。

譯 成為家臣。

---

## 10 ｜サイドビジネス【（和）side＋business】

名 副業，兼職

例 サイドビジネスを始める。

譯 開始兼職副業。

---

## 11 ｜じぎょう【事業】

名 事業；（經）企業；功業，業績

例 事業を始める。

譯 開創事業。

---

## 12 ｜じつぎょう【実業】

名 産業，實業

例 実業に従事する。

譯 從事買賣。

---

## 13 ｜じにん【辞任】

名･自サ 辭職

例 大臣を辞任する。

譯 請辭大臣職務。

---

## 14 ｜しんこう【振興】

名･自他サ 振興（使事物更為興盛）

例 産業を振興する。

譯 振興產業。

---

## 15 ｜しんしゅつ【進出】

名･自サ 進入，打入，擠進，參加；向…發展

例 映画界に進出する。

譯 向電影界發展。

## 16 ｜しんてん【進展】

（名・自サ）發展，進展

例 事業を進展させる。

譯 發展事業。

---

## 17 ｜そう【僧】

（漢造）僧侶，出家人

例 僧侶を目指す。

譯 以成為僧侶為目標。

---

## 18 ｜たずさわる【携わる】

（自五）參與，參加，從事，有關係

例 農業に携わる。

譯 從事農業。

---

## 19 ｜だったい【脱退】

（名・自サ）退出，脫離

例 グループを脱退する。

譯 退出團體。

---

## 20 ｜タレント【talent】

（名）（藝術，學術上的）才能；演出者，播音員；藝人

例 タレントが人気を博す。

譯 藝人廣受歡迎。

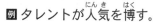

---

## 21 ｜たんてい【探偵】

（名・他サ）偵探；偵查

例 探偵を雇う。

譯 雇用偵探。

---

## 22 ｜とうごう【統合】

（名・他サ）統一，綜合，合併，集中

例 力を統合する。

譯 匯集力量。

---

## 23 ｜とっきょ【特許】

（名・他サ）（法）（政府的）特別許可；專利特許，專利權

例 特許を申請する。

譯 申請專利。

---

## 24 ｜ひしょ【秘書】

（名）祕書；祕藏的書籍

例 秘書を目指す。

譯 以秘書為終生職志。

---

## 25 ｜ほうさく【方策】

（名）方策

例 方策を立てる。

譯 制訂對策。

---

## 26 ｜ほっそく【発足】

（名・自サ）出發，動身；（團體、會議等）開始活動

例 新プロジェクトが発足する。

譯 新企畫開始進行。

---

## 27 ｜ゆうびんやさん【郵便屋さん】

（名）（口語）郵差

例 郵便屋さんが配達に来る。

譯 郵差來送信。

## 24-3 地位 /
地位職稱

**01 | かいきゅう【階級】**

名 (軍隊)級別；階級；(身份的)等級；階層

例 階級制度を廃止する。

譯 廢除階級制度。

**02 | かく【格】**

名・漢造 格調，資格，等級；規則，格式，規格

例 格が違う。

譯 等級不同。

**03 | かんぶ【幹部】**

名 主要部分；幹部(特指領導幹部)

例 幹部候補に選抜される。

譯 被選為候補幹部。

**04 | けんい【権威】**

名 權勢，權威，勢力；(具説服力的)權威，專家

例 親の権威。

譯 父母的權威。

**05 | けんげん【権限】**

名 權限，職權範圍

例 権限がない。

譯 沒有權限。

**06 | しゅっせ【出世】**

名・自サ 下凡；出家，入佛門；出生；出息，成功，發跡

例 出世を願う。

譯 祈求出人頭地。

**07 | しゅにん【主任】**

名 主任

例 会計主任が押印する。

譯 會計主任蓋上印章。

**08 | しりぞく【退く】**

自五 後退；離開；退位

例 第一線から退く。

譯 從第一線退下。

**09 | とうきゅう【等級】**

名 等級，等位

例 等級をつける。

譯 訂出等級。

**10 | どうとう【同等】**

名 同等(級)；同樣資格，相等

例 男女を同等に扱う。

譯 男女平等對待。

**11 | ひく【引く】**

自五 後退；辭退；(潮)退，平息

例 身を引く。

譯 引退。

**12 | ぶか【部下】**

名 部下，屬下

例 部下を褒める。

譯 稱讚屬下。

## 13 ｜ポジション【position】

② 地位，職位；（棒）守備位置

例 ポジションに就く。

譯 就任…位置。

## 14 ｜やくしょく【役職】

② 官職，職務；要職

例 役職に就く。

譯 就任要職。

## 15 ｜らんよう【濫用】

(名・他サ) 濫用，亂用

例 職権を濫用する。

譯 濫用職權。

## 24-4 家事 /
家務

## 01 ｜あつらえる

(他下一) 點，訂做

例 スーツをあつらえる。

譯 訂作西裝。

## 02 ｜オーダーメイド【(和) order + made】

② 訂做的貨，訂做的西服

例 この服はオーダーメイドだ。

譯 這件西服是訂做的。

## 03 ｜おる【織る】

(他五) 織；編

例 機を織る。

譯 織布。

## 04 ｜からむ【絡む】

(自五) 纏在…上；糾纏，無理取鬧，找碴；密切相關，緊密糾纏

例 糸が絡む。

譯 線纏繞在一起。

## 05 ｜きちっと

(副) 整潔，乾乾淨淨；恰當；準時；好好地

例 きちっと入れる。

譯 整齊放入。

## 06 ｜ごしごし

(副) 使力的，使勁的

例 床をごしごし拭く。

譯 使勁地擦洗地板。

## 07 ｜しあがり【仕上がり】

② 做完，完成；（迎接比賽）做好準備

例 仕上がりがいい。

譯 做得很好。

## 08 ｜ししゅう【刺繡】

(名・他サ) 刺繡

例 刺繡を施す。

譯 刺繡加工。

## 09 ｜したてる【仕立てる】

(他下一) 縫紉，製作(衣服)；培養，訓練；準備，預備；喬裝，裝扮

例 洋服を仕立てる。

譯 縫製洋裝。

## 10 | しゅげい【手芸】

名 手工藝（刺繡、編織等）

例 手芸を習う。

譯 學習手工藝。

## 11 | すすぐ

他五 （用水）刷，洗滌；漱口

例 口をすすぐ。

譯 漱口。

## 12 | たがいちがい【互い違い】

形動 交互，交錯，交替

例 白黒互い違いに編む。

譯 黑白交錯編織。

## 13 | ちり【塵】

名 灰塵，垃圾；微小，微不足道；少許，絲毫；世俗，塵世；污點，骯髒

例 ちりも積もれば山となる。

譯 積少成多。

## 14 | つぎめ【継ぎ目】

名 接頭，接繼；家業的繼承人；骨頭的關節

例 糸の継ぎ目。

譯 線的接頭。

## 15 | つくろう【繕う】

他五 修補，修繕；修飾，裝飾，擺；掩飾，遮掩

例 屋根を繕う。

譯 修補屋頂。

## 16 | ドライクリーニング【dry cleaning】

名 乾洗

例 ドライクリーニングする。

譯 乾洗。

## 17 | はそん【破損】

名・自他サ 破損，損壞

例 破損箇所を修復する。

譯 修補破損處。

## 18 | ゆすぐ【濯ぐ】

他五 洗滌，刷洗，洗濯；漱

例 口をゆすぐ。

譯 漱口。

## 19 | よごれ【汚れ】

名 污穢，污物，骯髒之處

例 汚れが目立つ。

譯 污漬顯眼。

## パート 25 第二十五章 生産、産業
### - 生産、産業 -

### 25-1 生産、産業 /
生産、産業

**01 | あたいする【値する】**

(自サ) 値，相當於；值得，有…的價值

例 <ruby>議論<rt>ぎろん</rt></ruby>に<ruby>値<rt>あたい</rt></ruby>しない。

譯 不值得討論下去。

**02 | かくしん【革新】**

(名・他サ) 革新

例 <ruby>技術革新<rt>ぎ じゅつかくしん</rt></ruby>を<ruby>支<rt>ささ</rt></ruby>える。

譯 支持技術革新。

**03 | かこう【加工】**

(名・他サ) 加工

例 <ruby>食品<rt>しょくひん</rt></ruby>を<ruby>加工<rt>か こう</rt></ruby>する。

譯 加工食品。

**04 | きかく【規格】**

(名) 規格，標準，規範

例 <ruby>規格<rt>き かく</rt></ruby>に<ruby>合<rt>あ</rt></ruby>う。

譯 符合規定。

**05 | グレードアップ【grade-up】**

(名) 提高水準

例 <ruby>商品<rt>しょうひん</rt></ruby>のグレードアップを<ruby>図<rt>はか</rt></ruby>る。

譯 訴求提高商品的水準。

**06 | こうぎょう【興業】**

(名) 振興工業，發展事業

例 <ruby>殖産興業<rt>しょくさんこうぎょう</rt></ruby>。

譯 振興產業。

**07 | さんしゅつ【産出】**

(名・他サ) 生產；出產

例 <ruby>石油<rt>せき ゆ</rt></ruby>を<ruby>産出<rt>さんしゅつ</rt></ruby>する。

譯 產出石油。

**08 | さんぶつ【産物】**

(名)（某地方的）產品，產物，物產；（某種行為的結果所產生的）產物

例 <ruby>時代<rt>じ だい</rt></ruby>の<ruby>産物<rt>さんぶつ</rt></ruby>を<ruby>主題<rt>しゅだい</rt></ruby>にした。

譯 以時代下的產物為主題。

**09 | ていたい【停滞】**

(名・自サ) 停滯，停頓；（貨物的）滯銷

例 <ruby>生産<rt>せいさん</rt></ruby>が<ruby>停滞<rt>ていたい</rt></ruby>する。

譯 生產停滯。

**10 | どうにゅう【導入】**

(名・他サ) 引進，引入，輸入；（為了解決懸案）引用（材料、證據）

例 <ruby>新技術<rt>しん ぎ じゅつ</rt></ruby>の<ruby>導入<rt>どうにゅう</rt></ruby>が<ruby>必要<rt>ひつよう</rt></ruby>だ。

譯 引進新科技是必須的。

**11 | とくさん【特産】**

(名) 特產，土產

例 <ruby>地方<rt>ち ほう</rt></ruby>の<ruby>特産品<rt>とくさんひん</rt></ruby>を<ruby>買<rt>か</rt></ruby>う。

譯 購買地方特產。

## 12 | バイオ【biotechnology 之略】

名 生物技術，生物工程學

例 バイオテクノロジーを用いる。

譯 運用生命科學。

## 13 | ハイテク【high-tech】

名 （ハイテクノロジー之略）高科技

例 ハイテク産業が集中している。

譯 匯集著高科技產業。

## 14 | へんかく【変革】

名・自他サ 變革，改革

例 技術上の新しい変革は何もなかった。

譯 沒有任何技術上的改革。

## 15 | メーカー【maker】

名 製造商，製造廠，廠商

例 一流のメーカー。

譯 一流廠商。

## 16 | むら【斑】

名 （顏色）不均勻，有斑點；（事物）不齊，不定；忽三忽四，（性情）易變

例 製品の出来に斑がある。

譯 成品參差不齊。

N1 ● 25-2

## 25-2 農業、漁業、林業 /
農業、漁業、林業

## 01 | かいりょう【改良】

名・他サ 改良，改善

例 品種改良が試みられる。

譯 嘗試進行品種改良。

## 02 | かちく【家畜】

名 家畜

例 家畜を飼育する。

譯 飼養家畜。

## 03 | かんがい【灌漑】

名・他サ 灌漑

例 灌漑水が供給される。

譯 供應灌漑用水。

## 04 | きょうさく【凶作】

名 災荒，欠收

例 作物が凶作だ。

譯 農作物欠收。

## 05 | けんぎょう【兼業】

名・他サ 兼營，兼業

例 兼業農家の生活をスタートした。

譯 開始兼做務農的生活。

## 06 | こうさく【耕作】

名・他サ 耕種

例 田畑を耕作する。

譯 下田耕種。

## 07 | さいばい【栽培】

名・他サ 栽培，種植

例 野菜を栽培する。

譯 種植蔬菜。

## 08 | しいく【飼育】

名・他サ 飼養（家畜）

例 家畜を飼育する。

譯 飼養家畜。

## 09 ｜すいでん【水田】

名 水田，稻田

例 畑を水田にする。

譯 旱田改為水田。

## 10 ｜ちくさん【畜産】

名 （農）家畜；畜産

例 畜産業に携わる。

譯 從事畜産業。

## 11 ｜のうこう【農耕】

名 農耕，耕作，種田

例 農耕生活を送る。

譯 過著農耕生活。

## 12 ｜のうじょう【農場】

名 農場

例 農場を経営する。

譯 經營農場。

## 13 ｜のうち【農地】

名 農地，耕地

例 農地を開拓する。

譯 開發農耕地。

## 14 ｜ほげい【捕鯨】

名 掠捕鯨魚

例 捕鯨を非難する。

譯 批評掠捕鯨魚。

## 15 ｜ゆうき【有機】

名 （化）有機；有生命力

例 有機栽培の野菜。

譯 有機蔬菜。

## 16 ｜ゆうぼく【遊牧】

名・自サ 游牧

例 遊牧民の生活を体験している。

譯 體驗游牧民族的生活。

## 17 ｜らくのう【酪農】

名 （農）（飼養奶牛、奶羊生產乳製品的）酪農業

例 酪農を経営する。

譯 經營酪農業。

## 18 ｜りんぎょう【林業】

名 林業

例 林業が盛んである。

譯 林業興盛。

## 25-3 工業、鉱業、商業／
工業、礦業、商業

## 01 ｜うめたてる【埋め立てる】

他下一 填拓（海，河），填海（河）造地

例 海を埋め立てる。

譯 填海造地。

## 02 ｜かいうん【海運】

名 海運，航運

例 海運業界に興味がある。

譯 對航運業深感興趣。

## 03 ｜かいしゅう【改修】

名・他サ 修理，修復；修訂

例 改修工事を行う。

譯 進行修復工程。

## 04 | かいたく【開拓】

(名・他サ) 開墾，開荒；開闢

例 市場を開拓する。

譯 開拓市場。

## 05 | かいはつ【開発】

(名・他サ) 開發，開墾；啟發；(經過研究而)實用化；開創，發展

例 新商品の開発に力を注ぐ。

譯 傾力開發新商品。

## 06 | こうぎょう【鉱業】

(名) 礦業

例 鉱業権を得る。

譯 取得採礦權。

## 07 | こうざん【鉱山】

(名) 礦山

例 鉱山の採掘。

譯 採掘礦山。

## 08 | さいけん【再建】

(名・他サ) 重新建築，重新建造；重新建設

例 焼けた校舎を再建する。

譯 重建燒毀的校舍。

## 09 | しんちく【新築】

(名・他サ) 新建，新蓋；新建的房屋

例 事務所を新築する。

譯 新建辦公室。

## 10 | ゼネコン【general contractor 之略】

(名) 承包商

例 大手ゼネコンから依頼される。

譯 來自大承包商的委託。

## 11 | ちゃっこう【着工】

(名・自サ) 開工，動工

例 工事は来月着工する。

譯 下個月動工。

## 12 | ていぼう【堤防】

(名) 堤防

例 堤防が決壊する。

譯 提防決口。

## 13 | どぼく【土木】

(名) 土木；土木工程

例 土木工事をする。

譯 進行土木工程。

## 14 | とんや【問屋】

(名) 批發商

例 そうは問屋が卸さない。

譯 事情不會那麼稱心如意。

## 15 | ど【土】

(名・漢造) 土地，地方；(五行之一)土；土壤；地區；(國)土

例 土に帰す。

譯 歸土；死亡。

## 16 | ぼうせき【紡績】

(名) 紡織，紡紗

例 紡績工場で働く。

譯 在紡織工廠工作。

## 17 | ほきょう【補強】

(名・他サ) 補強，增強，強化

例 補強工事を行う。

譯 進行強化工程。

# パート 26 経済

第二十六章 - 経済 -

## 26-1 経済 /
經濟

### 01 ｜いとなむ【営む】

他五 舉辦，從事；經營；準備；建造
例 生活を営む。
譯 營生。

### 02 ｜インフレ【inflation 之略】

名 （經）通貨膨脹
例 インフレを引き起こす。
譯 引發通貨膨脹。

### 03 ｜うわむく【上向く】

自五 （臉）朝上，仰；（行市等）上漲
例 景気が上向く。
譯 景氣回升。

### 04 ｜えい【営】

漢造 經營；軍營
例 私の父は自営業だ。
譯 父親是獨資開業的。

### 05 ｜オーバー【over】

名・自他サ 超過，超越；外套
例 予算をオーバーする。
譯 超過預算。

### 06 ｜オイルショック【(和)oil ＋ shock】

名 石油危機
例 オイルショックの与えた影響。
譯 石油危機帶來的影響。

### 07 ｜かけい【家計】

名 家計，家庭經濟狀況
例 家計を支える。
譯 支援家庭經濟。

### 08 ｜けいき【契機】

名 契機；轉機，動機，起因
例 失敗を契機にする。
譯 把危機化為轉機。

### 09 ｜こうきょう【好況】

名 （經）繁榮，景氣，興旺
例 景気が好況に向かう。
譯 景氣逐漸回升。

### 10 ｜こうたい【後退】

名・自サ 後退，倒退
例 景気が後退する。
譯 景氣衰退。

### 11 ｜ざいせい【財政】

名 財政；（個人）經濟情況

例 財政が破綻する。

譯 財政出現困難。

---

**12｜しじょう【市場】**

名 菜市場，集市；銷路，銷售範圍，市場；交易所

例 市場調査する。

譯 進行市場調查。

---

**13｜したび【下火】**

名 火勢漸弱，火將熄滅；(流行，勢力的)衰退；底火

例 人気が下火になる。

譯 人氣減弱。

---

**14｜せいけい【生計】**

名 謀生，生計，生活

例 生計に困る。

譯 為生計所苦。

---

**15｜そうば【相場】**

名 行情，市價；投機買賣，買空賣空；常例，老規矩；評價

例 外国為替相場に変動がない。

譯 國外匯兌行情沒有變動。

---

**16｜だっする【脱する】**

自他サ 逃出，逃脱；脱離，離開；脱落，漏掉；脱稿；去掉，除掉

例 危機を脱する。

譯 解除危機。

---

**17｜どうこう【動向】**

名 (社會、人心等)動向，趨勢

---

例 景気の動向がわかる。

譯 得知景氣動向。

---

**18｜とうにゅう【投入】**

名·他サ 投入，扔進去；投入(資本、勞力等)

例 資金を投入する。

譯 投入資金。

---

**19｜はっそく・ほっそく【発足】**

名·自サ 開始(活動)，成立

例 新プロジェクトが発足する。

譯 開始進行新企畫。

---

**20｜バブル【bubble】**

名 泡泡，泡沫；泡沫經濟的簡稱

例 バブルの崩壊が始まる。

譯 泡沫經濟開始崩解了。

---

**21｜はんじょう【繁盛】**

名·自サ 繁榮昌茂，興隆，興旺

例 商売が繁盛する。

譯 生意興隆。

---

**22｜ビジネス【business】**

名 事務，工作；商業，生意，實務

例 ビジネスマンが集まる。

譯 匯集了許多公司職員。

---

**23｜ブーム【boom】**

名 (經)突然出現的景氣，繁榮；高潮，熱潮

例 ブームが去る。

譯 熱潮消退。

## 24 ｜ふきょう【不況】

(名)（經）不景氣，蕭條

例 不況に陥る。

譯 陷入景氣不佳的境地。

## 25 ｜ふけいき【不景気】

(名・形動) 不景氣，經濟停滯，蕭條；沒精神，憂鬱

例 不景気な顔に写っちゃった。

譯 拍到灰溜溜的表情。

## 26 ｜ぼうちょう【膨張】

(名・自サ)（理）膨脹；增大，增加，擴大發展

例 予算が膨張する。

譯 預算增大。

## 27 ｜ほけん【保険】

(名) 保險；（對於損害的）保證

例 生命保険をかける。

譯 投保人壽險。

## 28 ｜みつもり【見積もり】

(名) 估計，估量

例 見積もりを出す。

譯 提交估價單。

## 29 ｜みつもる【見積もる】

(他五) 估計

例 予算を見積もる。

譯 估計預算。

## 30 ｜りゅうつう【流通】

(名・自サ)（貨幣、商品的）流通，物流

例 流通を促す。

譯 促進流通。

## 26-2 取り引き／
交易

## 01 ｜いたく【委託】

(名・他サ) 委託，託付；（法）委託，代理人

例 任務を代理人に委託する。

譯 把任務委託給代理人。

## 02 ｜うちきる【打ち切る】

(他五)（「切る」的強調說法）砍，切；停止，截止，中止；（圍棋）下完一局

例 交渉を打ち切る。

譯 停止談判。

## 03 ｜オファー【offer】

(名・他サ) 提出，提供；開價，報價

例 オファーが来る。

譯 報價單來了。

## 04 ｜こうえき【交易】

(名・自サ) 交易，貿易；交流

例 外国と交易する。

譯 國際貿易。

## 05 ｜こうしょう【交渉】

(名・自サ) 交涉，談判；關係，聯繫

例 交渉が成立する。

譯 交涉成立。

## 06 ｜こきゃく【顧客】

(名) 顧客

例 顧客名簿を管理する。

譯 保管顧客名冊。

## 07 ｜じょうほ【讓步】

名·自サ 讓步

例 一歩も讓步しない。

譯 寸步不讓。

## 08 ｜そうきん【送金】

名·自他サ 匯款，寄錢

例 大学生の息子に送金する。

譯 寄錢給唸大學的兒子。

## 09 ｜とりひき【取引】

名·自サ 交易，貿易

例 取引が成立する。

譯 交易成立。

## 10 ｜なりたつ【成り立つ】

自五 成立；談妥，達成協議；划得來，
有利可圖；能維持；（古）成長

例 契約が成り立つ。

譯 契約成立。

## 11 ｜はいぶん【配分】

名·他サ 分配，分割

例 利益を配分する。

譯 分紅。

## 12 ｜ボイコット【boycott】

名 聯合抵制，拒絕交易（某貨物），聯
合排斥（某勢力）

例 ボイコットする。

譯 聯合抵制。

## 26-3 売買 /
買賣

## 01 ｜うりだし【売り出し】

名 開始出售；減價出售，賤賣；出名，
嶄露頭角

例 売り出し中の歌手を招く。

譯 邀請開始嶄露頭角的歌手。

## 02 ｜うりだす【売り出す】

他五 上市，出售；出名，紅起來

例 新商品を売り出す。

譯 新品上市。

## 03 ｜おまけ【お負け】

名·他サ （作為贈品）另外贈送；另外附加
（的東西）；算便宜

例 100 円おまけしてくれた。

譯 算我便宜一百日圓。

## 04 ｜おろしうり【卸売・卸売り】

名 批發

例 卸売業者から卸値で買う。

譯 向批發商以批發價購買。

## 05 ｜かいこむ【買い込む】

他五 （大量）買進，購買

例 食糧を買い込む。

譯 大量購買食物。

## 06 ｜かにゅう【加入】

名·自サ 加上，參加

例 保険に加入する。

譯 加入保險。

### 07 | こうにゅう【購入】

(名・他サ) 購入，買進，購置，採購
例 日用品を購入する。
譯 採買日用品。

### 08 | こうばい【購買】

(名・他サ) 買，購買
例 購買意欲。
譯 購買欲。

### 09 | こうり【小売り】

(名・他サ) 零售，小賣
例 小売り店に卸す。
譯 供貨給零售店。

### 10 | しいれる【仕入れる】

(他下一) 購入，買進，採購（商品或原料）；
(喻) 由他處取得，獲得
例 商品を仕入れる。
譯 採購商品。

### 11 | したどり【下取り】

(名・他サ) （把舊物）折價貼錢換取新物
例 車を下取りに出す。
譯 車子舊換新。

### 12 | そくしん【促進】

(名・他サ) 促進
例 販売促進活動をサポートする。
譯 支援特賣會。

### 13 | とうし【投資】

(名・他サ) 投資
例 新事業に投資する。
譯 投資新事業。

### 14 | どくせん【独占】

(名・他サ) 獨占，獨斷；壟斷，專營
例 独占販売する。
譯 獨家販賣。

### 15 | まえうり【前売り】

(名・他サ) 預售
例 前売り券を買う。
譯 買預售券。

### 16 | りょうしゅうしょ【領収書】

(名) 收據
例 領収書をもらう。
譯 拿收據。

## 26-4 価格 / 價格

### 01 | あたい【値】

(名) 價值；價錢；(數)值
例 値がある。
譯 值得(做)…。

### 02 | さがく【差額】

(名) 差額
例 差額を返金する。
譯 退還差額。

## 03 ┃たんか【単価】

名 單價

例 単価は 100 円。

譯 單價為一百日圓。

---

## 04 ┃ねうち【値打ち】

名 估價，定價；價錢；價值；聲價，品格

例 値打ちがある。

譯 有價值。

---

## 05 ┃ひきあげる【引き上げる】

他下一 吊起；打撈；撤走；提拔；提高(物價)；收回 自下一 歸還，返回

例 税金を引き上げる。

譯 提高稅金。

---

## 06 ┃ひきさげる【引き下げる】

他下一 降低；使後退；撤回

例 コストを引き下げる。

譯 降低成本。

---

## 07 ┃へんどう【変動】

名·自サ 變動，改變，變化

例 物価が変動する。

譯 物價變動。

---

## 08 ┃やすっぽい【安っぽい】

形 很像便宜貨，品質差的樣子，廉價，不值錢；沒有品味，低俗，俗氣；沒有價值，沒有內容，不足取

例 安っぽい服を着ている。

譯 穿著廉價的衣服。

---

## 26-5 損得／損益

## 01 ┃あかじ【赤字】

名 赤字，入不敷出；(校稿時寫的)紅字，校正的字

例 赤字を埋める。

譯 彌補虧空。

---

## 02 ┃かくとく【獲得】

名·他サ 獲得，取得，爭得

例 賞金を獲得する。

譯 獲得獎金。

---

## 03 ┃かんげん【還元】

名·自他サ (事物的)歸還，回復原樣；(化)還原

例 利益の一部を社会に還元する。

譯 把一部份的利益還原給社會。

---

## 04 ┃きょうじゅ【享受】

名·他サ 享受；享有

例 恩恵を享受する。

譯 享受恩惠。

---

## 05 ┃ぎょうせき【業績】

名 (工作、事業等)成就，業績

例 業績を伸ばす。

譯 提高業績。

---

## 06 ┃きんり【金利】

名 利息；利率

例 金利を引き下げる。

譯 降低利息。

## 07 ｜くろじ【黒字】

㊜ 黒色的字；(經)盈餘，賺錢

例 黒字に転じる。

譯 轉虧為盈。

## 08 ｜ゲット【get】

(名・他サ) (籃球、兵上曲棍球等)得分；(俗)取得，獲得

例 欲しいものをゲットする。

譯 取得想要的東西。

## 09 ｜けんしょう【懸賞】

㊜ 懸賞；賞金，獎品

例 懸賞に当たる。

譯 得獎。

## 10 ｜しゅうえき【収益】

㊜ 収益

例 収益が上がる。

譯 獲得利益。

## 11 ｜しょとく【所得】

㊜ 所得，收入；(納税時所報的)純收入；所有物

例 所得税を払う。

譯 支付所得税。

## 12 ｜そこなう【損なう】

(他五・接尾) 損壞，破損；傷害妨害(健康、感情等)；損傷，死傷；(接在其他動詞連用形下)沒成功，失敗，錯誤；失掉時機，耽誤；差一點，險些

例 健康を損なう。

譯 有害健康。

## 13 ｜たまわる【賜る】

(他五) 蒙受賞賜；賜，賜予，賞賜

例 賞を賜る。

譯 給我賞賜。

## 14 ｜つぐない【償い】

㊜ 補償；賠償；贖罪

例 事故の償いをする。

譯 事故賠償。

## 15 ｜てんらく【転落】

(名・自サ) 掉落，滾下；墜落，淪落；暴跌，突然下降

例 第5位に転落する。

譯 突然降到第五名。

## 16 ｜とりぶん【取り分】

㊜ 應得的份額

例 取り分のお金が入ってくる。

譯 取得應得的份額。

## 17 ｜にゅうしゅ【入手】

(名・他サ) 得到，到手，取得

例 入手困難が予想された。

譯 估計很難取得。

## 18 ｜ねびき【値引き】

(名・他サ) 打折，減價

例 在庫品を値引きする。

譯 庫存品打折販售。

## 19 ｜ふんしつ【紛失】

(名・自他サ) 遺失，丟失，失落

例 カードを紛失する。
譯 弄丟信用卡。

---

### 20 ｜べんしょう【弁償】
(名・他サ) 賠償
例 弁償させられる。
譯 被要求賠償。

---

### 21 ｜ほうび【褒美】
(名) 褒獎，獎勵；獎品，獎賞
例 褒美をいただく。
譯 領獎賞。

---

### 22 ｜ほしょう【補償】
(名・他サ) 補償，賠償
例 補償が受けられる。
譯 接受賠償。

---

### 23 ｜ゆうえき【有益】
(名・形動) 有益，有意義，有好處
例 有益な情報を得る。
譯 獲得有益的情報。

---

### 24 ｜りじゅん【利潤】
(名) 利潤，紅利
例 利潤を追求する。
譯 追求利潤。

---

### 25 ｜りそく【利息】
(名) 利息
例 利息を支払う。
譯 支付利息。

---

### 01 ｜かくほ【確保】
(名・他サ) 牢牢保住，確保
例 食料を確保する。
譯 確保糧食。

---

### 02 ｜かせぎ【稼ぎ】
(名) 做工；工資；職業
例 稼ぎが少ない。
譯 賺得很少。

---

### 03 ｜ギャラ【guarantee 之略】
(名) (預約的)演出費，契約費
例 ギャラを支払う。
譯 支付演出費。

---

### 04 ｜けっさん【決算】
(名・自他サ) 結帳；清算
例 決算セール。
譯 清倉大拍賣。

---

### 05 ｜げっぷ【月賦】
(名) 月賦，按月分配；按月分期付款
例 月賦で支払う。
譯 按月支付。

---

### 06 ｜さいさん【採算】
(名) (收支的)核算，核算盈虧
例 採算が合う。
譯 合算，有利潤。

---

## 07 ｜さしひき【差し引き】

（名・自他サ）扣除，減去；（相抵的）餘額，結算（的結果）；（潮水的）派落，（體溫的）升降

例 差し引き 10000 円です。

譯 餘額一萬日圓。

## 08 ｜しゅうし【収支】

（名）收支

例 収支を合計する。

譯 統計收支。

## 09 ｜たいぐう【待遇】

（名・他サ・接尾）接待，對待，服務；工資，報酬

例 待遇を改善する。

譯 改善待遇，提高工資。

## 10 ｜ちょうしゅう【徴収】

（名・他サ）徴收，收費

例 税金を徴収する。

譯 徵稅。

## 11 ｜ちんぎん【賃金】

（名）租金；工資

例 賃金を支払う。

譯 付租金。

## 12 ｜てどり【手取り】

（名）（相撲）技巧巧妙（的人；）（除去稅金與其他費用的）實收款，淨收入

例 手取りが少ない。

譯 實收款很少。

## 13 ｜にっとう【日当】

（名）日薪

例 日当をもらう。

譯 領日薪。

## 14 ｜プラスアルファ【（和）plus ＋（希臘）alpha】

（名）加上若干，（工會與資方談判提高工資時）資方在協定外可自由支配的部分；工資附加部分，紅利

例 本給にプラスアルファの手当てがつく。

譯 在本薪外加發紅利。

## 15 ｜ほうしゅう【報酬】

（名）報酬；收益

例 報酬を支払う。

譯 支付報酬。

## 16 ｜みいり【実入り】

（名）（五穀）節食；收入

例 実入りがいい。

譯 收入好。

# 26-7 貸借 /
借貸

## 01 ｜かり【借り】

（名）借，借入；借的東西；欠人情；怨恨，仇恨

例 借りを返す。

譯 報恩，報怨。

## 02 ｜せいさん【精算】

（名・他サ）計算，精算；結算；清理財產；結束

例 料金を精算する。
譯 細算費用。

---

03 ｜たいのう【滞納】

(名・他サ)（税款，會費等）滞納，拖欠，逾期未繳
例 会費を滞納する。
譯 拖欠會費。

---

04 ｜たてかえる【立て替える】

(他下一) 墊付，代付
例 電車賃を立て替える。
譯 代墊電車車資。

---

05 ｜とどこおる【滞る】

(自五) 拖延，耽擱，遲延；拖欠
例 支払いが滞る。
譯 拖延付款。

---

06 ｜とりたてる【取り立てる】

(他下一) 催繳，索取；提拔
例 借金を取り立てる。
譯 討債。

---

07 ｜はいしゃく【拝借】

(名・他サ)（謙）拜借
例 お手を拝借。
譯 請求幫忙。

---

08 ｜ふさい【負債】

(名) 負債，欠債；飢荒
例 負債を背負う。
譯 背負債務。

---

09 ｜へんかん【返還】

(名・他サ) 退還，歸還（原主）
例 土地を返還する。
譯 歸還土地。

---

10 ｜へんきゃく【返却】

(副・他サ) 還，歸還
例 本を返却する。
譯 還書。

---

11 ｜へんさい【返済】

(名・他サ) 償還，還債
例 返済を迫る。
譯 催促償還。

---

12 ｜まえがり【前借り】

(名・他サ) 借，預支
例 給料を前借りする。
譯 預支工錢。

---

13 ｜ゆうし【融資】

(名・自サ)（經）通融資金，貸款
例 融資を受ける。
譯 接受貸款。

---

14 ｜りし【利子】

(名)（經）利息，利錢
例 利子が付く。
譯 有利息。

## 26-8 消費、費用 /
消費、費用

### 01 ｜いっかつ【一括】
(名・他サ) 總括起來，全部
例 一括して購入する。
譯 全部買下。

### 02 ｜うちわけ【内訳】
(名) 細目，明細，詳細內容
例 内訳を示す。
譯 出示明細。

### 03 ｜かんぜい【関税】
(名) 關稅，海關稅
例 関税がかかる。
譯 課徵關稅。

### 04 ｜けいげん【軽減】
(名・自他サ) 減輕
例 負担を軽減する。
譯 減輕負擔。

### 05 ｜けいひ【経費】
(名) 經費，開銷，費用
例 経費を削減する。
譯 削減經費。

### 06 ｜げっしゃ【月謝】
(名) (每月的)學費，月酬
例 月謝を支払う。
譯 支付每月費用。

### 07 ｜けんやく【倹約】
(名・他サ) 節省，節約，儉省
例 倹約家の奥さんに支えられてきた。
譯 我得到了克勤克儉的妻子的支持。

### 08 ｜こうじょ【控除】
(名・他サ) 扣除
例 扶養控除に入る。
譯 加入扶養扣除。

### 09 ｜ざんきん【残金】
(名) 餘款，餘額；尾欠，差額
例 残金を支払う。
譯 支付尾款。

### 10 ｜じっぴ【実費】
(名) 實際所需費用；成本
例 実費で売る。
譯 按成本出售。

### 11 ｜しゅっぴ【出費】
(名・自サ) 費用，出支，開銷
例 出費を節約する。
譯 節省開銷。

### 12 ｜てあて【手当て】
(名・他サ) 準備，預備；津貼；生活福利；
醫療，治療；小費
例 手当てがつく。
譯 有補助費。

### 13 ｜とりよせる【取り寄せる】
(他下一) 請(遠方)送來，寄來；訂貨；函購

例 品物を取り寄せる。
訳 訂購商品。

例 外貨準備高。
訳 外匯存底。

---

## 14 ｜のうにゅう【納入】

名・他サ 繳納，交納
例 納入期限を守る。
訳 遵守繳納期限。

---

## 02 ｜かけ【掛け】

名 賒帳；帳款，欠賬；重量
例 掛けにする。
訳 記在帳上。

---

## 15 ｜ばらまく【ばら撒く】

他五 撒播，撒；到處花錢，散財
例 お金をばら撒く。
訳 散財。

---

## 03 ｜かぶしき【株式】

名 (商)股份；股票；股權
例 株式会社を設立する。
訳 設立股份公司。

---

## 16 ｜まえばらい【前払い】

名・他サ 預付
例 工事費の一部を前払いする。
訳 預付一部份的施工費。

---

## 04 ｜かへい【貨幣】

名 (經)貨幣
例 貨幣経済。
訳 貨幣經濟。

---

## 17 ｜むだづかい【無駄遣い】

名・自サ 浪費，亂花錢
例 税金の無駄遣いをしている。
訳 浪費稅金。

---

## 05 ｜カンパ【(俄)kampanija】

名・他サ (「カンパニア」之略)勸募，募集的款項募集金；應募捐款
例 救援資金をカンパする。
訳 募集救援資金。

---

## 18 ｜ろうひ【浪費】

名・他サ 浪費；糟蹋
例 時間の浪費を招く。
訳 造成時間的浪費。

---

## 06 ｜ききん【基金】

名 基金
例 基金を募る。
訳 募集基金。

N1 26-9

## 26-9 財産、金銭 ／
財産、金銭

---

## 07 ｜こぎって【小切手】

名 支票
例 小切手を切る。
訳 開支票。

---

## 01 ｜がいか【外貨】

名 外幣，外匯

### 08 ざいげん【財源】
[名] 財源
[例] 財源(ざいげん)を求(もと)める。
[譯] 尋求財源。

### 09 ざい【財】
[名] 財産，錢財；財寶，商品，物資
[例] 巨額(きょがく)の財(ざい)を築(きず)く。
[譯] 累積巨額的財富。

### 10 ざんだか【残高】
[名] 餘額
[例] 残高(ざんだか)を確認(かくにん)する。
[譯] 確認餘額。

### 11 しきん【資金】
[名] 資金，資本
[例] 資金(しきん)が底(そこ)をつく。
[譯] 資金見底。

### 12 しさん【資産】
[名] 資産，財産；(法)資産
[例] 資産(しさん)を運用(うんよう)する。
[譯] 運用財産。

### 13 しぶつ【私物】
[名] 個人私有物件
[例] 会社(かいしゃ)の物品(ぶっぴん)を私物化(しぶつか)する。
[譯] 把公司的物品佔為己有。

### 14 じゅうほう【重宝】
[名] 貴重寶物
[例] 重宝(じゅうほう)を保管(ほかん)する。
[譯] 保管寶物。

### 15 しゆう【私有】
[名·他サ] 私有
[例] 私有地(しゆうち)に入(はい)ってはいけない。
[譯] 請勿進入私有地。

### 16 しょゆう【所有】
[名·他サ] 所有
[例] 土地(とち)を所有(しょゆう)する。
[譯] 擁有土地。

### 17 ふどうさん【不動産】
[名] 不動産
[例] 不動産(ふどうさん)を売買(ばいばい)する。
[譯] 買賣不動産。

### 18 ぶんぱい【分配】
[名·他サ] 分配，分給，配給
[例] 財産(ざいさん)の分配(ぶんぱい)が行(おこな)われる。
[譯] 進行財産分配。

### 19 ほかん【保管】
[名·他サ] 保管
[例] 金庫(きんこ)に保管(ほかん)する。
[譯] 放在保險櫃裡保管。

### 20 ぼきん【募金】
[名·自サ] 募捐
[例] 募金活動(ぼきんかつどう)を行(おこな)う。
[譯] 進行募款活動。

### 21 ほじょ【補助】
[名·他サ] 補助
[例] 生活費(せいかつひ)を補助(ほじょ)する。
[譯] 補助生活費。

## 22 ｜まいぞう【埋蔵】

名・他サ 埋藏，蘊藏

例 埋蔵金を探す。

譯 尋找寶藏。

## 23 ｜ゆうする【有する】

他サ 有，擁有

例 広大な土地を有する。

譯 擁有莫大的土地。

## 24 ｜よきん【預金】

名・自他サ 存款

例 預金を下ろす。

譯 提領存款。

## 25 ｜わりあてる【割り当てる】

名 分配，分擔，分配額；分派，分擔（的任務）

例 費用を等分に割り当てる。

譯 費用均等分配。

N1 26-10

## 26-10 貧富／
貧富

## 01 ｜いやしい【卑しい】

形 地位低下；非常貧窮，寒酸；下流，低級；貪婪

例 卑しい身なりをする。

譯 寒酸的打扮。

## 02 ｜かいそう【階層】

名 （社會）階層；（建築物的）樓層

例 富裕な階層をますます豊かにする。

譯 富裕階層越來越富裕。

## 03 ｜かくさ【格差】

名 （商品的）級別差別，差價，質量差別；資格差別

例 格差をつける。

譯 劃定級別。

## 04 ｜かんそ【簡素】

名・形動 簡單樸素，簡樸

例 簡素な結婚式。

譯 簡單的婚禮。

## 05 ｜きゅうさい【救済】

名・他サ 救濟

例 救済を受ける。

譯 接受救濟。

## 06 ｜きゅうぼう【窮乏】

名・自サ 貧窮，貧困

例 生活が窮乏する。

譯 生活窮困。

## 07 ｜しっそ【質素】

名・形動 素淡的，質樸的，簡陋的，樸素的

例 質素な家が並んでいる。

譯 街上整排都是簡陋的房屋。

## 08 ｜とぼしい【乏しい】

形 不充分，不夠，缺乏，缺少；生活貧困，貧窮

例 知識が乏しい。

譯 缺乏知識。

## 09 ｜とみ【富】

名 財富，資產，錢財；資源，富源；彩券

例 富を生む。

譯 生財致富。

## 10 ｜とむ【富む】

自五 有錢，富裕；豐富

例 バラエティーに富む。

譯 有豐富的綜藝節目。

## 11 ｜ひんこん【貧困】

名·形動 貧困，貧窮；（知識、思想等的）貧乏，極度缺乏

例 貧困に耐える。

譯 忍受貧困。

## 12 ｜びんぼう【貧乏】

名·形動·自サ 貧窮，貧苦

例 貧乏は厭だ。

譯 討厭貧窮。

## 13 ｜ぼつらく【没落】

名·自サ 没落，衰敗；破產

例 没落した貴族を幽閉する。

譯 幽禁没落的貴族。

## 14 ｜ほどこす【施す】

他五 施，施捨，施予；施行，實施；添加；露，顯露

例 食糧を施す。

譯 周濟食糧。

## Memo

# パート 27 第二十七章 政治

- 政治 -

## 27-1 政治 / 政治

### 01 ｜きき【危機】

名 危機，險關

例 危機を脱する。

譯 解除危機。

### 02 ｜きょうわ【共和】

名 共和

例 共和国を崩壊させた。

譯 讓共和國倒台。

### 03 ｜くんしゅ【君主】

名 君主，國王，皇帝

例 君主に背く。

譯 背叛國王。

### 04 ｜けんりょく【権力】

名 權力

例 権力を誇示する。

譯 炫耀權力。

### 05 ｜こうしん【行進】

名・自サ （列隊）進行，前進

例 デモ行進を行った。

譯 舉行遊行示威。

### 06 ｜こうぜん【公然】

副・形動 公然，公開

例 公然の秘密が公になる。

譯 公開的秘密被公開了。

### 07 ｜こうにん【公認】

名・他サ 公認，國家機關或政黨正式承認

例 公認会計士になる。

譯 成為有執照的會計師。

### 08 ｜こうよう【公用】

名 公用；公務，公事；國家或公共集團的費用

例 公用文の書き方。

譯 公務文書的寫法。

### 09 ｜しっきゃく【失脚】

名・自サ 失足（落水、跌跤）；喪失立足地，下台；賠錢

例 大統領が失脚する。

譯 總統下台。

### 10 ｜しほう【司法】

名 司法

例 司法官が決定を下す。

譯 法官作出決定。

## 11 ｜じゅりつ【樹立】

(名・自他サ) 樹立，建立

例 新党を樹立する。

譯 建立新黨。

## 12 ｜じょうせい【情勢】

(名) 形勢，情勢

例 情勢が悪化する。

譯 情勢惡化。

## 13 ｜せいけん【政権】

(名) 政權；參政權

例 政権を失う。

譯 喪失政權。

## 14 ｜せいさく【政策】

(名) 政策，策略

例 政策を実施する。

譯 實施政策。

## 15 ｜せいふく【征服】

(名・他サ) 征服，克服，戰勝

例 敵国を征服する。

譯 征服敵國。

## 16 ｜せっちゅう【折衷】

(名・他サ) 折中，折衷

例 両案を折衷する。

譯 折衷兩個方案。

## 17 ｜そうどう【騒動】

(名・自サ) 騷動，風潮，鬧事，暴亂

例 騒動が起こる。

譯 掀起風波。

## 18 ｜ちょうかん【長官】

(名) 長官，機關首長；(都道府縣的)知事

例 文化庁長官。

譯 文化廳廳長。

## 19 ｜てんか【天下】

(名) 天底下，全國，世間，宇內；(幕府的)將軍

例 天下を取る。

譯 奪取政權。

## 20 ｜とうち【統治】

(名・他サ) 統治

例 国を統治する。

譯 統治國家。

## 21 ｜どくさい【独裁】

(名・自サ) 獨斷，獨行；獨裁，專政

例 独裁政治をする。

譯 施行獨裁政治。

## 22 ｜はくがい【迫害】

(名・他サ) 迫害，虐待

例 異民族を迫害する。

譯 迫害異族。

## 23 ｜は【派】

(名・漢造) 派，派流；衍生；派出

例 反対派と推進派。

譯 反對派與促進派。

## 24 ｜ひきいる【率いる】

(他上一) 帶領；率領

例 部下を率いる。
ぶ か ひき

譯 率領部下。

---

**25 | ふはい【腐敗】**

(名・自サ) 腐敗，腐壞；墮落

例 腐敗が進む。
ふ はい すす

譯 腐敗日趨嚴重。

---

**26 | ぶんり【分離】**

(名・自他サ) 分離，分開

例 政教分離制度が成立した。
せいきょうぶん り せい ど せいりつ

譯 政治宗教分離制通過了。

---

**27 | ほうけん【封建】**

(名) 封建

例 封建的な考え方が多い。
ほうけんてき かんが かた おお

譯 許多人思想很封建。

---

**28 | ぼうどう【暴動】**

(名) 暴動

例 暴動を起こす。
ぼうどう お

譯 發生暴動。

---

**29 | ほうむる【葬る】**

(他五) 葬，埋葬；隱瞞，掩蓋；葬送，拋棄

例 世間から葬られる。
せ けん ほうむ

譯 被世人遺忘。

---

**30 | もっか【目下】**

(名・副) 當前，當下，目前

例 目下の急務になる。
もっか きゅうむ

譯 成為當前緊急任務。

---

**31 | やとう【野党】**

(名) 在野黨

例 野党が不信任決議案を提出する。
や とう ふ しんにんけつ ぎ あん ていしゅつ

譯 在野黨提出不信任案。

---

**32 | ようせい【要請】**

(名・他サ) 要求，請求

例 救助を要請する。
きゅうじょ ようせい

譯 請求幫助。

---

**33 | よとう【与党】**

(名) 執政黨；志同道合的伙伴

例 与党と野党の意見が分かれた。
よとう や とう い けん わ

譯 執政黨與在野黨的意見分歧了。

---

**34 | りゃくだつ【略奪】**

(名・他サ) 掠奪，搶奪，搶劫

例 資源を略奪する。
し げん りゃくだつ

譯 掠奪資源。

---

**35 | れんぽう【連邦】**

(名) 聯邦，聯合國家

例 アラブ首長国連邦を結成した。
しゅちょうこくれんぽう けっせい

譯 組成阿拉伯聯合大公國。

---

N1 27-2

## 27-2 行政、公務員 /
行政、公務員

---

**01 | がいしょう【外相】**

(名) 外交大臣，外交部長，外相

例 外相と会談する。
がいしょう かいだん

譯 與外交部長會談。

## 02 | かいにゅう【介入】

(名・自サ) 介入，干預，參與，染指

例 政府が介入する。

譯 政府介入。

## 03 | かんりょう【官僚】

(名) 官僚，官吏

例 高級官僚に憧れる。

譯 嚮往高級官員的官場世界。

## 04 | ぎょうせい【行政】

(名) (相對於立法、司法而言的)行政；(行政機關執行的)政務

例 行政改革に取り組む。

譯 專心致志從事行政改革。

## 05 | げんしゅ【元首】

(名) (國家的)元首(總統、國王、國家主席等)

例 一国の元首。

譯 國家元首。

## 06 | こうふ【交付】

(名・他サ) 交付，交給，發給

例 免許証を交付する。

譯 發給駕照。

## 07 | こくてい【国定】

(名) 國家制訂，國家規定

例 国定公園。

譯 國家公園。

## 08 | こくど【国土】

(名) 國土，領土，國家的土地；故郷

例 国土計画。

譯 (日本)國土開發計畫。

## 09 | こくゆう【国有】

(名) 國有

例 国有企業を民営化する。

譯 國營事業民營化。。

## 10 | こせき【戸籍】

(名) 戸籍，戸口

例 戸籍に入れる。

譯 列入戸口。

## 11 | さかえる【栄える】

(自下一) 繁榮，興盛，昌盛；榮華，顯赫

例 町が栄える。

譯 城鎮繁榮。

## 12 | しさつ【視察】

(名・他サ) 視察，考察

例 工場を視察する。

譯 視察工廠。

## 13 | しゅのう【首脳】

(名) 首脳，領導人

例 首脳会談は明日開かれる。

譯 明天舉辦首腦會議。

## 14 | しんこく【申告】

(名・他サ) 申報，報告

例 税関に申告する。

譯 向海關申報。

## 15 | ぜいむしょ【税務署】

(名) 税務局

例 税務署に連絡する。
<ruby>税<rt>ぜい</rt></ruby><ruby>務<rt>む</rt></ruby><ruby>署<rt>しょ</rt></ruby>に<ruby>連絡<rt>れんらく</rt></ruby>する。

譯 聯絡稅捐處。

## 16 | そち【措置】

(名・他サ) 措施，處理，處理方法

例 万全の措置を取る。
<ruby>万全<rt>ばんぜん</rt></ruby>の<ruby>措置<rt>そ ち</rt></ruby>を<ruby>取<rt>と</rt></ruby>る。

譯 採取萬全措施。

## 17 | たいじ【退治】

(名・他サ) 打退，討伐，征服；消滅，肅清；治療

例 悪者を退治する。
<ruby>悪者<rt>わるもの</rt></ruby>を<ruby>退治<rt>たい じ</rt></ruby>する。

譯 懲治惡人。

## 18 | つかさどる【司る】

(他五) 管理，掌管，擔任

例 会計を司る。
<ruby>会計<rt>かいけい</rt></ruby>を<ruby>司<rt>つかさど</rt></ruby>る。

譯 擔任會計。

## 19 | とうせい【統制】

(名・他サ) 統治，統歸，統一管理；控制能力

例 言論を統制する。
<ruby>言論<rt>げんろん</rt></ruby>を<ruby>統制<rt>とうせい</rt></ruby>する。

譯 限制言論自由。

## 20 | とっけん【特権】

(名) 特權

例 特権を与える。
<ruby>特権<rt>とっけん</rt></ruby>を<ruby>与<rt>あた</rt></ruby>える。

譯 給予特權。

## 21 | とどけ【届け】

(名) (提交機關、工作單位、學校等)申報書，申請書

例 届けを出す。
<ruby>届<rt>とど</rt></ruby>けを<ruby>出<rt>だ</rt></ruby>す。

譯 提出申請書。

## 22 | にんめい【任命】

(名・他サ) 任命

例 大臣に任命する。
<ruby>大臣<rt>だいじん</rt></ruby>に<ruby>任命<rt>にんめい</rt></ruby>する。

譯 任命為大臣。

## 23 | ひのまる【日の丸】

(名) (日本國旗)太陽旗；太陽形

例 日の丸を揚げる。
<ruby>日<rt>ひ</rt></ruby>の<ruby>丸<rt>まる</rt></ruby>を<ruby>揚<rt>あ</rt></ruby>げる。

譯 升起太陽旗。

## 24 | ふっこう【復興】

(名・自他サ) 復興，恢復原狀；重建

例 復興の目途が立たない。
<ruby>復興<rt>ふっこう</rt></ruby>の<ruby>目途<rt>め ど</rt></ruby>が<ruby>立<rt>た</rt></ruby>たない。

譯 無法設立重建的目標。

## 25 | ぶんれつ【分裂】

(名・自サ) 分裂，裂變，裂開

例 細胞分裂を繰り返す。
<ruby>細胞分裂<rt>さいぼうぶんれつ</rt></ruby>を<ruby>繰<rt>く</rt></ruby>り<ruby>返<rt>かえ</rt></ruby>す。

譯 細胞不斷地分裂。

## 26 | やくば【役場】

(名) (町、村)鄉公所；辦事處

例 役場に届けを出す。
<ruby>役場<rt>やく ば</rt></ruby>に<ruby>届<rt>とど</rt></ruby>けを<ruby>出<rt>だ</rt></ruby>す。

譯 向區公所提出申請。

N1 27-3

## 27-3 議会、選挙 /
議會、選舉

## 01 | いちれん【一連】

(名) 一連串，一系列；(用細繩串著的)一串

例 一連の措置をとる。
<ruby>一連<rt>いちれん</rt></ruby>の<ruby>措置<rt>そ ち</rt></ruby>をとる。

譯 採一連串措施。

## 02 │ぎあん【議案】

名 議案

例 議案を提出する。

譯 提出議案。

## 03 │ぎけつ【議決】

名・他サ 議決，表決

例 満場一致で議決する。

譯 全場一致通過。

## 04 │ぎじどう【議事堂】

名 國會大廈；會議廳

例 国会議事堂。

譯 國會大廈。

## 05 │ぎだい【議題】

名 議題，討論題目

例 議題にする。

譯 作為議題。

## 06 │きょうぎ【協議】

名・他サ 協議，協商，磋商

例 協議がまとまる。

譯 達成協議。

## 07 │けつぎ【決議】

名・他サ 決議，決定；議決

例 決議案を採択する。

譯 採納決議案。

## 08 │けつ【決】

名 決定，表決；(提防)決堤；決然，毅然；
(最後)決心，決定

## 例 多数決で決める。

譯 以多數決來表決。

## 09 │ごうぎ【合議】

名・自他サ 協議，協商，集議

例 合議のうえで決める。

譯 協商之後再決定。

## 10 │さいけつ【採決】

名・自サ 表決

例 採決に従う。

譯 遵守裁決。

## 11 │さいたく【採択】

名・他サ 採納，通過；選定，選擇

例 決議が採択される。

譯 決議被採納。

## 12 │さんぎいん【参議院】

名 參議院，參院(日本國會的上院)

例 参議院の選挙に参加した。

譯 角逐參議院選舉。

## 13 │しじ【支持】

名・他サ 支撐；支持，擁護，贊成

例 内閣を支持する。

譯 擁護內閣。

## 14 │しゅうぎいん【衆議院】

名 (日本國會的)眾議院

例 衆議院議員に当選する。

譯 當選眾議院議員。

## 15 | しりぞける【退ける】

(他五) 斥退；擊退；拒絕；撤銷
例 案を退ける。
譯 撤銷法案。

## 16 | しんぎ【審議】

(名・他サ) 審議
例 審議を打ち切る。
譯 停止審議。

## 17 | とうぎ【討議】

(名・自他サ) 討論，共同研討
例 討議に入る。
譯 開始討論。

## 18 | とうせん【当選】

(名・自サ) 當選，中選
例 当選の見込みがある。
譯 有當選希望。

## 19 | ないかく【内閣】

(名) 内閣，政府
例 内閣総理大臣に指名される。
譯 被提名為首相。

## 20 | はかる【諮る】

(他五) 商量，協商；諮詢
例 会議に諮る。
譯 在會議上商討。

## 21 | ばらばら

(副) 分散貌；凌亂的樣子，支離破碎的樣子；(雨點，子彈等)帶著聲響落下或飛過

例 意見がばらばらに割れる。
譯 意見紛歧。

## 22 | ひけつ【否決】

(名・他サ) 否決
例 議会で否決される。
譯 在會議上被否決了。

## 23 | ひょう【票】

(名・漢造) 票，選票；(用作憑證的)票；表決的票
例 票を投じる。
譯 投票。

## 24 | ほうあん【法案】

(名) 法案，法律草案
例 法案が可決される。
譯 通過法案。

## 25 | まんじょう【満場】

(名) 全場，滿場，滿堂
例 満場一致で可決される。
譯 全場一致贊成通過。

## 26 | ゆうりょく【有力】

(形動) 有勢力，有權威；有希望；有努力；有效力
例 有力者に近づく。
譯 接近有勢力者。

## 27-4 国際、外交 /
國際、外交

### 01 │ インターナショナル【international】

名·形動 國際；國際歌；國際間的

例 インターナショナルフォーラムを開催する。

譯 舉辦國際論壇。

### 02 │ きょうてい【協定】

名·他サ 協定

例 協定を結ぶ。

譯 締結協定。

### 03 │ こくれん【国連】

名 聯合國

例 国連の大使。

譯 聯合國大使。

### 04 │ こっこう【国交】

名 國交，邦交

例 国交を回復する。

譯 恢復邦交。

### 05 │ しんぜん【親善】

名 親善，友好

例 親善訪問が始まった。

譯 友好訪問開始進行。

### 06 │ たいがい【対外】

名 對外（國）；對外（部）

例 対外政策を討論する。

譯 討論外交政策。

### 07 │ たつ【断つ】

他五 切，斷；絕，斷絕；消滅；截斷

例 外交関係を断つ。

譯 斷絕外交關係。

### 08 │ ちょういん【調印】

名·自サ 簽字，蓋章，簽署

例 条約に調印する。

譯 在契約書上蓋章。

### 09 │ どうめい【同盟】

名·自サ 同盟，聯盟，聯合

例 軍事同盟を結ぶ。

譯 結為軍事同盟。

### 10 │ ほうべい【訪米】

名·自サ 訪美

例 首相が訪米する。

譯 首相出訪美國。

### 11 │ れんめい【連盟】

名 聯盟；聯合會

例 連盟に加わる。

譯 加入聯盟。

## 27-5 軍事 /
軍事

### 01 │ あらそい【争い】

名 爭吵，糾紛，不合；爭奪

例 争いが起こる。

譯 發生糾紛。

## 02 ｜いくさ【戦】

⒝ 戦争

例 長い戦となる。

譯 演變為久戰。

## 03 ｜かくめい【革命】

⒝ 革命；(某制度等的)大革新，大變革

例 革命を起こす。

譯 掀起革命。

## 04 ｜きゅうえん【救援】

⒝・他サ 救援；救濟

例 救援活動が開始された。

譯 開始進行救援活動。

## 05 ｜きょうこう【強行】

⒝・他サ 強行，硬幹

例 強行突破を図る。

譯 企圖強行突破。

## 06 ｜ぐんじ【軍事】

⒝ 軍事，軍務

例 軍事機密を漏らす。

譯 泄漏軍事機密。

## 07 ｜ぐんび【軍備】

⒝ 軍備，軍事設備；戰爭準備，備戰

例 軍備が整う。

譯 已做好備戰準備。

## 08 ｜ぐんぷく【軍服】

⒝ 軍服，軍裝

例 軍服を着用する。

譯 穿軍服。

## 09 ｜こうそう【抗争】

⒝・自サ 抗爭，對抗，反抗

例 内部抗争が起こる。

譯 引起內部的對立。

## 10 ｜こうふく【降伏】

⒝・自サ 降服，投降

例 無条件降伏する。

譯 無條件投降。

## 11 ｜こくぼう【国防】

⒝ 國防

例 国防会議を開く。

譯 召開國防會議。

## 12 ｜しゅうげき【襲撃】

⒝・他サ 襲擊

例 襲撃を受ける。

譯 受到攻擊。

## 13 ｜しょくみんち【植民地】

⒝ 殖民地

例 植民地を開発する。

譯 開發殖民地。

## 14 ｜しんりゃく【侵略】

⒝・他サ 侵略

例 侵略に抵抗する。

譯 抵禦侵略。

## 15 ｜せんさい【戦災】

⒝ 戰爭災害，戰禍

例 戦災孤児を救う。

譯 拯救戰爭孤兒。

## 16 | せんとう【戦闘】

名・自サ 戦鬥

例 戦闘に参加する。

譯 參加戰鬥。

## 17 | せんにゅう【潜入】

名・自サ 潜入，溜進；打進

例 スパイの潜入を防ぐ。

譯 防間諜潛入。

## 18 | せんりょう【占領】

名・他サ （軍）武力佔領；佔據

例 敵の占領下におかれる。

譯 在敵人的佔領之下。

## 19 | ぞうきょう【増強】

名・他サ （人員，設備的）增強，加強

例 兵力を増強する。

譯 增強兵力。

## 20 | そうび【装備】

名・他サ 裝備，配備

例 装備を整える。

譯 準備齊全。

## 21 | たいせい【態勢】

名 姿態，樣子，陣式，狀態

例 緊急態勢に入る。

譯 進入緊急情勢。

## 22 | ちあん【治安】

名 治安

例 治安を維持する。

譯 維持治安。

## 23 | どういん【動員】

名・他サ 動員，調動，發動

例 軍隊を動員する。

譯 動員軍隊。

## 24 | とうそつ【統率】

名・他サ 統率

例 一軍を統率する。

譯 統帥一軍。

## 25 | ないらん【内乱】

名 內亂，叛亂

例 内乱が起こる。

譯 引起內亂。

## 26 | ばくだん【爆弾】

名 炸彈

例 爆弾を仕掛ける。

譯 裝設炸彈。

## 27 | はんらん【反乱】

名 叛亂，反亂，反叛

例 反乱を起こす。

譯 挑起叛亂。

## 28 | ぶそう【武装】

名・自サ 武裝，軍事裝備

例 武装兵が待機する。

譯 武裝兵整裝待發。

## 29 | ぶたい【部隊】

名 部隊；一群人

例 陸軍第一部隊が攻撃してきた。

譯 陸軍第一部隊攻過來了。

防疫

## 30 ｜ ぶりょく【武力】

名 武力，兵力

例 武力を行使する。

譯 行使武力。

## 31 ｜ ふんそう【紛争】

名・自サ 紛争，糾紛

例 紛争が起こる。

譯 引起紛争。

## 32 ｜ ベース【base】

名 基礎，基本；基地(特指軍事基地)，根據地

例 二塁ベースが空いている。

譯 二壘壘上無人。

## 33 ｜ へいき【兵器】

名 兵器，武器，軍火

例 核兵器を保有する。

譯 持有核子武器。

## 34 ｜ ぼうえい【防衛】

名・他サ 防衛，保衛

例 防衛本能がはたらく。

譯 發揮防衛本能。

## 35 ｜ ほろびる【滅びる】

自上一 滅亡，淪亡，消亡

例 国が滅びる。

譯 國家滅亡。

## 36 ｜ ほろぶ【滅ぶ】

自五 滅亡，滅絕

例 人類もいつかは滅ぶ。

譯 人類終究會滅亡。

## 37 ｜ ほろぼす【滅ぼす】

他五 消滅，毀滅

例 一族を滅ぼす。

譯 全族滅亡。

## 38 ｜ めつぼう【滅亡】

名・自サ 滅亡

例 滅亡に瀕する。

譯 瀕於滅亡。

# パート 28 第二十八章 法律
## - 法律 -

## 28-1 規則 /
規則

### 01 | あやまち【過ち】
名 錯誤，失敗；過錯，過失
例 過ちを犯す。
譯 犯下過錯。

### 02 | あらたまる【改まる】
自五 改變；更新；革新，一本正經，故裝嚴肅，鄭重其事
例 規則が改まる。
譯 改變規則。

### 03 | いこう【移行】
名・自サ 轉變，移位，過渡
例 新制度に移行する。
譯 改行新制度。

### 04 | おかす【犯す】
他五 犯錯；冒犯；汙辱
例 犯罪を犯す。
譯 犯罪。

### 05 | かいあく【改悪】
名・他サ 改壞了，危害，壞影響，毒害
例 憲法を改悪する。
譯 把憲法改壞了。

### 06 | かいてい【改定】
名・他サ 重新規定
例 明日から運賃が改定される。
譯 明天開始調整運費。

### 07 | かいてい【改訂】
名・他サ 修訂
例 改訂版が発行された。
譯 發行修訂版。

### 08 | かんこう【慣行】
名 例行，習慣行為；慣例，習俗
例 慣行に従う。
譯 遵從慣例。

### 09 | かんしゅう【慣習】
名 習慣，慣例
例 慣習を破る。
譯 打破慣例。

### 10 | かんれい【慣例】
名 慣例，老規矩，老習慣
例 慣例に従う。
譯 遵照慣例。

### 11 | かんわ【緩和】
名・自他サ 緩和，放寬
例 規制を緩和する。
譯 放寬限制。

## 12 | きせい【規制】

名·他サ 規定（章則），規章；限制，控制

例 昨年、飲酒運転に対する規制が
強化された。

譯 去年開始針對酒後駕駛進行嚴格取締。

## 13 | きてい【規定】

名·他サ 規則，規定

例 規定の書式。

譯 規定的格式。

## 14 | きはん【規範】

名 規範，模範

例 社会生活の規範。

譯 社會生活的規範。

## 15 | きやく【規約】

名 規則，規章，章程

例 規約に違反する。

譯 違反規則。

## 16 | きょうせい【強制】

名·他サ 強制，強迫

例 参加を強制する。

譯 強制參加。

## 17 | きんもつ【禁物】

名 嚴禁的事物；忌諱的事物

例 油断は禁物。

譯 大意是禁忌。

## 18 | げんこう【現行】

名 現行，正在實行

例 現行犯で捕まる。

譯 以現行犯逮捕。

## 19 | げんそく【原則】

名 原則

例 原則から外れる。

譯 偏離原則。

## 20 | さだまる【定まる】

自五 決定，規定；安定，穩定，固定；
確定，明確；（文）安靜

例 目標が定まる。

譯 確立目標。

## 21 | さだめる【定める】

他下一 規定，決定，制定；平定，鎮定；
奠定；評定，論定

例 憲法を定める。

譯 制定憲法。

## 22 | しこう・せこう【施行】

名·他サ 施行，實施；實行

例 法律を施行する。

譯 施行法律。

## 23 | じこう【事項】

名 事項，項目

例 注意事項を説明する。

譯 説明注意事項。

## 24 | しゅけん【主権】

名 （法）主權

例 主権を確立する。

譯 確立主權。

## 25 ｜じゅんじる・じゅんずる 【準じる・準ずる】

自上一 以…為標準，按照；當作…看待

例 先例に準じる。

譯 參照先例（處理）。

## 26 ｜しょてい【所定】

名 所定，規定

例 所定の時間を超えた。

譯 超過規定的時間。

## 27 ｜しょぶん【処分】

名・他サ 處理，處置；賣掉，丟掉；懲處，處罰

例 処分を与える。

譯 作出懲處。

## 28 ｜せい【制】

名・漢造 （古）封建帝王的命令；限制；制度；支配；製造

例 4年制大学を卒業する。

譯 畢業於四年制大學。

## 29 ｜せいき【正規】

名 正規，正式規定；（機）正常，標準；道義；正確的意思

例 正規の教育を受ける。

譯 接受正規教育。

## 30 ｜せいやく【制約】

名・他サ （必要的）條件，規定；限制，制約

例 制約を受ける。

譯 受到制約。

## 31 ｜せってい【設定】

名・他サ 制定，設立，確定

例 規則を設定する。

譯 訂定規則。

## 32 ｜ちつじょ【秩序】

名 秩序，次序

例 秩序が乱れる。

譯 秩序混亂。

## 33 ｜ノルマ【（俄）norma】

名 基準，定額

例 ノルマを果たす。

譯 完成銷售定額。

## 34 ｜もうける【設ける】

他下一 預備，準備；設立，設置，制定

例 規則を設ける。

譯 訂立規則。

# 28-2 法律 /
法律

## 01 ｜きんじる【禁じる】

他上一 禁止，不准；禁忌，戒除；抑制，控制

例 私語を禁じる。

譯 禁止竊竊私語。

## 02 ｜じょうやく【条約】

名 （法）條約

例 条約を締結する。

譯 締結條約。

## 03 | じょう【条】

名・接助・接尾 項，款；由於，所以；（計算細長物）行，條

例 条を追って討議する。

譯 逐條討論。

## 04 | せいてい【制定】

名・他サ 制定

例 法律を制定する。

譯 制訂法律。

## 05 | そむく【背く】

自五 背著，背向；違背，不遵守；背叛，辜負；拋棄，背離，離開（家）

例 命令に背く。

譯 違抗命令。

## 06 | とりしまり【取り締まり】

名 管理，管束；控制，取締；監督

例 取り締まりを強化する。

譯 加強取締。

## 07 | とりしまる【取り締まる】

他五 管束，監督，取締

例 犯罪を取り締まる。

譯 取締犯罪。

## 08 | はいし【廃止】

名・他サ 廢止，廢除，作廢

例 制度を廃止する。

譯 廢除制度。

## 09 | ほしょう【保障】

名・他サ 保障

例 自由が保障される。

譯 自由受到保障。

## 10 | りっぽう【立法】

名 立法

例 立法府で審議する。

譯 經立法院審議。

## 28-3 犯罪 (1) /
犯罪 (1)

## 01 | あく【悪】

名・接頭 惡，壞；壞人；（道德上的）惡，壞；（性質）惡劣，醜惡

例 悪を懲らす。

譯 懲惡。

## 02 | ありさま【有様】

名 樣子，光景，情況，狀態

例 事件の有様を語る。

譯 敘述事情發生的情況。

## 03 | あんさつ【暗殺】

名・他サ 暗殺，行刺

例 暗殺を謀る。

譯 圖謀暗殺。

## 04 | いっそう【一掃】

名・他サ 掃盡，清除

例 暴力を一掃する。

譯 肅清暴力。

## 05 ｜おおごと【大事】

(名) 重大事件，重要的事情

例 それは大事だ。

譯 那事情很重要。

## 06 ｜おかす【侵す】

(他五) 侵犯，侵害；侵襲；患，得(病)

例 病魔に侵される。

譯 遭病魔侵襲。

## 07 ｜かんし【監視】

(名・他サ) 監視；監視人

例 監視カメラを設置する。

譯 安裝監視攝影機。

## 08 ｜かんよ【関与】

(名・自サ) 干與，參與

例 事件に関与する。

譯 參與事件。

## 09 ｜ぎぞう【偽造】

(名・他サ) 偽造，假造

例 パスポートを偽造する。

譯 偽造護照。

## 10 ｜きょうはく【脅迫】

(名・他サ) 脅迫，威脅，恐嚇

例 脅迫状を書く。

譯 寫恐嚇信。

## 11 ｜きょう【共】

(漢造) 共同，一起

例 共犯者は別の男だ。

譯 共犯是另一位男性。

## 12 ｜こうそく【拘束】

(名・他サ) 約束，束縛，限制；截止

例 身がらを拘束する。

譯 限制人身自由。

## 13 ｜さぎ【詐欺】

(名) 詐欺，欺騙，詐騙

例 詐欺に遭う。

譯 遭到詐騙。

## 14 ｜さらう

(他五) 攫，奪取，拐走；(把當場所有的全部)拿走，取得，贏走

例 子供をさらう。

譯 誘拐小孩。

## 15 ｜じしゅ【自首】

(名・自サ) (法)自首

例 警察に自首する。

譯 向警察自首。

## 16 ｜セキュリティー【security】

(名) 安全，防盜；擔保

例 セキュリティーシステムを備えた。

譯 設置防盜裝置。

## 17 ｜ぜんか【前科】

(名) (法)前科，以前服過刑

例 前科一犯が知られた。

譯 被知道犯有前科。

## 18 ｜セクハラ【sexual harassment 之略】

(名) 性騷擾

**例** セクハラで訴える。

**譯** 以性騷擾提出告訴。

---

## 19 ｜そうさく【捜索】

**(名・他サ)** 尋找，搜；（法）搜查(犯人、罪狀等)

**例** 家宅捜索を受ける。

**譯** 接受強行進入住宅搜查。

---

## 20 ｜そうさ【捜査】

**(名・他サ)** 搜查(犯人、罪狀等)；查訪，查找

**例** 捜査を開始する。

**譯** 開始搜查。

---

## 21 ｜ついせき【追跡】

**(名・他サ)** 追蹤，追緝，追趕

**例** 追跡調査を依頼する。

**譯** 委託跟蹤調查。

---

## 22 ｜つきとばす【突き飛ばす】

**(他五)** 用力撞倒，撞出很遠

**例** 老人を突き飛ばす。

**譯** 撞飛老人。

N1● 28-3 (2)

## 28-3 犯罪 (2) /
犯罪 (2)

## 23 ｜つながる【繋がる】

**(自五)** 連接，聯繫；（人）列隊，排列；牽連，有關係；（精神）連接在一起；被繫在…上，連成一排

**例** 事件につながる容疑者。

**譯** 與事件有關的嫌疑犯。

## 24 ｜てがかり【手掛かり】

**(名)** 下手處，著力處；線索

**例** 手掛かりをつかむ。

**譯** 掌握線索。

---

## 25 ｜てぐち【手口】

**(名)** （做壞事等常用的）手段，手法

**例** 使い古した手口。

**譯** 故技，老招式。

---

## 26 ｜てじょう【手錠】

**(名)** 手銬

**例** 手錠をかける。

**譯** 帶手銬。

---

## 27 ｜てはい【手配】

**(名・自他サ)** 籌備，安排；（警察逮捕犯人的）部署，布置

**例** 犯人を指名手配する。

**譯** 指名通緝犯人。

---

## 28 ｜どうき【動機】

**(名)** 動機；直接原因

**例** 犯行の動機を調べる。

**譯** 審問犯罪動機。

---

## 29 ｜とうそう【逃走】

**(名・自サ)** 逃走，逃跑

**例** 逃走経路が判明した。

**譯** 弄清了逃亡路線。

## 30 ｜とうぼう【逃亡】

(名・自サ) 逃走，逃跑，逃遁；亡命

例 外国へ逃亡する。

譯 亡命於國外。

## 31 ｜なぐる【殴る】

(他五) 毆打，揍；（接某些動詞下面成複合動詞）草草了事

例 横面を殴る。

譯 呼巴掌。

## 32 ｜にげだす【逃げ出す】

(自五) 逃出，溜掉；拔腿就跑，開始逃跑

例 試練から逃げ出す。

譯 從考驗中逃脫。

## 33 ｜ぬすみ【盗み】

(名) 偷盜，竊盜

例 盗みを働く。

譯 行竊。

## 34 ｜のがす【逃す】

(他五) 錯過，放過；（接尾詞用法）放過，漏掉

例 犯人を逃す。

譯 讓犯人跑掉。

## 35 ｜のがれる【逃れる】

(自下一) 逃跑，逃脫；逃避，避免，躲避

例 責任を逃れる。

譯 逃避責任。

## 36 ｜のっとる【乗っ取る】

(他五) （「のりとる」的音便）侵占，奪取，劫持

例 会社を乗っ取られる。

譯 奪取公司。

## 37 ｜パトカー【patrolcar】

(名) 警車（「パトロールカー之略」）

例 パトカーに追われる。

譯 被警車追逐。

## 38 ｜ひきおこす【引き起こす】

(他五) 引起，引發；扶起，拉起

例 事件を引き起こす。

譯 引發事件。

## 39 ｜ひとじち【人質】

(名) 人質

例 人質になる。

譯 成為人質。

## 40 ｜まぬがれる【免れる】

(他下一) 免，避免，擺脫

例 責任を免れようとする。

譯 想推卸責任。

## 41 ｜もほう【模倣】

(名・他サ) 模仿，仿照，仿效

例 模倣犯を防ぐ。

譯 防止模仿犯罪。

## 42 ｜ゆうかい【誘拐】

(名・他サ) 拐騙，誘拐，綁架

例 子供を誘拐する。

譯 拐騙兒童。

## 43 | ゆうどう【誘導】

名・他サ 引導，誘導；導航
例 誘導尋問を受ける。
譯 接受誘導問話。

## 44 | らち【拉致】

名・他サ 擄人劫持，強行帶走
例 社長が拉致される。
譯 社長被綁架。

## 28-4 裁判、刑罰 /
判決、審判、刑罰

## 01 | いぎ【異議】

名 異議，不同的意見
例 異議を申し立てる。
譯 提出異議。

## 02 | かんい【簡易】

名・形動 簡易，簡單，簡便
例 簡易裁判所。
譯 簡便法庭。

## 03 | けいばつ【刑罰】

名 刑罰
例 刑罰を与える。
譯 判刑。

## 04 | けい【刑】

名 徒刑，刑罰
例 刑に服す。
譯 服刑。

## 05 | けんじ【検事】

名 (法)檢察官
例 検事長を務める。
譯 擔任檢察長。

## 06 | さつじん【殺人】

名 殺人，兇殺
例 殺人を犯す。
譯 犯下殺人罪。

## 07 | さばく【裁く】

他五 裁判，審判；排解，從中調停，評理
例 罪人を裁く。
譯 審判罪犯。

## 08 | しけい【死刑】

名 死刑，死罪
例 死刑を執行する。
譯 執行死刑。

## 09 | しっこう【執行】

名・他サ 執行
例 法律を執行する。
譯 執行法律。

## 10 | しょうこ【証拠】

名 證據，證明
例 証拠が見つかる。
譯 找到證據。

## 11 | しょばつ【処罰】

名・他サ 處罰，懲罰，處分
例 厳重に処罰する。
譯 嚴重處罰。

## 12 ｜せいさい【制裁】

(名・他サ) 制裁，懲治

例 制裁を加える。

譯 加以制裁。

## 13 ｜そしょう【訴訟】

(名・自サ) 訴訟，起訴

例 訴訟を起こす。

譯 起訴。

## 14 ｜たいけつ【対決】

(名・自サ) 對證，對質；較量，對抗

例 対決を避ける。

譯 避免交鋒。

## 15 ｜ちょうてい【調停】

(名・他サ) 調停

例 いさかいを調停する。

譯 調停爭論。

## 16 ｜とりしらべる【取り調べる】

(他下一) 調查，偵查

例 容疑者を取り調べる。

譯 對嫌疑犯進行調查。

## 17 ｜ばいしょう【賠償】

(名・他サ) 賠償

例 賠償請求する。

譯 請求賠償。

## 18 ｜はんけつ【判決】

(名・他サ) (法)判決；(是非直曲的)判斷，鑑定，評價

例 判決が出る。

譯 做出判決。

## 19 ｜べんご【弁護】

(名・他サ) 辯護，辯解；(法)辯護

例 弁護を依頼する。

譯 請求辯護。

## 20 ｜ほうてい【法廷】

(名) (法)法庭

例 法廷で審理する。

譯 在法院審理。

パート
29
第二十九章

# 心理、感情

- 心理、感情 -



N1 29-1 (1)

## 29-1 心 (1) / 心、內心 (1)

### 01 | あくどい

[形] (顏色)太濃艷;(味道)太膩;(行為)太過份讓人討厭,惡毒

[例] あくどいやり方。

[譯] 惡毒的作法。

### 02 | あせる【焦る】

[自五] 急躁,著急,匆忙

[例] 焦って失敗する。

[譯] 因急躁而失敗。

### 03 | あんじ【暗示】

[名·他サ] 暗示,示意,提示

[例] 暗示をかける。

[譯] 得到暗示。

### 04 | いきちがい・ゆきちがい【行き違い】

[名] 走岔開;(聯繫)弄錯,感情失和,不睦

[例] 行き違いになる。

[譯] 走岔開,沒遇上。

### 05 | いじ【意地】

[名] (不好的)心術,用心;固執,倔強,意氣用事;志氣,逞強心

[例] 意地を張る。

[譯] 堅持己見。

### 06 | いたわる【労る】

[他五] 照顧,關懷;功勞;慰勞,安慰;(文)患病

[例] やさしい言葉で病人をいたわる。

[譯] 用溫柔的話語安慰病人。

### 07 | いっしんに【一心に】

[副] 專心,一心一意

[例] 一心に神に祈る。

[譯] 一心一意向上天祈求。

### 08 | いっしん【一新】

[名·自他サ] 刷新,革新

[例] 気分を一新する。

[譯] 轉換心情。

### 09 | うけみ【受け身】

[名] 被動,守勢,招架;(語法)被動式

[例] 受け身にまわる。

[譯] 轉為被動。

### 10 | うちあける【打ち明ける】

[他下一] 吐露,坦白,老實說

[例] 秘密を打ち明ける。

[譯] 吐露秘密。

## 11 ｜うわき【浮気】

名・自サ・形動 見異思遷，心猿意馬；外遇

例 浮気がばれる。

譯 外遇被發現。

## 12 ｜うわのそら【上の空】

名・形動 心不在焉，漫不經心

例 上の空でいる。

譯 發呆，心不在焉。

## 13 ｜うんざり

副・形動・自サ 厭膩，厭煩，(興趣)索然

例 うんざりする仕事はもう嫌だ。

譯 令人煩厭的工作，我已經受不了了。

## 14 ｜えぐる

他五 挖；深挖，追究；(喻)挖苦，刺痛；絞割

例 心をえぐる。

譯 心如刀絞。

## 15 ｜おいこむ【追い込む】

他五 趕進；逼到，迫陷入；緊要，最後關頭加把勁；緊排，縮排(文字)；讓(病毒等)內攻

例 窮地に追い込まれる。

譯 被逼到絕境。

## 16 ｜おだてる

他下一 慫恿，搧動；高捧，拍

例 おだてても無駄だ。

譯 拍馬屁也沒用。

## 17 ｜おもいつめる【思い詰める】

他下一 想不開，鑽牛角尖

例 あまり思い詰めないで。

譯 別想不開。

## 18 ｜かばう【庇う】

他五 庇護，袒護，保護

例 子供をかばう。

譯 袒護孩子。

## 19 ｜かんがい【感慨】

名 感慨

例 感慨深い。

譯 感觸很深。

## 20 ｜かんど【感度】

名 敏感程度，靈敏性

例 感度がよい。

譯 敏鋭度高。

## 21 ｜きあい【気合い】

名 運氣，運氣時的聲音，吶喊；(聚精會神時的)氣勢；呼吸；情緒，性情

例 気合いを入れる。

譯 施加危害。

## 22 ｜きがおもい【気が重い】

慣 心情沉重

例 試験のことで気が重い。

譯 因考試而心情沉重。

## 23 ｜きがきでない【気が気でない】

慣 焦慮，坐立不安

例 彼女のことを思うと気が気でない。

譯 一想到她就坐立難安。

## 24 ｜きがすむ【気が済む】

慣 滿意，心情舒暢

例 謝られて気が済んだ。

譯 得到道歉後就不氣了。

## 25 ｜きがね【気兼ね】

名·自サ 多心，客氣，拘束

例 隣近所に気兼ねする。

譯 敦親睦鄰。

## 26 ｜きがむく【気が向く】

慣 心血來潮；有心

例 気が向いたら来てください。

譯 等你有意願時請過來。

## 27 ｜きがる【気軽】

形動 坦率，不受拘束；爽快；隨便

例 気軽に話しかける。

譯 隨時跟我說。

## 28 ｜きごころ【気心】

名 性情，脾氣

例 気心の知れた友人。

譯 知心朋友。

## 29 ｜きっぱり

副·自サ 乾脆，斬釘截鐵；清楚，明確

例 きっぱり断る。

譯 斬釘截鐵地拒絕。

## 30 ｜きまりわるい【きまり悪い】

形 趕不上的意思；不好意思，拉不下臉，難為情，害羞，尷尬

例 きまり悪そうな顔。

譯 尷尬的表情。

## 31 ｜きょうかん【共感】

名·自サ 同感，同情，共鳴

例 共感を覚える。

譯 產生共鳴。

## 32 ｜きょうしゅう【郷愁】

名 鄉愁，想念故鄉；懷念，思念

例 郷愁を覚える。

譯 思念故鄉。

## 33 ｜きよらか【清らか】

形動 沒有污垢；清澈秀麗；清澈

例 清らかな小川。

譯 清澈的小河。

## 34 ｜ここち【心地】

名 心情，感覺

例 心地よい風。

譯 舒服的涼風。

## 35 ｜こころえ【心得】

名 知識，經驗，體會；規章制度，須知；（下級代行上級職務）代理，暫代

例 接客の心得を学ぶ。

譯 學習待人接客的應對之道。

## 36 ｜こころがける【心掛ける】

他下一 留心，注意，記在心裡

例 健康を心掛ける。

譯 注意健康。

## 37 ｜こころがけ【心掛け】

㈎ 留心，注意；努力，用心；人品，風格

㋐ 心掛けがよい。

㊐ 心地善良。

## 38 ｜こころぐるしい【心苦しい】

㈖ 感到不安，過意不去，擔心

㋐ 辛い思いをさせて心苦しいんだ。

㊐ 讓您吃苦了，真過意不去。

## 39 ｜こころづかい【心遣い】

㈎ 關照，關心，照料

㋐ 温かい心遣い。

㊐ 熱情關照。

## 40 ｜こころづよい【心強い】

㈖ 因為有可依靠的對象而感到安心；有信心，有把握

㋐ 心強い話が嬉しい。

㊐ 鼓舞人心的消息
真叫人開心。

## 41 ｜こめる【込める】

㈔他下一 裝填；包括在內，計算在內；集中（精力），貫注（全神）

㋐ 気持ちを込める。

㊐ 誠心誠意。

## 42 ｜さっかく【錯覚】

㈎・自サ 錯覺；錯誤的觀念；誤會，誤認為

㋐ 錯覚を起こす。

㊐ 產生錯覺。

## 43 ｜さわる【障る】

㈑自五 妨礙，阻礙，障礙；有壞影響，有害

㋐ 気に障る。

㊐ 讓人不開心。

## 44 ｜じざい【自在】

㈎ 自在，自如

㋐ 自在に操る。

㊐ 自由操縱。

## 45 ｜じぜん【慈善】

㈎ 慈善

㋐ 慈善団体が資金を受ける。

㊐ 慈善團體接受資金的贈與。

## 46 ｜じそんしん【自尊心】

㈎ 自尊心

㋐ 自尊心が強い。

㊐ 自尊心很強。

## 47 ｜したごころ【下心】

㈎ 內心，本心；別有用心，企圖，（特指）壞心腸

㋐ 下心が見え見えだ。

㊐ 明顯的別有居心。

## 48 ｜しゅうちゃく【執着】

㈎・自サ 迷戀，留戀，不肯捨棄，固執

㋐ 生に執着する。

㊐ 貪生。

## 49 ｜じょうちょ【情緒】

㈎ 情緒，情趣，風趣

㋐ 情緒不安定になりやすい。

㊐ 容易導致情緒不穩定。

## 50 | じょう【情】

(名・漢造) 情，情感；同情；心情；表情；
情慾

例 情に厚い。

譯 感情深厚。

## 51 | じりつ【自立】

(名・自サ) 自立，獨立

例 自立して働く。

譯 憑自己的力量工作。

## 52 | しんじょう【心情】

(名) 心情

例 心情を述べる。

譯 描述心情。

## 53 | しん【心】

(名・漢造) 心臟；內心；(燈、蠟燭的)芯；
(鉛筆的)芯；(水果的)核心；(身心的)
深處；精神，意識；核心

例 義俠心にかられる。

譯 激發俠義精神。

## 54 | すがすがしい【清清しい】

(形) 清爽，心情舒暢；爽快

例 すがすがしい気持ちになる。

譯 感到神清氣爽。

## 55 | せつじつ【切実】

(形動) 切實，迫切

例 切実な願いを込めた。

譯 懷著殷切的期望。

## 56 | そう【添う】

(自五) 增添，加上，添上；緊跟，不離地
跟隨；結成夫妻一起生活，結婚

例 ご要望に添いかねます。

譯 無法滿足您的願望。

## 57 | そうかい【爽快】

(名・形動) 爽快

例 気分が爽快になる。

譯 精神爽快。

## 58 | たるむ

(自五) 鬆，鬆弛；彎曲，下沉；(精神)不
振，鬆懈

例 気持ちがたるむ。

譯 情緒鬆懈。

## 59 | たんちょう【単調】

(名・形動) 單調，平庸，無變化

例 単調な生活が始まる。

譯 開始過著單調的生活。

## 60 | ちやほや

(副・他サ) 溺愛，嬌寵；捧，奉承

例 ちやほやされていい気になる。

譯 一吹捧就翹屁股了。

N1 ● 29-1 (3)

## 29-1 心 (3) /
心、內心 (3)

## 61 | ちょっかん【直感】

(名・他サ) 直覺，直感；直接觀察到

例 直感が働く。

譯 依靠直覺。

## 62 | つうかん【痛感】

(名・他サ) 痛感；深切地感受到

例 力の差を痛感する。

譯 深切感到力量差距之大。

## 63 | つくづく

(副) 仔細；痛切，深切；（古）呆呆，呆然

例 つくづくと眺める。

譯 仔細地看。

## 64 | つっぱる【突っ張る】

(自他五) 堅持，固執；（用手）推頂；繃緊，板起；抽筋，劇痛

例 欲の皮が突っ張っている。

譯 得寸進尺。

## 65 | つのる【募る】

(自他五) 加重，加劇；募集，招募，徵集

例 思いが募る。

譯 心事重重。

## 66 | てんかん【転換】

(名・自他サ) 轉換，轉變，調換

例 気分転換に釣りに行く。

譯 為轉換心情去釣魚。

## 67 | テンション【tension】

(名) 緊張，激動緊張

例 テンションがあがる。

譯 心情興奮。

## 68 | どうかん【同感】

(名・自サ) 同感，同意，贊同，同一見解

例 全く同感です。

譯 完全同意。

## 69 | どうじょう【同情】

(名・自サ) 同情

例 同情を寄せる。

譯 寄予同情。

## 70 | とうてい【到底】

(副) （下接否定，語氣強）無論如何也，怎麼也

例 到底間に合わない。

譯 無論如何也趕不上。

## 71 | とうとい【尊い】

(形) 價值高的，珍貴的，寶貴的，可貴的

例 尊い犠牲を払う。

譯 付出極大犧牲。

## 72 | とうとぶ【尊ぶ】

(他五) 尊敬，尊重；重視，珍重

例 神仏を尊ぶ。

譯 敬奉神佛。

## 73 | とがる【尖る】

(自五) 尖；（神經）緊張；不高興，冒火

例 神経をとがらせる。

譯 讓神經過敏。

## 74 | トラウマ【trauma】

(名) 精神性上的創傷，感情創傷，情緒創傷

例 トラウマを克服したい。

譯 想克服感情創傷。

## 75 | どんかん【鈍感】

(名・形動) 對事情的感覺或反應遲鈍；反應慢；遲鈍

例 鈍感な男はモテない。

譯 遲鈍的男人不受歡迎。

## 76 | ないしょ【内緒】

(名) 瞞著別人，秘密

例 内緒話をする。

譯 講秘密。

## 77 | ないしん【内心】

(名・副) 內心，心中

例 内心ほっとする。

譯 心中放下一塊大石頭。

## 78 | なごり【名残】

(名)（臨別時）難分難捨的心情，依戀；臨別紀念；殘餘，遺跡

例 名残を惜しむ。

譯 依依不捨。

## 79 | なさけぶかい【情け深い】

(形) 對人熱情，有同情心的樣子；熱心腸；仁慈

例 情け深い人が多い。

譯 富有同情心的人相當多。

## 80 | なさけ【情け】

(名) 仁慈，同情；人情，情義;(男女)戀情，愛情

例 情けをかける。

譯 同情。

## 81 | なれ【慣れ】

(名) 習慣，熟習

例 慣れからくる油断。

譯 因習慣過頭而疏於防備。

## 82 | なんだかんだ

(連語) 這樣那樣；這個那個

例 なんだかんだ言って。

譯 說東說西的。

## 83 | なんでもかんでも【何でもかんでも】

(連語) 一切，什麼都…，全部…；無論如何，務必

例 何でもかんでもすぐに欲しがる。

譯 全部都想要。

## 84 | にんじょう【人情】

(名) 人情味，同情心；愛情

例 人情の厚い人が多く住んでいる。

譯 住著許多富有人情濃厚的居民。

## 85 | ねつい【熱意】

(名) 熱情，熱忱

例 熱意を示す。

譯 展現熱情。

## 86 | ねんいり【念入り】

(名) 精心、用心

例 念入りに掃除する。

譯 用心打掃。

### 87 ｜のどか

形動 安靜悠閒；舒適，閒適；天氣晴朗，氣溫適中；和煦

例 のどかな気分が満ちあふれている。

譯 洋溢著悠閒寧靜的氣氛。

---

### 88 ｜はじらう【恥じらう】

他五 害羞，羞澀

例 恥じらう姿が可愛らしい。

譯 害羞的樣子真是可愛。

---

### 89 ｜はじる【恥じる】

自上一 害羞；慚愧

例 失態を恥じる。

譯 恥於自己的失態。

---

### 90 ｜はじ【恥】

名 恥辱，羞恥，丟臉

例 恥をかく。

譯 丟臉。

## 29-1 心 (4) /
心、內心 (4)

---

### 91 ｜はんのう【反応】

名・自サ （化學）反應；（對刺激的）反應；反響，效果

例 反応をうかがう。

譯 觀察反應。

---

### 92 ｜びんかん【敏感】

名・形動 敏感，感覺敏銳

例 敏感な肌が合わない。

譯 不適合敏感的皮膚。

### 93 ｜ファイト【fight】

名 戰鬥，搏鬥，鬥爭；鬥志，戰鬥精神

例 ファイト！

譯 大喊「加油！」。

---

### 94 ｜ふい【不意】

名・形動 意外，突然，想不到，出其不意

例 不意をつかれる。

譯 冷不防被襲擊。

---

### 95 ｜ふきつ【不吉】

名・形動 不吉利，不吉祥

例 不吉な予感がする。

譯 有不祥的預感。

---

### 96 ｜ふける【耽る】

自五 沉溺，耽於；埋頭，專心

例 読書に耽る。

譯 埋頭讀書。

---

### 97 ｜ふじゅん【不純】

名・形動 不純，不純真

例 不純な動機が隠れている。

譯 隱藏著不單純的動機。

---

### 98 ｜ふたん【負担】

名・他サ 背負；負擔

例 負担を軽減する。

譯 減輕負擔。

---

### 99 ｜ぶなん【無難】

名・形動 無災無難，平安；無可非議，說得過去

例 無難な日を送る。
譯 過著差強人意的日子。

---

### 100 ｜プレッシャー【pressure】

名 壓強，壓力，強制，緊迫

例 プレッシャーがかかる。
譯 有壓力。

---

### 101 ｜へいじょう【平常】

名 普通；平常，平素，往常

例 平常心を失う。
譯 失去平常心。

---

### 102 ｜へいぜん【平然】

形動 沉著，冷靜；不在乎；坦然

例 平然としている。
譯 漫不在乎。

---

### 103 ｜ぼうぜん【呆然】

形動 茫然，呆然，呆呆地

例 呆然と立ち尽くす。
譯 茫然地呆站著。

---

### 104 ｜ほろにがい【ほろ苦い】

形 稍苦的

例 ほろ苦い思い出。
譯 略為苦澀的回憶。

---

### 105 ｜ほんき【本気】

名・形動 真的，真實；認真

例 本気になって働く。
譯 認真工作。

---

### 106 ｜ほんね【本音】

名 真正的音色；真話，真心話

例 本音で話す。
譯 推心置腹地説話。

---

### 107 ｜ほんのう【本能】

名 本能

例 本能で動く。
譯 依本能行動。

---

### 108 ｜まごころ【真心】

名 真心，誠心，誠意

例 真心を込めて働く。
譯 忠心耿耿地工作。

---

### 109 ｜まごつく

自五 慌張，驚慌失措，不知所措；徘徊，徬徨

例 初めてのことでまごついた。
譯 因為是第一次所以慌了手腳。

---

### 110 ｜まめ

名・形動 勤快，勤肯；忠實，認真，表裡一致，誠懇

例 まめに働く。
譯 認真工作。

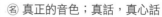

N1● 29-1 (5)

## 29-1 心 (5) ／
心、內心(5)

---

### 111 ｜マンネリ【mannerism 之略】

名 因循守舊，墨守成規，千篇一律，老套

例 マンネリに陥る。
譯 落入俗套。

## 112 ｜みだす【乱す】

他五 弄亂，攪亂

例 秩序を乱す。

譯 弄亂秩序。

## 113 ｜みだれる【乱れる】

自下一 亂，凌亂；紊亂，混亂

例 服装が乱れる。

譯 服裝凌亂。

## 114 ｜みれん【未練】

名・形動 不熟練，不成熟；依戀，戀戀不捨；不乾脆，怯懦

例 未練が残る。

譯 留戀。

## 115 ｜むかんしん【無関心】

名・形動 不關心；不感興趣

例 無関心を装う。

譯 裝作沒興趣。

## 116 ｜ものたりない【物足りない】

形 感覺缺少什麼而不滿足；有缺憾，不完美；美中不足

例 物足りない説明。

譯 說明不夠充分。

## 117 ｜もりあがる【盛り上がる】

自五 （向上或向外）鼓起，隆起；（情緒、要求等）沸騰，高漲

例 話が盛り上がる。

譯 聊得很開心。

## 118 ｜やけに

副 （俗）非常，很，特別

例 表がやけに騒がしい。

譯 外面非常吵鬧。

## 119 ｜やしん【野心】

名 野心，雄心；陰謀

例 野心に燃える。

譯 野心勃勃。

## 120 ｜やわらぐ【和らぐ】

自五 變柔和，和緩起來

例 怒りが和らぐ。

譯 讓憤怒的心情平靜下來。

## 121 ｜ゆうえつ【優越】

名・自サ 優越

例 優越感に浸る。

譯 沈浸在優越感中。

## 122 ｜ゆうかん【勇敢】

名・形動 勇敢

例 勇敢に立ち向かう。

譯 勇敢前行。

## 123 ｜ゆうわく【誘惑】

名・他サ 誘惑；引誘

例 甘い誘惑に克つ。

譯 戰勝甜美的誘惑。

## 124 ｜ゆさぶる【揺さぶる】

他五 搖晃；震撼

例 心が揺さぶられる。

譯 內心動搖。

## 125 ｜ゆとり

(名) 餘地，寬裕

(例) ゆとりのある生活。

(譯) 寬裕的生活。

## 126 ｜ゆるむ【緩む】

(自五) 鬆散，緩和，鬆弛

(例) 緊張感が緩む。

(譯) 緩和緊張感。

## 127 ｜ようじんぶかい【用心深い】

(形) 十分小心，十分謹慎

(例) 用心深く行動する。

(譯) 小心行事。

## 128 ｜りせい【理性】

(名) 理性

(例) 理性を失う。

(譯) 失去理性。

## 129 ｜りょうしん【良心】

(名) 良心

(例) 良心の呵責に耐えない。

(譯) 無法承受良心的苛責。

## 130 ｜ロマンチック【romantic】

(形動) 浪漫的，傳奇的，風流的，神祕的

(例) ロマンチックな考え。

(譯) 浪漫的想法。

## 29-2 意志 (1) /
意志(1)

## 01 ｜あきらめ【諦め】

(名) 斷念，死心，達觀，想得開

(例) あきらめがつかない。

(譯) 不死心。

## 02 ｜あとまわし【後回し】

(名) 往後推，緩辦，延遲

(例) それは後回しにしよう。

(譯) 那件事稍後再辦吧。

## 03 ｜いこう【意向】

(名) 打算，意圖，意向

(例) 意向を確かめる。

(譯) 弄清(某人的)意圖。

## 04 ｜いざ

(感)(文) 喂，來吧，好啦(表示催促、勸誘他人)；一旦(表示自己決心做某件事)

(例) いざとなれば、やるしかない。

(譯) 一旦發生問題，也只有硬著頭皮幹了。

## 05 ｜いし【意思】

(名) 意思，想法，打算

(例) 意思が通じる。

(譯) 互相了解對方的意思。

## 06 ｜いどむ【挑む】

(自他五) 挑戰；找碴；打破紀錄，征服；挑逗，調情

(例) 試合に挑む。

(譯) 挑戰比賽。

## 07 | いと【意図】

（名・他サ）心意，主意，企圖，打算

例 意図を隠す。

譯 隱瞞企圖。

## 08 | いのり【祈り】

（名）祈禱，禱告

例 祈りを捧げる。

譯 祈禱。

## 09 | いよく【意欲】

（名）意志，熱情

例 意欲を燃やす。

譯 激起熱情。

## 10 | うちこむ【打ち込む】

（他五）打進，釘進；射進，扣殺；用力扔到；猛撲，（圍棋）攻入對方陣地；灌水泥 （自五）熱衷，埋頭努力；迷戀

例 受験勉強に打ち込む。

譯 埋頭準備升學考試。

## 11 | おかす【冒す】

（他五）冒著，不顧；冒充

例 危険を冒す。

譯 冒著危險。

## 12 | おしきる【押し切る】

（他五）切斷；排除（困難、反對）

例 押し切ってやる。

譯 大膽地做。

## 13 | おもいきる【思い切る】

（他五）斷念，死心

例 思い切ってやってみる。

譯 狠下心做看看。

## 14 | おろそか【疎か】

（形動）將該做的事放置不管的樣子；忽略；草率

例 仕事をおろそかにする。

譯 工作草率。

## 15 | かためる【固める】

（他下一）（使物質等）凝固，堅硬；堆集到一處；堅定，使鞏固；加強防守；使安定，使走上正軌；組成

例 守備を固める。

譯 加強防守。

## 16 | かなえる【叶える】

（他下一）使…達到（目的），滿足…的願望

例 夢をかなえる。

譯 讓夢想成真。

## 17 | きよ【寄与】

（名・自サ）貢獻，奉獻，有助於…

例 世界平和に寄与する。

譯 為世界和平奉獻。

## 18 | げきれい【激励】

（名・他サ）激勵，鼓勵，鞭策

例 叱咤激励。

譯 大大地激勵。

## 19 | けしさる【消し去る】

（他五）消滅，消除

例 記憶を消し去る。

譯 消除記憶。

## 20 | けつい【決意】

名・自他サ 決心，決意；下決心

例 **決意**を**表明**する。

譯 表明決心。

## 21 | けっこう【決行】

名・他サ 斷然實行，決定實行

例 **雨天決行**を**提言**する。

譯 提議風雨無阻。

## 22 | こうじょう【向上】

名・自サ 向上，進步，提高

例 **向上心**が**強**い。

譯 很有上進心。

## 23 | こうちょう【好調】

名・形動 順利，情況良好

例 **絶好調**だ。

譯 非常順利。

## 24 | こころざし【志】

名 志願，志向，意圖；厚意，盛情；表達心意的禮物；略表心意

例 **志**が**高**い。

譯 志向高。

## 25 | こころざす【志す】

自他五 立志，志向，志願

例 **医者**を**志**す。

譯 立志成為醫生。

## 26 | こんき【根気】

名 耐性，毅力，精力

例 **根気**のいる**仕事**を**始**める。

譯 著手開始進行需要毅力的工作。

## 27 | しいて【強いて】

副 強迫；勉強；一定…

例 **強**いて**言**えば**彼**を**好**きだと**思**う。

譯 如果硬要說的話我覺得我喜歡他。

## 28 | しいる【強いる】

他上一 強迫，強使

例 **苦戦**を**強**いられる。

譯 陷入苦戰。

## 29 | じっせん【実践】

名・他サ 實踐，自己實行

例 **実践**に**移**す。

譯 付諸實踐。

## 30 | しのぐ【凌ぐ】

他五 忍耐，忍受，抵禦；躲避，排除；闖過，擺脫，應付，冒著；凌駕，超過

例 **寒**さをしのぐ。

譯 熬過寒冬。

## 31 | しゅどう【主導】

名・他サ 主導；主動

例 **主導性**を**発揮**する。

譯 發揮主導性。

## 32 | しょうきょ【消去】

名・自他サ 消失，消去，塗掉；(數)消去法

例 **文字**を**消去**する。

譯 刪除文字。

### 33 ｜しんぼう【辛抱】

名・自サ 忍耐，忍受；（在同一處）耐，耐心工作

例 辛抱が足りない。

譯 耐性不足。

### 34 ｜すんなり（と）

副・自サ 苗條，細長，柔軟又有彈力；順利，容易，不費力

例 議案がすんなりと通る。

譯 議案順利通過。

### 35 ｜せいいっぱい【精一杯】

形動・副 竭盡全力

例 精一杯頑張る。

譯 拚了老命努力。

## 29-2 意志 (2) /
意志 (2)

### 36 ｜たいぼう【待望】

名・他サ 期待，渴望，等待

例 待望の雨が降った。

譯 期待已久的雨終於降落。

### 37 ｜たえる【耐える】

自下一 忍耐，忍受，容忍；擔負，禁得住；（堪える）（不）值得，（不）堪

例 苦痛に耐える。

譯 忍受痛苦。

### 38 ｜たんとうちょくにゅう【単刀直入】

名・形動 一人揮刀衝入敵陣；直截了當

例 単刀直入に言う。

譯 開門見山地說。

### 39 ｜ちゃくもく【着目】

名・自サ 著眼，注目；著眼點

例 未来に着目する。

譯 著眼於未來。

### 40 ｜ちゅうとはんぱ【中途半端】

名・形動 半途而廢，沒有完成，不夠徹底

例 中途半端なやり方。

譯 模稜兩可的做法。

### 41 ｜ちょうせん【挑戦】

名・自サ 挑戰

例 挑戦に応じる。

譯 面對挑戰。

### 42 ｜ちょくめん【直面】

名・自サ 面對，面臨

例 危機に直面する。

譯 面臨危機。

### 43 ｜つくす【尽くす】

他五 盡，竭盡；盡力

例 力を尽くす。

譯 盡力。

### 44 ｜つとめて【努めて】

副 盡力，盡可能，竭力；努力，特別注意

例 努めて元気を出す。

譯 盡量打起精神。

### 45 ｜つらぬく【貫く】

他五 穿，穿透，穿過，貫穿；貫徹，達到

例 一生を貫く。

譯 貫穿一生。

## 46 ｜でなおし【出直し】

(名) 回去再來，重新再來

例 原点から出直しする。

譯 從原點重新再來。

## 47 ｜とどめる

(他下一) 停住；阻止；留下，遺留；止於(某限度)

例 心にとどめる。

譯 遺留在心中。

## 48 ｜なげだす【投げ出す】

(他五) 拋出，扔下；拋棄，放棄；拿出，豁出，獻出

例 仕事を投げ出す。

譯 扔下工作。

## 49 ｜にんたい【忍耐】

(名) 忍耐

例 忍耐強いが恨みも忘れない。

譯 會忍耐但也會記仇。

## 50 ｜ねばり【粘り】

(名) 黏性，黏度；堅韌頑強

例 粘りをみせる。

譯 展現韌性。

## 51 ｜ねばる【粘る】

(自五) 黏；有耐性，堅持

例 最後まで粘る。

譯 堅持到底。

## 52 ｜ねんがん【念願】

(名・他サ) 願望，心願

例 長年の念願が叶う。

譯 實現多年來的心願。

## 53 ｜のぞましい【望ましい】

(形) 所希望的；希望那樣；理想的；最好的…

例 望ましい環境が整った。

譯 理想環境完備到位了。

## 54 ｜はいじょ【排除】

(名・他サ) 排除，消除

例 よそ者を排除する。

譯 排除外來者。

## 55 ｜はかい【破壊】

(名・自他サ) 破壊

例 環境を破壊する。

譯 破壊環境。

## 56 ｜はげます【励ます】

(他五) 鼓勵，勉勵；激發；提高嗓門，聲音，厲聲

例 子供を励ます。

譯 鼓勵孩子。

## 57 ｜はげむ【励む】

(自五) 努力，勤勉

例 勉学に励む。

譯 努力唸書。

## 58 ｜はたす【果たす】

（他五）完成，實現，履行；（接在動詞連用形後）表示完了，全部等；（宗）還願；（舊）結束生命

例 使い果たす。

譯 全部用完。

## 59 ｜はんする【反する】

（自サ）違反；相反；造反

例 予期に反する。

譯 與預期相反。

## 60 ｜ひたすら

（副）只願，一味

例 ひたすら描き続ける。

譯 一心一意作畫。

## 61 ｜ひとくろう【一苦労】

（名・自サ）費一些力氣，費一些力氣，操一些心

例 説得するのに一苦労する。

譯 費了一番功夫説服。

## 62 ｜まちどおしい【待ち遠しい】

（形）盼望能盡早實現而等待的樣子；期盼已久的

例 会える日が待ち遠しい。

譯 期盼已久的會面日。

## 63 ｜まちのぞむ【待ち望む】

（他五）期待，盼望

例 待ち望んだマイホームが完成した。

譯 期盼已久的新家終於落成了

## 64 ｜みこみ【見込み】

（名）希望；可能性；預料，估計，預定

例 見込みが薄い。

譯 希望不大。

## 65 ｜もたらす【齎す】

（他五）帶來；造成；帶來（好處）

例 幸福をもたらす。

譯 帶來幸福。

## 66 ｜やりとおす【遣り通す】

（他五）做完，完成

例 最後までやり通す。

譯 做到最後。

## 67 ｜やりとげる【遣り遂げる】

（他下一）徹底做到完，進行到底，完成

例 目標を遣り遂げる。

譯 徹底完成目標。

## 68 ｜ようぼう【要望】

（名・他サ）要求，迫切希望

例 要望がかなう。

譯 如願以償。

## 69 ｜よくぶかい【欲深い】

（形）貪而無厭，貪心不足的樣子

例 欲深い頼み。

譯 貪而無厭的要求。

## 70 ｜よく【欲】

（名・漢造）慾望，貪心；希求

例 欲の皮が突っ張る。

譯 得寸進尺。

## 29-3 好き、嫌い /
喜歡、討厭

### 01 | あこがれ【憧れ】
名 憧憬，嚮往
例 憧れの人に会えた。
譯 見到了仰慕已久的人。

### 02 | あざわらう【嘲笑う】
他五 嘲笑
例 人の失敗を嘲笑う。
譯 嘲笑他人的失敗。

### 03 | あまえる【甘える】
自下一 撒嬌；利用…的機會，既然…就順從
例 お母さんに甘える。
譯 跟媽媽撒嬌。

### 04 | いやいや
名・副（小孩子搖頭表示不願意）搖頭；勉勉強強，不得已而…
例 赤ん坊がいやいやをする。
譯 小嬰兒搖頭（表示不願意）。

### 05 | いや（に）【嫌（に）】
形動・副 不喜歡，厭煩；不愉快；（俗）太；非常；離奇
例 今日はいやに暑い。
譯 今天真是熱。

### 06 | うぬぼれ【自惚れ】
名 自滿，自負，自大
例 うぬぼれが強い。
譯 過於自大。

### 07 | かたおもい【片思い】
名 單戀，單相思
例 片思いをする。
譯 單相思。

### 08 | きずつける【傷付ける】
他下一 弄傷；弄出瑕疵，缺陷，毛病，傷痕，損害，損傷；敗壞
例 人を傷つける。
譯 傷害他人。

### 09 | きにくわない【気に食わない】
慣 不稱心；看不順眼
例 気に食わない奴だ。
譯 我看他不順眼。

### 10 | くわずぎらい【食わず嫌い】
名 沒嘗過就先説討厭，（有成見而）不喜歡；故意討厭
例 夫のジャズ嫌いは食わず嫌いだ。
譯 我丈夫對爵士樂抱有成見。

### 11 | けいべつ【軽蔑】
名・他サ 輕視，藐視，看不起
例 軽蔑の眼差し。
譯 輕蔑的眼神。

### 12 | けがす【汚す】
他五 弄髒；拌和
例 名誉を汚す。
譯 敗壞名聲。

## 13 ｜けがらわしい【汚らわしい】

形 好像對方的污穢要感染到自己身上一樣骯髒，討厭，卑鄙

例 汚らわしい金なんて使いたくない。

譯 不義之財我才不用。

## 14 ｜けがれる【汚れる】

自下一 髒

例 汚れた金。

譯 髒錢。

## 15 ｜こいする【恋する】

自他サ 戀愛，愛

例 恋する乙女がかわいらしい。

譯 戀愛中的少女真是可愛迷人。

## 16 ｜こうい【好意】

名 好意，善意，美意

例 好意を抱く。

譯 懷有好感。

## 17 ｜こうひょう【好評】

名 好評，稱讚

例 好評発売中。

譯 好評發售中。

## 18 ｜このましい【好ましい】

形 因為符合心中的愛好與期望而喜歡；理想的，滿意的

例 好ましい状態を目指す。

譯 以理想狀態為目標。

## 19 ｜しこう【嗜好】

名・他サ 嗜好，愛好，興趣

例 酒やタバコなどの嗜好品。

譯 酒或香煙等愛好品。

## 20 ｜したう【慕う】

他五 愛慕，懷念，思慕；敬慕，敬仰，景仰；追隨，跟隨

例 先生を慕う。

譯 仰慕老師。

## 21 ｜しっと【嫉妬】

名・他サ 嫉妒

例 嫉妬深い性格。

譯 善妒的性格。

## 22 ｜しぶい【渋い】

形 澀的；不高興或沒興致，悶悶不樂，陰沉；吝嗇的；厚重深沉，渾厚，雅致

例 好みが渋い。

譯 興趣很典雅。

## 23 ｜たんどく【単独】

名 單獨行動，獨自

例 単独行動が好きだ。

譯 喜歡單獨行動。

## 24 ｜つつく

他五 捅，叉，叼，啄；指責，挑毛病

例 人の欠点をつつく。

譯 挑人毛病。

## 25 ｜にくしみ【憎しみ】

名 憎恨，憎惡

例 憎しみを消し去る。

譯 消除憎恨。

## 26 | ねたむ【妬む】

(他五) 忌妒，吃醋；妒恨

例 他人の幸せを妬む。

譯 嫉妒他人幸福。

## 27 | はまる

(他五) 吻合，嵌入；剛好合適；中計，掉進；陷入；(俗)沉迷

例 ツボにはまる。

譯 正中下懷。

## 28 | はんかん【反感】

(名) 反感

例 反感をかう。

譯 引起反感。

## 29 | ひとめぼれ【一目惚れ】

(名・自サ) (俗)一見鍾情

例 受付嬢に一目惚れする。

譯 對櫃臺小姐一見鍾情。

## 30 | ぶじょく【侮辱】

(名・他サ) 侮辱，凌辱

例 侮辱的な言動に激怒した。

譯 對屈辱人的言行感到極為憤怒。

## 31 | みぐるしい【見苦しい】

(形) 令人看不下去的；不好看，不體面；難看

例 見苦しい言い訳をする。

譯 丟人現眼的藉口。

## 32 | むかつく

(自五) 噁心，反胃；生氣，發怒

例 彼をみるとむかつく。

譯 一看到他就生氣。

## 33 | ものずき【物好き】

(名・形動) 從事或觀看古怪東西；也指喜歡這樣的人；好奇

例 物好きな人がいる。

譯 有好事之徒。

## 34 | もめる【揉める】

(自下一) 發生糾紛，擔心

例 兄弟間でもめる。

譯 兄弟鬩牆。

## 35 | れんあい【恋愛】

(名・自サ) 戀愛

例 職場恋愛に陥る。

譯 陷入辦公室戀情。

N1 ● 29-4

## 29-4 喜び、笑い /
高興、笑

## 01 | かんむりょう【感無量】

(名・形動) (同「感慨無量」)感慨無量

例 感無量な面持ち。

譯 感慨萬千的神情。

## 02 | きょうじる【興じる】

(自上一) (同「興ずる」)感覺有趣，愉快，以…自娛，取樂

例 遊びに興じる。

譯 玩得很起勁。

## 03 ┃くすぐったい

形 被搔癢到想發笑的感覺；發癢，癢癢的

例 首がくすぐったい。

譯 脖子發癢。

## 04 ┃こころよい【快い】

形 高興，愉快，爽快；（病情）良好

例 快い環境を創出する。

譯 創造出愉快的環境來。

## 05 ┃こっけい【滑稽】

形動 滑稽，可笑；詼諧

例 滑稽な格好をする。

譯 打扮滑稽的模樣。

## 06 ┃じゅうじつ【充実】

名・自サ 充實，充沛

例 充実した内容が盛り込まれている。

譯 加入充實的內容。

## 07 ┃なごやか【和やか】

形動 心情愉快，氣氛和諧；和睦

例 和やかな雰囲気。

譯 和諧的氣氛。

## 08 ┃はずむ【弾む】

自五 跳，蹦；（情緒）高漲；提高（聲音）；（呼吸）急促 他五（狠下心來）花大筆錢買

例 心が弾む。

譯 心情雀躍。

## 09 ┃ふく【福】

名・漢造 福，幸福，幸運

例 笑う門には福来る。

譯 笑口常開有福報。

## 29-5 悲しみ、苦しみ /
悲傷、痛苦

## 01 ┃あつりょく【圧力】

名 （理）壓力；制伏力

例 圧力を感じる。

譯 備感壓力。

## 02 ┃いたいめ【痛い目】

名 痛苦的經驗

例 痛い目に遭う。

譯 難堪；倒楣。

## 03 ┃うざい

俗語 陰鬱，鬱悶（「うざったい」之略）

例 うざい天気が続きます。

譯 接連不斷的陰霾天氣。

## 04 ┃うずめる【埋める】

他下一 掩埋，填上；充滿，擠滿

例 彼の胸に顔をうずめて泣く。

譯 臉埋在他的胸前哭了。

## 05 ┃うつろ

名・形動 空，空心，空洞；空虛，發呆

例 うつろな目で見つめた。

譯 以空洞的眼神注視著。

## 06 ┃おちこむ【落ち込む】

自五 掉進，陷入；下陷；（成績、行情）下跌；得到，落到手裡

例 景気が落ち込む。
譯 景氣下滑。

## 07 ｜かかえこむ【抱え込む】

他五 雙手抱
例 悩みを抱え込む。
譯 懷抱著煩惱。

## 08 ｜がっくり

副・自サ 頹喪，突然無力地
例 がっくりと首を垂れる。
譯 沮喪地垂下頭。

## 09 ｜きずつく【傷付く】

自五 受傷，負傷；弄出瑕疵，缺陷，毛病（威信、名聲等）遭受損害或敗壞，（精神）受到創傷
例 心が傷つく。
譯 精神受到創傷。

## 10 ｜ぐち【愚痴】

名 （無用的，於事無補的）牢騷，抱怨
例 愚痴をこぼす。
譯 發牢騷。

## 11 ｜くよくよ

副・自サ 鬧彆扭；放在心上，想不開，煩惱
例 小さいことにくよくよするな。
譯 別為小事想不開。

## 12 ｜く【苦】

名・漢造 苦（味）；痛苦；苦惱；辛苦
例 苦になる。
譯 為…而苦惱。

## 13 ｜こころぼそい【心細い】

形 因為沒有依靠而感到不安；沒有把握
例 心細い思いをする。
譯 感到不安害怕。

## 14 ｜こどく【孤独】

名・形動 孤獨，孤單
例 孤独な人生。
譯 孤獨的人生。

## 15 ｜こりつ【孤立】

名・自サ 孤立
例 周辺から孤立する。
譯 被周遭孤立。

## 16 ｜せつない【切ない】

形 因傷心或眷戀而心中煩悶；難受；苦惱，苦悶
例 切ない思いを描く。
譯 描繪痛苦郁悶的心情。

## 17 ｜ぜつぼう【絶望】

名・自サ 絕望，無望
例 絶望のどん底から這い上がった。
譯 從絕望的深淵中爬出來。

## 18 ｜だいなし【台無し】

名 弄壞，毀損，糟蹋，完蛋
例 計画が台無しになる。
譯 破壞了計畫。

## 19 ｜つうせつ【痛切】

形動 痛切，深切，迫切

例 痛切に実感する。

譯 深切的感受到。

## 20 ｜とまどい【戸惑い】

名・自サ 困惑，不知所措

例 戸惑いを隠せない。

譯 掩不住困惑。

## 21 ｜とまどう【戸惑う】

自五 （夜裡醒來）迷迷糊糊，不辨方向；找不到門；不知所措，困惑

例 急に質問されて戸惑う。

譯 突然被問不知如何回答。

## 22 ｜なげく【嘆く】

自五 嘆氣；悲嘆；嘆惋，慨嘆

例 悲運を嘆く。

譯 感嘆命運的悲哀。

## 23 ｜なさけない【情けない】

形 無情，沒有仁慈心；可憐，悲慘；可恥，令人遺憾

例 情け無いことが書かれている。

譯 羞恥的事情被拿來做文章。

## 24 ｜なやましい【悩ましい】

形 因疾病或心中有苦處而難過，難受；特指性慾受刺激而情緒不安定；煩惱，惱

例 悩ましい日々を送る。

譯 過著苦難的日子。

## 25 ｜なやます【悩ます】

他五 使煩惱，煩擾，折磨；惱人，迷人

例 頭を悩ます。

譯 傷惱筋。

## 26 ｜なやみ【悩み】

名 煩惱，苦惱，痛苦；病，患病

例 悩みを相談する。

譯 商談苦惱。

## 27 ｜なん【難】

名・漢造 困難；災，苦難；責難，問難

例 食糧難に陥る。

譯 陷入糧荒。

## 28 ｜はかない

形 不確定，不可靠，渺茫；易變的，無法長久的，無常

例 人の命ははかない。

譯 人的生命無常。

## 29 ｜ひさん【悲惨】

名・形動 悲慘，悽慘

例 悲惨な情景が目に浮かぶ。

譯 悲慘的情景浮現在眼前。

## 30 ｜むなしい【空しい・虚しい】

形 沒有內容，空的，空洞的；付出努力卻無成果，徒然的，無效的（名詞形為「空しさ」）

例 むなしい一生を送っていた。

譯 度過虛幻的一生。

## 31 ｜もろい【脆い】

形 易碎的，容易壞的，脆的；容易動感情的，心軟，感情脆弱；容易屈服，軟弱，窩囊

例 涙にもろい人。

譯 心軟愛掉淚的人。

## 32 ｜ゆううつ【憂鬱】

(名・形動) 憂鬱，鬱悶；愁悶

例 憂鬱な気分になる。

譯 心情憂鬱。

N1 ● 29-6

## 29-6 驚き、恐れ、怒り /
驚懼、害怕、憤怒

## 01 ｜あざむく【欺く】

(他五) 欺騙；混淆，勝似

例 甘言をもって欺く。

譯 用甜言蜜語騙人。

## 02 ｜いかり【怒り】

(名) 憤怒，生氣

例 怒りがこみ上げる。

譯 怒上心頭。

## 03 ｜うっとうしい

(形) 天氣，心情等陰鬱不明朗；煩厭的，不痛快的

例 前髪がうっとうしい。

譯 瀏海很惱人。

## 04 ｜おそれいる【恐れ入る】

(自五) 真對不起；非常感激；佩服，認輸；感到意外；吃不消，為難

例 恐れ入ります。

譯 不好意思。

## 05 ｜おそれ【恐れ】

(名) 害怕，恐懼；擔心，擔憂，疑慮

例 失敗の恐れがある。

譯 恐怕會失敗。

## 06 ｜おっかない

(形) (俗)可怕的，令人害怕的，令人提心吊膽的

例 おっかない客が店長を呼べって。

譯 令人提心吊膽的顧客粗聲說：「叫店長來」。

## 07 ｜おどす【脅す・威す】

(他五) 威嚇，恐嚇，嚇唬

例 刃物で脅す。

譯 拿刀威嚇。

## 08 ｜おどろき【驚き】

(名) 驚恐，吃驚，驚愕，震驚

例 驚きを隠せない。

譯 掩不住心中的驚訝。

## 09 ｜おびえる【怯える】

(自下一) 害怕，懼怕；做惡夢感到害怕

例 恐怖に怯える。

譯 恐懼害怕。

## 10 ｜おびやかす【脅かす】

(他五) 威脅；威嚇，嚇唬；危及，威脅到

例 安全を脅かす。

譯 威脅到安全。

## 11 ｜かんかん

(副・形動) 硬物相撞聲；火、陽光等炙熱強烈貌；大發脾氣

例 父はかんかんになって怒った。

譯 父親批哩啪啦地大發雷霆。

## 12 | きょうい【驚異】

(名) 驚異，奇事，驚人的事

例 大自然の驚異。

譯 大自然的奇觀。

## 13 | キレる

(自下一)（俗）突然生氣，發怒

例 キレる子供たち。

譯 暴怒的孩子們。

## 14 | こりる【懲りる】

(自上一)（因為吃過苦頭）不敢再嘗試

例 失敗して懲りた。

譯 一朝被蛇咬，十年怕草繩。

## 15 | しょうげき【衝撃】

(名)（精神的）打擊，衝擊；（理）衝撞

例 衝撃を与える。

譯 給予打擊。

## 16 | たいまん【怠慢】

(名・形動) 怠慢，玩忽職守，鬆懈；不注意

例 職務怠慢が挙げられる。

譯 被檢舉疏忽職守。

## 17 | ちくしょう【畜生】

(名) 牲畜，畜生，動物；（罵人）畜生，混帳

例 失敗した、畜生！

譯 混帳！失敗了。

## 18 | どうよう【動揺】

(名・自他サ) 動搖，搖動，搖擺；（心神）不安，不平靜；異動

例 人心が動揺する。

譯 人心動搖。

## 19 | とぼける【惚ける・恍ける】

(自下一)（腦筋）遲鈍，發呆；裝糊塗，裝傻；出洋相，做滑稽愚蠢的言行

例 とぼけた顔をする。

譯 裝出一臉糊塗樣。

## 20 | なじる【詰る】

(他五) 責備，責問

例 部下をなじる。

譯 責備部下。

## 21 | なんと

(副) 怎麼，怎樣

例 なんと立派な庭だ。

譯 多棒的庭院啊。

## 22 | ののしる【罵る】

(自五) 大聲吵鬧　(他五) 罵，説壞話

例 人を罵る。

譯 罵人。

## 23 | ばかばかしい【馬鹿馬鹿しい】

(形) 毫無意義與價值，十分無聊，非常愚蠢

例 馬鹿馬鹿しいことをいう。

譯 説蠢話。

## 24 | はらだち【腹立ち】

(名) 憤怒，生氣

例 腹立ちを抑える。

譯 壓抑憤怒。

## 25 ｜はらはら

(副・自サ)（樹葉、眼淚、水滴等）飄落或是簌簌落下貌；非常擔心的樣子

例 はらはらドキドキする。

譯 心頭噗通噗通地跳。

## 26 ｜はんぱつ【反発】

(名・自他サ)排斥，彈回；抗拒，不接受；反抗；（行情）回升

例 反発を招く。

譯 遭到反抗。

## 27 ｜ひめい【悲鳴】

(名)悲鳴，哀鳴；驚叫，叫喊聲；叫苦，感到束手無策

例 悲鳴を上げる。

譯 慘叫。

## 28 ｜ぶきみ【不気味】

(形動)（不由得）令人毛骨悚然，令人害怕

例 不気味な笑い声が聞こえてくる。

譯 聽到令人毛骨悚然的笑聲。

## 29 ｜ふふく【不服】

(名・形動)不服從；抗議，異議；不滿意，不心服

例 不服を申し立てる。

譯 提出異議。

## 30 ｜ふんがい【憤慨】

(名・自サ)憤慨，氣憤

例 ひどく憤慨する。

譯 非常氣憤。

## 31 ｜へいこう【閉口】

(名・自サ)閉口(無言)；為難，受不了；認輸

例 彼の喋りには閉口する。

譯 他的喋喋不休叫人吃不消。

## 32 ｜へきえき【辟易】

(名・自サ)畏縮，退縮，屈服；感到為難，感到束手無策

例 彼のわがままに辟易する。

譯 對他的任性感到束手無策。

## 33 ｜めざましい【目覚ましい】

(形)好到令人吃驚的；驚人；突出

例 目覚しい発展を遂げる。

譯 取得了驚人的發展。

## 34 ｜やばい

(形)（俗）（對作案犯法的人警察將進行逮捕）不妙，危險

例 見つかったらやばいぞ。

譯 如果被發現就不好了啦。

## 35 ｜よくあつ【抑圧】

(名・他サ)壓制，壓迫

例 抑圧を受ける。

譯 受壓迫。

## 36 ｜わずらわしい【煩わしい】

(形)複雜紛亂，非常麻煩；繁雜，繁複

例 煩わしい人間関係は面倒だ。

譯 複雜的人際關係真是麻煩。

# 29-7 感謝、後悔 /
感謝、悔恨

## 01 ｜あしからず【悪しからず】

(連語・副) 不要見怪；原諒

例 あしからずご了承願います。

譯 請予原諒。

## 02 ｜おおめ【大目】

(名) 寬恕，饒恕，容忍

例 大目に見る。

譯 寬恕，不追究。

## 03 ｜おしむ【惜しむ】

(他五) 吝惜，捨不得；惋惜，可惜

例 努力を惜しまない。

譯 努力不懈。

## 04 ｜かなう【叶う】

(自五) 適合，符合，合乎；能，能做到；
(希望等)能實現，能如願以償

例 望みがかなう。

譯 實現願望。

## 05 ｜かんべん【勘弁】

饒恕，原諒，容忍；明辨是非

例 勘弁してください。

譯 請饒了我吧。

## 06 ｜こうかい【後悔】

(名・他サ) 後悔，懊悔

例 後悔先に立たず。

譯 後悔莫及。

## 07 ｜サンキュー【thank you】

(感) 謝謝

例 サンキューカードを出す。

譯 寄出感謝卡。

## 08 ｜しゃざい【謝罪】

(名・自他サ) 謝罪；賠禮

例 失礼を謝罪する。

譯 為失禮而賠不是。

## 09 ｜たまう

(他五・補動・五型) (敬)給，賜予；(接在動詞
連用形下)表示對長上動作的敬意

例 お言葉を賜う。

譯 拜賜良言。

## 10 ｜どげざ【土下座】

(名・自サ) 跪在地上；低姿態

例 土下座して謝る。

譯 下跪道歉。

## 11 ｜むねん【無念】

(名・形動) 什麼也不想，無所牽掛；懊悔，
悔恨，遺憾

例 無念な死に方。

譯 遺憾的死法。

## 12 ｜めいよ【名誉】

(名・造語) 名譽，榮譽，光榮；體面；名譽
頭銜

例 名誉教授になる。

譯 當上榮譽教授。

### 13 ｜めぐみ【恵み】

⊗ 恩惠，恩澤；周濟，施捨

例 恵みの雨が降る。

譯 降下恩澤之雨。

### 14 ｜めぐむ【恵む】

⊗五 同情，憐憫；施捨，周濟

例 恵まれた環境にいる。

譯 生在得天獨厚的環境裡。

### 15 ｜めんぼく・めんもく【面目】

⊗ 臉面，面目；名譽，威信，體面

例 面目が立たない。

譯 丟臉。

## Memo

## パート 30 第三十章
# 思考、言語
- 思考、語言 -

### 30-1 思考 /
思考

#### 01 | あやぶむ【危ぶむ】

他五 操心，擔心；認為靠不住，有風險

例 事業の成功を危ぶむ。

譯 擔心事業是否能成功。

#### 02 | ありふれる

自下一 常有，不稀奇

例 それはありふれた考えだ。

譯 那是大家都想得到的普通想法。

#### 03 | い【意】

名 心意，心情；想法；意思，意義

例 哀悼の意を表す。

譯 表達哀悼之意。

#### 04 | いまさら【今更】

副 現在才…；(後常接否定語)現在開始；(後常接否定語)現在重新…；(後常接否定語)事到如今，已到了這種地步

例 いまさら言うまでもない。

譯 事到如今也不用再提了。

#### 05 | いそん・いぞん【依存】

名·自サ 依存，依靠，賴以生存

例 人民の力に依存する。

譯 依靠人民的力量。

#### 06 | おこない【行い】

名 行為，形動；舉止，品行

例 行いを改める。

譯 改正言行舉止。

#### 07 | おもいつき【思いつき】

名 想起，(未經深思)隨便想；主意

例 思い付きでもの
を言う。

譯 到什麼就説什麼。

#### 09 | かえりみる【顧みる】

他上一 往回看，回頭看；回顧；顧慮；關心，照顧

例 家庭を顧みる。

譯 照顧家庭。

#### 10 | かっきてき【画期的】

形動 劃時代的

例 画期的な発明。

譯 劃時代的發明。

#### 11 | かなわない

連語 (「かなう」的未然形 + ない)不是對手，敵不過，趕不上的

例 暑くてかなわない。

譯 熱得受不了。

## 12 |がる

接尾 覺得…；自以為…

例 <ruby>面白<rt>おもしろ</rt></ruby>がる。

譯 覺得好玩。

---

## 13 |かろうじて【辛うじて】

副 好不容易才…，勉勉強強地…

例 かろうじて<ruby>間<rt>ま</rt></ruby>に<ruby>合<rt>あ</rt></ruby>う。

譯 好不容易才趕上。

---

## 14 |きょくたん【極端】

名·形動 極端；頂端

例 <ruby>極端<rt>きょくたん</rt></ruby>な<ruby>例<rt>れい</rt></ruby>。

譯 極端的例子。

---

## 15 |くいちがう【食い違う】

自五 不一致，有分歧；交錯，錯位

例 <ruby>意見<rt>いけん</rt></ruby>が<ruby>食<rt>く</rt></ruby>い<ruby>違<rt>ちが</rt></ruby>う。

譯 意見紛歧。

---

## 16 |けんち【見地】

名 觀點，立場；（到建築預定地等）勘查土地

例 <ruby>教育的<rt>きょういくてき</rt></ruby>な<ruby>見地<rt>けんち</rt></ruby>に<ruby>立<rt>た</rt></ruby>つ。

譯 站在教育的立場上。

## 17 |こうそう【構想】

名·他サ （方案、計畫等）設想；（作品、文章等）構思

例 <ruby>構想<rt>こうそう</rt></ruby>を<ruby>練<rt>ね</rt></ruby>る。

譯 推敲構思。

---

## 18 |こらす【凝らす】

他五 凝集，集中

例 <ruby>目<rt>め</rt></ruby>を<ruby>凝<rt>こ</rt></ruby>らす。

譯 凝視。

---

## 19 |さえる【冴える】

自下一 寒冷，冷峭；清澈，鮮明；（心情、目光等）清醒，清爽；（頭腦、手腕等）靈敏，精巧，純熟

例 <ruby>今日<rt>きょう</rt></ruby>は<ruby>気分<rt>きぶん</rt></ruby>が<ruby>冴<rt>さ</rt></ruby>えない。

譯 今天精神狀況不佳。

---

## 20 |さく【策】

名 計策，策略，手段；鞭策；手杖

例 <ruby>解決策<rt>かいけつさく</rt></ruby>を<ruby>見<rt>み</rt></ruby><ruby>出<rt>いだ</rt></ruby>す。

譯 找出解決的方法。

---

## 21 |しこう【思考】

名·自他サ 思考，考慮；思維

例 <ruby>思考<rt>しこう</rt></ruby>を<ruby>巡<rt>めぐ</rt></ruby>らせる。

譯 多方思考。

---

## 22 |じゅうなん【柔軟】

形動 柔軟；頭腦靈活

例 <ruby>柔軟<rt>じゅうなん</rt></ruby>な<ruby>考<rt>かんが</rt></ruby>え<ruby>方<rt>かた</rt></ruby>が<ruby>身<rt>み</rt></ruby>につく。

譯 學會靈活的思考。

## 23 ┃たてまえ【建前】

⑧ 主義，方針，主張；外表；（建）上
樑儀式

例 本音と建前。

譯 真心話與場面話。

## 24 ┃どうい【同意】

（名・自サ）同義；同一意見，意見相同；同
意，贊成

例 同意を求める。

譯 徵求同意。

## 25 ┃とって

（提助・接助）（助詞「とて」添加促音）（表
示不應視為例外）就是，甚至；（表示把
所說的事物做為對象加以提示）所謂；
說是；即使說是；（常用「…こととて」
表示不得已的原因）由於，因為

例 私にとって一大事だ。

譯 對於我來說是件大事。

## 26 ┃とんだ

（連體）意想不到的（災難）；意外的（事故）；
無法挽回的

例 とんだ勘違いをする。

譯 意想不到地會錯意了。

## 27 ┃ネタ

⑧ （俗）材料；證據

例 小説のネタを考える。

譯 思考小說的題材。

## 28 ┃ねる【練る】

（他五）（用灰汁、肥皂等）熬成熟絲，熟
絹；推敲，錘鍊（詩文等）；修養，鍛鍊

（自五）成隊遊行

例 策略を練る。

譯 推敲策略。

## 29 ┃ねん【念】

（名・漢造）念頭，心情，觀念；宿願；用心；
思念，考慮

例 念を押す。

譯 反覆確認。

## 30 ┃はくじゃく【薄弱】

（形動）（身體）軟弱，孱弱；（意志）不堅定，
不強；不足

例 意思が薄弱だ。

譯 意志薄弱。

## 31 ┃ひそか【密か】

（形動）悄悄地不讓人知道的樣子；祕密，
暗中；悄悄，偷偷

例 密かに進める。

譯 暗中進行。

## 32 ┃ひとちがい【人違い】

（名・自他サ）認錯人，弄錯人

例 後ろ姿がそっくりなので人違い
する。

譯 因為背影相似所以認錯人。

## 33 ┃もうしぶん【申し分】

⑧ 可挑剔之處，缺點；申辯的理由，
意見

例 申し分ない。

譯 無可挑剔。

## 30-2 判斷 (1) /
判斷 (1)

### 01 | あえて【敢えて】
劃 敢；硬是，勉強；(下接否定)毫(不)，不見得
例 あえて危険を冒す。
譯 鋌而走險。

### 02 | あかし【証】
名 證據，證明
例 身の証を立てる。
譯 證明自身清白。

### 03 | あて【当て】
名 目的，目標；期待，依賴；撞，擊；墊敷物，墊布
例 当てのない旅に出た。
譯 出發進行一場沒有目的地的旅行。

### 04 | あやふや
形動 態度不明確的；靠不住的樣子；含混的；曖昧的
例 あやふやな返事をする。
譯 含糊其詞的回答。

### 05 | あんのじょう【案の定】
劃 果然，不出所料
例 案の定失敗した。
譯 果然失敗了。

### 06 | イエス【yes】
名・感 是，對；同意

### 例 イエス・マンになった。
譯 變成唯唯諾諾的人。

### 07 | いかなる
連體 如何的，怎樣的，什麼樣的
例 いかなる危険も恐れない。
譯 不怕任何危險。

### 08 | いかに
副・感 如何，怎麼樣；(後面多接「ても」)無論怎樣也；怎麼樣；怎麼回事；(古)喂
例 いかにすべきかわからない。
譯 不知如何是好。

### 09 | いかにも
劃 的的確確，完全；實在；果然，的確
例 いかにもそうだ。
譯 的確是那樣。

### 10 | いずれも【何れも】
連語 無論哪一個都，全都
例 いずれも優れた短編を集める。
譯 集結所有傑出的短篇。

### 11 | うちけし【打ち消し】
名 消除，否認，否定；(語法)否定
例 打ち消し合う。
譯 相互否定。

### 12 | かくしん【確信】
名・他サ 確信，堅信，有把握
例 確信を持つ。
譯 有信心。

## 13 ｜かくてい【確定】

名・自他サ 確定，決定

例 当選確定のメールが来た。

譯 收到確定當選電子郵件。

## 14 ｜かくりつ【確立】

名・自他サ 確立，確定

例 信頼関係を確立する。

譯 確立互信關係。

## 15 ｜かりに【仮に】

副 暫時；姑且；假設；即使

例 仮に定める。

譯 暫定。

## 16 ｜かり【仮】

名 暫時，暫且；假；假說

例 仮契約を作る。

譯 製作臨時契約。

## 17 ｜きょくげん【極限】

名 極限

例 極限を超える。

譯 超過極限。

## 18 ｜きょぜつ【拒絶】

名・他サ 拒絕

例 拒絶反応を抑える。

譯 （醫）抑制抗拒反應。

## 19 ｜きょひ【拒否】

名・他サ 拒絕，否決

例 受け取り拒否。

譯 拒絕領取。

## 20 ｜ぎわく【疑惑】

名 疑惑，疑心，疑慮

例 疑惑が晴れる。

譯 解除疑惑。

## 21 ｜きわめて【極めて】

副 極，非常

例 極めて難しい。

譯 非常困難。

## 22 ｜くつがえす【覆す】

他五 打翻，弄翻，翻轉；（將政權、國家）推翻，打倒；徹底改變，推翻（學說等）

例 常識を覆す。

譯 顛覆常識。

## 23 ｜げんみつ【厳密】

形動 嚴密；嚴格

例 厳密に言う。

譯 嚴格來說。

## 24 ｜ごうい【合意】

名・自サ 同意，達成協議，意見一致

例 合意に達する。

譯 達成協議。

## 25 ｜ことによると

副 可能，說不定，或許

例 ことによると病気かもしれない。

譯 也許是生病了也說不定。

## 26 ｜こんどう【混同】

(名・自他サ) 混同，混淆，混為一談

例 公私を混同する。

譯 公私混淆。

---

## 27 ｜さぞ

(副) 想必，一定是

例 さぞ疲れたことでしょう。

譯 想必一定很累了吧。

---

## 28 ｜さぞかし

(副) (「さぞ」的強調) 想必，一定

例 さぞかし喜ぶでしょう。

譯 想必很開心吧。

---

## 29 ｜さっする【察する】

(他サ) 推測，觀察，判斷，想像；體諒，諒察

例 気持ちを察する。

譯 理解對方的感受。

---

## 30 ｜さほど

(副) (後多接否定語) 並(不是)，並(不像)，也(不是)

例 さほど問題ではない。

譯 問題沒有多嚴重。

N1 ● 30-2 (2)

## 30-2 判斷 (2) ／
判斷 (2)

## 31 ｜さも

(副) (從一旁看來) 非常，真是；那樣，好像

例 さもうれしそうな顔をする。

譯 神情看起來似乎非常開心。

---

## 32 ｜じしゅ【自主】

(名) 自由，自主，獨立

例 自主トレーニングを行った。

譯 進行自由練習。

---

## 33 ｜したしらべ【下調べ】

(名・他サ) 預先調查，事前考察；預習

例 下調べを怠る。

譯 預習偷懶。

---

## 34 ｜しまつ【始末】

(名・他サ) (事情的)始末，原委；情況，狀況；處理，應付；儉省，節約

例 始末がつく。

譯 得以解決。

---

## 35 ｜しんさ【審査】

(名・他サ) 審查

例 応募者を審査する。

譯 審查應徵者。

---

## 36 ｜しんにん【信任】

(名・他サ) 信任

例 信任が厚い。

譯 深受信任。

---

## 37 ｜すいそく【推測】

(名・他サ) 推測，猜測，估計

例 推測が当たる。

譯 猜對了。

## 38 ｜すいり【推理】

(名・他サ) 推理，推論，推斷
例 推理小説が流行している。
譯 推理小説正流行。

## 39 ｜せいする【制する】

(他サ) 制止，壓制，控制；制定
例 はやる気持ちを制する。
譯 抑止焦急的心情。

## 40 ｜せいみつ【精密】

(名・形動) 精密，精確，細緻
例 精密な検査を受ける。
譯 接受精密的檢查。

## 41 ｜ぜせい【是正】

(名・他サ) 更正，糾正，訂正，矯正
例 格差を是正する。
譯 修正差價。

## 42 ｜そうおう【相応】

(名・自サ・形動) 適合，相稱，適宜
例 身分相応な暮らしをする。
譯 過著與身分相符的生活。

## 43 ｜そくばく【束縛】

(名・他サ) 束縛，限制
例 時間に束縛される。
譯 受時間限制。

## 44 ｜そし【阻止】

(名・他サ) 阻止，擋住，阻塞

例 反対派の入場を阻止する。
譯 阻止反對派的進場。

## 45 ｜それゆえ【それ故】

(連語・接續) 因為那個，所以，正因為如此
例 それ故申請を却下する。
譯 因此駁回申請。

## 46 ｜たいおう【対応】

(名・自サ) 對應，相對，對立；調和，均衡；適應，應付
例 対応策を検討する。
譯 商討對策。

## 47 ｜たいがい【大概】

(名・副) 大概，大略，大部分；差不多，不過份
例 ふざけるのも大概にしろ。
譯 開玩笑也該適可而止。

## 48 ｜たいしょ【対処】

(名・自サ) 妥善處置，應付，應對
例 新情勢に対処する。
譯 應付新情勢。

## 49 ｜だきょう【妥協】

(名・自サ) 妥協，和解
例 妥協をはかる。
譯 謀求妥協。

## 50 ｜だけつ【妥結】

(名・自サ) 妥協，談妥
例 交渉が妥結する。
譯 談判達成協議。

## 51 ｜だったら

接續 這樣的話，那樣的話

例 だったら明日にしよう。

譯 這樣的話，明天再做吧。

## 52 ｜だと

格助 （表示假定條件或確定條件）如果是…的話…

例 毎日が日曜日だといいな。

譯 如果每天都是星期天就好了。

## 53 ｜だんげん【断言】

名・他サ 斷言，斷定，肯定

例 失敗はないと断言する。

譯 斷言絕不失敗。

## 54 ｜だんぜん【断然】

副・形動タルト 斷然；顯然，確實；堅決；（後接否定語）絕（不）

例 断然認めない。

譯 絕不承認。

## 55 ｜てまわし【手回し】

名 準備，安排，預先籌畫；用手搖動

例 手回しがいい。

譯 準備周到。

## 56 ｜てきぎ【適宜】

副・形動 適當，適宜；斟酌；隨意

例 適宜に指示を与える。

譯 適當給予意見。

## 57 ｜どうにか

副 想點法子；（經過一些曲折）總算，好歹，勉勉強強

例 どうにかなるだろう。

譯 總會有辦法的。

## 58 ｜とかく

副・自サ 種種，這樣那樣（流言、風聞等）；動不動，總是；不知不覺就，沒一會就

例 とかく日本人の口には合わない。

譯 總之，不合日本人的胃口。

## 59 ｜とがめる【咎める】

他下一 責備，挑剔；盤問　自下一 （傷口等）發炎，紅腫

例 罪を咎める。

譯 問罪。

## 60 ｜とりあえず【取りあえず】

副 匆忙，急忙；（姑且）首先，暫且先

例 取るものもとりあえず。

譯 急急忙忙。

N1 30-2 (3)

## 30-2 判斷 (3) ／
判斷 (3)

## 61 ｜とりまぜる【取り混ぜる】

他下一 攙混，混在一起

例 大小取り混ぜる。

譯 （尺寸）大小混在一起。

## 62 ｜なおさら

（副）更加，越，更

例 なおさらよくない。

譯 更加不好了。

## 63 ｜なるたけ

（副）盡量，儘可能

例 なるたけ早く来てください。

譯 請盡可能早點前來。

## 64 ｜なんだか【何だか】

（連語）是什麼；（不知道為什麼）總覺得，
不由得

例 何だかとても眠い。

譯 不知道為什麼很睏。

## 65 ｜にんしき【認識】

（名・他サ）認識，理解

例 認識を深める。

譯 加深理解。

## 66 ｜はかる【図る・謀る】

（他五）圖謀，策劃；謀算，欺騙；意料；
謀求

例 自殺を図る。

譯 意圖自殺。

## 67 ｜はばむ【阻む】

（他五）阻礙，阻止

例 行く手を阻む。

譯 妨礙將來。

## 68 ｜はんてい【判定】

（名・他サ）判定，判斷，判決

例 判定で負ける。

譯 被判定輸了比賽。

## 69 ｜ひかえる【控える】

（自下一）在旁等候，待命（他下一）拉住，勒住；
控制，抑制；節制；暫時不…；面臨，
靠近；（備忘）記下；（言行）保守，穩健

例 支出を控える。

譯 節制支出。

## 70 ｜ひつぜん【必然】

（名）必然

例 その必然性を問う。

譯 追究其必然性。

## 71 ｜ふかけつ【不可欠】

（名・形動）不可缺，必需

例 これは不可欠の要素だ。

譯 這是必不可欠缺的條件。

## 72 ｜ふしん【不審】

（名・形動）懷疑，疑惑；不清楚，可疑

例 不審な人物を見掛
ける。

譯 發現可疑人物。

## 73 ｜ベスト【best】

（名）最好，最上等，最善，全力

例 ベストを尽くす。

譯 盡全力。

## 74 | べんぎ【便宜】

(名・形動) 方便，便利；權宜

例 便宜を図る。

譯 謀求方便。

## 75 | ほうき【放棄】

(名・他サ) 放棄，喪失

例 権利を放棄する。

譯 放棄權利。

## 76 | まぎれる【紛れる】

(自下一) 混入，混進；(因受某事物吸引)注意力分散，暫時忘掉，消解

例 人混みに紛れて見失った。

譯 混入人群看不見了。

## 77 | まして

(副) 何況，況且；(古)更加

例 ましてや私にできるわけがない。

譯 何況我不可能做得來的。

## 78 | みあわせる【見合わせる】

(他下一) (面面)相視；暫停，暫不進行；對照

例 予定を見合わせる。

譯 預定計畫暫緩。

## 79 | みとおし【見通し】

(名) 一直看下去；(對前景等的)預料，推測

例 見通しが甘かった。

譯 預想得太樂觀。

## 80 | みなす【見なす】

(他五) 視為，認為，看成；當作

例 正解と見なす。

譯 當作是正確答案。

## 81 | みはからう【見計らう】

(他五) 斟酌，看著辦，選擇

例 タイミングを見計らう。

譯 斟酌時機。

## 82 | むだん【無断】

(名) 擅自，私自，事前未經允許，自作主張

例 無断欠勤する。

譯 擅自缺席。

## 83 | むやみ(に)【無闇(に)】

(名・形動) (不加思索的)胡亂，輕率；過度，不必要

例 むやみにお金を使う。

譯 胡亂花錢。

## 84 | むよう【無用】

(名) 不起作用，無用處；無需，沒必要

例 心配無用です。

譯 無須擔心。

## 85 | もくろむ【目論む】

(他五) 計畫，籌畫，企圖，圖謀

例 大事業をもくろむ。

譯 籌畫一項大事業。

### 86 ｜もしくは

接續（文）或，或者

例 火曜日もしくは木曜日に。

譯 在週二或週四。

---

### 87 ｜もっぱら【専ら】

副 專門，主要，淨；（文）專擅，獨攬

例 専ら練習に励む。

譯 專心致志努力練習。

---

### 88 ｜ゆえ（に）【故（に）】

接續·接助 理由，緣故；（某）情況；（前皆體言表示原因）因為

例 ユダヤ人であるが故に迫害された。

譯 因為是猶太人因此遭到迫害。

---

### 89 ｜ようする【要する】

他サ 需要；埋伏；摘要，歸納

例 長い時間を要する。

譯 需要很長的時間。

---

### 90 ｜よくせい【抑制】

名·他サ 抑制，制止

例 感情を抑制する。

譯 抑制情感。

---

### 91 ｜よし【良し】

形（「よい」的文語形式）好，行，可以

例 終わりよければすべて良し。

譯 結果好就是好的。

---

### 92 ｜よしあし【善し悪し】

名 善惡，好壞；有利有弊，善惡難明

例 善し悪しを見分ける。

譯 分辨是非。

---

### 93 ｜るいすい【類推】

名·他サ 類推；類比推理

例 類推して問題を解決する。

譯 以此類推解決問題。

---

### 94 ｜ろく

名·形動·副（物體的形狀）端正，平正；正常，普通，像樣的，令人滿意的；好的；正經的，好好的，認真的；（下接否定）很好地，令人滿意地，正經地

例 ろくな話をしない。

譯 不說正經話。

---

### 95 ｜わざわざ

副 特意，特地；故意地

例 わざわざ出かける。

譯 特地出門。

## 30-3 理解 (1) /
理解(1)

---

### 01 ｜アプローチ【approach】

名·自サ 接近，靠近；探討，研究

例 科学的なアプローチで作られた。

譯 以科學的探討程序製作而成。

---

### 02 ｜オプション【option】

名 選擇，取捨

例 オプション機能を追加する。

譯 增加選項的功能。

## 03 | がいとう【該当】

(名・自サ) 相當，適合，符合(某規定、條件等)

例 該当する項目にチェックする。

譯 核對符合的項目。

## 04 | かいめい【解明】

(名・他サ) 解釋清楚

例 真実を解明する。

譯 解開真相。

## 05 | がたい【難い】

(接尾) 上接動詞連用形，表示「很難(做)…」的意思

例 忘れ難い。

譯 難忘。

## 06 | がっち【合致】

(名・自サ) 一致，符合，吻合

例 事実に合致する。

譯 與事實相符。

## 07 | カテゴリ(ー)【(德)Kategorie】

(名) 種類，部屬；範疇

例 カテゴリー別に分ける。

譯 依類別區分。

## 08 | ぎんみ【吟味】

(名・他サ) (吟頌詩歌)仔細體會，玩味；(仔細)斟酌，考慮

例 食材を吟味する。

譯 仔細斟酌食材。

## 09 | けいせき【形跡】

(名) 形跡，痕跡

例 形跡を残す。

譯 留下痕跡。

## 10 | けいたい【形態】

(名) 型態，形狀，樣子

例 新しい政治形態を受け入れる。

譯 接受新的政治形態。

## 11 | けい【系】

(漢造) 系統；系列；系別；(地層的年代區分)系

例 ヴィジュアル系。

譯 視覺系。

## 12 | けん【件】

(名) 事情，事件；(助數詞用法)件

例 その件について。

譯 關於那件事。

## 13 | こころみる【試みる】

(他上一) 試試，試驗一下

例 あれこれ試みる。

譯 多方嘗試。

## 14 | こころみ【試み】

(名) 試，嘗試

例 最初の試みが上手くいかなかった。

譯 第一次嘗試並不順利。

## 15 | ことがら【事柄】

名 事情，情況，事態

例 重要な事柄。

譯 重要的事情。

## 16 | さいしゅう【採集】

名・他サ 採集，搜集

例 植物採集に出掛ける。

譯 出門採集植物標本。

## 17 | さい【差異】

名 差異，差別

例 差異がない。

譯 沒有差別。

## 18 | さとる【悟る】

他五 醒悟，覺悟，理解，認識；察覺，發覺，看破；（佛）悟道，了悟

例 真理を悟る。

譯 領悟真理。

## 19 | しきる【仕切る】

他五・自五 隔開，間隔開，區分開；結帳，清帳；完結，了結

例 カーテンで部屋を仕切る。

譯 用窗簾把房間隔開。

## 20 | しゅうしゅう【収集】

名・他サ 收集，蒐集

例 資料を収集する。

譯 收集資料。

## 21 | しゅつげん【出現】

名・自サ 出現

例 新しい問題が出現した。

譯 出現了新問題。

## 22 | しょうごう【照合】

名・他サ 對照，校對，核對（帳目等）

例 書類を照合する。

譯 核對文件。

## 23 | しょうだく【承諾】

名・他サ 承諾，應允，允許

例 承諾を得る。

譯 得到承諾。

## 24 | しらべ【調べ】

名 調査；審問；檢查；（音樂的）演奏；調音；（音樂、詩歌）音調

例 調べを受ける。

譯 接受調査。

## 25 | せいぜん【整然】

形動 整齊，井然，有條不紊

例 整然と並ぶ。

譯 排得整整齊齊。

## 26 | せいだく【清濁】

名 清濁；（人的）正邪，善惡；清音和濁音

例 水の清濁を試験する。

譯 檢驗水的清濁。

## 27 ｜そなわる【具わる・備わる】

（自五）具有，設有，具備

例 必要なものが備わった。

譯 必需品都已備齊。

## 28 ｜だいたい【大体】

（名·副）大抵，概要，輪廓；大致，大部分；本來，根本

例 話は大体わかった。

譯 大概了解說話的內容。

## 29 ｜たいひ【対比】

（名·他サ）對比，對照

例 両者を対比する。

譯 對照兩者。

## 30 ｜だかい【打開】

（名·他サ）打開，開闢（途徑），解決（問題）

例 現状を打開する。

譯 突破現狀。

N1 ● 30-3 (2)

### 30-3 理解 (2) ／
理解 (2)

## 31 ｜たんけん【探検】

（名·他サ）探險，探查

例 探検隊に参加する。

譯 加入探險隊。

## 32 ｜ついきゅう【追及】

（名·他サ）追上，趕上；追究

例 真相を追究する。

譯 探究真相。

## 33 ｜つじつま【辻褄】

（名）邏輯，條理，道理；前後，首尾

例 つじつまを合わせる。

譯 使其順理成章。

## 34 ｜てきおう【適応】

（名·自サ）適應，適合，順應

例 事態に適応した処置。

譯 順應事情的狀態來處置。

## 35 ｜てんけん【点検】

（名·他サ）檢點，檢查

例 戸締まりを点検する。

譯 檢查門窗。

## 36 ｜とげる【遂げる】

（他下一）完成，實現，達到；終於

例 急成長を遂げる。

譯 實現快速成長的目標。

## 37 ｜ととのえる【整える・調える】

（他下一）整理，整頓；準備；達成協議，談妥

例 支度を整える。

譯 準備就緒。

## 38 ｜とりくむ【取り組む】

（自五）（相撲）互相扭住；和…交手；開（匯票）；簽訂（合約）；埋頭研究

例 研究に取り組む。

譯 埋首於研究。

## 39 ｜とりわけ【取り分け】

名・副 分成份；（相撲）平局，平手；特別，格外，分外

例 今日はとりわけ暑い。

譯 今天特別地熱。

## 40 ｜なんか

副助 （推一個例子意指其餘）之類，等等，什麼的

例 お前なんかにわかるもんか。

譯 像你這種人能懂什麼。

## 41 ｜ばくぜん【漠然】

形動 含糊，籠統，曖昧，不明確

例 漠然とした考え。

譯 籠統的想法。

## 42 ｜ぶんさん【分散】

名・自サ 分散，開散

例 負荷を分散する。

譯 分散負荷。

## 43 ｜ぶんべつ【分別】

名・他サ 分別，區別，分類

例 ごみの分別作業。

譯 垃圾的分類作業。

## 44 ｜まるっきり

副 （「まるきり」的強調形式，後接否定語）完全，簡直，根本

例 まるっきり知らない。

譯 完全不知道。

## 45 ｜めいはく【明白】

名・形動 明白，明顯

例 結果は明白だ。

譯 結果顯而易見。

## 46 ｜めいりょう【明瞭】

形動 明白，明瞭，明確

例 それは明瞭な事実だ。

譯 那是一樁明顯的事實。

## 47 ｜もさく【模索】

名・自サ 摸索；探尋

例 方法を模索する。

譯 探詢方法。

## 48 ｜よういん【要因】

名 主要原因，主要因素

例 要因を探る。

譯 探詢主要原因。

## 49 ｜ようそう【様相】

名 樣子，情況，形勢；模樣

例 田舎は様相を一変した。

譯 農村完全改變了面貌。

## 50 ｜よし【由】

名 （文）緣故，理由；方法手段；線索；（所講的事情的）內容，情況；（以「…のよし」的形式）聽說

例 知る由もない。

譯 無從得知。

## 51 ｜よみとる【読み取る】

（自五）領會，讀懂，看明白，理解

例 真意を読み取る。

譯 理解真正的涵意。

## 52 ｜りょうかい【了解】

（名・他サ）了解，理解；領會，明白；諒解

例 了解しました。

譯 明白了。

## 53 ｜るいじ【類似】

（名・自サ）類似，相似

例 類似点がある。

譯 有相似之處。

## 54 ｜るい【類】

（名・接尾・漢造）種類，類型，同類；類似

例 類は友を呼ぶ。

譯 物以類聚。

N1 ● 30-4 (1)

### 30-4 知識 (1) ／
知識 (1)

## 01 ｜あんじる【案じる】

（他上一）掛念，擔心；（文）思索

例 父の健康を案じる。

譯 擔心父親的身體健康。

## 02 ｜いざしらず【いざ知らず】

（慣）姑且不談；還情有可原

例 そのことはいざ知らず。

譯 那件事先姑且不談。

## 03 ｜いたって【至って】

（副・連語）（文）很，極，甚；（用「に至って」的形式）至，至於

例 至って健康だ。

譯 非常健康。

## 04 ｜いちがいに【一概に】

（副）一概，一律，沒有例外地（常和否定詞相應）

例 一概に論じられない。

譯 無法一概而論。

## 05 ｜いちじるしい【著しい】

（形）非常明顯；顯著地突出；顯然

例 著しい差異がある。

譯 有很大差別。

## 06 ｜いちよう【一様】

（名・形動）一樣；平常；平等

例 一様に取り扱う。

譯 同樣對待。

## 07 ｜いちりつ【一律】

（名）同樣的音律；一樣，一律，千篇一律

例 すべてを一律に扱う。

譯 全部一視同仁。

## 08 ｜いろん【異論】

（名）異議，不同意見

例 異論を唱える。

譯 提出不同意見。

## 09 ｜い【異】

(名・形動) 差異，不同；奇異，奇怪；別的，別處的

例 異を唱える。

譯 提出異議。

## 10 ｜うそつき【嘘つき】

(名) 説謊；説謊的人；吹牛的廣告

例 嘘つきは泥棒の始まり。

譯 小錯不改，大錯難改。

## 11 ｜おおすじ【大筋】

(名) 內容提要，主要內容，要點，梗概

例 事件の大筋。

譯 事件的概要。

## 12 ｜おのずから【自ずから】

(副) 自然而然地，自然就

例 おのずから明らかになる。

譯 真相自然得以大白。

## 13 ｜おのずと【自ずと】

(副) 自然而然地

例 おのずと分かってくる。

譯 自然會明白。

## 14 ｜おぼえ【覚え】

(名) 記憶，記憶力；體驗，經驗；自信，信心；信任，器重；記事

例 覚えがない。

譯 不記得；想不起。

## 15 ｜おもむき【趣】

(名) 旨趣，大意；風趣，雅趣；風格，韻味，景象；局面，情形

例 景色に趣がある。

譯 景色雅緻優美。

## 16 ｜おもんじる・おもんずる【重んじる・重んずる】

(他上一・他サ) 注重，重視；尊重，器重，敬重

例 名誉を重んじる。

譯 注重名譽。

## 17 ｜おろか【愚か】

(形動) 智力或思考能力不足的樣子；不聰明；愚蠢，愚昧，糊塗

例 愚かな行い。

譯 愚蠢的行為。

## 18 ｜がいせつ【概説】

(名・他サ) 概説，概述，概論

例 内容を概説する。

譯 概述內容。

## 19 ｜がいねん【概念】

(名) (哲)概念；概念的理解

例 概念をつかむ。

譯 掌握概念。

## 20 ｜がいりゃく【概略】

(名・副) 概略，梗概，概要；大致，大體

例 概略を話す。

譯 講述概要。

## 21 | かんけつ【簡潔】

（名・形動）簡潔

例 簡潔に述べる。

譯 簡潔陳述。

## 22 | かんてん【観点】

（名）觀點，看法，見解

例 観点を変える。

譯 改變觀點。

## 23 | ぎのう【技能】

（名）技能，本領

例 技能を身に付ける。

譯 有一技之長。

## 24 | きゃっかん【客観】

（名）客觀

例 客観的に言う。

譯 客觀地說。

## 25 | きゅうきょく【究極】

（名・自サ）畢竟，究竟，最終

例 究極の選択を迫られた。

譯 被迫做出最終的選擇。

## 26 | きょうくん【教訓】

（名・他サ）教訓，規戒

例 教訓を得る。

譯 得到教訓。

## 27 | けがれ【汚れ】

（名）污垢

例 汚れを洗い流す。

譯 洗淨髒污。

## 28 | こうみょう【巧妙】

（形動）巧妙

例 巧妙な手口ですり抜けられた。

譯 被巧妙的手法給蒙混過去。

## 29 | ごさ【誤差】

（名）誤差；差錯

例 誤差が生じる。

譯 產生誤差。

## 30 | こつ

（名）訣竅，技巧，要訣

例 コツをつかむ。

譯 掌握要領。

N1 ● 30-4 (2)

### 30-4 知識 (2) /
知識 (2)

## 31 | ことに【殊に】

（副）特別，格外

例 殊に重要である。

譯 格外重要。

## 32 | ごもっとも【御尤も】

（形動）對，正確；肯定

例 おっしゃることはごもっともです。

譯 您說得沒錯。

## 33 | こんきょ【根拠】

名 根據

例 根拠にとぼしい。

譯 缺乏根據。

## 34 | こんてい【根底】

名 根底，基礎

例 常識を根底から覆す。

譯 徹底推翻常識。

## 35 | こんぽん【根本】

名 根本，根源，基礎

例 根本的な問題を解決する。

譯 解決根本的問題。

## 36 | さいぜん【最善】

名 最善，最好；全力

例 最善を尽くす。

譯 盡最大努力。

## 37 | さくご【錯誤】

名 錯誤；(主觀認識與客觀實際的)不相符，謬誤

例 時代錯誤も甚だしい。

譯 極度不符合時代精神。

## 38 | しくみ【仕組み】

名 結構，構造；(戲劇，小説等)結構，劇情；企畫，計畫

例 仕組みを理解する。

譯 瞭解計畫。

## 39 | しかしながら

接續 (「しかし」的強調)可是，然而；完全

例 しかしながら彼はまだ若い。

譯 但是他還很年輕。

## 40 | じっしつ【実質】

名 實質，本質，實際的內容

例 彼が実質的なリーダーだ。

譯 他才是真正的領導者。

## 41 | じつじょう【実情】

名 實情，真情；實際情況

例 実情を知る。

譯 明白實情。

## 42 | じったい【実態】

名 實際狀態，實情

例 実態を調べる。

譯 調查實際情況。

## 43 | じつ【実】

名・漢造 實際，真實；忠實，誠意；實質，實體；實的；籽

例 実の兄と再会する。

譯 與親哥哥重逢。

## 44 | してん【視点】

名 (畫)(遠近法的)視點；視線集中點；觀點

例 視点を変える。

譯 改變觀點。

## 45 | しや【視野】

名 視野；（觀察事物的）見識，眼界，眼光

例 視野を広げる。

譯 擴大視野。

## 46 | しゅかん【主観】

名 （哲）主觀

例 主観に走る。

譯 過於主觀。

## 47 | しゅし【趣旨】

名 宗旨，趣旨；（文章、説話的）主要內容，意思

例 趣旨に沿う。

譯 符合主旨。

## 48 | しゅたい【主体】

名 （行為，作用的）主體；事物的主要部分，核心；有意識的人

例 主体的な行動を促す。

譯 促進主要的行動。

## 49 | しよう【仕様】

名 方法，辦法，作法

例 仕様がない。

譯 沒有辦法。

## 50 | しんじつ【真実】

名・形動・副 真實，事實，實在；實在地

例 真実がわかる。

譯 明白事實。

## 51 | しんそう【真相】

名 （事件的）真相

例 真相を解明する。

譯 弄清真相。

## 52 | しんり【真理】

名 道理；合理；真理，正確的道理

例 真理を探究する。

譯 探求真理。

## 53 | ずばり

副 鋒利貌，喀嚓；（説話）一語道破，擊中要害，一針見血

例 ずばりと言い当てる。

譯 一語道破。

## 54 | せいかい【正解】

名・他サ 正確的理解，正確答案

例 この問題の正解を求めよ。

譯 請解出此題的正確答案。

## 55 | せいか【成果】

名 成果，結果，成績

例 成果を挙げる。

譯 取得成果。

## 56 | せいぎ【正義】

名 正義，道義；正確的意思

例 正義の味方を求めている。

譯 找尋正義的使者。

## 57 ｜せいじょう【正常】

名・形動 正常

例 正常な状態を保つ。

譯 正常的狀態。

## 58 ｜せいとうか【正当化】

名・他サ 使正當化，使合法化

例 自分の行動を正当化する。

譯 把自己的行為合理化。

## 59 ｜せいとう【正当】

名・形動 正當，合理，合法，公正

例 正当に評価する。

譯 公正的評價。

## 60 ｜ぜんあく【善悪】

名 善惡，好壞，良否

例 善悪を判断する。

譯 判斷善惡。

## 30-4 知識 (3) /
知識 (3)

## 61 ｜センス【sense】

名 感覺，官能，靈機；觀念；理性，理智；判斷力，見識，品味

例 センスがない。

譯 沒品味。

## 62 ｜ぜんてい【前提】

名 前提，前提條件

例 ～を前提として。

譯 以…為前提。

## 63 ｜たくみ【巧み】

名・形動 技巧，技術；取巧，矯揉造作；詭計，陰謀；巧妙，精巧

例 巧みな手口に騙された。

譯 被陰謀詭計給矇騙了。

## 64 ｜たやすい

形 不難，容易做到，輕而易舉

例 たやすくできる。

譯 容易做到。

## 65 ｜ちがえる【違える】

他下一 使不同，改變；弄錯，錯誤；扭到（筋骨）

例 順序を違える。

譯 順序錯誤。

## 66 ｜ちせい【知性】

名 智力，理智，才智，才能

例 知性にあふれる。

譯 才氣洋溢。

## 67 ｜ちてき【知的】

形動 智慧的；理性的

例 知的財産権。

譯 智慧財產權。

## 68 ｜つうじょう【通常】

名 通常，平常，普通

例 通常どおり営業する。

譯 如往常般營業。

## 69 ｜ていぎ【定義】

名・他サ 定義

例 敬語の用法を定義する。
譯 給敬語的用法下定義。

## 70 | てぎわ【手際】

名（處理事情的）手法，技巧；手腕，本領；做出的結果
例 手際がいい。
譯 手腕高明。

## 71 | とくぎ【特技】

名 特別技能（技術）
例 特技を活かす。
譯 發揮特殊技能。

## 72 | なだかい【名高い】

形 有名，著名；出名
例 研究者として名高い。
譯 以研究員的身份而聞名。

## 73 | なまなましい【生々しい】

形 生動的；鮮明的；非常新的
例 生々しい体験談を語る。
譯 講述彷彿令人身歷其境的經驗談。

## 74 | なみ【並・並み】

名・造語 普通，一般，平常；排列；同樣；每
例 並の人間には計算できない。
譯 一般人是無法計算出來的。

## 75 | にかよう【似通う】

自五 類似，相似
例 似通った感じ。
譯 類似的感覺。

## 76 | にせもの【にせ物】

名 假冒者，冒充者，假冒的東西
例 偽物にまんまとだまされた。
譯 不知道是假貨就這樣乖乖的受騙。

## 77 | にもかかわらず

連語・接續 雖然…可是；儘管…還是；儘管…可是
例 休日にもかかわらず店内は閑散としている。
譯 儘管是休假日店內也很冷清。

## 78 | はあく【把握】

名・他サ 掌握，充分理解，抓住
例 状況を把握する。
譯 充分理解狀況。

## 79 | ばっちり

副 完美地，充分地
例 準備はばっちりだ。
譯 準備很充分。

## 80 | ひかん【悲観】

名・自他サ 悲觀
例 将来を悲観する。
譯 對將來感到悲觀。

## 81 | ひずみ【歪み】

名 歪斜，曲翹；（喻）不良影響；（理）形變
例 政策のひずみを是正する。
譯 導正政策的失調。

## 82 | ひずむ

(自五) 變形，歪斜

例 心が歪む。

譯 心態不正。

---

## 83 | ひとなみ【人並み】

(名・形動) 普通，一般

例 人並みの暮らしがしたい。

譯 想過普通人的生活。

---

## 84 | ぶつぎ【物議】

(名) 群眾的批評

例 物議を醸す。

譯 引起群眾的批評。

---

## 85 | ふへん【普遍】

(名) 普遍；(哲)共性

例 普遍的な真理になるのだ。

譯 成為普遍的真理。

---

## 86 | ふまえる【踏まえる】

(他下一) 踏，踩；根據，依據

例 要点を踏まえる。

譯 根據重點。

---

## 87 | ふめい【不明】

(名) 不詳，不清楚；見識少，無能；盲目，沒有眼光

例 意識不明に陥る。

譯 陷入意識不明的狀態。

---

## 88 | へんけん【偏見】

(名) 偏見，偏執

例 偏見を持つ。

譯 持有偏見。

---

## 89 | ポイント【point】

(名) 點，句點；小數點；重點；地點；(體)得分

例 ポイントを押さえる。

譯 抓住要點。

## 30-4 知識 (4) /
知識 (4)

---

## 90 | ほうしき【方式】

(名) 方式；手續；方法

例 方式を変える。

譯 改變方式。

---

## 91 | ほんかく【本格】

(名) 正式

例 本格的なフランス料理。

譯 道地的法國料理。

---

## 92 | ほんしつ【本質】

(名) 本質

例 本質を見抜く。

譯 看破本質。

---

## 93 | ほんたい【本体】

(名) 真相，本來面目；(哲)實體，本質，本體，主要部份

例 計略の本体を明かす。

譯 揭露陰謀的真相。

## 94 ｜まこと【誠】

(名・副) 真實，事實；誠意，真誠，誠心；誠然，的確，非常

例 嘘か真かを評する。

譯 評判是真還是假？

## 95 ｜まさしく

(副) 的確，沒錯；正是

例 これぞまさしく日本の夏だ。

譯 這才是正宗的日本夏天啊。

## 96 ｜みおとす【見落とす】

(他五) 看漏，忽略，漏掉

例 間違いを見落とす。

譯 漏看錯誤之處。

## 97 ｜みしらぬ【見知らぬ】

(連體) 未見過的

例 見知らぬ人に声をかけられた。

譯 被陌生人搭話。

## 98 ｜みち【未知】

(名) 未定，不知道，未決定

例 未知の世界に飛び込む。

譯 闖入未知的世界。

## 99 ｜むいみ【無意味】

(名・形動) 無意義，沒意思，沒價值，無聊

例 無意味な行動をする。

譯 做無謂的行動。

## 100 ｜むち【無知】

(名) 沒知識，無智慧，愚笨

例 相手の無知につけ込む。

譯 抓住對手的弱點。

## 101 ｜もくろみ【目論見】

(名) 計畫，意圖，企圖

例 もくろみが外れる。

譯 計畫落空。

## 102 ｜ややこしい

(形) 錯綜複雜，弄不明白的樣子，費解，繁雜

例 ややこしい問題を解く。

譯 解開錯綜複雜的問題。

## 103 ｜ゆがむ【歪む】

(自五) 歪斜，歪扭；(性格等)乖僻，扭曲

例 顔がゆがむ。

譯 臉扭曲。

## 104 ｜ようしき【様式】

(名) 樣式，方式；一定的形式，格式；(詩、建築等)風格

例 様式にこだわる。

譯 嚴格要求格式。

## 105 ｜ようほう【用法】

(名) 用法

例 用法を把握する。

譯 掌握用法。

## 106 ｜よかん【予感】

(名・他サ) 預感，先知，預兆

例 いやな予感がする。

譯 有不祥的預感。

## 107 ｜よって

接續 因此，所以

例 これによって無罪とする。

譯 因此獲判無罪。

## 108 ｜よほど【余程】

副 頗，很，相當，在很大程度上；很想…，差一點就…

例 よほどの技術がないと無理だ。

譯 沒有相當技術是辦不到的。

## 109 ｜りくつ【理屈】

名 理由，道理；（為堅持己見而捏造的）歪理，藉口

例 理屈をこねる。

譯 強詞奪理。

## 110 ｜りてん【利点】

名 優點，長處

例 利点を活かす。

譯 活用長處。

## 111 ｜りょうしき【良識】

名 正確的見識，健全的判斷力

例 良識を疑う。

譯 懷疑是否有健全的判斷力。

## 112 ｜りろん【理論】

名 理論

例 理論を述べる。

譯 闡述理論。

## 113 ｜ろんり【論理】

名 邏輯；道理，規律；情理

例 論理性を欠く。

譯 欠缺邏輯性。

## 30-5 言語 (1) ／
語言 (1)

## 01 ｜あてじ【当て字】

名 借用字，假借字；別字

例 当て字を書く。

譯 寫假借字。

## 02 ｜いちじちがい【一字違い】

名 錯一個字

例 一字違いで大違い。

譯 錯一個字便大不同。

## 03 ｜かく【画】

名 （漢字的）筆劃

例 11 画の漢字を使う。

譯 使用11劃的漢字。

## 04 ｜かたこと【片言】

名 （幼兒，外國人的）不完全的詞語，隻字片語，單字羅列；一面之詞

例 片言の日本語。

譯 隻字片語的日語。

## 05 ｜かんご【漢語】

名 中國話；音讀漢字

例 漢語を用いる。

譯 使用漢語。

## 06 ｜かんよう【慣用】

名・他サ 慣用，慣例
例 慣用的な表現。
譯 慣用的表現方式。

## 07 ｜げんぶん【原文】

名（未經刪文或翻譯的）原文
例 原文を翻訳する。
譯 翻譯原文。

## 08 ｜ごい【語彙】

名 詞彙，單字
例 語彙を増やす。
譯 增加單字量。

## 09 ｜ごく【語句】

名 語句，詞句
例 よく使う語句を登録する。
譯 收錄經常使用的語句。

## 10 ｜ごげん【語源】

名 語源，詞源
例 語源を調べる。
譯 查詢詞彙來源。

## 11 ｜じたい【字体】

名 字體；字形
例 字体を変える。
譯 變換字體。

## 12 ｜じどうし【自動詞】

名（語法）自動詞

例 自動詞の活用を覚える。
譯 記住自動詞的活用。

## 13 ｜しゅうしょく【修飾】

名・他サ 修飾，裝飾；（文法）修飾
例 名詞を修飾する。
譯 修飾名詞。

## 14 ｜じょし【助詞】

名（語法）助詞
例 助詞を間違える。
譯 弄錯助詞。

## 15 ｜じょどうし【助動詞】

名（語法）助動詞
例 助動詞の役割を担う。
譯 起助動詞的作用。

## 16 ｜すうし【数詞】

名 數詞
例 数詞をつける。
譯 加上數詞。

## 17 ｜せいめい【姓名】

名 姓名
例 姓名を名乗る。
譯 自報姓名。

## 18 ｜せつぞくし【接続詞】

名 接續詞，連接詞
例 接続詞を間違える。
譯 接續詞錯誤。

## 19 ｜だいする【題する】

他サ 題名，標題，命名；題字，題詞

例 「資本論」と題する著作。

譯 以「資本論」為題的著作。

## 20 ｜だいべん【代弁】

名・他サ 替人辯解，代言

例 友人の代弁をする。

譯 替朋友辯解。

## 21 ｜たどうし【他動詞】

名 他動詞，及物動詞

例 他動詞は目的語を取る。

譯 他動詞必須有受詞。

## 30-5 言語 (2) ／
### 語言 (2)

## 22 ｜ちょくやく【直訳】

名・他サ 直譯

例 英語の文を直訳する。

譯 直譯英文的文章。

## 23 ｜つかいこなす【使いこなす】

他五 運用自如，掌握純熟

例 日本語を使いこなす。

譯 日語能運用自如。

## 24 ｜つづり【綴り】

名 裝訂成冊；拼字，拼音

例 書類の綴りを出した。

譯 取出裝訂成冊的文件。

## 25 ｜ていせい【訂正】

名・他サ 訂正，改正，修訂

例 内容を訂正する。

譯 修訂內容。

## 26 ｜と

格助・並助 （接在助動詞「う、よう、まい」之後，表示逆接假定前題）不管…也，即使…也；（表示幾個事物並列）和

例 なんと言われようと構わない。

譯 不管誰説什麼都不在乎。

## 27 ｜どうじょう【同上】

名 同上，同上所述

例 同上の理由により。

譯 基於同上的理由。

## 28 ｜とくめい【匿名】

名 匿名

例 匿名の手紙が届いた。

譯 收到匿名信。

## 29 ｜なづけおや【名付け親】

名 （給小孩）取名的人；（某名稱）第一個使用的人

例 新製品の名付け親は娘だ。

譯 新商品的命名者是女兒。

## 30 ｜なづける【名付ける】

他下一 命名；叫做，稱呼為

例 子供に名付ける。

譯 給孩子取名字。

**31｜なふだ【名札】**

名 (掛在門口的、行李上的)姓名牌，(掛在胸前的)名牌

例 名札をつける。

譯 戴名牌。

**32｜ならす【慣らす】**

他五 使習慣，使適應

例 体を慣らす。

譯 使身體習慣。

**33｜ならびに【並びに】**

接續 (文)和，以及

例 氏名並びに電話番号。

譯 姓名與電話號碼。

**34｜ぶんご【文語】**

名 文言；文章語言，書寫語言

例 文語を使う。

譯 使用文言文。

**35｜ほんみょう【本名】**

名 本名，真名

例 本名を名乗る。

譯 報上真名。

**36｜マーク【mark】**

名・他サ (劃)記號，符號，標記；商標；標籤，標示，徽章

例 マークを付ける。

譯 作上記號。

**37｜まえおき【前置き】**

名 前言，引言，序語，開場白

例 前置きが長い。

譯 開場白冗長。

**38｜めいしょう【名称】**

名 名稱(一般指對事物的稱呼)

例 名称を変える。

譯 改變名稱。

**39｜よびすて【呼び捨て】**

名 光叫姓名(不加「様」、「さん」、「君」等敬稱)

例 人を呼び捨てにする。

譯 直呼別人的名(姓)。

**40｜りゃくご【略語】**

名 略語；簡語

例 略語を濫用する。

譯 濫用略語。

**41｜ろうどく【朗読】**

名・他サ 朗讀，朗誦

例 詩を朗読する。

譯 朗讀詩句。

**42｜わぶん【和文】**

名 日語文章，日文

例 和文英訳の仕事を依頼する。

譯 委托日翻英的工作。

## 30-6 表現 (1) /
表達 (1)

### 01 ｜あかす【明かす】

他五 説出來；揭露；過夜，通宵；證明

例 秘密を明かす。

譯 揭露祕密。

### 02 ｜ありのまま

名・形動・副 據實；事實上，實事求是

例 ありのままを話す。

譯 説出實情。

### 03 ｜いいはる【言い張る】

他五 堅持主張，固執己見

例 知らないと言い張る。

譯 堅稱不知情。

### 04 ｜いいわけ【言い訳】

名・自サ 辯解，分辯；道歉，賠不是；語言用法上的分別

例 知らなかったと言い訳する。

譯 辯説不知情。

### 05 ｜いきごむ【意気込む】

自五 振奮，幹勁十足，踴躍

例 意気込んで参加する。

譯 鼓足幹勁參加。

### 06 ｜うったえ【訴え】

名 訴訟，控告；訴苦，申訴

例 訴えを退ける。

譯 撤銷訴訟。

### 07 ｜うながす【促す】

他五 促使，促進

例 注意を促す。

譯 提醒注意。

### 08 ｜エスカレート【escalate】

名・自他サ 逐步上升，逐步升級

例 紛争がエスカレートする。

譯 衝突與日俱增。

### 09 ｜えんかつ【円滑】

名・形動 圓滑；順利

例 運営が円滑に進む。

譯 順利經營。

### 10 ｜えんきょく【婉曲】

形動 婉轉，委婉

例 婉曲に断る。

譯 委婉拒絕。

### 11 ｜オーケー【OK】

名・自サ・感 好，行，對，可以；同意

例 先方のオーケーを取る。

譯 取得對方的同意。

### 12 ｜おおい

感 (在遠方要叫住他人) 喂，嗨 (亦可用「おい」)

例 おおい、ここだ。

譯 喂！在這裡啦。

## 13 | おおげさ

形動 做得或説得比實際誇張的樣子；誇張，誇大

例 おおげさに言う。

譯 誇大其詞。

## 14 | おせじ【お世辞】

名 恭維(話)，奉承(話)，獻殷勤的(話)

例 お世辞を言う。

譯 説客套話。

## 15 | かいだん【会談】

名・自サ 面談，會談；(特指外交等)談判

例 会談を打ち切る。

譯 中止會談。

## 16 | かかげる【掲げる】

他下一 懸，掛，升起；舉起，打著；挑，掀起，撩起；刊登，刊載；提出，揭出，指出

例 目標を掲げる。

譯 高舉目標。

## 17 | かきとる【書き取る】

他五 (把文章字句等)記下來，紀錄，抄錄

例 要点を書き取る。

譯 記錄下要點。

## 18 | かわす【交わす】

他五 交，交換；交結，交叉，互相…

例 言葉を交わす。

譯 交談。

## 19 | きかく【企画】

名・他サ 規劃，計畫

例 旅行を企画する。

譯 計畫去旅行。

## 20 | きさい【記載】

名・他サ 刊載，寫上，刊登

例 結果を記載する。

譯 記録結果。

## 21 | きめい【記名】

名・自サ 記名，簽名

例 無記名で提出する。

譯 以不記名方式提出。

## 22 | きゃくしょく【脚色】

名・他サ (小説等)改編成電影或戲劇；添枝加葉，誇大其詞

例 話を映画に脚色する。

譯 把故事改編成電影。

## 23 | きょうめい【共鳴】

名・自サ (理)共鳴，共振；共鳴，同感，同情

例 共鳴を呼ぶ。

譯 引起共鳴。

## 24 | ぐちゃぐちゃ

副 (因飽含水分)濕透；出聲咀嚼；抱怨，發牢騷的樣子

例 ぐちゃぐちゃと文句を言う。

譯 不斷抱怨。

## 25 ｜けなす【貶す】

他五 譏笑，貶低，排斥

例 他社商品をけなす。

譯 貶低其他公司的商品。

## 26 ｜げんろん【言論】

名 言論

例 言論の自由を保障する。

譯 保障言論自由。

## 27 ｜こうぎ【抗議】

名・自サ 抗議

例 審判に抗議する。

譯 對判決提出抗議。

## 28 ｜こうとう【口頭】

名 口頭

例 口頭で説明する。

譯 口頭説明。

## 29 ｜こくはく【告白】

名・他サ 坦白，自白；懺悔；坦白自己的感情

例 好きな人に告白する。

譯 向喜歡的人告白。

## 30 ｜ございます

自・特殊型 有；在；來；去

例 お探しの商品はこちらにございます。

譯 您要的商品在這邊。

---

## 31 ｜こちょう【誇張】

名・他サ 誇張，誇大

例 誇張して表現する。

譯 表現誇張。

## 32 ｜ごまかす

他五 欺騙，欺瞞，蒙混，愚弄；蒙蔽，掩蓋，搪塞，敷衍；作假，搗鬼，舞弊，侵吞(金錢等)

例 年をごまかす。

譯 年齡作假。

## 33 ｜コメント【comment】

名・自サ 評語，解説，註釋

例 ノーコメントを貫いてきた。

譯 堅持一切均無可奉告。

## 34 ｜ごらんなさい【御覧なさい】

敬 看，觀賞

例 お手本をよくご覧なさい。

譯 請仔細看範本。

## 35 ｜さ

終助 向對方強調自己的主張，説法較隨便；(接疑問詞後)表示抗議、追問的語氣；(插在句中)表示輕微的叮嚀

例 僕だってできるさ。

譯 我也會做啊。

## 36 ｜さいげん【再現】

名・自他サ 再現，再次出現，重新出現

例 事件の状況を再現する。

譯 重現案發現場。

---

**37 ｜ さけび【叫び】**

名 喊叫，尖叫，呼喊

例 叫び声が聞こえた。

譯 聽到尖叫聲。

---

**38 ｜ ざつだん【雑談】**

名・自サ 閒談，説閒話，閒聊天

例 雑談にふける。

譯 聊得很起勁。

---

**39 ｜ さんび【賛美】**

名・他サ 讚美，讚揚，歌頌

例 口をそろえて賛美する。

譯 異口同聲稱讚。

---

**40 ｜ しつぎ【質疑】**

名・自サ 質疑，疑問，提問

例 論文の質疑応答は英語により行う。

譯 以英語回答對論文的質疑。

---

**41 ｜ してき【指摘】**

名・他サ 指出，指摘，揭示

例 弱点を指摘する。

譯 指出弱點。

---

**42 ｜ しょうげん【証言】**

名・他サ 證言，證詞，作證

例 法廷で証言する。

譯 出庭作證。

---

**43 ｜ しょうさい【詳細】**

名・形動 詳細

例 詳細に述べる。

譯 詳細描述。

---

**44 ｜ しょうする【称する】**

他サ 稱做名字叫…；假稱，偽稱；稱讚

例 病気と称して会社を休む。

譯 謊稱生病向公司請假。

---

**45 ｜ じょげん【助言】**

名・自サ 建議，忠告；從旁教導，出主意

例 助言を与える。

譯 給予勸告。

---

**46 ｜ しるす【記す】**

他五 寫，書寫；記述，記載；記住，銘記

例 氏名を記す。

譯 寫上姓名。

---

**47 ｜ しれい【指令】**

名・他サ 指令，指示，通知，命令

例 指令が下る。

譯 下達命令。

---

**48 ｜ すいしん【推進】**

名・他サ 推進，推動

例 積極的に推進する。

譯 大力推動。

## 49 ｜すすめ【勧め】

（名）規勸，勸告，勸誡；鼓勵；推薦
例 医者の勧めに従う。
譯 聽從醫師的勸告。

## 50 ｜すべる【滑る】

（自五）滑行；滑溜，打滑；（俗）不及格，落榜；失去地位，讓位；說溜嘴，失言
例 言葉が滑る。
譯 說錯話。

## 51 ｜すらすら

（副）痛快的，流利的，流暢的，順利的
例 日本語ですらすらと話す。
譯 用日文流利的說話。

## 52 ｜せいめい【声明】

（名・自サ）聲明
例 声明を発表する。
譯 發表聲明。

## 53 ｜せじ【世辞】

（名）奉承，恭維，巴結
例 （お）世辞がうまい。
譯 善於奉承。

## 54 ｜せっとく【説得】

（名・他サ）說服，勸導
例 説得に負ける。
譯 被說服。

## 55 ｜せんげん【宣言】

（名・他サ）宣言，宣布，宣告

例 独立を宣言する。
譯 宣佈獨立。

## 56 ｜たいけん【体験】

（名・他サ）體驗，體會，（親身）經驗
例 体験を生かす。
譯 活用經驗。

## 57 ｜たいだん【対談】

（名・自サ）對談，交談，對話
例 対談中、笑いが止まらなかった。
譯 面談中笑聲不斷。

## 58 ｜たいわ【対話】

（名・自サ）談話，對話，會話
例 対話がうまい。
譯 善於交談。

## 59 ｜たとえ

（名・副）比喩，譬喩；常言，寓言；（相似的）例子
例 例えを引く。
譯 舉例。

## 60 ｜だまりこむ【黙り込む】

（自五）沉默，緘默
例 急に黙り込んだ。
譯 突然安靜下來。

## 30-6 表現 (3) /
表達 (3)

**61 | ちゅうこく【忠告】**

(名·自サ) 忠告，勸告

例 忠告を聞き入れる。

譯 接受忠告。

**62 | ちゅうじつ【忠実】**

(名·形動) 忠實，忠誠；如實，照原樣

例 忠実に再現する。

譯 如實呈現。

**63 | ちんもく【沈黙】**

(名·自サ) 沈默，默不作聲，沈寂

例 沈黙を破る。

譯 打破沈默。

**64 | つげぐち【告げ口】**

(名·他サ) 嚼舌根，告密，搬弄是非

例 先生に告げ口をする。

譯 向老師打小報告。

**65 | つづる【綴る】**

(他五) 縫上，連綴；裝訂成冊；(文)寫，寫作；拼字，拼音

例 着物の破れを綴る。

譯 縫補和服的破洞。

**66 | ていきょう【提供】**

(名·他サ) 提供，供給

例 情報を提供する。

譯 提供情報。

**67 | ていさい【体裁】**

(名) 外表，樣式，外貌；體面，體統；(應有的)形式，局面

例 体裁を繕う。

譯 裝飾門面。

**68 | ていじ【提示】**

(名·他サ) 提示，出示

例 証明書を提示する。

譯 提出證明。

**69 | でんたつ【伝達】**

(名·他サ) 傳達，轉達

例 伝達事項をお知らせします。

譯 傳遞轉達事項。

**70 | てんで**

(副) (後接否定或消極語)絲毫，完全，根本；(俗)非常，很

例 話しがてんで違う。

譯 內容完全不同。

**71 | どうやら**

(副) 好歹，好不容易才…；彷彿，大概

例 どうやら明日も雨らしい。

譯 明天大概會下雨。

**72 | とうろん【討論】**

(名·自サ) 討論

例 討論に加わる。

譯 參與討論。

## 73 | とう【問う】

(他五) 問，打聽；問候；徵詢；做為問題(多用否定形)；追究；問罪

**例** 選挙で民意を問う。

**譯** 以選舉徵詢民意。

## 74 | とく【説く】

(他五) 說明；說服，勸；宣導，提倡

**例** 説法を説く。

**譯** 說明道理。

## 75 | どころか

(接續·接助) 然而，可是，不過；（用「…たところが的形式」）一…，剛要…

**例** 他人どころか家族さえも〜。

**譯** 不用說是旁人了，就連家人也…。

## 76 | となえる【唱える】

(他下一) 唸，頌；高喊；提倡；提出，聲明；喊價，報價

**例** スローガンを唱える。

**譯** 高喊口號。

## 77 | とりいそぎ【取り急ぎ】

(副) (書信用語)急速，立即，趕緊

**例** 取り急ぎご返事申し上げます。

**譯** 謹此奉覆。

## 78 | なにげない【何気ない】

(形) 沒什麼明確目的或意圖而行動的樣子；漫不經心的；無意的

**例** 何気ない一言。

**譯** 無心的一句話。

## 79 | なにとぞ【何とぞ】

(副) (文)請；設法，想辦法

**例** 何卒宜しくお願いします。

**譯** 務必請您多多指教。

## 80 | なにより【何より】

(連語·副) 沒有比這更…；最好

**例** お元気で何よりです。

**譯** 您能身體健康比什麼都重要。

## 81 | ナンセンス【nonsense】

(名·形動) 無意義的，荒謬的，愚蠢的

**例** ナンセンスなことを言う。

**譯** 說廢話。

## 82 | なんなり（と）

(連語·副) 無論什麼，不管什麼

**例** なんなりとお申し付け下さい。

**譯** 無論什麼事您儘管吩咐。

## 83 | ニュアンス【(法)nuance】

(名) 神韻，語氣；色調，音調；（意義、感情等）微妙差別，（表達上的）細膩

**例** 言葉のニュアンスが違う。

**譯** 詞義有細微的差別。

## 84 | ねだる

(他五) 賴著要求；勒索，纏著，強求

**例** 小遣いをねだる。

**譯** 鬧著要零用錢。

## 85 ｜はくじょう【白状】

名・他サ 坦白，招供，招認，認罪

例 犯人が白状する。

譯 嫌犯招供了。

## 86 ｜ばくろ【暴露】

名・自他サ 曝曬，風吹日曬；暴露，揭露，洩漏

例 秘密を暴露する。

譯 洩漏秘密。

## 87 ｜はつげん【発言】

名・自サ 發言

例 発言を求める。

譯 要求發言。

## 88 ｜はなはだ【甚だ】

副 很，甚，非常

例 成績が甚だ悪い。

譯 成績非常差。

## 89 ｜ばれる

自下一 (俗)暴露，散露；破裂

例 うそがばれる。

譯 揭穿謊言。

## 90 ｜ひいては

副 進而

例 国のため、ひいては世界のために。

譯 為了國家，進而為了世界。

---

## 91 ｜ひなん【非難】

名・他サ 責備，譴責，責難

例 非難を浴びる。

譯 遭到責備。

## 92 ｜ひやかす【冷やかす】

他五 冰鎮，冷卻，使變涼；嘲笑，開玩笑；只問價錢不買

例 そう冷やかすなよ。

譯 不要那麼挖苦。

## 93 ｜ひょっと

副 突然，偶然

例 ひょっと口に出す。

譯 不經意説出口。

## 94 ｜ひょっとして

連語・副 該不會是，萬一，一旦，如果

例 ひょっとして道に迷ったら大変だ。

譯 萬一迷路就糟糕了。

## 95 ｜ひょっとすると

連語・副 也許，或許，有可能

例 ひょっとするとあの人が犯人かもしれない。

譯 那個人也許就是犯人。

## 96 ｜ふこく【布告】

(名・他サ) 佈告，公告；宣告，宣布

**例** 宣戦を布告する。

**譯** 宣戰。

---

## 97 ｜ふひょう【不評】

(名) 聲譽不佳，名譽壊，評價低

**例** 不評を買う。

**譯** 獲得不好的評價。

---

## 98 ｜プレゼン【presentation 之略】

(名) 簡報；(對音樂等的)詮釋

**例** 新企画のプレゼンをする。

**譯** 進行新企畫的簡報。

---

## 99 ｜ぺこぺこ

(名・自サ・形動副) 癟，不鼓；空腹；諂媚

**例** ぺこぺこして謝る。

**譯** 叩頭作揖地道歉。

---

## 100 ｜へりくだる

(自五) 謙虛，謙遜，謙卑

**例** へりくだった表現。

**譯** 謙虛的表現。

---

## 101 ｜べんかい【弁解】

(名・自他サ) 辯解，分辯，辯明

**例** 弁解の余地が無い。

**譯** 沒有辯解的餘地。

---

## 102 ｜へんとう【返答】

(名・他サ) 回答，回信，回話

**例** 返答に困る。

**譯** 不知道如何回答。

---

## 103 ｜べんろん【弁論】

(名・自サ) 辯論；(法)辯護

**例** 弁論大会に出場する。

**譯** 參加辯論大會。

---

## 104 ｜ぼやく

(自他五) 發牢騷

**例** 安い給料をぼやく。

**譯** 抱怨薪水低。

---

## 105 ｜まぎらわしい【紛らわしい】

(形) 因為相像而容易混淆；以假亂真的

**例** 紛らわしいことをする。

**譯** 以假亂真。

---

## 106 ｜まことに【誠に】

(副) 真，誠然，實在

**例** 誠に申し訳ございません。

**譯** 實在非常抱歉。

---

## 107 ｜みせびらかす【見せびらかす】

(他五) 炫耀，賣弄，顯示

**例** 見せびらかして自慢する。

**譯** 驕傲的炫耀。

---

## 108 ｜むごん【無言】

(名) 無言，不説話，沈默

**例** 無言でうなずく。

**譯** 默默地點頭。

## 109 ｜むろん【無論】

（副）當然，不用説

例 無論心配は要りません。

譯 當然無須擔心。

## 110 ｜もうしいれる【申し入れる】

（他下一）提議，（正式）提出

例 援助を申し入れる。

譯 申請援助。

## 111 ｜もうしこみ【申し込み】

（名）提議，提出要求；申請，應徵，報名；預約

例 申し込みの締め切り。

譯 報名期限。

## 112 ｜もうしでる【申し出る】

（他下一）提出，申述，申請

例 申し出てください。

譯 請提出申請。

## 113 ｜もうしで【申し出】

（名）建議，提出，聲明，要求；（法）申訴

例 申し出の順に処理する。

譯 依申請順序處理。

## 114 ｜もらす【漏らす】

（他五）（液體、氣體、光等）漏，漏出；（秘密等）洩漏；遺漏；發洩；尿褲子

例 秘密を漏らす。

譯 洩漏秘密。

## 115 ｜ユニーク【unique】

（形動）獨特而與其他東西無雷同之處；獨到的，獨自的

例 ユニークな発想をする。

譯 獨到的想法。

## 116 ｜ようけん【用件】

（名）（應辦的）事情；要緊的事情；事情的內容

例 用件を述べる。

譯 陳述事情內容。

## 117 ｜よっぽど

（副）（俗）很，頗，大量；在很大程度上；（以「よっぽど…ようと思った」形式）很想…，差一點就…

例 よっぽど好きだね。

譯 你真的很喜歡呢。

## 118 ｜よびとめる【呼び止める】

（他下一）叫住

例 警察に呼び止められる。

譯 被警察叫住。

## 119 ｜よみあげる【読み上げる】

（他下一）朗讀；讀完

例 判決文を読み上げる。

譯 朗讀判決書。

## 120 ｜よろん・せろん【世論・世論】

（名）輿論

例 世論を無視する。

譯 無視於輿論。

### 121 | リップサービス【lip service】
[名] 口惠，口頭上説好聽的話
[例] リップサービスが上手(じょうず)だ。
[譯] 擅於説好聽的話。

### 122 | りょうしょう【了承】
[名·他サ] 知道，曉得，諒解，體察
[例] ご了承下(りょうしょうくだ)さい。
[譯] 請您見諒。

### 123 | ろんぎ【論議】
[名·他サ] 議論，討論，辯論，爭論
[例] 論議(ろんぎ)が盛(さか)んだ。
[譯] 激烈爭辯。

### 124 | わるいけど【悪いけど】
[慣] 不好意思，但…，抱歉，但是…
[例] 悪(わる)いけど、金貸(かねか)して。
[譯] 不好意思，借錢給我。

N1 ◉ 30-7

## 30-7 文書、出版物 /
文章文書、出版物

### 01 | うつし【写し】
[名] 拍照，攝影；抄本，摹本，複製品
[例] 住民票(じゅうみんひょう)の写(うつ)しを持参(じさん)する。
[譯] 帶上戶籍謄本影本。

### 02 | うわがき【上書き】
[名·自サ] 寫在（信件等）上（的文字）；（電腦用語）數據覆蓋

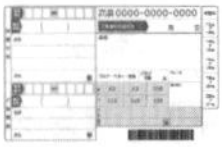

[例] 荷物(にもつ)の上書(うわが)きを確(たし)かめる。
[譯] 核對貨物上的收件人姓名及地址。

### 03 | えいじ【英字】
[名] 英語文字（羅馬字）；英國文學
[例] 毎朝英字新聞(まいあさえいじしんぶん)を読(よ)む。
[譯] 每天閱讀英文報。

### 04 | えつらん【閲覧】
[名·他サ] 閱覽；查閱
[例] 新聞(しんぶん)を閲覧(えつらん)する。
[譯] 閱覽報紙。

### 05 | おうぼ【応募】
[名·自サ] 報名參加；認購（公債，股票等），認捐；投稿應徵
[例] 求人(きゅうじん)に応募(おうぼ)する。
[譯] 應徵求才職缺。

### 06 | かじょうがき【箇条書き】
[名] 逐條地寫，引舉，列舉
[例] 箇条書(かじょうが)きで記(しる)す。
[譯] 逐條記錄。

### 07 | かんこう【刊行】
[名·他サ] 刊行；出版，發行
[例] 雑誌(ざっし)を刊行(かんこう)する。
[譯] 發行雜誌。

### 08 | きかん【季刊】
[名] 季刊
[例] 季刊誌(きかんし)。
[譯] 季刊。

### 09 | けいぐ【敬具】
[名] （文）敬啟，謹具

例 「拝啓」で始まる手紙は「敬具」で結ぶ。

訳 起首為「敬啟者」的信函，末尾要加註「敬上」。

---

### 10 ｜けいさい【掲載】

名・他サ 刊登，登載

例 雑誌に掲載する。

訳 刊登在雜誌上。

---

### 11 ｜げんしょ【原書】

名 原書，原版本；（外語的）原文書

例 英語の原書を読む。

訳 閱讀英文原文書。

---

### 12 ｜げんてん【原典】

名 （被引證，翻譯的）原著，原典，原來的文獻

例 原典を引用する。

訳 引用原著。

---

### 13 ｜こうどく【講読】

名・他サ 講解（文章）

例 源氏物語を講読する。

訳 講解源氏物語。

---

### 14 ｜こうどく【購読】

名・他サ 訂閱，購閱

例 雑誌を購読する。

訳 訂閱雜誌。

---

### 15 ｜さんしょう【参照】

名・他サ 參照，參看，參閱

例 別紙を参照して下さい。

訳 請參閱其他文件。

---

### 16 ｜しゅだい【主題】

名 （文章、作品、樂曲的）主題，中心思想

例 映画の主題歌を書き下ろす。

訳 新寫電影的主題曲。

---

### 17 ｜しょはん【初版】

名 （印刷物，書籍的）初版，第一版

例 初版を発行する。

訳 發行書籍。

---

### 18 ｜しょひょう【書評】

名 書評（特指對新刊的評論）

例 書評を書く。

訳 撰寫書評。

---

### 19 ｜しょ【書】

名・漢造 書，書籍；書法；書信；書寫；字述；五經之一

例 書を習う。

訳 學習書法。

---

### 20 ｜ぜっぱん【絶版】

名 絕版

例 絶版にする。

訳 不再出版。

---

### 21 ｜そうかん【創刊】

名・他サ 創刊

例 創刊号が書店に並ぶ。

訳 書店陳列著創刊號。

## 22 | ださく【駄作】

⟨名⟩ 拙劣的作品，無價值的作品

例 駄作映画がヒットした。

譯 拙劣的電影竟然大賣。

## 23 | ちょうへん【長編】

⟨名⟩ 長篇；長篇小説

例 長編小説に挑む。

譯 挑戰撰寫長篇小説。

## 24 | ちょしょ【著書】

⟨名⟩ 著書，著作

例 著書を出す。

譯 發表著作。

## 25 | ちょ【著】

⟨名·漢造⟩ 著作，寫作；顯著

例 著名な音楽家を招く。

譯 邀請赫赫有名的音樂家。

## 26 | でんき【伝記】

⟨名⟩ 傳記

例 伝記を書く。

譯 寫傳記。

## 27 | とじる【綴じる】

⟨他上一⟩ 訂起來，訂綴；（把衣的裡和面）縫在一起

例 資料を綴じる。

譯 裝訂資料。

## 28 | ねんかん【年鑑】

⟨名⟩ 年鑑

例 年鑑を発行する。

譯 發行年鑑。

## 29 | はいけい【拝啓】

⟨名⟩ （寫在書信開頭的）敬啟者

例 「拝啓」と「敬具」。

譯 「敬啟者」與「謹具」。

## 30 | はん・ばん【版】

⟨名·漢造⟩ 版；版本，出版；版圖

例 保存版にする。

譯 作為保存版。

## 31 | ふろく【付録】

⟨名·他サ⟩ 附錄；臨時增刊

例 付録をつける。

譯 附加附錄。

## 32 | ぶんしょ【文書】

⟨名⟩ 文書，公文，文件，公函

例 文書を校正する。

譯 校對文件。

## 33 | ベストセラー【bestseller】

⟨名⟩ （某一時期的）暢銷書

例 ベストセラーになる。

譯 成為暢銷書。

## 34 | ほんぶん【本文】

⟨名⟩ 本文，正文

例 本文を参照せよ。

譯 請參看正文。

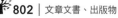

## 35 ｜まとめ【纏め】

名 總結，歸納；匯集；解決，有結果；
達成協議；調解（動詞為「纏める」）

例 1年間の総まとめ。

譯 一年的總結。

## 36 ｜ミスプリント【misprint】

名 印刷錯誤，印錯的字

例 ミスプリントを訂正する。

譯 訂正印刷錯誤。

## 37 ｜めいぼ【名簿】

名 名簿，名冊

例 同窓会名簿が届いた。

譯 收到同學會名冊。

## 38 ｜もくろく【目録】

名 （書籍目錄的）目次；（圖書、財產、
商品的）目錄；（禮品的）清單

例 目録を進呈する。

譯 呈上目錄。

# Memo

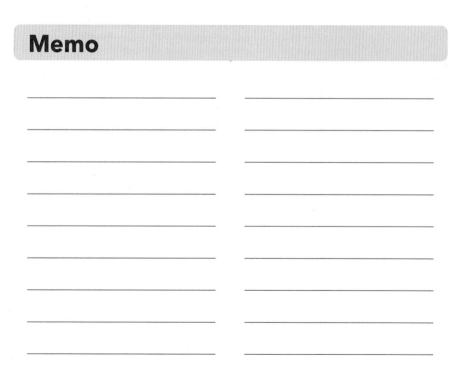

# いただきます〜うごかす

## か

# こ

## と

# ふ

## へ

## ほ

QR Code 一掃從零到頂

新制日檢 絕對合格

# N1,N2,N3,N4,N5 單字分類圖像大全

從零基礎到考上 N1，日語自學就靠這一本！

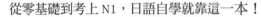

25K + 線上朗讀 QR Code

■ 發行人 —— **林德勝**

■ 著者 —— **吉松由美、田中陽子、西村惠子、千田晴夫、 林勝田、山田社日檢題庫小組**

■ 出版發行 —— **山田社文化事業有限公司**
臺北市大安區安和路一段112巷17號7樓
電話　02-2755-7622
傳真　02-2700-1887

■ 郵政劃撥 —— **19867160號　大原文化事業有限公司**

■ 總經銷 —— **聯合發行股份有限公司**
新北市新店區寶橋路235巷6弄6號2樓
電話　02-2917-8022
傳真　02-2915-6275

■ 印刷 —— **上鎰數位科技印刷有限公司**

■ 法律顧問 —— **林長振法律事務所　林長振律師**

■ 定價 —— **新台幣 649 元**

■ 初版 —— **2024年 3 月**